Tip des Monats

In derselben Reihe
erschienen außerdem als Heyne-Taschenbücher:

Robert Ludlum

ZWEI UNGEKÜRZTE THRILLER

Das Osterman-Wochenende
Die Matlock-Affäre

WILHELM HEYNE VERLAG
MÜNCHEN

HEYNE TIP DES MONATS
Nr. 23/90

DAS OSTERMAN-WOCHENENDE/The Osterman Weekend
Copyright © 1972 by Robert Ludlum
Copyright © der deutschen Übersetzung
by Wilhelm Heyne Verlag GmbH & Co. KG, München
Aus dem Amerikanischen übersetzt von Heinz Nagel
(Der Titel erschien bereits in der Allgemeinen Reihe
mit der Band-Nr. 01/5803)

DIE MATLOCK-AFFÄRE/The Matlock Papers
Copyright © 1973 by Robert Ludlum
Copyright © der deutschen Übersetzung 1980
by Wilhelm Heyne Verlag GmbH & Co. KG, München
Aus dem Amerikanischen übersetzt von Heinz Nagel
(Der Titel erschien bereits in der Allgemeinen Reihe
mit der Band-Nr. 01/5723)

Copyright © dieser Ausgabe 1993 by Wilhelm Heyne Verlag
GmbH & Co. KG, München
Printed in Germany 1993
Umschlagillustration: Photodesign Mall, Stuttgart
Autorenfoto: Michelle Ryder
Umschlaggestaltung: Atelier Ingrid Schütz, München
Gesamtherstellung: Elsnerdruck, Berlin

ISBN: 3-453-06457-7

DAS OSTERMAN-
WOCHENENDE

Teil 1

Sonntagnachmittag

1.

Saddle Valley, New Jersey, ist ein Dorf.

Zumindest fanden die Immobilienmakler und Bauträger ein Dorf, als sie Ende der dreißiger Jahre, von Alarmsignalen aus einem zerbröckelnden Manhattan der oberen Mittelklasse aufgeschreckt, in seine bewaldeten Gefilde eindrangen.

Die weiße, wappenförmige Tafel an der Valley Road trägt die Aufschrift

SADDLE VALLEY
GEGRÜNDET 1862
Willkommen

Das ›Willkommen‹ ist kleiner geschrieben als die Worte davor, denn in Wirklichkeit sind in Saddle Valley Fremde gar nicht willkommen, Fremde, wie jene Sonntagsausflügler, die den Dorfbewohnern gerne bei ihren sonntäglichen Vergnügungen zusehen. Am Sonntagnachmittag patrouillieren zwei Polizeiwagen aus Saddle Valley die Straßen.

Man könnte vielleicht noch feststellen, daß das Schild nicht lautet

SADDLE VALLEY, NEW JERSEY

oder gar

SADDLE VALLEY, N.J.

sondern nur

SADDLE VALLEY

Das Dorf akzeptiert keine höhere Autorität; es ist sein eigener Herr. Isoliert, sicher, unverletzbar.

An einem nicht weit zurückliegenden Sonntagnachmittag im Juli wirkte einer der beiden Streifenwagen aus Saddle Valley besonders gründlich. Der weiße Wagen mit den blauen Streifen rollte ein wenig schneller als gewöhnlich über die Straßen. Er fuhr von einem Ende des Dorfes zum anderen, drang in die Wohngebiete ein, auch hinter die geräumigen, geschmackvoll gestalteten Grundstücke, von denen jedes einen Acre* groß war.

Dieser Streifenwagen fiel an diesem besonderen Sonntagnachmittag einigen Bewohnern von Saddle Valley auf.

Das sollte er auch.

Das gehörte zu dem Plan.

John Tanner, bekleidet mit alten Tennisshorts, dem Hemd von gestern und Turnschuhen ohne Socken, war damit beschäftigt, seine Doppelgarage auszuräumen und hörte dabei mit halbem Ohr auf die Geräusche, die vom Pool herüberdrangen. Sein zwölfjähriger Sohn Raymond hatte Freunde zu Besuch, und Tanner ging immer wieder mal weit genug in die Einfahrt hinein, um am Hinterhof vorbei zum Pool zu sehen und sich zu vergewissern, daß bei den Kindern alles in Ordnung war. Genauer gesagt, er ging nur dann hinaus, wenn das Geschrei auf normale Gesprächslautstärke zurückging – oder wenn es gar eine Weile still war.

Tanners Frau Alice kam mit nervtötender Regelmäßigkeit durch den Hausarbeitsraum in die Garage, um ihrem Mann zu sagen, was er als nächstes wegwerfen sollte. John warf ungern etwas weg, und die daraus folgende Ansammlung von Kram brachte sie zur Verzweiflung.

---

* 1 Acre = ca. 4000 Quadratmeter

Diesmal deutete sie auf einen zerbrochenen Grassammler, der seit Wochen hinten in der Garage gelegen hatte.

John bemerkte ihre Geste. »Ich könnte ihn ja auf ein Stück Schmiedeeisen montieren und ihn dem Museum of Modern Art verkaufen«, sagte er. »Überreste vergangener Ungerechtigkeiten. Vor-Gärtner-Periode.«

Alice Tanner lachte. Ihr Mann stellte wieder einmal fest, wie er das schon seit so vielen Jahren tat, daß es ein hübsches Lachen war.

»Ich leg' ihn neben die Einfahrt. Die holen das Zeug montags ab.« Alice griff nach dem Relikt.

»Schon gut. Ich mach' das schon.«

»Nein, machst du nicht. Du überlegst es dir auf halbem Wege anders.«

Ihr Mann hob das Gerät über einen Briggs-and-Stratton-Rasenmäher, während Alice sich an dem kleinen Triumph vorbeischob, den sie stolz als ihr ›Statussymbol‹ bezeichnete. Als sie anfing, den Grassammler die Einfahrt hinunterzurollen, fiel das rechte Rad ab. Beide lachten.

»Jetzt wär' der Handel mit dem Museum perfekt. Das Ding ist unwiderstehlich.«

Alice blickte auf und hörte zu lachen auf. Vierzig Meter entfernt vor ihrem Haus rollte langsam der weiße Streifenwagen den Orchard Drive hinunter.

»Heute nachmittag kümmert sich die Polizei aber gründlich um die Bauern«, sagte sie.

»Was?« Tanner hob das Rad auf und warf es in die Abfalltonne.

»Saddle Valleys Stolz ist bei der Arbeit. Das ist jetzt das zweite- oder drittemal, daß die durch den Orchard Drive fahren.«

Tanner blickte dem Streifenwagen nach. Der Fahrer, Officer Jenkins, erwiderte seinen Blick. Er winkte ihm nicht zu, auch keine Grußgeste. Nichts. Dabei waren sie miteinander bekannt, wenn nicht gar Freunde.

»Vielleicht hat der Hund letzte Nacht zu viel gebellt.«

»Unser Babysitter hat nichts gesagt.«

»Für einen Dollar fünfzig die Stunde kann man auch den Mund halten.«

»Jetzt solltest du das Ding wegstellen, Darling.« Alices Gedanken wandten sich von dem Polizeiwagen ab. »Ohne Rad wird das eine Arbeit für Papi. Ich kümmere mich um die Kinder.«

Tanner zog das klappernde Gerät hinter sich her, bis zum Straßenrand. Ein helles Licht, das etwa sechzig Meter entfernt war, zog seinen Blick auf sich. Der Orchard Drive führte in westlicher Richtung um ein paar Bäume herum. Ein paar hundert Fuß hinter der Biegung wohnten Tanners nächste Nachbarn, die Scanlans.

Das Licht, das ihm aufgefallen war, war der Reflex der Sonne von dem Streifenwagen. Er parkte jetzt am Straßenrand.

Die beiden Polizisten hatten sich in ihren Sitzen umgedreht und starrten zum Heckfenster hinaus, starrten *ihn* an, da war er ganz sicher. Ein oder zwei Sekunden lang blieb er reglos stehen. Dann setzte er sich langsam auf den Wagen zu in Bewegung. Die beiden Beamten drehten sich um, gaben Gas und rollten davon.

Tanner blickte dem Wagen verblüfft nach und ging dann langsam zu seinem Haus zurück.

Der Saddle-Valley-Polizeiwagen raste zur Peachtree Lane; dort verlangsamte er seine Fahrt und rollte wieder im Schrittempo dahin.

Richard Tremayne saß in seinem klimatisierten Wohnzimmer und sah zu, wie die Mets einen Vorsprung von sechs Runs verpatzten. Die Vorhänge der weiten Erkerfenster waren offen.

Plötzlich erhob sich Tremayne aus seinem Sessel und ging zum Fenster. Da war der Streifenwagen schon wieder. Nur, daß er sich diesmal kaum bewegte.

»Hey, Ginny!« rief er seiner Frau. »Komm mal her.«

Virginia Tremayne ging die drei Stufen ins Wohnzimmer hinunter. »Was ist denn? Du hast mich doch ganz bestimmt nicht gerufen, um mir zu sagen, daß deine Mets oder Jets etwas getroffen haben?«

»Als John und Alice gestern abend hier waren – haben da er und ich – irgend etwas gemacht? Ich meine, wir waren doch nicht zu laut oder so etwas, oder?«

»Ihr wart beide blau. Aber freundlich. Warum?«

»Ich weiß, daß wir betrunken waren. Das war auch eine lausige Woche. Aber wir haben doch nicht irgend etwas Unpassendes getan?«

»Natürlich nicht. Anwälte und Reporter sind Muster an Wohlanständigkeit. Warum fragst du?«

»Der verdammte Polizeiwagen ist jetzt zum fünften Mal vorbeigefahren.«

»Oh.« Virginia spürte, wie sich in ihrem Magen etwas verkrampfte. »Täuschst du dich auch nicht?«

»*Den* Wagen übersieht man doch am hellichten Tage nicht.«

»Nein, da hast du recht... Du hast gesagt, es sei eine miese Woche gewesen. Meinst du, daß dieser schreckliche Mann vielleicht...«

»Großer Gott, nein! Ich hab' dir doch gesagt, daß du das vergessen sollst. Er ist ein Großmaul. Er hat den Fall zu persönlich genommen.« Tremayne blickte immer noch zum Fenster hinaus. Der Polizeiwagen entfernte sich jetzt.

»Aber er hat dich bedroht. Das hast du gesagt. Er sagte, er hätte Verbindungen...«

Tremayne drehte sich langsam herum und sah seine Frau an. »Wir alle haben Verbindungen, oder? Manche, die bis in die Schweiz reichen.«

»Dick, bitte. Das ist doch absurd.«

»Natürlich ist es das. Der Wagen ist jetzt weg. Wahrscheinlich hat das Ganze nichts zu besagen. Die sollen im

Oktober eine Gehaltserhöhung kriegen. Wahrscheinlich sehen sie sich nach Häusern um, die sie kaufen können. Diese Dreckskerle! Die verdienen mehr, als ich fünf Jahre nach dem Studium verdient habe.«

»Ich glaube, du bist jetzt ein wenig gereizt und verkatert.«

»Ich denke, du hast recht.«

Virginia beobachtete ihren Mann. Er starrte immer noch zum Fenster hinaus. »Das Mädchen möchte am Mittwoch frei haben. Da gehen wir zum Essen aus, einverstanden?«

»Sicher.« Er drehte sich nicht um.

Seine Frau ging wieder in den Korridor zurück. Sie sah sich nach ihrem Mann um; jetzt sah er sie an. Schweißtropfen hatten sich auf seiner Stirn gebildet. Dabei war es kühl im Zimmer.

Der Streifenwagen nahm Kurs nach Osten, auf die Route Five zu, die wichtigste Verbindungsstraße mit dem sechsundzwanzig Meilen entfernten Manhattan. An einer Stelle, von der aus man die Ausfahrt 10A überblicken konnte, hielt er an. Der Streifenpolizist, der rechts vom Fahrer saß, holte einen Feldstecher aus dem Handschuhkasten und begann die Fahrzeuge zu mustern, die von der Ausfahrt kamen. Es war ein Zeiss-Glas.

Nach einigen Minuten tippte er Jenkins, den Fahrer an, der durch das offene Fenster herübersah. Er ließ sich den Feldstecher geben, hob ihn an die Augen und verfolgte den Wagen, den ihm sein Kollege gezeigt hatte. Dann sagte er nur ein Wort: »Bestätigt.«

Jenkins legte den Gang ein und fuhr in südlicher Richtung. Er nahm den Telefonhörer ab. »Hier ist Wagen zwei. Fahren in südlicher Richtung auf der Register Road. Verfolgen grünen Ford. New Yorker Kennzeichen. Mit Niggers oder P.R.s.«

Über den Lautsprecher hallte es knatternd: »Verstanden, Wagen zwei. Verjagt sie.«

»Wird gemacht. Kein Problem. Ende.«

Der Streifenwagen bog nach links und jagte die lange Rampe zur Route Five hinunter. Sobald sie auf dem Highway waren, trat Jenkins das Gaspedal bis zum Boden durch, und der Wagen kam auf der glatten Straße schnell auf Touren. Binnen sechzig Sekunden zeigte der Tachometer zweiundneunzig Meilen die Stunde an.

Vier Minuten später verlangsamte der Streifenwagen in einer langen Kurve die Fahrt. Ein paar hundert Meter hinter der Kurve standen zwei Telefonzellen, deren Glas das grelle Licht der Julisonne reflektierte.

Der Polizeiwagen kam zum Stillstand, und Jenkins' Begleiter stieg aus.

»Hast du einen Dime?«

»Ich werd verrückt, McDermott!« Jenkins lachte. »Fünfzehn Jahre bei der Firma und hast noch nicht einmal Kleingeld, um Kontakt herzustellen.«

»Schlaumeier. Ich hab' Nickel, aber einer hat einen Indianerkopf.«

»Hier.« Jenkins holte eine Münze aus der Tasche und reichte sie McDermott. »Du würdest selbst dann einen Roosevelt-Dime nicht für einen Alarmruf verwenden, wenn irgendwo eine Atomrakete unterwegs wäre.«

»Weiß ich nicht.« McDermott ging zu der Telefonzelle, schob die ächzende Türe auf und wählte ›O‹. In der Zelle war es drückend heiß, die Luft in ihr schien völlig stillzustehen. Er hielt deshalb die Tür mit dem Fuß auf.

»Ich fahr' die Straße hinunter und kehre um«, rief Jenkins vom Wagen. »Ich lass' dich auf der anderen Seite zusteigen.«

»Okay… Vermittlung. R-Gespräch nach New Hampshire. Vorwahl drei-eins-zwei. Sechs-fünf-vier-null-null. Mr. Leather.«

Er hatte ganz deutlich gesprochen. McDermott hatte ein Gespräch nach New Hampshire bestellt, und das Mädchen in der Vermittlung stellte es auch durch. Was sie nicht wissen konnte, war, daß diese spezielle Nummer nicht dazu führte, daß ein Telefon im Staate New Hampshire klingelte. Vielmehr wurde irgendwo unter der Erde, in einem riesigen Komplex mit Tausenden von Leitungen ein winziges Relais ausgelöst, und eine kleine magnetisierte Stange fiel herunter und stellte eine andere Verbindung her. Diese Verbindung führte dazu, daß ein Telefon, das zweihundertdreiundsechzig Meilen *südlich* von Saddle Valley, New Jersey, stand, nicht etwa klingelte, sondern leise summte.

Das Telefon befand sich in einem Büro im ersten Stock eines roten Ziegelgebäudes, das von einem zwölf Fuß hohen, mit Strom geladenen Zaun umgeben war. Das Gebäude gehörte zu einer Gruppe von zehn ähnlichen Gebäuden, die alle miteinander verbunden waren und daher einen einzigen Komplex bildeten. Außerhalb der Umfriedung stand dicht belaubter Wald. Es handelte sich um McLean, Virginia. Der Komplex beherbergte die Central Intelligence Agency. Isoliert, sicher, unverletzbar.

Der Mann, der in dem Büro im ersten Stock hinter dem Schreibtisch saß, drückte erleichtert seine Zigarette aus. Er hatte unruhig auf den Anruf gewartet. Er stellte befriedigt fest, daß die kleinen Räder des Aufnahmegerätes sich automatisch zu drehen begannen. Er nahm den Hörer ab.

»Hier spricht Andrews. Ja, ich nehme das R-Gespräch an.«

»Hier Leather«, hallte es an sein Ohr.

»Geht klar. Band läuft, Leather.«

»Bestätige Anwesenheit aller Verdächtigen. Die Cardones sind gerade vom Kennedy Airport eingetroffen.«

»Wir wußten, daß er gelandet ist…«

»Warum zum Teufel mußten wir dann hierher rasen?«

»Die Fünf ist eine ziemlich miese Straße. Er hätte einen Unfall haben können.«

»Am Sonntagnachmittag?«

»Oder zu jeder beliebigen anderen Zeit. Wollen sie die Unfallstatistiken für diese Strecke?«

»Gehen Sie doch zu Ihren verdammten Computern zurück...«

Andrews zuckte die Achseln. Diese Außendienstler regten sich dauernd über alles mögliche auf. »Wie ich Ihrem Bericht entnehme, sind alle drei Verdächtigten anwesend. Korrekt?«

»Korrekt. Die Tanners, die Tremaynes und die Cardones. Alle anwesend. Alle warten. Die ersten zwei haben wir scharf gemacht. Jetzt kümmern wir uns in ein paar Minuten um Cardone.«

»Sonst noch etwas?«

»Für den Augenblick nicht.«

»Wie geht's der Frau?«

»Jenkins hat es gut. Der ist Junggeselle. Lillian starrt dauernd diese Häuser an und will eines haben.«

»Nicht bei unserem Gehalt, McDermott.«

»Sag' ich ihr ja auch immer. Sie will, daß ich abhaue.«

Andrews ging auf McDermotts Witz ein. »Die zahlen noch schlechter, hab' ich gehört.«

»Unmöglich... Da ist Jenkins. Ich melde mich wieder.«

Joseph Cardone steuerte seinen Cadillac in die kreisförmige Einfahrt und parkte vor der Steintreppe, die zu der mächtigen Eichentür hinaufführte. Er schaltete den Motor ab und streckte sich, hob dabei die Ellbogen bis ans Wagendach. Dann seufzte er und weckte seine zwei Jungen, sechs und sieben Jahre alt. Ein drittes Kind, ein vielleicht zehnjähriges Mädchen, las ein Comic-Heft.

Neben Cardone saß seine Frau Betty. Sie blickte zum

Fenster hinauf auf das Haus. »Es ist gut, einmal wegzukommen, aber noch besser ist es, wenn man dann wieder zu Hause ist.«

Cardone lachte und legte seiner Frau die große Hand auf die Schulter. »Ich glaube, du meinst das ernst.«

»Tu' ich auch.«

»Bestimmt. Du sagst das nämlich jedesmal, wenn wir nach Hause kommen. Wort für Wort.«

»Ist auch ein schönes Haus.«

Cardone öffnete die Tür. »Hey, Prinzessin... Du kannst mit deinen Brüdern eurer Mutter mit den kleineren Taschen helfen.« Cardone zog den Schlüssel aus dem Zündschloß. Er ging zum Kofferraum. »Wo ist Louise?«

»Sie kommt wahrscheinlich erst Dienstag. Wir sind ja drei Tage früher gekommen, weiß du. Ich hab' ihr bis Dienstag freigegeben.«

Cardone zuckte zusammen. Der Gedanke an die Kochkünste seiner Frau war nicht besonders angenehm. »Dann gehen wir auswärts essen.«

»Das müssen wir auch heute. Es dauert zu lange, etwas aufzutauen.« Betty Cardone ging die Steintreppe hinauf und holte den Haustürschlüssel aus der Handtasche.

Joe tat die Bemerkung seiner Frau ab. Er liebte gutes Essen und war mit den kulinarischen Künsten seiner Frau nicht zufrieden. Reiche Debütantinnen aus Chestnut Hill kochten eben nicht so gut wie italienische Mamas von der Südseite von Philadelphia.

Eine Stunde später lief die zentrale Klimaanlage, und die stickige Luft in dem seit fast zwei Wochen ungelüfteten Haus begann langsam wieder erträglich zu werden. Er bemerkte solche Dinge. Er war ein ungewöhnlich erfolgreicher Sportler gewesen – seine Straße zum Erfolg, gesellschaftlich wie finanziell. Er trat auf die vordere Terrasse und blickte auf den Rasen mit der großen Trauerweide, um die die kreisförmige Zufahrt herumführte. Die

Gärtner hatten das alles hübsch in Ordnung gehalten. Das konnte man auch erwarten, bei dem Geld, das die verlangen. Nicht, daß es ihm noch darauf ankam.

Und da war er plötzlich wieder. Der Streifenwagen. Das war das drittemal, daß er ihn jetzt sah, seit er den Highway verlassen hatte.

»Hey, Sie da! Stehenbleiben!«

Die beiden Beamten in dem Wagen sahen einander kurz an und schienen davonrasen zu wollen. Aber Cardone war schneller.

»Hey!«

Der Streifenwagen hielt an.

»Ja, Mr. Cardone?«

»Was ist denn los? Hat es hier Ärger gegeben?«

»Nein, Mr. Cardone. Es ist Ferienzeit. Wir überprüfen nur unsere Zeitpläne, wenn die Leute vom Urlaub zurückkehren. Sie sollten heute nachmittag zurückkommen, also wollten wir uns vergewissern, daß das auch Sie waren. Jetzt können wir Ihr Haus von unserer Liste streichen.«

Joe musterte den Polizisten. Er wußte, daß der Beamte log, und der Polizist wußte, daß er das wußte.

»Sie verdienen sich Ihr Geld.«

»Wir geben uns Mühe, Mr. Cardone.«

»Ich wette, daß Sie das tun.«

»Guten Tag, Sir.« Der Streifenwagen jagte davon.

Joe blickte ihm nach. Er hatte erst Mitte der Woche wieder ins Büro gehen wollen, aber das ging jetzt nicht. Er würde morgen nach New York fahren.

Zwischen fünf und sechs an Sonntagnachmittagen pflegte Tanner sich in sein Arbeitszimmer einzuschließen, ein mit Nußbaumpaneelen verkleidetes Zimmer mit drei Fernsehgeräten. Er sah sich dann gleichzeitig drei verschiedene Interviewsendungen an.

Alice wußte, daß ihr Mann das tun mußte. Als Chef der Nachrichtenredaktion von Standard Mutual gehörte es zu seinen Aufgaben, über die Konkurrenz informiert zu sein. Dennoch fand Alice, daß an einem Mann, der alleine in einem schwach beleuchteten Raum saß und gleichzeitig drei Fernsehgeräte beobachtete, etwas Unheimliches war, und sie machte ihm auch oft deshalb Vorhaltungen.

Heute erinnerte Tanner seine Frau daran, daß ihm der nächste Sonntag entgehen würde – Bernie und Leila würden da sein, und nichts und niemand durfte ein Osterman-Weekend stören. Also saß er in dem verdunkelten Raum und wußte nur zu gut, was er sehen würde.

Jeder Chefredakteur eines jeden Senders hatte sein Lieblingsprogramm, das, dem er besondere Aufmerksamkeit widmete. Für Tanner war das die Woodward-Show. Eine halbe Stunde am Sonntagnachmittag, in der der beste Nachrichtenkommentator in der ganzen Branche sich mit einem Thema befaßte, gewöhnlich einer etwas kontroversen Gestalt, die im Augenblick Schlagzeilen machte.

Heute interviewte Charles Woodward einen Ersatzmann, Undersecretary Ralph Ashton vom State Department. Der Secretary selbst hatte wegen dringender Geschäfte absagen müssen, also mußte Ashton einspringen.

Seitens des State Department war das ein eklatanter Fehler. Ashton war ein witzloser, prosaischer ehemaliger Geschäftsmann, dessen Hauptfähigkeit darin bestand, daß er sich darauf verstand, Geld herbeizuschaffen. Daß man ihn auch nur dafür in Betracht zog, die Administration vor der Kamera zu vertreten, war ein großer Fehler. Es sei denn, andere Motive waren dafür maßgeblich.

Woodward würde ihn ans Kreuz schlagen.

Während Tanner sich Ashtons ausweichende, leere Antworten anhörte, war ihm bewußt, daß eine ganze Anzahl Leute in Washington bald anfangen würden, einander anzurufen. Woodwards höfliche Andeutungen konnten die wachsenden Abneigung nicht verbergen, die er gegenüber dem Undersecretary empfand. Sein Reporterinstinkt wurde frustriert; bald würde Woodwards Ton eisig werden, und dann würde er Ashton schlachten. Höflich, versteht sich, aber nichtsdestoweniger schlachten.

Tanner war es peinlich, so etwas ansehen zu müssen. Er schaltete die Lautstärke des zweiten Geräts höher. Ein Moderator schilderte gerade mit behäbiger, nasaler Stimme den Hintergrund und die politischen Positionen der Expertenteams, die im Begriff waren, den UN-Delegierten aus Ghana zu befragen. Der schwarze Diplomat sah aus, als sollte er aufs Schaffott geführt werden.

Keine Konkurrenz also.

Der dritte Sender war besser, aber auch nicht gut genug. Keine Konkurrenz.

Tanner beschloß, daß er genug hatte. Das Ganze war schon viel zu weit gediehen, als daß es noch Sinn gehabt hätte, sich Sorgen zu machen, und außerdem würde er sich Woodwards Band morgen ansehen. Es war erst zwanzig Minuten nach fünf, und die Sonne schien noch auf den Pool. Er hörte die Schreie seiner Tochter, die vom Country Club zurückkehrte, und den widerstrebenden Abzug von Raymonds Freunden aus dem Hinterhof. Seine Familie hatte sich versammelt. Alle drei saßen jetzt wahrscheinlich draußen und warteten, bis er mit Fernsehen fertig war und das Feuer für die Steaks in Gang setzte.

Er würde sie überraschen.

Er schaltete die Geräte ab und legte Block und Bleistift auf den Schreibtisch. Jetzt war Zeit für einen Drink.

Tanner öffnete die Tür seines Arbeitszimmers und ging in den Wohnraum. Durch die Hinterfenster sah er Alice und die Kinder sich einander über das Sprungbrett und durch den Pool jagen. Sie lachten, waren glücklich und zufrieden.

Alice verdiente das. Herrgott! Und wie sie es verdiente!

Er beobachtete seine Frau. Sie sprang – in vorbildlicher Haltung – ins Wasser und kam sofort wieder an die Oberfläche, um sich zu vergewissern, daß die achtjährige Janet gut abkam.

Bemerkenswert! Nach all den Jahren liebte er seine Frau mehr denn je.

Er erinnerte sich an den Streifenwagen, tat den Gedanken dann aber ab. Die Polizisten würden sich einfach eine abgelegene Stelle suchen, um sich auszuruhen oder sich ungestört das Spiel anzuhören. Er hatte gehört, daß Polizisten in New York so etwas taten. Warum also nicht in Saddle Valley? Saddle Valley war viel sicherer als New York.

Saddle Valley war wahrscheinlich der sicherste Ort auf der Welt. Wenigstens schien es John Tanner an diesem Sonntagnachmittag so.

Richard Tremayne schaltete seinen einzigen Fernseher ab, zehn Sekunden nachdem John Tanner seine drei abgeschaltet hatte.

Die Mets hatten also doch gewonnen.

Seine Kopfschmerzen waren verflogen und damit auch seine Gereiztheit. Ginny hatte recht gehabt, dachte er. Er war einfach unruhig, aber das war noch lange kein Grund, das an der Familie auszulassen. Sein Magen fühlte sich jetzt besser. Wenn er eine Kleinigkeit aß, würde alles wieder in Ordnung sein. Vielleicht würde er Johnny und Ali rufen und mit Ginny zu den Tanners hinübergehen, um ein paar Runden im Pool zu schwimmen.

Ginny fragte ihn immer wieder, warum sie nicht auch einen hätten. Ihr Einkommen war weiß Gott höher als das der Tanners. Jeder konnte das sehen. Aber Tremayne wußte warum.

Ein Pool würde genau ein Statussymbol zu viel sein.

Zu viel für vierundvierzig. Es reichte schon, daß sie nach Saddle Valley gezogen waren, als er erst achtunddreißig war. Ein Vierundsiebzigtausend-Dollar-Haus mit achtunddreißig Jahren. Mit einer Fünfzigtausend-Dollar-Anzahlung. Ein Pool hatte Zeit bis zu seinem fünfundvierzigsten Geburtstag. Dann würde es gehen.

Woran die Leute – seine Klienten – natürlich nicht dachten, war, daß er sein Examen an der Yale-Universität unter den besten fünf Prozent seiner Klasse gemacht hatte und dann drei Jahre auf der untersten Rangstufe seiner gegenwärtigen Firma tätig gewesen war, ehe er angefangen hatte, Geld zu verdienen. Als er dann freilich anfing, kam es reichlich und schnell.

Tremayne ging hinaus. Ginny und ihre dreizehnjährige Tochter Peg stutzten an einem weißen Spalier Rosen. Sein ganzer Hinterhof, der fast einen halben Acre ausmachte, war gepflegt, ja beinahe manikürt. Überall gab es Blumen. Der Garten war Ginnys Zeitvertreib, Hobby, Vergnügen – neben Sex ihre große Leidenschaft. Gegen Sex kam eben nichts an, dachte ihr Mann und lächelte unbewußt.

»Hier! Laßt euch helfen«, rief Tremayne und ging auf sie zu.

»Du fühlst dich wohl wieder besser«, sagte Virginia und lächelte.

»Schau dir die an, Daddy! Sind die nicht schön?« Seine Tochter hielt ihm einen Bund roter und gelber Rosen hin.

»Reizend sind sie, Liebes.«

»Dick, habe ich dir das schon gesagt? Bernie und Leila kommen nächste Woche nach Osten. Sie sind Freitag hier.«

»Johnny hat es mir gesagt... Ein Osterman-Weekend. Ich muß sehen, daß ich noch in Form komme.«

»Ich dachte, du hättest gestern abend geübt.«

Tremayne lachte. Er entschuldigte sich nie dafür, wenn er sich einmal betrunken hatte; es geschah zu selten, und er war dann auch nicht unangenehm. Außerdem hatte er es gestern abend verdient. Es war wirklich eine scheußliche Woche gewesen. Sie gingen zu dritt zum Haus zurück. Virginia schob ihre Hand unter seinen Arm. Wie groß Peggy geworden ist, dachte ihr Vater und lächelte. Das Telefon auf der Terrasse klingelte.

»Ich geh' schon hin!« Peggy rannte los.

»Warum auch nicht?« fragte ihr Vater gespielt verzweifelt.

»Es ist ja doch nie für uns!«

»Wir müssen ihr einfach ein eigenes Telefon besorgen.« Virginia Tremayne kniff ihren Mann verspielt in den Arm.

»Ihr treibt mich noch ins Armenhaus.«

»Es ist für dich, Mutter. Mrs. Cardone.« Plötzlich legte Peggy die Hand über die Sprechmuschel. »*Bitte* sprich nicht so lang, Mutter. Carol Brown hat gesagt, sie würde mich anrufen, wenn sie zu Hause ist. Du weißt doch, ich hab' es dir gesagt. Der Choate-Junge.«

Virginia Tremayne lächelte wissend und warf ihrer Tochter einen verschwörerischen Blick zu. »Carol wird schon nicht von zu Hause ausreißen, ohne es dir zu sagen, Darling. Wahrscheinlich braucht sie mehr als das Taschengeld für eine Woche dazu.«

»Oh, Mutter!« Richard beobachtete die beiden amüsiert. All das tat ihm ungemein gut. Seine Frau leistete wirklich prima Arbeit mit ihrem Kind. Niemand konnte da etwas sagen. Er wußte, daß es Leute gab, die Ginny kritisierten, die sagten, sie kleidete sich ein wenig auffällig. Er hatte das schon ein paarmal gehört und wußte, daß es da noch eine versteckte Nebenbedeutung gab. Aber die Kinder. Die Kinder umschwärmten Ginny förmlich. Das war heutzutage sehr wichtig. Vielleicht wußte seine Frau etwas, das die meisten anderen Frauen nicht wußten.

Die Dinge liefen gut, dachte Tremayne.

Selbst was die äußere Sicherheit betraf, wenn man Bernie Osterman glauben durfte.

Es war ein gutes Leben.

Er würde mit Joe telefonieren, wenn Ginny und Betty ihr Gespräch je beendeten. Dann würde er John und Ali anrufen. Nachdem Johnnys Fernsehshows vorüber waren. Vielleicht konnte sie alle sechs in den Club fahren, dort gab es sonntags immer ein Buffet.

Und dann fiel ihm plötzlich wieder der Streifenwagen ein... Er tat den Gedanken gleich wieder ab. Er war nervös gewesen, gereizt, verkatert. Eigentlich war das doch ganz normal, dachte er. Schließlich war es Sonntagnachmittag und der Stadtrat hatte darauf bestanden, daß die Polizei die Wohngebiete an den Sonntagnachmittagen besonders gründlich überprüfte.

Komisch, überlegte er. Er hatte gar nicht gedacht, daß die Cardones schon so bald wieder zurückkommen würden. Vielleicht hatte Joe einen Anruf von seinem Büro bekommen, am Montag dort zu sein. Die Börse spielte zur Zeit verrückt. Besonders bei den Termingeschäften, die Joes Spezialität waren.

Betty nickte am Telefon und beantwortete damit Joes Frage. Das löste das Problem mit dem Abendessen. Das Buffet war nicht schlecht, auch wenn man im Club das Geheimnis eines guten Antipasto immer noch nicht gelernt hatte. Joe sagte dem Geschäftsführer immer wieder, daß man Genueser Salami verwenden mußte, nicht Pastrami, aber der Küchenchef hatte eben mit einem geschickten Lieferanten einen Abschluß gemacht, was konnte da ein ganz gewöhnliches Clubmitglied schon ausrichten? Selbst Joe nicht, der wahrscheinlich der reichste von ihnen allen war. Andererseits war er Italiener – zwar nicht katholisch, aber immerhin Italiener –, und der Saddly Valley Country Club gestattete Italienern erst seit zehn Jahren den Zutritt.

Eines Tages würden sie sogar Juden hineinlassen – das würde dann eine große Feier geben.

Diese stillschweigende Intoleranz – denn ausgesprochen wurde das nie – war es, die die Cardones, die Tanners und die Tremaynes veranlaßte, Bernie und Leila Osterman im Club auffällig herzuzeigen, wenn sie nach Osten kamen. Eines mußte man ihnen allen sechs lassen – Spießer waren sie keine. Seltsam, dachte Cardone, als er den Hörer auflegte und in den kleinen Gymnastikraum neben seinem Haus ging, seltsam, daß die Tanners sie zusammengebracht hatten. John und Ali Tanner hatten die Ostermans in Los Angeles gekannt, als Tanner gerade in seinem Beruf anfing. Jetzt fragte sich Joe, ob John und Ali wirklich verstanden, welche Bindung zwischen Bernie Osterman und ihm und Dick Tremayne bestand. Es war eine Beziehung, über die man mit Außenstehenden nicht redete.

Am Ende lief es auf die Art von Unabhängigkeit hinaus, die jederman suchte und um die vielleicht jeder besorgte Bürger betete; es gab Gefahren, Risiken, aber für ihn und Betty war das gut. Auch für die Tremaynes und die Ostermans. Sie hatten untereinander darüber gesprochen, es analysiert, es gründlich durchdacht, und waren gemeinsam zu ihrem Entschluß gekommen.

Für die Tanners wäre es vielleicht auch richtig gewesen. Aber Joe, Dick und Bernie waren übereingekommen, daß das erste Signal von Joe selbst kommen mußte. Das war entscheidend wichtig. Es hatte genügend Andeutungen gegeben, und Tanner hatte nicht reagiert.

Joe schloß die schwere gepolsterte Tür seiner privaten Turnhalle, drehte die Dampfhähne auf und zog sich aus. Er zog Trainingshosen und einen Trainingspullover an, den er von dem Regal aus rostfreiem Stahl nahm. Er lächelte, als er die gestickten Initialen auf dem Flanell sah. Nur ein Mädchen aus Chestnut Hill würde ein Monogramm auf eine Trainingsanzug-Jacke nähen lassen.

J.A.C.

Joseph Ambruzzio Cardone.

Guiseppe Ambruzzio Cardione. Zweites von acht Kindern, die der Ehe von Angela und Umberto Cardione entstammten, ehemals Sizilien und später South Philadelphia. Zu guter Letzt amerikanische Staatsbürger. Amerikanische Fahnen neben zahllosen kosmetikgeschönten Bildern der Jungfrau Maria, die ein engelhaftes Christkind mit blauen Augen und roten Lippen hielt.

Guiseppe Ambruzzio Cardione wuchs zu einem breitschultrigen, ungeheuer starken jungen Mann heran, der so ziemlich der beste Athlet war, den die South Philadelphia High je gesehen hatte. Er war Präsident seiner Seniorenklasse und wurde zweimal in den Städtischen Studentenrat gewählt.

Von den vielen Collegestipendien, die ihm angeboten wurden, wählte er das mit dem größten Prestige aus, Princeton, das auch am nächsten bei Philadelphia lag. Als Princeton-Verteidiger schaffte er für seine Alma Mater das scheinbar Unmögliche. Er wurde zum All-American gewählt, der erste Princeton-Football-Spieler seit vielen Jahren, dem diese Ehre zuteil wurde.

Einige dankbare alte Herren verschafften ihm den Zugang zur Wall Street. Er kürzte seinen Namen zu Cardone ab, wobei der letzte Vokal nur ganz schwach betont wurde. Das klang irgendwie majestätisch, dachte er. Wie Cardozo. Aber natürlich ließ sich davon niemand täuschen, und bald war es ihm gleichgültig. Der Markt expandierte, explodierte förmlich, bis praktisch *jedermann* Obligationen kaufte. Zuerst war er einfach nur ein guter Kundenberater. Ein Italienerjunge, der es zu etwas gebracht hatte, ein junger Mann, der mit den Neureichen reden konnte, die genügend Geld hatten, um es auszugeben; so reden, daß die Neureichen, die in bezug auf Investitionen noch nervös waren, es auch begriffen.

Und es kam, wie es kommen mußte.

Italiener sind feinfühlige Leute. Sie fühlen sich wohler, wenn sie mit ihresgleichen Geschäfte machen. Eine Anzahl der Leute aus dem Baugewerbe, die Castelanos, die Latronas, die Battellas – die mit Industriebauten Vermögen verdient hatten, wanderten zu Cardone. Cardone mit nur zwei Silben. »Joe Cardone«, riefen sie ihn. Und Joe fand steuerbegünstigte Anlagen für sie, Joe besorgte ihnen Wachstumswerte, Joe fand Sicherheit für sie.

Das Geld strömte herein. Der Umsatz der Maklerfirma verdoppelte sich dank Joeys Freunden fast. Worthington und Bennett, Mitglieder der New Yorker Börse, wurden zu Worthington, Bennett und Cardone. Und von da war es nur ein kurzer Schritt zu Bennett-Cardone, Ltd.

Cardone war seinen *Compares* dankbar. Aber der Grund für seine Dankbarkeit war zugleich auch der Grund, warum er ein bißchen zusammenzuckte, wenn ein Streifenwagen zu häufig in der Nähe seines Hauses auftauchte. Denn einige wenige seiner *Compares*, vielleicht sogar mehr als einige wenige, standen am Rande – vielleicht sogar nicht mehr ganz am Rande – der Unterwelt.

Er beendete seine Arbeit mit den Gewichten und stieg auf seine Rudermaschine. Der Schweiß quoll ihm aus den Poren, er fühlte sich jetzt wohler. Die Bedrohung des Streifenwagens begann zu schwinden. Schließlich kehrten neunundneunzig Prozent der Saddle-Valley-Familien am Sonntag aus den Ferien zurück. Wer hatte je von jungen Leuten gehört, die an einem Mittwoch aus den Ferien zurückkehrten? Selbst wenn es so auf der Liste in der Polizeistation stand, war es durchaus möglich, daß ein gewissenhafter diensthabender Sergeant das für einen Fehler hielt und Sonntag daraus machte. Niemand kehrte am Mittwoch zurück. Mittwoch war ein Arbeitstag.

Und wer würde je ernsthaft glauben, Joseph Cardone könnte etwas mit der Cosa Nostra zu tun haben? Er war der Fleisch gewordene Beweis der Arbeitsethik. Die amerikanische Erfolgsgeschichte. Ein Princeton-All-American.

Joe zog seinen Trainingsanzug aus und ging in die Dampfkammer, die jetzt mit Dampf angefüllt war. Er setzte sich auf die Bank und atmete tief. Der Dampf wirkte reinigend. Nach fast zwei Wochen franko-kanadischer Küche bedurfte sein Körper der Reinigung.

Er lachte lauthals in seiner Dampfkammer. Es war gut, wieder zu Hause zu sein, in dem Punkt hatte seine Frau recht. Und Tremayne hatte ihm gesagt, daß die Ostermans am Freitagmorgen kommen würden. Es würde gut sein, Bernie und Leila wiederzusehen. Es waren fast vier Monate vergangen, seit er sie zuletzt gesehen hatte. Aber sie waren in Verbindung geblieben.

Zweihundertfünfzig Meilen südlich von Saddle Valley, New Jersey, liegt jener Teil der Hauptstadt der Nation, den man als Georgetown kennt. In Georgetown ändert sich der Lebensrhythmus jeden Nachmittag um halb sechs. Vorher ist er langsam, aristokratisch, ja delikat. Nachher beschleunigt er sich – nicht plötzlich, aber zunehmend. Die Einwohner von Georgetown, größtenteils Männer und Frauen von Macht und Wohlstand, und beidem verpflichtet, widmen sich mit großer Hingabe der Ausbreitung ihres Einflusses.

Nach halb sechs beginnen die Spiele.

Nach halb sechs ist in Georgetown die Zeit für strategische Schachzüge.

Wer ist wo? Und warum?

Mit Ausnahme des Sonntagnachmittags, wenn die Makler der Macht ihre Kreationen der vergangenen Woche überblicken und sich die Zeit nehmen, um ihre Kräfte für die nächsten sechs Tage des strategischen Spiels neu zu formieren.

Es werde Licht und es ward Licht. Es werde Ruhe und es ward Ruhe.

Nur mit der Ausnahme, daß das nicht für alle gilt.

So zum Beispiel nicht für Alexander Danforth, Berater des Präsidenten der Vereinigten Staaten. Ein Berater ohne Portefeuille und ohne genau definierte Aufgaben.

Danforth war der Verbindungsmann zwischen der Sicherheits-Kommunikationszentrale in den unteren Stockwerken des Weißen Hauses und der Central Intelligence Agency in McLean, Virginia. Er war ein Makler der Macht par excellence, weil er nie sichtbar war und doch seine Entscheidungen zu den wichtigsten in Washington zählten. Unabhängig von den Administrationen hörten alle auf seine Stimme. So war das seit Jahren.

An diesem Sonntagnachmittag saß Danforth mit dem stellvertretenden Administrator der Central Intelligence Agency, George Grover, unter dem Bougainvilleabaum, der Danforths kleinen Hinterhof beschattete, vor dem Fernseher. Die beiden Männer waren zu demselben Schluß wie John Tanner zweihundertfünfzig Meilen nördlich von ihnen gelangt: Charles Woodward würde morgen früh Schlagzeilen machen.

»Das Außenministerium wird einen Monatsvorrat an Toilettenpapier verbrauchen«, sagte Danforth.

»Geschieht ihnen recht. Wer nur Ashton hingeschickt hat? Er ist nicht nur dumm, er sieht sogar dumm aus. Dumm und glatt. John Tanner ist für dieses Programm verantwortlich, oder?«

»Ja.«

»Raffinierter Hund. Es wäre nett, wenn man sicher wüßte, daß er auf unserer Seite steht«, sagte Grover.

»Fassett sagt ja.« Die beiden Männer tauschten Blicke. »Nun, Sie haben ja die Akte gesehen. Sind Sie nicht auch der Meinung?«

»Ja. Doch. Fassett hat recht.«

»Das hat er meistens.«

Auf dem mit Keramikplatten belegten Tisch vor Danforth standen zwei Telefone. Das eine war schwarz und mit einer Steckdose am Boden verstöpselt. Das andere war rot, und ein rotes Kabel führte ins Haus hinein. Das rote Telefon summte – es klingelte nicht. Danforth nahm ab.

»Ja… Ja, Andrews. Gut… Sehr gut. Rufen Sie Fassett an und sagen Sie ihm, daß er herüberkommen soll. Hat Los Angeles die Ostermans bestätigt? Keine Veränderung? Ausgezeichnet. Alles läuft planmäßig.«

Bernard Osterman, Absolvent des Jahrgangs 1946 der C.C.N.Y., zog das Blatt aus seiner Schreibmaschine und sah es an. Dann legte er es auf einen dünnen Stapel beschriebener Blätter und stand auf. Er ging um seinen nierenförmigen Pool herum und reichte das Manuskript seiner Frau Leila, die nackt in ihrem Liegestuhl saß.

Osterman war ebenfalls nackt.

»Weißt du, eine ausgezogene Frau wirkt in der Sonne nicht besonders attraktiv.«

»Du hältst dich wohl für einen Adonis? Gib her!« Sie nahm ihm die Blätter ab und griff nach ihrer großen Sonnenbrille. »Ist das der Schluß«

Bernie nickte. »Wann kommen denn die Kinder nach Hause?«

»Die rufen vom Strand aus an, ehe sie nach Hause fahren. Ich habe Marie gesagt, sie sollte unbedingt anrufen. Ich möchte nicht, daß Merwyn schon in seinem Alter etwas von nackten Mädchen in der Sonne erfährt. In dieser Stadt gibt es dagegen schon genügend Aversionen.«

»Da hast du recht. Lies!« Bernie sprang in den Pool. Er schwamm drei Minuten lang schnell auf und ab, bis er außer Atem war. Er war ein guter Schwimmer. In seiner Militärzeit hatte man ihn in Fort Dix zum Schwimmlehrer

33

gemacht. Den ›schnellen Juden‹ hatten sie ihn genannt. Aber nur hinter seinem Rücken. Er war ein drahtiger Mann, ungeheuer zäh. Wenn die C.C.N.Y. ein Football-Team gehabt hätte, wäre er sicher ihr Kapitän gewesen. Joe Cardone hatte Bernie gesagt, er hätte ihn gut in Princeton gebrauchen können.

Bernie hatte gelacht, als Joe ihm das sagte. Trotz der scheinbaren Demokratisierung, die er beim Militär erlebt hatte – und die ging nicht sehr tief –, war es Bernard Osterman, aus der Bronx, New York, Treymont Avenue, nie in den Sinn gekommen, ehrwürdige Barrieren zu überspringen und der Ivy League beizutreten. Vielleicht wäre es sogar möglich gewesen, er war intelligent und clever, und es gab immerhin die G.I.-Stipendien, aber es kam ihm überhaupt nie in den Sinn.

Er hätte sich damals dort nicht wohl gefühlt – 1946. Jetzt schon; die Dinge hatten sich verändert.

Osterman stieg die Leiter hinauf. Es war gut, daß er und Leila an die Ostküste reisten, zurück nach Saddle Valley, wo sie ein paar Tage verbringen würden. Irgendwie kam es einem immer vor wie ein kurzer, konzentrierter Kurs im angenehmen Leben. Alle sagten immer, das Leben im Osten wäre hektisch und die Leute stünden alle unter ewigem Druck – in viel stärkerem Maße, als das in Los Angeles der Fall war; aber das stimmte nicht. Das schien nur so, weil dort alles viel beengter war.

Los Angeles, *sein* Los Angeles, und das bedeutete Burbank, Hollywood, Beverly Hills, war da, wo man den wirklichen Wahnsinn praktizierte. Männer und Frauen, die wie verrückt zwischen den Regalen eines von Palmen gesäumten Drugstores auf und ab rannten. Und alles stand zum Verkauf, alles trug ein Etikett, und alle konkurrierten in ihren psychedelischen Hemden und orangefarbenen Hosen.

Manchmal gab es Zeiten, da Bernie sich nichts sehnlicher wünschte, als jemanden in einem grauen Nadelstreifen-Anzug und einem weißen Hemd mit Krawatte zu sehen. Eigentlich hatte es nichts zu bedeuten, es kam wirklich nicht darauf an; es war ihm schnurzegal, welche Kostüme die Stämme von Los Angeles trugen. Vielleicht war es einfach nur dieser übertriebene ewige Angriff auf seinen Gesichtssinn.

Oder sein Pendel war gerade einmal wieder im Begriff, nach unten zu schwingen. Das Ganze machte ihn einfach müde.

Und das war unfair. Der von Palmen gesäumte Drugstore hatte ihn sehr gut behandelt.

»Wie ist es?« fragte er seine Frau.

»Recht gut. Vielleicht bekommst du sogar ein Problem damit.«

»Was?« Bernie schnappte sich ein Handtuch vom Tisch. »Was für ein Problem?«

»Vielleicht legst du damit zu viele Schichten frei. Vielleicht ist es zu schmerzhaft.« Leila legte eine Seite um, während ihr Mann ihr zulächelte. »Sei noch eine Minute still und laß mich zu Ende lesen. Vielleicht kommst du wieder heraus.«

Bernie Osterman setzte sich auf einen Liegestuhl und ließ die warme kalifornische Sonne seinen Körper erwärmen. Er hatte immer noch ein Lächeln um die Lippen; er wußte, was seine Frau meinte, und es tat ihm gut. Die Jahre des formelhaften Schreibens hatten seine Fähigkeit nicht beeinträchtigt, Dinge freizulegen, auf den Kern zu stoßen – wenn er das wollte.

Und es gab Zeiten, da war ihm nichts wichtiger, als das zu wollen. Sich selbst zu beweisen, daß er immer noch dazu imstande war. So wie er das früher getan hatte, als sie noch in New York lebten.

Das waren gute Tage. Provozierend, erregend, angefüllt mit Sinn und einer Aufgabe. Nur, daß da nie etwas anderes war – nur eine Aufgabe, nur Sinn. Ein paar schmeichelhafte Rezensionen, die andere intensive, junge Schriftsteller schrieben. Man hatte ihn damals *eindringlich* genannt; *sensitiv, einschneidend*. Einmal sogar *außergewöhnlich*.

Das war nicht genug gewesen. Und so waren er und Leila an die Westküste gezogen, in den palmengesäumten Drugstore, und hatten bereitwillig und glücklich ihre Talente der förmlich aus ihren Nähten platzenden Welt des Fernsehens gewidmet.

Aber eines Tages... Eines Tages, dachte Bernard Osterman, würde es wieder dazu kommen. Zu dem Luxus, sich einfach hinzusetzen und alle Zeit der Welt zu haben, um es wirklich zu tun. Um einen großen Fehler zu machen, wenn er das mußte. Es war wichtig, so denken zu können.

»Bernie?«

»Ja?«

Leila deckte sich mit einem Handtuch zu und betätigte den Knopf an der Armlehne ihres Liegestuhls, so daß das Rückenteil sich hob. »Es ist wirklich schön, Süßer. Ich meine, wirklich sehr schön, und ich glaube, du weißt auch, daß es nicht funktionieren wird.«

»Es funktioniert!«

»Die werden das nicht zulassen.«

»Dann können die mich mal!«

»Man zahlt uns dreißigtausend für eine Stunde ganz gewöhnlichen Fernsehspiels Bernie. Nicht für einen zweistündigen Exorzismus, der in einer Begräbnisanstalt endet.«

»Das ist nicht Exorzismus. Das ist zufälligerweise eine traurige Geschichte, die auf dem wahren Leben beruht, und die Zustände im Leben ändern sich nicht. Willst du ins Barrio hinunter fahren und es dir ansehen.«

»Die nehmen dir das nicht ab. Die werden verlangen, daß du es umschreibst.«

»Das mache ich nicht!«

»Die haben doch noch die zweite Rate. Wir kriegen noch fünfzehntausend.«

»Scheiße!«

»Du weißt, daß ich recht habe.«

»Alles Gerede! Verdammtes Geschwätz! In dieser Saison wollen wir einmal etwas *Sinnvolles* haben! Etwas *Kontroverses*! Geschwätz!«

»Die schauen sich bloß die Zahlen an. Auch wenn die *Times* begeistert ist, verkauft das noch lange kein Deodorant in Kansas.«

»Die können mich mal.«

»Beruhige dich. Geh noch mal schwimmen. Der Pool ist groß.«

Leila Osterman sah ihren Mann an. Er wußte, was dieser Blick bedeutete, und mußte unwillkürlich lächeln. Etwas traurig.

»Okay, dann flick es zusammen.«

Leila griff nach dem Bleistift und dem gelben Block, der neben ihrem Stuhl auf dem Tisch lag. Bernie stand auf und trat an den Poolrand.

»Meinst du, daß Tanner sich uns anschließen möchte? Meinst du, ich könnte vielleicht an ihn herantreten?«

Seine Frau legte den Bleistift weg und blickte zu ihrem Mann auf. »Ich weiß nicht. Johnny ist anders als wir…«

»Anders als Joe und Betty? Dick und Ginny? Ich finde nicht, daß er so völlig anders ist.«

»Ich würde ihn nicht erschrecken. Er ist immer noch ein Nachrichten-Mann. Geier haben die ihn einmal genannt, erinnerst du dich? Der Geier von San Diego. Er hat ein Rückgrat. Ich möchte das nicht biegen wollen. Es könnte zurückschnappen.«

»Er denkt genau wie wir. Er denkt wie Joe und Dick. Wie wir.«

»Noch einmal – du solltest ihn nicht überfallen. Meinetwegen nennst du das die vielgerühmte weibliche Intuition, aber erschrecke ihn nicht... Das könnte Ärger geben.«

Osterman sprang in den Pool und schwamm die sechsunddreißig Fuß bis zum anderen Ende unter Wasser. Leila hatte nur teilweise recht, dachte er. Tanner war in der Tat ein kompromißloser Nachrichten-Mann, aber außerdem war er auch ein sensibles und sensitives menschliches Wesen. Tanner war kein Narr, er sah, was um ihn herum geschah – überall. Das war unvermeidbar.

Das Ganze lief auf das Überleben des Individuums hinaus.

Es lief darauf hinaus, daß man das tun konnte, was man tun wollte. Einen ›Exorzismus‹ schreiben, wenn man dazu imstande war. Ohne sich den Kopf über den Absatz von Deodorants im Staate Kansas zu zerbrechen.

Bernie tauchte auf und hielt sich tief atmend am Poolrand fest. Dann stieß er sich ab und schwamm in langsamen Zügen zu seiner Frau zurück.

»Habe ich dich in die Ecke geboxt?«

»Das konntest du nie.« Leila sprach, ohne von ihrem Block aufzublicken. »Es hat einmal eine Zeit in meinem Leben gegeben, da dachte ich, dreißigtausend Dollar wären alles Geld der Welt. Das Haus Weintraub in Brooklyn war nicht gerade der größte Kunde der Chase Manhattan Bank.« Sie riß die oberste Seite ab und sicherte sie mit einer Pepsi-Cola-Falsche.

»Das Problem hatte ich nie«, sagte Bernie und trat Wasser. »Die Ostermans sind in Wirklichkeit eine unbekannte Nebenlinie der Rothschilds.«

»Ich weiß. Deine Rennfarben sind dunkelbraun und kürbisorange.«

»Hey!« Bernie klammerte sich plötzlich am Beckenrand fest und sah seine Frau erregt an. »Habe ich dir das erzählt? Der Trainer hat heute morgen aus Palm Springs angerufen. Dieser Zweijährige, den wir gekauft haben, ist die sechshundert Meter in einundvierzig Sekunden gelaufen!« Leila Osterman ließ den Block auf ihren Schoß fallen und lachte. »Weißt du, wir sind schon unmöglich! Und du willst Dostojewski spielen! Ich verstehe, worauf du hinaus willst... Nun, eines Tages.«

»Sicher. Und unterdessen solltest du ein Auge auf Kansas, und das andere auf deine albernen Pferdchen haben.«

Osterman lachte und schwamm zur anderen Seite des Pools. Er dachte wieder über die Tanners nach. John und Ali Tanner. Er hatte sich in der Schweiz nach ihnen erkundigt. Zürich war begeistert.

Bernard Osterman hatte seine Entscheidung getroffen. Irgendwie würde er seine Frau überzeugen.

Er würde am nächsten Wochenende ernsthaft mit John Tanner reden.

Danforth ging durch den engen vorderen Korridor seines Hauses in Georgetown und öffnete die Tür. Laurence Fassett von der Central Intelligence Agency lächelte und streckte ihm die Hand hin.

»Guten Abend, Mr. Danforth. Andrews hat mich aus McLean« angerufen. Wir sind uns erst einmal begegnet – Sie erinnern sich bestimmt nicht. Ist mir eine große Ehre, Sir.«

Danforth sah diesen ungewöhnlichen Mann an und erwiderte das Lächeln. In der CIA-Akte stand, daß Fassett siebenundvierzig war, aber Danforth kam er viel jünger vor. Die breiten Schultern, der muskulöse Nacken, das faltenlose Gesicht unter dem kurz-gestützten blonden Haar: alles das erinnerte Danforth an seinen herannahenden siebzigsten Geburtstag.

»Natürlich erinnere ich mich. Bitte kommen Sie doch herein.«

Als Fassett in den Flur trat, fiel sein Blick auf einige Degas-Aquarelle an der Wand. Er trat einen Schritt näher. »Sind die schön.«

»Ja, das sind sie. Sind Sie Fachmann, Mr. Fassett?«

»O nein. Nur ein begeisterter Amateur... Meine Frau war Künstlerin. Wir waren viel im Louvre.«

Danforth wußte, daß er besser nicht über Fassetts Frau redete. Sie war Deutsche gewesen – mit Bindungen nach Ost-Berlin. Sie war in Ost-Berlin getötet worden.

»Ja, ja natürlich. Bitte kommen Sie. Grover sitzt draußen. Wir haben uns das Woodward-Programm auf der Terrasse angesehen.«

Die beiden Männer traten auf die mit Ziegeln und Naturstein bedeckte hintere Terrasse. George Grover erhob sich aus seinem Stuhl.

»Hello, Larry. Jetzt geraten die Dinge langsam in Bewegung.«

»Sieht so aus. Mir kann es nicht schnell genug gehen.«

»Das gilt, glaube ich, für uns alle«, sagte Danforth. »Nehmen Sie einen Drink?«

»Nein, danke, Sir. Wenn es Ihnen nichts ausmacht, möchte ich das so schnell wie möglich hinter mich bringen.«

Die drei Männer nahmen an dem mit Keramikplatten belegten Tisch Platz. »Dann wollen wir doch gleich anfangen«, sagte Danforth. »Wie ist der Plan?«

Fassett blickte verblüfft auf. »Ich dachte, Sie hätten das alles genehmigt.«

»Oh, ich habe die Berichte gelesen. Ich möchte die Information nur aus erster Hand vom zuständigen Mann.«

»In Ordnung, Sir. Phase eins ist abgeschlossen. Die Tanners, die Tremaynes, die Cardones sind alle in Saddle Valley. Für den Augenblick sind keine Reisen geplant. Sie werden alle die ganze kommende Woche dort sein. Diese

Information wird von allen unseren Gewährsleuten bestätigt. In der Stadt sind dreizehn Agenten, und die drei Familien werden alle rund um die Uhr überwacht. Sämtliche Telefone sind angezapft. So, daß man es nicht feststellen kann.

Los Angeles teilt mit, daß die Ostermans am Freitag mit Flug Nummer 509 kommen und um vier Uhr fünfzig in Kennedy Airport eintreffen. Normalerweise nehmen sie dann ein Taxi. Man wird dem Wagen natürlich folgen...«

»Falls sie sich bis dahin noch normal verhalten«, unterbrach Grover.

»Wenn nicht, dann werden sie nicht in dieser Maschine sein... Morgen bringen wir Tanner nach Washington.«

»Er hat im Augenblick noch keine Ahnung, oder?« fragte Danforth.

»Überhaupt keine – abgesehen von dem Streifenwagen, den wir einsetzen werden, wenn er morgen früh Schwierigkeiten macht.«

»Wie wird er es denn Ihrer Meinung nach aufnehmen?« Grover lehnte sich in seinem Stuhl nach vorne.

»Ich denke, daß er an seinem Verstand zweifeln wird.«

»Vielleicht lehnt er ab«, sagte Danforth.

»Das ist unwahrscheinlich. Wenn ich es richtig anpakke, hat er keine Wahl.«

Danforth musterte den eindringlich wirkenden, muskulösen Mann, der so selbstbewußt sprach. »Für Sie ist es sehr wichtig, daß wir Erfolg haben, nicht wahr? Das ist Ihnen ein persönliches Anliegen.«

»Dazu habe ich allen Grund.« Fassett erwiderte den starren Blick des alten Mannes. Als er dann fortfuhr, klang seine Stimme eher beiläufig. »Die haben meine Frau umgebracht. Um zwei Uhr früh haben sie sie auf

dem Kurfürstendamm überfahren – während man mich
›festhielt‹. Sie versuchte, mich zu finden. Haben Sie das
gewußt?«

»Ich habe die Akte gelesen. Sie haben mein tiefstes Mitgefühl...«

»Ich will Ihr Mitgefühl nicht. Diese Befehle kamen aus
Moskau. Ich will die haben. Ich will Omega.«

Teil 2

Montag

Dienstag

Mittwoch

Donnerstag

2.

Montag – 10.15 Uhr

Tanner stieg aus dem Lift und ging über den mit dicken Teppichen belegten Korridor zu seinem Büro. Er hatte im Vorführraum fünfundzwanzig Minuten damit verbracht, sich das Woodward-Band anzusehen. Es bestätigte, was die Zeitungen berichtet hatten. Charles Woodward hatte Undersecretary Ashton als politische Null bloßgestellt.

»Ganz schöner Mist, was?« sagte seine Sekretärin.

»Wahnsinn, wie mein Sohn das ausdrücken würde. Ich glaube nicht, daß wir in nächster Zeit mit einer Einladung zum Dinner ins Weiße Haus rechnen dürfen. Irgendwelche Anrufe?«

»Aus der ganzen Stadt, hauptsächlich Gratulationen; ich hab' Ihnen die Namen aufgeschrieben.«

»Das tut gut. Vielleicht brauch' ich das. Sonst noch etwas?«

»Die F.C.C.* hat zweimal angerufen. Ein gewisser Fassett.«

»Wer?«

»Mr. Laurence Fassett.«

»Wir hatten doch immer mit Cranston zu tun?«

»Das dachte ich auch, aber er hat gesagt, es sei dringend.«

»Vielleicht will uns das State Department noch vor Sonnenuntergang verhaften lassen.«

»Das bezweifle ich. Die würden wenigstens ein oder zwei Tage warten; sieht dann weniger politisch aus.«

»Sie rufen ihn am besten gleich an. Für die F.C.C. ist al-

---

* Federal Communications Commission (Bundesnachrichtenkommission)

les dringend.« Tanner ging in sein Büro, setzte sich an den Schreibtisch und las die Notizzettel, die sie ihm hingelegt hatte. Er lächelte; selbst die Konkurrenz war beeindruckt gewesen.

Sein Telefon summte. »Mr. Fassett auf eins, Sir.«

»Danke.« Tanner drückte den entsprechenden Knopf. »Mr. Fassett? Tut mir leid, ich war nicht da, als Sie anriefen.«

»Ich muß um Entschuldigung bitten«, sagte die höfliche Stimme am anderen Ende der Leitung. »Es ist nur so, daß mein Terminkalender heute ziemlich voll ist und Sie sehr wichtig für mich sind.«

»Was gibt es für Probleme?«

»Routine, aber dringend, so könnte man sagen. Die Papiere, die Sie im Mai für die Nachrichtenabteilung von Standard eingereicht haben, waren unvollständig.«

»Was?« John erinnerte sich an etwas, das Cranston von der F.C.C. vor ein paar Wochen zu ihm gesagt hatte. Er erinnerte sich auch, daß Cranston gemeint hatte, es wäre unwichtig. »Was fehlt denn?«

»Zunächst einmal zwei Unterschriften. Auf den Seiten siebzehn und achtzehn. Und die Aufteilung der geplanten kommunalen Einschaltungen für die sechs Monate ab Januar.«

Jetzt erinnerte sich John Tanner. Das Ganze war Cranstons Fehler gewesen. Die Seiten siebzehn und achtzehn hatten in der Mappe gefehlt, die man ihm aus Washington geschickt hatte – die juristische Abteilung hatte das gegenüber Tanners Büro erwähnt –, und die Einschaltungen sollten noch einen Monat offen bleiben, weil die entsprechenden Entscheidungen im Sender noch nicht getroffen waren. Auch damit hatte Cranston sich einverstanden erklärt.

»Wenn Sie das nachprüfen, werden Sie feststellen, daß Ihr Mister Cranston die Seiten, auf die Sie sich beziehen, weggelassen hat. Und die Kommunaleinschaltungen wurden aufgeschoben. Er war damit einverstanden.«

Auf der anderen Seite blieb es einen Augenblick lang still. Als Fassett dann wieder sprach, klang seine Stimme eine Spur weniger höflich als vorher.

»Bei aller Freundschaft für Cranston, er war nicht befugt, diese Entscheidung zu treffen. Jetzt haben Sie die Informationen doch ohne Zweifel.«

Das war eine Feststellung.

»Ja, allerdings. Ich schicke sie sofort per Eilboten ab.«

»Ich fürchte, das geht nicht. Wir werden Sie bitten müssen, heute nachmittag hierher zu kommen.«

»Jetzt hören Sie mal. Das ist doch etwas knapp, finden Sie nicht?«

»Ich mache die Vorschriften nicht. Ich führe sie nur aus. Standard Mutual arbeitet seit zwei Monaten nicht den Vorschriften der F.C.C. entsprechend. Das dürfen wir nicht zulassen. Unabhängig davon, wer dafür die Verantwortung trägt, ist das jedenfalls ein Faktum. Wir sollten das noch heute in Ordnung bringen.«

»Also gut. Aber ich warne Sie: Falls das vom State Department ausgeht, schicke ich Ihnen unsere Anwälte auf den Hals, und dann können Sie etwas erleben.«

»Ihre Andeutung mißfällt mir – außerdem weiß ich nicht, wovon Sie reden.«

»Das glaube ich schon. Die Woodward-Show gestern nachmittag.«

Fassett lachte. »Oh, davon hab' ich gehört. Die *Post* hat darüber geschrieben. Und ich glaube, ich kann Sie beruhigen. Ich habe am letzten Freitag zweimal versucht, Sie zu erreichen.«

»So?«

»Ja.«

»Augenblick mal.« Tanner drückte einen Knopf auf seinem Telefon. »Norma? Hat dieser Fassett versucht, mich am Freitag zu erreichen?«

Einen Augenblick lang herrschte Schweigen, während

Tanners Sekretärin die Liste der Anrufer überprüfte. »Könnte sein. Da waren zwei Anrufe aus Washington, Vermittlung Platz sechsunddreißig in D.C. Sie sollten zurückrufen, falls Sie bis vier ins Büro kämen. Sie waren bis halb sechs Uhr im Studio.«

»Haben Sie nicht gefragt, wer mich sprechen will?«

»Natürlich habe ich das. Aber man hat mir nur gesagt, das hätte bis Montag Zeit.«

»Danke.« Tanner drückte wieder den Knopf und fragte Fassett: »Haben Sie die Nummer des Vermittlungsplatzes hinterlassen?«

»Platz sechsunddreißig, Washington. Bis sechzehn Uhr.«

»Ihren Namen haben Sie nicht hinterlassen oder Ihre Dienststelle…«

»Es war Freitag. Ich wollte pünktlich weg. Wäre es Ihnen lieber gewesen, wenn ich einen dringenden Anruf hinterlassen hätte, den Sie ohnehin nicht hätten erwidern können?«

»Schon gut, schon gut. Und das hat nicht Zeit für einen Brief?«

»Tut mir leid, Mister Tanner. Wirklich, es tut mir sehr leid, aber ich habe meine Anweisungen. Standard Mutual ist keine kleine Lokalstation. Die Akten hätten vor Wochen komplett sein müssen… Außerdem«, jetzt lachte Fassett wieder, »treten Sie dauernd Leuten auf die Zehen, und ich möchte nicht in Ihrer Haut stecken, wenn irgendein Bonze im State Department herausfindet, daß Ihre ganze Nachrichtenabteilung nicht vorschriftsmäßig… Und das ist wirklich keine Drohung. Geht doch gar nicht. Wir haben ja beide Fehler gemacht.«

John Tanner lächelte ins Telefon. Fassett hatte recht. Es hatte wirklich keinen Sinn, irgendwelche bürokratischen Repressalien zu riskieren. Er seufzte. »Ich nehme die Ein-Uhr-Maschine. Dann bin ich gegen drei bei Ihnen. Wo ist Ihr Büro?«

»Ich werde bei Cranston sein. Wir halten die Papiere dann bereit, und vergessen Sie den Schaltplan nicht. Das sind natürlich nur unverbindliche Planungen, wir wollen Sie nicht darauf festnageln.«

»Geht klar. Bis dann.« Tanner drückte einen anderen Knopf und wählte seine Nummer zu Hause.

»Tag, Darling.«

»Ich muß heute nachmittag schnell nach Washington.«

»Probleme?«

»Nein. ›Routine, aber dringend‹, hat der Mann gesagt. Eine F.C.C.-Angelegenheit. Ich werd' gegen sieben in Newark sein. Ich wollte dir nur Bescheid sagen, daß ich mich verspäten werde.«

»Okay, Darling. Soll ich dich abholen?«

»Nein, ich nehm' mir ein Taxi.«

»Macht dir das nichts aus?«

»Im Gegenteil. Es wird mir eine Freude sein, daß Standard die zwanzig Eier zahlen muß.«

»Die bist du wert. Übrigens, ich hab' die Berichte über die Woodward-Show gelesen. Dein großer Triumph.«

»Das hab' ich mir auch auf meine Jacke geschrieben: Tanners Triumph.«

»Ich wollte, das würdest du«, sagte Alice leise.

Selbst im Spaß konnte sie nicht damit aufhören. Sie hatte keine echten finanziellen Probleme, aber Alice Tanner war die ganze Zeit der Meinung, ihr Mann wäre unterbezahlt. Das war die einzige ernsthafte Auseinandersetzung, die sie hatten. Er konnte ihr einfach nicht klarmachen, daß mehr Geld von einer Firma wie Standard Mutual einfach viel mehr Verpflichtung gegenüber diesem gesichtslosen Giganten bedeutete.

»Bis heute abend, Ali.«

»Wiedersehen. Ich liebe dich.«

Wie in stummer Anerkennung der Klage seiner Frau bestellte Tanner eines der Redaktionsfahrzeuge, um in einer Stunde zum La-Guardia-Flughafen zu fahren. Niemand hatte Einwände. Tanner war an diesem Morgen in der Tat ein Triumphator.

Im Laufe der nächsten fünfundvierzig Minuten traf Tanner ein paar administrative Entscheidungen. Als letzter Punkt auf seiner Tagesordnung stand ein Anruf in der juristischen Abteilung von Standard Mutual.

»Mr. Harrison, bitte. Hello, Andy? John Tanner. Ich hab's eilig, Andy; ich muß ein Flugzeug erwischen. Ich möchte nur etwas wissen. Steht zwischen uns und der F.C.C. irgend etwas an, wovon ich nichts weiß? Irgendwelche Probleme? Ich weiß wegen der Kommunaleinschaltungen Bescheid, aber Cranston hat gesagt, wir könnten uns damit Zeit lassen… Sicher, ich warte.«

Tanner spielte mit der Telefonschnur, und seine Gedanken kreisten immer noch um Fassett. »Ja, Andy, ich bin hier… Die Seiten siebzehn und achtzehn. Die Unterschriften… Ja, verstehe. Okay. Danke. Nein, hier gibt's keine Probleme. Nochmals vielen Dank.«

Tanner legte den Hörer auf und erhob sich langsam. Harrison hatte seinen vagen Verdacht noch genährt. Das Ganze schien einfach zu konstruiert. Der Antrag war, mit Ausnahme der letzten zwei Seiten der vierten und fünften Kopie des Dokuments, vollständig gewesen. Es handelte sich nur um Duplikate, die für niemanden wichtig waren und die man leicht kopieren konnte. Und doch hatten diese Seiten gefehlt. Harrison hatte gerade gesagt:

»Ich erinnere mich, John. Ich hatte Ihnen damals eine Notiz geschickt. Für mich sah das damals so aus, als hätte man sie absichtlich weggelassen. Nicht, daß ich wüßte, warum…«

Das wußte Tanner auch nicht.

3.

Montag – 15.25 Uhr

Zu Tanners großer Überraschung wurde er am Flughafen von einer Limousine der F.C.C. abgeholt.

Cranstons Büro befand sich im fünften Stockwerk des F.C.C.-Gebäudes; jeder Nachrichtenchef einer größeren Station war schon irgendeinmal dorthin gerufen worden. Cranston war ein Laufbahn-Beamter – die Fernsehgesellschaften respektierten ihn ebenso wie die wechselnden Administrationen –, und deshalb ertappte Tanner sich dabei, wie er sich über diesen unbekannten Laurence Fassett ärgerte, der indigniert sagen konnte: ›... Cranston war nicht befugt, eine solche Entscheidung zu treffen.‹

Er hatte noch nie von Laurence Fassett gehört.

Tanner stieß die Tür zu Cranstons Vorzimmer auf. Es war leer. Der Tisch seiner Sekretärin war ebenfalls leer – keine Blocks, keine Bleistifte, keinerlei Papiere. Die ganze Beleuchtung kam aus Cranstons Bürotüre. Sie stand offen, und er konnte das leise Summen der Klimaanlage hören. Die Vorhänge waren zugezogen, wahrscheinlich, um die grelle Sommersonne nicht hereinzulassen. Und dann sah er gegen die Bürowand den Schatten einer Gestalt, die auf die Tür zukam.

»Guten Tag«, sagte der Mann, der jetzt auftauchte. Er war etwas kleiner als Tanner, vielleicht einen Meter fünfundsiebzig oder siebenundsiebzig, aber sehr breitschultrig. Sein blondes Haar war kurzgeschnitten, und seine Augen unter buschige, hellbraunen Brauen standen weit auseinander. Er mochte etwa gleichalt wie Tanner sein, aber ohne Zweifel ein Mann, der viel mehr Sport trieb. Selbst wie er jetzt vor ihm stand, wirkte er sprungbereit, dachte Tanner.

»Mr. Fassett?«

»Richtig. Kommen Sie doch bitte herein.« Statt in Cranstons Büro zurückzugehen, trat Fassett an Tanner vorbei zur Tür und versperrte sie. »Wir sollten nicht gestört werden.«

»Warum nicht?« fragte Tanner verblüfft.

Laurence Fassett sah sich im Zimmer um. »Ja. Ja. Ich verstehe, was Sie meinen. Kommen Sie doch bitte herein.« Fassett ging vor Tanner in Cranstons Büro. Die Vorhänge an den beiden Fenstern zur Straße waren völlig zugezogen; Cranstons Schreibtisch war ebenso leer wie der seiner Sekretärin, abgesehen von zwei Aschenbechern und einem weiteren Gegenstand. In der Mitte der freien Tischfläche stand ein kleines Wollensak-Tonbandgerät mit zwei Schnüren – eine führte vor Cranstons Stuhl, die andere vor den Stuhl vor Cranstons Schreibtisch.

»Ist das ein Tonbandgerät?« fragte Tanner und folgte Fassett ins Büro.

»Ja. Setzen Sie sich doch bitte.«

John Tanner blieb stehen. Als er dann sprach, klang leise Wut aus seiner Stimme. »Nein, ich will mich *nicht* setzen. Das gefällt mir nicht. Ihre Methoden sind sehr unklar, oder vielleicht auch *zu* klar. Wenn Sie vorhaben, irgend etwas, daß ich sage, auf Band aufzunehmen, wissen Sie ganz genau, daß ich das nicht zulassen werde, wenn nicht ein Anwalt unserer Anstalt zugegen ist.«

Fassett stand jetzt hinter Cranstons Schreibtisch. »Das ist keine F.C.C.-Angelegenheit. Wenn ich Ihnen die Zusammenhänge erklärt haben werde, werden Sie meine – Methoden verstehen.«

»Sie erklären das am besten sehr schnell, weil ich nämlich jetzt wieder gehen werde. Die F.C.C. hat mich gerufen, um die Kommunaleinschaltungen zu liefern, die Standard Mutual eingeplant hatte – die sind in meiner Aktentasche – und zwei Kopien unseres Antrags zu unterzeichnen, die *Ihr* Büro uns nicht geschickt hat. Sie haben mir erklärt, Sie würden mich mit Cranston gemeinsam empfangen. Statt dessen finde ich ein Büro, das offensichtlich nicht benutzt wird... Ich würde sagen, Ihre Erklärung sollte sehr gut sein, sonst hören Sie nämlich binnen einer Stunde von unseren Anwälten. Und wenn das irgendeine Art Vergeltungsaktion gegen die Nachrichtenabteilung von Standard Mutual sein sollte, dann werden Sie von Küste zu Küste davon hören, das verspreche ich Ihnen.«

»Es tut mir leid... Diese Dinge sind nie einfach.«

»Das sollten sie auch nicht sein!«

»Jetzt mal langsam. Cranston ist in Urlaub. Wir haben seinen Namen benutzt, weil Sie schon früher mit ihm zu tun hatten.«

»Sie wollen sagen, Sie hätten absichtlich gelogen?«

»Ja. Der Schlüssel, Mr. Tanner, liegt in dem Satz, den Sie gerade gebracht haben... ›Die F.C.C. hat mich gerufen‹, sagten Sie, glaube ich. Darf ich Ihnen meine Legitimation zeigen?«

Laurence Fassett griff in die Brusttasche und entnahm ihr ein kleines Plastiketui. Er hielt es über den Schreibtisch.

Tanner klappte es auf.

Die oberste Karte identifizierte Laurence C. Fassett als Angestellten der Central Intelligence Agency.

Die zweite Karte enthielt eine Genehmigung für Fassett, die Anlage in McLean zu jeder Tages- oder Nachtstunde zu betreten.

»Was soll das Ganze? Weshalb bin ich hier?« Tanner reichte Fassetts Papiere zurück.

»Das ist der Grund für das Tonbandgerät. Lassen Sie mich erklären. Ehe ich auf unsere Angelegenheit hier eingehe, muß ich Ihnen ein paar Fragen stellen. Hier sind zwei Schalter, mit denen man das Gerät abstellen kann. Einer hier bei mir, der andere dort bei Ihnen.

Wenn ich Ihnen irgendwann eine Frage stellen sollte, die Sie nicht beantworten möchten, brauchen Sie nur den Schalter zu drücken, und das Gerät bleibt stehen. Andererseits – und auch das dient Ihrem Schutz – werde *ich* das Gerät anhalten, wenn ich der Ansicht bin, daß Sie hier Dinge sagen, die uns nichts angehen.« Fassett setzte das Gerät mit seinem Schalter in Gang, griff dann über die Schreibtischplatte nach der Schnur vor Tanners Stuhl und hielt es an.

»Sehen Sie? Ganz einfach. Ich habe schon Hunderte solcher Interviews mitgemacht. Sie brauchen sich wirklich keine Sorgen zu machen.«

»Das klingt wie ein Verhör vor einem Verfahren, ohne daß ich einen Anwalt zur Verfügung hätte oder man mich vorgeladen hätte! Was soll das? Wenn Sie glauben, mich einschüchtern zu können, sind Sie verrückt!«

»Das *soll* Sie ganz einfach eindeutig positiv identifizieren... Und Sie haben völlig recht. Wenn es unsere Absicht war, jemanden einzuschüchtern, dann haben wir uns ohne Zweifel jemanden ausgesucht, der ebenso verläßlich ist, wie J. Edgar Hoover. Und selbst *er* kontrolliert nicht die Nachrichtenredaktion einer Fernsehanstalt.«

Tanner sah den CIA-Mann an, der höflich hinter Cranstons Schreibtisch stand. Was Fassett da sagte, hatte etwas für sich. Der CIA würde gegen jemanden in seiner Position niemals mit so durchsichtiger Taktik vorgehen.

»Was soll das heißen: ›eindeutig positive Identifizierung‹? Sie wissen, wer ich bin.«

»Das soll Ihnen einen Hinweis auf die Größenordnung und die Bedeutung der Information geben, die ich Ihnen zu übermitteln befugt bin. Es handelt sich lediglich um außergewöhnliche Vorsicht, die angesichts der Bedeutung dieser Daten durchaus angemessen ist... Wußten Sie, daß im Zweiten Weltkrieg ein Schauspieler – ein Korporal in der britischen Armee, um es genau zu sagen – bei

Konferenzen auf höchster Ebene die Rolle von Feldmarschall Montgomery spielte und daß sogar einige von Montgomerys Klassenkollegen aus Sandhurst das nicht bemerkten?«

Tanner griff nach der Schnur und betätigte den EIN- und AUS-Schalter. Das Gerät lief an und stoppte wieder. John Tanners Neugierde – in die sich Furcht mischte – wuchs. Er setzte sich.

»Also gut, fangen Sie an. Aber denken Sie daran, daß ich das Band jederzeit abschalten und gehen werde, wenn ich das will.«

»Ich verstehe. Das ist Ihr Recht – bis zu einem gewissen Punkt.«

»Was soll jetzt das wieder heißen? Keine Einschränkungen bitte!«

»Haben Sie Vertrauen zu mir. Sie werden verstehen.« Fassetts beruhigender Blick erfüllte seinen Zweck.

»Also gut«, sagte Tanner.

Der CIA-Mann nahm seinen Aktendeckel und klappte ihn auf. Dann setzte er das Gerät in Gang.

»Ihr voller Name ist John Raymond Tanner?«

»Falsch. Mein gesetzlicher Name ist John Tanner. Raymond ist ein reiner Taufname und ist auf meinem Geburtsschein nicht registriert.«

Fassett lächelte.

»Sehr gut.«

»Danke.«

»Ihre gegenwärtige Adresse ist 22 Orchard Drive, Saddle Valley, New Jersey?«

»Richtig.«

»Sie sind am 21. Mai 1924 in Springfield, Illinois, als Sohn von Lucas und Margaret Tanner geboren?«

»Ja.«

»Ihre Familie zog, als Sie sieben Jahre alt waren, nach San Mateo, Kalifornien?«

»Ja.«

»Warum?«

»Die Firma meines Vaters hat ihn nach Nord-Kalifornien versetzt. Er war Personalleiter für eine Kette von Kaufhäusern. Die Bryant Stores.«

»Bequeme Verhältnisse?«

»Einigermaßen.«

»Sind Sie auf den öffentlichen Schulen von San Mateo ausgebildet worden?«

»Nein. Ich habe an der San-Mateo-Oberschule die zweite Klasse absolviert und ging anschließend für das Abschlußjahr der Sekundarschule auf eine private Anstalt. Winston Preparatory.«

»Nach dem Abschluß haben Sie sich an der Stanford University eingetragen?«

»Ja.«

»Waren Sie Mitglied irgendwelcher Verbindungen oder Clubs?«

»Ja. Alpha-Kappa-Verbindung. Dann die Trylon News Society und noch ein paar andere, an die ich mich nicht erinnere... Fotoclub, denke ich, aber ich bin nicht dabei geblieben. An der Studentenzeitschrift habe ich auch mitgearbeitet, es dann aber aufgegeben.«

»Irgendwelche Gründe?«

Tanner sah den CIA-Mann an. »Ja. Ich hatte starke Einwände gegen die Nisei*-Situation. Die Gefängnislager. Die Zeitschrift hat diese Gefängnislager unterstützt. Meine Einwände bestehen immer noch.«

Wieder lächelte Fassett. »Ihre Ausbildung ist unterbrochen worden?«

---

* Nisei: Amerikanische Staatsbürger japanischer Herkunft, die in den amerikanischen Weststaaten, insbesondere Kalifornien, während des Zweiten Weltkrieges interniert wurden, da man ihnen Sympathien für Japan nachsagte

»Das waren die meisten Ausbildungen. Ich habe mich zum Militärdienst gemeldet.«

»Wo hat man Sie ausgebildet?«

»Fort Benning, Georgia. Infanterie.«

»Dritte Armee, vierzehnte Division?«

»Ja.«

»Sie wurden auf dem europäischen Kriegsschauplatz eingesetzt?«

»Ja.«

»Ihr höchster militärischer Rang war First Lieutenant?«

»Ja.«

»Offiziersausbildung in Fort Benning?«

»Nein. Ich bin in Frankreich im Feld befördert worden.«

»Wie ich sehe, haben Sie auch einige Auszeichnungen erhalten.«

»Das waren Belobigungen der Einheit. Bataillonsbefehle. Keine individuellen Auszeichnungen.«

»Sie waren drei Wochen lang in einem Militärhospital in St. Lô? Geht das auf eine Verwundung zurück?«

Einen Augenblick lang sah Tanner den anderen verlegen an. »Sie wissen ganz genau, daß das nicht der Fall war. In meinen Armeeakten ist kein Purple Heart«, sagte er leise.

»Würden Sie das bitte erklären?«

»Ich fiel auf der Straße nach St. Lô aus einem Jeep. Eine Hüftverrenkung.«

Beide Männer lächelten.

»Sie wurden im Juli 1945 entlassen und kehrten im September darauf nach Stanford zurück?«

»Richtig... Um Ihnen zuvorzukommen, Mr. Fassett, ich habe umgesattelt, von Englischer Literatur auf Journalismus. Mein Examen habe ich 1947 gemacht und mir den Grad eines Bachelor of Arts erworben.«

Laurence Fassetts Blick verweilte immer noch auf dem

Aktendeckel, den er vor sich auf den Tisch gelegt hatte. »Sie haben noch während des Studiums eine gewisse Alice McCall geheiratet?«

Tanner griff nach seinem Schalter und schaltete das Gerät ab. »Das könnte jetzt der Punkt sein, wo ich gehe.«

»Beruhigen Sie sich, Mr. Tanner. Nur eine Identifizierung... Wir halten nichts von der Theorie, daß die Sünden der Väter an den Töchtern heimgesucht werden. Ein einfaches Ja oder Nein genügt.«

Tanner setzte das Gerät wieder in Gang. »Richtig.«

An diesem Punkt griff Laurence Fassett nach dem Kabel und betätigte den AUS-Schalter. Tanner sah zu, wie das Band zum Stillstand kam und sah dann den CIA-Mann an.

»Meine zwei nächsten Fragen betreffen Umstände, die zu Ihrer Heirat führten. Ich nehme an, daß Sie die nicht beantworten wollen.«

»Ihre Annahme ist richtig.«

»Glauben Sie mir, sie sind nicht wichtig.«

»Wenn Sie sagen würden, daß sie das sind, würde ich jetzt sofort gehen.« Ali hatte genügend durchgemacht. Tanner würde nicht zulassen, daß irgend jemand die persönliche Tragödie seiner Frau aufs neue hervorzerrte.

Fassett schaltete das Gerät wieder ein. »Ihnen und Alice Mc – Tanner sind zwei Kinder geboren worden. Ein Junge, Raymond, jetzt dreizehn Jahre alt, und ein Mädchen, Janet, acht Jahre alt.«

»Mein Sohn ist zwölf.«

»Sein Geburtstag ist übermorgen. Um noch einmal ein Stück zurückzugehen, Ihre erste berufliche Stelle nach dem Universitätsabschluß war bei der *Sacramento Daily News*.«

»Dort war ich Reporter. Korrektor, Bürohelfer, Filmkritiker und Anzeigenverkäufer, wenn die Zeit es zuließ.«

»Sie blieben dreieinhalb Jahre bei der Sacramento-Zeitung und nahmen dann eine Stelle bei der *Los Angeles Times* an?«

»Nein. Ich war – zweieinhalb Jahre – in Sacramento und hatte dann etwa ein Jahr lang eine Interimsstelle beim *San Francisco Chronicle*, ehe ich den Job bei der *Times* bekam.«

»Bei der *Los Angeles Times* waren Sie als Reporter, der sich mit Recherchen und Nachforschungen befaßte, sehr erfolgreich...«

»Ich hatte Glück. Ich nehme an, Sie meinen damit meine Arbeiten, die sich mit der Hafenszene von San Diego befaßten.«

»Richtig. Man hat Sie, glaube ich, für den Pulitzer-Preis nominiert.«

»Ich habe ihn nicht bekommen.«

»Und dann hat man Sie in die Redaktion der *Times* befördert?«

»Redaktionsassistent. Nichts Besonderes.«

»Sie blieben fünf Jahre bei der *Times*...«

»Eher sechs, denke ich.«

»Bis zum Januar 1958, als Sie in die Standard Mutual in Los Angeles eintraten?«

»Richtig?«

»Sie blieben in dem Büro in Los Angeles bis zum März 1963, wo man Sie nach New York City versetzte. Seitdem sind Sie einige Male befördert worden?«

»Ich kam als Nachrichtenredakteur für das Sieben-Uhr-Abend-Programm nach Osten und habe mich dann mit Dokumentarsendungen und Sonderaufgaben befaßt, bis ich meine gegenwärtige Position erreichte.«

»Und die ist?«

»Chef der Nachrichtenredaktion von Standard Mutual.«

Laurence Fassett klappte den Aktendeckel zu und schaltete das Tonbandgerät ab. Er lehnte sich zurück und lächelte John Tanner zu. »Das war nicht so schmerzhaft, oder?«

»Sie wollen sagen, das wäre alles?«

»Nein, das nicht... *Alles* nicht, aber die Identifizierung ist jetzt abgeschlossen. Sie haben bestanden. Sie haben mir genügend Antworten gegeben, die geringfügig falsch waren, um den Test zu bestehen.«

»Was?«

»Diese Dinge«, meinte Fassett und schlug mit dem Handrücken auf den Aktendeckel, »werden von der Verhörabteilung vorbereitet. Leute mit einer hohen Stirn holen sich andere Leute mit Bärten, und dann jagen sie das ganze Zeug durch den Computer. Sie können unmöglich alles richtig beantworten. Wenn Sie das täten, würde es bedeuten, daß Sie etwas auswendig gelernt haben. Sie waren beispielsweise fast genau drei Jahre bei der *Sacramento Daily News*. Nicht zweieinhalb oder dreieinhalb. Ihre Familie zog nach San Mateo, als Sie acht Jahre, zwei Monate, und nicht sieben Jahre alt waren.«

»Da soll mich doch der Teufel...«

»Offengestanden, wir hätten Sie wahrscheinlich sogar akzeptiert, wenn Sie alles korrekt beantwortet hätten. Aber es ist gut, zu wissen, daß Sie normal sind. In Ihrem Fall mußten wir alles auf Band haben. Und jetzt, fürchte ich, kommt der unangenehme Teil.«

»Unangenehm, verglichen womit?« fragte Tanner.

»Einfach unangenehm... Ich muß jetzt das Gerät einschalten.« Das tat er und griff nach einem Blatt Papier. »John Tanner, ich muß Sie davon in Kenntnis setzen, daß das, was ich im Begriff bin, mit Ihnen zu besprechen, unter den Begriff der Verschlußsache höchster Ordnung fällt. Diese Information hat keinerlei Beziehung zu Ihnen oder Ihrer Familie, was ich hiermit beschwöre. Diese Informationen an irgend jemanden preiszugeben, würde den Interessen der Regierung der Vereinigten Staaten im höchsten Maße schädlich sein. Und zwar in so hohem Maße, daß die Angehörigen oder Beauftragten der Regierung, die im Besitz dieser Information sind, nach dem National Security Akt, Titel achtzehn, Abschnitt sieben-neun-drei, unter Strafverfolgung gestellt werden könnten, sofern sie die Geheimhaltungsvorschriften verletzen. – Ist Ihnen alles, was ich bisher gesagt habe, völlig klar?«

»Das ist es. – Aber ich bin für den Umgang mit Geheimsachen nicht überprüft worden.«

»Das ist mir bewußt. Ich beabsichtige, Sie in drei Stufen an die wesentliche Geheiminformation heranzuführen. Am Ende von Phase eins und zwei können Sie darum bitten, dieses Interview abzubrechen, und wir können uns dann nur auf Ihre Intelligenz und Ihre Loyalität gegenüber ihrer Regierung verlassen, daß Sie das, was Sie gehört haben, für sich behalten werden. Wenn Sie hingegen mit Stufe drei einverstanden sind, in der Ihnen Identitäten genannt werden, akzeptieren Sie dieselbe Verantwortung wie die Beauftragten der Regierung und können gemäß der National Security Akt unter Strafverfolgung gestellt werden, sofern Sie die vorerwähnten Sicherheitsvorschriften verletzen. Ist das klar, Mr. Tanner?«

Tanner rutschte in seinem Sitz herum, ehe er antwortete. Er sah zuerst auf die sich drehenden Räder des Tonbandgerätes und blickte dann zu Fassett auf. »Das ist klar, aber ich will verdammt sein, wenn ich einverstanden bin. Sie haben kein Recht, mich unter falschen Voraussetzungen hierher zu bestellen und dann Umstände herbeizuführen, unter denen ich mich strafbar machen kann.«

»Ich habe Sie nicht gefragt, ob Sie einverstanden sind. Nur ob Sie klar verstehen, was ich gesagt habe.«

»Wenn das eine Drohung sein soll, können Sie zum Teufel gehen.«

»Ich schildere Ihnen hier nur Umstände und Bedingungen. Ist das eine Bedrohung? Ist das irgend etwas anderes als das, was Sie jeden Tag mit Verträgen tun? Sie können hier jederzeit weggehen, sobald Sie sich verpflichtet haben, keine Namen preiszugeben. Ist das so unlogisch?«

Tanner mußte zugeben, daß es das nicht war. Und außerdem mußte jetzt seine Neugierde befriedigt werden.

»Sie haben vorher gesagt, diese Sache – was auch immer das sein mag – hat nichts mit meiner Familie zu tun? Nichts mit meiner Frau? Oder mir?«

»Das habe ich beschworen, auf Band.« Fassett fiel auf, daß Tanner das ›Oder mir?‹ nachträglich hinzugesetzt hatte. Er wollte seine Frau schützen.

»Gut, dann machen Sie weiter.«

Fassett erhob sich aus seinem Sessel und ging auf das Fenster zu. »Übrigens, Sie brauchen nicht sitzen zu bleiben. Das sind Mikrofone mit hoher Impedanz. Miniaturisiert, natürlich.«

»Ich werde sitzen bleiben.«

»Wie Sie meinen. Vor einigen Jahren hörten wir Gerüchte über eine Aktion des sowjetischen NKWD, die umfangreiche nachteilige Auswirkungen auf die Wirtschaft Amerikas haben könnte, sofern etwas daraus würde. Wir versuchten, den Spuren nachzugeben, etwas darüber zu erfahren. Aber es gelang uns nicht. Es blieb bei den Gerüchten. Das Geheimnis wurde viel besser gehütet als das russische Weltraumprogramm.

Dann lief 1966 ein ostdeutscher Abwehrbeamter über. Von ihm stammen die ersten konkreten Angaben. Er teilte uns mit, daß die ostdeutsche Abwehr Kontakte mit Agenten im Westen unterhielt – einer Zelle, besser gesagt, die nur unter der Bezeichnung *Omega* bekannt war. Die geographische Codebezeichnung gebe ich Ihnen gleich – oder vielleicht nicht. Das kommt in der zweiten Stufe. Das liegt bei Ihnen. Omega sollte regelmäßig Akten an die ostdeutsche Abwehr liefern. Zwei bewaffnete Kuriere flogen sie dann unter strengster Geheimhaltung nach Moskau.

Die Funktion von Omega ist so alt wie die Spionage selbst und in dieser Zeit der großen Firmen und der mächtigen multinationalen Konglomerate ungemein wirksam. Omega ist ein Buch der Vernichtung.«

»Ein was?«

»Ein Buch der Vernichtung. Listen mit Hunderten, inzwischen vielleicht sogar Tausenden von Individuen, die für die Pest ausersehen sind. In diesem Fall nicht die Schwarze Pest, sondern Erpressung. Die Männer und Frauen auf diesen Listen sind Leute an entscheidungsbefugten Positionen in Dutzenden mächtiger Firmen in wichtigen Branchen. Viele verfügen über ungeheure wirtschaftliche Macht. Sowohl die Macht, Käufe zu tätigen, als auch Käufe abzulehnen. Vierzig oder fünfzig, die abgestimmt handeln, könnten ein wirtschaftliches Chaos herbeiführen.«

»Das verstehe ich nicht. Warum würden sie das tun? Warum sollten sie es tun?«

»Das sagte ich doch. Erpressung. Jeder dieser Menschen ist verletzbar, aus irgendeinem von tausend Gründen erpreßbar. Sex, außerehelich oder abnorm; geschäftliche Verfehlungen; Preisabsprachen; Aktienmanipulationen; Steuerhinterziehung. Das Buch betrifft eine große Zahl von Leuten. Männer und Frauen, deren Ruf, deren Geschäft, deren Beruf, ja sogar deren Familien vernichtet werden könnten. Außer, sie gehorchen.«

»Das deutet auf eine ziemlich niedrige Meinung von der Geschäftswelt, und ich bin nicht sicher, ob diese Meinung zutrifft. Nicht in dem Maße, wie Sie das beschreiben. Nicht in solchem Maße, daß es zu wirtschaftlichem Chaos führen könnte.«

»So? Die Crawford Foundation hat eine ausführliche Studie über die wirtschaftliche Macht in den Vereinigten Staaten in den Jahren von 1925 bis 1945 angestellt. Die Ergebnisse sind noch heute, ein Vierteljahrhundert später,

Verschlußsache. Die Studie ergab, daß während dieser Periode zweiunddreißig Prozent der finanziellen Macht in diesem Lande durch fragwürdige, wenn nicht illegale Mittel erzielt wurde. *Zweiunddreißig Prozent*!«

»Das glaube ich nicht. Wenn das zutrifft, sollte man es veröffentlichen.«

»Unmöglich. Das würde ein juristisches Massaker auslösen. Die Beziehung zwischen Gerichten und Geld ist nicht makellos... Heute sind es die Multis. Sie brauchen doch bloß eine Zeitung aufzuschlagen. Sehen Sie sich den Wirtschaftsteil an und lesen Sie, was dort über die Manipulationen dieser Leute steht. Sehen Sie sich die Vorwürfe und die Erwiderungen an. Omega braucht da nur zuzugreifen. Das ist geradezu eine Liste von Kandidaten. Keiner dieser Leute lebt isoliert. Kein einziger. Da wird ein Darlehen ohne Sicherheiten gewährt, eine Kreditlinie erweitert – kurzfristig –, einem guten Kunden werden Mädchen zur Verfügung gestellt. Omega braucht nur bei den richtigen Leuten ein wenig nachzubohren und schon hat sie eine Menge Material, Dreck! Das ist nicht besonders schwierig. Man muß nur genau sein. Genügend genau, um Angst zu machen.«

Tanner wandte den Blick von dem blonden Mann ab, der mit solcher Präzision sprach. Mit so viel entspanntem Selbstvertrauen. »Ich will einfach nicht glauben, daß Sie recht haben.«

Plötzlich ging Fassett zu dem Tisch zurück und schaltete das Bandgerät ab. Die Spulen kamen zum Stillstand.

»Warum nicht? Es geht nicht nur um die Informationen, die hier zutage kommen – die könnten relativ harmlos sein –, sondern wie sie eingesetzt werden. Nehmen Sie doch zum Beispiel *sich selbst*. Nehmen Sie an – das soll wirklich nur eine Annahme sein –, eine Geschichte, die auf Vorgängen basiert, die sich vor etwa zwanzig Jahren außerhalb von Los Angeles ereignet haben, würde in der

Zeitung von Saddle Valley abgedruckt. Ihre Kinder gehen dort zur Schule, Ihre Frau fühlt sich in der Gemeinde wohl... Wie lange, glauben Sie wohl, daß Sie dort bleiben würden?«

Tanner erhob sich taumelnd aus seinem Sessel und sah den anderen an. Er war so wütend, daß seine Hände zitterten. Als er schließlich sprach, war er so erregt, daß seine Stimme kaum zu hören war.

»Das ist schmutzig!«

»Das ist Omega, Mr. Tanner. Beruhigen Sie sich, es sollte ja nur ein Beispiel sein.« Fassett schaltete das Gerät wieder ein und fuhr fort, während Tanner zögernd zu seinem Stuhl zurück ging. »Omega existiert. Und das bringt mich zum letzten Teil von – Stufe eins...«

»Und was ist das?«

Laurence Fassett setzte sich hinter den Schreibtisch. Er drückte seine Zigarette aus, während Tanner ein Päckchen aus der Tasche holte. »Wir wissen jetzt, daß es einen Zeitplan für Omega gibt. Ein Datum, an dem das Chaos beginnen soll... Ich sage Ihnen nichts, das Sie nicht wissen, wenn ich zugebe, daß meine Dienststellen häufig mit dem Austausch von Personal mit den Sowjets befaßt ist.«

»Nichts, das ich nicht wüßte.«

»Einer von unseren Leuten gegen zwei bis drei von den ihren ist das übliche Verhältnis...«

»Das weiß ich ebenfalls.«

»Vor zwölf Monaten fand an der Grenze zu Albanien ein solcher Austausch statt. Fünfundvierzig Tage des Feilschens. Ich war dort, das ist der Grund, daß ich jetzt hier bin. Während des Austausches sind einige Mitglieder des sowjetischen Außenamtes an unser Team herangetreten. Man könnte sie wohl am besten als Gemäßigte bezeichnen. Ähnlich unseren Gemäßigten.«

»Mir ist bekannt, wogegen unsere Gemäßigten auftreten. Wogegen stellen sich die Gemäßigten der Sowjets?«

»Gegen genau das gleiche. Nur, daß das bei ihnen nicht das Pentagon und ein schwer zu fassender militärisch-industrieller Komplex ist. Bei ihnen sind es die Falken im Präsidium. Die Militaristen.«

»Ich verstehe.«

»Man hat uns davon informiert, daß die Sowjet-Militaristen einen Termin für die letzte Phase der Operation Omega festgelegt haben. An diesem Tag soll der Plan in die Tat umgesetzt werden. Hunderte mächtiger leitender Persönlichkeiten in der amerikanischen Wirtschaft werden mit persönlicher Vernichtung bedroht werden, falls sie nicht den Anweisungen nachkommen, die man ihnen erteilt. Die Folge könnte eine größere finanzielle Krise sein. Eine Wirtschaftskatastrophe ist nicht unmöglich... Und das ist die Wahrheit. – Das ist das Ende von Stufe eins.«

Tanner erhob sich aus seinem Stuhl und zog an seiner Zigarette. Er ging vor dem Schreibtisch auf und ab. »Und mit dieser Information habe ich jetzt die Option, hier wegzugehen?«

»Ja.«

»Sie sind einfach unglaublich. Ehrlich, unglaublich sind Sie! – Das Band läuft. Fahren Sie fort.«

»Gut. Phase zwei. Wir wissen, daß Omega sich aus derselben Art von Individuen zusammensetzt, wie sie angegriffen werden sollen. Das muß so sein, sonst hätten nie die Kontakte hergestellt und die einzelnen Angriffspunkte ermittelt werden können. Im wesentlichen wußten wir also, wonach wir suchen mußten. Männer, die große Firmen infiltrieren konnten, Männer, die entweder in oder für solche Firmen tätig waren, die mit ihren Zielobjekten in Verbindung treten konnten... Wie ich schon eingangs erwähnte, ist Omega eine Codebezeichnung für eine Zelle oder eine Gruppe von Agenten. Es gibt auch noch eine geographische Codebezeichnung; eine Überprüfungsstelle für die Übermittlung von Informationen. Sobald eine Information diese Stelle durchlaufen hat, ist ihre Authentizität gesichert. Die geographische Codebezeichnung für Omega läßt sich nur schwer übersetzen, am ehesten noch mit ›Abgrund des Leders‹ oder ›Ziegenhaut‹«

»›Abgrund des Leders‹?« Tanner drückte seine Zigarette aus.

»Ja. Erinnern Sie sich bitte, daß wir das vor über drei Jahren in Erfahrung brachten. Nach achtzehn Monaten konzentrierter Nachforschungen wußten wir, daß der ›Abgrund des Leders‹ an einem von insgesamt elf Orten im Lande sein mußte…«

»Wovon einer Saddle Valley, New Jersey, ist?«

»Wir wollen hier den Dingen nicht vorgreifen?«

»Habe ich recht?«

»Wir haben Agenten in diesen Ortschaften untergebracht«, fuhr der CIA-Mann fort und ignorierte dabei Tanners Frage. »Wir haben Tausende von Bürgern überprüft – ein sehr kostenaufwendiges Unterfangen –, und je mehr wir suchten, desto mehr Andeutungen fanden wir, daß die Ortschaft Saddle Valley der ›Abgrund des Leders‹ war. Dabei ist sehr gründlich gearbeitet worden. Wasserzeichen auf Briefbogen, eine Analyse von Staubpartikeln, die der ostdeutsche Beamte uns mit den versiegelten Akten brachte, die er uns übergab, tausend verschiedene Dinge, die wir geprüft und gegengeprüft haben… Aber in allererster Linie basiert unsere Meinung auf den Informationen über gewisse Bewohner von Saddle Valley, die dabei zutage kamen.«

»Ich glaube, jetzt sollten Sie zur Sache kommen.«

»Das werden *Sie* entscheiden müssen. Ich habe die Phase zwei inzwischen ziemlich abgeschlossen.« Tanner blieb stumm, also fuhr Fassett fort. »Sie sind in der Lage, uns unschätzbare Dienste zu erweisen. Bei einer der empfindlichsten Operationen beim gegenwärtigen Stand der Beziehungen zwischen den USA und der Sowjetunion können Sie etwas tun, wozu sonst niemand imstande ist. Vielleicht spricht Sie das sogar an, denn wie Sie aus dem, was ich bisher gesagt habe, sicher entnommen haben, arbeiten die gemäßigten Elemente beider Seiten im Augenblick zusammen.«

»Bitte, erklären Sie das.«

»Nur Fanatiker neigen zu solchen Aktionen. Das ist für beide Länder viel zu gefährlich. Im Sowjet-Präsidium findet ein Machtkampf statt. Es liegt in unserem Interesse, daß die Gemäßigten die Oberhand behalten. Eine Möglichkeit, dies zu erreichen, ist es, auch nur einen Teil von Omega offenzulegen und damit den Zieltermin unmöglich zu machen.«

»Was kann ich dazu tun?«

»Sie kennen Omega, Mr. Tanner. Sie kennen Omega sehr gut.«

Tanner hielt den Atem an. Einen Augenblick lang glaubte er, sein Herz stünde still. Er spürte, wie ihm das Blut in den Kopf schoß. Einen Augenblick lang empfand er eine Art Übelkeit.

»Das ist eine *unglaubliche* Feststellung.«

»So würde ich das an Ihrer Stelle auch sehen. Dennoch trifft sie zu.«

»Ich nehme an, dies ist das Ende von Phase zwei? – Sie Schweinehund. Sie Dreckskerl!« Tanners Stimme war nur noch ein Flüstern.

»Sie können mich nennen, wie Sie wollen. Schlagen Sie mich, wenn Sie das wollen. Ich werde nicht zurückschlagen... Ich sagte Ihnen ja, das ist nicht das erstemal, daß ich so etwas mache.«

Tanner stand auf und drückte die Finger gegen die Stirn. Er wandte sich von Fassett ab und wirbelte dann herum. »Und wenn Sie *unrecht* haben?« flüsterte er. »Angenommen, Ihr verdammten Idioten habt wieder einen Fehler gemacht!«

»Das haben wir nicht... Wir behaupten nicht, Omega völlig ans Tageslicht gefördert zu haben. Aber *eingeengt* haben wir die Möglichkeiten. Sie befinden sich in einer einzigartigen Position.«

Tanner ging ans Fenster und schickte sich an, die Vorhänge aufzuziehen.

»Rühren Sie das nicht an! Lassen Sie die Vorhänge geschlossen!«

Fassett sprang auf und packte Tanners Handgelenk mit der einen und die Vorhangschnur mit der anderen. Tanner sah dem Agenten in die Augen.

»Und wenn ich jetzt hier weggehe, muß ich mit dem leben, was Sie mir gerade gesagt haben? Ohne je zu wissen, wer in meinem Haus ist, mit wem ich auf der Straße spreche? Mit dem Wissen leben, daß Sie meinen, jemand könnte ein Gewehr auf dieses Zimmer abfeuern, wenn ich die Vorhänge öffne?«

»Dramatisieren Sie die Dinge nicht. Das sind nur Vorsichtsmaßnahmen.«

Tanner ging wieder an den Tisch zurück, setzte sich aber nicht. »Verdammt sollen Sie sein«, sagte er leise. »Sie wissen ganz genau, daß ich jetzt nicht gehen kann...«

»Nehmen Sie die Bedingungen an?«

»Ja.«

»Dann muß ich Sie bitten, diese Erklärung zu unterzeichnen.« Er entnahm dem Aktendeckel ein Blatt und legte es Tanner hin. Es war eine knappe Darstellung der Eigenart und der Strafbestimmung des National Security Act. Auf Omega bezog sich der Text nur in ganz allgemeiner Weise – Gegenstand A, definiert als Bandaufzeichnung. Tanner kritzelte seinen Namen hin und blieb stehen. Er starrte Fassett an.

»Ich werde Ihnen jetzt folgende Fragen stellen.« Fassett

nahm seinen Aktendeckel und schlug eine der hintersten Seiten auf. »Sind sie mit den Personen vertraut, die ich jetzt nennen werde? Richard Tremayne und seine Frau Virginia. – Bitte antworten Sie.«

Erstaunt sagte Tanner leise: »Ja.«

»Joseph Cardone, geboren als Guiseppe Ambruzzio Cardione, und seine Frau Elizabeth?«

»Ja.«

»Bernard Osterman und seine Frau Leila?«

»Ja.«

»Lauter, bitte, Mr. Tanner.«

»Ich sagte, ja.«

»Ich teile Ihnen jetzt mit, daß eines dieser drei Ehepaare, vielleicht auch zwei oder alle drei, für die Operation Omega wesentlich ist.«

»Sie sind verrückt! Sie sind nicht bei Sinnen!«

»Keineswegs. Ich habe Ihnen von unserem Austausch an der albanischen Grenze berichtet. Man hat uns damals zur Kenntnis gebracht, daß Omega, Abgrund des Leders, von einem Vorort von Manhattan aus operierte – und das bestätigte unsere Analyse. Daß Omega aus Paaren bestand – Männern und Frauen, die den militaristischen Zielen der sowjetischen Expansionisten fanatisch ergeben waren. Diese Paare werden für ihre Dienste gut bezahlt. Die erwähnten Paare – die Tremaynes, die Cardones und die Ostermans – besitzen im Augenblick Nummernkonten in Zürich und in der Schweiz mit Beträgen, die ihre finanziellen Verhältnisse und ihr Einkommen weit übersteigen.«

»Das kann nicht Ihr Ernst sein!«

»Selbst wenn man die Möglichkeit des Zufalls mit in Betracht zieht – und wir haben alle Betroffenen gründlich überprüft –, ist es unsere Meinung, daß Sie im Augenblick als sehr erfolgreiche Deckung für Omega benutzt werden. Sie sind ein Mann der Medien jenseits jeglichen Verdachts.

Wir behaupten nicht, daß alle drei Ehepaare in die Sache verwickelt sind. Es ist durchaus vorstellbar, daß eines oder möglicherweise auch zwei dieser Paare ebenso wie Sie als Tarnung benutzt werden. Aber das ist zweifelhaft. Die Beweise – die Schweizer Konten, die Berufe, die ungewöhnlichen Umstände ihrer Verbindung – das alles deutet auf eine Zelle.«

»Wie haben Sie denn mich ausgesondert?« fragte Tanner benommen.

»Ihr Leben ist vom Tage Ihrer Geburt an von Fachleuten wie unter einem Mikroskop untersucht worden. Wenn wir uns in Ihrer Person geirrt haben, sollten wir unseren Beruf wechseln.«

Tanner wirkte plötzlich erschöpft. Er ließ sich in den Stuhl sinken. »Was soll ich tun?«

»Wenn unsere Information zutrifft, kommen die Ostermans am Freitag per Flugzeug nach dem Osten und werden das Wochenende mit Ihnen und Ihrer Familie verbringen. Ist das richtig?«

»Das *war* richtig.«

»Ändern Sie nichts. Sie dürfen die Situation nicht verändern.«

»Das ist jetzt unmöglich...«

»Das ist die einzige Möglichkeit, wie Sie uns helfen können. Uns *allen*.«

»Warum?«

»Wir glauben, daß wir Omega während des kommenden Wochenendes eine Falle stellen können. Wenn Sie uns unterstützen. Wenn nicht, dann können wir das nicht.«

»Wie?«

»Bis zum Eintreffen der Ostermans sind noch vier Tage. Während dieser Zeit werden unsere Zielpersonen – die Ostermans, die Tremaynes und die Cardones – unter Druck gesetzt werden. Jedes der drei Ehepaare wird Telefonanrufe von Unbekannten erhalten, Telegramme, die über Zürich kommen, es wird zu zufälligen Zusammentreffen mit Fremden in Restaurants, in Cocktailbars und auf der Straße kommen. Der Sinn des Ganzen ist es, eine gemeinsame Nachricht zu übermitteln: daß John Tanner *nicht* ist, was er zu sein scheint. Sie sind etwas anderes. Vielleicht ein Doppelagent oder ein Informant des Politbüros oder sogar ein Mitglied meiner eigenen Organisation. Die Informationen, die sie erhalten werden, werden verwirrend sein, dazu bestimmt, sie aus dem Gleichgewicht zu bringen.«

»Und gleichzeitig macht das mich und meine Familie zum Angriffspunkt. Das lasse ich nicht zu! Sie würden uns töten!«

»Das ist das einzige, was sie ganz bestimmt nicht tun.«

»Warum nicht? Wenn irgend etwas von dem, was Sie sagen, wahr ist – und ich bin davon keineswegs überzeugt –, ich *kenne* diese Leute. Ich kann das nicht glauben!«

»In diesem Falle besteht überhaupt kein Risiko.«

»Warum nicht?«

»Wenn sie – eines oder alle Ehepaare – nichts mit Omega zu tun haben, werden sie ganz normal handeln. Sie werden die Zwischenfälle der Polizei oder dem FBI melden. Dann schalten wir uns ein. Wenn ein oder zwei Ehepaare solche Meldungen machen und das andere oder die anderen das nicht tun, wissen wir, wer Omega ist.«

»Und – angenommen, Sie haben *recht*. Was dann? Welche Garantien können Sie mir geben?«

»Einige Faktoren. Alle narrensicher. Ich sagte Ihnen schon, daß die ›Information‹ über Sie falsch sein wird. Wer immer Omega ist, wird seine Mittel einsetzen und das, was er erfährt, im Kreml selbst überprüfen. Unsere Verbindungsleute dort sind darauf vorbereitet. Sie werden sich einschalten. Die Information, die Omega aus

Moskau erhält, wird die Wahrheit sein. Die Wahrheit bis zu diesem Nachmittag, heißt das. Sie sind einfach John Tanner, Chef der Nachrichtenredaktion von Standard Mutual, und in keine irgendwie geartete Verschwörung verwickelt. Was hinzu kommt, wird die Falle sein. Moskau wird denjenigen, der Sie überprüfen läßt, informieren, er solle gegenüber den *anderen* Ehepaaren auf seiner Hut sein. Es könnten Überläufer sein. Wir teilen also. Wir führen eine Konfrontation herbei und treten auf die Bildfläche.«

»Das ist schrecklich primitiv. Es klingt alles so einfach.«

»Wenn man Ihr Leben oder das Leben Ihrer Familie bedrohte, würde die ganze Aktion Omega in Gefahr sein. Die Gegenseite ist nicht bereit, dieses Risiko einzugehen. Dafür haben sie zu hart gearbeitet. Ich sagte Ihnen doch, daß es Fanatiker sind. Der Zieltermin für Omega liegt nur einen knappen Monat in der Zukunft.«

»Das reicht nicht.«

»Da ist noch etwas. Jedem Mitglied Ihrer Familie werden mindestens zwei bewaffnete Agenten zugeteilt werden. Vierundzwanzigstündige Überwachung. Sie werden nie weiter als fünfzig Meter entfernt sein. Nie.«

»Jetzt weiß ich, daß Sie verrückt sind. Sie kennen Saddle Valley nicht. Fremde, die irgendwo herumlungern, werden schnell entdeckt und verjagt! Wir wären ja Zielscheiben.«

Fassett lächelte. »Im Augenblick haben wir dreizehn Männer in Saddle Valley. Dreizehn. Es sind Bewohner Ihrer Gemeinde.«

»Du lieber Gott!« Tanner sagte das ganz leise. »Neunzehnhundertvierundachtzig kommt immer näher, wie?«

»Die Zeit, in der wir leben, erfordert das häufig.«

»Ich habe keine Wahl, wie? Überhaupt keine Wahl.« Er deutete auf das Tonbandgerät und das Schriftstück daneben. »Jetzt habe ich mich doch selbst aufgehängt, oder?«

»Ich glaube, Sie dramatisieren die Dinge schon wieder.«

»Nein, das tue ich nicht. Ich dramatisiere überhaupt nichts... Ich muß genau das tun, was Sie von mir wollen, oder? Ich *muß*... Die einzige Alternative, die mir zur Verfügung steht, ist, zu verschwinden – und mich jagen zu lassen. Von Ihnen jagen zu lassen und – wenn Sie recht haben – von diesem Omega.«

Fassett erwiderte Tanners Blick ohne eine Spur von Täuschung. Tanner hatte die Wahrheit gesprochen. Beide Männer wußten das.

»Es sind nur sechs Tage. Sechs Tage aus einem ganzen Leben.«

4.

Montag – 20.05 Uhr

Der Flug vom Dulles Airport in Washington nach Newark kam ihm unwirklich vor. Er war nicht müde. Er war erschreckt. Sein Bewußtsein huschte immer wieder von einem Bild zum anderen, und jedes schob das vorangegangene in die Ferne. Da waren die scharfen, starren Augen von Laurence Fassett über den kreisenden Spulen des Tonbandgerätes. Das Dröhnen von Fassetts Stimme, die jene endlosen Fragen stellte; und dann wurde die Stimme lauter und lauter.

›Omega!‹

Und die Gesichter von Bernie und Leila Osterman, Dick und Ginny Tremayne, Joe und Betty Cardone.

Das Ganze gab keinen Sinn! Er würde nach Newark kommen, und dann würde plötzlich der ganze Alptraum vorüber sein, und er würde sich dann erinnern, wie er Laurence Fassett die Liste mit den Einschaltungen gegeben und die fehlenden Seiten der F.C.C.-Akte unterzeichnet hatte.

Nur, daß er wußte, daß es nicht so kommen würde.

Die einstündige Fahrt von Newark nach Saddle Valley verlief schweigend, und der Taxifahrer begriff, daß sein Fahrgast auf dem Rücksitz, der sich eine Zigarette nach der anderen anzündete und ihm keine Antwort gegeben hatte, als er ihn gefragt hatte, wie der Flug gewesen sei, Ruhe haben wollte.

SADDLE VALLEY
GEGRÜNDET 1862
Willkommen

Tanner starrte die Tafel an, als die Scheinwerfer des Taxis sie erfaßten. Als sie dann hinter ihm versank, konnte er nur an die Worte ›Abgrund des Leders‹ denken.

Unwirklich.

Zehn Minuten später hielt das Taxi vor seinem Haus. Er stieg aus und gab dem Fahrer geistesabwesend den Betrag, den sie vereinbart hatten.

»Danke, Mr. Tanner«, sagte der Fahrer und lehnte sich über den Sitz, um das Geld durchs Fenster in Empfang zu nehmen.

»Was? Was haben Sie gesagt?« fragte John Tanner.

»Ich habe gesagt: ›Danke, Mr. Tanner‹.«

Tanner beugte sich hinunter und packte den Türgriff, zog die Tür mit seiner ganzen Kraft auf.

»Woher kennen Sie meinen Namen? Sagen Sie mir, woher Sie meinen Namen kennen!«

Der Taxifahrer konnte die Schweißtropfen sehen, die über das Gesicht seines Fahrgastes rannen, den irren Blick in den Augen des Mannes. Ein Spinner, dachte der Fahrer. Seine linke Hand bewegte sich vorsichtig unter den Sitz. Er bewahrte dort immer ein Stück Bleirohr auf.

»Schauen Sie, Mac«, sagte er, während seine Hand sich um das Rohr schloß, »wenn Sie nicht wollen, daß jemand Ihren Namen gebraucht, dann müssen Sie die Tafel von Ihrem Rasen nehmen.«

Tanner trat zurück und sah über die Schulter. Auf dem Rasen war die schmiedeeiserne Laterne, eine wettersichere Sturmlampe, die an einer Kette von einer Stange hing. Und über der Lampe spiegelten sich im Licht die Worte:

THE TANNERS
22 ORCHARD DRIVE

Er hatte die Lampe und diese Worte tausendmal gesehen. THE TANNERS. 22 ORCHARD DRIVE. In diesem Augenblick kamen auch sie ihm unwirklich vor. Als hätte er sie noch nie zuvor gesehen.

»Tut mir leid, Freund. Ich bin ein wenig gereizt. Ich fliege nicht gern.« Er schloß die Tür, und der Fahrer kurbelte die Scheibe hoch. Dann sagte er abgehackt:

»Dann nehmen Sie doch den Zug, Mister. Oder gehen Sie um Himmelswillen zu Fuß!«

Das Taxi brauste davon, und Tanner drehte sich um und sah sein Haus an. Die Tür öffnete sich. Der Hund sprang heraus, um ihn zu begrüßen. Seine Frau stand im Licht der Eingangshalle, und er konnte ihr Lächeln sehen.

5.

Dienstag – 3.33 Uhr, Kalifornische Zeit

Das weiße französische Telefon mit seiner gedämpften Hollywood-Klingel hatte wenigstens schon fünfmal Laut gegeben. Leila dachte schläfrig, wie dumm es doch war, es auf Bernies Seite des Bettes zu stellen. Es weckte ihn nie, immer nur sie.

Sie stieß ihren Mann mit dem Ellbogen in die Rippen. »Darling... Bernie. Bernie! Das Telefon.«

»Was?« Osterman schlug verwirrt die Augen auf. »Das Telefon? Oh, das verdammte Telefon. Wer kann das schon hören?«

Er griff in die Dunkelheit und fand die winzige Gabel mit den Fingern.

»Ja? – Ja, hier spricht Bernard Osterman... Ferngespräch?« Er deckte die Sprechmuschel mit der Hand ab und schob sich in die Höhe. Dann wandte er sich seiner Frau zu. »Wie spät ist es?«

Leila knipste ihre Nachttischlampe an und sah auf die Uhr. »Halb vier. Mein Gott!«

»Wahrscheinlich irgend so ein Idiot wegen dieser Hawaii-Serie. Dort ist es noch nicht einmal Mitternacht.« Bernie lauschte am Hörer. »Ja, Vermittlung, ich warte... Das ist ein sehr fernes Ferngespräch, Honey. Wenn es Hawaii ist, dann können die ihren Produzenten an die Schreibmaschine setzen; ich hab' genug. Wir hätten die Finger davon lassen sollen. Ja, Vermittlung. Bißchen schnell bitte, ja?«

»Du hast doch gesagt, daß du diese Inseln einmal ohne Uniform besuchen möchtest, erinnerst du dich?«

»Ja, da muß ich mich wohl entschuldigen... Ja, Vermittlung hier *ist* Bernard Osterman, verdammt noch mal! Ja? Ja? Danke... Hello? Ich kann Sie kaum hören. Hello? – Ja, so ist's besser. Wer spricht? – Was? Was haben Sie gesagt? – Wer spricht? Wie heißen Sie? Ich kann nicht verstehen. Ja, *gehört* hab' ich Sie schon. Aber ich verstehe nicht... Hello? – Hello! Augenblick! Augenblick, hab' ich gesagt!« Osterman schoß hoch und warf die Beine über die Bettkante. Die Decke rutschte ihm über die Füße. Er schlug auf die Gabel des weißen französischen Telefons.

»Vermittlung! Vermittlung! Die verdammte Leitung ist tot!«

»Wer war das? Was schreist du denn so? Was haben die denn gesagt?«

»Er – dieser Idiot hat gebrummt wie ein Stier. Er hat gesagt, wir sollten auf den – den – *Tan One* aufpassen. Das hat er gesagt. Er hat es einmal wiederholt. Den *Tan One*. Was zum Teufel ist das?«

»Den *was*?«

»Den Tan One! Das hat er ein paarmal wiederholt!«

»Das gibt doch keinen Sinn… War es wirklich Hawaii? Hat die Vermittlung gesagt, wo das Gespräch her kam?«

Osterman starrte seine Frau in der schwachen Schlafzimmerbeleuchtung an. »Ja. Das hab' ich ganz deutlich gehört. Es war Übersee… Es war Lissabon. Lissabon in Portugal.«

»Wir kennen niemanden in Portugal!«

»Lissabon, Lissabon, Lissabon…« Osterman wiederholte den Namen ein paarmal halblaut. »Lissabon. Neutral. Lissabon war neutral.«

»Was meinst du?«

»*Tan One*…«

»Tan… Tan. Tanner. Könnte das John Tanner sein? John Tanner!«

»Neutral!«

»Es ist John Tanner«, sagte Leila leise.

»Johnny? – Aber was hat er damit gemeint: ›aufpassen‹? Warum sollten wir aufpassen? Warum ein Anruf um halb vier Uhr früh?«

Leila setzte sich auf und griff nach einer Zigarette. »Johnny hat Feinde. Im Hafen von San Diego, der Artikel, der er damals geschrieben hat.«

»San Diego, sicher! Aber Lissabon?«

»Im *Daily Variety* stand letzte Woche, daß wir nach New York fahren«, fuhr Leila fort und inhalierte tief.

»Daß wir dort wahrscheinlich bei unseren ehemaligen Nachbarn, den Tanners, wohnen würden.«

»Und?«

»Vielleicht sind wir zu prominent.« Sie sah ihren Mann an.

»Vielleicht sollte ich Johnny anrufen.« Osterman griff nach dem Telefon.

Leila packte ihn am Handgelenk. »Bist du *verrückt*?«

Osterman legte sich wieder hin.

Joe schlug die Augen auf und sah auf die Uhr. Sechs Uhr fünfundzwanzig. Zeit, aufzustehen, etwas in der Turnhalle zu trainieren und vielleicht dann ein kurzer Spaziergang zum Club, um eine Stunde Golf zu üben.

Er war ein Frühaufsteher, ganz im Gegensatz zu Betty. Wenn man sie ließ, würde sie bis Mittag schlafen. Sie hatten zwei Doppelbetten, für jeden von ihnen eines, weil Joe die schwächende Wirkung von zwei unterschiedlichen Körpertemperaturen unter derselben decke kannte. Der Nutzen, den einem der Schlaf brachte, wurde um fast fünfzig Prozent vermindert, wenn er die ganze Nacht mit jemand anderem das Bett teilte. Und da der Zweck des Ehebettes ausschließlich sexueller Natur war, hatte es keinen Sinn, den Nutzen des Schlafes zu verlieren.

Zwei Doppelbetten waren da besser.

Er trat zehn Minuten die Pedale seiner Fahrradmaschine und arbeitete dann anschließend fünf Minuten mit siebeneinhalbpfündigen Hanteln. Er blickte durch das dicke Glasfenster des Dampfbades und sah, daß der Raum bereit war.

Ein Licht über der Wanduhr blitzte auf. Das war die Türglocke. Joe hatte sich das einbauen lassen, für den Fall, daß er alleine zu Hause war und gerade trainierte.

Die Uhr zeigte sechs Uhr einundfünfzig, viel zu früh für jemanden in Saddle Valley, um eine Türglocke zu betätigen. Er legte die zwei Hanteln auf den Boden und ging an die Sprechanlage.

»Ja? Wer ist da?«

»Telegramm, Mr. Cardione.«

»Wer?«

»Hier steht Cardione.«

»Ich heiße Cardone.«

»Ist das nicht elf Apple Place?«

»Ich bin gleich da.«

Er schaltete die Sprechanlage aus und griff sich ein Handtuch von der Stange, drapierte es um sich, als er schnell hinaus eilte. Das, was er gerade gehört hatte, gefiel ihm nicht. Er erreichte die Haustür und öffnete sie. Ein kleiner Mann in Uniform stand Gummi kauend da.

»Warum haben Sie nicht angerufen? Es ist doch ziemlich früh, oder?«

»Ich hatte Anweisung, es persönlich auszuliefern. Ich mußte hierher fahren, Mr. Cardione. Fast fünfzehn Meilen. Wir haben einen Vierundzwanzig-Stunden-Service.«

Cardone unterschrieb die Quittung. »Warum fünfzehn Meilen? Western Union hat doch eine Filiale in Ridge Park.«

»Nicht Western Union, Mister. Das ist ein Kabel-Telegramm – aus Europa.«

Cardone riß dem Uniformierten den Umschlag aus der Hand. »Augenblick.« Er wollte nicht den Anschein erwecken, als wäre er erregt, also ging er ganz normal ins Wohnzimmer, wo er sich erinnerte, Bettys Handtasche auf dem Flügel gesehen zu haben. Er entnahm ihr zwei Ein-Dollar-Noten und ging zur Tür zurück. »Hier bitte. Tut mir leid, daß Sie so weit fahren mußten.« Er schloß die Tür und riß den Umschlag auf.

L'UOMO BRUNO PALIDO NON E AMICO
DEL ITALIANO. GUARDA BENE VICINI DI

QUESTA MANIERA. PROTECIATE PER LA
FINA DELLA SETTIMANA.
DA VINCI

Cardone ging in die Küche, fand einen Bleistift neben
dem Telefon und setzte sich an den Tisch. Er schrieb die
Übersetzung auf die Rückseite einer Zeitschrift.

> Der hellbraune Mann ist kein Freund des
> Italieners. Seien Sie vorsichtig bei
> solchen Nachbarn. Schützen Sie sich
> gegen Ende der Woche.
> Da Vinci

Was hatte das zu bedeuten? Was für ›hellbraune Nachbarn‹? In Saddle Valley gab es keine Schwarzen. Die
Nachricht gab keinen Sinn.

Plötzlich erstarrte Joe Cardone. Der hellbraune Nachbar
– das konnte nur John Tanner bedeuten[*]. Am Ende der
Woche – Freitag – würden die Ostermans eintreffen. Jemand in Europa riet ihm, sich vor John Tanner und dem
bevorstehenden Osterman-Wochenende zu schützen.

Er packte das Telegramm und blickte auf die Datums-
zeile.

Zürich.

Herrgott! Zürich!

Jemand in Zürich – jemand, der sich Da Vinci nannte,
jemand, der seinen wirklichen Namen kannte, der John
Tanner kannte, der über die Ostermans Bescheid wußte,
warnte ihn.

Joe Cardone starrte zum Fenster hinaus auf den Rasen
eines Hinterhofs. Da Vinci, Da Vinci!

Leonardo.

---

[*] Tan – ist gleich Sonnenbräune, Anmerkung des Übersetzers

Künstler, Soldat, Kriegsarchitekt – für jeden etwas.

Mafia!

Herrgott! Wer?

Die Costellanos? Die Batellas? Die Latronas, vielleicht.

Welche der Familien hatte sich gegen ihn gewandt? Und *warum*? Er war ihr *Freund*!

Seine Hände zitterten, als er das Telegramm auf den Küchentisch legte. Er las es noch einmal. Jeder Satz beschwor immer gefährlicher werdende Bedeutungen herauf.

Tanner! John Tanner hatte etwas in Erfahrung gebracht! Aber *was*?

Und warum kam die Nachricht aus Zürich? Was hatten sie mit Zürich zu tun?

Oder die Ostermans?

Was hatte Tanner entdeckt? Was würde er tun? – Einer der Batella-Leute hatte Tanner einmal eine Bezeichnung gegeben... Wie war sie doch?

»*Volturno*!«

Geier.

»... kein Freund des Italieners... Vorsichtig... Schützen Sie sich...«

Wie? Vor *was*? Tanner würde sich ihm nicht anvertrauen. Warum sollte er?

Er, Joe Cardone, gehörte nicht dem Syndikat an; auch keiner *Famiglia*. Was konnte *er* wissen?

Aber ›Da Vincis‹ Nachricht war aus der Schweiz gekommen.

Und das ließ eine Möglichkeit offen, eine besorgniserregende Möglichkeit. Die Cosa Nostra hatte von Zürich erfahren! Sie würden das gegen ihn verwenden, wenn er nicht imstande war, den ›hellbraunen Mann‹, den Feind des Italieners, unter Kontrolle zu halten. Wenn er das nicht verhindern konnte, was John Tanner im Begriff war zu tun, was auch immer es sein mochte, würde er vernichtet werden.

Zürich! Die Ostermans!

Er hatte das getan, was er für richtig gehalten hatte! Was er hatte tun müssen, um zu *überleben*. Osterman hatte ihm das auf eine Art und Weise klargemacht, die keinen Zweifel ließ. Aber jetzt war das in anderen Händen. Nicht in seinen.

Joe Cardone verließ die Küche und kehrte in seine Miniaturturnhalle zurück. Ohne Handschuhe anzuziehen, fing er an, auf den Sack einzuschlagen. Schneller und schneller, immer härter.

In seinem Kopf war ein schrilles Kreischen zu hören.

›Zürich! Zürich! Zürich!‹

Virginia Tremayne hörte ihren Mann um Viertel nach sechs aus dem Bett steigen und wußte sofort, daß etwas nicht stimmte. Ihr Mann stand selten so früh auf.

Sie wartete ein paar Minuten. Als er nicht zurückkehrte, zog sie ihren Morgenrock an und ging hinunter. Er war im Wohnzimmer, stand am Erkerfenster, rauchte eine Zigarette und las etwas, das auf einem Stück Papier stand.

»Was machst du denn?«

»Sieh dir das an«, antwortete er mit leiser Stimme.

»Was denn?« Sie nahm ihm das Papier aus der Hand.

Seien Sie mit Ihrem Reporterfreund äußerst
vorsichtig. Seine Freundschaft geht nicht über seinen
Ehrgeiz hinaus. Er ist nicht das, was er zu sein
scheint. Es kann sein, daß wir seine Besucher aus
Kalifornien melden müssen.
Blackstone

»Was ist das? Wann hast du das bekommen?«

»Ich hörte vor etwa zwanzig Minuten Geräusche vor dem Fenster. Gerade laut genug, um mich zu wecken.

Und dann wurde ein Wagen angelassen. Der Motor wurde immer wieder hochgejagt... Ich dachte, du hättest es auch gehört. Du hast die Zudecke hochgezogen.«

»Ich denke schon. Ich habe nicht darauf geachtet...«

»Ich ging hinunter und hab' die Tür geöffnet. Dieser Umschlag lag auf dem Fußabstreifer.«

»Was hat das zu bedeuten?«

»Das weiß ich noch nicht genau.«

»Wer ist Blackstone?«

»Die Kommentare. Die Basis unseres juristischen Systems...« Richard Tremayne warf sich in einen Sessel und preßte sich die Hand gegen die Stirn. Mit der anderen rollte er seine Zigarette vorsichtig über den Rand eines Aschenbechers.

»Bitte – laß mich nachdenken.«

Virginia Tremayne sah wieder auf das Papier mit der geheimnisvollen Nachricht. »›Reporterfreund‹. Bedeutet das...?«

»Tanner hat irgend etwas in Erfahrung gebracht, und der Betreffende, der uns das gebracht hat, ist in Panik geraten. Jetzt versuchen sie, mich auch in Panik zu treiben.«

»Warum?«

»Das weiß ich nicht. Vielleicht glauben sie, daß ich ihnen helfen kann. Und wenn nicht, dann bedrohen sie mich. Uns alle.«

»Die Ostermans.«

»Genau. Sie bedrohen uns mit Zürich!«

»Oh, mein Gott! Sie wissen es! Jemand hat es herausgebracht!«

»So sieht es aus.«

»Meinst du, Bernie hat kalte Füße bekommen? Darüber geredet?«

Tremaynes Auge zuckte. »Er wäre von Sinnen, wenn er das täte. Man würde ihn ans Kreuz schlagen, auf beiden Seiten des Atlantik... Nein, das ist es nicht.«

»Was ist es dann?«

»Wer auch immer das geschrieben hat, es ist jemand, mit dem ich in der Vergangenheit zusammengearbeitet habe oder den ich abgelehnt habe. Vielleicht ist es einer meiner augenblicklichen Fälle. Vielleicht eine der Akten, die jetzt auf meinem Tisch liegen. Und Tanner hat Wind davon bekommen und macht jetzt Lärm. Sie erwarten von mir, daß ich ihn aufhalte. Wenn ich das nicht tue, bin ich erledigt. Ehe ich es mir leisten kann... Ehe Zürich für uns zu arbeiten beginnt.«

»Sie können dir doch unmöglich etwas anhaben!« sagte Tremaynes Frau mit gekünstelter Sicherheit.

»Komm schon, Darling. Wir wollen *uns* doch nichts vormachen. Höflich ausgedrückt, bin ich Spezialist für Firmenübernahmen. Aber in den Vorstandsetagen bin ich ein Pirat. Um Richter Hand zu zitieren, der Firmenmarkt ist zur Zeit mit falschen Käufern verrückt gemacht. Falsch. Das bedeutet Schwindel. Käufe mit Papier.«

»Hast du Schwierigkeiten?«

»Nein, das nicht – ich könnte immer sagen, daß man mich falsch informiert hat. Die Gerichte mögen mich.«

»Sie respektieren dich! Du hast härter gearbeitet als jeder Mann, den ich kenne. Du bist der beste Anwalt, den es gibt!«

»Ich wollte, es wäre so.«

»Du *bist* es!«

Richard Tremayne stand an dem großen Erkerfenster und blickte auf den Rasen seines Vierundsiebzigtausend-Dollar-Ranch-Hauses hinaus. »Ist das nicht komisch. Wahrscheinlich hast du recht. Ich bin einer der besten, die es gibt, in einem System, das ich verachte... Ein System, das Tanner in einem seiner Programme in Stücke reißen würde, wenn er wüßte, was wirklich dahinter steckt. Und das ist es, was dieser Zettel hier meint.«

»Ich glaube, du hast unrecht. Ich glaube, das ist jemand, den du einmal geschlagen hast und der sich an dir rächen möchte. Der Versuch, dir Angst zu machen.«

»Das ist ihm dann auch gelungen. Was dieser – Blackstone mir sagt, ist nichts, was ich nicht schon weiß. Was ich *bin* und was ich *tue*, macht mich zu Tanners natürlichem Feind. Er würde das zumindest so sehen. Wenn er die Wahrheit wüßte.«

Er sah sie an und zwang sich zu einem Lächeln. »Die in Zürich kennen die Wahrheit.«

6.

Dienstag – 9.30 Uhr, Kalifornische Zeit

Osterman schlenderte ziellos auf dem Studiogelände herum und versuchte Ablenkung von dem Anruf in der frühen Morgenstunde zu finden. Aber er kam nicht davon los.

Weder er noch Leila hatten wieder einschlafen können. Sie hatten versucht, die einzelnen Möglichkeiten zu überprüfen und einzuschränken. Und als sie damit nicht weiter kamen, hatten sie sich der viel wichtigeren Frage zugewandt, *weshalb* dieser Anruf gekommen war.

Warum war gerade *er* angerufen worden? Was stand dahinter? Arbeitete Tanner wieder an einem seiner Exposés?

Wenn ja, dann hatte das nichts mit ihm zu tun. Nichts mit Bernie Osterman.

Tanner sprach nie über Einzelheiten seiner Arbeit. Nur ganz allgemein. Er hatte sehr ausgeprägte Vorstellungen von dem, was er für Ungerechtigkeit hielt, und da die beiden Männer häufig unterschiedlicher Meinung waren über das, was in einer freien Wirtschaftsform als fair oder unfair gelten mußte, vermieden sie es, auf Einzelheiten einzugehen.

Bernie sah in Tanner einen Kreuzfahrer, der nie zu Fuß gegangen war. Er hatte es nie miterlebt, wie ein Vater nach Hause kam und mitteilte, er habe am nächsten Tag keine Stellung mehr. Oder eine Mutter, die eine halbe Nacht aufblieb und das abgetragene Kleidungsstück eines Kindes, das am nächsten Morgen wieder zur Schule mußte, zusammenflickte. Tanner konnte sich seine Indigniertheit leisten und hatte gute Arbeit geleistet. Aber es gab Dinge, die er nie begreifen würde. Das war auch der Grund, weshalb Bernie nie mit ihm über Zürich gesprochen hatte.

»Hey, Bernie, Augenblick mal!« Ed Pomfret, ein rundlicher, unsicherer Produzent in mittleren Jahren holte ihn auf dem Bürgersteig ein.

»Hello, Eddi. Wie geht's denn?«

»Prima! Ich hab' versucht, Sie in Ihrem Büro zu erreichen. Das Mädchen hat gesagt, Sie wären ausgegangen.«

»Nichts zu tun.«

»Ich hab's schon gehört, Sie ja wahrscheinlich auch. Ich freue mich darauf, mit Ihnen zu arbeiten.«

»Wie? – Nein, ich hab' nichts gehört. Woran arbeiten wir denn?«

»Was soll das denn? Machen Sie Witze?« Pomfret wirkte fast beleidigt. Gerade als wüßte er, daß Osterman ihn für zweitklassig hielt.

»Keine Witze. Ich mache hier noch diese Woche dicht. Wovon reden Sie denn? Wer hat Sie angesprochen?«

»Dieser neue Mann aus der Planungsabteilung hat mich heute morgen angerufen. Ich hänge doch in der Interceptor-Serie drin. Er sagte, Sie würden vier Episoden schreiben. Mir sagt die Idee zu.«

»Welche Idee?«

»Das Exposé für die Story. Drei Männer, die an einem großen, geheimen Geschäft in der Schweiz arbeiten. Hat mich sofort gepackt.«

Osterman blieb stehen und blickte auf Pomfret hinunter.

»Wer hat Ihnen das aufgebunden?«

»Mir was aufgebunden?«

»Es gibt keine vier Episoden. Keine Exposés. Kein Geschäft. Und jetzt sagen Sie mir, was Sie mir sagen wollen.«

»Sie müssen Witze machen. Bilden Sie sich ein, ich würde jemanden wie Sie oder Leila auf den Arm nehmen wollen? Ich war wirklich sehr geschmeichelt. Die Planung hat mir am Telefon gesagt, ich soll Sie anrufen und mir die Exposés beschaffen!«

»Wer hat Sie angerufen?«

»Wie heißt er denn – dieser neue Mann, den die Planung aus New York geholt hat.«

»Wer?«

»Hat mir seinen Namen gesagt – Tanner. Ja, das ist's. Tanner. Jim Tanner, John Tanner...«

»John Tanner arbeite nicht hier! So, und jetzt möchte ich wissen, wer Sie auf mich angesetzt hat?« Er packte Pomfret am Arm. »Heraus damit, Sie Mistkerl!«

»Nehmen Sie die Hände weg! Sie sind verrückt!«

Osterman erkannte sofort, daß er einen Fehler gemacht hatte: Pomfret war nicht mehr als ein Botenjunge. Er ließ den Arm des Produzenten los. »Tut mir leid, Eddie. Entschuldigen Sie... Ich hab' zuviel um die Ohren. Bitte, verzeihen Sie mir, ich bin wirklich unmöglich.«

»Schon gut, schon gut. Etwas gereizt sind Sie, das ist alles. Sehr gereizt, Mann.«

»Sie sagen, dieser Mann – dieser Tanner – hätte Sie heute morgen angerufen?«

»Vor etwa zwei Stunden. Ehrlich gesagt, ich habe ihn gar nicht gekannt.«

»Hören Sie, das soll ein dummer Witz sein. Verstehen Sie? Ich mache die Serie nicht, glauben Sie mir das... Vergessen Sie's einfach, okay?«

»Ein Witz?«

»Glauben Sie mir, okay? – Ich will Ihnen was sagen; die reden mit Leila und mir über ein neues Projekt. Ich werde darauf bestehen, daß Sie die finanzielle Seite übernehmen, einverstanden?«

»Hey, das ist nett, vielen Dank!«

»Schon gut. Wir wollen bloß diesen kleinen Witz für uns behalten, ja?«

Osterman wartete gar nicht erst auf Pomfrets Dankbarkeit. Er eilte zur Straße hinunter auf seinen Wagen zu. Er mußte nach Hause, zu Leila.

Ein hünenhafter Mann in Chauffeursuniform saß auf dem Vordersitz seines Wagens! Als Bernie heran kam, stand er auf und hielt ihm die hintere Tür auf.

»Mr. Osterman?«

»Wer sind Sie? Was machen Sie in...«

»Ich habe eine Nachricht für Sie.«

»Aber ich will sie nicht hören! Ich will wissen, weshalb Sie in meinem Wagen sitzen!«

»Seien Sie sehr vorsichtig mit Ihrem Freund John Tanner. Seien Sie vorsichtig und überlegen Sie sich gut, was Sie ihm sagen.«

»Wovon in aller Welt reden Sie?«

Der Chauffeur zuckte die Achseln. »Ich überbringe nur eine Nachricht, Mr. Osterman. Möchten Sie jetzt, daß ich Sie nach Hause fahre?«

»Natürlich nicht! Ich kenne Sie nicht! Ich verstehe nicht...«

Die Hintertür schloß sich leise. »Wie Sie wünschen, Sir. Ich wollte Ihnen nur behilflich sein.« Er tippte mit der Hand an den Schirm seiner Uniformmütze und wandte sich ab.

Bernie stand reglos da und starrte ihm nach.

7.

»Hat irgendeiner unserer Mittelmeerkunden Schwierigkeiten?« fragte Joe Cardone.

Sein Partner, Sam Bennett, drehte sich in seinem Sessel herum und vergewisserte sich, daß die Bürotür geschlossen war. ›Mittelmeer‹ war ihre Codebezeichnung für jene Klienten, von denen beide Partner wußten, daß sie zwar lukrativ, aber auch gefährliche Investoren waren. »Nicht, daß ich wüßte«, sagte er. »Warum? Hast du etwas gehört?«

»Nicht direkt... Vielleicht ist es nichts.«

»Bist du deshalb früher zurückgekommen?«

»Nein, eigentlich nicht.« Cardone konnte auch Bennett nicht alles erklären. Sam hatte mit Zürich nichts zu tun. Also zögerte er. »Nun, teilweise vielleicht doch. Ich habe einige Zeit an der Börse von Montreal verbracht.«

»Und was hast du gehört?«

»Daß das Büro des Staatsanwalts eine neue Aktion vorhat; daß die Börsenaufsicht sämtliche Akten übergibt. Jede mögliche Mafiaverbindung mit Hunderttausend oder darüber wird überwacht.«

»Das ist doch nicht neu. Wo warst du denn?«

»In Montreal. Ich mag es nicht, wenn ich solche Dinge achthundert Meilen von meinem Büro entfernt höre. Und ich überlege es mir dreimal, ehe ich zum Telefon greife und meinen Partner frage, ob einer unserer Klienten im Augenblick vor Gericht steht. – Ich meine, Telefongespräche sind ja heutzutage nicht mehr sicher.«

»Du großer Gott!« lachte Bennett. »Deine Fantasie macht mal wieder Überstunden, wie?«

»Hoffentlich.«

»Du weißt verdammt genau, daß ich mich mit dir in Verbindung gesetzt hätte, wenn so etwas gewesen wäre.

Oder auch nur so ausgesehen hätte, als ob es dazu kommt. Du hast doch deshalb nicht deinen Urlaub abgebrochen. Was war denn sonst noch?«

Cardone wich dem Blick seines Partners aus, als er sich setzte. »Okay. Ich will dich nicht anlügen. Da war noch etwas. Ich glaube nicht, daß es etwas mit uns zu tun hat. Mit *dir* oder der Firma. Wenn sich herausstellt, daß es nicht so ist, sage ich dir Bescheid, okay?«

Bennett erhob sich aus seinem Sessel und akzeptierte die Nicht-Erklärung seines Partners. Er hatte im Laufe der Jahre gelernt, nicht in Joe zu dringen. Cardone war nämlich trotz seiner Jovialität ein sehr zurückgezogener Mann. Er hatte den überwiegenden Teil des Kapitals in die Firma eingebracht und arbeitete trotzdem partnerschaftlich mit ihm zusammen. Das reichte Bennett.

Sam ging zur Tür. Er lachte leise. »Wann wirst du endlich aufhören, vor dem Phantom von South Philadelphia zu fliehen?«

Cardone erwiderte das Lächeln seines Partners. »Wenn es aufhört, mich mit einer heißen Lasagne in den Bankers Club zu verfolgen.«

Bennett schloß die Tür hinter sich, und Joe wandte sich wieder der zehntägigen Ansammlung von Post und Notizen zu. Da war nichts. Nichts, das man mit einem Mittelmeerproblem in Verbindung bringen konnte. Nichts, das auch nur auf einen Mafiakonflikt hindeutete. Und doch war während dieser zehn Tage etwas geschehen; etwas, das Tanner betraf.

Er nahm den Hörer ab und drückte den Knopf, der ihn mit seiner Sekretärin verband. »Ist das alles? Sonst hat niemand angerufen?«

»Niemand, den Sie zurückrufen sollen. Ich habe allen gesagt, daß Sie erst Ende der Woche wieder im Büro sein würden. Manche sagten, Sie würden dann anrufen, die anderen melden sich am Montag.«

»Lassen Sie es auch so. Wenn irgend jemand anruft, ich bin Montag wieder da.«

Er legte den Hörer auf die Gabel und schloß die zweite Schublade seines Schreibtischs auf, in der er eine kleine Kartei mit Kärtchen im Format drei mal fünf Zoll aufbewahrte. Die Mittelmeer-Klienten.

Er stellte das kleine Kästchen vor sich auf die Tischplatte und fing an, die Karten durchzublättern. Vielleicht würde ein Name eine Erinnerung auslösen, etwas, das er vergessen hatte und das jetzt vielleicht eine Bedeutung erlangte.

Sein privates Telefon klingelte. Nur Betty rief auf dieser Leitung an; sonst hatte niemand die Nummer. Joe liebte seine Frau, aber sie besaß eine geradezu geniale Begabung dafür, ihn mit Belanglosigkeiten zu behelligen, wenn er nicht gestört werden wollte.

»Ja, Liebes?«

Schweigen.

»Was ist, Honey? Ich bin sehr beschäftigt.«

Seine Frau sagte immer noch nichts.

Plötzlich hatte Cardone Angst. Außer Betty hatte niemand diese Nummer!

»Betty? Antworte doch!«

Als die Stimme kam, klang sie langsam, tief und präzise.

»John Tanner ist gestern nach Washington geflogen. Da Vinci ist sehr beunruhigt. Vielleicht haben Ihre Freunde in Kalifornien Sie betrogen. Sie waren mit Tanner in Kontakt.«

Joe Cardone hörte das Klicken, als das Telefon auf der anderen Seite der Leitung aufgelegt wurde.

Jesus! Jesus Christus! Die Ostermans waren es! Die hatten die Seiten gewechselt!

Aber warum? Das gab keinen Sinn! Welche Verbindung konnte es zwischen Zürich und der Mafia geben, etwas, das auch nur andeutungsweise mit der Mafia zu tun hatte? Dazwischen lagen doch Lichtjahre!

Aber war das wirklich so? Oder benutzte das eine das andere? Cardone versuchte sich zu beruhigen, aber das war unmöglich. Er ertappte sich dabei, wie er das kleine Blechkästchen zerdrückte.

Was konnte er tun? Mit wem konnte er sprechen?

Mit Tanner selbst? O Gott, natürlich nicht!

Den Ostermans? Bernie Osterman? Herrgott, nein! Nicht *jetzt*.

Tremayne. Dick Tremayne.

8.

Dienstag – 10.10 Uhr

Zu erregt, um sich in eine Bank im Saddle Valley Expreß zwängen zu können, beschloß Tremayne, mit dem Wagen nach New York zu fahren.

Als er auf der Route Five in östlicher Richtung auf die George Washington Brücke zuraste, fiel ihm im Rückspiegel ein hellblauer Cadillac auf. Als er nach links auf die Überholspur abbog und an den anderen Wagen vorbeiraste, folgte ihm der Cadillac. Als er wieder auf die rechte Bahn zurückkehrte und sich in den langsameren Verkehrsfluß hineinzwängte, tat es ihm der Cadillac gleich – immer ein paar Wagen hinter ihm.

An der Brücke näherte er sich einer Mautkabine und sah, daß der Cadillac auf einer schnelleren Spur mit ihm gleichzog. Er versuchte, den Fahrer auszumachen.

Es war eine Frau. Sie wandte das Gesicht ab; er konnte nur ihren Hinterkopf sehen. Und doch wirkte sie auf unbestimmte Weise vertraut.

Der Cadillac jagte davon, ehe er weiter nachdenken

konnte. Der Verkehr nahm ihm jede Chance, ihm zu folgen. Er war sicher, daß der Cadillac ihn verfolgt hatte, aber ebenso sicher war, daß die Fahrerin nicht erkannt werden wollte.

Warum? Wer war sie?

War diese Frau ›Blackstone‹?

Er stellte fest, daß es ihm unmöglich war, im Büro irgend etwas zustande zu bringen. Er sagte die paar Verabredungen ab, die er getroffen hatte, und sah sich statt dessen die Aufzeichnungen über die letzten Firmenübernahmen durch, die er erfolgreich durch die Gerichte gebracht hatte. Besonders interessierte ihn eine Akte: *The Cameron Woolens*. Drei Fabriken in einer kleinen Stadt in Massachusetts, die seit Generationen der Familie Cameron gehört hatten. Der älteste Sohn hatte versucht, sie von innen heraus an sich zu ziehen. Ein Erpresser hatte ihn dazu gezwungen, seinen Anteil an der Gesellschaft an eine Bekleidungskette in New York zu verkaufen, die behauptete, sie interessiere sich für die Marke Cameron.

Sie bekamen sie und schlossen die Fabriken; die Stadt ging bankrott. Tremayne hatte die Bekleidungskette vor den Gerichten in Boston vertreten. Die Familie Cameron hatte eine Tochter. Eine unverheiratete Frau, Anfang Dreißig. Selbstbewußt, hartnäckig, verärgert.

Eine Frau hatte den Cadillac gesteuert. Eine Frau, etwa in den richtigen Jahren.

Und doch – jetzt eine Person auswählen, hieß, viele andere Möglichkeiten abzutun. Die Leute, die sich für Firmenübernahmen interessierten, wußten, wen sie anrufen sollten, wenn juristische Situationen etwas kompliziert wurden. Tremayne! Er war der Fachmann. Ein vierundvierzigjähriger Zauberkünstler, der sich in den neuen juristischen Gegebenheiten auskannte, der alte Paragraphen

auf dem förmlich explodierenden Gebiet der Zusammen-
schlüsse einfach beiseitefegte.

Kriegen die Frau in dem hellblauen Cadillac die Cameron-
Tochter gewesen?

Wie sollte er das wissen? Es gab so viele. Die Came-
rons. Die Smythes aus Atlanta. Die Boyntons aus Chica-
go. Die Fergusons aus Rochester. Die Übernahmespeziali-
sten machten sich an die alten Familien heran, die
Familien mit Geld. Die alten Familien mit Geld ließen es
sich gut gehen; sie waren die idealen Zielobjekte. Wer unter ihnen mochte Blackstone sein?

Tremayne erhob sich aus seinem Sessel und ging ziellos in seinem Büro herum. Er konnte das Eingeschlossen-
sein nicht länger ertragen; er mußte hinaus.

Was Tanner wohl sagen würde, wenn er ihn anrief und
ihm vorschlug, gemeinsam den Lunch einzunehmen?
Wie würde Tanner reagieren? Würde er annehmen, ganz
beiläufig vielleicht? Würde er ablehnen? Würde es möglich sein – falls Tanner annahm –, irgend etwas zu erfahren, das mit der Warnung Blackstones in Verbindung
stand?

Tremayne griff zum Telefon und wählte. Sein rechtes
Augenlid zuckte, fast tat es weh.

Tanner saß in einer Besprechung. Tremayne war erleichtert; es war ohnehin unsinnig gewesen. Er hinterließ
keine Nachricht und eilte aus seinem Büro.

An der Fifth Avenue bog ein Checker Taxi genau vor
ihm in die Kreuzung und versperrte ihm den Weg.

»Hey, Mister!« Der Fahrer streckte den Kopf zum Fenster hinaus.

Tremayne fragte sich – ebenso wie ein paar andere
Fußgänger – wen er wohl meinte.

Sie sahen einander an.

»Sie, Mister! Heißen Sie Tremayne?«

»Ich? Ja...«

»Ich hab' eine Nachricht für Sie.«

»Für mich? Wie haben Sie...?«

»Ich muß mich beeilen, die Ampel schaltet gleich um, und ich hab' zwanzig Eier dafür bekommen. Ich soll Ihnen sagen, Sie sollen auf der Vierundfünfzigsten Straße nach Osten gehen. Gehen Sie einfach so lange, bis Sie Mr. Blackstone treffen.«

Tremayne legte dem Fahrer die Hand auf die Schulter. »Wer hat Ihnen das gesagt? Wer hat Ihnen...«

»Was weiß ich denn? Da sitzt so'n Knilch seit halb zehn hinten in meiner Karre, und ich laß die Uhr laufen. Er hat 'nen Feldstecher und raucht dünne Zigarren.«

Das ›*Don't Walk*‹-Zeichen begann zu blinken.

»Was hat er gesagt! – Hier!« Tremayne griff in die Tasche und holte ein paar Geldscheine heraus. Er gab dem Fahrer einen Zehner. »Hier. Und jetzt sagen Sie es mir, bitte!«

»Was ich gesagt habe, Mister. Er ist vor ein paar Sekunden ausgestiegen und hat mir zwanzig Eier gegeben und gesagt, ich soll Ihnen sagen, Sie sollen auf der Vierundfünfzigsten nach Osten gehn. Das ist alles.«

»Das ist *nicht* alles!« Tremayne packte den Fahrer am Hemd.

»Danke für den Zehner.« Der Fahrer stieß Tremaynes Hand weg, drückte auf die Hupe, um die Fußgänger zu verscheuchen, die vor ihm über die Straße gingen, und fuhr davon.

Tremayne hielt seine Panik unter Kontrolle. Er trat auf den Bürgersteig zurück und zog sich unter das Vordach eines Geschäftes zurück und sah die Männer an, die nach Norden gingen, versuchte, einen Mann mit einem Feldstecher oder einer dünnen Zigarre auszumachen.

Als er niemanden fand, begann er sich vorsichtig von Laden zu Laden in Richtung Vierundfünfzigste Straße zu bewegen. Er ging ganz langsam, starrte die Passanten an.

Ein paar, die in dieselbe Richtung, aber viel schneller als er gingen, kollidierten mit ihm. Einige andere, die nach Süden gingen, bemerkten das seltsame Verhalten des blonden Mannes in dem teuer geschnittenen Anzug und lächelten.

An der Ecke der Vierundfünfzigsten Straße blieb Tremayne stehen. Trotz der leichten Brise und des leichten Anzugs, den er trug, schwitzte er. Er wußte, daß er nach Osten gehen mußte. Keine Frage.

Eines war klar. Blackstone war nicht die Frau in dem hellblauen Cadillac. Blackstone war ein Mann mit einem Feldstecher und dünnen Zigarren.

Wer war dann aber die Frau? Er hatte sie schon einmal gesehen. Das wußte er!

Er betrat jetzt die Vierundfünfzigste, ging auf der rechten Seite. Er erreichte die Madison Avenue, und niemand hielt ihn auf, niemand gab ihm ein Zeichen. Niemand sah ihn auch nur an. Dann über die Park Avenue mit der Insel in der Mitte.

Niemand.

Lexington Avenue. Vorbei an den großen Baustellen. Niemand.

Third Avenue. Second First.

Niemand.

Jetzt erreichte Tremayne den letzten Block. Eine Sackstraße, die am East River endete, zu beiden Seiten von den Vordächern von Apartment-Häusern flankiert. Ein paar Männer mit Aktentaschen und Frauen mit Kaufhausschachteln kamen und gingen aus beiden Gebäuden. Am Ende der Straße parkte ein hellbeiger Mercedes-Benz quer über die Straße, so als wollte er gerade umkehren. Und daneben stand ein Mann in einem eleganten weißen Anzug und einem Panamahut. Er war ein gutes Stück kleiner als Tremayne. Selbst auf dreißig Meter Entfernung konnte Tremayne erkennen, daß er kräftig gebräunt war.

Er trug eine dicke, große Sonnenbrille und sah Tremayne direkt an, als Tremayne auf ihn zuging.

»Mr. – Blackstone?«

»Mr. Tremayne. Tut mir leid, daß Sie so weit gehen mußten. Wissen Sie, wir mußten sicher sein, daß Sie alleine sind.«

»Warum sollte ich das nicht sein?« Tremayne versuchte, den Akzent irgendwo unterzubringen. Er war kultiviert, aber nicht die Art, wie man sie in den nordöstlichen Staaten spricht.

»Ein Mann, der Schwierigkeiten hat, macht oft den Fehler, sich Gesellschaft zu suchen.«

»Was für Schwierigkeiten hab' ich denn?«

»Sie haben doch meine Notiz bekommen?«

»Natürlich. Was sollte sie bedeuten?«

»Genau was in ihr steht. Ihr Freund Tanner ist für Sie sehr gefährlich. Und für uns. Wir wollen das nur betonen, so wie das gute Geschäftsleute untereinander tun sollten.«

»Mit welchen geschäftlichen Interessen sind Sie denn befaßt, Mr. Blackstone? Ich nehme an, daß Blackstone nicht Ihr echter Name ist, ich konnte Sie daher mit nichts in Verbindung bringen.«

Der Mann im weißen Anzug, dem Panamahut und der Sonnenbrille trat ein paar Schritte auf den Mercedes zu.

»Das haben wir Ihnen doch gesagt. Seine Freunde aus Kalifornien...«

»Die Ostermans?«

»Ja.«

»Meine Firma hat nie mit den Ostermans zu tun gehabt. Nie.«

»Aber Sie, nicht wahr?« Blackstone ging um die Motorhaube herum und stand jetzt auf der anderen Seite des Mercedes.

»Das kann doch nicht Ihr Ernst sein!«

»Glauben Sie mir, wenn ich Ihnen sage, daß es schon mein Ernst ist.«

Der Mann griff nach der Türklinke, öffnete die Tür aber nicht. Er wartete.

»Einen Augenblick! Wer sind Sie?«

»Blackstone genügt.«

»Nein! – Das, was Sie gesagt haben! Sie können doch unmöglich...«

»Doch wir können. Das ist es ja gerade. Und da Sie das jetzt wissen, sollte Ihnen das als Beweis ausreichen, daß wir über beträchtlichen Einfluß verfügen.«

»Worauf wollen Sie hinaus?« Tremayne stützte sich auf die Motorhaube des Mercedes und lehnte sich zu Blackstone hinüber.

»Es ist uns in den Sinn gekommen, Sie könnten vielleicht mit Ihrem Freund Tanner zusammengearbeitet haben. Das ist der Grund, weshalb wir Sie sehen wollten. Das wäre übrigens gar nicht ratsam. Wir würden nicht zögern, Ihren Beitrag zu den Osterman-Interessen der Öffentlichkeit bekanntzumachen.«

»Sie sind verrückt! Warum sollte ich mit Tanner zusammenarbeiten? Und in welcher Angelegenheit? Ich weiß nicht, wovon Sie reden.«

Blackstone nahm die Sonnenbrille ab. Seine Augen waren blau und durchdringend, und Tremayne konnte an seiner Nase und den Wangenknochen ein paar Sommersprossen sehen. »Wenn das stimmt, haben Sie nichts zu befürchten.«

»Natürlich stimmt es! Es gibt überhaupt keinen Grund, daß ich mit Tanner irgendwie zusammenarbeiten sollte!«

»Das ist logisch.« Blackstone öffnete die Tür seines Mercedes. »Sorgen Sie nur dafür, daß es so bleibt.«

»Um Himmels willen, Sie können doch nicht einfach wegfahren! Ich sehe Tanner jeden Tag. Im Club. Im Zug. Was zum Teufel soll ich denn denken, was sagen?«

»Sie meinen, wonach Sie Ausschau halten sollen? Wenn ich *Sie* wäre, würde ich mich so verhalten, als ob nichts geschehen wäre. Als ob wir uns nie begegnet wären... Vielleicht macht er Andeutungen – wenn Sie die Wahrheit sagen –, vielleicht sucht er. Dann werden Sie es wissen.«

Tremayne richtete sich auf, kämpfte um Fassung. »Ich glaube, es wäre für uns alle am besten, wenn Sie mir sagten, wen Sie vertreten. Das wäre wirklich am besten.«

»Oh, nein, mein Freund.« Blackstones Antwort war von einem kurzen Lachen begleitet. »Sie müssen wissen, uns ist aufgefallen, daß Sie sich in den letzten paar Jahren eine beunruhigende Angewohnheit zugelegt haben. Nichts Ernsthaftes, im Augenblick wenigstens, aber etwas, was wir in Betracht ziehen müssen.«

»Was für eine Angewohnheit?«

»In gewissen Zeitabständen trinken Sie zuviel.«

»Das ist lächerlich!«

»Ich sagte ja, nichts Ernstes. Ihre Arbeit ist brillant. Dennoch haben Sie in solchen Zeiten nicht die übliche Kontrolle über sich. Nein, es wäre ein Fehler, Sie damit zu belasten, besonders in Ihrem augenblicklichen Zustand der Angst.«

»Gehen Sie nicht. Bitte!«

»Wir melden uns wieder. Vielleicht erfahren Sie etwas, das uns weiterhilft. Jedenfalls, wir beobachten Ihre – Arbeit stets mit großem Interesse.«

Tremayne zuckte zusammen. »Was ist mit den Ostermans? Das müssen Sie mir sagen.«

»Wenn Sie in Ihrem Juristenkopf ein Hirn haben, werden Sie gegenüber den Ostermans nichts erwähnen! Nicht einmal eine Andeutung machen! Wenn Osterman mit Tanner zusammenarbeitet, werden Sie das erfahren. Wenn nicht, sollten Sie ihn nicht auf irgendwelche Gedanken über *Sie* bringen.« Blackstone setzte sich auf den

Fahrersitz des Mercedes und ließ den Motor an. Ehe er wegfuhr, sagte er: »Behalten Sie klaren Kopf, Mr. Tremayne. Wir melden uns wieder.«

Tremayne versuchte Ordnung in seine Gedanken zu bringen; er spürte, wie sein Augenlid wieder zuckte. Gottseidank hatte er Tanner nicht erreicht! Unvorbereitet hätte er vielleicht etwas gesagt – etwas Dummes, Gefährliches.

War Osterman ein solch gigantischer Narr gewesen – oder Feigling –, um John Tanner gegenüber die Wahrheit über Zürich verlauten zu lassen? Ohne sie zu befragen?

Wenn das der Fall war, würde man Zürich verständigen müssen. Zürich würde sich um Osterman kümmern. Ans Kreuz würden sie ihn schlagen.

Er mußte Cardone finden. Sie mußten entscheiden, was zu tun war. Er rannte zur nächsten Telefonzelle.

Betty sagte ihm, Joe wäre ins Büro gefahren. Cardones Sekretärin sagte ihm, Joe sei noch in Urlaub.

Joe trieb Spielchen. Das Zucken über Tremaynes linkem Auge nahm ihm fast die Sicht.

9.

Dienstag – 7.00 Uhr

Tanner konnte nicht schlafen, er ging in sein Arbeitszimmer, und die grauen Scheiben der drei Fernsehgeräte zogen seinen Blick an. Etwas Totes, Leeres war in ihnen. Er zündete sich eine Zigarette an und setzte sich auf die Couch. Dann dachte er über Fassetts Instruktionen nach: ruhig bleiben, nichts zu Ali sagen. Das hatte Fassett einige Male wiederholt.

Die einzig wirkliche Gefahr würde sich dann einstellen, wenn Ali zur falschen Person etwas Falsches sagte. Gefahr für Ali. Aber Tanner hatte seiner Frau nie etwas vorenthalten. Er war nicht sicher, ob er es schaffen würde. Die Tatsache, daß sie immer offen zueinander waren, war die stärkste Bindung in ihrer starken Ehe. Selbst wenn sie sich stritten, gab es da nie die Waffe unausgesprochener Anklagen. Alice McCall hatte als Kind davon genug gehabt.

Aber Omega würde ihr Leben verändern, zumindest für die nächsten sechs Tage. Das mußte er akzeptieren, weil Fassett gesagt hatte, daß es für Ali so am besten sein würde.

Die Sonne war inzwischen aufgegangen. Der Tag begann, und die Cardones, die Tremaynes und die Ostermans würden bald unter Druck stehen. Tanner fragte sich, was sie tun würden, wie sie reagieren würden. Er hoffte, daß alle drei Ehepaare Kontakt zu den Behörden suchen und damit beweisen würden, daß Fassett unrecht hatte. Dann würde wieder die Vernunft einziehen.

Aber es war möglich, daß der Wahnsinn gerade begonnen hatte. Wie auch immer, er würde zu Hause bleiben. Wenn Fassett recht hatte, würde er da sein, bei Ali und den Kindern. Über diese Entscheidung hatte Fassett keine Kontrolle.

Er würde Ali glauben lassen, daß er sich eine Grippe zugezogen hatte. Er würde telefonisch mit seinem Büro in Verbindung bleiben und seine Familie nicht verlassen.

Sein Telefon klingelte regelmäßig; Fragen aus seinem Büro. Ali und die Kinder beklagten sich, daß das dauernde Klingeln des Telefons sie verrückt machte, also zogen sich alle drei zum Pool zurück. Abgesehen von ein paar Wolken am Mittag war es ein heißer Tag – ideal zum Schwimmen. Der weiße Streifenwagen fuhr ein paarmal am Haus vorbei. Am Sonntag hatte das Tanner beunruhigt. Jetzt war er dankbar. Fassett hielt sein Wort.

Wieder klingelte das Telefon. »Ja, hier spricht John Tanner.«

»Hier Fassett...«

»Augenblick!« Tanner sah zum Fenster hinaus, um sich zu vergewissern, daß Ali und die Kinder noch am Pool waren. Das waren sie.

»Was ist, Fassett? Haben Sie angefangen?«

»Können Sie reden?«

»Ja... Haben Sie etwas in Erfahrung gebracht? Hat einer von ihnen die Polizei angerufen?«

»Negativ. Wenn das geschieht, verständigen wir Sie sofort. Das ist aber nicht der Grund meines Anrufes... Sie haben etwas äußerst Dummes getan. Ich kann gar nicht genug betonen, wie unvorsichtig das war.«

»Wovon reden Sie?«

»Sie sind heute morgen nicht ins Büro gegangen...«

»Allerdings nicht!«

»Aber in Ihrer normalen Routine darf es keinen Bruch geben. Keine Änderung Ihrer üblichen Zeitabläufe. Das ist schrecklich wichtig. Sie *müssen* zu Ihrem eigenen Schutz unseren Anweisungen folgen.«

»Sie verlangen zuviel!«

»Hören Sie mir zu. Ihre Frau und Ihre Kinder befinden sich in diesem Augenblick im Swimming Pool hinter Ihrem Haus. Ihr Sohn Raymond ist nicht zu seiner Tennisstunde gegangen...«

»Das habe ich ihm gesagt. Ich habe gesagt, er solle den Rasen mähen.«

»Ihre Frau hat sich Lebensmittel ins Haus liefern lassen, und das ist ebenfalls nicht üblich.«

»Ich habe ihr erklärt, ich würde sie vielleicht brauchen, um ein paar Notizen aufzunehmen. Das wäre nicht das erste...«

»Worauf es ankommt, ist, daß Sie bisher nicht getan haben, was Sie gewöhnlich tun. Es ist von entscheidender

Wichtigkeit, daß Sie Ihre Alltagsroutine beibehalten. Das kann ich nicht eindringlich genug betonen. Sie dürfen nicht, Sie dürfen unter *keinen Umständen* Aufmerksamkeit auf sich ziehen.«

»Ich passe auf meine Familie auf. Ich denke, das ist verständlich.«

»Das tun wir auch. Viel wirksamer als Sie das können. Wir haben kein Mitglied Ihrer Familie auch nur eine Sekunde aus den Augen gelassen. Ich muß mich verbessern. Sie auch nicht. Sie sind zweimal in Ihre Einfahrt gegangen: um neun Uhr zweiunddreißig und um elf Uhr zwanzig. Ihre Tochter hatte eine Freundin zum Mittagessen da, Joan Loomis, acht Jahre alt. Wir sind äußerst gründlich und äußerst vorsichtig.«

Tanner griff nach einer Zigarette und zündete sie sich mit dem Schreibtisch-Feuerzeug an. »Ja, ich denke, das sind Sie.«

»Sie brauchen sich wirklich keine Sorgen zu machen. Für Sie und Ihre Familie besteht keine Gefahr.«

»Wahrscheinlich nicht. Ich glaube, daß Sie alle verrückt sind. Keiner von ihnen hat etwas mit diesem Omega zu tun.«

»Das ist möglich. Aber wenn wir recht haben, werden sie nichts unternehmen, ohne weiter zu prüfen. Sie werden nicht in Panik geraten, dafür steht zu viel auf dem Spiel. Und wenn sie weiter prüfen, werden sie sich sofort gegenseitig beargwöhnen. Geben Sie ihnen um Himmels willen keinen Anlaß, das nicht zu tun. Gehen Sie Ihren Geschäften nach, als ob nichts geschehen wäre. Das ist enorm wichtig. Niemand kann Ihrer Familie etwas zuleide tun. Er käme nicht nahe genug heran.«

»Also gut. Sie überzeugen mich. Aber ich bin heute morgen dreimal in meiner Einfahrt gewesen, nicht zweimal.«

»Nein, das waren Sie nicht. Das dritte Mal blieben Sie unter der Garagentür stehen. Sie haben die Einfahrt nicht betreten. Außerdem war es nicht morgens, es war um zwölf Uhr vierzehn.« Fassett lachte. »Fühlen Sie sich jetzt besser?«

»Ich wäre ein Lügner, wenn ich das nicht zugäbe.«

»Sie sind kein Lügner. Wenigstens im allgemeinen nicht. Das geht eindeutig aus Ihrer Akte hervor.« Wieder lachte Fassett. Selbst Tanner lächelte.

»Sie sind unmöglich, das wissen Sie. Ich gehe morgen ins Büro.«

»Wenn das alles vorbei ist, müssen Sie und Ihre Frau mal mit mir und meiner Frau einen Abend zusammen verbringen. Ich glaube, es würde ein netter Abend. Ich komme für die Getränke auf: Dewars White Label mit viel Soda für Sie und Scotch on the Rocks mit einem Spritzer Wasser für Ihre Frau.«

»Du lieber Gott? Wenn Sie jetzt noch anfangen, unser Sexualleben...«

»Lassen Sie mich nachsehen...«

»Gehen Sie zum Teufel«, lachte Tanner erleichtert. »Auf den Abend komme ich zurück.«

»Sollen Sie auch. Wir würden uns gut verstehen.«

»Sagen Sie den Tag, und wir kommen.«

»Das mache ich am Montag. Ich melde mich. Sie haben die Notrufnummer für die Zeit außerhalb der Bürostunden. Zögern Sie nicht anzurufen.«

»Wird gemacht. Ich bin morgen im Büro.«

»Fein. Und tun Sie mir einen Gefallen. Sehen Sie keine weiteren Programme über uns vor. Meine Chefs mochten das letzte nicht.«

Tanner erinnerte sich. Das Programm, auf das Fassett sich bezog, war eine Woodward Show gewesen. Der Verfasser hatte sich den Titel *Caught in the Act*[*] für die Buch-

---

[*] Auf frischer Tat ertappt – Anmerkung des Übersetzers

staben CIA ausgedacht. Das lag fast genau ein Jahr zurück. »Es war nicht schlecht«, schmunzelte er.

»Aber auch nicht gut. Ich hab' es gesehen. Ich wollte darüber lachen, aber ich brachte es nicht fertig. Ich war mit dem Direktor zusammen – in *seinem* Wohnzimmer. *Caught in the Act*! Jesus!« Wieder lachte Fassett, was Tanner mehr beruhigte, als er für möglich gehalten hätte.

»Danke, Fassett.«

Tanner legte den Hörer auf und drückte seine Zigarette aus. Fassett war ein gründlicher Profi, dachte er. Und Fassett hatte recht. Niemand konnte an Ali und die Kinder heran. Wer weiß, vielleicht hatte das CIA sogar Scharfschützen in den Bäumen versteckt. Für ihn blieb genau das, was Fassett gesagt hatte: nichts. Er mußte einfach seinen Geschäften wie üblich nachgehen. Kein Bruch der Routine, keine Abweichung von der Norm. Er hatte das Gefühl, die Rolle jetzt spielen zu können. Der Schutz, der ihm und seiner Familie geboten wurde, war alles, was Fassett zugesagt hatte.

Aber ein Gedanke störte ihn, und je mehr er darüber nachdachte, desto mehr beunruhigte er ihn.

Es war fast vier Uhr nachmittags. Die Tremaynes, die Cardones und die Ostermans waren inzwischen alle kontaktiert worden. Man hatte angefangen, sie unter Druck zu setzen. Aber keiner von ihnen hatte es für richtig gehalten, die Polizei zu rufen. Oder auch nur, *ihn* zu rufen.

War es wirklich möglich, daß sechs Leute, die jahrelang seine Freunde gewesen waren, gar nicht das waren, was sie zu sein schienen?

10.

Der Karmann Ghia bog vom Wilshire Boulevard in den Beverly Drive. Osterman wußte, daß er die für Los Angeles zulässige Höchstgeschwindigkeit überschritt; es schien ihm völlig unwichtig. Er konnte an nichts anderes als die Warnung denken, die er gerade erhalten hatte. Er mußte nach Hause, zu Leila. Sie mußten jetzt ernsthaft miteinander reden. Sie mußten entscheiden, was zu tun war.

Warum hatte man sie ausgewählt?

Wer war es, der sie warnte? Und in welcher Angelegenheit?

Leila hatte wahrscheinlich recht. Tanner war ihr Freund, einer der besten Freunde, die sie je gehabt hatten. Aber er war auch ein Mann, der bei aller Freundschaft Zurückhaltung zu schätzen wußte. Es gab Bereiche, die man nicht berühren durfte. Es gab immer eine gewisse Distanz, eine dünne Glaswand, die sich zwischen Tanner und alle anderen Menschen schob. Ali natürlich ausgenommen.

Und Tanner besaß jetzt Informationen, die sie irgendwie betrafen, die für ihn und Leila etwas bedeuteten. Und Zürich hatte damit zu tun. Aber, Herrgott, *wie*?

Osterman erreichte die Einfahrt zum Mulholland Hill und fuhr schnell hinauf, vorbei an den Villen jener Leute, die sich ganz oben oder in der Nähe der Spitze des Spektrums von Hollywood befanden. Einige der Häuser begannen bereits zu verblassen, um nicht zu sagen, herunterzukommen, zerfallende Relikte ehemaliger Extravaganz. Die Geschwindigkeitsbeschränkung in Mulholland betrug dreißig. Ostermans Tachometer zeigte einundfünfzig. Er drückte das Gaspedal nieder. Er hatte jetzt entschieden, was zu tun war. Er würde Leila abholen und nach Malibu fahren. Dann würden sie sich eine Telefonzelle an der Straße suchen und Tremayne und Cardone anrufen.

Das klagende Heulen der Sirene, das immer lauter wurde, ließ ihn zusammenzucken. In dieser Stadt der Kulissen und Fassaden war das ein Klangeffekt. Es war nicht echt, nichts hier war echt. Es konnte nicht ihm gelten.

Aber das tat es natürlich doch.

»Officer, ich wohne hier. Osterman. Bernard Osterman. 260 Caliente. Sie kennen doch sicher mein Haus.« Er wollte den Officer beeindrucken. Caliente war ein vornehmes Viertel.

»Tut mir leid, Mr. Osterman. Ihren Führerschein und Ihre Fahrzeugpapiere bitte.«

»Hören Sie. Ich bekam einen Anruf im Studio, daß meine Frau sich nicht wohlfühlt. Ich glaube, es ist verständlich, daß ich sehr in Eile bin.«

»Nicht auf Kosten der Fußgänger. Ihren Führerschein und Ihre Fahrzeugpapiere bitte.«

Osterman gab sie ihm und blickte starr nach vorne, hielt seinen Ärger unter Kontrolle. Der Polizeibeamte schrieb bedächtig auf das lange rechteckige Formular und knipste, als er dann fertig war, Bernies Führerschein daran.

Als er das Geräusch hörte, blickte Osterman auf. »Müssen sie den Führerschein beschädigen?«

Der Polizeibeamte seufzte müde und hielt das Formular fest. »Mister, Sie hätten ihn auf dreißig Tage verlieren können. Ich habe eine niedrigere Geschwindigkeit eingetragen; schicken Sie zehn Dollar ein, wie bei einem Parkvergehen.« Er reichte Bernie den Zettel. »Ich hoffe, Ihre Frau fühlt sich bald besser.«

Der Beamte ging zu seinem Streifenwagen zurück. Als er bereits hinter dem Steuer saß, sagte er durch das offene

Fenster: »Vergessen Sie nicht, Ihren Führerschein wieder einzustecken.«

Der Polizeiwagen jagte davon.

Osterman warf den Zettel hin und betätigte den Zündschlüssel. Der Karmann Ghia rollte den Mulholland Hill hinunter. Bernie blickte verärgert auf das Formular, das neben ihm auf dem Sitz lag. Dann sah er noch einmal hin.

Etwas stimmte nicht mit dem Papier. Die Form war richtig, und der unlesbare Feindruck drängte sich wie üblich auf zu wenig Platz zusammen, aber das Papier wirkte irgendwie falsch. Es schien zu glänzend, zu verschwommen, selbst für ein Ticket der Verkehrsabteilung der City von Los Angeles.

Osterman hielt an. Er nahm das Papier und sah es scharf an. Der Polizeibeamte hatte die Übertretung oberflächlich, ungenau angekreuzt. Eigentlich hatte er sie überhaupt nicht angekreuzt.

Und dann bemerkte Osterman, daß die Karte in Wirklichkeit nur eine dünne Fotokopie war, die an einem dickeren Blatt Papier befestigt war.

Er drehte sie herum und sah den mit rotem Farbstift geschriebenen Text auf der Rückseite, den sein Führerschein halb verdeckte. Er riß den Führerschein ab und las:

Erfuhren, daß Tanners Nachbarn vielleicht mit
ihm kooperiert haben. Das ist ein potentiell
gefährliche Situation dadurch verschlimmert,
daß unsere Informationen unvollständig sind.
Seien Sie äußerst vorsichtig und finden Sie
heraus, was möglich ist. Es ist von entscheidender
Wichtigkeit, daß wir – Sie – wissen, wie weit sie
eingeschaltet sind. Wiederhole:
Seien Sie äußerst vorsichtig.
Zürich

Osterman starrte die rote Schrift an, und seine Angst erzeugte einen plötzlichen stechenden Schmerz an seinen Schläfen.

Die Tremaynes und die Cardones auch!

11.

Dienstag – 16.30 Uhr

Dick Tremayne war nicht im Vier-Uhr-Fünfzig-Zug nach Saddle Valley. Cardone, der in seinem Cadillac saß, fluchte laut. Er hatte versucht, Tremayne im Büro zu erreichen, aber man hatte ihm gesagt, der Anwalt sei früher als sonst zum Mittagessen gegangen. Es hatte keinen Sinn, Tremayne um einen Rückruf zu bitten. Joe hatte beschlossen, nach Saddle Valley zurückzukehren und von halb vier Uhr an auf die Züge zu warten.

Cardone verließ den Bahnhof, bog an der Kreuzung mit der Saddle Road nach links und fuhr in westlicher Richtung aufs freie Land. Er hatte jetzt fünfunddreißig Minuten bis zum nächsten Zug. Vielleicht entspannte ihn die Fahrt etwas. Er konnte nicht einfach am Bahnhof warten. Wenn jemand ihn beobachtete, würde er damit Argwohn erwecken.

Tremayne würde ein paar Antworten liefern können. Dick war ein verdammt guter Anwalt und würde die juristischen Alternativen kennen, wenn es solche gab.

Am Rand von Saddle Valley erreichte Joe eine Straße, die von Feldern gesäumt war. Ein Silver Cloud Rolls-Royce überholte ihn, und Cardone registrierte, daß der schwere Wagen ungewöhnlich schnell fuhr, viel zu schnell für den schmalen Feldweg. Er fuhr ein paar Meilen und nahm nur unbestimmt wahr, daß er jetzt durch offenes Land fuhr. Wahrscheinlich würde er auf der Einfahrt irgendeines Farmers umkehren müssen. Aber vor ihm kam jetzt eine lange, sich windende Kurve. Er erinnerte sich, daß diese Kurve breite Seitenstreifen hatte. Dort würde er kehrtmachen. Es war Zeit, zum Bahnhof zurückzukehren.

Er erreichte die Kurve und verlangsamte seine Fahrt, bereitete sich darauf vor, scharf nach rechts abzubiegen.

Aber das konnte er nicht.

Der Silver Cloud parkte neben der Straße unter den Bäumen und versperrte ihm den Weg.

Verärgert trat Cardone das Gaspedal durch und fuhr noch ein paar hundert Meter weiter, um abzubiegen.

Wieder am Bahnhof angelangt, sah Cardone auf die Uhr. Fünf Uhr neunzehn, fast fünf Uhr zwanzig. Er konnte den ganzen Bahnsteig überblicken. Er würde Tremayne sehen, wenn der ausstieg. Er hoffte, daß der Anwalt mit dem Fünf-Uhr-fünfundzwanzig-Zug kommen würde. Das Warten war unerträglich.

Ein Wagen hielt hinter seinem Cadillac an, und Cardone blickte auf.

Es war der Silver Cloud. Cardone begann heftig zu schwitzen.

Ein massiv gebauter Mann, gute sechs Fuß groß, stieg aus dem Wagen und kam langsam auf Cardones offenes Fenster zu. Er trug eine Chauffeur-Uniform.

»Mister Cardione?«

»Ich heiße Cardone.« Die Hände des Mannes, die Joes Fenster umfaßt hielten, waren mächtig. Viel größer und dicker als seine eigenen.

»Okay, wie Sie meinen…«

»Sie haben mich vor einer Weile überholt, nicht wahr? Auf der Saddle Road.«

»Ja, Sir, das habe ich. Ich bin den ganzen Tag nicht sehr weit von Ihnen entfernt gewesen.«

Cardone schluckte unwillkürlich und verlagerte sein

Gewicht. »Ich finde das bemerkenswert. Ich brauche wohl nicht zu sagen, beunruhigend.«

»Es tut mir leid...«

»Entschuldigungen interessieren mich nicht. Ich möchte den Grund wissen. Warum verfolgen Sie mich? Ich kenne Sie nicht. Ich mag es nicht, wenn man mich verfolgt.«

»Das mag niemand. Ich tue nur, was man mir aufgetragen hat.«

»Und was ist das? Was wollen Sie?«

Der Chauffeur bewegte seine Hände, nur ein kurzes Stück, wie um auf ihre Größe und Stärke hinzuweisen. »Man hat mich angewiesen, Ihnen eine Nachricht zu überbringen, dann fahre ich weg. Ich habe eine lange Fahrt vor mir. Mein Chef lebt in Maryland.«

»Was für eine Nachricht? Von wem?«

»Mister da Vinci, Sir.«

»Da Vinci?«

»Ja, Sir. Ich glaube, er ist heute morgen mit Ihnen in Verbindung getreten.«

»Ich kenne Ihren Mr. da Vinci nicht... Was für eine Nachricht?«

»Daß Sie sich Mr. Tremayne nicht anvertrauen sollten.«

»Wovon reden Sie?«

»Nur von dem, was Mr. da Vinci mir aufgetragen hat, Mr. Cardione.«

Cardone starrte dem Hünen in die Augen. Hinter der ausdruckslosen Fassade war Intelligenz. »Warum haben Sie bis jetzt gewartet? Sie haben mich den ganzen Tag verfolgt. Sie hätten mich schon vor Stunden aufhalten können.«

»Dazu hatte ich keine Anweisung. In dem Wagen ist ein Radiotelefon. Man hat mir erst vor ein paar Minuten den Auftrag gegeben, den Kontakt herzustellen.«

»*Wer* hat Ihnen den Auftrag gegeben?«

»Mr. da Vinci, Sir...«

»Das ist nicht sein Name! Also, wer ist es?« Cardone kämpfte gegen seine Wut. Er atmete tief, ehe er weitersprach. »Sagen Sie mir, wer da Vinci ist.«

»Die Nachricht enthält noch mehr«, sagte der Chauffeur, ohne auf Cardones Frage einzugehen. »Mr. da Vinci sagt, Sie sollten wissen, daß Tremayne mit Mr. Tanner gesprochen haben könnte. Niemand ist bis jetzt noch sicher, aber so sieht es aus.«

»Er hat *was*? Mit ihm über *was* gesprochen?«

»Ich weiß nicht, Sir. Es ist nicht meine Aufgabe, das zu wissen. Man bezahlt mich dafür, einen Wagen zu fahren und Nachrichten zu überbringen.«

»Ihre Nachricht ist nicht *klar*! Ich verstehe sie nicht! Was nützt eine Nachricht, wenn sie nicht klar ist!« Cardone kämpfte um Selbstkontrolle.

»Vielleicht hilft Ihnen der letzte Teil, Sir. Mr. da Vinci ist der Ansicht, es wäre eine gute Idee, wenn Sie herauszubringen versuchten, in welchem Maße Mr. Tremayne sich mit Tanner eingelassen hat. Aber Sie müssen vorsichtig sein. Sehr, sehr vorsichtig. Ebenso wie Sie auch mit Ihren Freunden aus Kalifornien vorsichtig sein müssen. Das ist wichtig.«

Der Chauffeur trat von dem Cadillac zurück und tippte mit zwei Fingern gegen das Schild seiner Mütze.

»Warten Sie!« Cardone wollte die Tür öffnen, aber der hünenhafte Mann in Uniform hielt die Tür zu.

»Nein, Mr. Cardione. Sie bleiben im Wagen. Sie sollten nicht auf sich aufmerksam machen. Der Zug kommt jetzt.«

»Nein, bitte! *Bitte*... Ich möchte mit da Vinci sprechen! Wir müssen uns sprechen! Wo kann ich ihn erreichen?«

»Geht nicht, Sir.« Der Chauffeur hielt die Tür ohne Mühe fest.

»Sie Flegel!« Cardone lehnte sich mit seinem ganzen

Gewicht gegen die Tür. Sie gab ein Stück nach und knallte dann unter den Händen des Chauffeurs wieder zu. »Ich reiße Sie in Stücke!«

Der Zug hielt vor dem Bahnsteig an. Einige Männer stiegen aus, und dann heulte die Sirene des Zuges zweimal auf.

Der Chauffeur sagte leise: »Er ist nicht im Zug, Mr. Cardione. Er ist heute morgen mit dem *Wagen* in die Stadt gefahren. Auch das wissen wir.«

Der Zug setzte sich langsam wieder in Bewegung und rollte davon. Joe starrte den Hünen an, der seine Wagentüre zuhielt. Seine Wut war fast nicht mehr unter Kontrolle zu halten, aber er war Realist genug, um zu wissen, daß sie ihm nichts nützen würde. Der Chauffeur trat zurück, salutierte ein zweites mal formlos und ging schnell auf den Rolls-Royce zu. Cardone schob die Wagentüre auf und trat auf das heiße Pflaster.

»Hello, Joe!« Das war Amos Needham, auch einer der Benutzer des Vorortzuges nach Manhattan. Ein Vizepräsident der Manufacturers Hanover Trust und Vorsitzender des Aktivitätenausschusses des Saddle Valley Country Club. »Ihr Leute von der Börse habt es leicht. Wenn es unruhig wird, bleibt Ihr zu Hause und wartet, bis die Wogen sich wieder glätten, wie?«

»Ja, klar, Amos.«

Cardone hatte immer noch den Chauffeur des Rolls im Auge, der jetzt in den Wagen gestiegen war und den Motor angelassen hatte.

»Das muß ich Ihnen sagen«, fuhr Amos fort, »ich weiß wirklich nicht, wohin ihr jungen Leute uns noch bringt! – Haben Sie die Notierungen für DuPont gesehen? Alle anderen gehen baden, und die schießt in die Höhe! Ich habe meinem Effektenausschuß gesagt, die sollen lieber den Kaffeesatz lesen. Zum Teufel mit euch Maklern.« Needham lachte glucksend und hob dann plötzlich den Arm und winkte einem Lincoln Continental, der sich dem Bahnhof näherte. »Da kommt jetzt Ralph. Kann ich Sie mitnehmen, Joe…? Aber nein, Sie sind ja selbst gerade aus dem Wagen gestiegen.«

Der Lincoln rollte neben den Bahnsteig, und Amos Needhams Chauffeur schickte sich an, auszusteigen.

»Nicht nötig, Ralph. Ich kann schon noch eine Türe aufmachen. Übrigens, Joe… Dieser Rolls, dem Sie da nachsehen, erinnert mich an einen Freund. Aber das kann er nicht sein. Er hat in Maryland gelebt.«

Cardones Kopf fuhr herum und er starrte den unschuldigen Bankier an. »Maryland? *Wer* in Maryland?«

Amos Needham hielt seine Wagentüre auf und erwiderte Cardones Blick ungerührt. »Oh, Sie werden ihn nicht kennen. Er ist schon seit Jahren tot… Komischer Name. Wir haben uns immer darüber lustig gemacht… Er hieß Cäsar.«

Amos Needham stieg in seinen Lincoln und schloß die Tür. Am höchsten Punkt der Station Parkway bog der Rolls-Royce nach rechts und jagte auf die Hauptstraße nach Manhattan zu. Cardone blickte auf den geteerten Bahnsteig der Saddle Valley Station und hatte Angst.

Tremayne!

Tremayne war bei Tanner!

Osterman war bei Tanner!

Da Vinci… Cäsar!

Die Architekten des Krieges!

Und er, Guiseppe Ambruzzio Cardione, war alleine!

Oh, Christus! Christus! Sohn Gottes! Gesegnete Maria! Gesegnete Maria, Mutter Christi! Wasche meine Hände mit seinem Blut! Dem Blut des Lammes! Jesus! Jesus! Vergib mir meine Sünden!… Maria und Jesus! Allmächtiger Gott!

Was habe ich getan?

12.

Tremayne lief stundenlang ziellos herum; die vertrauten Straßen der East hinauf und hinunter. Und dennoch – wenn jemand ihn aufgehalten und ihn gefragt hätte, wo er sich befände, hätte er keine Antwort bekommen.

Er war ausgepumpt, leer. Erschreckt. Blackstone hatte alles gesagt und nichts aufgeklärt.

Und Cardone hatte gelogen. Entweder seiner Frau gegenüber oder seinem Büro, aber darauf kam es nicht an. Worauf es ankam, war, daß Cardone nicht zu erreichen war. Tremayne wußte, daß die Panik nicht aufhören würde, bis er und Cardone gemeinsam ergründet hatten, was Osterman getan hatte.

Hatte Osterman sie verraten?

War es das wirklich? *War das möglich?*

Er überquerte die Vanderbilt Avenue und erkannte plötzlich, daß er zum Biltmore Hotel gegangen war, ohne überhaupt an ein Ziel zu denken.

Das war begreiflich, dachte er. Das Biltmore brachte ihm Erinnerungen an sorglose Zeiten zurück.

Er ging durch die Lobby und erwartete fast einen vergessenen Freund aus der Jugendzeit zu sehen – und plötzlich starrte er einen Mann an, den er seit mehr als fünfundzwanzig Jahren nicht mehr gesehen hatte. Er kannte das Gesicht, auch wenn es sich in den Jahren schrecklich verändert hatte – aufgedunsen kam es Tremayne vor, faltig –, aber er konnte sich nicht an den Namen erinnern. Das war noch in der Oberschule gewesen.

Etwas verlegen gingen die beiden Männer aufeinander zu.

»Dick... Dick Tremayne! Sie *sind* doch Dick Tremayne, oder?«

»Ja. Und Sie... Jim?«

»Jack! Jack Townsend! Wie geht es dir, Dick?«

Die beiden Männer schüttelten sich die Hand, Townsend mit viel mehr Begeisterung. »Das sind bestimmt schon fünfundzwanzig, nein dreißig Jahre! Prima siehst du aus! Wie zum Teufel schaffst du es, dein Gewicht zu halten? Ich hab's aufgegeben.«

»Gut siehst du aus. Wirklich prima. Ich wußte gar nicht, daß du in New York bist.«

»Bin ich auch nicht. Ich wohne in Toledo. Ich bin bloß auf ein paar Tage hier… Bei Gott, ich hatte eine verrückte Idee, als ich im Flugzeug her kam. Ich habe das Hilton abbestellt und mir gedacht, ich nehme mir hier ein Zimmer. Bloß um zu sehen, ob von der alten Clique noch welche da sind. Verrückt, wie? Und jetzt schau, auf wen ich da stoße!«

»Das ist wirklich komisch. Echt. Ich hab' vor ein paar Sekunden dasselbe gedacht.«

»Trinken wir etwas.«

Townsend gab ununterbrochen Ansichten von sich, die ganz den Traditionen der Geschäftswelt entsprachen. Er war sehr langweilig.

Tremayne dachte die ganze Zeit an Cardone. Als er beim dritten Glas war, sah er sich nach der Telefonzelle in der Bar um, an die er sich noch aus seiner Jugend erinnerte. Sie war in der Nähe des Kücheneingangs versteckt; nur wohlgelittene Stammgäste des Biltmore wußten von ihrer Existenz.

Sie war nicht mehr da. Und Jack Townsend redete und redete, erinnerte sich mit lauter Stimme an alles das, woran man sich nicht erinnern konnte.

Einige Schritte von ihnen entfernt standen zwei Neger in Lederjacken, sie trugen Perlenketten um den Hals.

Früher, in jenen anderen Tagen, hätten die nicht hier gestanden.

In jenen angenehmen Tagen.

Tremayne kippte seinen vierten Drink hinunter; und Townsend hörte und hörte nicht auf zu reden.

Er *mußte* Joe anrufen! Jetzt fing die Panik wieder an. Vielleicht würde Joe das Rätsel um Osterman mit einem einzigen Satz lösen.

»Was ist denn los mit dir, Dick? Du siehst so aufgeregt aus.«

»So wahr mir Gott helfe, das ist das erstemal, daß ich seit Jahren wieder hier bin.« Tremaynes Worte klangen lallend, und er wußte es. »Ich muß telefonieren. Entschuldige bitte.«

Townsend legte Tremayne die Hand auf den Arm. Er sprach ganz leise.

»Willst du Cardone anrufen?«

»Was?«

»Ich hab’ dich gefragt, ob du Cardone anrufen willst.«

»Wer bist du? – Wer zum Teufel bist du?«

»Ein Freund von Blackstone. Ruf Cardone nicht an. Du darfst das unter keinen Umständen tun. Wenn du das tust, schlägst du einen Nagel in deinen eigenen Sarg. Verstehst du das?«

»Ich verstehe überhaupt nichts! Wer bist du? Wer ist Blackstone?« Tremayne versuchte zu flüstern, aber seine Stimme hallte durch den ganzen Raum.

»Ich will mal so sagen. Es kann sein, daß Cardone gefährlich ist. Wir vertrauen ihm nicht. Wir sind seiner nicht sicher. Ebensowenig wie wir uns der Ostermans sicher sind.«

»Was sagst du da?«

»Es kann sein, daß sie sich zusammengetan haben. Vielleicht fliegst du jetzt solo. Du mußt es ganz cool angehen und sehen, was du herausfinden kannst. Wir melden uns wieder… Aber das hat dir ja Mr. Blackstone schon gesagt, oder?«

Und dann tat Townsend etwas Seltsames. Er nahm einen Geldschein aus der Brieftasche und legte ihn vor Richard Tremayne. Er sagte nur zwei Worte, als er sich umdrehte und durch die Glastüre hinaus ging:

»Nimm es.«

Es war eine Einhundert-Dollar-Note.

Was hatte er damit gekauft?

Gar nichts, dachte Tremayne. Es war nur ein Symbol.

Ein Preis. Ein beliebiger Preis.

Als Fassett das Hotelzimmer betrat, waren bereits zwei Männer dort, die über einen Kartentisch gebeugt waren und verschiedene Papiere und Landkarten studierten. Einer war Grover. Der andere Mann hieß Cole. Fassett nahm den Panamahut und die Sonnenbrille ab und legte sie auf die Kommode.

»Alles in Ordnung?« fragte Grover.

»Läuft wie geschmiert. Falls Tremayne sich im Biltmore nicht zu sehr betrinkt.«

»Wenn er das tut«, sagte Cole, ohne den Blick von einer Straßenkarte von New Jersey zu nehmen, »wird ein freundlicher, bestechlicher Cop die Situation in Ordnung bringen. Er wird nach Hause kommen.«

»Habt ihr auf beiden Seiten der Brücke Leute aufgestellt?«

»Und bei den Tunnels. Manchmal nimmt er den Lincoln-Tunnel und fährt den Parkway hinauf. Die stehen alle in Funkverbindung.« Cole kritzelte etwas auf ein Blatt durchsichtiges Zeichenpapier, das über der Karte lag.

Das Telefon klingelte. Grover trat an den Nachttisch und nahm ab.

»Hier Grover... Oh? Ja, wir überprüfen das noch einmal, aber ich bin sicher, daß wir es erfahren hätten, wenn er... Machen Sie sich keine Sorgen. Schon gut. Wir bleiben in Verbindung.« Grover legte den Hörer auf und stand neben dem Telefon.

»Was ist denn?« Fassett zog seine weiße Palm-Beach-Jacke aus und begann sich die Ärmel hochzukrempeln.

»Das war die Logistik in Los Angeles. Die haben ihn zwischen der Zeit, in der er das Studio verlassen hat und in der man ihn später auf der Mulholland Drive wieder fand, auf etwa zwanzig Minuten verloren. Sie machen sich Sorgen, daß er vielleicht Cardone oder Tremayne erreicht haben könnte.«

Cole blickte vom Tisch auf. »Gegen ein Uhr nach unserer Zeit – zehn in Kalifornien?«

»Ja.«

»Negativ. Cardone war in seinem Wagen, und Tremayne auf den Straßen. Keiner konnte erreicht werden...«

»Ich verstehe schon, was die meinen«, unterbrach Fassett. »Tremayne hat heute mittag keine Zeit vergeudet, mit Cardone in Verbindung zu treten.«

»Das haben wir einkalkuliert, Larry«, sagte Cole. »Wir hätten sie beide aufgehalten, wenn ein Zusammentreffen verabredet worden wäre.«

»Ja, ich weiß. Aber das wäre riskant gewesen.«

Cole lachte und nahm das durchsichtige Papier vom Tisch. »Ihr plant – und wir kontrollieren. Hier ist jede Seitenstraße, die nach ›Leder‹ führt.«

»Die haben wir.«

»George hat vergessen, eine Kopie mitzubringen, und die anderen sind bei den Männern. Eine Kommandozentrale sollte immer eine Landkarte des Zielgebietes haben.«

»*Mea culpa*. Ich war bis zwei Uhr früh in der Besprechung und mußte die Maschine um halb sieben nehmen. Ich hab' auch meinen Rasierapparat und meine Zahnbürste und weiß Gott was sonst noch alles vergessen.«

Wieder klingelte das Telefon und Grover hob ab.

»... verstehe... Augenblick.« Er streckte den Hörer weg und sah zu Laurence Fassett hinüber. »Unser zweiter Chauffeur hatte eine kleine Auseinandersetzung mit Cardone...«

»O Gott! Hoffentlich gab's keinen Ärger.«

»Nein, nein. Unser heißblütiger Sportler versuchte den Wagen zu verlassen und handgreiflich zu werden. Nichts passiert.«

»Sag ihm, er soll nach Washington zurückfahren. Das Zielgebiet verlassen.«

»Fahr zurück nach D.C., Jim... Ja, freilich kannst du das. Okay. Wir sehen uns im Camp.« Grover legte auf und ging an den Kartentisch zurück.

»Was kann Jim ›freilich‹ tun?« fragte Fassett.

»Den Rolls in Maryland abgeben. Er meint, Cardone hätte sich die Nummer notiert.«

»Gut. Und die Familie Cäsar?«

»Prima vorbereitet«, unterbrach Cole. »Sie können es gar nicht erwarten, von Guiseppe Ambruzzio Cardione zu hören. Ganz wie der Vater, und überhaupt nicht wie der Sohn.«

»Was soll das bedeuten?« Grover hielt sein Feuerzeug unter die Zigarette.

»Der alte Cäsar hat sich auf unredliche Weise ein Dutzend Vermögen verdient. Sein ältester Sohn arbeitet im Büro des Generalstaatsanwaltes und führt einen fanatischen Feldzug gegen die Mafia.«

»Der will wohl die Sünden der Familie wegwaschen?«

»So etwas ähnliches.«

Fassett ging ans Fenster und blickte auf die weite Fläche des südlichen Central Park hinunter. Als er weitersprach, war seine Stimme ganz leise, klang aber so befriedigt, daß seine Begleiter lächeln mußten.

»Alles läuft wie am Schnürchen. Jeder hat seinen kleinen Schock bekommen. Die sind alle verwirrt und verstört. Keiner von ihnen weiß, was er tun oder mit wem er reden soll. Jetzt bleiben wir ruhig und beobachten sie. Wir lassen sie vierundzwanzig Stunden in Ruhe. In völliger Ruhe... Und Omega hat keine Wahl. Omega muß handeln.«

13.

Es war viertel nach zehn, bis Tanner sein Büro erreichte.
Es war ihm fast unmöglich gewesen, sein Haus zu verlassen, aber er wußte, daß Fassett recht hatte. Er setzte sich
an seinen Schreibtisch und sah sich geistesabwesend seine Post und die verschiedenen Hausmitteilungen an. Jeder wollte einen sprechen. Keiner wollte ohne seine Zustimmung eine Entscheidung treffen.

Er nahm das Telefon und wählte New Jersey.

»Hello, Ali?«

»Tag, Honey. Hast du was vergessen?«

»Nein... Nein. Ich wollte nur deine Stimme hören. Was
machst du?«

Auf Orchard Place 22, Saddle Valley, New Jersey, lächelte Alice Tanner. Ein Gefühl der Wärme durchzog sie.
»Was ich mache? Nun, ich beaufsichtige der Anweisung
des großen Paschas gemäß den Sohn der beiden, wie er
den Keller saubermacht. Und ebenfalls gemäß Anweisung des großen Paschas verbringt seine Tochter einen
heißen Julivormittag damit, Lesen zu üben. Wie sollte sie
sonst vor Erreichen des zwölften Lebensjahres die Auf-
nahmeprüfung nach Berkeley schaffen?«

Tanner spürte die Anklage, die in diesen Worten lag.
Als seine Frau ein junges Mädchen gewesen war, hatte sie
oft einsame, schreckliche Sommertage verbracht. Ali
wollte, daß es Janet nicht auch so ging.

»Nun, übertreib's nicht. Laß ein paar Kinder rüberkom-
men.«

»Das mach ich vielleicht. Aber Nancy Loomis hat angerufen und gefragt, ob Janet zum Mittagessen kommen kann...«

»Ali...« Tanner nahm den Hörer in die linke Hand. »Ich würde mich auf ein paar Tage bei den Loomis ein wenig rar machen...«

»Was soll das heißen?«

John erinnerte sich seiner täglichen Zugfahrten mit Jim Loomis. »Jim hat da so ein kleines Aktienmanöver vor. Eine Menge Leute im Zug wollen mitmachen. Wenn ich ihm bis nächste Woche aus dem Weg gehen kann, kann ich mich da raushalten.«

»Was sagt Joe?«

»Er weiß nichts davon. Loomis möchte nicht, daß Joe etwas erfährt. Hausrivalität, denke ich.«

»Ich sehe nicht ein, daß es etwas damit zu tun hat, wenn Janet...«

»Ist aber besser so. Wir haben das Geld nicht, auf das er aus ist.«

»Das kannst du zweimal sagen!«

»Und – tu mir einen Gefallen. Bleib heute in der Nähe des Telefons.«

Alice sah unwillkürlich den Hörer an, den sie in der Hand hielt. »Warum?«

»Ich kann jetzt nichts sagen, aber ich erwarte einen wichtigen Anruf. Wovon wir immer geredet haben...«

Alice Tanner senkte unwillkürlich ihre Stimme und lächelte. »Jemand hat dir etwas angeboten!«

»Könnte sein. Die wollen mich zu Hause anrufen und eine Verabredung zum Mittagessen mit mir treffen.«

»Oh, John. Wie aufregend!«

»Es könnte interessant sein.« Plötzlich schmerzte es ihn, mit ihr zu sprechen. »Wir reden später noch mal.«

»Klingt herrlich, Darling. Ich drehe die Glocke lauter. So laut, daß man sie in New York hören kann.«

»Ich ruf dich später an.«

»Dann kannst du mir ja Einzelheiten erzählen.«

Tanner legte den Hörer langsam auf die Gabel. Die Lügen hatten angefangen... Aber seine Familie würde zu Hause sein.

Er wußte, daß er sich jetzt um seine Arbeit kümmern mußte. Fassett hatte ihn gewarnt. Es durfte keinen Bruch in seinem normalen Verhalten geben, und der Normalzustand für einen Nachrichtenchef war ein Zustand, der fast der Hysterie nahe kam. Und Tanner war bei Standard Mutual dafür bekannt, daß er Schwierigkeiten unter Kontrolle bekommen konnte. Wenn es je in seinem Berufsleben eine Zeit gab, in der er Chaos vermeiden mußte, dann war diese Zeit jetzt da.

Er nahm den Telefonhörer ab. »Norma. Ich lese Ihnen jetzt die Liste der Leute vor, die ich heute morgen empfange, und Sie rufen sie an. Sagen Sie jedem, daß ich nicht viel Zeit habe und geben Sie keinem mehr als fünfzehn Minuten, wenn ich es nicht ausdrücklich sage. Es wäre gut, wenn jeder seine Probleme und Vorschläge jeweils auf eine halbe Schreibmaschinenseite zusammenfassen würde. Das können Sie denen ja sagen. Ich habe hier noch ziemlich viel auf dem Tisch.«

Damit war er bis nach halb eins beschäftigt. Dann schloß er seine Tür und rief seine Frau an.

Niemand meldete sich.

Er ließ das Telefon fast zwei Minuten lang klingeln, bis die Abstände zwischen den einzelnen Klingelsignalen länger und länger zu werden schienen.

Keine Antwort am Telefon – dem Telefon, dessen Glokke so laut eingestellt war, daß man sie in New York hören konnte.

Es war zwölf Uhr fünfunddreißig. Ali ging wahrscheinlich davon aus, daß zwischen zwölf und halb zwei niemand anrufen würde. Wahrscheinlich hatte sie etwas aus dem Supermarkt gebraucht. Oder sie hatte beschlossen, mit den Kindern auf ein paar Hamburger in den Club zu fahren. Oder sie hatte Nancy Loomis nicht abweisen können und Janet zum Mittagessen hinübergebracht. Oder sie war in die Bücherei gefahren – Ali pflegte an den Sommernachmittagen häufig am Pool zu liegen und zu lesen.

Tanner versuchte sich Ali bei all diesen Dingen vorzustellen. Daß sie das eine oder das andere oder einiges oder gar alles tat.

Er wählte wieder, und wieder meldete sich niemand. Er rief den Club an.

»Tut mir leid, Mr. Tanner. Wir haben sie draußen ausrufen lassen. Mrs. Tanner ist nicht da.«

Die Loomis. Natürlich, sie war zu den Loomis gegangen.

»Hello, John. Alice hat gesagt, Janet hätte sich den Magen verdorben. Vielleicht ist sie mit ihr zum Arzt gefahren.«

Um acht Minuten nach eins hatte John Tanner weitere zweimal zu Hause angerufen. Das letzte Mal hatte er das Telefon fast fünf Minuten lang klingeln lassen. Er malte sich aus, wie Ali atemlos zur Tür herein gerannt kam und wartete ein weiteres Klingelzeichen ab, hoffte, daß sie abnehmen würde.

Aber es geschah nicht.

Immer wieder sagte er sich, daß er sich albern verhielt. Er selbst hatte den Streifenwagen hinter ihnen gesehen, als Ali ihn zum Bahnhof fuhr. Fassett hatte ihn gestern davon überzeugt, daß seine Wachhunde gründlich waren.

Fassett.

Er nahm den Hörer ab und wählte die Nummer, die Fassett ihm für Notfälle gegeben hatte. Es war eine Nummer in Manhattan.

»Grover...«

Wer? dachte Tanner.

»Hello? Hello? – Hier spricht George Grover.«

»Mein Name ist John Tanner. Ich versuche, Laurence Fassett zu erreichen.«

»Oh, hello, Mr. Tanner. Ist etwas? Fassett ist nicht da. Kann ich Ihnen helfen?«

»Sind Sie ein Kollege von Fassett?«

»Ja, das bin ich, Sir.«

»Ich kann meine Frau nicht erreichen. Ich habe ein paarmal anzurufen versucht. Sie meldet sich nicht.«

»Vielleicht ist sie aus dem Haus gegangen. Ich würde mir da keine Sorgen machen. Sie wird überwacht.«

»Sind Sie da ganz sicher?«

»Natürlich.«

»Ich habe sie gebeten, in der Nähe des Telefons zu bleiben. Sie dachte, ich erwarte einen wichtigen Anruf...«

»Ich nehme Verbindung mit unseren Männern auf und rufe Sie dann gleich wieder an. Das wird Sie beruhigen.«

Tanner legte auf. Plötzlich war es ihm peinlich, daß er angerufen hatte. Aber fünf Minuten verstrichen, und sein Telefon klingelte nicht. Er wählte Fassetts Nummer, aber sie war besetzt. Er legte schnell wieder auf und fragte sich, ob Grover nicht gerade versucht hatte, ihn anzurufen. So mußte es sein. Er würde es gleich wieder versuchen.

Aber sein Apparat klingelte nicht.

Tanner nahm den Hörer auf und wählte langsam und sorgfältig, vergewisserte sich, daß jede Ziffer stimmte.

»Grover.«

»Hier ist Tanner. Ich dachte, Sie wollten gleich zurückrufen!«

»Tut mir leid, Mr. Tanner. Wir haben da ein Problem. Nichts, worüber Sie sich Sorgen zu machen brauchten.«

»Was verstehen Sie unter Problem?«

»Den Kontakt mit unseren Außendienstleuten herzustellen. Das ist nicht ungewöhnlich. Schließlich können
wir nicht erwarten, daß sie jede Sekunde in der Nähe des
Autotelefons sind. Wir werden sie in Kürze erreichen und
sie dann zurückrufen.«

»Das genügt mir nicht!« John Tanner knallte den Hörer
auf die Gabel und sprang auf. Gestern nachmittag hatte
Fassett ihm ihre Bewegungen in allen Einzelheiten geschildert – bis zu den präzisen Vorgängen zum Zeitpunkt
seines Telefonanrufs. Und jetzt konnte dieser Grover keinen der Männer erreichen, die angeblich seine Familie be-
wachten. Was hatte Fassett gesagt?»Wir haben dreizehn
Agenten in Saddle Valley...«

Und Grover konnte keinen einzigen von ihnen erreichen. Dreizehn Männer und keiner war zu erreichen!

Er ging zur Türe. »Ich muß dringend weg, Norma. Passen Sie bitte auf mein Telefon auf. Wenn ein gewisser
Grover anruft, sagen Sie ihm, ich wäre nach Hause gefahren.«

SADDLE VALLEY
GEGRÜNDET 1862
Willkommen

»Und wohin jetzt, Mister?«

»Geradeaus. Ich zeige es Ihnen.«

Das Taxi erreichte den Orchard Drive, sie waren jetzt
nur noch zwei Straßen von seinem Haus entfernt; Tanners Puls hämmerte. Immer wieder malte er sich den
Kombi in der Einfahrt aus. Noch eine Biegung, und er
würde ihn sehen können – wenn er da war. Wenn er da
war, würde alles in Ordnung sein. Herrgott! Laß doch alles in Ordnung sein!

Der Kombi stand nicht in der Einfahrt.

Tanner sah auf die Uhr.

Zwei Uhr fünfundvierzig. Viertel vor drei! Und Ali war nicht da!

»Links. Das Haus mit den Holzschindeln.«

»Ein schönes Haus, Mister. Wirklich schön.«

»Schnell!«

Das Taxi bog in die Einfahrt. Tanner zahlte und riß die Tür auf. Er wartete den Dank des Fahrers nicht ab.

»Ali! Ali!« Tanner rannte durch den Wäscheraum, um in der Garage nachzusehen.

Nichts. Der kleine Triumph stand dort.

Stille.

Und doch war da etwas. Ein Geruch. Ein schwacher, Übelkeit erregender Geruch, den Tanner nicht unterbringen konnte.

»Ali! Ali!« Er rannte zur Küche zurück und sah durch das Fenster den Pool. O Gott! Er starrte die Wasseroberfläche an und rannte zur Hoftüre. Das Schloß hatte sich verklemmt, er warf sich dagegen, riß den Riegel ab und rannte hinaus.

Gott sei Dank! Im Wasser war nichts!

Sein kleiner Welsh-Terrier regte sich im Schlaf. Die Leine des Tieres war mit einer Öse an einem gespannten Drahtseil befestigt, und er fing sofort mit seiner scharfen, hysterisch klingenden Stimme zu bellen an.

Er rannte ins Haus zurück zur Kellertüre.

»Ray! Janet! Ali!«

Stille. Nur das unablässige Bellen des Hundes draußen. Er ließ die Kellertür offen und rannte zur Treppe.

Hinauf!

Er nahm jeweils ein paar Stufen mit einem Satz; die Türen zu den Kinderzimmern und dem Gästezimmer standen offen. Die Türe zu seinem und Alis Schlafzimmer war verschlossen.

Und dann hörte er es. Den leisen Klang eines Radios. Alis Uhrenradio mit der automatischen Abschaltvorrichtung, die das Radio zu einem beliebigen Zeitpunkt innerhalb einer Stunde abschaltete. Er und Ali benutzten immer diese Abschaltvorrichtung, wenn sie das Radio benutzten, nie den gewöhnlichen Schalter. Es war eine Angewohnheit. Und Ali war seit zweieinhalb Stunden nicht mehr da. Jemand anderer hatte das Radio eingeschaltet.

Er öffnete die Tür.

Da war niemand.

Er wollte schon kehrtmachen und die restlichen Räume des Hauses durchsuchen, als er es sah. Ein Zettel mit roten Farbstiftbuchstaben darauf neben dem Uhrenradio.

Er trat an den Nachttisch.

Ihre Frau und ihre Kinder haben eine unerwartete
Fahrt gemacht. Sie finden sie bei einem alten
Bahnhof an den Lassiter Road.

In seiner Panik erinnerte Tanner sich an den alten aufgegebenen Bahnhof. Er stand mitten im Wald, an einer selten benutzten Nebenstraße.

Was hatte er getan? Um Gottes willen, was hatte er getan? Er hatte sie umgebracht! Wenn das so war, würde er Fassett umbringen! Grover umbringen! Alle umbringen, die hätten aufpassen sollen!

Er rannte aus dem Schlafzimmer, die Treppe hinunter in die Garage. Die Tür stand offen, und er sprang in den Sitz des Triumph und ließ den Motor an.

Tanner jagte den kleinen Sportwagen durch die Einfahrt, fegte durch die lange Kurve des Orchard Drive und versuchte sich zu erinnern, was der schnellste Weg nach Lassiter Road war. Er erreichte einen Teich, Lassiter Lake, wie er sich erinnerte. Die Bewohner von Saddle Valley benutzten ihn im Winter zum Eislaufen. Lassiter Road lag auf der anderen Seite und schien in einem ziemlich verwilderten Waldstreifen zu verschwinden.

Er hielt das Gaspedal niedergedrückt, fing an, auf sich selbst einzureden, dann zu schreien.

Ali! Ali! Janet! Ray!

Die Straße war kurvig. Blinde Flecken, Kurven, Sonnenstrahlen, die zwischen den dicht beieinanderstehenden Bäumen hindurchblitzten. Es gab keine anderen Fahrzeuge, überhaupt keine Spuren von Leben.

Plötzlich tauchte der alte Bahnhof vor ihm auf. Und da war auch sein Kombi – auf dem verwahrlosten Parkplatz, umgeben von hohem Gras. Tanner trat neben dem Kombi auf die Bremsen. Niemand war zu sehen.

Er sprang aus dem Triumph und rannte auf den Kombi zu.

Im nächsten Augenblick verlor er die Kontrolle über sein Bewußtsein. Das Schreckliche war Wirklichkeit. Das Unglaubliche war geschehen.

Auf dem Boden vor der vorderen Sitzbank saß seine Frau. Zusammengesunken, reglos. Und hinten die kleine Janet und sein Sohn. Die Köpfe unten, reglos auf die roten Sitzpolster drapiert. Herrgott! Herrgott! Es war geschehen! Seine Augen füllten sich mit Tränen. Er zitterte am ganzen Körper.

Er riß die Türe auf, schrie vor Schrecken auf, und plötzlich schlug ihm ein Geruch entgegen, derselbe Übelkeit erregende Geruch, den er in seiner Garage wahrgenommen hatte. Er packte Alis Kopf und zog sie in die Höhe, so erschreckt, daß all seine Empfindungen wie gelähmt waren.

»Ali! Ali! Mein Gott! *Bitte! Ali!*«

Seine Frau schlug langsam die Augen auf. Sie blinzelte. Bei Bewußtsein und doch nicht bei Bewußtsein. Sie bewegte die Arme.

»Wo... wo? *Die Kinder*!« Sie zog das Wort hysterisch in die Länge. Ihr Schrei riß Tanner in die Wirklichkeit zurück, ließ ihn wieder mit seinen Sinnen eins werden. Er sprang auf und griff über den Sitz nach seinem Sohn und seiner Tochter.

Sie bewegten sich. Sie lebten! Sie lebten *alle*!

Ali stieg aus dem Kombi und sank zu Boden. Ihr Mann hob seine Tochter vom Rücksitz und hielt sie fest, als sie zu weinen anfing.

»Was ist passiert? Was ist passiert?« Alice Tanner zog sich in die Höhe.

»Nicht sprechen, Ali. Du mußt jetzt atmen, ganz tief durchatmen. Komm!« Er ging zu ihr und reichte ihr die schluchzende Janet. »Ich hole jetzt Ray.«

»Was ist passiert? Sag nicht, daß ich nicht...«

»Sei still. Du mußt jetzt nur atmen. Kräftig durchatmen!«

Er half seinem Sohn vom Rücksitz. Dem Jungen war übel, er fing an, sich zu übergeben. Tanner legte seinem Sohn die Hand auf die Stirn und hielt ihn mit dem linken Arm an der Hüfte.

»John, du kannst nicht einfach...«

»Du mußt jetzt gehen. Versuche Janet dazu zu bringen, daß sie auch geht! Tu, was ich sage!«

Alice Tanner tat gehorsam und benommen, was ihr Mann befahl. Der Junge begann den Kopf in Tanners Hand zu bewegen.

»Fühlst du dich jetzt besser, Junge?«

»Mann! – Mann! Wo sind wir?« Plötzlich hatte der Junge Angst.

»Schon gut. Alles ist gut... Ihr seid alle – alle – in Ordnung.«

Tanner sah zu seiner Frau hinüber. Sie hatte Janets Füße auf den Boden gestellt und hielt sie in den Armen. Das Kind weinte jetzt laut, und Tanner sah zu, angefüllt mit Haß und Furcht. Er ging zum Kombi, um nachzusehen, ob die Schlüssel in der Zündung steckten.

Sie steckten nicht. Das ergab keinen Sinn.

Er sah unter den Sitzen nach, im Handschuhfach, auf dem Rücksitz. Dann sah er sie. In ein Stück weißes Papier gewickelt, mit einem Gummiband darum. Das Päckchen war zwischen die Notsitze gezwängt, so, daß man es kaum sehen konnte.

Seine Tochter weinte jetzt laut, und Alice Tanner hob das Kind auf und versuchte es zu beruhigen, wiederholte immer wieder, daß ja alles gut wäre.

Tanner vergewisserte sich, daß seine Frau ihn nicht sehen konnte, hielt das kleine Päckchen hinter den Rücksitz, zog das Gummiband herunter und wickelte das Papier auseinander.

Es war leer.

Er zerknüllte das Papier und schob es sich in die Tasche. Er würde Ali jetzt sagen, was passiert war. Sie würden weggehen. Weit weg. Aber er würde es ihr *nicht* vor den Kindern sagen.

»Steig in den Wagen!« Tanner sagte das ganz leise zu seinem Sohn und ging dann zu seiner Frau und nahm ihr das hysterisch weinende Mädchen weg. »Hol die Schlüssel aus dem Triumph, Ali. Wir fahren nach Hause.«

Seine Frau stand vor ihm, die Augen vor Furcht geweitet. Tränen strömten ihr über das Gesicht. Sie versuchte, sich zusammenzureißen, gab sich alle Mühe, nicht zu schreien.

»Was ist passiert? Was ist mit uns passiert?«

Das Heulen eines Motors hinderte Tanner an der Antwort. In seiner Wut war er dankbar dafür. Der Saddle-Valley-Streifenwagen jagte heran und bremste höchstens zehn Meter vor ihnen entfernt.

Jenkins und McDermott sprangen aus dem Wagen. Jenkins hatte den Revoler gezogen.

»Alles in Ordnung?« Er rannte auf Tanner zu. McDermott eilte zu dem Kombiwagen und redete leise auf den Jungen ein, der auf dem Rücksitz saß.

»Wir haben den Zettel in Ihrem Schlafzimmer gefunden. Übrigens, wir haben wahrscheinlich den größten Teil Ihres Eigentums sicherstellen können.«

»Unseres was?« Alice Tanner starrte den Polizeibeamten an.

»Welches Eigentum?«

»Zwei Fernsehgeräte, Mrs. Tanners Schmuck, eine Kassette mit Silberbesteck, etwas Bargeld. Wir haben eine Liste auf dem Revier. Wir wissen nicht, ob wir alles haben. Die haben den Wagen ein paar Straßen von Ihrem Haus entfernt stehen lassen. Vielleicht haben sie sonst noch etwas mitgenommen. Sie müssen das prüfen.«

Tanner reichte seine Tochter Ali.

»Wovon zum Teufel reden Sie?«

»Man hat Sie beraubt. Ihre Frau muß zurückgekommen sein, als die gerade bei der Arbeit waren. Sie und die Kinder sind in der Garage mit Gas betäubt worden. Das waren Profis, gar kein Zweifel. Wirkliche Profimethoden…«

»Sie lügen«, sagte Tanner leise. »Da war nichts…«

»Bitte!« unterbrach Jenkins. »Das Wichtigste sind jetzt Ihre Frau und die Kinder.«

Wie auf ein Zeichen rief McDermott jetzt auf dem Kombi. »Ich möchte den Jungen ins Krankenhaus bringen. *Jetzt!*«

»Oh, mein Gott!« Alice Tanner rannte zu dem Wagen, die Tochter in den Armen haltend.

»McDermott kann sie mitnehmen«, sagte Jenkins.

»Wie kann ich Ihnen vertrauen? Sie haben mich belogen. In meinem Haus fehlte nichts. Da waren keine Fernseher verschwunden, keinerlei Anzeichen eines Einbruchs! Warum haben sie gelogen?«

»Jetzt ist keine Zeit. Ich schicke Ihre Frau und die Kinder mit McDermott weg«, sagte Jenkins schnell.

»Die kommen mit *mir*!«

»Nein, das tun sie nicht.« Jenkins hob die Pistole leicht an.

»Ich bringe Sie um, Jenkins.«

»Was steht dann noch zwischen Ihnen und Omega?« sagte Jenkins ruhig. »Seien Sie vernünftig. Fassett ist schon unterwegs. Er möchte Sie sprechen.«

»Es tut mir leid. Wirklich, aufrichtig leid. Das wird – das kann nie wieder vorkommen.«

»Was *ist* denn vorgekommen? Wo war denn Ihr unfehlbarer Schutz?«

»Ein logistischer Fehler in einem Überwachungsplan, der nicht überprüft war. Das ist die Wahrheit. Es hat keinen Sinn, Sie zu belügen. Ich trage die Verantwortung.«

»Sie waren nicht hier draußen.«

»Trotzdem bin ich verantwortlich. Für das Leder-Team trage ich die Verantwortung. Omega sah, daß ein Posten nicht gesichert war – übrigens weniger als fünfzehn Minuten lang –, und sie haben zugeschlagen.«

»Das kann ich nicht zulassen. Sie haben das Leben meiner Frau und meiner Kinder aufs Spiel gesetzt!«

»Ich sagte Ihnen doch, es ist unmöglich, daß sich das wiederholt. Außerdem – und in gewisser Weise sollte Sie das beruhigen – bestätigt jener Nachmittag, daß Omega nicht tötet. Terror ja. Mord nein.«

»Warum? Weil Sie das sagen? Ich glaube das einfach nicht. Der CIA ist nicht unfehlbar, dafür gibt es genügend Beispiele. Sie treffen keine Entscheidungen mehr für *mich*, damit das einmal klar ist.«

»Oh? Dann treffen *Sie* die jetzt?«

»Ja.«

»Seien Sie kein Narr. Wenn nicht Ihretwegen, dann um Ihrer Familie willen.«

Tanner stand auf. Durch die Jalousetten sah er, daß vor dem Motelfenster zwei Männer Wache hielten.

»Ich bringe sie weg.«

»Wohin werden Sie gehen?«

»Ich weiß nicht. Jedenfalls bleibe ich nicht hier.«

»Sie glauben, daß Omega Ihnen nicht folgen wird?«

»Warum sollte es das... Warum sollten sie das? Ich habe mit *ihnen* nichts zu tun.«

»Das werden sie nicht glauben.«

»Dann werde ich ihnen das klarmachen!«

»Wollen Sie eine Anzeige in die *Times* setzen?«

»Nein!« Tanner fuhr herum und deutete mit ausgestrecktem Zeigefinger auf den CIA-Mann. »Sie werden das tun! Sie können das machen, wie Sie wollen, denn wenn Sie es nicht tun werden, wird jede Nachrichtensendung im ganzen Land von dieser Operation berichten, und wie ungeschickt und dumm Sie sie durchgeführt haben. Das überleben Sie nicht.«

»Sie auch nicht, weil Sie tot sein werden und Ihre Frau auch. Ihr Sohn und Ihre Tochter – tot.«

»Sie können mir nicht drohen...«

»Um Himmels willen, schauen Sie sich doch die Geschichte an! Schauen Sie sich an, was *wirklich passiert* ist!« brach es aus Fassett heraus. Dann senkte er die Stimme plötzlich und hob die Hand an die Brust, sprach langsam. »Nehmen Sie mich... Meine Frau ist in Ost-Berlin getötet worden. Sie haben sie aus keinem anderen Grunde ermordet, als weil sie mit mir verheiratet war. Man – erteilte mir eine Lektion. Und um mir diese Lektion zu erteilen, nahmen sie mir meine Frau. Drohen Sie mir nicht – ich habe das alles hinter mir. Sie waren in Sicherheit. Schön, jetzt sind Sie es nicht mehr.«

Tanner war betroffen. »Was wollen Sie damit sagen?«

»Ich will Ihnen sagen, daß Sie genau das tun werden, was wir geplant haben. Wir sind jetzt zu nahe am Ziel. Ich will Omega.«

»Sie können mich nicht zwingen, und das wissen Sie

auch!«

»Doch, das kann ich… Wenn Sie nämlich aussteigen, wenn Sie fliehen, ziehe ich jeden Agenten aus Saddle Valley ab. Dann sind Sie alleine… Und ich glaube nicht, daß Sie alleine mit der Situation fertig werden.«

»Ich schaffe meine Familie weg…«

»Seien Sie nicht verrückt! Omega hat sich einen ganz gewöhnlichen logistischen Fehler zunutze gemacht. Das bedeutet, daß sie, wer auch immer sie sind, wachsam sind. Äußerst wachsam, schnell und gründlich. Welche Chance, glauben Sie wohl, daß Sie haben? Welche Chance geben Sie Ihrer Familie? Wir haben zugegeben, daß wir einen Fehler gemacht haben. Wir werden keine mehr machen.«

Tanner wußte, daß Fassett recht hatte. Wenn man ihn jetzt im Stich ließ, verfügte er nicht über die Mittel, um die Lage zu kontrollieren.

»Sie überlassen nichts dem Zufall, wie?«

»Taten Sie das je – in einem Minenfeld?«

»Ich glaube nicht… Das heute nachmittag. Was war das?«

»Terrortaktik. Ohne Identifizierung. Für den Fall, daß Sie sauber sind. Wir erkannten, was geschehen war und haben eine Gegenerklärung aufgebaut. Wir werden einen Teil Ihres Eigentums zurückhalten – Kleinigkeiten, wie Schmuck, bis das vorbei ist. Das macht es authentisch.«

»Womit Sie sagen wollen, daß Sie von mir erwarten, daß ich diese Einbruchsgeschichte mitmache.«

»Natürlich. Das ist am sichersten.«

»Ja… Natürlich.« Tanner griff in die Tasche nach Zigaretten. Das Telefon klingelte, und Fassett nahm ab.

Er sprach mit leiser Stimme und wandte sich dann Tanner zu.

»Ihre Familie ist wieder zu Hause. Alles in Ordnung. Noch etwas verängstigt, aber okay. Ein paar von unseren Männern schaffen Ordnung. Es sieht ziemlich übel aus. Sie versuchen, Fingerabdrücke abzunehmen. Natürlich wird man feststellen, daß die Diebe Handschuhe trugen. Ihrer Frau haben wir gesagt, daß Sie noch auf dem Revier sind und Ihre Aussage machen.«

»Verstehe.«

»Möchten Sie, daß wir Sie zurückbringen?«

»Nein... Nein, das möchte ich nicht. Ich nehme an, ich werde ohnehin verfolgt.«

»Sicherheitsüberwachung ist der korrekte Begriff.«

Tanner ging in das Village Pub, das einzige elegante Lokal von Saddle Valley, und rief die Tremaynes an.

»Ginny, hier spricht John. Ich würde gerne mit Dick sprechen. Ist er da?«

»John *Tanner*?«

Warum sagte sie das? Sein Name. Sie kannte seine Stimme.

»Ja. Ist Dick da?«

»Nein – natürlich nicht. Er ist im Büro. Was ist denn?«

»Nichts Wichtiges.«

»Kannst du es nicht auch mir sagen?«

»Ich brauche bloß einen kleinen juristischen Rat. Ich versuch's in seinem Büro. Wiedersehen.« Tanner wußte, daß er es schlecht gemacht hatte. Er hatte sich auffällig benommen.

Aber das hatte Virginia Tremayne auch.

Tanner wählte New York.

»Tut mir leid, Mr. Tanner. Mr. Tremayne ist in Long Island. Eine Besprechung.«

»Es ist dringend. Können Sie mir die Nummer geben?«

Tremaynes Sekretärin gab sie ihm widerstrebend. Er wählte.

»Tut mir leid, Mr. Tremayne ist nicht hier.«

»Sein Büro hat gesagt, er hätte dort eine Besprechung.«

»Er hat heute morgen angerufen und abgesagt. Es tut uns leid, Sir.«

Tanner legte den Hörer auf und wählte dann die Nummer der Cardones.

»Daddy und Mommy sind den ganzen Tag nicht da. Onkel John. Sie haben gesagt, sie kommen nach dem Abendessen. Soll ich sagen, daß sie anrufen sollen?«

»Nein – nein, das ist nicht notwendig...«

Er hatte ein leeres Gefühl im Magen. Er wählte die Vermittlung, gab ihr die Nummer und die seiner Kreditkarte, und dann klingelte dreitausendvierhundert Meilen entfernt in Beverly Hills ein Telefon.

»Hier bei Osterman.«

»Ist Mr. Osterman da?«

»Nein, er ist nicht im Hause. Wer spricht bitte?«

»Ist Mrs. Osterman da?«

»Nein.«

»Wann erwarten Sie sie zurück?«

»Nächste Woche. Wer spricht bitte?«

»Cardone. Joseph Cardone.«

»C-A-R-D-O-N-E...«

»Richtig. Wann sind sie abgereist?«

»Sie sind gestern abend nach New York geflogen. Mit dem Zehn-Uhr-Flug, glaube ich.«

John Tanner legte auf. Die Ostermans waren in New York! Sie waren um sechs Uhr früh eingetroffen!

Die Tremaynes, die Cardones, die Ostermans.

Alle da. Niemand zu erreichen.

Einer oder alle.

Omega!

14.

Donnerstag – 15.00 Uhr

Fassett hatte ein überzeugendes Bühnenbild geschaffen.

Als Tanner nach Hause zurückkehrte, waren die Zimmer aufgeräumt, aber es herrschte noch Unordnung. Stühle standen nicht am gewohnten Ort, Teppiche waren verschoben, Lampen standen am falschen Platz; die Hausfrau hatte die Dinge noch nicht zurechtgerückt.

Ali sagte ihm, wie die Polizei ihr geholfen hatte; wenn sie etwas ahnte, ließ sie sich davon jedenfalls nichts anmerken.

Aber Ali hatte als Kind mit der Gewalt gelebt. Der Anblick von Polizisten in ihrem Haus war ihr nicht fremd. Sie konnte mit einem Mindestmaß von Hysterie auf sie reagieren.

Ihr Mann dagegen war überhaupt nicht auf die Rolle vorbereitet, die er spielen mußte. Das war jetzt schon die zweite Nacht, in der sein Schlaf unruhig, am Ende unmöglich war. Er blickte auf das Ziffernfeld des Uhrenradios. Es war fast drei Uhr früh, und seine Gedanken kreisten immer noch, seine Augen weigerten sich, geschlossen zu bleiben.

Das hatte keinen Sinn. Er mußte aufstehen, herumlaufen; vielleicht etwas essen, etwas lesen, rauchen.

Irgend etwas, das ihm half, mit dem Denken aufzuhören.

Er und Ali hatten vor dem Zubettgehen ein paar Brandys getrunken – für Ali zu viel; sie schlief tief, vom Alkohol und von der Erschöpfung.

Tanner stieg aus dem Bett und ging hinunter. Er wanderte ziellos herum; aß die Überreste einer Melone in der Küche auf, las die Drucksachen im Flur, die mit der Post gekommen waren, blätterte im Wohnzimmer in ein paar Zeitschriften herum. Schließlich ging er in die Garage. Der schwache – inzwischen kaum merkbare Geruch des Gases, mit dem man seine Frau und die Kinder betäubt hatte, hing immer noch in der Luft. Er kehrte ins Wohnzimmer zurück, vergaß das Licht in der Garage auszuschalten.

Als er seine letzte Zigarette ausmachte, sah er sich nach einem frischen Päckchen um; mehr um der Sicherheit willen, daß eines da war, als weil er eine Zigarette gebraucht hätte. In seinem Arbeitszimmer war eine Schachtel. Als er die oberste Schublade seines Schreibtischs aufzog, ließ ihn ein Geräusch aufblicken.

Es klopfte am Fenster, und der Lichtkegel einer Taschenlampe kreiste.

»Jenkins, Mr. Tanner«, sagte die halberstickte Stimme. »Kommen Sie an Ihre Hintertür.«

Tanner nickte erleichtert der dunklen Gestalt auf der anderen Seite des Glases zu.

»Der Riegel war abgebrochen«, sagte Jenkins leise, als Tanner die Küchentür öffnete. »Wir wissen nicht, wie es passiert ist.«

»Das war ich. Was machen Sie dort draußen?«

»Wir stellen sicher, daß sich das von gestern nachmittag nicht wiederholt. Wir sind zu viert. Wir haben uns gefragt, was *Sie* tun. Im Erdgeschoß brennt überall Licht. Selbst in der Garage. Ist etwas? Hat Sie jemand angerufen?«

»Wußten Sie das nicht?«

Jenkins lächelte, als er durch die Tür trat. »Eigentlich sollen wir das, das wissen Sie. Aber gegen mechanische Defekte gibt es keine Gewähr.«

»Ja, wahrscheinlich. Mögen Sie eine Tasse Kaffee?«

»Nur wenn Sie genug für die drei anderen mitmachen. Die dürfen ihre Posten nicht verlassen.«

»Sicher.« Tanner füllte die Kanne. »Genügt Pulverkaffee?«

»Freilich. Danke.« Jenkins setzte sich an den Küchentisch und schob sich das schwere Polizeihalfter zurecht, daß es locker herunterhing. Er musterte Tanner und sah sich dann im Raum um.

»Ich bin froh, daß *Sie* draußen sind. Wirklich, ich bin dankbar. Ich weiß, daß das ein Job für Sie ist, aber...«

»Nicht bloß ein Job. Wir machen uns Sorgen.«

»Das ist gut zu hören. Haben Sie eine Frau und Kinder?«

»Nein, Sir. Ich bin ledig.«

»Ich dachte, Sie wären verheiratet.«

»Nein, mein Partner, McDermott, ist verheiratet.«

»Oh, verstehe... Sie sind jetzt – warten Sie – seit zwei Jahren hier, nicht wahr?«

»Etwa.«

Tanner drehte sich am Ofen um und sah Jenkins an. »Sind Sie einer von ihnen?«

»Wie bitte?«

»Ich fragte, ob Sie einer von ihnen wären. Heute nachmittag haben Sie den Namen Omega gebraucht. Das bedeutet, daß Sie einer von Fassetts Leuten sind.«

»Ich hatte Anweisung, was ich zu Ihnen sagen sollte. Natürlich habe ich Mr. Fassett kennengelernt.«

»Aber Sie sind doch kein Kleinstadtpolizist, oder?«

Jenkins hatte keine Zeit zu antworten. Ein Schrei hallte von draußen herein. Die beiden Männer in der Küche hatten dieses Geräusch schon einmal gehört, Tanner in Frankreich, Jenkins am Jalu-Fluß in Korea. Es war ein Schrei, wie man ihn nur im Augenblick des Todes ausstößt.

Jenkins sprang zur Tür und rannte hinaus, Tanner dicht hinterher. Zwei weitere Männer tauchten aus der Dunkelheit auf.

»Es ist Ferguson! Ferguson!« Ihre Stimmen klangen hart, aber sie schrien nicht. Jenkins rannte um den Pool herum und auf das Wäldchen hinter Tanners Grundstück zu. Der Nachrichtenchef stolperte und versuchte, mit ihm Schritt zu halten.

Die verstümmelte Leiche lag in einem Gebüsch. Man

hatte ihr den Kopf abgeschnitten, die Augen waren geweitet, als hätte man die Lider durchbohrt und mit Nägeln festgespannt.

»Kehren Sie um, Mr. Tanner! Bleiben Sie im Haus! Nicht hinsehen! Kein Laut!« Jenkins hielt den erstarrten Nachrichtenchef an den Schultern und stieß ihn von der Leiche weg. Die beiden anderen Männer rannten mit gezogenen Pistolen in das Wäldchen.

Tanner sank zu Boden; ihm war übel, und er empfand Angst, Angst, die alles überstieg, was er bisher empfunden hatte.

»Hören Sie mir zu«, flüsterte Jenkins und kniete neben dem zitternden Mann nieder. »Sie hätten diese Leiche nicht sehen sollen. Das hat nichts mit *Ihnen* zu tun! Es gibt gewisse Regeln, gewisse Zeichen, die wir alle kennen. Dieser Mann ist statt Fassett getötet worden.«

Die Leiche wurde in Segeltuch gehüllt, und zwei Männer hoben sie auf, um sie wegzutragen. Sie bewegten sich lautlos und mechanisch.

»Ihre Frau schläft noch«, sagte Fassett leise. »Das ist gut... Der Junge ist aufgestanden und herunter gekommen. McDermott hat ihm gesagt, Sie würden für die Männer Kaffee machen.«

Tanner setzte sich auf der anderen Poolseite ins Gras und versuchte, Sinn in die letzte Stunde zu bekommen. Fassett und Jenkins standen über ihm.

»Um Gottes willen, wie ist das passiert?« Er sah zu, wie die Männer die Leiche wegtrugen. Seine Stimme war kaum zu hören. Fassett kniete nieder.

»Man hat ihn von hinten angegriffen.«

»Von hinten?«

»Jemand, der das Wäldchen hinter Ihrem Haus kannte.« Fassetts Augen bohrten sich in die Tanners. Der andere spürte die unausgesprochene Anklage.

»Meine Schuld, nicht wahr?«

»Möglich. Jenkins hat seinen Posten verlassen. Seine Position lag daneben... Warum waren Sie unten? Warum brannten sämtliche Lichter im Erdgeschoß?«

»Ich konnte nicht schlafen. Ich bin aufgestanden.«

»In der Garage brannte Licht. Warum waren Sie in der Garage?«

»Ich – ich erinnere mich nicht. Wahrscheinlich habe ich über heute nachmittag nachgedacht.«

»Sie haben das Garagenlicht brennen lassen... Ich kann verstehen, daß man nervös wird, aufsteht, hinunter geht, eine Zigarette raucht, etwas trinkt. Das kann ich verstehen. Aber ich kann nicht verstehen, daß man in die Garage geht und das Licht brennen läßt. Wollten Sie irgendwohin, Mr. Tanner?«

»Irgendwohin? – Nein. Nein, natürlich nicht. Wohin sollte ich denn?«

Fassett blickte zu Jenkins auf, der Tanners Gesicht im schwachen Widerschein des Lichtes beobachtete, das vom Haus herüberkam. Jetzt sprach Jenkins.

»Sind Sie sicher?«

»Mein Gott... Sie dachten, ich wollte wegrennen. Sie dachten, ich würde fliehen, und sind hereingekommen, um mich aufzuhalten.«

»Bleiben Sie leise, bitte.« Fassett stand auf.

»Glauben Sie, daß ich das tun würde? Glauben Sie auch nur einen Augenblick lang, daß ich meine Familie verlassen würde?«

»Sie könnten ja Ihre Familie mitnehmen«, antwortete Jenkins.

»O Gott! Deshalb sind Sie ans Fenster gekommen. Deshalb haben Sie Ihren...« Tanner konnte den Satz nicht zu Ende führen. Ihm war übel, und er fragte sich, ob er sich wohl übergeben würde. Er sah die beiden Beamten an. »Herrgott!«

»Wahrscheinlich wäre es ohnehin passiert.« Fassetts

Stimme klang ganz ruhig. »Das gehörte nicht – gehörte nicht zu irgendeinem ursprünglichen Plan. Aber sie müssen verstehen. Sie haben sich *abnormal* verhalten. Es war für Sie nicht *normal*, das zu tun, was Sie getan haben. Sie müssen alles, was Sie tun, genau beobachten. Alles, was Sie tun oder sagen. Das dürfen Sie nicht vergessen. *Niemals*.«

Tanner stand unsicher auf. »Sie machen doch damit nicht weiter? Sie müssen das jetzt abblasen!«

»Abblasen? Einer meiner Männer ist soeben getötet worden. Wenn wir es jetzt abblasen, sind Sie ebenfalls tot. Sie und der Rest Ihrer Familie.«

Tanner sah die Trauer in den Augen des Agenten. Man widersprach solchen Männern nicht. Sie sagten die Wahrheit.

»Haben Sie die anderen überprüft?«

»Ja, das haben wir.«

»Wo sind sie?«

»Die Cardones sind zu Hause. Tremayne ist in New York geblieben; seine Frau ist hier draußen.«

»Und was ist mit den Ostermans?«

»Darauf komme ich später. Sie sollten jetzt hineingehen. Wir haben die Streife verdoppelt.«

»Nein, das werde ich nicht. Was ist mit den Ostermans. Sind sie nicht in Kalifornien?«

»Sie wissen, daß sie das nicht sind. Sie haben heute nachmittag um sechzehn Uhr sechsundvierzig in Kalifornien angerufen.«

»Wo sind sie dann?«

Fassett sah den Nachrichtenchef an und antwortete einfach: »Sie haben sich offensichtlich unter einem anderen Namen ein Zimmer genommen, wir wissen, daß sie in der New Yorker Gegend sind. Wir werden sie finden.«

»Dann hätte es Osterman sein können.«

»Ja, kann sein. Sie sollten jetzt hineingehen. Machen Sie

sich keine Sorgen. Wir haben eine ganze Armee hier draußen.«

Tanner blickte zu dem Wäldchen hinüber, wo Fassetts Mann ermordet worden war. Sein ganzer Körper zitterte einen Augenblick lang unkontrollierbar. Die Nähe eines solch brutalen Todes erschütterte ihn. Er nickte dem Beamten zu und ging dann zu seinem Haus. Er spürte nur eine Übelkeit erregende Leere in sich.

»Stimmt das mit Tremayne?« fragte Jenkins leise. »Ist er in der Stadt?«

»Ja. Er hatte ziemlich viel getrunken und hat sich ein Zimmer im Biltmore genommen.«

»Hat jemand sein Zimmer heute abend überprüft?«

Fassett wandte seine Aufmerksamkeit von der Gestalt Tanners ab, der soeben im Haus verschwand. Er sah Jenkins an. »Ja, früher. Unser Mann hat berichtet, daß er kurz nach Mitternacht auf sein Zimmer gegangen – besser getorkelt – ist. Wir haben ihm gesagt, er solle Tremayne gegen sieben wieder übernehmen. Was ist denn, was stört Sie?«

»Das weiß ich noch nicht. Das wird klarer sein, sobald wir Cardones Aufenthalt bestätigt haben.«

»Das haben wir bestätigt. Er ist zu Hause.«

»Wir vermuten, daß er zu Hause ist, weil wir bis jetzt keinen Anlaß hatten, etwas anderes anzunehmen.«

»Das sollten Sie besser erklären.«

»Die Cardones hatten Gäste zum Abendessen. Drei Paare. Sie sind alle zusammen in einem Wagen mit New Yorker Nummer gekommen. Die Überwachung hat gesagt, sie seien um halb eins in großer Eile abgefahren... Ich frage mich jetzt, ob Cardone in diesem Wagen war. Es war finster. Es hätte sein können.«

»Das wollen wir überprüfen. Beides. Das Biltmore wird kein Problem sein. Was Cardone betrifft, so werden wir da Vinci einen weiteren Anruf machen lassen.«

Achtzehn Minuten später saßen die beiden Beamten auf dem Vordersitz eines Wagens einige hundert Meter von Tanners Haus entfernt. Die Übertragung war klar und deutlich:

»Information eingetroffen, Mr. Fassett. Der da-Vinci-Anruf hat uns nicht weitergebracht. Mrs. Cardone sagte, ihr Mann fühle sich nicht wohl; er hätte sich in ein Gästezimmer schlafen gelegt, und sie wollte ihn nicht stören. Sie hat übrigens dann einfach aufgelegt. Das Biltmore hat bestätigt. In Zimmer hunderteinundzwanzig ist niemand. Tremayne hat überhaupt nicht in seinem Bett geschlafen.«

»Danke, New York«, sagte Laurence Fassett und legte den Schalter auf OFF. Er sah zu Jenkins hinüber. »Können Sie sich vorstellen, daß ein Mann wie Cardone um halb fünf Uhr früh einen Anruf ablehnt? Von da Vinci?«

»Er ist nicht da.«

»Und Tremayne auch nicht.«

15.

Donnerstag, 6.40 Uhr

Fassett sagte ihm, er könne am Donnerstag zu Hause bleiben. Nicht, daß es dazu einer Erlaubnis bedurft hätte; keine zehn Pferde hätten ihn wegbringen können. Fassett sagte auch, daß er am Morgen mit ihm Verbindung aufnehmen würde. Die endgültigen Pläne für den totalen Schutz der Familie Tanner würden ihm dargelegt werden.

Der Chefredakteur zog seine Khakihosen an und trug seine Mokassins und ein Sporthemd nach unten. Er sah auf die Küchenuhr: zwanzig Minuten vor sieben. Die Kinder würden frühestens in eineinhalb Stunden aufstehen, und Ali würde, wenn er Glück hatte, bis halb zehn oder zehn schlafen.

Tanner fragte sich, wie viele Männer wohl draußen waren. Fassett hatte gesagt, es wäre eine ganze Armee, aber was würde eine Armee schon nützen, wenn Omega seinen Tod wollte? Was hatte eine Armee dem Agenten im Wald um halb vier Uhr früh genützt? Es gab zu viele Möglichkeiten. Zu viele Gelegenheiten. Fassett mußte das jetzt begreifen. Das Ganze war zu weit gegangen. Wenn das Unglaubliche wahr war, wenn die Ostermans, die Cardones oder die Tremaynes wirklich ein Teil von Omega waren, konnte er sie nicht einfach an seiner Türe begrüßen, als ob nichts geschehen wäre. Es war absurd!

Er ging zur Küchentür, schloß sie auf und ging ins Freie. Er würde auf das Wäldchen zugehen, bis er jemanden sah. Er würde Fassett erreichen.

»Guten Morgen.« Das war Jenkins. Er hatte dunkle Ringe um die Augen, die von Müdigkeit zeugten. Er saß am Waldrand auf dem Boden. Man konnte ihn vom Haus aus nicht sehen, nicht einmal vom Pool aus.

»Hello. Sie kommen wohl überhaupt nicht zum Schlafen?«

»Ich werde um acht abgelöst. Mir macht das nichts aus. Was ist mit Ihnen? Sie sind erschöpft.«

»Hören Sie, ich will Fassett sehen. Ich muß ihn sprechen, ehe er weitere Pläne macht.«

Der Streifenbeamte sah auf die Armbanduhr. »Er wollte Sie anrufen, sobald wir ihm meldeten, daß Sie auf seien. Ich glaube nicht, daß er damit gerechnet hat, daß es so früh sein würde. Ist aber vielleicht ganz gut. Warten Sie mal.« Jenkins ging ein paar Schritte in das Wäldchen hinein und kam gleich darauf mit einer Segeltuchtasche zurück, die ein Funkgerät enthielt. »Gehen wir. Wir fahren hinüber.«

»Warum kann er nicht herkommen?«

»Seien Sie ganz ruhig. Niemand könnte sich Ihrem Haus nähern. Kommen Sie. Sie werden es gleich sehen.«

Jenkins nahm das Funkgerät an dem Trageriemen und führte Tanner auf einem neu hergerichteten Weg in das Wäldchen, das sein Grundstück umgab. Alle dreißig oder vierzig Fuß waren Männer postiert. Sie knieten, saßen, lagen auf dem Bauch, blickten zum Haus hinüber, unsichtbar aber wachsam. Jedesmal wenn Jenkins und Tanner sich einem der Männer näherten, zog der die Waffe. Jenkins gab das Funkgerät der Streife an der Ostflanke.

»Rufen Sie Fassett. Sagen Sie, wir kommen hinüber«, sagte er.

»Der Agent ist letzte Nacht getötet worden, weil der Killer wußte, daß man ihn erkannt hatte. Ein Teil von Omega wäre identifiziert worden, und das war unannehmbar.« Fassett schlürfte seinen Kaffee und sah Tanner an. »Es war auch eine Warnung, aber das betrifft Sie nicht.«

»Er ist fünfzig Meter von meinem Haus entfernt ermordet worden, praktisch vor den Augen meiner Familie! *Alles* betrifft mich!«

»Schon gut! – Versuchen Sie zu verstehen. Wir können annehmen, daß die Information über Sie zurückgelaufen ist; denken Sie daran, Sie sind bloß Tanner, der Nachrichtenredakteur, sonst nichts. Die kreisen jetzt wie die Falken, und jeder beargwöhnt den anderen. Keiner weiß, ob die anderen Komplizen haben, eigene Späher… Der Killer – *ein* Tentakel von Omega – hat private Nachforschungen angestellt. Er ist mit dem Agenten kollidiert; er hatte gar keine andere Wahl, als ihn zu töten. Er kannte ihn nicht, hatte ihn nie zuvor gesehen. Das einzige, dessen er sicher sein konnte, war, daß wer auch immer den Mann aufgestellt hatte, unruhig werden würde, wenn er sich nicht meldete. Wer auch immer für jenen Mann im Wald verantwortlich war, würde kommen und ihn finden. Das war die Warnung; sein Tod.«

»Sie können dessen nicht sicher sein.«

»Wir haben es hier nicht mit Amateuren zu tun. Der Killer wußte, daß die Leiche vor Tagesanbruch entfernt werden würde. Ich habe Ihnen schon in Washington gesagt, Omega ist fanatisch. Eine enthauptete Leiche fünfzig Meter vor Ihrem Haus entfernt, das ist die Art von Fehler, die nach einer NKWD-Exekution schreit. *Falls* Omega verantwortlich war. Wenn nicht...«

»Woher wissen Sie denn, daß die nicht zusammenarbeiten? Wenn die Ostermans oder die Cardones oder die Tremaynes damit zu tun haben, könnten sie es ja gemeinsam geplant haben.«

»Unmöglich. Die waren nicht mehr in Verbindung, seit wir angefangen haben, sie unter Druck zu setzen. Wir haben ihnen allen – jedem einzelnen – widersprüchliche Geschichten eingeflößt, unlogische Unterstellungen, Halbwahrheiten. Wir haben Telegramme über Zürich geleitet, Telefonanrufe über Lissabon, Botschaften von Fremden in Sackstraßen übermitteln lassen. Jedes Paar tappt im dunkeln. Keiner weiß, was die anderen machen.«

Der Agent namens Cole blickte von dem Sessel am Hotelfenster zu Fassett auf. Er wußte, daß Fassett sich dieser letzten Behauptung nicht absolut sicher sein konnte. Sie hatten die Ostermans fast zwölf Stunden lang aus den Augen verloren. Bei Tremayne und Cardone gab es Überwachungslücken von drei beziehungsweise dreieinhalb Stunden. Trotzdem, dachte Cole, Fassett hatte recht, das zu sagen.

»Wo sind die Ostermans? Sie sagten letzte Nacht – heute früh –, Sie wüßten nicht, wo sie sind.«

»Wir haben sie gefunden. In einem New Yorker Hotel. Nach dem, was wir erfahren haben, ist es zweifelhaft, daß Osterman letzte Nacht in der Gegend war.«

»Aber sicher sind Sie nicht.«

»Ich sagte zweifelhaft. Nicht außer Zweifel.«

»Und Sie sind überzeugt, daß es einer von ihnen gewesen sein muß?«

»Das vermuten wir. Der Killer war fast sicher ein Mann. Es – es gehörte ungeheure Kraft dazu... Er kannte die Umgebung des Grundstücks besser als wir. Und Sie sollten wissen, daß wir den Besitz schon seit Wochen studiert haben.«

»Um Himmels willen, halten Sie die doch auf! Konfrontieren Sie sie! Sie können nicht zulassen, daß das weitergeht!«

»Wen denn?« fragte Fassett leise.

»*Alle!* Ein Mann ist *getötet* worden!«

Fassett stellte die Kaffeetasse ab. »Wenn wir Ihrem Vorschlag gemäß handeln, was, wie ich zugebe, sehr verlockend klingt – schließlich war es mein Mitarbeiter, der getötet wurde –, geben wir nicht nur jede Chance auf, Omega auffliegen zu lassen, sondern wir gehen auch mit Ihnen und Ihrer Familie ein Risiko ein, das ich nicht rechtfertigen könnte.«

»Sie wissen ganz genau, daß wir möglicherweise ein beliebig größeres Risiko eingehen.«

»Sie sind nicht in Gefahr. Nicht, solange Sie fortfahren, sich normal zu verhalten. Wenn wir jetzt zuschlagen, geben wir zu, daß das Weekend eine Falle ist. Eine Falle, die nicht ohne Ihre Unterstützung aufgebaut werden konnte. Wir würden praktisch Ihr Todesurteil unterzeichnen.«

»Das verstehe ich nicht.«

»Dann glauben Sie es mir, ohne zu verstehen«, sagte Fassett scharf. »Omega muß zu *uns* kommen. Eine andere Möglichkeit gibt es nicht.«

Tanner wartete und musterte Fassett aufmerksam. »Das stimmt nicht ganz, oder? Was Sie sagen, ist... Es ist zu spät.«

»Sie sind sehr scharfsinnig.«

Fassett nahm seine Tasse und ging zu dem Tisch, auf dem eine Thermosflasche mit Kaffee stand. »Wir haben nur noch einen Tag. Höchstens zwei. Bis dahin wird ein

Teil von Omega zerbrechen. Wir brauchen nur einen. Einer der sich von ihnen löst. Dann ist es vorbei.«

»Und eine einzige Stange Dynamit in meinem Haus jagt uns alle in die Hölle.«

»Dazu wird es nicht kommen. Keine Gewalttätigkeiten. Keine, die sich gegen Sie richten. Um es ganz einfach auszudrücken, Sie sind unwichtig. Die interessieren sich jetzt nur mehr füreinander.«

»Und was war gestern nachmittag?«

»Wir haben uns mit der Polizei getarnt. Ein Einbruch. Bizarr, zugegeben, aber nichtsdestoweniger ein Einbruchdiebstahl. Genau das, was Ihre Frau meint, daß passiert ist. So wie sie glaubt, daß es sich zugetragen hat. Sie brauchen überhaupt nichts zu leugnen.«

»Aber *die* wissen, daß es eine Lüge ist. Die werden unseren Bluff auffliegen lassen.«

Fassett blickte ruhig von der Thermosflasche auf. »Dann haben wir Omega ja, nicht wahr? Dann wissen wir, wer es ist.«

»Und was soll ich tun? Den Telefonhörer abnehmen und Sie anrufen? Die haben vielleicht andere Vorstellungen...«

»Wir werden jedes Wort hören, das in Ihrem Haus gesprochen wird, beginnend mit Ihrem ersten Gast morgen nachmittag. Im späteren Verlauf des heutigen Morgens werden zwei Fernsehmechaniker kommen, um die Geräte zu reparieren, die bei dem Einbruch beschädigt wurden. Während sie die Antennenanlage überprüfen, werden sie im ganzen Haus miniaturisierte Lauschmikrofone anbringen. Und sobald morgen Ihr erster Gast eintrifft, werden die Mikrofone eingeschaltet.«

»Sie wollen behaupten, daß Sie sie erst dann einschalten?«

Cole unterbrach ihn. »Ja, früher nicht. Wir interessieren uns nicht für Ihr Privatleben, nur für Ihre Sicherheit.«

»Sie sollten jetzt zurückgehen«, sagte Fassett. »Jenkins setzt Sie am Südende Ihres Grundstücks ab. Sie konnten nicht schlafen, also haben Sie einen kleinen Spaziergang gemacht.«

Tanner ging langsam zur Türe. Dort blieb er stehen und sah sich zu Fassett um. »Es ist genauso, wie es in Washington war, nicht wahr? Sie lassen mir keine Alternative.«

Fassett wandte sich ab. »Wir treten mit Ihnen in Verbindung. An Ihrer Stelle würde ich mich entspannen, in den Club gehen, Tennis spielen, schwimmen. Das lenkt Sie ab. Dann fühlen Sie sich besser.«

Tanner sah Fassett ungläubig an. Er wurde entlassen, weggeschickt, so wie ein unwichtiger Untergebener weggeschickt wird, ehe eine wichtige Konferenz beginnt.

»Kommen Sie«, sagte Cole und stand auf. »Ich bringe Sie zum Wagen.« Während sie gingen, fügte er hinzu: »Ich glaube, Sie wollten wissen, daß der Tod jenes Mannes gestern nacht Fassetts Aufgabe wesentlich komplizierter macht, als sie je begreifen werden. Dieser Mord war gegen ihn gerichtet. Er war *seine* Warnung.«

Tanner musterte Cole scharf. »Was wollen Sie damit sagen?«

»Zwischen alten Profis gibt es gewisse Signale, und das ist eines davon. Sie sind jetzt unwichtig… Fassett ist brillant. Er hat die Kraft in Bewegung gesetzt, jetzt kann nichts mehr sie aufhalten. Die Leute, die Omega ins Leben gerufen haben, erkennen, was geschehen ist. Und sie beginnen zu begreifen, daß sie vielleicht hilflos sein werden. Sie wollen, daß der verantwortliche Mann weiß, daß sie wiederkommen werden. Irgendwann. Ein abgeschnittener Kopf bedeutet ein Massaker, Mr. Tanner. Die haben seine Frau getötet. Jetzt hat er drei Kinder, um die er sich Sorgen machen muß.«

Tanner spürte, wie die Übelkeit wieder in ihm aufstieg.

»In was für einer Art Welt leben denn Leute wie Sie?«
»In derselben Welt wie Sie.«

16.

Donnerstag – 10.15 Uhr

Als Alice am Donnerstag um Viertel nach zehn aufwachte, war ihre erste Reaktion, auf alle Ewigkeit im Bett bleiben zu wollen. Sie konnte die Kinder im Erdgeschoß streiten hören und im Hintergrund die unverständlichen, aber geduldigen Worte ihres Mannes, der die Auseinandersetzung schlichtete. Sie dachte über seinen bemerkenswerten Sinn für kleine Freundlichkeiten nach, aus denen, wenn man sie zusammenrechnete, echte Besorgtheit wurde. Nach so vielen Ehejahren war das nicht schlecht.

Vielleicht war ihr Mann nicht so schnell und nicht so dramatisch wie Dick Tremayne oder so spürbar mächtig wie Joe Cardone oder so witzig und clever wie Bernie Osterman, aber sie hätte um nichts in der Welt mit Ginny, Betty oder Leila tauschen wollen. Selbst wenn alles noch einmal von vorne beginnen würde, würde sie auf John Tanner warten. Er war eine seltene Art Mann. Er wollte teilen, *mußte* teilen. *Alles.* Keiner der anderen war so. Nicht einmal Bernie, obwohl er John am ähnlichsten war. Selbst Bernie hatte seine Geheimnisse, die er für sich behielt, so sagte Leila wenigstens.

Am Anfang hatte sich Alice gefragt, ob das Bedürfnis ihres Mannes, alles zu teilen, nur die Folge des Mitleids war, das er für sie empfand. Sie hatte den größten Teil ihres Lebens, ehe sie John Tanner begegnet war, auf der Flucht oder auf der Suche nach einem Zufluchtsort verbracht. Ihr Vater, ein Mensch, der stets darum bemüht war, all die Unbilden der Welt ins rechte Lot zu setzen, hatte nie lang an einem Ort bleiben können.

Ein zeitgenössischer John Brown.

Die Zeitungen hatten ihn am Ende als einen – Verrückten bezeichnet.

Und ganz am Ende hatte ihn die Polizei von Los Angeles getötet.

Sie erinnerte sich noch an die Worte.

> *Los Angeles, 10. Februar 1945.*
> *Jason McCall, von dem die Behörden annehmen,*
> *daß er im Sold der Kommunisten stand, wurde*
> *heute außerhalb seines Hauptquartiers im Canyon*
> *erschossen, als er herauskam und mit etwas*
> *herumfuchtelte, das wie eine Waffe aussah.*
> *Die Polizei von Los Angeles und Agenten des*
> *Federal Bureau of Investigation machten McCalls*
> *Aufenthaltsort nach umfänglichen*
> *Suchoperationen ausfindig...*

Die Polizei von Los Angeles und die Agenten des FBI hatten sich freilich nicht die Mühe gemacht festzustellen, daß Jason McCalls Waffe ein verbogenes Stück Metall war, das er seine ›Pflugschar‹ nannte.

Zum Glück war Alice bei einer Tante in Pasadena gewesen, als man ihren Vater erschossen hatte. Sie hatte den jungen Studenten der Journalistik, John Tanner, bei der öffentlichen Untersuchung nach dem Tode ihres Vaters kennengelernt. Die Behörden von Los Angeles wollten, daß die Untersuchung öffentlich durchgeführt wurde. Sie wollten keinen Märtyrer schaffen. Sie wollten klarstellen, daß der Tod McCalls unter gar keinen Umständen Mord gewesen war.

Was er natürlich war.

Der junge Journalist, der gerade aus dem Krieg zurückgekehrt war, wußte das und bezeichnete es auch so. Und obwohl seine Geschichte der Familie McCall keinen Nutzen brachte, brachte es ihn dem traurigen, verwirrten Mädchen näher, das dann später seine Frau wurde.

Alice hörte zu denken auf und drehte sich im Bett herum. Das alles gehörte der Vergangenheit an. Sie war jetzt, wo sie sein wollte.

Einige Minuten später hörte sie unten in der Halle fremde Männerstimmen. Sie wollte sich aufsetzen, als die Tür sich öffnete und ihr Mann hereinkam. Er lächelte, beugte sich über sie und küßte sie leicht auf die Stirn. Sie spürte trotz all seiner Beiläufigkeit, daß irgend etwas an ihm angespannt war.

»Wer ist denn unten?« fragte sie.

»Die Fernsehleute. Sie schließen die Geräte wieder an, aber die Antenne ist irgendwie beschädigt. Sie müssen den Fehler suchen.«

»Also muß ich aufstehen.«

»Ja. Ich kann ja schließlich nicht riskieren, daß du dich zwei gut gebauten Männern in Overalls im Bett zeigst.«

»Du hast auch einmal einen Overall getragen. Erinnerst du dich noch? In deinem letzten Semester hattest du den Job an der Tankstelle.«

»Ich erinnere mich auch noch, wie schnell ich die Overalls los war, wenn ich nach Hause kam. So, und jetzt aufstehen!«

Er war wirklich angespannt, dachte sie; er bemühte sich, die Situation und sich selbst unter Kontrolle zu bekommen. Er erklärte, daß er trotz der vielen Arbeit, die er donnerstags immer hatte, an diesem speziellen Donnerstag zu Hause bleiben würde.

Seine Erklärung war ganz einfach. Nach dem, was gestern nachmittag geschehen war, würde er trotz der noch andauernden polizeilichen Untersuchung seine Familie nicht alleine lassen. So lange nicht, bis alles aufgeklärt war.

Er fuhr mit ihnen in den Club, wo er und Ali mit ihren

Nachbarn, Dorothy und Tom Scanlan, ein Doppel spielten. Man sagte Tom nach, er wäre so reich, daß er schon zehn Jahre nicht mehr gearbeitet hätte.

Ali fiel auf, wie entschlossen ihr Mann war, das Spiel zu gewinnen. Es war ihr peinlich, als er Tom vorwarf, falsch gezählt zu haben, und sie war geradezu erschüttert, als er einen ungewöhnlich scharfen Schmetterball so placierte, daß der Ball Dorothys Gesicht nur um Haaresbreite verfehlte.

Sie gewannen den Satz, und die Scanlans lehnten einen zweiten ab. Also gingen sie zum Pool, wo John die Kellner schikanierte. Im späteren Verlauf des nachmittags entdeckte er McDermott und bestand darauf, daß er mit ihnen einen Drink nahm. McDermott war in den Club gekommen – erklärte John seiner Frau –, um ein Mitglied darauf aufmerksam zu machen, daß sein Wagen an einer lange abgelaufenen Parkuhr in der Stadt stand.

Und dann ging Tanner die ganze Zeit zum Telefon im Clubhaus. Er hätte sich eines an den Tisch neben den Pool bringen lassen können, aber das wollte er nicht. Er behauptete, die Woodward-Besprechungen fingen an, hitzig zu werden, und er wolle nicht in der Öffentlichkeit reden.

Alice glaubte das nicht. Ihr Mann besaß viele Talente, und eines der ausgeprägtesten davon war seine Fähigkeit, unter Druck ruhig, ja kalt zu bleiben. Und doch war er heute ganz offensichtlich der Panik nahe.

Sie kehrten um acht Uhr zum Orchard Drive zurück. Tanner schickte die Kinder ins Bett; Alice rebellierte.

»Jetzt reicht's!« sagte sie entschieden. Sie zog ihren Mann ins Wohnzimmer und packte ihn am Arm. »Du bist unvernünftig, Darling. Ich weiß, wie dir zumute war. Ich habe es auch gespürt, aber du hast den ganzen Tag nur Befehle erteilt und Leute angefaucht: Tu dies! Tu das! Das paßt nicht zu dir.«

Tanner erinnerte sich an Fassett. Er mußte ruhig bleiben, normal. Selbst mit Ali.

»Tut mir leid. Wahrscheinlich ist das eine Reaktion auf gestern. Aber du hast recht. Entschuldige bitte.«

»Ist schon vorbei«, meinte sie, ohne seine schnelle Entschuldigung wirklich zu akzeptieren. »Mich hat es wirklich erschreckt, aber jetzt ist alles gut. Es ist *vorbei*.«

Herrgott, dachte Tanner. Wollte Gott, daß es so einfach wäre. »Es ist vorbei, ich habe mich kindisch benommen, und ich möchte, daß meine Frau sagt, daß sie mich liebt, damit wir ein paar Drinks nehmen und dann zusammen ins Bett gehen können.« Er küßte sie leicht auf die Lippen. »Und das, gnädige Frau, ist die beste Idee, die ich den ganzen Tag hatte.«

»Hast lang gebraucht, bis du drauf kamst«, sagte sie und lächelte ihm zu. »Ich brauche noch ein paar Minuten. Ich habe Janet versprochen, daß ich ihr eine Geschichte vorlese.«

»Was wirst du ihr denn vorlesen?«

»›Die Prinzessin und der Drache‹. Denk darüber nach.« Sie löste sich aus seinen Armen und strich ihm leicht über das Gesicht. »Gibt mir zehn, fünfzehn Minuten.«

Tanner blickte ihr nach, wie sie die Treppe hinaufging. Sie hatte so viel durchgemacht und jetzt noch das. Omega.

Er sah auf die Uhr. Es war zwanzig Minuten nach acht, und Alice würde wenigstens zehn Minuten oben sein, wahrscheinlich doppelt so lange. Er beschloß, Fassett im Motel anzurufen.

Es würde nicht das übliche Gespräch mit Fassett werden. Nicht eines, in dem ihm herablassende Anweisungen erteilt wurden, Predigten. Jetzt war der dritte Tag vorbei, drei Tage, an denen die Verdächtigen von Omega bedrängt wurden.

John Tanner wollte jetzt Einzelheiten wissen. Er hatte ein Recht darauf.

Fassett war erschreckt und über die präzisen Fragen Tanners verärgert.

»Ich kann mir nicht die Zeit nehmen, Sie jedesmal anzurufen, wenn jemand über die Straße kommt.«

»Ich will Antworten hören. Das Wochenende fängt morgen an, und wenn Sie von mir wollen, daß ich damit weitermache, werden Sie mir jetzt sagen, was geschehen ist. Wo sind sie jetzt? Wie waren ihre Reaktionen? Ich *muß* das wissen.«

Ein paar Augenblicke lang herrschte Schweigen. Als Fassett wieder sprach, klang seine Stimme resigniert. »Also gut... Tremayne ist letzte Nacht in New York geblieben. Das habe ich Ihnen ja gesagt, erinnern Sie sich? Im Biltmore begegnete er einem Mann namens Townsend. Townsend ist ein bekannter Aktienspekulant, der in Zürich arbeitet. Cardone und seine Frau sind heute nachmittag nach Philadelphia gefahren. Sie hat ihre Familie in Chestnut Hill besucht, und er ist nach Bala Cynwyd gefahren, um sich mit einem Mann zu treffen, von dem wir wissen, daß er ein hochrangiger Kapo in der Mafia ist. Sie sind vor einer Stunde nach Saddle Valley zurückgekehrt. Die Ostermans sind im Plaza. Sie essen heute mit einem Ehepaar namens Bronson zu Abend. Die Bronsons sind alte Freunde. Sie stehen auch auf der Liste des Generalstaatsanwalts unter dem Verdacht subversiver Aktivitäten.«

Fassett hielt inne und wartete, daß Tanner etwas sagte.

»Und sie sind nicht zusammengekommen? Haben nicht einmal miteinander telefoniert? Keine Pläne gemacht? Ich will die Wahrheit hören!«

»Wenn sie miteinander gesprochen haben, dann über kein Telefon, das wir kontrollieren können, und das würde bedeuten, daß sie gleichzeitig in öffentlichen Telefonzellen hätten sein müssen, und das war nicht der Fall. Wir wissen, daß sie sich nicht getroffen haben ... einfache

Überwachung. Wenn einer von ihnen Pläne hat, dann sind das individuelle, nicht koordinierte Pläne. Wir rechnen darauf, wie ich Ihnen das ja auch sagte. Das ist alles, was es zu sagen gibt.«

»Es scheint also keinerlei Beziehung zu geben. Zu keinem von ihnen?«

»Das ist richtig. Zu dem Schluß sind wir auch gelangt.«

»Das ist aber nicht, was Sie erwartet haben. Sie sagten, die würden in Panik geraten. Omega würde jetzt schon in Panik sein.«

»Ich glaube auch, daß sie das sind. Jeder einzelne von ihnen. Jeder für sich. Unsere Vorhersagen sind da sehr präzise.«

»Was zum Teufel soll das jetzt wieder heißen?«

»Überlegen Sie doch. Ein Ehepaar rast zu einem mächtigen Mafioso. Ein anderes trifft sich mit einem Mann und seiner Frau, die als Fanatiker gelten. Und der Anwalt trifft sich plötzlich mit einem internationalen Aktienspekulanten aus Zürich. Das ist Panik. Das NKWD hat viele Tentakel. Jeder einzelne von ihnen steht am Rande der Panik. Wir brauchen jetzt nur abzuwarten.«

»Von morgen an wird es gar nicht so leicht sein, einfach abzuwarten.«

»Seien Sie ganz natürlich. Sie werden feststellen, daß Sie ganz bequem auf zwei verschiedenen Ebenen funktionieren können. So ist das immer. Es besteht überhaupt keine Gefahr, selbst wenn Sie es nur *zur Hälfte* schaffen. Sie sind jetzt viel zu sehr miteinander befaßt. Vergessen Sie nicht, Sie brauchen das, was gestern nachmittag war, nicht zu verheimlichen. Reden Sie darüber. Ausführlich. Tun und sagen Sie, was sich ganz natürlich ergibt.«

»Und Sie denken, daß man mir glauben wird?«

»Die haben doch gar keine Wahl! Verstehen Sie denn nicht? Sie haben sich einen Ruf als Reporter gemacht, als Mann, der den Dingen auf den Grund geht. Muß ich Sie denn wirklich daran erinnern, daß die Untersuchungen dann enden, wenn die beobachteten Personen kollidieren? Das ist doch eine uralte Binsenweisheit.«

»Und ich bin der unschuldige Katalysator?«

»Das können Sie noch mal sagen. Je unschuldiger, desto besser.«

Tanner zündete sich eine Zigarette an. Er konnte dem anderen nicht länger widersprechen. Sein Logik war einwandfrei. Und die Sicherheit, das Leben von Ali und seinen Kindern lag in den Händen dieses eiskalten Profis.

»Also gut. Ich werde sie alle an der Türe begrüßen wie lang verschollene Brüder und Schwestern.«

»Genauso ist es richtig. Und wenn Ihnen danach ist, dann rufen Sie sie alle am Morgen an und vergewissern sich, daß sie auch kommen. Mit Ausnahme der Ostermans natürlich. Was Sie eben normal tun würden... Und denken Sie daran, wir sind da. Die besten Geräte der größten Firma der Welt arbeiten für Sie. Nicht einmal die winzigste Waffe könnte Ihre Haustüre passieren.«

»Stimmt das?«

»Wir würden es selbst erfahren, wenn jemand ein drei Zoll langes Messer in der Tasche trägt. Ein vierzölliger Revolver – und Sie wären in sechzig Sekunden aus dem Haus.«

Tanner legte den Hörer auf und nahm einen langen Zug an seiner Zigarette. Als er die Hand vom Telefon nahm, hatte er das Gefühl – das physische Gefühl –, aufspringen, weglaufen zu müssen.

Es war ein seltsames, ein unangenehmes Gefühl der Einsamkeit.

Und dann erkannte er, was es war, und es beunruhigte ihn sehr.

Vor einem Mann namens Fassett hing es nun ab, daß er den Verstand behielt. Er befand sich völlig in seiner Hand und unter seiner Kontrolle.

Teil 3

Das Weekend

17.

Das Taxi hielt vor dem Hause der Tanners an. Johns Hund, der drahtige Welsh Terrier, rannte in der Einfahrt auf und ab, kläffte jedesmal, wenn er vorrannte und wieder zurück, und wartete darauf, daß jemand ihn wissen ließ, daß die Besucher willkommen waren. Janet eilte über den Rasen. Die Taxitüre öffnete sich; die Ostermans stiegen aus. Sie trugen in Geschenkpapier gehüllte Schachteln. Der Fahrer holte einen großen Koffer heraus.

Tanner betrachtete sie beide aus dem Hause: Bernie in einem Palm-Beach-Jackett von teurem Schnitt und hellblauen Hosen, Leila in einem weißen Kostüm mit einer Goldkette um die Hüften. Der Rock endete ein gutes Stück über den Knien, ein breitkrempiger, weicher Hut bedeckte ihre linke Gesichtsseite. Sie war das fleischgewordene Symbol kalifornischen Erfolgs. Und doch war an Bernie und Leila irgendeine Spur des Künstlichen; es war erst knapp neun Jahre her, daß sie wirklich zu Geld gekommen waren.

Oder war ihr Erfolg selbst nur eine Fassade, fragte sich Tanner, als er zusah, wie die beiden sich herunter beugten, um seine Tochter zu umarmen. Waren sie statt dessen all die Jahre Bewohner einer Welt gewesen, in der Drehbücher und Aufnahmetermine nur von sekundärer Bedeutung waren – eine *Tarnung*, wie Fassett vielleicht sagen würde?

Tanner sah auf die Uhr. Es war zwei Minuten nach sechs. Die Ostermans hatten sich verfrüht – nach ihrem ursprünglichen Plan. Vielleicht war das ihr erster Fehler. Oder sie rechneten vielleicht gar nicht damit, daß er da war. Er pflegte das Woodward-Studio früher zu verlassen, wenn die Ostermans kamen, aber nicht immer so früh, daß er schon um halb sechs zu Hause war. In Leilas Brief hatte ganz deutlich gestanden, daß ihr Flug aus Los Angeles in Kennedy eintreffen würde. Eine verspätete Maschine war verständlich, normal. Ein Flug, der zu früh eintraf, war unwahrscheinlich.

Sie würden das erklären müssen. Aber würden sie sich die Mühe machen?

»Jonny! Um Himmels willen! Ich hab' mir doch gedacht, daß ich den Hund gehört habe. Das sind Bernie und Leila. Was stehst du denn so herum?« Ali war aus der Küche gekommen.

»Oh, tut mir leid... Ich wollte nur, daß Janet sie einen Augenblick lang allein begrüßen kann.«

»Geh schon hinaus. Ich will nur noch die Uhr stellen.«

Seine Frau ging wieder in die Küche, während Tanner auf die Haustüre zuging. Er starrte den Messingknopf an und fühlte sich so, wie ein Schauspieler sich vielleicht fühlt, ehe er zum erstenmal in einer schwierigen Rolle auftritt. Unsicher – völlig unsicher –, wie man ihn aufnehmen wird.

Er befeuchtete sich die Lippen und fuhr sich mit dem Handrücken über die Stirn. Dann drehte er den Kopf und zog die Tür schnell nach innen. Mit der anderen Hand schob er den Riegel der Gittertüre in ihrem Aluminiumrahmen zurück und trat hinaus.

Das Osterman-Weekend hatte begonnen.

»Willkommen, ihr Drehbuchschmierer!« rief er und grinste breit. Das war seine übliche Begrüßung; Bernie empfand sie als höchst schmeichelhaft.

»Jonny!«

»Tag, Darling!«

Aus dreißig Metern Entfernung erwiderten sie seinen Gruß und lächelten ihr breites Lächeln. Und doch konnte John Tanner selbst auf dreißig Meter Entfernung ihre Augen sehen, die nicht lächelten. Seine Augen suchten die seinen – kurz, aber unverkennbar. Den Bruchteil einer Sekunde lang hörte Bernie sogar zu lächeln auf, im nächsten Augenblick war es vorüber. Es war, als gäbe es eine wortlose Übereinkunft zwischen ihnen, den unausgesprochenen Gedanken nicht nachzugehen.

»Johnny, prima, dich wieder mal zu sehen!« Leila rannte über den Rasen.

John Tanner und Leila umarmten sich, und er ertappte sich dabei, wie er mit mehr Zuneigung auf sie reagierte, als er für möglich gehalten hätte. Er wußte, weshalb das so war. Er hatte den ersten Test bestanden, die ersten Sekunden des Osterman-Weekends. Langsam begann er zu begreifen, daß Laurence Fassett vielleicht trotz alledem recht hatte. Vielleicht würde er es schaffen.

Tun Sie, was Sie ganz normal tun würden; verhalten Sie sich so, wie Sie sich normalerweise verhalten. Denken Sie an nichts anderes.

»John, prima siehst du aus, wirklich prima!«

»Wo ist Ali denn, Süßer?« fragte Leila und trat zur Seite, damit Bernie seine langen, dünnen Arme um Tanner legen konnte.

»Drinnen. Das Essen. Kommt herein! Da, ich nehm' den Koffer. Nein, Janet, Honey, du kannst Onkel Bernies Koffer nicht tragen.«

»Ich wüßte nicht, warum sie das nicht könnte«, lachte Bernie. »Es sind doch bloß Handtücher aus dem Plaza drin.«

»Dem Plaza?« fragte Tanner unwillkürlich. »Ich dachte, euer Flugzeug wäre gerade angekommen.«

Osterman sah ihn an. »Mm-mm. Wir sind schon vor zwei Tagen angekommen. Ich erzähl's dir später...«

Auf eine seltsame Art war es wie in alten Zeiten, und Tanner wunderte sich, daß er das einfach akzeptierte. Da war immer noch das Gefühl der Erleichterung beim Wiedersehen, bei dem Wissen, daß Zeit und Entfernung für ihre Freundschaft ohne Bedeutung waren. Da war immer noch das Gefühl, daß sie Gespräche aufgreifen, Anekdoten fortsetzen, Geschichten zu Ende erzählen konnten, die sie vor Monaten angefangen hatten. Und da war immer noch Bernie, der nachdenkliche, sanfte Bernie mit seinen stillen, vernichtenden Bemerkungen über den von Palmen gesäumten Drugstore. Vernichtend, aber irgendwie nie herablassend; Bernie lachte ebenso über sich, wie über seine Berufswelt, denn es war seine Welt.

Tanner erinnerte sich an Fassetts Worte.

...Sie werden feststellen, daß Sie ganz bequem auf zwei Ebenen funktionieren können, das ist immer so.

Wieder hatte Fassett recht. In allen Punkten; in allen Punkten.

Während Tanner Bernie beobachtete, fiel ihm auf, daß Leilas Blick von ihrem Mann weg und zu ihm wanderte. Einmal erwiderte er ihren Blick, und sie senkte die Augen, so wie ein Kind, das man getadelt hat.

In seinem Arbeitszimmer klingelte das Telefon. Alle, mit Ausnahme von Alice, zuckten zusammen. Auf dem Tisch hinter dem Sofa stand ein Nebenapparat, aber John tat so, als sähe er ihn nicht und ging an den Ostermans vorbei auf die Tür seines Arbeitszimmers zu.

»Ich geh' schon hin. Das ist wahrscheinlich das Studio.«

Als er sein Arbeitszimmer betrat, hörte er, wie Leila mit etwas gesenkter Stimme zu Ali sagte:

»Sag mal, Honey, Johnny kommt mir so angespannt vor. Ist etwas? Wenn Bernie so dahinredet, kommt ja keiner zu Wort.«

»Angespannt ist noch eine Untertreibung. Du hättest ihn gestern erleben sollen!«

Wieder klingelte das Telefon; Tanner wußte, daß es nicht normal sein würde, es weiterklingeln zu lassen. Und doch war es ihm ein dringendes Bedürfnis, Oster-

mans Reaktion zu hören, wenn Ali von dem Schrecklichen erzählte, das sie am Mittwoch erlebt hatte.

Er schloß einen Kompromiß. Er nahm den Hörer von
der Gabel, hielt ihn in der Hand und hörte sich das Gespräch noch ein paar Sekunden lang an.

Etwas fiel ihm auf. Bernie und Leila reagierten zu
schnell auf Alis Worte, mit zu viel Erwartung. Sie stellten Fragen, ehe sie die Sätze beendet hatte. Sie wußten
etwas.

»Hello? Hello! Hello, Hello!« Die Stimme am anderen
Ende der Leitung gehörte Joe Cardone.

»Hello, Joe? Tut mir leid, ich habe den Hörer fallen lassen…«

»Ich habe aber nichts gehört.«

»Sehr weiche, sehr teuere Teppiche.«

»Wo? In deinem Arbeitszimmer mit dem Parkettboden?«

»Hey, was ist denn, Joe?«

»Tut mit leid… In der Stadt war's heute scheußlich
heiß. Die Börse ist richtig beschissen.«

»So ist's besser. Jetzt klingst du wieder wie der ver-
gnügte Bursche, auf den wir warten.«

»Du meinst, alle sind schon da?«

»Nein, bloß Bernie und Leila.«

»Die sind aber früh dran. Ich dachte, die Maschine
käme erst um fünf.«

»Sie sind schon vor zwei Tagen angekommen.«

Cardone wollte etwas sagen, hielt dann aber plötzlich
inne. Er schien verstört. »Komisch, daß die nicht angerufen haben. Mich haben sie wenigstens nicht angerufen.
Dich?«

»Nein, wahrscheinlich hatten sie zu tun.«

»Sicher, aber man würde ja meinen…« Wieder verstummte Cardone mitten im Satz. Tanner fragte sich, ob
dieses Zögern für ihn bestimmt war, um ihn davon zu

überzeugen, daß Bernie und Joe sich nicht schon begegnet waren, nicht schon miteinander gesprochen hatten.

»Bernie wird es uns ja wahrscheinlich erklären.«

»Ja«, sagte Cardone, ohne richtig zuzuhören. »Nun, ich wollte euch nur Bescheid sagen, daß wir uns verspäten werden. Ich gehe noch schnell duschen; wir kommen dann gleich.«

»Bis dann.« Tanner legte auf und wunderte sich darüber, wie ruhig er war. Es kam ihm in den Sinn, daß er das Gespräch unter Kontrolle gehabt hatte. *Unter Kontrolle.* Das mußte er. Cardone war ein nervöser Mann und hatte nicht angerufen, um zu sagen, daß er sich verspäten würde. Ganz davon abgesehen, daß es ja noch gar nicht zu spät war.

Cardone hatte angerufen, um zu erfahren, ob die anderen gekommen waren.

Tanner kehrte ins Wohnzimmer zurück und setzte sich.

»Darling! Ali hat uns gerade alles erzählt! Wie furchtbar! Einfach schrecklich!«

»Mein Gott, John! Da habt ihr ja etwas Furchtbares mitgemacht! Die Polizei hat gesagt, es wären Einbrecher gewesen!«

»Das hat die *New York Times* auch geschrieben. Das macht es ja wohl amtlich.«

»Ich hab' in der *Times* nichts gesehen«, erklärt Bernie fest.

»Es waren nur ein paar Zeilen ganz hinten. Das Lokalblatt wird sich nächste Woche ausführlicher damit befassen, denke ich.«

»Ich habe noch nie von einem solchen Einbruch gehört«, sagte Leila. »Ich würde mich damit nicht zufrieden geben, wirklich nicht.«

Bernie sah sie an. »Ich weiß nicht. Das Ganze ist schon recht raffiniert. Niemand identifiziert und niemand verletzt.«

»Ich verstehe bloß immer noch nicht, daß die uns nicht einfach in der Garage gelassen haben.« Ali wandte sich ihrem Mann zu. Das war eine Frage, die er nicht zu ihrer Zufriedenheit hatte beantworten können.

»Hat die Polizei einen Grund dafür angegeben?« fragte Bernie.

»Sie sagten, das Gas sei nicht sehr wirksam gewesen. Die Diebe wollten nicht, daß Ali oder die Kinder zu sich kommen und sie sehen. Sehr professionell.«

»Sehr beängstigend«, sagte Leila. »Wie haben die Kinder es denn aufgenommen?«

»Ray ist natürlich der Held der ganzen Umgebung«, sagte Ali. »Janet hat noch nicht ganz mitgekriegt, was geschehen ist.«

»Wo ist denn Ray?« Bernie deutete auf das Paket im Flur. »Hoffentlich ist er für Modellflugzeuge nicht schon zu groß. Das ist eines von diesen ferngesteuerten Dingern.«

»Er wird begeistert sein«, sagte Ali. »Er ist im Keller, denke ich. John hat ihn ihm ganz überlassen.«

»Nein, er ist draußen. Im Pool.« Tanner erkannte, daß seine Unterbrechung, die Art und Weise, wie er Ali verbesserte, Bernie veranlaßte, ihn anzusehen. Selbst Ali war von der Abruptheit seiner Worte überrascht.

Meinetwegen, dachte Tanner. Sollten sie doch alle wissen, daß der Vater Bescheid wußte, daß er jeden Augenblick wußte, wo die Seinen sich aufhielten.

Der Hund begann vor dem Haus zu bellen; man konnte einen Wagen in der Einfahrt hören. Alice ging ans Fenster.

»Das ist Dick und Ginny. Und Ray ist *nicht* im Pool«, fügte sie hinzu und lächelte zu John hinüber. »Er ist vorne und begrüßt sie.«

»Wahrscheinlich hat er den Wagen gehört«, sagte Leila ohne ersichtlichen Grund.

Tanner fragte sich, warum sie die Bemerkung machte; es war, als verteidigte sie ihn. Er ging zur Haustüre und öffnete sie. »Komm herein, Junge. Da sind auch Freunde von dir.«

Als er die Ostermans sah, leuchteten die Augen des Jungen. Die Ostermans kamen nie mit leeren Händen. »Hello, Tante Leila, Onkel Bernie!« Raymond Tanner, zwölf Jahre alt, ließ sich von Leila umarmen und schüttelte Bernie auf Männerart und etwas scheu die Hand.

»Wir haben dir eine Kleinigkeit mitgebracht. Dein Freund Merv hat das vorgeschlagen.« Bernie ging in den Flur hinaus und griff nach dem Paket. »Hoffentlich gefällt es dir.«

»Vielen Dank.« Der Junge nahm das Geschenk und ging ins Eßzimmer, um es auszupacken.

Virginia Tremayne kam herein, ein Abbild kühler Sinnlichkeit. Sie trug ein gestreiftes Männerhemd und einen engen Strickrock, der ihre Bewegungen hervorhob. Es gab Frauen in Saddle Valley, die Ginnys Auftreten nicht mochten, aber die waren nicht in diesen Räumen zugegen. Ginny war eine gute Freundin.

»Ich hab' Dick gesagt, daß du am Mittwoch angerufen hast«, sagte sie zu Tanner, »aber er sagt, du hättest ihn nie erreicht. Der arme Kleine war mit ein paar schrecklichen Geschäftsleuten aus Cincinnati oder Cleveland oder sonst wo in einen Konferenzsaal eingeschlossen. – Leila, Darling! Bernie, Liebster!« Ginny hauchte Tanner einen Kuß auf die Wange und tänzelte an ihm vorbei.

Richard Tremayne trat ein. Er musterte Tanner und war offenbar mit dem, was er sah, zufrieden.

Tanner andererseits spürte den Blick und riß den Kopf zu schnell herum. Tremayne hatte keine Zeit, den Blick abzuwenden. Wie ein Arzt, der eine Fieberkurve studiert, dachte Tanner.

Den Bruchteil einer Sekunde lang gaben beide Männer

wortlos und ohne es zu wollen die Spannung zu, die sie umfaßt hielt. Und dann war es wieder vorüber, ebenso wie es auch bei den Ostermans vorübergegangen war. Keiner der beiden Männer wagte, darauf einzugehen.

»Hey, John! Tut mir leid, daß man mir nichts ausgerichtet hat. Ginny erwähnte, daß es um irgendeine juristische Sache geht.«

»Ich dachte, du hättest vielleicht davon gelesen.«

»Was denn, um Himmels willen?«

»Die New Yorker Blätter haben sich nicht sehr damit befaßt, aber warte nur, bis du am nächsten Montag das Lokalblatt liest. Berühmtheiten werden wir sein.«

»Wovon zum Teufel redest du denn?«

»Wir sind am Mittwoch beraubt worden. Beraubt und entführt und chloroformiert und weiß Gott, was sonst noch alles!«

»Du machst Witze!«

»Den Teufel tut er!« Osterman kam in den Flur. »Wie geht's denn, Dick?«

»Bernie! Geht's dir gut?« Die beiden Männer gaben sich die Hand, aber Tremayne schien dennoch John Tanner nicht aus den Augen zu lassen.

»Hast du gehört, was er gesagt hat? Hast du das gehört? Was da passiert ist? Ich bin schon seit Dienstag in der Stadt. Hatte nicht einmal Zeit, nach Hause zu kommen.«

»Wir erzählen euch das später. Jetzt hole ich etwas zu trinken.« Tanner ging schnell weg. Er konnte Tremayne seine Reaktion nicht übelnehmen. Der Anwalt war von den, was er gehört hatte, nicht nur erschreckt, sondern er hatte Angst. So viel Angst, daß er klarstellen mußte, daß er seit Dienstag nicht hiergewesen war.

Tanner machte Drinks für die Tremaynes, ging dann in die Küche und blickte zum Fenster hinaus, auf seinen Pool und das Wäldchen dahinter. Obwohl niemand zu sehen war, wußte er, daß die Männer dort waren. Mit Feldstechern und Radios und wahrscheinlich mit winzigen Mikrofonen, die jedes Gespräch aufnahmen, das im Hause geführt wurde.

»Hey, John, ich hab' das nicht bloß so gesagt!« Das war Tremayne, der jetzt in die Küche kam. »Ehrlich, ich habe nichts gewußt. Wegen Mittwoch, meine ich. Warum hast du mich denn nicht angerufen?«

»Habe ich ja versucht. Ich habe sogar eine Nummer auf Long Island angerufen. Oyster Bay, denke ich.«

»Unsinn! Du weißt doch, was ich meine! Du oder Ali hättet das Ginny sagen sollen. Ich wäre sofort aus der Besprechung gekommen, das weißt du doch!«

»Jetzt ist es vorbei. Hier ist dein Drink.«

Tremayne hob das Glas an die Lippen. Er konnte jeden von ihnen unter jeden beliebigen Tisch trinken.

»Du kannst das nicht einfach so abtun. Warum hast du mich überhaupt angerufen?«

Auf die Frage war Tanner dummerweise nicht vorbereitet.

»Ich... Mir hat die Art und Weise nicht gefallen, wie die Polizei das Ganze behandelt hat.«

»Die Polizei? MacAuliff, das Arschloch?«

»Ich habe gar nicht mit Captain MacAuliff gesprochen.«

»Hast du keine Aussage gemacht?«

»Doch – doch, das habe ich schon getan, Jenkins und McDermott haben sie aufgenommen.«

»Wo zum Teufel war denn unser Oberbonze?«

»Ich weiß nicht. Er war nicht da.«

»Okay, Mac war nicht da. Du sagst, Jenkins und McDermott hätten das erledigt. Ali hat mir gesagt, sie hätten euch gefunden...«

»Ja. Ja, darüber hab' ich mich ja so geärgert.«

»Was?«

»Mir hat die Art und Weise nicht gefallen, wie die das gemacht haben. Zumindestens damals nicht. Jetzt habe ich mich etwas beruhigt. Ich hab' mich geärgert, und deshalb hab' ich versucht, dich zu erreichen.«

»Was hast du denn gedacht? Unachtsamkeit der Polizei? Beeinträchtigung eurer Rechte? Was denn?«

»Ich weiß nicht, Dick! Ich hab' einfach durchgedreht, das ist alles. Wenn man in Panik gerät, will man doch einen Anwalt haben.«

»Ich nicht. Ich will einen Drink.« Tremayne sah Tanner in die Augen. Tanner blinzelte – wie ein kleiner Junge, der sich mit einem größeren angelegt hat.

»Jetzt ist es vorbei. Gehen wir wieder hinein.«

»Vielleicht sollten wir später noch einmal darüber reden. Vielleicht ist da doch etwas, und ich habe das nur noch nicht richtig verstanden.«

Tanner zuckte die Achseln und wußte, daß Dick in Wirklichkeit gar nicht später darüber reden wollte. Der Anwalt hatte Angst, und seine Furcht beeinträchtigte seinen professionellen Instinkt, der ihn eigentlich dazu veranlassen müßte, hier nachzubohren. Als er wegging, hatte Tanner das Gefühl, daß Tremayne ihm über einen Aspekt der Ereignisse vom Mittwochnachmittag die Wahrheit sagte: Er war selbst nicht dort gewesen.

Aber wußte er, wer dort gewesen war?

Um sechs waren die Cardones immer noch nicht eingetroffen. Niemand fragte, weshalb; die Stunde verstrich schnell, und wenn jemand sich Gedanken machte, so verbarg er das gut. Um zehn Minuten nach sechs wurde Tanners Blick von einem Wagen angezogen, der langsam an seinem Haus vorbeifuhr. Es war das Taxi von Saddle Valley, die Sonne spiegelte sich in dem schwarzen Lack des Wagens. Im Hinterfenster sah er einen Augenblick lang Joe Cardones Gesicht. Joe vergewisserte sich, daß sämtliche Gäste eingetroffen waren. Oder noch dort waren, vielleicht.

Fünfundvierzig Minuten später rollte der Cadillac der Cardones in die Einfahrt. Als sie das Haus betraten, war offensichtlich, daß Joe bereits einige Drinks zu sich genommen hatte. Offensichtlich, weil Joe kein Trinker war, Alkohol nicht mochte, und seine Stimme eine Spur lauter war, als sie das normalerweise gewesen wäre.

»Bernie! Leila! Willkommen im Herzen des Establishments der Ostküste!«

Betty Cardone, behäbig, adrett, gepflegt puritanisch, stimmte in die Begeisterung ihres Mannes ein, wie es sich gehörte, und alle vier umarmten sich.

»Betty, du siehst bezaubernd aus«, sagte Leila. »Joe, mein Gott, Joe! Wie kann ein Mann so gesund aussehen? – Bernie hat sich eine Turnhalle gebaut und seht euch an, was *ich* habe!«

»Mach bloß meinen Bernie nicht schlecht!« sagte Joe, den Arm um Ostermans Schulter gelegt.

»Sag es ihr nur, Joe.« Bernie ging auf Cardones Frau zu und erkundigte sich nach den Kindern.

Tanner setzte sich in Richtung Küche in Bewegung und begegnete Ali im Flur. Sie trug ein Tablett mit Hors d'-œuvres.

»Alles fertig. Wir können jederzeit essen, also setze ich mich noch eine Weile. Holst du mir etwas zu trinken, Liebster?«

»Sicher. Joe und Betty sind da.«

Ali lachte. »Hab' ich mir doch fast gedacht. – Was ist denn los, Darling? Du siehst so komisch aus.«

»Nein, nichts. Ich hab' nur gedacht, ich sollte vielleicht im Studio anrufen.«

Ali sah ihren Mann an. »Bitte, alle sind jetzt da. Unsere besten Freunde. Wir wollen uns amüsieren. Vergiß doch den Mittwoch, *bitte*, Johnny.«

Tanner beugte sich über das Tablett mit Hors d'œuvres und küßte sie. »Du dramatisierst das«, sagte er und erinnerte sich an Fassetts Rat. »Ich muß wirklich im Studio anrufen.«

In der Küche trat Tanner erneut ans Fenster. Es war kurz nach sieben, und die Sonne war hinter den hohen Bäumen bereits untergegangen. Schatten lagen über dem hinteren Teil seines Gartens und dem Pool. Und jenseits der Schatten wachten Fassetts Männer.

Das war es, worauf es ankam.

Wie Ali gesagt hatte, sie waren jetzt alle da. Die besten Freunde.

Das Currybuffett mit einem Dutzend kleiner Nebengerichte war wie üblich ein Triumph für Ali. Die Frauen stellten die üblichen Fragen, und Ali sonnte sich in ihren kulinarischen Fähigkeiten – wie gewöhnlich. Die Männer führten die üblichen Streitgespräche über die Vor- und Nachteile der verschiedenen Baseballteams, und zwischendurch verbreitete sich Bernie über die spaßigen – und gewöhnlichen – Arbeitsmethoden von Hollywood.

Während die Frauen das Geschirr abtrugen, benutzte Tremayne die Gelegenheit, Tanner über den Einbruch auszufragen. »Was zum Teufel war denn letzten Mittwoch los? Mal ganz offen. Ich glaube die Einbruchsgeschichte nicht.«

»Warum nicht?« fragte Tanner.

»Weil sie keinen Sinn ergibt.«

»Niemand benutzt Gas«, fügte Cardone hinzu. »Einen Totschläger, eine Augenbinde, einen Schuß in den Kopf vielleicht, aber nicht Gas.«

»Ihr denkt da vielleicht fortschrittlicher. Mir ist es offengestanden lieber, daß die ein harmloses Gas eingesetzt haben und keinen Totschläger.«

»Johnny.« Osterman senkte seine Stimme und blickte zum Speisezimmer hinüber. Betty kam gerade aus der Küchentür und holte noch ein paar Teller. Sie lächelte. Er erwiderte ihr Lächeln. »Arbeitest du vielleicht an etwas, womit du dir Feinde machst?«

»Ich denke, das tu ich irgendwie immer.«

»Ich meine, so etwas wie diese San-Diego-Geschichte.«

Joe Cardone musterte Osterman aufmerksam und fragte sich, ob jetzt wohl Einzelheiten kommen würden. San Diego war eine Mafia-Angelegenheit gewesen.

»Nicht, daß ich wüßte. Ich habe natürlich Leute auf viele Bereiche angesetzt, aber nichts von der Sorte. Ich glaube wenigstens nicht. Die meisten meiner besten Leute haben da ganz freie Hand. Versuchst du, das, was Mittwoch war, mit meiner Arbeit in Verbindung zu bringen?«

»Bist du nicht auch auf die Idee gekommen?« fragte Tremayne.

»Nein, zum Teufel! Ich bin Journalist. Bist du etwa beunruhigt, wenn du an einem schwierigen Fall arbeitest?«

»Manchmal schon.«

»Ich hab' von deiner Show am letzten Sonntag gelesen.« Cardone nahm neben Tremayne auf der Couch Platz. »Ralph Aston hat hochgestellte Freunde.«

»Das ist verrückt.«

»Muß nicht sein.« Cardone hatte mit dem Satz einige Schwierigkeiten. »Ich kenne ihn persönlich. Ein schwieriger Mann.«

»Aber verrückt ist er doch nicht«, warf Osterman ein.

»Nein, so etwas ist es bestimmt nicht.«

»Warum sollte es überhaupt etwas sein? Ich meine, etwas anderes als ein Einbruch?« Tanner zündete sich eine Zigarette an und versuchte, die Gesichter der drei Männer zu beobachten.

»Weil es, verdammt noch mal, keine übliche Art für einen Einbruch ist!« rief Cardone aus.

»Oh?« Tremayne sah zu Cardone hinüber, der neben ihm auf dem Sofa saß. »Bist du ein Experte für Einbruch?«

»Genausowenig wie du, Herr Rechtsanwalt«, sagte Joe.

18.

Es war etwas Künstliches an der Art und Weise, wie das Wochenende anfing; das spürte Ali. Vielleicht, weil die Stimmen lauter als gewöhnlich, das Lachen auffälliger war.

Gewöhnlich war das anders – wenn Bernie und Leila kamen, fingen sie alle ganz ruhig an und machten sich langsam mit dem vertraut, was die anderen in der Zwischenzeit getan hatten. Gespräche über dieses oder jenes Kind, diese oder jene berufliche Entscheidung – damit verstrichen immer die ersten paar Stunden. Ihr Mann nannte es das Osterman-Syndrom. Bernie und Leila brachten immer ihre besten Seiten zum Vorschein. Brachten sie zum Reden, dazu, wirklich miteinander zu *reden*.

Bis jetzt hatte keiner ein wirklich wichtiges persönliches Erlebnis beigetragen. Keiner hatte etwas Wesentliches aus seiner jüngsten Vergangenheit zum Vorschein gebracht – abgesehen natürlich von dem Schrecklichen, das sich am Mittwochnachmittag ereignet hatte.

Andererseits, überlegte Ali, machte sie sich natürlich immer noch Sorgen um ihren Mann – machte sich Sorgen darum, daß er nicht ins Büro gefahren war, daß er seit Mittwochnachmittag so gereizt war und sich so seltsam benahm. Vielleicht bildete sie sich auch in bezug auf die anderen etwas ein.

Die anderen Frauen waren wieder zu ihren Männern gegangen. Alice hatte abgedeckt. Die Kinder waren jetzt im Bett. Und sie konnte einfach nicht mehr zuhören, wenn Betty oder Ginny sich über ihre Mädchen unterhielten. Sie konnte sich auch ein Mädchen *leisten!* Aber sie *wollte* keines!

Ihr Vater hatte Mädchen gehabt. ›Jüngerinnen‹, hatte er sie genannt. ›Jüngerinnen‹, die sauber machten und putzten oder einkauften und...

Ihre Mutter hatte sie ›Mädchen‹ genannt.

Ali hörte zu denken auf und fragte sich, ob sie vielleicht zuviel getrunken hatte. Sie drehte den Wasserhahn auf und spritzte sich kaltes Wasser ins Gesicht. Joe Cardone kam durch die Küchentür.

»Der große Boß hat gesagt, wenn ich einen Drink wollte, sollte ich mir selbst einen beschaffen. Du brauchst mir nicht zu sagen, wo die Flaschen stehen, ich bin schon mal hier gewesen.«

»Nur zu, Joe. Ist alles da, was du brauchst?«

»Na klar. Prima Gin; Tonic... Hey, was ist denn? Hast du geweint?«

»Warum denn? Ich hab' mir nur Wasser ins Gesicht gespritzt.«

»Deine Wangen sind ganz naß.«

»So ist das eben, wenn man Wasser im Gesicht hat.«

Joe stellte die Tonicflasche weg und trat auf sie zu. »Habt ihr irgendwelche Probleme, du und Johnny... Dieser Mittwochnachmittag... Schon gut, es war ein verrückter Einbruch, Johnny hat mir alles erzählt. Aber wenn es etwas anderes war, dann würdet ihr mir das doch sagen, oder? Ich meine, wenn er sich mit irgendwelchen unangenehmen Typen eingelassen hat, dann würdet ihr das vor mir doch nicht geheimhalten, oder?«

»Unangenehme Typen?«

»Kredithaie. Ich habe Kunden bei der Standard Mutual. Ich hab' sogar ein paar Aktien von der Gesellschaft. Ich kenne die Firma... Du und Johnny, ihr lebt recht gut, aber sechzigtausend Dollar sind nach den Steuern auch nicht mehr viel.«

›Alice Tanner hielt den Atem an. »John geht es sehr gut!«

»Das ist relativ. Nach meiner Ansicht steckt John so richtig mittendrin im Schlamassel. Er kann den Laden nicht übernehmen, und andererseits kann er auch sein kleines Reich nicht aufgeben, um sich etwas Besseres zu suchen. Aber das ist natürlich seine Sache und die deine. Aber ich möchte, daß du ihm das sagst. Ich bin sein Freund. Sein guter Freund. Und ich bin sauber. *Absolut sauber*. Wenn er etwas braucht, dann soll er mich anrufen. Sag ihm das, klar?«

»Joe, jetzt bin ich gerührt. Ehrlich. Aber ich glaube nicht, daß es notwendig ist. Wirklich nicht.«

»Aber du wirst es ihm sagen?«

»Sag es ihm selbst. John und ich haben da eine stillschweigende Vereinbarung. Wir sprechen nicht mehr über sein Gehalt. Ehrlich gesagt, weil ich mit dir einer Meinung bin.«

»Dann habt ihr Probleme.«

»Jetzt bist du nicht fair. Probleme, wie du sie siehst, sind für uns vielleicht gar keine.«

»Hoffentlich hast du recht. Sag ihm das auch.« Cardone ging schnell zur Bar und griff nach seinem Glas. Ehe Ali noch etwas sagen konnte, ging er wieder hinaus ins Wohnzimmer.

Joe hatte versucht, ihr etwas zu sagen, und sie begriff es nicht.

»Niemand hat dich oder sonst jemanden aus den Nachrichtenmedien als unfehlbaren Hüter der Wahrheit aufgestellt! Ich kann das einfach nicht mehr hören! Ich muß jeden Tag damit leben.« Tremayne stand vor dem offenen Kamin, und alle spürten den Ärger, den er empfand.

»Nicht unfehlbar, natürlich nicht«, antwortete Tanner. »Aber niemand hat den Gerichten das Recht verliehen, uns daran zu hindern, uns – so objektiv wir das können – nach Informationen umzusehen.«

»Wenn diese Information für einen Klienten *oder* seinen Gegner präjudizierend ist, habt ihr nicht das Recht, sie zu veröffentlichen. Wenn es sich um Fakten handelt, wird man sie ja vor Gericht hören. Wartet doch, bis das Gericht seinen Spruch fällt.«

»Das ist unmöglich, und das weißt du auch ganz genau.«

Tremayne hielt inne, lächelte mit zusammengekniffenen Lippen und seufzte dann. »Das weiß ich. Wenn man es realistisch betrachtet, gibt es keine Lösung.«

»Bist du sicher, daß du eine finden willst?« fragte Tanner.

»Natürlich.«

»Warum denn? Der Vorteil liegt auf deiner Seite. Wenn du den Prozeß gewinnst, ist ja alles gut. Wenn du ihn verlierst, kannst du behaupten, das Gericht sei von einer voreingenommenen Presse korrumpiert worden. Dann kannst du in Revision gehen.«

»Eine Revision führt nur selten zum Erfolg«, sagte Bernard Osterman, der vor dem Sofa auf dem Boden saß. »Das weiß selbst ich. Wenn es einmal dazu kommt, gibt es eine Menge Publicity, nur ist das selten der Fall.«

»Revisionsverfahren kosten Geld«, fügte Tremayne hinzu und zuckte die Achseln. »Meistens für nichts und wieder nichts. Besonders in Wirtschaftsprozessen.«

»Dann braucht ihr doch bloß die Presse zu zwingen, sich zurückzuhalten, wenn es heiß her geht. Das ist doch ganz einfach.« Joe leerte sein Glas und musterte Tanner.

»Das ist nicht einfach«, sagte Leila, die in einem Sessel gegenüber dem Sofa Platz genommen hatte. »Das ist dann ja auch ein Urteil. Wer definiert denn, was Zurückhaltung bedeuten soll? Das ist es doch, was Dick meint. Es gibt keine klare Definition.«

»Auf die Gefahr hin, meinen Mann zu ärgern, was Gott verhüten möge«, sagte Virginia und lachte dabei, »ich glaube, daß eine informierte Öffentlichkeit ebenso wichtig ist wie ein unvoreingenommenes Gericht. Vielleicht besteht zwischen den beiden sogar eine Verbindung. Ich stehe auf deiner Seite, John.«

»Wieder eine persönliche Beurteilung«, sagte ihr Mann. »Das ist reine Ansichtssache. Was ist faktische Information und was ist interpretierte Information?«

»Das eine ist die Wahrheit«, sagte Betty leichthin. Sie beobachtete ihren Mann. Er trank zu viel.

»Wessen Wahrheit? Welche Wahrheit? Wir wollen einmal eine hypothetische Situation herstellen. Zwischen John und mir. Gehen wir einmal davon aus, daß ich sechs Monate an einer komplizierten Fusion gearbeitet habe. Als Anwalt mit ethischen Grundsätzen habe ich mit Männern zu tun, an deren Anliegen ich glaube; indem wir eine Anzahl von Firmen zusammenführen, werden Tausende von Arbeitsplätzen gesichert, Firmen, die vor dem Bankrott stehen, werden plötzlich wieder lebensfähig gemacht. Und dann kommen ein paar Leute, die davon einen Nachteil hätten – wegen ihrer eigenen Unfähigkeit –, und sie fangen an, nach einstweiligen Verfügungen zu schreien. Angenommen, die treten jetzt an John heran und fangen an, ›Foul!‹ zu schreien. Weil sie den Anschein erwecken – den Anschein erwecken, wohlgemerkt –, sie würden benachteiligt, gibt John ihnen eine Minute, nur *eine Minute* Fernsehzeit im ganzen Lande. Sofort ist mein Fall präjudiziert. Und laß dir bloß von niemandem einreden, Gerichte wären nicht dem Druck der Medien ausgesetzt. *Eine Minute* im Gegensatz zu *sechs Monaten.*«

»Und du glaubst, ich würde das zulassen? Du glaubst, irgend jemand von uns würde das zulassen?«

»Ihr braucht doch Material. Das braucht ihr immer! Manchmal verstehst du einfach nicht!« Tremaynes Stimme wurde lauter.

Virginia stand auf. »Unser John würde so etwas nicht tun, Darling. – Ich möchte noch eine Tasse Kaffee.«

»Ich hole sie dir«, sagte Alice und erhob sich vom Sofa. Sie hatte Tremayne beobachtet und war von seiner plötzlichen Gereiztheit erschreckt.

»Sei doch nicht albern«, antwortete Ginny und ging in den Flur hinaus.

»Ich hätte gerne einen Drink.« Cardone hob sein Glas und erwartete, daß jemand es ihm abnähme.

»Gern, Joe.« Tanner nahm sein Glas. »Gin und Tonic?«

»Das hatte ich bisher.«

»Und viel zu viel davon«, fügte seine Frau hinzu.

Tanner ging in die Küche und begann Cardones Drink zu machen. Ginny stand am Ofen.

»Ich mach' noch mal frischen; die Kerze ist ausgegangen.«

»Danke.«

»Ich hab' immer das gleiche Problem. Die verdammten Kerzen gehen aus, und dann ist der Kaffee kalt.«

Tanner lachte leise und öffnete die Tonicflasche. Dann bemerkte er, daß Ginny etwas gesagt hatte, etwas sehr Unwichtiges eigentlich. »Ich habe Ali gesagt, sie sollte sich eine elektrische Kaffeemaschine besorgen, aber das will sie nicht.«

»John?«

»Ja?«

»Es ist so schön draußen. Warum gehen wir nicht in den Pool?«

»Aber sicher. Gute Idee. Ich werde das Filter rückspülen. Ich bring' das nur zuerst Joe.« Tanner ging ins Wohnzimmer zurück und hörte dort die ersten Takte von ›Tangerine‹. Ali hatte eine Langspielplatte mit dem Titel ›Schlager von Gestern‹ aufgelegt.

Die Reaktion darauf war ganz normal. Einige lachten, als sie das Stück erkannten.

»Bitte sehr, Joe. Möchte sonst noch jemand etwas?«

Ein Chor von »nein, danke« antwortete ihm. Betty war aufgestanden und stand Dick Tremayne am Kamin gegenüber. Tanner fand, daß sie aussahen, als ob sie sich gestritten hätten. Ali stand an der Stereoanlage und zeigte Bernie die Rückseite des Plattenalbums; Leila Osterman saß Cardone gegenüber und sah ihm zu, wie er seinen Gin und Tonic trank, und war offenbar verstimmt, daß er so schnell trank.

»Ginny und ich spülen schnell die Filteranlage zurück. Wir gehen schwimmen, ja? Ihr habt sicher all euere Badeanzüge hier; wenn nicht, dann liegen in der Garage mindestens ein Dutzend herum.«

Dick sah Tanner an. Ein seltsamer Blick, fand er. »Bring Ginny nicht zuviel von dem verdammten Filter bei. Ich laß mich nicht rumkriegen. Kein Pool!«

»Warum nicht?« fragte Cardone.

»Wegen der vielen Kinder.«

»Bau doch einen Zaun«, sagte Joe etwas verstimmt.

Tanner ging zur Küchentür hinaus. Er hörte ein plötzliches Lachen hinter sich, aber das war nicht das Lachen von Leuten, die Spaß hatten. Es war gezwungen, irgendwie unfreundlich.

Hatte Fassett recht? Zeigte Omega schon die ersten Spuren? Drängten die Feindseligkeiten langsam an die Oberfläche?

Draußen ging er an den Beckenrand, zu der Filteranlage. »Ginny?«

»Ich bin hier drüben, bei Alis Tomatenpflanzen. Da ist eine Stange umgefallen, und ich kann das Band nicht wieder binden.«

»Okay.« Er drehte sich um und ging zu ihr hinüber. »Welche denn? Ich sehe nichts.«

»Hier«, sagte Ginny und deutete.

Tanner kniete nieder und sah die Stange jetzt. Sie war nicht umgefallen, sie war abgebrochen worden. »Eines der Kinder muß hier durchgerannt sein.« Er zog das dünne Stöckchen heraus und legte die Tomatenpflanze vorsichtig auf den Boden. »Das richte ich morgen.«

Er stand auf. Ginny stand ganz nahe bei ihm und legte ihm die Hand auf den Arm. Er erkannte, daß man sie vom Haus aus nicht sehen konnte.

»Ich habe sie abgebrochen«, sagte Ginny.

»Warum?«

»Ich wollte mit dir reden. Alleine.«

Sie hatte ein paar Knöpfe ihrer Bluse geöffnet. Er konnte den Ansatz ihrer Brüste sehen. Tanner fragte sich, ob Ginny wohl betrunken sein mochte. Aber Ginny betrank sich nie, und wenn sie es tat, merkte das niemand.

»Worüber möchtest du denn reden?«

»Dick, zunächst einmal. Ich möchte mich für ihn entschuldigen. Er kann unangenehm werden – richtig brutal, wenn er sich ärgert.«

»War er unangenehm? Verärgert? Mir ist nichts aufgefallen.«

»Natürlich ist es dir aufgefallen. Ich habe dich beobachtet.«

»Da hast du dich geirrt.«

»Das glaube ich nicht.«

»Kümmern wir uns jetzt um den Pool.«

»Augenblick.« Ginny lachte leise. »Ich mache dir doch nicht etwa Angst, oder?«

»Meine Freunde machen mir nicht Angst«, sagte Tanner und lächelte.

»Wir wissen eine ganze Menge voneinander.«

Tanner beobachtete Ginnys Gesicht aus der Nähe, ihre Augen, die leicht zusammengekniffenen Lippen. Er fragte sich, ob dies der Augenblick sein würde, in dem ihm das

Unglaubliche eröffnet werden würde. Wenn ja, würde er ihr dabei helfen. »Ich denke, wir glauben immer, daß wir unsere Freunde kennen. Manchmal frage ich mich, ob das wirklich so ist.«

»Ich fühle mich von dir sehr angezogen – körperlich angezogen. Hast du das gewußt?«

»Nein, das habe ich nicht gewußt«, sagte Tanner überrascht.

»Es sollte dich nicht stören. Ich würde Ali um alles in der Welt nicht weh tun wollen. Ich glaube nicht, daß es einen zu etwas verpflichtet, wenn man sich körperlich angezogen fühlt, findest du nicht?«

»Jeder hat seine Träume.«

»Du weichst mir aus.«

»Das tu ich allerdings.«

»Ich sagte dir doch, ich würde deine Verpflichtungen nicht stören.«

»Ich bin ein Mensch. Es würde sie schon stören.«

»Ich bin auch ein Mensch. Darf ich dich küssen? Einen Kuß verdiene ich doch wenigstens.«

Ginny legte dem verblüfften Tanner die Arme um den Hals und preßte ihre Lippen auf die seinen, öffnete den Mund dabei. Tanner merkte, daß sie sich redliche Mühe gab, ihn zu erregen. Er konnte das nicht begreifen. Wenn es ihr mit dem, was sie tat, wirklich ernst war, hatte sie hier keine Chance, es zu Ende zu bringen.

Dann begriff er. Das sollte ein Versprechen sein.

Das war ihre Absicht.

»Oh, Johnny! O Gott, Johnny!«

»Schon gut, Ginny. Schon gut. Du sollst nicht…« Vielleicht war sie wirklich betrunken, dachte Tanner. Morgen würde sie sich wie ein Narr vorkommen. »Wir reden später.«

Ginny wich ein wenig zurück. »Natürlich reden wir später. Johnny? – Wer ist Blackstone?«

»Blackstone?«

»Bitte! Ich muß es wissen! Nichts wird sich ändern, das verspreche ich dir! *Wer ist Blackstone?*«

Tanner hielt sie an den Schultern fest und drehte sie so herum, daß ihr Gesicht vor dem seinen war.

Sie weinte.

»Ich kenne keinen Blackstone.«

»Tu das nicht!« flüsterte sie. »Bitte, um Gottes willen, tu das nicht! Sag Blackstone, er soll *aufhören!*«

»Hat Dick dich herausgeschickt?«

»Er würde mich umbringen«, sagte sie leise.

»Wir wollen das einmal klarstellen. Du bietest mir an...«

»Was du willst! Laß ihn bloß *in Frieden*. Mein Mann ist ein guter Mann. Ein sehr, sehr anständiger Mann. Er ist dir ein guter Freund gewesen! Bitte, tu ihm nicht weh!«

»Du liebst ihn.«

»Mehr als mein Leben. Und deshalb darfst du ihm bitte, bitte nicht weh tun. Und sag Blackstone, daß er aufhören soll!«

Sie rannte in die Garage.

Er wollte ihr nachgehen und sie beruhigen, aber der Schemen von Omega hinderte ihn daran. Und dabei fragte er sich die ganze Zeit, ob Ginny, die imstande war, sich als Hure anzubieten, auch zu viel gefährlicheren Dingen imstande war.

Aber Ginny war keine Hure. Leichtlebig vielleicht, selbst auf harmlose Art provozierend, aber weder Tanner noch irgend jemandem, den Tanner kannte, war es je in den Sinn gekommen, daß sie ihr Bett mit irgend jemand außer Dick teilen würde. Das war nicht ihre Art.

Wenn sie nicht Omegas Hure war.

Wieder drang gezwungenes Gelächter aus dem Hause. Tanner hörte die einleitenden Klarinettentöne von ›Amapola‹. Er kniete nieder und holte das Thermometer aus dem Wasser.

Plötzlich wurde ihm bewußt, daß er nicht alleine war. Leila Osterman stand ein paar Schritte hinter ihm auf dem Rasen. Sie war lautlos herausgekommen, oder er war zu sehr in Gedanken versunken gewesen, um die Küchentür oder ihre Schritte zu hören.

»Oh, du bist's! Du hast mich erschreckt.«

»Ich dachte, Ginny würde dir helfen.«

»Sie – sie hat sich Kieselgur auf den Rock geschüttet. Schau nur, es hat achtundzwanzig Grad. Joe wird sagen, daß es zu warm ist.«

»Wenn er das noch bemerkt.«

»Ja, ich verstehe«, sagte Tanner und erhob sich lächelnd. »Joe ist kein Trinker.«

»Er gibt sich aber große Mühe.«

»Leila, wie kommt es, daß du und Bernie schon vor zwei Tagen angekommen seid?«

»Hat er dir das nicht gesagt?« Leila zögerte und schien verärgert, daß ihr jetzt die Erklärung zugefallen war.

»Nein. Sonst würde ich nicht fragen.«

»Er sieht sich um. Er hatte Besprechungen und Verabredungen.«

»Wonach sieht er sich um?«

»Oh, alles mögliche. Du kennst ja Bernie; er macht da verschiedene Phasen durch. Er kann nie vergessen, daß die *New York Times* ihn einmal aufregend genannt hat – oder scharfsichtig, ich weiß das nicht mehr genau. Unglücklicherweise hat er sich einen teuren Geschmack zugelegt.«

»Jetzt komm' ich nicht mehr mit.«

»Er würde gerne eine Spitzenserie machen; du weißt schon, so einen richtigen Knüller. In den Agenturen wird viel von Qualitätsverbesserung geredet.«

»Wirklich? Davon hab' ich gar nichts gehört.«

»Du bist auch bei den Nachrichten und nicht bei der Unterhaltung.«

Tanner holte ein Päckchen Zigaretten heraus, bot Leila eine an. Als er sie anzündete, konnte er die Besorgnis, die Anspannung in ihren Augen erkennen. »Schließlich spricht doch eine ganze Menge für Bernie. Ihr beide habt den Agenturen eine Menge Geld verdient. Er wird keine Schwierigkeiten haben; außerdem kann er einen durchaus überzeugen.«

»Ich fürchte, da braucht es mehr als Überzeugungsgabe«, sagte Leila. »Sofern du nicht für Prozente an profitlosen kulturellen Serien arbeiten willst. Nein, dazu gehört Einfluß. Ungeheurer Einfluß; so viel, daß die Geldleute es sich anders überlegen.« Leila zog an ihrer Zigarette und wich dabei Tanners Blick aus.

»Kann er das?«

»Er könnte es schaffen. Wenn Bernie etwas sagt, dann hat das durchaus sein Gewicht, mehr als bei den meisten anderen Leuten an der Westküste. Er hat schon Einfluß – Einfluß, der bis nach New York reicht, das kannst du mir glauben.«

Tanner hätte das Gespräch am liebsten nicht fortgesetzt. Es tat weh. Leila hatte es ihm ja fast gesagt, dachte er. Sie hatte die Macht von Omega praktisch hinausposaunt. Natürlich würde Bernie tun, was er tun wollte. Bernie war durchaus imstande, die Leute dazu zu bringen, sich etwas anderes zu überlegen, Entscheidungen umzustoßen. Er oder Omega war dazu imstande, und er war ein Teil davon – ein Teil von ihnen.

»Ja«, sagte er leise. »Ich glaube es dir. Bernie ist ein großer Mann.«

Eine Weile standen sie da, ohne zu reden, dann fragte Leila mit scharfer Stimme. »Bist du zufrieden?«

»Was?«

»Ich habe dich gefragt, ob du zufrieden bist. Du hast

mich gerade verhört wie ein Bulle. Ich kann dir sogar eine Liste seiner Verabredungen liefern, wenn du das möchtest. Und die Friseure, die Warenhäuser, die Geschäfte – ich bin sicher, daß sie dir bestätigen würden, daß ich dort gewesen bin.«

»Wovon zum Teufel redest du denn?«

»Das weißt du ganz genau! Das dort drinnen ist keine besonders nette Party, falls du das noch nicht bemerkt hast. Wir benehmen uns alle, als ob wir uns nie zuvor begegnet wären, als ob wir unsere neuen Bekannten nicht leiden könnten.«

»Das hat nichts mit mir zu tun. Vielleicht solltet ihr euch selbst bei der Nase nehmen.«

»Warum?« Leila trat einen Schritt zurück. Tanner fand, daß sie verwirrt wirkte, aber er vertraute nicht auf sein Urteil. »Warum sollten wir das? Was ist denn los, John?«

»Kannst *du* das nicht *mir* sagen?«

»Du lieber Gott, du bist *tatsächlich* hinter ihm her, wie? Hinter *Bernie*.«

»Nein, das bin ich nicht. Ich bin hinter niemandem her.«

»Jetzt hör mir gut zu, John! Bernie würde sein Leben für dich geben! Weißt du das nicht?«

Leila Osterman warf ihre Zigarette ins Gras und ließ ihn stehen.

Als Tanner gerade den Eimer mit Chlortabletten in die Garage tragen wollte, kam Ali mit Bernie Osterman heraus. Einen Augenblick lang fragte er sich, ob Leila wohl etwas gesagt hatte. Aber das war offenbar nicht der Fall. Seine Frau und Bernie wollten bloß wissen, wo er das Selterswasser aufbewahrte, und ihm sagen, daß alle dabei waren, sich umzuziehen.

Tremayne stand unter der Küchentür, das Glas in der Hand, und sah ihnen zu, wie sie sich unterhielten. Auf Tanner wirkte er nervös, verunsichert.

Tanner ging in die Garage und stellte den Plastikeimer in die Ecke, neben die Toilette, die er in die Garage hatte einbauen lassen. Das war der kühlste Ort. Die Küchentür ging auf, und Tremayne kam die Stufen herunter.

»Ich hätte dich gerne einen Augenblick gesprochen.«

»Gern.«

Tremayne drehte sich zur Seite und schob sich an dem Triumph vorbei. »Ich hab' dich diese Kiste nie fahren sehen.«

»Ich mag sie auch nicht. Es ist der reinste Mord, sich hineinzuzwängen und wieder auszusteigen.«

»Ja, bei deiner Größe.«

»Es ist ein kleiner Wagen.«

»Ich... Ich wollte nur sagen, daß mir der Quatsch leid tut, den ich zuerst dahergeredet habe. Ich will mich nicht mit dir streiten. Ein Reporter vom *Wall Street Journal* hat mich vor ein paar Wochen drangekriegt. Kannst du dir das vorstellen? Das *Journal!* Meine Firma hat den Fall sofort aufgegeben.«

»Freie Presse oder fairer Prozeß. Was du gesagt hast, hatte durchaus Hand und Fuß. Ich habe es nicht persönlich genommen.«

Tremayne lehnte sich gegen den Triumph. Er sprach ganz vorsichtig. »Vor ein paar Stunden hat Bernie dich gefragt – er redete vom vergangenen Mittwoch –, ob du mit irgend etwas wie dieser San-Diego-Geschichte beschäftigt wärest. Ich hab' nie besonders viel darüber erfahren, nur, daß man in den Zeitungen immer noch darauf Bezug nimmt.«

»Das wird mächtig übertrieben. Ein paar Bestechungsfälle im Hafen. Das ist in der Branche so üblich, denke ich.«

»Sei nicht so bescheiden.«

»Bin ich nicht. Es war eine klasse Story, und ich hätte beinahe den Pulitzerpreis bekommen. Meine ganze Karriere ist darauf aufgebaut.

»Also schön... Ich will jetzt aufhören, um den heißen Brei herumzureden. Schnüffelst du in etwas herum, das mich betrifft?«

»Nicht, daß ich wüßte. Es ist so, wie es Bernie gesagt hat; ich habe rund siebzig Leute, die direkt mit den Nachrichtenrecherchen befaßt sind. Ich verlange keine täglichen Berichte.«

»Willst du sagen, daß du nicht weißt, was die tun?«

»So ist es nun auch wieder nicht«, sagte Tanner und lachte kurz. »Ich zeichne ihre Quittungen ab; und es wird nichts gesendet, das ich nicht freigegeben habe.«

Tremayne stieß sich von dem Triumph ab. »All right, ich will die Karten auf den Tisch legen. Ginny ist vor einer Viertelstunde hereingekommen. Ich lebe jetzt mit diesem Mädchen seit sechzehn Jahren zusammen. Ich kenne sie – sie hat geweint. Sie war mit dir draußen und ist weinend wieder hereingekommen. Ich möchte wissen warum.«

»Die Frage kann ich nicht beantworten.«

»Du solltest es aber versuchen! – Dir paßt es nicht, wenn ich soviel Geld verdiene, wie?«

»Das stimmt nicht.«

»Natürlich ist es so! Du meinst wohl, ich hab' nicht bemerkt, wie Ali auf dir herumhackt! Und jetzt läßt du so ganz subtil und beiläufig fallen, daß nichts gesendet wird, ohne daß du es freigibst! Ist es das, was du meiner Frau gesagt hast? Soll ich mir von *ihr* Details geben lassen? Eine Frau kann nicht gegen den eigenen Mann aussagen; schützt du uns etwa? Was *willst* du?«

»Reiß dich doch zusammen! Hast du mit etwas so Schmutzigem zu tun, daß du anfängst, paranoid zu werden? Ist es das? Willst du mir davon erzählen?«

»Nein. Nein! Warum hat sie *geweint*?«

»Frag sie doch selbst!«

Tremayne wandte sich ab, und John Tanner sah, daß

der Anwalt am ganzen Leibe zitterte, als er mit der Hand über die Motorhaube des kleinen Sportwagens strich.

»Wir kennen uns jetzt eine ganze Zeit; aber du hast mich nie verstanden… Du solltest kein Urteil abgeben, solange du die Menschen nicht verstehst, die du beurteilst.«

Das ist es also, dachte Tanner. Tremayne gab es zu. Er gehörte zu Omega.

Und dann sprach Tremayne weiter, und er zog seinen Schluß zurück. Er drehte sich um, und sein Gesichtsausdruck war bemitleidenswert.

»Mag sein, daß ich nicht ohne Fehl bin, das weiß ich, aber ich tue nichts Illegales. So ist das System eben. Mag sein, daß ich es nicht immer mag, aber es ist ein System, das ich respektiere!«

Tanner fragte sich, ob Fassetts Männer eines ihrer elektronischen Mikrofone in der Garage angebracht hatten. Ob sie die Worte gehört hatten, aus denen solche Sorge klang und die so aufrichtig wirkten. Er sah den gebrochenen Mann an, der vor ihm stand.

»Gehen wir in die Küche. Du brauchst einen Drink, und ich brauche auch einen.«

19.

Alice legte den Schalter unter dem Sims des Wohnzimmerfensters um, so daß man die Musik über die Außenlautsprecher hören konnte. Sie waren jetzt alle draußen vor dem Pool. Selbst ihr Mann und Dick Tremayne hatten den Küchentisch verlassen; sie waren zwanzig Minuten lang dort gesessen, und Ali fand es seltsam, daß sie kaum miteinander geredet hatten.

»Hello, schöne Frau!« Das war Joes Stimme, und Alice spürte, wie sich in ihr etwas spannte. Er tauchte aus dem Flur auf und trug eine Badehose. An Joes Körper war etwas Häßliches; alle ihn umgebenden Gegenstände wirkten durch ihn irgendwie zwergenhaft. »Euch ist das Eis ausgegangen, deshalb habe ich, angerufen und welches bestellt.«

»Um diese Stunde?«

»Das ist einfacher, als wenn einer von uns fährt.«

»Wen hast du angerufen?«

»Rudy im Getränkemarkt.«

»Der ist geschlossen.«

Cardone ging auf sie zu, er schwankte dabei etwas. »Ich hab' ihn zu Hause angerufen; er lag noch nicht im Bett. Er ist mir manchmal gefällig. Ich hab' ihm gesagt, er soll ein paar Plastiktüten voll Eis auf die vordere Veranda legen und es mir berechnen.«

»Das war nicht nötig. Ich meine, daß du das bezahlst.«

»Jede Kleinigkeit hilft.«

»Bitte!« Sie ging auf das Sofa zu, allein schon, um außer Reichweite von Cardones ginbeladenem Atem zu kommen. Er folgte ihr.

»Hast du dir das, was ich dir gesagt habe, überlegt?«

»Du bist sehr großzügig, aber wir brauchen keine Hilfe.«

»Hat John das gesagt?«

»Das *würde* er sagen.«

»Dann hast du nicht mit ihm gesprochen?«

»Nein.«

Cardone griff nach ihrer Hand. Sie versuchte instinktiv, sie ihm wegzuziehen, aber er hielt sie fest, ohne eine Spur von Feindseligkeit, da war nur Wärme; aber er ließ sie nicht los. »Mag sein, daß ich ein wenig geladen habe, aber ich möchte, daß du mich ernst nimmst. Ich habe in meinem Leben viel Glück gehabt; es war überhaupt nicht schwierig, wirklich nicht. Offengestanden, ich fühle mich ein wenig schuldig, verstehst du, wie ich das meine? Ich bewundere Johnny. Ich halte eine ganze Menge von ihm, weil er etwas *leistet*. Ich leiste nicht viel; ich nehme nur. Ich tue niemandem weh, aber ich nehme... Es würde mir sehr gut tun, wenn ihr mich *geben* ließet. Das wäre einmal etwas anderes.«

Er ließ ihre Hand los, und weil sie das nicht erwartet hatte, fiel ihr Arm herunter und stieß gegen ihre Hüfte. Einen Augenblick lang war ihr das peinlich. Sie war verwirrt. »Warum bist du so fest entschlossen, uns etwas zu geben. Was hat dich darauf gebracht?«

Cardone ließ sich schwer auf die Armlehne der Couch sinken. »Man hört alles Mögliche. Gerüchte, Klatsch vielleicht.«

»Über uns? Über uns und Geld?«

»So ähnlich.«

»Nun, es stimmt nicht. Es stimmt einfach nicht.«

»Dann laß es mich anders ausdrücken. Vor drei Jahren, als Dick und Ginny und Bernie und Leila mit uns in Gstaad Skilaufen waren, wolltet ihr nicht mitkommen. Das stimmt doch?«

Alice blinzelte und versuchte, Joes Logik zu folgen.

»Ja, ich erinnere mich. Wir wollten lieber mit den Kindern nach Nassau fahren.«

»Aber jetzt interessiert John sich doch sehr für die Schweiz, stimmt das nicht?« Joe schwankte leicht.

»Nicht, daß ich wüßte. Er hat mir nichts davon erzählt.«

»Dann ist es vielleicht Italien, wenn es nicht die Schweiz ist. Vielleicht interessiert er sich für Sizilien; das ist ein sehr interessanter Ort.«

»Ich verstehe dich einfach nicht.«

Cardone erhob sich von der Armlehne der Couch und stützte sich an der Wand ab. »Du und ich, wir beide unterscheiden uns gar nicht so sehr, wie? Ich meine, das was wir haben, hat man uns nicht gerade auf einem silbernen Tablett überreicht, oder? Wir haben uns das alles auf unsere eigene, verdammte Art verdienen müssen...«

»Ich finde, du wirst beleidigend.«

»Tut mir leid, ich will dich nicht beleidigen. Ich will nur ehrlich sein, und Ehrlichkeit fängt damit an, klar zu erkennen, wo man steht. Wo man einmal war.«

»Du bist betrunken.«

»Ganz bestimmt bin ich das. Ich bin betrunken und ich bin nervös. Eine lausige Kombination. Rede doch mal mit John. Sag ihm, er soll mich morgen oder übermorgen einmal besuchen. Sag ihm, er soll sich keine Sorgen wegen der Schweiz oder wegen Italien machen, okay? Sag ihm, ganz gleich, was passiert, ich bin sauer, und ich mag Leute, die ihren Beitrag leisten und anderen Leuten nicht weh tun. Sag ihm, daß ich bezahlen werde.«

Cardone trat zwei Schritte auf Ali zu und griff nach ihrer linken Hand. Er hob sie mit sanftem Nachdruck an die Lippen, schloß die Augen und küßte ihre Handfläche. Ali hatte diese Art von Kuß früher schon einmal gesehen; in ihrer Kindheit hatte sie gesehen, wie die fanatischen Anhänger ihres Vaters dasselbe taten. Dann wandte Joe sich ab und torkelte in den Korridor.

Am Fenster fiel Ali ein leichter Lichtreflex, vielleicht auch nur ein Wechsel in der Helligkeit auf. Sie drehte den Kopf. Was sie sah, ließ sie erstarren. Draußen auf dem Rasen, höchstens sechs Fuß vom Fenster entfernt, stand Betty Cardone in einem weißen Badeanzug, in das blau-grüne Licht des Swimmingpools gehüllt.

Betty hatte gesehen, was sich zwischen Alice und ihrem Mann zugetragen hatte. Das verrieten ihre Augen Ali.

Joes Frau starrte durch das Fenster, und ihr Blick war grausam.

Die vollen Töne des jungen Sinatra erfüllten die warme Sommernacht, während die vier Ehepaare um den Pool saßen. Einer nach dem anderen – aber jeder einzeln, John

Tanner hatte das Gefühl, daß sie das nie zu zweien taten – ließen sie sich ins Wasser fallen und paddelten träge hin und her.

Die Frauen redeten von der Schule und den Kindern, während die Männer am gegenüberliegenden Poolrand etwas weniger leise von der Börse, von Politik und der unergründlichen Wirtschaft redeten.

Tanner saß am Sockel des Sprungbrettes, in der Nähe von Joe. Er hatte ihn noch nie so betrunken gesehen, und es lohnte sich, ihn zu betrachten. Wenn irgend jemand von den Leuten, die um den Pool saßen, oder vielleicht alle, zu Omega gehörten, dann war Joe das schwächste Glied. Er würde als erster zerbrechen.

Kleine Streitgespräche entwickelten sich, flackerten auf und erloschen wieder. Einmal wurde Joes Stimme zu laut, und Betty reagierte schnell, aber leise.

»Du bist betrunken, lieber Mann. Sei vorsichtig.«

»Joe ist schon in Ordnung, Betty«, sagte Bernie und schlug Cardone aufs Knie. »Heute war es in New York scheußlich heiß, erinnerst du dich?«

»Du warst doch auch in New York, Bernie«, antwortete Ginny Tremayne und ließ die Füße ins Wasser hängen. »War es wirklich so scheußlich heiß?«

»Scheußlich, Liebste.« Das war Dick, der quer über den Pool hinweg seiner Frau die nicht für ihn bestimmte Frage beantwortete.

Tanner sah, wie Osterman und Tremayne Blicke tauschten. Das bezog sich auf Cardone, aber er, Tanner, hätte das nicht wahrnehmen sollen. Dann stand Dick auf und fragte, wer sein Glas nachgefüllt haben wolle.

Nur Joe beantwortete die Frage mit ja.

»Ich hol's schon«, sagte Tanner.

»Nein, zum Teufel«, erwiderte Dick. »Paß du lieber auf deine Ballspielerin auf. Ich werde das Mädchen jetzt ohnehin anrufen. Wir haben ihr gesagt, sie soll um eins zurück sein, jetzt ist es fast zwei. Man muß da wirklich auf-passen.«

»Du bist ein gemeiner Vater«, sagte Leila.

»Solange ich nur nicht Großvater bin.« Tremayne ging über das Gras auf die Küchentüre zu.

Ein paar Sekunden herrschte Schweigen, dann begannen die Frauen wieder ihr leichtes Gespräch, und Bernie ließ sich über den Beckenrand ins Wasser gleiten.

Joe Cardone und Tanner sagten nichts.

Einige Minuten später kam Dick mit zwei Gläsern aus der Küchentür. »Hey, Ginny! Peg war richtig sauer, daß ich sie geweckt habe. Was hältst du davon?«

»Ich denke, daß ihr Begleiter sie gelangweilt hat.«

Tremayne ging auf Cardone zu und gab ihm sein Glas. »Bitteschön, Mister Fullback.«[*]

»Ein verdammter Halfback[**] war ich. Richtig fertigge-macht hab' ich deinen verdammten Levi Jackson in Yale!«

»Sicher. Aber ich habe mit Levi gesprochen. Er hat ge-sagt, daß die dich jederzeit fertigmachen konnten. Sie brauchten bloß ›Tomatensauce‹ zu rufen, und schon bist du ins Aus gerannt!«

»Das ist vielleicht komisch! Abgemurkst hab' ich die-sen schwarzen Schweinehund!«

»Er hält auch sehr viel von dir«, sagte Bernie und lä-chelte über den Poolrand.

»Und ich halte viel von *dir*, Bernie! Und Dick auch!« Cardone erhob sich schwerfällig. »Von euch *allen* halte ich viel.«

»Hey, Joe…« Tanner stieg vom Sprungbrett.

»Wirklich, Joe, du solltest dich hinsetzen«, riet Betty. »Sonst kippst du um.«

»Da Vinci!«

---

[*] [Verteidiger beim Footballspiel. Anm. d. Ü.]
[**] [Läufer, Anm. d. Ü.]

Es war nur ein Name, aber Cardone brüllte ihn förmlich hinaus. Und dann noch einmal.

»Da *Vinci*...« Er zog es in die Länge, daß es ganz italienisch klang.

»Was soll *das* denn bedeuten?« fragte Tremayne.

»Das möchte *ich* auch wissen?« brüllte Cardone durch die angespannte Stille, die den Pool umgab.

»Er ist verrückt«, sagte Leila.

»Er ist total betrunken, wenn ich das sagen darf«, fügte Ginny hinzu.

»Da wir – zumindest ich – dir nicht sagen können, was ein da Vinci ist, möchtest du uns das vielleicht erklären«, meinte Bernie leichthin.

»Hört auf! *Aufhören* sollt ihr!« Cardone ballte die Fäuste und öffnete sie dann wieder.

Osterman stieg aus dem Wasser und ging auf Joe zu. Die Hände hingen ihm locker herunter. »Beruhige dich doch, Joe. Bitte... Ganz ruhig.«

»*Zürichchchch*!« Der Schrei kam von Joe Cardone und war meilenweit zu hören, dachte Tanner. Jetzt passiert es! Er hatte es gesagt!

»Was meinst du, Joe?« Tremayne trat zögernd einen Schritt auf Cardone zu.

»*Zürich*! Das meine ich!«

»Das ist eine Stadt in der Schweiz! Was zum Teufel soll das?« Osterman stand Cardone gegenüber und sah ihn an; er würde jetzt nicht locker lassen. »Sag uns, was du meinst!«

»Nein!« Tremayne packte Osterman an der Schulter.

»Rede nicht mit mir«, schrie Cardone. »Du bist doch derjenige, der...«

»*Hört auf! Ihr alle!*« Betty stand auf der Betonfläche am Ende des Pools. Tanner hätte es nie für möglich gehalten, daß von Cardones Frau soviel Kraft ausgehen könnte.

Aber sie war da. Die drei Männer lösten sich voneinander wie geprügelte Hunde. Die Frauen sahen Betty an, und dann gingen Leila und Ginny weg, während Ali reglos und ohne zu verstehen dastand.

Jetzt schlüpfte Betty wieder in die Rolle der weichen Vorstadt-Hausfrau, die sie zu sein schien. »Ihr benehmt euch alle kindisch, und ich weiß, daß es für Joe jetzt Zeit ist, nach Hause zu gehen.«

»Ich... Ich denke, wir sollten alle noch einen kleinen Schlummertrunk nehmen, Betty«, sagte Tanner. »Was meinst du?«

»Aber mach den für Joe ganz leicht«, antwortete Betty und lächelte.

»Die anderen auch«, meinte Bernie.

»Ich hole sie.« Tanner ging auf die Türe zu. »Kommen alle rein?«

»Augenblick, Johnny!« Das war Cardone, ein breites Grinsen im Gesicht. »Ich bin hier der unartige Junge, also laß mich helfen. Außerdem muß ich mal für kleine Jungs.«

Tanner ging vor Cardone in die Küche. Er war verwirrt. Als Joe das Wort ›Zürich‹ geschrien hatte, hatte er erwartet, daß alles vorbei sein würde. Zürich war der Schlüssel, der den Zusammenbruch hätte auslösen müssen. Aber es passierte nicht.

Statt dessen passierte das Gegenteil.

Alles war wieder unter Kontrolle, und das ging von der unwahrscheinlichsten Stelle aus, die man sich vorstellen konnte, von Betty Cardone.

Plötzlich war hinter ihm ein Krachen zu hören. Tremayne stand unter der Tür und blickte auf den gestürzten Cardone hinunter.

»Well. Ein Muskelberg aus Princeton ist soeben umgekippt! Schaffen wir ihn in meinen Wagen. Ich bin heute abend der Chauffeur.«

Umgekippt? Tanner glaubte das nicht. Cardone war schon betrunken. Aber dem Zusammenbruch war er keineswegs nahe.

20.

Die drei Männer kleideten sich schnell an und verfrachteten den torkelnden, zusammenhanglos redenden Cardone auf den Vordersitz von Tremaynes Wagen. Betty und Ginny nahmen hinten Platz. Tanner beobachtete die ganze Zeit Joes Gesicht, besonders die Augen, ob dort irgend etwas darauf deutete, daß der andere sich verstellte. Aber da war nichts zu sehen. Und doch stimmte da etwas nicht, dachte er; an Cardones übertriebenen Bewegungen war zuviel Präzision. Setzte Joe sein Schweigen ein, um die anderen zu prüfen, fragte er sich?

Oder verzerrte etwa die zunehmende Spannung seine eigenen Beobachtungen?

»Verdammt!« rief Tremayne aus. »Ich habe mein Jakkett im Haus gelassen.«

»Ich bringe es morgen in den Club«, sagte John. »Wir sind ja auf elf Uhr verabredet.«

»Nein, ich hole es lieber. Ich habe ein paar Notizen in der Tasche gelassen; die brauche ich vielleicht. Warte mit Bernie hier. Ich bin gleich wieder da.«

Dick rannte hinein und riß sein Jackett von einem Stuhl im Flur. Er sah Leila Osterman an, die im Wohnzimmer eine Tischplatte polierte.

»Wenn ich diese Ringe jetzt wegwische, bleibt den Tanners vielleicht noch etwas Mobiliar«, sagte sie.

»Wo ist Ali?«

»In der Küche.« Leila fuhr fort, auf der Tischplatte herumzureiben.

Als Tremayne die Küche betrat, räumte Alice gerade die Spülmaschine ein.

»Ali?«

»Oh! – Dick. Alles klar mit Joe?«

»Joe ist in Ordnung. Wie geht's John?«

»Ist er nicht dort draußen, bei euch?«

»Ich bin hier drinnen.«

»Es ist schon spät; für Witze bin ich zu müde.«

»Mir ist wirklich nicht nach Witzen zumute. Wir waren immer gute Freunde, Ali. Du und Johnny, ihr bedeutet uns sehr viel, Ginny und mir.«

»Wir empfinden das genauso; das weißt du.«

»Das dachte ich auch. Das habe ich wirklich geglaubt. Hör mir zu...« Tremaynes Gesicht war gerötet; er schluckte ein paarmal, konnte das Zucken über seinem linken Auge nicht wegbringen. »Trefft keine Entscheidungen. Laß nicht zu, daß John – redaktionelle Entscheidungen trifft, die Leuten weh tun, solange er nicht begreift, warum sie das tun, was sie tun.«

»Ich verstehe nicht, was du...«

»Das ist sehr wichtig«, unterbrach Tremayne sie. »Er sollte versuchen, das zu verstehen. Das ist ein Fehler, den ich vor Gericht nie mache. Ich versuche immer zu verstehen.«

Alice erkannte die unausgesprochene Drohung. »Ich würde vorschlagen, du sagst das, was du sagen willst, ihm selbst.«

»Das habe ich, und er hat mir keine Antwort gegeben. Deshalb sage ich es dir. Denk daran, Ali. Niemand ist immer voll und ganz das, was er scheint. Nur, daß einige von uns etwas geschickter sind. Denk daran!«

Tremayne drehte sich um und ging hinaus; gleich darauf hörte Ali, wie die Haustüre ins Schloß fiel. Als sie auf die leere Tür blickte, bemerkte sie, daß noch jemand in der Nähe war. Das unverkennbare Geräusch eines leisen

Schrittes war zu hören. Jemand war durch das Speisezimmer gegangen und stand jetzt bei der Anrichte um die Ecke herum, so, daß sie den Betreffenden nicht sehen konnte. Sie ging langsam und leise zu dem Bogen. Als sie in den kleinen, schmalen Raum trat, sah sie Leila reglos an der Wand stehen und vor sich hin starren.

Leila hatte das Gespräch in der Küche belauscht. Sie erschrak, als sie Ali sah, und lachte dann nervös. Sie wußte, daß sie ertappt worden war.

»Ich wollte mir einen frischen Lappen holen.« Sie zeigte Ali ein Staubtuch und ging ins Speisezimmer zurück, ohne ein weiteres Wort zu sagen.

Alice stand mitten in dem kleinen Anrichteraum und fragte sich, was das Schreckliches war, das ihnen allen widerfuhr. Irgend etwas, das das Leben jedes einzelnen im Hause betraf.

Sie lagen im Bett; Ali lag auf dem Rücken, John auf der linken Seite, von ihr abgewandt. Die Ostermans waren auf der anderen Seite des Korridors im Gästezimmer einquartiert. Das war das erste Mal am ganzen Abend, daß sie miteinander alleine waren.

Alice wußte, daß ihr Mann erschöpft war, aber sie konnte die Frage – oder war es eine Feststellung? – jetzt nicht länger hinausschieben.

»Zwischen dir und Dick und Joe gibt es irgendwelchen Ärger, nicht wahr?«

Tanner drehte sich herum; er blickte fast erleichtert zur Decke. Er hatte gewußt, daß die Frage kommen würde und hatte sich seine Antwort zurechtgelegt. Eine weitere Lüge; er begann sich an die Lügen zu gewöhnen. Aber es würde nicht mehr lange dauern – das hatte Fassett garantiert. Er begann ganz langsam, versuchte, beiläufig zu sprechen.

»Daß du auch so verdammt clever sein mußt.«

»Bin ich das?« Sie drehte sich auf die Seite herum und sah ihren Mann an.

»Es ist häßlich, aber es wird schon wieder vergehen. Du erinnerst dich doch, wie ich dir erzählt habe, daß Joe Loomis im Zug ein Aktenpaket verkaufen wollte?«

»Ja. Du wolltest nicht, daß Janet zum Mittagessen hinübergeht. Zu den Loomis, meine ich.«

»Richtig... Nun, Joe und Dick haben sich mit Loomis eingelassen. Ich habe ihnen gesagt, sie sollen es bleiben lassen.«

»Warum?«

»Ich habe es überprüft.«

»Was?«

»Überprüft habe ich es. Wir haben ein paar Tausend herumliegen, die fünf Prozent einbringen. Ich habe gedacht, warum eigentlich nicht? Also hab' ich Andy Harrison angerufen – er ist Syndikus in der Standard, du hast ihn letztes Ostern kennengelernt. Er hat Nachforschungen angestellt.«

»Und was hat er herausgefunden?«

»Die ganze Sache stinkt. Eine krumme Tour.«

»Etwas Ungesetzliches?«

»Das wird es wahrscheinlich nächste Woche sein. Harrison hat vorgeschlagen, daß wir uns damit befassen. Ein Feature. Würde eine Riesen-Show abgeben. Das hab' ich Joe und Dick gesagt.«

»Oh, mein Gott! Du würdest das in dein Programm aufnehmen?«

»Keine Sorge. Wir sind auf Monate ausgebucht. Wichtig ist das nicht. Und selbst wenn wir es tun würden, würde ich es ihnen sagen. Dann könnten sie rechtzeitig aussteigen.«

Ali hörte wieder, wie Cardone und Tremayne sagten: *Hast du mit ihm gesprochen? Was hat er gesagt? Johnny soll keine Entscheidungen treffen...* Sie waren in Panik gewesen, und jetzt begriff sie. »Joe und Dick sind fast krank vor Angst, das weißt du doch, oder?«

»Ja, ich hatte das Gefühl.«

»Du hattest das *Gefühl?* Um Himmels willen, das sind deine Freunde! Sie haben Angst! Schreckliche Angst!«

»Okay. Okay. Morgen im Club werde ich ihnen sagen, daß sie ganz ruhig sein können. Der Geier von San Diego fliegt heute nicht mehr.«

»Wirklich, das war grausam! Kein Wunder, daß sie alle so aufgeregt waren! Sie meinen, daß du etwas Schreckliches tust.« Ali erinnerte sich an Leilas lautlose Gestalt, die sich gegen die Küchenwand drückte und lauschte, wie Tremayne abwechselnd bettelte und drohte. »Sie haben es den Ostermans gesagt.«

»Bist du sicher? Wie denn?«

»Laß nur, das ist nicht wichtig. Sie müssen glauben, daß du ein Unmensch bist. Morgen früh, um Himmels willen, morgen früh mußt du ihnen sagen, daß sie sich keine Sorgen zu machen brauchen.«

»Ich hab' doch gesagt, daß ich das tun würde.«

»Das erklärt so viel. Das dumme Geschrei am Pool, den Streit… Ich bin wirklich sehr böse auf dich.« Aber in Wirklichkeit war Alice Tanner das gar nicht; das Unbekannte war ihr jetzt bekannt. Sie konnte sich damit auseinandersetzen. Sie legte sich zurück, immer noch besorgt, immer noch beunruhigt, dafür aber auch in einem Maße ruhig, wie sie das seit einigen Stunden nicht mehr gewesen war.

Tanner schloß die Augen und atmete langsam aus. Seine Lüge hatte funktioniert. Besser als er das angenommen hatte. Jetzt war es leichter für ihn, leichter, die Tatsachen zu verändern.

Fassett hatte recht gehabt; er konnte sie alle im Griff behalten.

Selbst Ali.

21

Er stand am Schlafzimmerfenster. Kein Mond am Himmel, nur Wolken, die sich kaum bewegten. Er blickte hinunter auf seinen Rasen und das Gehölz dahinter und fragte sich plötzlich, ob seine Augen ihm vielleicht einen Streich spielten. Da war ganz deutlich das Glühen einer Zigarette zu sehen. Jemand ging vorbei und rauchte eine Zigarette, so, daß man es sehen konnte! Großer Gott! dachte er; ob dem Betreffenden wohl klar war, daß er damit alles verriet?

Und dann sah er genauer hin. Die Gestalt trug einen Morgenrock. Es war Osterman.

Hatte Bernie etwas gesehen? Etwas gehört?

Tanner ging schnell und möglichst lautlos zur Schlafzimmertür, öffnete sie und trat ins Freie.

»Ich hab' mir schon gedacht, daß du auf sein könntest«, sagte Bernie, der in einem Liegestuhl saß und auf das Wasser im Pool blickte. »Dieser Abend war eine Katastrophe.«

»Da bin ich nicht so sicher.«

»Dann muß ich annehmen, daß du dein Hör- und Sehvermögen verloren hast. Das war eine nasse Nacht in Malibu. Wenn wir alle Messer gehabt hätten, würde dieser Pool jetzt rot sein.«

»Deine Hollywood-Mentalität macht wieder einmal Überstunden.« Tanner setzte sich neben ihn.

»Ich bin Schriftsteller. Ich beobachte und destilliere.»

»Ich glaube, du hast unrecht«, sagte Tanner. »Dick hatte geschäftliche Sorgen; das hat er mir gesagt. Joe hat sich betrunken. Na und?«

Osterman schwang die Beine von der Fußstütze und setzte sich vor. »Du fragst dich, was ich hier mache. Das war so etwas wie eine Eingebung, ein Instinkt. Ich dachte, du würdest vielleicht herunterkommen. Du hast auch

nicht so ausgesehen, als könntest du schlafen, ebensowenig wie ich.«

»Jetzt machst du mich neugierig.«

»Keine Witze bitte. Es ist höchste Zeit, daß wir miteinander reden.«

»Worüber?«

Osterman stand auf und stellte sich neben Tanner. Er
zündete sich am Stummel der letzten eine frische Zigarette an. »Was wünschst du dir am meisten? Ich meine, für
dich und deine Familie?«

Tanner konnte nicht glauben, daß er richtig gehört hatte. Osterman hatte mit der abgedroschensten Einleitung
angefangen, die man sich vorstellen konnte. Trotzdem
antwortete er, als nähme er die Frage ernst.

»Frieden, denke ich. Frieden, genug zu essen, ein Dach
über dem Kopf; all die Grundbedürfnisse. Sind das die
Worte, die du erwartest?«

»All das hast du. Für deinen augenblicklichen Bedarf
jedenfalls.«

»Dann verstehe ich dich *wirklich* nicht.«

»Ist dir je in den Sinn gekommen, daß du nicht mehr
über das Recht verfügst, irgend etwas auszuwählen? Dein
ganzes Leben ist darauf programmiert, eine vorherbe-
stimmte *Funktion* zu erfüllen; ist dir das klar?«

»Das ist eine ganz universelle Erscheinung, stelle ich
mir vor. Ich streite es nicht ab.«

»Du kannst es nicht abstreiten. Das System wird es
nicht zulassen. Du wirst für etwas ausgebildet; du er-
wirbst dir Erfahrung – und das ist es, was du den Rest
deines Lebens tust. Keine Einwände.«

»Ich wäre ein mieser Kernphysiker; und du würdest als
Gehirnchirurg nicht gerade beliebt sein«, sagte Tanner.

»Natürlich ist alles relativ; ich erzähle hier keine Mär-
chen. Ich sage nur, daß wir von Kräften kontrolliert werden, die wir selbst nicht mehr kontrollieren können. Wir

sind in das Zeitalter der Spezialisierung eingetreten, und das ist unsere Totenglocke. Wir leben und arbeiten in unseren vorgegebenen Kreisen; es ist uns nicht erlaubt, die Grenzen zu überschreiten, uns auch nur umzusehen. Du mehr als ich, fürchte ich. Ich zumindest habe ein gewisses Maß an Wahlmöglichkeit, was für ein Stück Kacke ich schreiben möchte. Aber Kacke ist es trotzdem. Das erstickt uns einfach.«

»Ich bin's zufrieden; ich beklage mich nicht. Außerdem gehe ich ja gewisse Risiken ein.«

»Aber du hast nichts hinter dir, keine Stütze! Nichts! Du kannst es dir nicht leisten, dich hinzustellen und zu sagen, *das bin ich*! Nicht, wenn du *damit* dafür bezahlen mußt!«

Osterman machte eine weit ausholende Handbewegung, die Tanners Haus und sein Grundstück einschloß.

»Mag sein, daß ich das nicht kann. Wenn es auf das Geld ankommt. Aber wer kann das schon?«

Osterman zog sich den Stuhl heran und setzte sich. Er hielt Tanners Augen mit den seinen fest und sagte leise: »Es gibt einen Weg. Und ich bin bereit, dir zu helfen.« Er hielt einen Augenblick inne, als suchte er nach Worten, und fing dann wieder zu reden an. »Johnny...« wieder hielt Osterman inne. Tanner hatte Angst, er würde nicht fortfahren, würde den Mut dazu nicht aufbringen.

»Nur weiter.«

»Ich brauche gewisse – Versicherungen, das ist sehr wichtig!« Osterman sprach schnell, seine Worte überstürzten sich.

Plötzlich wurde die Aufmerksamkeit beider Männer auf das Haus gezogen. Das Licht in Janet Tanners Schlafzimmer war aufgeflammt.

»Was ist das?« fragte Bernie, ohne den Versuch, seine Unruhe zu verbergen.

»Nur Janet. Das ist ihr Zimmer. Wir konnten es ihr

endlich eintrichtern, daß sie das Licht einschalten soll, wenn sie ins Badezimmer geht. Sonst stößt sie gegen alles mögliche, und wir sind dann zwanzig Minuten wach.«

Und dann hallte der Schrei durch die Nacht. Schrecklich, ohrenbetäubend. Der Schrei eines Kindes.

Tanner rannte um den Pool herum und durch die Küchentüre. Die Schreie hielten an, und jetzt flammten in den drei anderen Schlafzimmern die Lichter auf. Bernie Osterman wäre fast mit Tanner zusammengestoßen, als die beiden Männer zum Zimmer des kleinen Mädchens rannten. Sie waren so schnell gerannt, daß Ali und Leila erst in diesem Augenblick aus ihren Zimmern kamen. John stieß gegen die Tür, machte sich gar nicht erst die Mühe, den Türknopf zu drehen. Die Türe flog auf, und sie rannten alle vier hinein.

Das Kind stand mitten im Zimmer, über den Kadaver von Tanners Welsh Terrier gebeugt. Es konnte nicht zu schreien aufhören.

Der Hund lag in einer Blutlache da.

Man hatte ihm den Kopf vom Leib getrennt.

John Tanner hob seine Tochter auf und rannte in den Korridor hinaus. Sein Verstand funktionierte nicht mehr, es war wie ein Vakuum. Da war nur das erschreckende Bild der Leiche im Wald, mit der sich das Bild des kleinen Hundes abwechselte. Und die schrecklichen Worte des Mannes auf dem Parkplatz hinter dem Howard Johnson's Motel.

»Ein abgeschnittener Kopf bedeutet ein Massaker.«

Er mußte die Dinge in die Hand bekommen, das *mußte* er.

Er sah, wie Ali Janet ins Ohr flüsterte, sie hin und her wiegte. Er merkte, daß sein Sohn ein paar Schritt von ihm entfernt wartete, und sah die Silhouette von Osterman, der ihn tröstete.

Und dann hörte er die Worte von Leila.

»Ich nehme Janet, Ali. Geh zu Johnny.«

Tanner sprang wütend auf. »Wenn du sie anrührst, bringe ich dich um! Hast du gehört, ich *bringe dich um*!«

»*John!*« schrie Ali ihn ungläubig an. »Was sagst du da?«

»Sie war auf der anderen Flurseite! Begreifst du denn nicht? Sie war *auf der anderen Flurseite*!«

Osterman schoß auf Tanner zu, stieß ihn zurück, preßte seine Schultern gegen die Wand. Dann versetzte er ihm eine kräftige Ohrfeige.

»Dieser Hund ist seit Stunden tot! Und jetzt hör auf!«

Seit Stunden. Es konnte nicht seit Stunden sein. Es war gerade geschehen. Die Lichter gingen an und der Kopf wurde abgeschnitten. Der Kopf des kleinen Hundes abgeschnitten. Und Leila auf der anderen Seite des Flurs. Sie und Bernie. Omega! Ein Massaker!

Bernie hielt seinen Kopf fest. »Ich mußte dich schlagen. Du hast durchgedreht... Komm jetzt. Reiß dich zusammen. Es ist schrecklich, wirklich schrecklich, ich weiß. Ich hab' auch eine Tochter.«

Tanner versuchte klarzusehen. Zuerst was seine Augen anging, dann in bezug auf seinen Verstand. Alle sahen ihn jetzt an, selbst Raymond, der immer noch schluchzend neben der Tür seines Zimmers stand.

»Ist denn niemand hier?« Tanner konnte einfach nicht anders. Wo waren Fassetts Männer? Wo in Gottes Namen *waren* sie?

»Wer, Darling?« Ali legte ihm den Arm um die Hüften, für den Fall, daß er noch einmal stürzte.

»Niemand hier.« Das war eine Feststellung, die kam ganz leise.

»*Wir* sind hier. Und wir rufen die Polizei. Jetzt gleich rufen wir sie!« Bernie legte Tanners Hand auf das Treppengeländer und führte ihn hinunter.

Tanner sah den schlanken, kräftigen Mann an, der ihm über die Treppe hinunterhalf. *Verstand Bernie denn? Er war Omega. Seine Frau war Omega! Er konnte nicht die Polizei anrufen!*

»Die Polizei? Du willst die Polizei rufen?«

»Ganz sicher will ich das. Wenn das ein Witz war, dann war es der widerlichste, den ich je erlebt habe. Du hast verdammt recht, daß ich die Polizei rufen will. Du nicht?«

»Ja. Natürlich.«

Sie kamen ins Wohnzimmer; Osterman übernahm das Kommando.

»Ali, du rufst die Polizei an! Wenn du die Nummer nicht kennst, dann rufe die Auskunft!« Dann ging er in die Küche.

Wo waren Fassetts Männer?

Alice ging zu dem beigefarbenen Telefon hinter dem Sofa. Im nächsten Augenblick war klar, daß sie nicht zu wählen brauchte.

Der Lichtbalken eines Scheinwerfers zuckte durch das Fenster und tanzte über die Wohnzimmerwand. Endlich waren Fassetts Leute eingetroffen.

Als die Türglocke anschlug, riß Tanner sich von der Couch los und ging in den Korridor.

»Wir haben Schreie gehört und dann gesehen, daß das Licht an war. Alles in Ordnung?« Das war Jenkins, er konnte seine Angst kaum verbergen.

»Sie kommen ein wenig spät!« sagte Tanner leise. »Kommen Sie besser herein! Omega war hier.«

»Seien Sie ganz ruhig.« Jenkins trat, gefolgt von McDermott, in den Vorraum.

Osterman kam aus der Küche.

»Herrgott! Sie sind aber schnell!«

»Die Schicht von zwölf bis acht, Sir«, sagte Jenkins. »Wir haben gesehen, daß Licht brannte und Leute herumliefen. Das ist um diese Stunde ungewöhnlich.«

»Sie sind sehr aufmerksam, und wir sind Ihnen dankbar…«

»Ja, Sir«, unterbrach ihn Jenkins und ging ins Wohnzimmer. »Ist etwas, Mr. Tanner? Können Sie es uns sagen, oder möchten Sie lieber alleine mit uns sprechen?«

»Es gibt hier nichts Geheimes, Officer.« Osterman folgte dem Polizeibeamten und sprach, ehe Tanner antworten konnte. »Im Obergeschoß liegt ein Hund im ersten Schlafzimmer auf der rechten Seite. Er ist tot.«

»Oh?« Jenkins war sichtlich verwirrt. Er wandte sich wieder Tanner zu.

»Man hat ihm den Kopf abgeschnitten. Wir wissen nicht, wer es getan hat.«

Jenkins blieb ganz ruhig. »Ich verstehe... Wir erledigen das.«

Er blickte zu seinem Partner hinüber, der noch im Flur stand. »Hol eine Decke, Mac.«

»Richtig.« McDermott ging hinaus.

»Darf ich Ihr Telefon benutzen?«

»Natürlich.«

»Captain MacAuliff sollte informiert werden. Ich muß ihn zu Hause anrufen.«

Tanner begriff nicht. Das war doch keine gewöhnliche Polizeiangelegenheit. Hier ging es um Omega! Was machte Jenkins da? Warum rief er MacAuliff an? *Fassett* sollte er verständigen! MacAuliff war ein Polizeibeamter von Saddle Valley; durchaus akzeptabel, aber im wesentlichen von Politikern ernannt. MacAuliff war dem Stadtrat von Saddle Valley verantwortlich, nicht der Regierung der Vereinigten Staaten. »Glauben Sie, daß das notwendig ist? Um diese Stunde? Ich meine, ist Captain...«

Jenkins schnitt Tanner abrupt das Wort ab. »Captain MacAuliff ist der Polizeichef. Er würde es als höchst ungewöhnlich ansehen, wenn ich ihm das nicht direkt meldete.«

Jetzt begriff Tanner. Jenkins hatte ihm den Schlüssel gegeben.

Was auch immer geschah, wann auch immer es geschah und wie auch immer es geschah – es durfte keine Abweichung von der Norm geben, dem Üblichen.

Dies war der Abgrund des Leders.

Und außerdem kam Tanner jetzt in den Sinn, daß Jenkins wegen Bernard und Leila Osterman telefonierte.

Captain MacAuliff betrat das Haus der Tanners und machte sofort klar, wo hier die Autorität lag. Tanner beobachtete ihn dabei, wie er den Polizeibeamten mit leiser Stimme seine Instruktionen erteilte. Er war ein hochgewachsener, beleibter Mann mit einem dicken Hals, so dick, daß er ihm über den Hemdkragen trat. Auch seine Hände waren dick, aber seltsam unbeweglich. Sie hingen ihm an der Seite herunter, wenn er ging – das Zeichen eines Mannes, der jahrelang zu Fuß Streife gegangen ist und dabei immer wieder den schweren Knüppel von einer Hand in die andere verlegte.

MacAuliff stammte von der New Yorker Polizei und war das lebende Beispiel des richtigen Mannes für den richtigen Job. Vor Jahren hatte der Stadtrat beschlossen, daß es an der Zeit war, einen tüchtigen Mann herzuholen, jemanden, der dafür sorgen würde, das Saddle Valley von unerwünschten Elementen freigehalten wurde. Und die beste Verteidigung in diesen Tagen der Laschheit war der Angriff.

Saddle Valley hatte einen Söldner gewollt.

Es hatte sich einen Fanatiker eingestellt.

»All right, Mr. Tanner. Ich hätte gerne eine Aussage. Was ist hier heute nacht passiert?«

»Wir – wir hatten eine kleine Party für unsere Freunde.«

»Wie viele?«

»Vier Ehepaare. Acht Leute.«

»Irgendwelche Hilfskräfte.«

»Nein... Nein, keine Hilfskräfte.«

MacAuliff sah Tanner an und legte dann sein Notizbuch beiseite. »Kein Mädchen?«

»Nein.«

»Hatte Mrs. Tanner am Nachmittag jemanden hier? Als Hilfe?«

»Nein.«

»Sind Sie sicher?«

»Fragen Sie sie doch selbst.« Ali war in seinem Arbeitszimmer, wo sie für die Kinder notdürftig Schlafstätten hergerichtet hatte.

»Es könnte wichtig sein. Während Sie in der Arbeit waren, könnte sie ja irgendwelche Farbigen oder Puertoricaner hiergehabt haben.«

Tanner sah, wie Bernie zurückzuckte. »Ich war den ganzen Tag zu Hause.«

»Okay.«

»Captain«, Osterman trat vor. »Jemand ist in dieses Haus eingebrochen und hat dem Hund den Hals durchgeschnitten. Ist es nicht möglich, daß es ein Dieb war. Mr. und Mrs. Tanner sind am letzten Mittwoch beraubt worden. Sollten wir nicht prüfen...«

Weiter kam er nicht. MacAuliff sah den Schriftsteller an und bemühte sich kaum, seine Verachtung zu verbergen. »Ich leite hier die Ermittlungen, Mr...« Der Polizeichef sah in sein Notizbuch. »Mr. Osterman. Ich möchte, daß Mr. Tanner erklärt, was hier heute nacht vor sich gegangen ist. Ich wäre Ihnen dankbar, wenn Sie *ihn* antworten ließen. Wir kommen dann noch zu Ihnen.«

Tanner versuchte immer noch, Jenkins Aufmerksamkeit auf sich zu ziehen, aber der Polizist wich seinem Blick aus. Tanner wußte nicht, was er sagen – oder genauer gesagt, was er *nicht* sagen sollte.

Er wollte gerade sprechen, als McDermotts Stimme aus dem Obergeschoß zu hören war.

»Captain! Können Sie einen Augenblick herkommen? Ins Gästezimmer.«

Ohne etwas zu sagen, ging Bernie vor MacAuliff die Treppe hinauf, Leila folgte ihm.

Im gleichen Augenblick trat Jenkins neben Tanners Stuhl und beugte sich vor. »Ich kann das nur einmal sagen. Hören Sie zu. Bringen Sie Omega nicht ins Spiel. Gar nichts. Nichts! Ich konnte es vorher nicht sagen, weil die Ostermans dauernd hier waren.«

»Warum nicht? Um Himmels willen, das war doch Omega! Was soll ich denn sagen? Warum soll ich das nicht erwähnen?«

»MacAuliff ist keiner von uns. Er ist für nichts freigegeben… Sagen Sie nur die Wahrheit über Ihre Party. Das ist *alles!*«

»Sie meinen, er *weiß nichts*?«

»So ist es. Ich sagte Ihnen ja, er ist nicht freigegeben.«

»Und was ist mit den Männern draußen, den Streifen im Wald?«

»Das sind nicht seine Männer. Wenn Sie das jetzt erwähnen, wird er glauben, Sie seien verrückt. Und dann erfahren es die Ostermans. Wenn Sie mich erwähnen, leugne ich alles ab, was Sie sagen. Er wird glauben, Sie seien geistesgestört.«

»Ja, meinen Sie denn, daß MacAuliff…«

»Nein. Er ist ein guter Polizist. Aber außerdem ist er auch ein Kleinstadt-Napoleon, also können wir ihn nicht gebrauchen. Nicht offen. Aber er ist gewissenhaft, er kann uns helfen. Veranlassen sie doch, daß er herausfindet, wo die Tremaynes und die Cardones hingegangen sind.«

»Cardone war betrunken. Tremayne hat alle nach Hause gefahren.«

»Finden Sie heraus, ob sie auf *geradem Wege* nach Hause gefahren sind. MacAuliff liebt es, Leute zu verhören; er wird sie festnageln, wenn sie lügen.«

»Wie kann ich…«

»Sie machen sich um sie Sorgen, das reicht schon. Und denken Sie daran, es ist fast vorbei.«

MacAuliff kam zurück. McDermott hatte ›irrtümlich‹ den Seitenriegel im Fenster des Gästezimmers als mögliche Spur eines Einbruchs angesehen.

»All right, Mr. Tanner. Fangen wir mit der Ankunft Ihrer Gäste an.«

Und so berichtete John Tanner, gleichzeitig auf zwei Ebenen funktionierend, die etwas verschwommenen Ereignisse des Abends. Bernie und Leila Osterman kamen wieder herunter und fügten sehr wenig von Bedeutung hinzu. Ali kam aus dem Arbeitszimmer und trug überhaupt nichts bei.

»Ausgezeichnet, Ladys and Gentlemen.« MacAuliff stand auf.

»Werden Sie die anderen nicht befragen?« Tanner stand ebenfalls auf und sah den Polizeicaptain an.

»Ich wollte Sie gerade bitten, ob wir Ihr Telefon benützen dürfen. Es gibt da gewisse Vorschriften.«

»Sicher.«

»Jenkins, rufen Sie die Cardones an. Wir sprechen zuerst mit ihnen.«

»Ja, Sir.«

»Was ist mit den Tremaynes?«

»Vorschrift, Mr. Tanner. Nachdem wir mit den Cardones gesprochen haben, rufen wir die Tremaynes an und suchen sie dann auf.«

»Auf die Weise kann keiner mit dem anderen sprechen, stimmt's?«

»Stimmt, Mr. Osterman. Sie kennen sich in der Polizeiarbeit aus?«

»Ich schreibe jede Woche Ihre Texte.«

»Mein Mann schreibt für das Fernsehen«, sagte Leila.

»Captain«, ließ Jenkins vom Telefon hören. »Die Cardones sind nicht zu Hause. Ich habe das Mädchen am Apparat.«

»Rufen Sie die Tremaynes an.«

Die Gruppe wartete stumm, während Jenkins wählte. Nach kurzem Gespräch legte Jenkins den Hörer auf die Gabel.

»Dieselbe Geschichte, Captain. Die Tochter sagt, sie seien auch nicht zu Hause.«

22.

Tanner saß mit seiner Frau im Wohnzimmer. Die Ostermans waren hinaufgegangen, die Polizei weggefahren, um die verschwundenen Ehepaare zu suchen. Weder John noch Ali fühlten sich wohl. Ali, weil sie für sich entschieden hatte, wer den Hund getötet hatte. John, weil er die Implikationen der Tat nicht verdrängen konnte.

»Es war Dick, nicht wahr?« fragte Alice.

»Dick?«

»Er hat mich bedroht. Er ist in die Küche gekommen und hat mich bedroht.«

»Dich *bedroht*?« Wenn dem so war, dachte Tanner, warum waren Fassetts Männer dann nicht schon früher gekommen? »Wann? Wie?«

»Als sie im Wegfahren waren. Ich meine, nicht, daß er mich persönlich bedroht hat. Er hat ganz allgemein gedroht, uns allen.«

»Was hat er gesagt?« Tanner hoffte, daß Fassetts Männer jetzt zuhörten. Das würde ein Punkt sein, auf den er später zurückkommen würde.

»Er hat gesagt, du solltest keine Entscheidungen treffen. Redaktionelle Entscheidungen.«

»Was noch?«

»Daß manche – manche Leute findiger wären. Das hat

er gesagt. Ich sollte bedenken, daß die Leute nicht immer das wären, was sie schienen – daß manche findiger als andere wären.«

»Damit kann er alles mögliche gemeint haben.«

»Es muß eine schreckliche Menge Geld sein.«

»Was ist eine Menge Geld?«

»Das, was er und Joe mit Jim Loomis machen. Das, was du untersucht hattest.«

O Gott, dachte Tanner. Wahrheit und Lüge. Fast hatte er seine Lüge vergessen.

»Es ist eine Menge Geld«, sagte er leise und erkannte zugleich, daß er sich auf gefährlichem Boden befand. Ali würde es in den Sinn kommen, daß selbst Geld nicht ausreichte. Er versuchte, ihr zuvorzukommen. »Mehr als Geld, denke ich. Ihr guter Ruf könnte darunter leiden.«

Alice starrte die einzige Lampe im Raum an, die eingeschaltet war. »Droben hast du – hast du gedacht, daß Leila es getan hatte, nicht wahr?«

»Ich hatte unrecht.«

»Sie war aber auf der anderen Seite des Korridors.«

»Das würde keinen Unterschied machen; wir haben das mit MacAuliff besprochen. Er war meiner Meinung. Das Blut war größtenteils getrocknet, geronnen. Der Hund ist schon vor Stunden getötet worden.«

»Wahrscheinlich hast du recht.« Ali stellte sich immer noch Leila vor, wie sie mit dem Rücken gegen die Wand gepreßt dastand und ins Leere starrte und das Gespräch in der Küche belauschte.

Die Uhr auf dem Kaminsims zeigte fünf Uhr zwanzig. Sie hatten beschlossen, im Wohnzimmer zu schlafen, vor dem Arbeitszimmer, wo sie den Kindern nahe waren.

Um halb sechs klingelte das Telefon. MacAuliff hatte weder die Tremaynes noch die Cardones gefunden. Er sagte Tanner, er hätte beschlossen, eine Suchmeldung hinausgehen zu lassen.

»Vielleicht haben sie beschlossen, in die Stadt zu fahren, nach New York«, sagte Tanner schnell. Eine Suchmeldung könnte Omega in den Untergrund treiben und damit den Alptraum verlängern. »Ein paar von diesen Kneipen in Village bleiben die ganze Nacht offen. Sie sollten ihnen etwas Zeit lassen. Um Himmels willen, das sind unsere Freunde!«

»Da kann ich Ihnen nicht recht geben. Nach vier bleibt kein Lokal offen.«

»Vielleicht sind sie in ein Hotel gegangen.«

»Das werden wir ja in Kürze wissen. Hotels und Krankenhäuser bekommen Suchmeldungen als erste.«

Tanners Gedanken überschlugen sich. »Die Ortschaften in der Umgebung haben Sie durchsucht? Ich kenne da ein paar Privatclubs…«

»Die kennen wir auch. Überprüft.«

Tanner wußte, daß er sich etwas einfallen lassen mußte. Irgend etwas, das Fassett genügend Zeit verschaffte, um die Lage wieder in den Griff zu bekommen. Fassetts Männer hatten die Leitung angezapft und hörten jetzt mit, daran war kein Zweifel; sie würden die Gefahr sofort erkennen.

»Haben Sie schon die Umgebung der alten Bahnstation abgesucht? Der an der Lassiter Road?«

»Wer zum Teufel würde denn dort hinausfahren? Und wozu?«

»Ich habe meine Frau und meine Kinder am Mittwoch dort gefunden. Nur so eine Idee.«

Der Hinweis erfüllte seinen Zweck. »Ich rufe Sie wieder an«, sagte MacAuliff. »Wir überprüfen das.«

Als er den Hörer auflegte, fragte Ali: »Keine Spur?«

»Nein… Honey, du solltest jetzt versuchen, etwas zu schlafen. Ich kenne da ein paar Lokale – Clubs –, von denen die Polizei vielleicht nichts weiß. Dort versuche ich es einmal. Ich werde das Telefon in der Küche nehmen. Ich will die Kinder nicht wecken.«

Fassett ging sofort ans Telefon.

»Hier ist Tanner. Wissen Sie, was geschehen ist?«

»Ja. Sie haben verdammt schnell gedacht. Sie können einen Job bei uns haben.«

»Das wäre das letzte, was ich wollte. Was werden Sie jetzt tun? Sie können sich doch keine große Suchaktion leisten.»

»Das wissen wir. Cole und Jenkins kümmern sich darum. Wir werden uns schon etwas einfallen lassen.«

»Und dann?«

»Es gibt da einige Möglichkeiten. Ich habe jetzt nicht die Zeit, Ihnen das alles zu erklären. Außerdem brauche ich diese Leitung. Nochmals vielen Dank.« Fassett legte auf.

»Ich hab's bei zweien probiert«, sagte Tanner und ging ins Wohnzimmer zurück. »Kein Glück... Versuchen wir zu schlafen. Wahrscheinlich haben sie irgendwo eine Party gefunden und sich einfach selbst eingeladen. Wir haben das schließlich auch schon gemacht.«

»Schon seit Jahren nicht mehr«, sagte Ali.

Beide taten so, als schliefen sie. Das Ticken der Uhr war wie ein Metronom, hypnotisch, zum wahnsinnig werden. Schließlich merkte Tanner, daß seine Frau eingeschlafen war. Er schloß die Augen, spürte das schwere Gewicht seiner Lider, war sich der völligen Schwärze bewußt, die ihn umgab. Aber sein Gehör wollte nicht zur Ruhe kommen. Um sechs Uhr vierzig hörte er einen Wagen. Das Geräusch kam von der Straße vor seinem Haus. Tanner stand auf und ging schnell ans Fenster. MacAuliff kam auf das Haus zugegangen; er war allein. Tanner ging ihm entgegen.

»Meine Frau schläft. Ich will sie nicht wecken.«

»Das ist jetzt nicht wichtig«, sagte MacAuliff mit beinahe drohender Stimme. »Ich habe mit Ihnen zu tun.«

»Was?«

»Die Cardones und die Tremaynes sind von einer kräftigen Dosis Äther betäubt worden. Man ließ sie abseits der Straße in der Nähe der alten Lassiter-Station im Wagen. Jetzt möchte ich wissen, warum Sie uns dort hingeschickt haben. Woher wußten Sie das?«

Tanner konnte MacAuliff nur stumm anstarren.

»Ihre Antwort?«

»So wahr mir Gott helfe, das weiß ich nicht! Ich habe *nichts* gewußt... Ich werde diesen Mittwochnachmittag so lange ich lebe nicht vergessen. Das würden Sie auch nicht, wenn Sie ich wären. Der Bahnhof ist mir einfach in den Sinn gekommen. Das *schwöre* ich!«

»Ein verdammt seltsamer Zufall, nicht wahr?«

»Hören Sie, wenn ich das *gewußt* hätte, dann hätte ich es Ihnen doch schon vor Stunden gesagt! Ich hätte nicht zugelassen, daß meine Frau das alles mitmacht. Um Gottes willen, seien Sie doch vernünftig!«

MacAuliff musterte ihn fragend. Und Tanner fuhr fort: »Wie ist es passiert? Was haben sie gesagt? Wo sind sie?«

»Sie sind jetzt im Ridge Park Hospital. Man wird sie frühestens morgen früh entlassen.«

»Sie müssen doch mit ihnen gesprochen haben.«

Nach Tremaynes Ansicht, erklärte MacAuliff, wären die vier höchstens eine halbe Meile den Orchard Drive hinuntergefahren, als sie eine rote Notfackel auf der Straße sahen und einen Wagen, der am Straßenrand parkte. Ein Mann hielt sie auf; ein gutgekleideter Mann, der ohne weiteres ein Einwohner von Saddle Valley hätte sein können. Aber das war er nicht. Er hatte Freunde besucht und war auf dem Rückweg nach Westchester. Sein Wagen hatte plötzlich Motorschwierigkeiten bekommen, und er saß fest. Tremayne erbot sich, den Mann zum Haus seiner Freunde zurückzufahren, und der Mann nahm an.

Das war das letzte, woran Tremayne und die beiden Frauen sich erinnerten. Offenbar war Cardone während des ganzen Zwischenfalls bewußtlos gewesen.

An der verlassenen Bahnstation fand die Polizei in Tremaynes Wagen eine unetikettierte Aerosoldose. Man würde sie morgen untersuchen, aber MacAuliff zweifelte nicht, daß es sich um Äther handelt.

»Da muß ein Zusammenhang mit letzten Mittwoch da sein«, sagte Tanner.

»Der Schluß liegt auf der Hand. Aber jeder, der diese Gegend hier kennt, weiß, daß die Umgebung des alten Bahnhofs verlassen ist. Ganz besonders weiß das jeder, der die Zeitungen gelesen oder sonstwie vom letztem Mittwoch gehört hat.«

»Ja, das denke ich auch. Hat man sie – auch beraubt?«

»Kein Geld und keine Brieftasche oder Schmuck. Tremayne sagte, ihm fehlten einige Papiere aus der Jackentasche. Er war sehr beunruhigt.«

»Papiere?« Tanner erinnerte sich daran, daß der Anwalt erwähnt hatte, in seinem Jackett seien ein paar Notizen. Notizen, die er vielleicht brauchen würde. »Hat er gesagt, welche Papiere?«

»Nicht direkt. Er war völlig hysterisch – mit dem, was er sagte, war nicht viel anzufangen. Er wiederholte immer wieder etwas von ›Zürich‹.«

John hielt den Atem an und spannte, so wie er das gelernt hatte, die Magenmuskeln an und versuchte mit ganzer Kraft seine Überraschung zu unterdrücken. Es war typisch Tremayne, mit schriftlichen Einzelheiten bezüglich der Züricher Konten zu kommen. Wenn es eine Konfrontation gegeben hätte, so hätte er die Fakten zur Verfügung gehabt.

MacAuliff bemerkte Tanners Reaktion. »Sagt Ihnen das etwas?«

»Nein, warum sollte es?«

»Antworten Sie immer mit Gegenfragen, wenn man Sie etwas fragt?«

»Auf die Gefahr, Sie noch einmal zu beleidigen: Werde ich hier offiziell verhört?«

»Allerdings.«

»Also nein. Der Name Zürich sagt mir nichts. Ich kann mir nicht vorstellen, warum er ihn erwähnen sollte. Aber sein Anwaltsbüro ist natürlich international tätig.«

MacAuliff gab sich keine Mühe, seinen Ärger zu verbergen. »Ich weiß nicht, was hier vorgeht, aber eines kann ich Ihnen sagen. Ich bin ein erfahrener Polizeibeamter und habe einige der schwierigsten Reviere geleitet, die man sich vorstellen kann. Als ich diesen Job annahm, habe ich mein Wort dafür verpfändet, diese Stadt sauberzuhalten. Und damit ist es mir Ernst.«

Tanner hatte genug von ihm. »Ganz bestimmt ist es das, Captain. Ich bin überzeugt, daß es Ihnen mit allem, was Sie sagen, Ernst ist.« Er wandte ihm den Rücken und ging auf sein Haus zu.

Jetzt war MacAuliff an der Reihe, verblüfft zu sein. Der Verdächtige ließ ihn einfach stehen, und es gab nichts, was der Polizeichef von Saddle Valley tun konnte, um ihn daran zu hindern.

Tanner stand auf seiner Veranda und sah zu, wie MacAuliff wegfuhr. Der Himmel hatte sich inzwischen etwas aufgehellt, aber man würde in den nächsten Stunden die Sonne nicht zu sehen bekommen. Die Wolken hingen tief, und es würde regnen, aber bis dahin würde noch einige Zeit vergehen.

Doch das war jetzt gleichgültig. Nichts war mehr wichtig. Für ihn war es vorbei.

Der Vertrag war jetzt gebrochen. Der Vertrag zwischen John Tanner und Laurence Fassett war nichtig.

Denn Fassetts Garantie hatte sich als falsch erwiesen. Omega hörte nicht bei den Tremaynes und den Cardones

und den Ostermans auf. Omega ging über das Wochenende hinaus.

Er war bereit, nach Fassetts Regeln zu spielen – *mußte*
es –, solange die anderen Spieler die Männer und Frauen
waren, die er kannte.

Aber das war jetzt nicht mehr der Fall.

Da war jetzt noch jemand – jemand, der in den frühen
Morgenstunden einen Wagen auf einer finsteren Straße
anhalten und Schrecken verbreiten konnte.

Jemand, den er nicht kannte. Das konnte er nicht akzeptieren.

Tanner wartete bis Mittag, ehe er auf das Wäldchen zuging. Die Ostermans hatten gegen halb zwölf beschlossen,
ein kleines Schläfchen zu machen, und er schlug Ali das
gleiche vor. Sie waren alle erschöpft. Die Kinder waren
im Arbeitszimmer und sahen sich die Trickfilme an, die
es am Sonntagmorgen immer gab.

Er schlenderte beiläufig um den Pool herum, ein Sech-
ser-Eisen in der Hand, und gab vor, üben zu wollen, aber
in Wirklichkeit beobachtete er die Fenster hinten am
Haus: die beiden Kinderzimmer und das Badezimmer im
ersten Stock.

Jetzt hatte er das Wäldchen erreicht und zündete sich
eine Zigarette an.

Niemand reagierte auf seine Gegenwart. Aus dem kleinen Wäldchen war nichts zu hören, nur Schweigen.

Tanner sprach mit leiser Stimme.

»Ich würde gerne Fassett erreiche. Bitte antworten Sie
mir. Es ist dringend.«

Während er das sagte, schwang er den Golfschläger.

»Ich wiederhole! Es ist dringend, daß ich mit Fassett
spreche! Sagt doch jemand, wo Sie sind!«

Immer noch keine Antwort.

Tanner drehte sich um, machte noch einmal einen
Schlag ins Leere und drang in das Wäldchen ein. Als er

von dem dichten Blattwerk umgeben war, setzte er Ellbogen und Arme ein, um sich tiefer in das Wäldchen hineinzuarbeiten, auf den Baum zu, wo Jenkins das Radiogerät gehabt hatte.

Niemand!

Er ging in nördlicher Richtung; trat, schlug, suchte. Schließlich erreichte er die Straße.

Da war niemand! Niemand bewachte sein Haus! Niemand beobachtete die Insel!

Niemand!

Fassetts Männer waren weg!

Er rannte von der Straße zurück, um das Wäldchen herum, beobachtete die Fenster an der Vorderseite seines Hauses, die jetzt vielleicht fünfzig Meter von ihm entfernt waren.

Fassetts Männer waren weg!

Er rannte über den Hinterhof, um den Pool herum und in die Küche. Drinnen blieb er am Ausguß stehen, holte tief Luft und drehte das kalte Wasser auf. Er spritzte es sich ins Gesicht und richtete sich dann auf, spannte die Rückenmuskeln, versuchte, klar zu denken.

Niemand! Niemand bewachte sein Haus. Niemand bewachte seine Frau und seine Kinder.

Er drehte das Wasser zu, beschloß dann aber, es weiterlaufen zu lassen, um seine Schritte zu übertönen. Er ging durch die Küchentür, hörte das Lachen seiner Kinder aus dem Arbeitszimmer. Er ging nach oben und drehte leise den Knopf an der Schlafzimmertüre. Ali lag auf dem Bett, der Morgenrock war heruntergefallen, ihr Nachthemd zerdrückt. Sie atmete tief und gleichmäßig, schlief.

Er schloß die Tür und lauschte auf irgendwelche Geräusche aus dem Gästezimmer. Doch da war nichts zu hören.

Er ging wieder in die Küche hinunter, schloß die Tür und ging durch den Bogen in die kleine Anrichte, um sich zu vergewissern, daß auch dort die Türe geschlossen war.

Dann ging er zu dem Telefon an der Küchenwand zurück und nahm den Hörer ab. Er wählte nicht.

»Fassett! Wenn Sie oder einer Ihrer Leute in der Leitung ist, dann melden Sie sich! Und zwar *jetzt!*«

Nichts zu hören.

Er wählte die Nummer des Motels. »Zimmer zweiundzwanzig, bitte.«

»Tut mir leid, Sir. Zimmer zweiundzwanzig ist nicht belegt.«

»Nicht belegt? Sie irren! Ich habe um fünf Uhr mit dem Betreffenden gesprochen!«

»Tut mir leid, Sir. Die sind ausgezogen.«

Tanner legte den Hörer auf und starrte ihn ungläubig an. Die Nummer in New York! Die Nummer für Notfälle, die man ihm genannt hatte!

Er nahm den Hörer wieder ab und gab sich Mühe, die Hand am Zittern zu hindern.

Der Pfeifton, der gewöhnlich einer Aufzeichnung voranging, ertönte, und dann eine ausdruckslose Stimme.

»Die Nummer die Sie gewählt haben, ist nicht in Betrieb. Bitte sehen Sie im amtlichen Fernsprechverzeichnis nach. Das ist eine Aufnahme. Die Nummer, die Sie gewählt...«

John Tanner schloß die Augen. Das war unvorstellbar! Fassett war nicht zu erreichen! Fassetts Männer waren verschwunden!

Er war alleine!

Er versuchte zu denken. Er *mußte* denken. Fassett mußte gefunden werden! Irgendein gigantischer Fehler war begangen worden. Der kalte, professionelle Agent mit den unzähligen Listen und Tricks hatte einen schrecklichen Fehler gemacht.

Aber Fassetts Männer waren weg. Vielleicht war das Ganze gar kein Fehler.

Plötzlich erinnerte sich Tanner, daß auch ihm Hilfsquellen zur Verfügung standen. Standard Mutual verfügte über gewisse Verbindungen zu bestimmten Regierungsstellen. Er wählte die Connecticut-Auskunft und ließ sich die Nummer von Andrew Harrison, dem Leiter der juristischen Abteilung von Standard Mutual geben. Er wohnte in Greenwich.

»Hello, Andy? – John Tanner hier.« Er gab sich Mühe, so gefaßt wie möglich zu klingen. »Tut mir schrecklich leid, Sie zu Hause anrufen zu müssen, aber das Asien-Büro hat gerade angerufen. Da ist eine Story aus Hongkong, die ich gerne freihätte. Ich möchte jetzt lieber nicht auf Einzelheiten eingehen, das erzähle ich Ihnen Montag früh. Vielleicht ist es nichts, aber ich würde das gerne prüfen. Ich denke, am besten beim CIA. Ja, in dieser Kategorie ist es. Die haben ja schließlich früher auch schon mit uns zusammengearbeitet. Okay, ich warte.« Tanner klammerte sich den Hörer unter das Kinn und zündete sich eine Zigarette an. Dann gab ihm Harrison eine Nummer durch, die er sich aufschrieb. »Das ist in Virginia, nicht wahr? – Vielen Dank, Andy. Bis Montag dann.«

Er wählte erneut.

»Central Intelligence. Büro von Mr. Andrews.« Eine Männerstimme.

»Mein Name ist Tanner. John Tanner. Nachrichtendirektor von Standard Mutual in New York.«

»Ja, Mr. Tanner? Möchten Sie Mr. Andrews sprechen?«

»Ja. Ja, ich denke schon.«

»Tut mir leid, er ist heute nicht da. Kann ich Ihnen behilflich sein?«

»Tatsächlich versuche ich Laurence Fassett ausfindig zu machen.«

»Wen?«

»Fassett. Laurence Fassett. Er ist in Ihrer Behörde tätig. Ich muß ihn dringend sprechen. Ich glaube, er hält sich zur Zeit in der New Yorker Gegend auf.«

»Steht er mit dieser Abteilung in Verbindung?«

»Das weiß ich nicht. Ich weiß nur, daß er bei der Central Intelligence Agency tätig ist. Ich sage Ihnen doch, es ist dringend! Ein Notfall, um genau zu sein!« Tanner begann zu schwitzen. Jetzt war nicht die Zeit, mit einem Subalternen zu reden.

»All right, Mr. Tanner. Ich werde unser Mitarbeiterverzeichnis überprüfen und ihn ausfindig machen. Bin gleich wieder da.«

Es dauerte volle zwei Minuten, bis er zurückkehrte. Die Stimme klang zögernd, aber sehr präzis.

»Sind Sie sicher, daß Sie den richtigen Namen haben?«

»Natürlich bin ich sicher.«

»Es tut mir leid, aber weder die Zentrale noch irgendeine unserer Karteien weist einen Laurence Fassett auf.«

»Das ist unmöglich! – Hören Sie, ich habe mit Fassett gearbeitet. Verbinden Sie mich mit Ihrem Vorgesetzten.« Tanner erinnerte sich, daß Fassett und auch Jenkins immer wieder auf diejenigen hingewiesen hatten, die für Omega ›freigegeben‹ seien.

»Ich glaube, Sie verstehen nicht, Mr. Tanner. Das hier ist ein Prioritätsbüro. Sie haben meinen Kollegen verlangt. Meinen Untergebenen, wenn Sie wollen. Mein Name ist Dwight. Mr. Andrews untersteht mir.«

»Mir ist egal, wer Sie sind! Ich sage Ihnen doch, es handelt sich um einen Notfall! Ich glaube, Sie sollten mit jemandem in Verbindung treten, der mehr Vollmachten als Sie hat, viel mehr Vollmachten, Mr. Dwight. Deutlicher kann ich nicht werden. Das ist alles! Tun Sie es *jetzt!* Ich warte.«

»Wie Sie wünschen. Es dauert wahrscheinlich ein paar Minuten...«

»Ich warte.«

Es dauerte sieben Minuten, eine Ewigkeit für Tanner, bis Dwight wieder zurückkam.

»Mr. Tanner, ich habe mir die Freiheit genommen, Ihre eigene Position zu überprüfen. Ich gehe daher davon aus, daß ich es mit einem verantwortungsbewußten Menschen zu tun habe. Aber ich kann Ihnen dennoch versichern, daß Sie in die Irre geführt worden sind. Es gibt keine Laurence Fassett bei der Central Intelligence Agency. Es hat nie einen gegeben.«

23.

Tanner legte den Hörer auf und stützte sich auf den Ausgußrand. Dann stieß er sich ab und ging ohne zu denken zur Küchentüre hinaus in den Hinterhof. Der Himmel war finster. Eine Brise ließ das Laub in den Bäumen rascheln und erzeugte kleine Wellen im Pool. Es würde Sturm geben, dachte Tanner, als er zum Himmel aufblickte. Ein Julisturm zog herauf.

Omega zog herauf.

Mit oder ohne Fassett – Omega war echt, soviel war Tanner klar. Er war echt, weil er seine Macht gesehen und gespürt hatte, die Gewalt, die es erzeugte, eine Gewalt, die imstande war, einen Laurence Fassett zu entfernen, die Entscheidungen und das Personal der ersten Abwehrbehörde des Landes zu manipulieren.

Tanner wußte, daß es keinen Sinn hatte, wenn er jetzt versuchte, Jenkins zu erreichen. Was hatte Jenkins in den frühen Morgenstunden im Wohnzimmer gesagt? – ›Wenn Sie auf mich deuten, werde ich alles ableugnen...‹ – Wenn Omega Fassett zum Schweigen bringen konnte, dann würde es eine Kleinigkeit sein, auch Jenkins zum Schweigen zu bringen.

Aber es mußte doch irgendwo einen Ausgangspunkt geben, einen Hebel, den er ansetzen, eine Türe, die er öffnen konnte und die ihn auf einen Weg führte, vorbei an all den Lügen. Ihm war jetzt alles gleichgültig; es mußte zu Ende gehen, seine Familie mußte in Sicherheit bleiben. Es war nicht mehr sein Krieg. Ihn interessierten jetzt nur noch Ali und die Kinder.

Tanner sah die Gestalt von Osterman durch das Küchenfenster.

Das war es! Osterman war sein Hebel, sein Bruch mit Omega! Er ging schnell ins Haus zurück.

Leila saß am Tisch, während Bernie am Herd stand und Kaffeewasser kochte.

»Wir fahren weg«, sagte Bernie. »Unsere Koffer sind gepackt; ich rufe ein Taxi.«

»Warum?«

»Warum?«

»Irgend etwas stimmt hier nicht«, sagte Leila. »Und es geht uns nichts an. Wir sind nicht betroffen und wollen auch nicht hineingezogen werden.«

»Darüber möchte ich mit euch sprechen. Mit euch beiden.«

Bernie und Leila tauschten Blicke.

»Schieß los«, sagte Bernie.

»Nicht hier. Draußen.«

»Warum draußen?«

»Ich möchte nicht, daß Ali etwas hört.«

»Sie schläft.«

»Es muß draußen sein.«

Sie gingen alle drei am Pool vorbei zum hinteren Ende des Rasens. Tanner drehte sich um und sah sie an.

»Ihr braucht nicht mehr zu lügen. Beide nicht. Ich möchte, daß meine Rolle zu Ende ist. Es interessiert mich nicht mehr.« Er hielt einen Augenblick inne. »Ich weiß über Omega Bescheid.«

»Über was?« fragte Leila.

»Omega… Omega!« Tanners Stimme – sein Flüstern – klang schmerzverzerrt. »Ich mag nicht mehr! So wahr mir Gott helfe, es *ist mir gleich!*«

»Wovon redest du denn?« Bernie sah den anderen an, ging einen Schritt auf ihn zu. Tanner zuckte zurück. »Was ist denn?«

»Um Himmels willen, tu das nicht!«

»Was soll ich nicht tun?«

»Das habe ich dir doch gesagt! Es ist mir jetzt gleichgültig! Aber bitte! *Bitte!* Laßt Ali und die Kinder in Frieden. Tut mit *mir*, was ihr wollt! Aber laßt *sie in Frieden!*«

Leila legte Tanner die Hand auf den Arm. »Du bist überreizt, Johnny. Ich weiß nicht, wovon du redest.«

Tanner sah auf Leilas Hand und drängte seine Tränen zurück. »Wie könnt ihr das tun? Bitte! Hört auf zu lügen. Ich glaube nicht, daß ich das ertragen könnte.«

»Wieso lügen?«

»Ihr habt nie von irgendwelchen Konten in der Schweiz gehört? In Zürich?«

Leila zog die Hand zurück, und die Ostermans standen beide reglos da. Schließlich sagte Bernie leise: »Doch, ich habe von Konten in Zürich gehört. Wir haben auch zwei.«

Leila sah ihren Mann an.

»Woher habt ihr das Geld?«

»Wir verdienen viel Geld«, antwortete Bernie vorsichtig. »Das weißt du. Falls es dich beruhigt, kannst du ja unseren Steuerberater anrufen. Du kennst ihn, Ed Marcum. Es gibt keinen besseren – oder keinen saubereren – in ganz Kalifornien.«

Tanner war verwirrt. Ostermans Antwort hatte ihn durcheinandergebracht: Das alles war so einfach, so natürlich. »Die Cardones, die Tremaynes. Haben die auch Konten in Zürich?«

»Wahrscheinlich. Ebenso wie fünfzig Prozent der Leute, die ich an der Westküste kenne.«

»Woher haben sie das Geld?«

»Weshalb fragst du sie denn nicht?« Ostermans Stimme klang immer noch leise, beruhigend.

»*Du* weißt es!«

»Jetzt bist du albern«, sagte Leila. »Dick und Joe sind sehr erfolgreiche Leute. Joe wahrscheinlich in höherem Maße als irgendeiner von uns.«

»Aber warum Zürich? Was ist in Zürich?«

»Ein gewisses Maß an Freiheit«, antwortete Bernie leise.

»Das ist es, was du gestern nacht verkaufen wolltest! ›Was wünschst du dir am meisten?‹ hast du gesagt. Das waren deine Worte!«

»Man kann in Zürich sehr viel Geld machen, das will ich nicht leugnen.«

»Mit *Omega!* So macht ihr es doch, nicht wahr? Nicht wahr?«

»Ich weiß nicht, was das bedeuten soll«, sagte Bernie, jetzt ebenfalls vorsichtig.

»*Dick* und *Joe!* Die arbeiten mit *Omega!* Und *ihr* auch! Der ›Abgrund des Leders‹! Informationen für Zürich! *Geld für Informationen!*«

Leila griff nach der Hand ihres Mannes. »Die Nachrichten.«

»Leila, bitte… Hör zu, Johnny. Ich schwöre dir, daß ich nicht weiß, wovon du redest. Gestern abend habe ich angeboten, dir zu helfen und habe das auch ernst gemeint. Es gibt günstige Investitionen; ich habe dir Geld für Investitionen angeboten. Das ist alles.«

»Nicht für *Informationen?* Nicht für *Omega?*«

Leila packte die Hand ihres Mannes. Bernie reagierte, indem er sie ansah, ihr wortlos befahl, sich zu beruhigen. Dann wandte er sich wieder Tanner zu. »Ich könnte mir keine Information vorstellen, die du besitzt und die ich haben möchte. Ich kenne kein Omega. Ich weiß nicht, was das ist.«

»Joe weiß es! Dick weiß es! Sie sind beide zu Ali und mir gekommen! Sie haben uns bedroht.«

»Dann habe ich mit ihnen nichts zu tun. *Wir* haben nichts mit ihnen zu tun.«

»O Gott, Bernie. Irgend etwas ist passiert...« Leila konnte nicht mehr an sich halten. Bernie nahm sie in die Arme.

»Was auch immer es ist, es hat nichts mit uns zu tun. Vielleicht solltest du uns erzählen, was das alles bedeutet. Vielleicht können wir helfen.«

Tanner sah sie an, wie sie einander in den Armen hielten. Er wollte ihnen glauben. Er wollte Freunde; er brauchte verzweifelt Verbündete. Und Fassett hatte es ja gesagt, nicht *alle* waren Omega. »Ihr wißt es *wirklich* nicht, nicht wahr? Ihr wißt *nicht*, was Omega ist. Oder was ›Abgrund des Leders‹ bedeutet.«

»Nein«, sagte Leila einfach.

Tanner glaubte ihnen. Er mußte ihnen glauben, denn nur das bedeutete, daß er nicht länger alleine war. Also sagte er es ihnen.

Alles.

Als er geendet hatte, standen die beiden da und starrten ihn an, ohne etwas zu sagen. Es hatte leicht zu tröpfeln begonnen, aber keiner von ihnen spürte den Regen. Schließlich sprach Bernie.

»Und du dachtest, ich würde von... Du dachtest, wir hätten *damit* etwas zu tun?« Bernie kniff ungläubig die Augen zusammen. »Mein Gott! Das ist verrückt!«

»Nein, das ist es nicht. Es stimmt alles. Ich habe es gesehen.«

»Du sagst, Ali wüßte nichts?« fragte Leila.

»Man hat mir aufgetragen, ihr nichts zu sagen, das haben die von mir *verlangt!*«

»Wer? Jemand, den du nicht einmal am Telefon erreichen kannst? Ein Mann, den Washington nicht bestätigen kann? Jemand, der dir solche Lügen über uns aufgetischt hat?«

»Ein Mann ist getötet worden! Meine Familie hätte letzten Mittwoch getötet werden können! Die Cardones und die Tremaynes sind gestern nacht mit Gas betäubt worden!«

Osterman sah seine Frau an, dann wanderte sein Blick zu Tanner zurück.

»Falls sie wirklich mit Gas betäubt worden sind«, sagte er leise.

»Du mußt es Alice sagen«, drängte Leila. »Du kannst ihr das nicht länger vorenthalten.«

»Ich weiß. Das werde ich auch tun.«

»Und dann müssen wir hier weg«, sagte Osterman.

»Wohin?«

»Nach Washington. Es gibt da ein oder zwei Senatoren, ein paar Kongreßabgeordnete. Freunde von uns.«

»Bernie hat recht. Wir haben Freunde in Washington.«

Das Tröpfeln ging in kräftigen Regen über. »Gehen wir hinein«, sagte Leila und berührte Tanner leicht an der Schulter.

»Wartet! Drinnen können wir nicht reden. Wir können im Haus nichts sagen.«

Bernie und Leila reagierten, als ob man sie geohrfeigt hätte.

»Überall?« fragte Bernie.

»Ich weiß nicht – ich weiß überhaupt nichts mehr.«

»Dann sprechen wir im Haus nicht, und wenn wir es tun, drehen wir das Radio auf volle Lautstärke und flüstern.«

Tanner sah seine Freunde an. Gott sei Dank! Gott sei Dank! Dies war der Anfang seiner Reise zurück in das Land der Vernunft.

24

Der Julisturm war in weniger als einer Stunde da. Die Wetterberichte im Radio kündigten Winde von Orkanstärke an, von Hatteras bis Rhode Island wurde den Seglern Sturmalarm gegeben, und die Ortschaft Saddle Valley war weder isoliert noch geschützt genug, um den Fluten zu entgehen.

Ali erwachte beim ersten Donnerschlag, und John sagte ihr – flüsterte ihr zu – von lauten Radioklängen übertönt, daß sie mit Bernie und Leila wegfahren wollten. Er drückte sie an sich und bat sie, keine Fragen zu stellen, Vertrauen zu ihm zu haben.

Die Kinder wurden ins Wohnzimmer gebracht, ein Fernseher vor den Kamin gestellt. Ali packte zwei Koffer und stellte sie neben den Garageneingang. Leila kochte Eier und packte Sellerie und Möhren ein.

Bernie hatte gesagt, daß sie vielleicht ein oder zwei Stunden nicht anhalten würden.

Tanner beobachtete die Vorbereitungen, und seine Gedanken wanderten ein Vierteljahrhundert in die Vergangenheit.

Evakuierung!

Um halb drei klingelte das Telefon. Es war Tremayne, sichtlich bemüht, seine Stimme unter Kontrolle zu halten, und doch irgendwie hysterisch wirkend. Er schilderte – falsch, dachte Tanner – die Ereignisse an der verlassenen Lassiter Station und erklärte, er und Ginny seien noch zu verstört, um zum Dinner herüberzukommen. Das Samstagabend-Dinner eines Osterman-Weekends.

»Du mußt mir sagen, was hier vorgeht!« sagte Alice Tanner in der Anrichte zu ihrem Mann. Ein Transistorradio plärrte in voller Lautstärke, und sie versuchte es leiser zu schalten. Er hielt ihre Hand, hinderte sie daran und zog sie an sich.

»Hab' Vertrauen zu mir. Bitte, *hab Vertrauen*«, flüsterte er. »Im Wagen erkläre ich es dir.«

»Im Wagen?« Alis Augen weiteren sich vor Angst. Sie hielt sich die Hand vor den Mund. »O mein Gott! Was du damit sagst, ist... Du *kannst* nicht reden.«

»Hab' Vertrauen zu mir.« Tanner ging in die Küche und sagte, besser gesagt, erklärte mit Gesten Bernie: »Wir wollen jetzt laden.« Sie gingen die Koffer holen.

Als Tanner und Osterman aus der Garage zurückkehrten, stand Leila am Küchenfenster und blickte in den Hinterhof. »Das entwickelt sich jetzt zu einem richtigen Orkan.«

Das Telefon klingelte, und Tanner nahm ab.

Cardone war wütend. Er beteuerte immer wieder, daß er den Schweinehund, der sie betäubt hätte, in Stücke reißen würde. Er war auch verwirrt, völlig durcheinander. Seine Uhr war achthundert Dollar wert, und man hatte sie ihm nicht weggenommen. Er hatte ein paar hundert Dollar in der Brieftasche gehabt, und auch die hatte man nicht angerührt.

»Die Polizei sagte, Dick wären einige Papiere gestohlen worden. Irgend etwas mit Zürich.«

Von Cardone war ein scharfer Atemzug zu hören, dann herrschte Schweigen. Als er weitersprach, war er kaum zu vernehmen. »Das hat doch nichts mit *mir* zu tun!« Und dann erzählte er Tanner schnell und ohne viel Überzeugungskraft, daß er telefonisch aus Philadelphia verständigt worden wäre, daß sein Vater sehr krank sei. Er und Betty würden zu Hause bleiben. Vielleicht würden sie alle am Sonntag zusammenkommen. Tanner legte auf.

»Hey!« Leila blickte auf den Rasen hinaus. »Seht euch diese Schirme an. Die werden ja praktisch weggeweht.«

Tanner sah zu dem Fenster über der Spüle hinaus. Die zwei großen Sonnenschirme bogen sich unter der Gewalt des Windes. Das Tuch spannte sich gegen die dünnen

Metallstreben. Bald würden sie entweder zerreißen oder sich umdrehen. Tanner wußte, daß es sehr seltsam wirken würde, wenn er sich nicht darum kümmerte. Es würde nicht normal aussehen.

»Ich hole sie herein. Das dauert nur zwei Minuten.«

»Soll ich helfen?«

»Hat doch keinen Sinn, daß wir beide naß werden.«

»Dein Regenmantel ist in dem Schrank im Flur.«

Der Wind war stark, und es goß in Strömen. Er schützte sein Gesicht mit den Händen und kämpfte sich zu dem Tisch vor. Er griff unter dem flatternden Tuch nach oben und spürte, wie seine Finger den Metallgriff erfaßten. Er fing an, ihn zu drücken.

Etwas klirrte gegen die schmiedeeiserne Tischplatte. Metallstücke spritzten auf, sein Arm brannte. Noch ein Knall. Zu seinen Füßen stoben Zementstücke vom Tischsockel. Dann ein weiterer Schuß, jetzt von der anderen Seite.

Tanner warf sich unter den Metalltisch, duckte sich, versuchte Deckung vor den Kugeln zu finden.

Jetzt peitschten schnell hintereinander rings um ihn Schüsse, fegten Metall und Steinpartikel hoch.

Er fing an, rückwärts ins Gras zu kriechen, aber die kleinen Eruptionen rings um ihn lähmten ihn förmlich. Er schnappte sich einen Stuhl und hielt ihn vor sich hin, als wären es die letzten Fäden eines sich auflösenden Seils und als befände er sich hoch über einem Abgrund. Er erstarrte, erwartete seinen Tod.

»Laß los! Verdammt noch mal! Laß los!«

Osterman zerrte an ihm, schlug ihm ins Gesicht, riß ihm die Hände vom Stuhl. Sie rannten zum Haus zurück; Kugeln klatschten rings um sie gegen die Wand.

»Bleib da weg! Weg von der Türe!« schrie Bernie. Aber entweder kam das bereits zu spät, oder seine Frau hörte nicht auf ihn. Leila riß die Türe auf, und Bernie Osterman warf Tanner hinein, sprang über ihn. Leila duckte sich unter das Fenster und warf die Türe ins Schloß.

Die Schüsse verstummten.

Ali rannte zu ihrem Mann und drehte ihn herum, hielt seinen Kopf in den Armen, zuckte zusammen, als sie das Blut an seinen nackten Armen sah.

»Bist du getroffen?« schrie Bernie.

»Nein... Nein, alles in Ordnung.«

»Nichts ist in Ordnung! O Gott! Seht doch seine Arme!« Ali versuchte, mit der Hand das Blut wegzuwischen.

»Leila! Ich brauche Alkohol! Jod! Ali hast du Jod?«

Alice, der die Tränen über die Wangen strömten, konnte die Frage nicht beantworten. Leila packte sie an den Schultern und sagte mit scharfer Stimme:

»Hör auf, Ali! Du sollst *aufhören!* Wo sind Binden, Verbandszeug? Johnny braucht Hilfe!«

»Irgend so ein Sprayzeug – in der Anrichte. Und Watte.« Sie ließ ihren Mann nicht los. Leila kroch auf die Anrichte zu.

Bernie untersuchte Tanners Arme. »Das ist nichts Schlimmes. Nur ein paar Kratzer. Ich glaube nicht, daß etwas steckengeblieben ist.«

John blickte zu Bernie auf und schämte sich. »Du hast mir das Leben gerettet. Ich weiß gar nicht, was ich sagen soll.«

»Kannst mir ja zum nächsten Geburtstag einen Kuß geben. Gutes Mädchen, Leila. Gib das Zeug her.« Osterman nahm eine Sprühdose und richtete die Düse auf Tanners Arme. »Ali, ruf die Polizei an! Geh nicht ans Fenster, aber sieh zu, daß du diesen fetten Metzger herkriegst, den ihr hier als Polizeicaptain habt!«

Alice ließ widerstrebend von ihrem Mann ab und kroch am Küchenfenster vorbei. Jetzt griff sie nach oben und holte den Hörer von der Gabel.

»Die Leitung ist tot.«

Leila stöhnte. Bernie sprang auf Ali zu und riß ihr den Hörer aus der Hand.

»Sie hat recht.«

John Tanner drehte sich herum und drückte die Arme gegen die Kachelwand. Er war wieder in Ordnung. Er konnte sich bewegen.

»Wir wollen herausfinden, wo sie stehen«, sagte er langsam.

»Was meinst du?« fragte Bernie.

»Bleibt ihr Mädchen auf dem Boden. Bernie, der Lichtschalter ist neben dem Telefon. Schalte das Licht ein, sobald ich bis drei gezählt habe.«

»Was hast du vor?«

»Tu, was ich dir sage.«

Tanner kroch zur Küchentür und stand auf, so daß man ihn vom Fenster aus nicht sehen konnte. Der Regen, der Wind, das gelegentliche Rollen des Donners waren die einzigen Geräusche, die in dem Raum zu hören waren.

»Fertig? Ich fange jetzt zu zählen an.«

»Was hat er vor?« Ali wollte aufstehen, aber Osterman packte sie und hielt sie am Boden fest.

»Du kennst das schon, Bernie«, sagte John. »Handbuch für Infanterie. Überschrift: Nachtpatrouille. Keine Sorge. Die Chancen stehen tausend zu eins zu meinen Gunsten.«

»Nicht nach dem Buch, das *ich* kenne.«

»Mund halten! – Eins, zwei, *drei!*«

Osterman knipste den Lichtschalter an, und die Deckenbeleuchtung flammte auf. Tanner sprang zur Anrichte hinüber.

Es kam. Das Signal. Der Beweis, daß der Feind da war.

Ein Knall, Glas zersplitterte, und die Kugel krachte in die Wand, ließ den Verputz wegsplittern. Osterman schaltete das Licht ab.

Auf dem Boden schloß John Tanner die Augen und

sagte mit leiser Stimme. »So sieht's also aus. Die Mikrofone waren eine Lüge... Alles eine Lüge.«

»*Nein! Bleib da! Zurück!*« schrie Leila, ehe einer von ihnen begriff, was sie meinte. Sie warf sich quer durch die Küche auf die Türe zu, dicht gefolgt von Alice.

Tanners Kinder hatten die Schüsse draußen nicht gehört; der Regen, der Donner und das Fernsehen hatten sie übertönt. Aber den Schuß, der in die Küche abgefeuert worden war, hatten sie gehört. Die beiden Frauen warfen sich jetzt über sie, zogen sie zu Boden, schützten sie mit dem eigenen Leib.

»Ali, schaff sie ins Speisezimmer! Bleibt auf dem Boden!« befahl Tanner. »Bernie, du hast keine Waffe, oder?«

»Tut mir leid, habe nie eine gehabt.«

»Ich auch nicht. Ist das nicht komisch? Ich war immer dagegen, daß man sich Waffen kauft. Das ist so verdammt primitiv.«

»Was werden wir jetzt tun?« Leila gab sich Mühe, ruhig zu bleiben.

»Wir werden hier verschwinden«, antwortete Tanner. »Die Schüsse kommen von den Büschen. Aber der Heckenschütze weiß nicht, ob wir bewaffnet sind oder nicht. Er wird nicht von vorne das Feuer aufnehmen. Zumindest glaube ich das nicht. Auf dem Orchard Drive kommen verhältnismäßig oft Wagen durch. Wir zwängen uns jetzt alle in den Kombi und sehen, daß wir hier verschwinden.«

»Ich öffne die Tür«, sagte Osterman.

»Für einen einzigen Nachmittag hast du genug den Helden gespielt. Jetzt bin ich dran... Wenn wir es richtig einteilen, gibt es überhaupt keine Probleme. Die Tür geht schnell auf.«

Sie krochen in die Garage.

Die Kinder lagen im hinteren Teil des Kombis zwischen den Koffern, beengt aber geschützt. Leila und Ali kauerten sich hinter den Vordersitz auf den Boden. Osterman saß am Steuer, und Tanner stand neben der Garagentür, bereit, sie hochzuziehen.

»Los jetzt, laß den Motor an!« Er würde warten, bis der Motor auf Touren lief und dann das Tor öffnen und in den Wagen springen. Es gab keine Hindernisse. Der schwere Wagen würde an dem kleinen Triumph vorbeirollen und dann die Einfahrt hinunterrasen.

»Los Bernie! Laß ihn endlich an!«

Aber Osterman öffnete seine Tür und stieg aus. Er sah Tanner an.

»Tot.«

Tanner drehte den Zündschlüssel im Triumph. Der Motor reagierte nicht. Osterman klappte die Motorhaube des Kombi auf und winkte John heran. Die beiden Männer sahen den Motor an, Tanner hielt ein Streichholz.

Jeder einzelne Draht war abgezwickt worden.

»Kann man diese Tür von außen öffnen?« fragte Bernie.

»Ja. Sofern nicht abgesperrt ist.«

»War sie das?«

»Nein.«

»Hätten wir sie öffnen gehört?«

»Wahrscheinlich nicht bei dem Regen.«

»Dann ist es möglich, daß jemand hier drinnen ist.«

Die beiden Männer blickten zu der schmalen Toilettentüre. Sie war geschlossen. Das einzige Versteck in der Garage. »Holen wir sie raus«, flüsterte Tanner.

Ali, Leila und die beiden Kinder gingen ins Haus zurück. Bernie und John sahen sich an den Garagenwänden nach irgendwelchen Gegenständen um, die als Waffen dienen konnten. Tanner nahm schließlich eine verrostete Axt, Osterman einen Spaten. Beide Männer näherten sich der verschlossenen Tür.

Tanner gab Bernie ein Zeichen, sie aufzuziehen. Tanner rannte vor und hielt die Axt zum Schlag bereit.

Der kleine Raum war leer. Aber an die Wand war mit schwarzer Sprühfarbe der griechische Buchstabe Omega geschmiert.

25.

Tanner drängte sie alle in den Keller. Ali und Leila schafften die Kinder über die Treppe hinunter und machten dabei den matten Versuch, das Ganze als Spiel erscheinen zu lassen. Tanner hielt Osterman an der Treppentüre auf.

»Wir wollen ein paar Hindernisse aufbauen, okay?«

»Meinst du, daß es dazu kommen wird?«

»Ich will einfach kein Risiko eingehen.«

Die beiden Männer krochen unter dem Fenster hindurch und schoben drei schwere Armsessel, einen über dem anderen, den dritten auf der Seite liegend, gegen die Haustüre. Dann krochen sie zu den Fenstern, um sicherzustellen, daß sie verriegelt waren.

Tanner holte eine Taschenlampe aus der Küche und steckte sie ein. Dann schoben sie gemeinsam den schweren Tisch gegen die Außentür. Tanner schob Osterman die Aluminiumstühle hin, worauf dieser sie unter den Tisch packte, so, daß die Rückenlehne eines Stuhles unter die Türklinke geklemmt war.

»So taugt das nichts«, sagte Bernie. »Du dichtest ja alles ab und schließt uns völlig ein. Wir sollten uns aber vielmehr überlegen, wie wir hier wegkommen!«

»Hast *du* dir das überlegt?«

Bei der schwachen Beleuchtung konnte Osterman nur die Silhouette von Tanners Körper sehen. Dennoch spürte er die Verzweiflung in seiner Stimme.

»Nein. Nein, das habe ich nicht. Aber wir müssen es *versuchen!*«

»Ich weiß. Aber inzwischen sollten wir alle Vorsichtsmaßregeln treffen. Wir wissen nicht, was dort draußen ist. Wie viele das sind oder wo sie stecken.«

»Dann laß uns weitermachen.«

Die beiden Männer krochen ans andere Ende der Küche, vorbei an der Anrichte, bis zum Garageneingang. Die äußere Garagentüre war versperrt worden, aber sie schoben trotzdem als zusätzliche Sicherheit den letzten Küchenstuhl unter den Türgriff und krochen dann in den Flur zurück. Sie nahmen ihre primitiven Waffen – die Axt und den Spaten – und gingen in den Keller hinunter.

Man konnte den schweren Regen auf die kleinen rechteckigen Fenster herunterprasseln hören, die dem Keller Licht verschafften. Immer wieder erhellten Blitze den Raum.

»Hier drinnen ist es trocken«, meinte Tanner. »Wir sind sicher. Wer auch immer dort draußen lauert, ist bis auf die Haut naß und wird nicht die ganze Nacht dort bleiben. Es ist Samstag. Ihr wißt ja, daß die Polizei am Wochenende dauernd Streife fährt. Sie werden sehen, daß hier kein Licht brennt, und nachsehen kommen.«

»Warum sollten sie das?« fragte Ali. »Die werden einfach glauben, wir wären Essen gegangen…«

»Nicht nach dem, was letzte Nacht passiert ist. MacAuliff hat klar und eindeutig gesagt, daß er das Haus im Auge behalten würde. Seine Streifenwagen können nicht bis in den Hinterhof sehen, aber die Vorderfront wird ihnen auffallen. Sie müssen… Da schau!« Tanner packte seine Frau am Ellbogen und führte sie zu dem einzigen Vorderfenster, das genügend weit über der Erde lag, so daß man neben der Eingangstreppe hinaussehen konnte. Der Regen rann in dünnen Rinnsalen über die Glasscheibe; man konnte nur schlecht sehen. Selbst die Straßenlaterne am Orchard Drive war nicht die ganze Zeit sichtbar. Tanner holte die Taschenlampe heraus und winkte Osterman zu sich. »Ich habe Ali gerade gesagt, daß MacAuliff heute morgen versprochen hat, er würde das Haus beobachten lassen. Das wird er auch. Er will keinen weiteren Ärger hier haben. Wir wechseln uns an diesem Fenster ab. Auf diese Weise können keinem die Augen müde werden oder anfangen, ihn zu täuschen. Sobald einer von uns den Streifenwagen sieht, geben wir mit der Taschenlampe Signale – auf und ab. Das werden sie sehen. Dann halten sie an.«

»Das ist gut«, sagte Bernie. »Das ist sogar sehr gut! Ich wünschte, du hättest das oben schon gesagt!«

»Ich war nicht sicher. Komisch, aber ich konnte mich nicht erinnern, ob man von diesem Fenster aus die Straße sehen kann. Ich habe bestimmt hundertmal hier unten saubergemacht, aber ich wußte das einfach nicht mit Bestimmtheit.« Er lächelte ihnen zu.

»Jetzt fühle ich mich besser«, sagte Leila und gab sich große Mühe, Johns Zuversicht auch auf die anderen zu übertragen.

»Ali, du übernimmst die erste Schicht. Jeder fünfzehn Minuten. Bernie, du und ich, wir wechseln uns zwischen den anderen Fenstern ab. Leila, bleib du bitte in Janets Nähe, ja?«

»Was kann ich tun, Dad?« fragte Raymond.

Tanner sah seinen Sohn an, war stolz auf ihn.

»Bleib bei deiner Mutter am vorderen Fenster. Du beziehst dort dauernd Posten. Schau nach dem Polizeiwagen aus.«

Tanner und Osterman gingen zwischen den beiden Fenstern am Hinterende des Hauses und dem an der Seite hin und her. Nach fünfzehn Minuten wechselte Leila Ali am Vorderfenster ab. Ali fand eine alte Decke, aus der sie eine Liegestatt bereitete, so daß Janet sich hinlegen konnte. Der Junge blieb mit Leila am Fenster, spähte hinaus und rieb immer wieder mit der Hand über das Glas, als könne er so das Wasser draußen wegwischen.

Keiner sagte ein Wort; das Trommeln des Regens und die Windstöße schienen zuzunehmen. Jetzt war Bernie dran. Als er seiner Frau die Taschenlampe abnahm, drückte er sie ein paar Sekunden lang an sich.

Dann war Tanner an der Reihe, und anschließend nahm Ali wieder ihren Platz ein. Keiner von ihnen sprach es aus, aber sie begannen die Hoffnung aufzugeben. Wenn MacAuliff wirklich Streifen eingesetzt hatte und sich auf ihr Haus konzentrierte, dann schien es unlogisch, daß in mehr als einer Stunde noch kein einziger Polizeiwagen vorbeigekommen war.

»Da ist es, Dad! Siehst du das rote Licht?«

Tanner, Bernie und Leila rannten neben Alice und den Jungen ans Fenster. Ali hatte die Taschenlampe angeknipst und winkte jetzt mit ihr. Der Streifenwagen hatte seine Fahrt verlangsamt; er bewegte sich fast nicht mehr, hielt aber nicht an.

»Gib mir die Lampe!«

Tanner hielt den Scheinwerferkegel gerade, bis er im Wolkenbruch undeutlich aber doch unverkennbar die verschwommenen Umrisse des weißen Wagens erkennen konnte. Dann bewegte er den Lichtkegel schnell auf und ab.

Der Fahrer des Wagens mußte das Licht bemerken. Der Lichtkegel mußte über die Windschutzscheibe wandern, dem Fahrer in die Augen leuchten.

Aber der Streifenwagenfahrer hielt nicht an. Er erreichte die Einfahrt und fuhr langsam weiter.

Tanner schaltete die Lampe aus. Er wollte sich nicht umdrehen, wollte die Gesichter der anderen nicht sehen.

Jetzt sagte Bernie leise: »Mir gefällt das nicht.«

»Er muß es gesehen haben! Er *muß* einfach!« Ali hielt ihren Sohn fest, der immer noch durch das Fenster spähte.

»Nicht unbedingt«, log John Tanner. »Da draußen ist scheußliches Wetter. Seine Fenster sind wahrscheinlich genauso beschlagen wie unsere. Vielleicht noch stärker. Das ist bei Wagenfenstern oft so. Er kommt schon wieder vorbei. Das nächste Mal gehen wir ganz auf Nummer Sicher. Nächstes Mal laufe ich hinaus.«

»Wie denn?« fragte Bernie. »Du schaffst das nie rechtzeitig. Wir haben Möbel vor die Tür gestellt.«

»Durch dieses Fenster.« Tanner maß es in Gedanken ab. Es war viel zu klein. Wie leicht einem doch die Lügen fielen.

»Ich kann durchkriechen, Dad!« Der Junge hatte recht. Vielleicht würde es sich als notwendig erweisen, ihn zu schicken.

Aber er wußte, daß er das nicht tun würde. Er konnte das nicht.

Der Fahrer des Streifenwagens hatte den Lichtstrahl gesehen und nicht angehalten.

»Gehen wir wieder zu den Fenstern zurück. Leila, übernimm du jetzt. Ali, sieh mal nach Janet. Ich glaube, sie ist eingeschlafen.«

Tanner wußte, daß er sie beschäftigt halten mußte, selbst wenn das, was sie taten, sinnlos war. Sonst würde jeder seinen eigenen Gedanken nachhängen, seine eigene, ganz persönliche Panik empfinden.

Der Donner peitschte. Ein Blitz erhellte den Keller.

»Johnny!« Osterman hatte das Gesicht am linken hinteren Fenster. »Komm her.«

Tanner rannte zu Osterman hinüber und sah hinaus. Durch den Wolkenbruch konnte er einen kurzen, senkrechten Lichtstrahl vom Boden aufsteigen sehen. Er bewegte sich weit hinter dem Pool, in der Nähe des Wäldchens. Der Lichtkegel schwankte langsam, ruckartig. Dann erleuchtete ein Blitz die Gestalt, die die Taschenlampe hielt. Jemand kam auf das Haus zu.

»Jemand hat Angst, er könnte in den Pool fallen«, flüsterte Bernie.

»Was ist?« Alis Stimme hallte von der improvisierten Liegestatt ihrer Tochter zu ihnen herüber.

»Da draußen ist jemand«, antwortete Tanner. »Haltet euch völlig ruhig. Es könnte sein... Ja, es könnte die Polizei sein.«

»Oder derjenige, der auf uns geschossen hat! O Gott!«

»Schsch! Still.«

Leila verließ das Vorderfenster und ging zu Alice.

»Nimm das Gesicht von der Scheibe weg, Bernie.«

»Er kommt jetzt näher. Er geht um den Pool herum.«

Die beiden Männer traten zurück und bauten sich neben dem Fenster auf. Der Mann draußen trug einen großen Poncho und hatte seinen Kopf mit einem Regenhut geschützt. Er schaltete seine Taschenlampe aus, als er näher an das Haus kam.

Über sich konnten die Gefangenen jetzt hören, wie die Küchentüre klapperte, dann ein Krachen, als der Mann sich gegen das Holz warf. Bald hörte der Lärm auf, dann herrschte, abgesehen von dem Sturm, wieder Stille. Die Gestalt verließ die Umgebung der Küchentüre, und Tanner konnte jetzt von seinem Aussichtsplatz aus sehen, wie der Lichtstrahl auf und ab zuckte. Dann verschwand er am anderen Ende des Hauses, hinter der Garage.

»Bernie!« Leila richtete sich neben Alice und dem Kind auf. »Schau doch! Dort drüben!«

Durch ihr Seitenfenster fiel ein weiterer Lichtkegel. Obwohl er aus ziemlicher Entfernung kam, war der Lichtstrahl hell; er tanzte näher heran. Derjenige, der die Lampe hielt, rannte offenbar auf das Haus zu.

Plötzlich ging das Licht aus, dann wieder nur Regen

und Blitze. Tanner und Osterman gingen an das Seitenfenster, jeder auf eine Seite, und blickten vorsichtig hinaus. Sie konnten niemanden sehen, keine Gestalt, nichts, außer Regen, den der Wind peitschte.

Von oben war ein lautes Krachen zu hören. Und dann noch einmal, diesmal schärfer, Holz, das gegen Holz schlug. Tanner ging auf die Stufen zu. Er hatte die Kellertüre versperrt, aber sie war dünn; ein einziger Fußtritt würde sie aus den Angeln reißen. Er hielt die Axt waagrecht vor sich, bereit, nach allem und jedem zu schlagen, der die Treppe herunterkam.

Stille.

Jetzt waren aus dem Haus keine Geräusche mehr zu hören.

Plötzlich schrie Alice Tanner auf. Eine große Hand rieb die Glasscheibe des vorderen Fensters. Der Lichtkegel einer kräftigen Taschenlampe durchdrang, die Finsternis. Jemand kauerte hinter dem Licht, das Gesicht unter einer Regenkapuze versteckt.

Tanner rannte auf seine Frau und seine Tochter zu und hob das Kind von der Decke auf.

»Zurück! Zurück an die Wand!«

Das Glas zersplitterte und flog unter dem Fußtritt des Mannes draußen nach allen Richtungen davon. Weitere Fußtritte folgten. Lehm, Gras, Glas- und Holzsplitter flogen in den Keller. Der Regen fegte durch das zerbrochene Fenster herein. Die sechs Gefangenen kauerten an der vorderen Mauer, während der Lichtkegel über den Boden huschte, dann über die gegenüberliegende Wand und die Treppe.

Was dann folgte, lähmte sie alle.

Ein Gewehrlauf erschien am Rand des Fensterrahmens, und eine Salve ohrenbetäubender Schüsse traf den Boden und die hintere Wand. Dann wurde es wieder still. Betonstaub wirbelte durch den Kellerraum; im grellen Schein der Taschenlampe sah er aus wie wallende Wolken. Wieder begannen die Schüsse, wild, ungezielt. Der Infanterist in Tanner wußte, was dort geschah. Ein zweites Magazin war in die Kammer eines automatischen Karabiners geschoben worden.

Und dann schlug ein zweiter Gewehrkolben das Glas des linken Hinterfensters, ihnen unmittelbar gegenüber, ein. Ein zweiter Lichtkegel huschte über die Reihe von Menschen, die sich gegen die Mauer drückten. Tanner sah, wie seine Frau ihre Tochter an sich preßte, den kleinen Leib mit dem eigenen schützte, und die Wut wallte in ihm auf, ließ ihn handeln.

Er raste auf das Fenster zu, schwang die Axt gegen das zerschlagene Glas und die geduckte Gestalt dahinter. Der Mann sprang zurück, Schüsse klatschten über Tanners Kopf in die Decke. Der Lichtkegel vom vorderen Fenster erfaßte ihn jetzt. Jetzt ist es vorbei, dachte Tanner. Für ihn würde gleich alles aus sein. Statt dessen schlug Bernie mit dem Spaten nach dem Gewehrlauf und lenkte die Schüsse von Tanner ab. Er kroch zu seiner Frau und den Kindern zurück.

»Hier herüber!« schrie er und schob sie auf die andere Wand zu, die Garagenseite des Kellers. Janet konnte nicht mehr aufhören zu schreien.

Bernie packte seine Frau am Handgelenk und zog sie in die Ecke. Die Lichtkegel kreuzten sich. Weitere Schüsse wurden abgegeben; Staub erfüllte die Luft; es wurde unmöglich zu atmen.

Das Licht vom hinteren Fenster verschwand plötzlich; das von vorne tastete immer noch unsicher durch den Raum. Jetzt veränderte der zweite Karabiner seine Position. Dann krachte etwas am Seitenfenster, und das Geräusch von zerbrechendem Glas war zu hören. Der breite Lichtkegel fiel jetzt wieder herein, blendete sie. Tanner schob seine Frau und seinen Sohn auf die hintere Ecke in der Nähe der Treppe zu. Schüsse peitschten; Tanner konnte das Vibrieren spüren, als die Kugeln gegen die Wand über ihm krachten und rings um ihn abprallten.

Sperrfeuer!

Er hielt den Axtstiel mit beiden Händen umkrampft und warf sich nach vorne durch das Fenster, begriff voll und ganz, daß jede einzelne Kugel jetzt seinem Leben ein Ende machen konnte. Aber niemand würde es beenden können, ehe er sein Ziel erreicht hatte. Nichts konnte ihn daran hindern!

Er erreichte das Seitenfenster und schwang die Axt schräg hinein. Ein erschreckter Schrei folgte; Blut schoß durch die Öffnung. Tanners Gesicht und Arme waren mit Blut bedeckt.

Das Gewehr im Vorderfenster versuchte, in Tanners Richtung zu zielen, aber das war unmöglich. Die Kugeln trafen den Boden.

Osterman rannte auf das andere Gewehr zu, hielt den Spaten an der Schulter. Im letzten Augenblick schleuderte er ihn durch die Umrisse der zerbrochenen Glasscheibe, als wäre er ein Wurfspieß. Ein Schmerzensschrei; das Feuer verstummte.

Tanner stützte sich gegen die Wand unter dem Fenster. In den Blitzen draußen konnte er das Blut über die Steine rinnen sehen.

Er lebte, und das war für sich allein betrachtet schon bemerkenswert.

Er drehte sich um und ging zu seiner Frau und den Kindern zurück. Ali hielt die immer noch schreiende Janet im Arm. Der Junge hatte sein Gesicht gegen die Wand gedreht und weinte unkontrolliert.

»Leila! Herrgott! *Leila!*« Bernies hysterischer Schrei ließ das Schlimmste befürchten. »*Leila, wo bist du?*«

»Hier bin ich«, sagte Leila leise. »Mir fehlt nichts, Darling.«

Tanner fand Leila an der vorderen Mauer. Sie war seiner Anweisung nicht nachgekommen, Deckung zu suchen.

Und dann sah Tanner etwas, das ihm trotz seiner Erschöpfung auffiel. Leila trug eine große, grüne Brosche – sie war ihm vorher nicht aufgefallen. Er sah sie jetzt ganz deutlich, denn sie leuchtete in der Finsternis. Ein irisierendes Leuchten, es handelte sich um eines dieser Modeschmuckstücke, wie sie in Boutiquen verkauft werden. Es war unmöglich, sie in der Finsternis zu übersehen.

Ein schwacher Blitz erleuchtete die Mauer hinter ihr. Tanner war nicht sicher, aber er hatte kaum Zweifel: Rings um sie waren keine Einschußspuren.

Tanner hielt seine Frau und seine Tochter mit einem Arm und drückte den Kopf seines Sohnes mit dem anderen an sich. Bernie rannte zu Leila hinüber und umarmte sie. Jetzt war im Sturm das Heulen einer Sirene zu hören, der Wind trug das Geräusch durch die zerschmetterten Fenster zu ihnen.

Sie blieben bewegungslos stehen, wo sie waren, völlig ausgepumpt und am Rande ihrer Energie. Einige Minuten später hörten sie die Stimmen und das Klopfen oben.

»Tanner! Tanner! Aufmachen!«

Er ließ Frau und Sohn los und ging langsam zu dem zerbrochenen Vorderfenster.

»Hier sind wir. Hier, ihr verdammten, dreckigen Schweine!«

26.

Tanner hatte diese beiden Streifenbeamten häufig in der Ortschaft gesehen, wenn sie den Verkehr regelten oder in ihren Streifenwagen langsam durch die Straßen rollten, aber ihre Namen kannte er nicht. Sie waren vor einem knappen Jahr eingestellt worden und jünger als Jenkins und McDermott.

Jetzt griff er an. Er stieß den ersten Polizisten unsanft gegen die Flurmauer. Das Blut an seinen Händen besudelte den Regenmantel des Beamten. Der zweite Polizist war die Kellertreppe hinuntergerannt zu den anderen.

»Herrgott, loslassen!«

»Sie dreckiges *Schwein! Scheißkerl!* Wir hätten... Wir wären dort unten *umgebracht* worden! Wir alle! Meine Frau! Meine Kinder! *Warum haben Sie das getan?* Antwort will ich haben, und zwar schnell!«

»Verdammt, loslassen! Was getan? Was für eine Antwort, um Gottes willen?«

»Sie sind vor einer halben Stunde an diesem Haus vorbeigefahren! Sie haben die verdammte Taschenlampe gesehen und sind dann abgehauen! Weggerast sind Sie!«

»Sie sind verrückt! Ich war mit Ronnie im Norden! Wir haben vor nicht einmal fünf Minuten über Funk den Befehl bekommen, hierher zu fahren. Ein Ehepaar namens Scanlan hat Schüsse gemeldet...«

»Wer ist in dem anderen Wagen? Ich will wissen, wer in dem anderen *Wagen* ist!«

»Wenn Sie mich jetzt loslassen, dann geh' ich hinaus und hol' den Einsatzplan. Ich hab' vergessen, wer – aber ich weiß, wo sie sind. Sie sind drüben am Apple Drive. Dort ist eingebrochen worden.«

»Die Cardones wohnen am Apple Drive!«

»Das Haus der Cardones war es nicht. Das kenne ich. Needham heißen die Leute. Ein altes Ehepaar.«

Ali kam jetzt die Treppe herauf, sie trug Janet in den Armen. Das Kind würgte, rang keuchend nach Luft. Ali weinte leise und wiegte ihre Tochter in den Armen.

Ihr Sohn folgte ihr, das Gesicht vom Staub schmutzig und mit Tränen beschmiert. Anschließend kamen die Ostermans. Bernie hielt Leila an der Hüfte, stützte sie auf der Treppe. Er hielt sie fest, als würde er sie nie wieder loslassen.

Jetzt kam der zweite Streifenbeamte langsam durch die Kellertüre. Sein Gesichtsausdruck erschreckte den anderen Beamten.

»Heilige Maria, Mutter Gottes«, sagte er mit leiser Stimme. »Das reinste Schlachthaus ist das dort unten... Ich schwöre bei Gott, ich verstehe nicht, daß da noch welche am Leben sind.«

»Ruf MacAuliff an. Er soll gleich herkommen.«

»Die Leitung ist tot«, sagte Tanner und führte Ali behutsam zu der Couch im Wohnzimmer.

»Ich mach' es über Funk.« Der Streifenbeamte namens Ronnie ging zur Haustüre. »Er wird es mir nicht glauben«, sagte er leise.

Der andere Polizist holte einen Sessel für Leila. Sie brach förmlich in ihm zusammen und fing zum ersten Mal zu weinen an. Bernie beugte sich von hinten über seine Frau und strich ihr über das Haar. Raymond kauerte neben seinem Vater nieder, vor seiner Mutter und seiner Schwester. Er war so verstört, daß er nichts anderes tun konnte, als seinem Vater ins Gesicht zu starren.

Der Polizeibeamte ging auf die Kellertreppe zu. Es war offensichtlich, daß er hinuntergehen wollte, nicht nur aus Neugierde, sondern auch, weil die Szene im Wohnzimmer irgendwie zu persönlich war.

Die Tür öffnete sich, und der zweite Streifenbeamte beugte sich herein. »Ich hab' es Mac gesagt. Er hat den Anruf über sein Funkgerät entgegengenommen. Herrgott! Du hättest ihn hören sollen. Er kommt gleich.«

»Wie lange wird das dauern?« fragte Tanner von der Couch her.

»Nicht lange, Sir. Er wohnt etwa acht Meilen außerhalb. Und die Straßen sind in ziemlich miesem Zustand.

Aber so wie seine Stimme klang, wette ich, daß es nicht lang dauern wird.«

»Ich habe ein Dutzend Beamte außen um das Grundstück herum aufgestellt und zwei Männer im Haus. Einer bleibt im Keller, der andere im Korridor. Ich weiß nicht, was ich sonst noch tun kann.« MacAuliff war mit Tanner zusammen im Keller. Die anderen waren oben. Tanner wollte den Polizeichef für sich.

»Hören Sie mir zu! Irgend jemand, einer von *Ihren* Leuten ist an diesem Haus vorbeigefahren und hat nicht angehalten! Ich weiß ganz genau, daß er die Taschenlampe gesehen hat! Er hat sie gesehen und ist weggefahren!«

»Das glaube ich nicht. Ich habe das überprüft. Niemand in den Streifenwagen hat hier irgend etwas entdeckt. Sie haben den Einsatzplan gesehen.«

»Ich habe *gesehen*, wie der Streifenwagen *wegfuhr!* Wo ist Jenkins? McDermott?«

»Die haben ihren freien Tag. Ich habe schon überlegt, ob ich sie holen soll.«

»Komisch, daß die am Wochenende frei haben, nicht wahr?«

»Ich wechsle meine Männer an den Wochenenden ab. Wir haben genügend Leute im Einsatz, genauso wie der Stadtrat es befohlen hat.«

Tanner fiel der Rechtfertigung suchende Tonfall in Mac Auliffs Stimme auf.

»Sie müssen noch etwas tun.«

MacAuliff achtete nicht auf ihn. Er inspizierte die aus Hohlblocksteinen bestehenden Wände. Jetzt bückte er sich und hob ein paar Bleikugeln vom Boden auf.

»Ich möchte, daß jedes Beweisstück hier aufgehoben und zur Analyse eingeschickt wird. Wenn Newark es nicht schafft, setze ich das FBI ein. – Was haben Sie gesagt?«

»Ich sagte, daß Sie noch etwas tun müssen. Es ist äußerst wichtig, aber Sie müssen es mit mir alleine tun. Niemand anderer.«

»Was denn?«

»Sie und ich suchen uns jetzt ein Telefon, und dann werden Sie zwei Anrufe machen!«

»Wen soll ich denn anrufen?« MacAuliff stellte die Frage, weil Tanner ein paar Schritte auf die Kellertreppe zugegangen war, um sich zu vergewissern, daß niemand zuhörte.

»Die Cardones und die Tremaynes. Ich möchte wissen, wo sie sind. Wo sie *waren.*«

»Was zum Teufel…«

»Tun Sie, was ich Ihnen sage!«

»Sie denken…«

»Ich denke *gar nichts!* Ich will bloß wissen, wo sie sind. Wir wollen sagen, daß ich mir immer noch Sorgen um sie mache.«

Tanner ging auf die Treppe zu, aber MacAuliff stand immer noch reglos mitten im Raum.

»Augenblick mal! Sie wollen, daß ich anrufe und wollen sich dann einschalten und sich eine Bestätigung beschaffen. Okay, das kann ich tun… Jetzt bin aber ich dran: Sie gehen mir auf die Nerven! Das ist schlecht für meine Magengeschwüre. Was zum Teufel geht hier vor sich? Mir paßt das alles nicht! Wenn Sie und Ihre Freunde irgendwelche Schwierigkeiten haben, dann rücken Sie gefälligst mit der Sprache raus! Ich kann überhaupt nichts unternehmen, wenn ich nicht weiß, auf wen ich achten muß. Und eines will ich Ihnen sagen«, MacAuliff senkte die Stimme und deutete mit ausgestrecktem Finger auf Tanner, während er sich mit der anderen Hand den Leib hielt, »ich werde nicht zulassen, daß meine Personalakte versaut wird, bloß weil Sie da irgendwelche komischen Spielchen treiben. Ich will in meinem Revier keinen Massenmord, nur weil Sie mir nicht sagen, was ich wissen müßte, und mich so davon abhalten, diesen Massenmord zu verhindern!«

Tanner stand immer noch auf der untersten Stufe. Er sah sich um und überlegte. In der nächsten Minute würde er es wissen, dachte er.

»All right – Omega – Sie haben doch von Omega gehört?« Tanner fixierte MacAuliff und wartete darauf, daß der andere sich irgendwie verriet.

»Aber halt. Sie sind ja nicht für Omega überprüft, oder?«

»Wovon zum Teufel reden Sie?«

»Fragen Sie Jenkins. Vielleicht sagt er es Ihnen... Kommen Sie, wir gehen jetzt.«

Drei Telefonanrufe wurden von MacAuliff Polizeiwagen aus getätigt. Die Information, die sie erhielten, war klar und präzise. Die Tremaynes und die Cardones waren weder zu Hause noch in der näheren Umgebung.

Die Cardones befanden sich in Rockland Country, beim Abendessen, sagte das Mädchen; ob der Polizeibeamte, falls er sie erreichte, wohl so freundlich wäre, sie zu bitten, zu Hause anzurufen. Eine dringende Nachricht aus Philadelphia wäre da.

Die Tremaynes waren, weil Virginia wieder übel geworden war, zu ihren Ärzten in Ridge Park zurückgekehrt.

Der Arzt bestätigte, daß die Tremaynes seine Praxis aufgesucht hatten. Er war ganz sicher, daß sie nach New York gefahren waren. Er hatte ihnen praktisch ein Dinner und einen Theaterbesuch verordnet. Mrs. Tremaynes' Rückfall hatte in erster Linie psychologische Gründe. Sie mußte auf andere Gedanken kommen, das vergessen, was sie an dem alten Bahnhof in Lassiter erlebt hatten.

Es war alles so klar, dachte Tanner. So gut durch zweite und dritte Personen verbürgt.

Und doch hatte keines der beiden Ehepaare ein sicheres Alibi.

Denn so, wie Tanner sich die Ereignisse im Keller rekonstruierte, hätte eine der Gestalten, die versucht hatte, sie zu töten, gut eine Frau sein können.

Fassett hatte gesagt, daß Omega aus Killern und Fanatikern bestünde. Männern *und* Frauen.

»Da haben Sie Ihre Antwort.«

MacAuliffs Worte drangen in Tanners Bewußtsein ein. »Wenn sie zurückkommen, werden wir das überprüfen. Leicht genug, das zu verifizieren, was sie uns erzählen. Das wissen Sie ja.«

»Ja... Ja, natürlich. Rufen Sie mich anschließend bitte an.«

»Das verspreche ich nicht. Wenn ich der Meinung bin, daß Sie es wissen müssen, werde ich anrufen.«

Der Mechaniker traf ein, um die Wagen zu reparieren. Tanner führte ihn durch die Küche in die Garage und beobachtete seinen Gesichtsausdruck, als er die abgetrennten Drähte inspizierte.

»Sie hatten recht, Mr. Tanner. Jede einzelne Leitung. Ich werde notdürftige Verbindungen herstellen, und dann reparieren wir das drunten in der Werkstatt endgültig. Jemand hat sich da einen üblen Scherz mit Ihnen erlaubt.«

Tanner ging in die Küche zurück zu seiner Frau und den Ostermans. Die Kinder waren oben in Raymonds Zimmer, einer von MacAuliffs Beamten hatte sich erboten, bei ihnen zu bleiben, irgendwelche Spiele mit ihnen zu machen und zu versuchen, sie ruhig zu halten, während die Erwachsenen redeten.

Osterman blieb hartnäckig. Sie *mußten* Saddle Valley verlassen. Sie mußten nach Washington. Sobald der Kombi repariert war, würden sie abfahren, aber statt nach

Washington würden sie zum Kennedy Airport fahren und dort ein Flugzeug nehmen. Sie wollten sich weder auf Taxis noch auf Limousinen verlassen. Gegenüber Mac Auliff wollten sie auch keine Erklärungen abgeben; sie würden einfach in den Wagen steigen und wegfahren. MacAuliff hatte nicht das Recht, sie festzuhalten.

Tanner saß neben Ali, den Ostermans gegenüber, und hielt ihre Hand. Zweimal hatten Bernie und Leila versucht, ihn dazu zu zwingen, seiner Frau alles zu erklären, und beide Male hatte Tanner gesagt, daß er das erst tun würde, wenn sie alleine waren.

Die Ostermans glaubten, das zu begreifen.

Ali begriff es nicht, deshalb hielt er ihre Hand.

Und jedesmal wenn Leila sprach, erinnerte sich Tanner an ihre glänzende Brosche in der Finsternis des Kellers – und die von Schüssen unversehrte Wand hinter ihr. Es klingelte an der Haustüre, und Tanner ging nachsehen. Er kam zurück und lächelte.

»Geräusche aus der Wirklichkeit. Die Telefonreparaturgruppe.«

Tanner kehrte nicht zu seinem Sessel zurück. Die etwas verschwommenen Umrisse eines Plans begannen vor seinem geistigen Auge langsam Deutlichkeit zu gewinnen. Er würde Ali brauchen.

Seine Frau drehte sich herum und sah ihn an, las seine Gedanken. »Ich sehe mal nach den Kindern.«

Sie ging hinaus, und Tanner trat an den Tisch. Er griff nach seinen Zigaretten und steckte sie sich in die Hemdtasche.

»Wirst du es ihr jetzt sagen?« fragte Leila.

»Ja.«

»Sag ihr alles. Vielleicht kann sie mit diesem – Omega etwas anfangen.« Bernie wirkte immer noch ungläubig. »Ich kann das weiß Gott nicht.«

»Du hast doch das Zeichen an der Wand gesehen.«

Bernie sah Tanner eigenartig an. »Ich habe eine Spur an der Wand gesehen.«

»Entschuldigen Sie, Mr. Tanner.« Das war der Polizist, der vor der Küchentüre Posten bezogen hatte. »Die Telefonleute wollen Sie sprechen. Sie sind in Ihrem Arbeitszimmer.«

»Okay. Komme gleich.« Er wandte sich wieder Bernie Osterman zu. »Um dein Gedächtnis aufzufrischen, das Zeichen, daß du gesehen hast, war der griechische Buchstabe Omega.«

Er ging schnell zur Küchentüre hinaus und in sein Arbeitszimmer. Vor den Fenstern hingen tief die Sturmwolken, und es regnete immer noch heftig, wenn auch schwächer als vor einer halben Stunde. Im Zimmer war es dunkel, nur die Schreibtischlampe war eingeschaltet.

»Mr. Tanner.« Die Stimme kam von hinten, und er fuhr herum. Da stand der Mann namens Cole mit der blauen Jacke der Telefongesellschaft bekleidet und musterte ihn aufmerksam. Ein weiterer Mann stand neben ihm. »Bitte, erheben Sie Ihre Stimme nicht.«

Tanners Schock war derartig, daß er die Kontrolle über sich verlor. Er warf sich auf den Agenten. »Du Schweinehund...«

Die beiden Männer hielten ihn auf. Sie drehten ihm die Arme auf den Rücken und drückten sie ihm ins Kreuz. Cole packte ihn an den Schultern und sprach schnell und eindringlich.

»Bitte! Wir wissen, was Sie durchgemacht haben! Daran können wir nichts ändern, aber wir können Ihnen sagen, daß alles vorbei ist! Vorbei, Mr. Tanner. Omega ist zerbrochen!«

»Ich will nichts von Ihnen hören! Ihr Dreckskerle! Ihr schmutzigen Schweine! Es gibt euch gar nicht! Die haben nie etwas von Fassett gehört! Ihre Telefone sind abgeklemmt! Ihr...«

»Wir mußten schnell weg!« unterbrach der Agent. »Wir mußten beide Posten aufgeben. Das war notwendig. Man wird Ihnen das alles erklären.«

»Ich glaube Ihnen kein Wort mehr!«

»Hören Sie nur zu! Entscheiden Sie sich später, aber *hören* Sie *zu*. Fassett ist keine zwei Meilen von hier und fügt die letzten Stücke zusammen. Er und Washington werden es bald geschafft haben. Bist morgen früh haben wir Omega.«

»Was für ein Omega? Was für ein Fassett? Ich habe Washington angerufen! Ich habe mit McLean in Virginia gesprochen!«

»Sie haben mit einem Mann namens Dwight gesprochen. Dem Titel nach ist er Andrews Vorgesetzter, aber das entspricht nicht den Tatsachen. Dwight war nie für Omega freigegeben. Er hat bei den Geheimdiensten nachgefragt, und der Anruf wurde dem Direktor gemeldet. Es gab keine Alternative, als die, alles abzuleugnen, Mr. Tanner. In Fällen wie diesen leugnen wir immer. *Das müssen wir*.«

»Wo sind die Wachen vor dem Haus? Was ist aus Ihren gottverdammten Telefonwanzen geworden? Ihre Spezialtruppen, die nicht zulassen sollten, daß man uns auch nur ein Haar krümmt?«

»Das wird Ihnen alles erklärt werden. Ich will nicht lügen. Fehler gibt es immer. Sogar große Fehler, wenn Sie wollen. Wir können sie nie mehr ungeschehen machen, das wissen wir. Aber wir hatten auch noch nie mit einem Omega zu tun. Der wichtigste Punkt ist – das Ziel liegt jetzt vor unseren Füßen. Wir sind soweit!«

»Ach Quatsch! Das *Wichtigste* ist, daß meine Frau und meine Kinder fast getötet wurden!«

»Schauen Sie. Sehen Sie sich das an.« Cole holte eine kleine Metallscheibe aus der Tasche. Sein Kollege ließ Tanners Arme los. »Kommen Sie, nehmen Sie es nur. Sehen Sie es aus der Nähe an.«

Tanner nahm den Gegenstand in die Hand, drehte ihn herum, so daß das Licht darauf fiel. Er sah, daß der winzige Gegenstand korrodiert und wie mit Pockennarben überzogen war.

»Und?«

»Das ist eines der miniaturisierten Mikrofone. Die Korrosion kommt von Säure. Säure, mit der man es besprüht hat, um es funktionsunfähig zu machen. Die Mikrofone sind in jedem einzelnen Zimmer gestört worden. Wir bekamen überhaupt keine Sendungen.«

»Wie hat man sie denn gefunden?«

»Mit der richtigen Ausrüstung ist das ein Kinderspiel. Es gibt keinerlei Spuren daran, keine Fingerabdrücke. Das ist Omega, Mr. Tanner.«

»Und wer ist das?«

»Selbst ich weiß das nicht. Nur Fassett weiß es. Er hat alles unter Kontrolle. Er ist der beste Mann auf drei Kontinenten. Wenn Sie mir nicht glauben wollen, können Sie ja den Außenminister oder den Präsidenten selbst anrufen. In diesem Hause wird nichts mehr geschehen.«

John Tanner atmete ein paarmal tief durch und sah dann den Agenten an. »Es ist Ihnen doch klar, daß Sie überhaupt nichts erklärt haben.«

»Ich sagte doch, später.«

»Das genügt mit nicht!«

Cole erwiderte Tanners fragenden Blick. »Welche Wahl haben Sie denn?«

»Ich könnte diesen Polizisten hereinrufen und zu schreien anfangen.«

»Was zum Teufel würde Ihnen das denn einbringen? Damit könnten Sie sich ein paar Stunden Frieden kaufen. Wie lange würde das dauern?«

Tanner würde ihm noch eine weitere Frage stellen. Dabei war es gleichgültig, wie die Antwort lauten würde.

Der Plan kristallisierte sich langsam in John Tanners Bewußtsein. Aber Cole würde das nie erfahren.

»Was muß ich denn machen?«

»Gar nichts müssen Sie – absolut nichts.«

»Verstehe. Vorbei... Also gut, ich – tue – nichts. Darf ich jetzt zu meiner Frau zurück?«

»Natürlich.«

»Sagen Sie, übrigens, ist das Telefon wirklich angezapft?«

»Ja, das ist es.«

Tanner drehte sich um, seine Arme schmerzten. Er ging langsam in den Korridor zurück.

Man konnte jetzt niemandem mehr vertrauen.

Er selbst würde dafür sorgen, daß Omega sich zeigte.

27.

Ali saß am Bettrand und hörte sich die Erzählung ihres Mannes an. Es gab Augenblicke, in denen sie an ihrer Vernunft zweifelte. Sie wußte, daß es Leute wie ihren Mann gab, die den größten Teil der Zeit unter Druck standen und die dann gelegentlich zusammenbrachen. Sie konnte ein gewisses Maß an Verständnis für solche Leute aufbringen, für Amokläufer, für Anwälte und Aktienmakler in der Panik bevorstehender Vernichtung, selbst Johns alles überwältigenden Drang, die Nichtreformierbaren zu reformieren. Aber das, was er ihr jetzt erzählte, überstieg ihr Begriffsvermögen.

»Warum hast du zugestimmt?« fragte sie ihn.

»Es klingt verrückt, aber man hat mich in eine Falle gelockt. Ich hatte keine Wahl. Ich mußte einfach.«

»Du hast dich freiwillig gemeldet!« sagte Ali.

»Eigentlich nicht. Als ich Fassett zustimmte, mir die Namen zu nennen, unterzeichnete ich eine Erklärung, nach der ich gemäß der nationalen Sicherheitsakte unter Anklage gestellt werden konnte. Sobald ich wußte, wer sie waren, hing ich am Strick. Fassett wußte das. Es war unmöglich, normale Beziehungen zu ihnen aufrechtzuerhalten. Und wenn ich das nicht tat, dann bestand die Gefahr, daß man mich unter Anklage stellte, weil ich irgendeinen Formfehler beging.«

»Wie schrecklich«, sagte Ali leise.

»Ich würde eher sagen, schmutzig.«

Dann berichtete er ihr von den Episoden mit Ginny und Leila draußen am Pool. Wie Dick Tremayne ihm in die Garage gefolgt war. Schließlich, wie Bernie gerade angefangen hatte, ihm etwas zu erzählen, ehe Janets Schreie das ganze Haus geweckt hatten.

»Er hat dir nie gesagt, was es war?«

»Er sagte, er biete mir nur Geld für Investitionen an. Ich warf ihnen beiden vor, Omega anzugehören... Dann rettete er mein Leben.«

»Nein. Augenblick.« Ali beugte sich vor. »Als du hinausgingst, um die Schirme in Sicherheit zu bringen und wir dich alle im Regen beobachteten... Und dann fingen die Schüsse an, und wir gerieten alle in Panik. Ich versuchte hinauszulaufen, und Leila und Bernie hielten mich auf. Also schrie ich und versuchte, mich loszureißen. Leila – nicht Bernie – preßte mich gegen die Wand. Plötzlich sah sie Bernie an und sagte: ›Du kannst gehen, Bernie! Es ist schon gut, Bernie!‹ Ich habe das nicht verstanden, aber sie hat es ihm befohlen.«

»Eine Frau schickt ihren Mann nicht vor das Erschießungspeloton.«

»Darüber habe ich mich auch gewundert. Ich stellte mir die Frage, ob ich den Mut haben würde, dich hinauszuschicken – für Bernie.«

Und dann erzählte Tanner seiner Frau von der Brosche und der Wand ohne Einschüsse.

»Aber sie waren *im* Keller, Darling. Sie waren nicht *draußen*. Das waren nicht die, die auf uns geschossen haben.« Ali hielt inne. Die Erinnerung an das Schreckliche war einfach zuviel. Sie brachte es nicht über sich, weiter davon zu reden. Statt dessen erzählte sie ihm von Joes Hysterie im Wohnzimmer und der Tatsache, daß Betty Cardone sie durch das Fenster beobachtet hatte.

»Da wären wir also«, sagte er, als sie geendet hatte.»Und ich bin einfach nicht sicher, was das alles bedeutet.«

»Aber der Mann im Keller hat doch gesagt, alles wäre jetzt vorbei. Das hat er dir gesagt.«

»Die haben mir eine ganze Menge gesagt... Aber welcher ist es denn? Oder sind es alle drei?«

»Wer?« fragte sie.

»Omega. Es müssen Ehepaare sein. Sie müssen als Paare auftreten... Aber die Tremaynes und die Cardones sind in dem Wagen mit Gas betäubt worden. Man hat sie an der Lassiter Street hinausgelassen. Aber hat man das wirklich?«

Tanner schob die Hände in die Taschen und ging auf und ab. Er trat ans Fenster, lehnte sich gegen die Wand und blickte in den Garten hinaus.

»Da draußen sind eine Menge Bullen. Die langweilen sich alle zu Tode. Ich wette, die haben den Keller nicht gesehen. Ich frage mich...«

Glas zersplitterte. Tanner fuhr herum, Blut spritzte aus seinem Hemd. Ali schrie und rannte zu ihrem Mann, als der zu Boden fiel.

Weitere Schüsse peitschten, aber keiner kam mehr durch das Fenster. Die Schüsse waren draußen.

Der Polizeibeamte im Flur stieß die Türe auf und rannte zu dem gestürzten Tanner. Höchstens drei Sekunden später kam der Polizist mit gezogener Pistole aus dem Keller gerannt. Draußen waren Stimmen zu hören. Leila kam herein, stöhnte und rannte zu Ali und ihrem Mann, der auf dem Boden lag.

»Bernie! Um Himmels willen, *Bernie!*«

Aber Osterman erschien nicht.

»Wir müssen ihn auf das Bett legen!« schrie der Streifenbeamte aus dem oberen Stockwerk. »Bitte, Madam, lassen Sie los! Ich will ihn auf das Bett legen.«

Man konnte Osterman auf der Treppe schreien hören. »Was zum Teufel ist hier passiert?« Er kam ins Zimmer. »Oh, *Jesus!* Oh, Jesus *Christus!*«

Tanner kam wieder zu Bewußtsein und sah sich um. Mac Auliff stand neben dem Arzt; Ali saß auf dem Bett. Bernie und Leila standen am Fußende und gaben sich redliche Mühe, ihm aufmunternd zuzulächeln.

»Das kommt alles wieder in Ordnung. Ganz oberflächlich«, sagte der Arzt. »Schmerzhaft, aber nichts Ernstes. Ein paar Knorpel im Schulterbereich, das ist alles.«

»Hat man auf mich geschossen?«

»Ja, das hat man«, nickte MacAuliff.

»Wer hat auf mich geschossen?«

»Das wissen wir nicht.« MacAuliff versuchte, seinen Ärger zu unterdrücken, was ihm aber nicht ganz gelang. Der Captain war offenbar davon überzeugt, daß man ihn ignorierte; daß man ihm wesentliche Informationen vorenthielt. »Aber eines will ich Ihnen sagen: Ich werde jeden einzelnen von Ihnen verhören, und wenn ich die ganze Nacht dazu brauche, um herauszufinden, was hier vorgeht. Sie benehmen sich alle höchst unvernünftig, und ich werde das nicht zulassen!«

»Die Wunde ist versorgt«, sagte der Arzt und schlüpfte wieder in seine Jacke. »Sie können aufstehen und herumlaufen, sobald Ihnen danach zumute ist, aber seien Sie vorsichtig, Mr. Tanner. Das ist nicht viel mehr als ein tiefer Schnitt. Ganz geringfügiger Blutverlust.« Der Arzt lächelte und ging hinaus. Er hatte keinen Anlaß, dazubleiben.

Kaum war die Türe geschlossen, als MacAuliff abrupt sagte: »Würden Sie bitte alle im Keller warten? Ich möchte alleine mit Mr. Tanner sprechen.«

»Captain, er ist gerade angeschossen worden«, sagte Bernie entschieden. »Sie können ihn jetzt nicht verhören; das lasse ich nicht zu.«

»Ich bin Polizeibeamter in dienstlichem Auftrag; ich brauche Ihre Erlaubnis nicht. Sie haben gehört, was der Arzt gesagt hat. Er ist nicht ernsthaft verletzt.«

»Er hat genug durchgemacht!« Ali starrte MacAuliff an.

»Es tut mir leid, Mrs. Tanner. Das ist jetzt notwendig. Wenn Sie jetzt bitte alle…«

»Nein, das werden wir *nicht!*« Osterman ließ seine Frau stehen und ging auf den Polizeichef zu. »Er ist nicht derjenige, der verhört werden sollte. Das sind *Sie*. Ihre ganze verdammte Polizeitruppe sollte man sich vornehmen… Ich hätte wirklich gerne gewußt, warum dieser Streifenwagen nicht angehalten hat, Captain! Ich habe Ihre Erklärung gehört und kann sie nicht akzeptieren!«

»Wenn Sie so weitermachen, Mr. Osterman, rufe ich einen Beamten herein und lasse Sie einsperren!«

»Das würde ich nicht versuchen…«

»Lassen Sie es nicht darauf ankommen! Ich hatte schon früher mit Leuten Ihres Schlages zu tun! Ich habe in *New York* gearbeitet, Scheißjude!«

Osterman wurde plötzlich ganz leise. »Was haben Sie da gesagt?«

»Provozieren Sie mich bloß nicht!«

»Laß nur!« sagte Tanner vom Bett aus.

»Mir macht es nichts aus, wirklich… Geht nur hinunter, alle.«

Als er mit MacAuliff alleine war, setzte Tanner sich auf.

Seine Schulter tat weh, aber er konnte sie unbehindert bewegen.

MacAuliff ging ans Fußende des Bettes und hielt sich mit beiden Händen an der Bettstelle fest. Er sprach ganz ruhig: »Sie werden jetzt reden. Sie sagen mir, was Sie wissen, oder ich stelle Sie unter Anklage wegen Verletzung Ihrer Auskunftspflicht in einem Fall von Mordversuch.«

»Die haben versucht, *mich* zu töten.«

»Das ist genauso Mord. M-o-r-d. Es macht nicht den geringsten Unterschied, ob der Anschlag Ihnen oder diesem Judenschwein galt!«

»Warum sind Sie so feindselig?« fragte Tanner. »Sagen Sie es mir. Eigentlich sollten Sie mir jetzt zu Füßen liegen und betteln. Ich bin ein Steuerzahler, und Sie haben mein Haus nicht beschützt.«

MacAuliff versuchte ein paarmal zu reden, schien aber an seiner eigenen Wut förmlich zu ersticken. Schließlich bekam er sich wieder in den Griff.

»Okay. Ich weiß, daß vielen von Ihnen die Art und Weise nicht paßt, wie ich die Dinge anpacke. Sie und Ihresgleichen wollen mich weghaben und irgendeinen Scheißhippie von der blöden Uni anheuern! Nun, dazu will ich Ihnen etwas sagen – das schaffen Sie nur, wenn ich irgendwo Mist baue. Und ich werde keinen Mist bauen! Dafür sorge ich! Diese Stadt wird sauber bleiben! Also werden Sie mir jetzt sagen, was hier vorgeht. Und wenn ich Hilfe brauche, dann hole ich mir die! Ich kann das erst, sobald ich etwas in der Hand habe!«

Tanner erhob sich von seinem Bett, zuerst etwas unsicher und dann zu seiner eigenen Überraschung ohne Mühe.

»Ich glaube Ihnen. Sie sind zu erregt, um zu lügen. Und Sie haben recht. Eine Menge von uns mögen Sie *tatsächlich* nicht. Aber das kann eine rein gefühlsmäßige Sache sein, wir wollen also nicht weiter darauf eingehen. Trotzdem werde ich hier keine Fragen beantworten. Statt dessen erteile *ich* jetzt einen Befehl. Sie werden dieses Haus Tag und Nacht bewachen, bis ich Ihnen sage, daß Sie aufhören können! Haben Sie das begriffen?«

»Ich nehme keine Befehle an!«

»Von mir schon. Wenn Sie das nicht tun, dann sorge ich dafür, daß Sie auf sechzig Millionen Fernsehschirmen als typisches Beispiel altmodischer, ungebildeter, unaufgeklärter Polizeibrutalität, als eine Bedrohung für echte Polizeiarbeit dargestellt werden! Sie sind überholt. Holen Sie sich Ihre Pension und verschwinden Sie.«

»Das werden Sie nicht tun…«

»Glauben Sie? Hören Sie sich mal um.«

MacAuliff stand da und starrte Tanner an. Die Adern an seinem Hals traten so hervor, daß Tanner glaubte, sie würden jeden Augenblick bersten.

»Wie ich euch Schweine hasse!« sagte er kalt. »Ich kann Sie nicht ausstehen.«

»Ich Sie auch nicht. Ich habe Sie in Aktion gesehen. Aber das hat jetzt nichts zu besagen. Setzen Sie sich.«

Zehn Minuten später rannte MacAuliff aus dem Haus, hinaus in den schwächer werdenden Julisturm. Er knallte die Haustüre hinter sich zu und gab den Beamten, die draußen auf dem Rasen warteten, einige beiläufige Anweisungen. Die Männer reagierten mit schwachen Ehrenbezeugungen, worauf MacAuliff in seinen Wagen stieg.

Tanner holte sich ein Hemd aus einer Schublade und schlüpfte etwas ungeschickt hinein. Dann verließ er das Schlafzimmer und ging die Treppe hinunter.

Ali stand im Flur und sprach dort mit einem Polizeibeamten. Sie eilte ihm entgegen.

»Das ganze Haus wimmelt von Polizei. Ich wollte, es wäre eine Armee. O Gott! Ich gebe mir alle Mühe, ruhig zu sein. Wirklich! Aber ich kann nicht!« Sie umarmte ihn, spürte den Verband unter seinem Hemd. »Was werden wir jetzt *tun*? Wer kann uns *helfen*?«

»Alles wird wieder gut. Wir müssen nur noch kurze Zeit warten.«

»Worauf?«

»MacAuliff beschafft mir Informationen.«

»Was für Informationen?«

Tanner schob Ali gegen die Wand. Er sprach ganz leise und vergewisserte sich, daß der Polizist sie nicht beobachtete. »Wer durch die Kellerfenster auf uns geschossen hat, ist verletzt. Einer ist sogar schwer verwundet – am Bein. Beim anderen sind wir nicht ganz sicher, aber Bernie glaubt, er hätte ihn an der Schulter oder der Brust getroffen. MacAuliff wird die Cardones und die Tremaynes aufsuchen. Dann ruft er mich an. Es kann eine Weile dauern, aber er kommt wieder auf mich zu.«

»Hast du ihm gesagt, worauf er achten soll?«

»Nein. Ich habe ihn nur gebeten, ihre Darstellung zu überprüfen, wo sie waren. Das ist alles. Ich will nicht, daß MacAuliff Entscheidungen trifft. Das ist Fassetts Sache.«

Aber in Wirklichkeit war es nicht Fassetts Sache, dachte Tanner. Es war seine Sache, nur die seine. Er würde es Ali sagen, wenn er *mußte*. Im letzten Augenblick. So lächelte er ihr jetzt nur zu, legte ihr den Arm um die Hüfte und wünschte sich, er könnte wieder frei sein, um sie zu lieben.

Um zehn Uhr siebenundvierzig klingelte das Telefon.

»John? Hier spricht Dick. MacAuliff war bei mir.« Tremaynes Atem hallte schwer aus dem Telefon, aber er bemühte sich mit Erfolg, wenigstens seine Stimme einigermaßen ruhig zu halten. Man hatte den Eindruck, daß seine Nerven zum Zerreißen gespannt waren. »Ich habe keine Ahnung, in was du dich da eingelassen hast – versuchter Mord, um Himmels willen! – und ich *will* es auch gar nicht wissen. Aber das ist jedenfalls mehr, als ich ertragen kann! Es tut mir leid, John, aber ich hole meine Familie da raus. Ich habe Plätze auf der Pan Am morgen früh um zehn bestellt.«

»Wohin geht ihr?«

Tremayne gab keine Antwort. Tanner wiederholte seine Frage. »Ich habe dich gefragt, wohin ihr geht.«

»Tut mir leid, John... Das klingt jetzt vielleicht blöd, aber ich will dir das nicht sagen.«

»Ich glaube, ich verstehe... Aber tu uns einen Gefallen. Kommt auf dem Weg zum Flughafen kurz vorbei.«

»Das kann ich nicht versprechen. Wiedersehen.«

Tanner hielt die Gabel mit der Hand fest und ließ sie dann langsam los. Er wählte die Nummer der Polizeistation von Saddle Valley.

»Polizei-Hauptquartier. Sergeant Dale.«

»Captain MacAuliff, bitte. Hier spricht John Tanner.«

»Er ist nicht hier, Mr. Tanner.«

»Können Sie ihn erreichen? Es ist dringend.«

»Ich kann es über Funk versuchen; wollen Sie warten?«

»Nein. Sagen Sie ihm nur, er soll mich so bald wie möglich anrufen.« Tanner gab noch seine Telefonnummer durch und legte dann auf. Wahrscheinlich war MacAuliff zu den Cardones unterwegs. Er hätte eigentlich inzwischen schon dort eintreffen müssen. Er würde bald anrufen. Tanner ging ins Wohnzimmer zurück. Er wollte die Ostermans aus der Fassung bringen.

Das war Teil seines Planes.

»Wer hat angerufen?« wollte Bernie wissen.

»Dick. Er hat gehört, was passiert ist. Er nimmt seine Familie und geht hier weg.«

Die Ostermans tauschten Blicke.

»Wohin?«

»Das hat er nicht gesagt. Sie haben eine Flug morgen früh.«

»Er hat nicht gesagt, wohin sie gehen?« Bernie stand scheinbar beiläufig auf, konnte aber seine Besorgnis nicht verbergen.

»Sagte ich doch. Er wollte es mir nicht sagen.«

»Das hast du nicht gesagt.« Osterman sah Tanner an. »Du hast gesagt, ›hat er nicht gesagt‹. Das ist etwas anderes, als wenn er es nicht sagen *wollte*.«

»Ja, da hast du wohl recht... Bist du immer noch der Ansicht, daß wir nach Washington fahren sollen?«

»Was?« Osterman sah seine Frau an. Er hatte Tanners Frage nicht gehört.

»Bist du immer noch der Ansicht, daß wir nach Washington fahren sollen?«

»Ja.« Bernie starrte Tanner an. »Jetzt mehr denn je. Du brauchst Schutz. Wirklichen Schutz. Die versuchen, dich umzubringen, John.«

»Das frage ich mich allmählich. Ich frage mich wirklich, ob sie *mich* umbringen wollen.«

»Was willst du damit sagen?« Leila stand auf und sah Tanner an.

Das Telefon klingelte.

Tanner eilte in sein Arbeitszimmer zurück und nahm den Hörer ab. Es war MacAuliff.

»Hören Sie«, sagte Tanner leise. »Ich möchte, daß Sie genau – *genau* – beschreiben, wo Tremayne während Ihres Verhörs war.«

»In seinem Arbeitszimmer.«

»*Wo* in seinem Arbeitszimmer?«

»An seinem Schreibtisch. Warum?«

»Ist er aufgestanden? Ist er herumgegangen? Zum Beispiel, um Ihnen die Hand zu geben?«

»Nein... Nein, ich glaube nicht. Nein, das hat er nicht getan.«

»Und was ist mit seiner Frau? Hat sie Sie ins Haus gelassen?«

»Nein. Das war das Mädchen. Tremaynes Frau war im Obergeschoß. Ihr war nicht gut. Das haben wir uns bestätigen lassen; wir haben den Arzt angerufen, erinnern Sie sich?«

»Richtig. Jetzt sagen Sie mir etwas über die Cardones. Wo haben Sie sie gefunden?«

»Zuerst habe ich mit seiner Frau gesprochen. Eines der Kindermädchen ließ mich ein. Sie lag auf dem Sofa, ihr Mann war in der Garage.«

»Wo haben Sie mit ihm gesprochen?«

»Das sagte ich doch gerade. In der Garage. Ich bin auch gerade richtig hingekommen. Er ist nach Philadelphia unterwegs. Sein Vater ist krank. Sie haben ihm schon die Sterbesakramente verabreicht.«

»Philadelphia? – Wo war er genau?«

»In der *Garage*, sagte ich! Seine Koffer waren gepackt. Er war im Wagen. Er sagte mir, ich solle mich beeilen. Er wollte losfahren.«

»Er war *im* Wagen?«

»Das ist richtig.«

»Ist Ihnen das nicht seltsam vorgekommen?«

»Warum sollte es das? Herrgott, sein Vater liegt im Sterben! Er wollte so schnell wie möglich nach Philadelphia. Ich werde das prüfen.«

Tanner legte den Hörer auf.

Keines der beiden Ehepaare war von MacAuliff unter normalen Umständen gesehen worden. Niemand von ihnen stand, niemand ging. Beide hatten gute Gründe, am Sonntag nicht in sein Haus zu kommen.

Tremayne hinter einem Schreibtisch, verängstigt, unbeweglich.

Cardone in einem Automobil sitzend, nur daran interessiert, so schnell wir möglich wegzufahren.

Einer oder beide *verwundet*.

Einer oder vielleicht beide Omega.

Die Zeit war gekommen. Es hatte aufgehört zu regnen; er würde sich jetzt besser bewegen können, obwohl es in den Büschen immer noch naß sein würde.

Er zog sich in der Küche um, zog die Kleider an, die er aus dem Schlafzimmer heruntergetragen hatte: schwarze Hosen, einen schwarzen Pullover mit langen Ärmeln und Mokassins. Er steckte sich Geld ein und vergewisserte sich, daß wenigstens sechs Dimes dabei waren. Schließlich schob er sich eine Taschenlampe, die nicht viel größer als ein Füllhalter war, in den V-Ausschnitt seines Pullovers.

Dann ging er zur Flurtüre und rief Ali in die Küche. Er hatte vor diesem Augenblick viel größere Angst als vor allem anderen, das vor ihm lag. Und doch gab es keinen anderen Weg. Er wußte, daß er es ihr sagen mußte.

»Was machst du? Warum...«

Tanner hielt den Finger an die Lippen und zog sie an sich. Sie gingen ans andere Ende der Küche, wo die Tür in die Garage führte, dem Punkt, der am weitesten vom Flur entfernt war. Dort flüsterte er ihr leise zu:

»Erinnerst du dich daran, daß ich dich gebeten habe, mir zu vertrauen?«

Ali nickte langsam.

»Ich gehe jetzt eine Weile hinaus; nur auf kurze Zeit. Ich treffe ein paar Leute, die uns helfen können. MacAuliff hat die Verbindung hergestellt.«

»Warum können die nicht herkommen? Ich will nicht, daß du hinausgehst. Du darfst nicht hinausgehen!«

»Es gibt keine andere Möglichkeit. Das ist alles so vorbereitet«, log er und wußte, daß sie die Lüge ahnte. »Ich rufe dich in kurzer Zeit an. Dann wirst du wissen, daß alles gut ist. Aber bis dahin möchte ich, daß du den Ostermans sagst, daß ich spazierengegangen bin. Sag ihnen, ich sei so aufgeregt gewesen, oder sag ihnen, was du willst. Es ist wichtig, daß sie meinen, daß *du* glaubst, daß ich spazierengegangen bin. Daß ich jeden Augenblick wieder zurückkomme. Vielleicht spreche ich sogar mit den Leuten draußen im Garten.«

»Mit wem wirst du dich denn treffen? Das mußt du mir sagen.«

»Mit Fassetts Leuten.«

Sie hielt seinen Blick fest. Die Lüge war jetzt zwischen ihnen vereinbart, und sie blickte ihm suchend in die Augen. »Mußt du das tun?« fragte sie leise.

»Ja.« Er umarmte sie kurz, wollte gehen, ging mit schnellen Schritten zur Küchentüre.

Draußen schlenderte er auf seinem Grundstück herum, sorgte dafür, daß die Polizeibeamten vor und hinter seinem Hause seine Anwesenheit zur Kenntnis nahmen, bis er glaubte, daß sie aufhörten, ihn zu beobachten. Dann, als er das Gefühl hatte, daß niemand mehr auf ihn achtete, verschwand er in dem Wäldchen.

Er schlug einen weiten Bogen nach Westen, wich mit Hilfe des dünnen Lichtkegels seiner Taschenlampe Hindernissen aus. Die Nässe, der weiche Boden, behinderten ihn, aber schließlich sah er die Hofbeleuchtung seiner Nachbarn, der Scanlans, dreihundert Fuß von seiner Grundstücksgrenze entfernt. Er war triefendnaß, als er sich der hinteren Veranda der Scanlans näherte und schließlich klingelte.

Fünfzehn Minuten später – auch das hatte länger gedauert, als Tanner erwartet hatte – stieg er in das Mercedes-Coupé Scanlans und ließ den Motor an. Scanlans Smith & Wesson steckte in seinem Gürtel und drei zusätzliche Magazine in seiner Tasche.

Tanner bog links in den Orchard Drive ein und fuhr in Richtung auf das Ortszentrum. Es war schon nach Mitternacht; später, als er sich zurechtgelegt hatte.

Einen Augenblick lang beschäftigte er sich damit, gleichsam Inventur aufzunehmen, sich selbst und das, was er tat, zu bewerten. Er hatte sich nie für einen außergewöhnlich tapferen Mann gehalten. Jede Anwandlung von Mut, die er je an den Tag gelegt hatte, war immer dem Augenblick entsprungen. Und er kam sich auch jetzt nicht mutig vor. Er war verzweifelt. Das war seltsam. Seine Angst – der profunde, tiefempfundene Schrecken, mit dem er tagelang gelebt hatte – schuf sich jetzt ihr eigenes Gleichgewicht, gebar ihre eigene Furcht. Furcht davor, manipuliert zu werden. Er konnte das nicht länger hinnehmen.

Saddle Valley lag still da, die Hauptstraße im weichen Licht imitierter Gaslampen, die Geschäftsfassaden im Einklang mit dem Image stillen Wohlstands, der Saddle Valley anhaftete. Keine Neonröhren, keine Scheinwerfer, alles gedämpft und wohlanständig.

Tanner fuhr am Village Pub und am Taxistand vorbei, wendete auf der Straße und parkte. Die öffentliche Telefonzelle stand unmittelbar neben dem Mercedes. Er wollte den Wagen weit genug entfernt stehen haben, um die ganze Gegend überblicken zu können. Er überquerte die Straße und tätigte seinen ersten Anruf.

»Ich bin's, Tanner, Tremayne. Sei still und hör mir zu... Omega ist erledigt. Es wird aufgelöst. Ich mache Schluß. Zürich macht Schluß. Das war eure letzte Prüfung, und ihr habt sie nicht bestanden. Die Dummheit, die jeder einzelne an den Tag gelegt hat, ist unglaublich! Ich erteile die Befehle zum Schlußmachen noch heute nacht. Sei um halb drei beim alten Bahnhof an der Lassiter Road. Und versuche nicht, mich zu Hause anzurufen. Ich rufe aus einer Zelle an. Ich nehme mir ein Taxi dorthin. Mein Haus wird beobachtet, das habe ich *euch allen* zu verdanken! Sei um halb drei an der Lassiter Road und bringe Virginia mit. Omega ist zusammengebrochen! Wenn du mit dem Leben davonkommen und aussteigen willst, dann sei dort – halb drei!«

Tanner drückte die Gabel nieder. Als nächstes kamen die Cardones.

»Betty? Hier Tanner. Hör gut zu. Schnapp dir Joe und sag ihm, daß Omega erledigt ist. Mir ist es gleichgültig, wie du das machst, aber schaff ihn wieder her. Das ist ein Befehl aus Zürich. Sag ihm das! – Omega ist zusammengebrochen. Ihr seid alle verdammte Narren gewesen. Es war sehr dumm, meinen Wagen lahmzulegen. Ich werde heute um halb drei am alten Lassiter-Bahnhof die Befehle zum Abbruch erteilen. Komm mit Joe hin! Zürich erwartet euch. Und versuche ja nicht, mich zurückzurufen. Ich rufe aus dem Ort an. Mein Haus wird bewacht. Ich nehme ein Taxi. Nicht vergessen. Lassiter-Bahnhof – sag es Joe.«

Wieder drückte Tanner die Gabel herunter. Sein dritter Anruf galt dem eigenen Haus.

»Ali? Alles klar, Darling. Du brauchst dir keine Sorgen mehr zu machen. Und jetzt sage nichts. Gib mir sofort Bernie ans Telefon... Ali, nicht *jetzt!* Ich will Bernie ans Telefon! – Bernie, ich bin's, John. Es tut mir leid, daß ich weggegangen bin, aber das mußte ich. Ich weiß jetzt, wer Omega ist, aber ich brauche deine Hilfe. Ich rufe aus dem Ort an. Ich brauche später einen Wagen... Nicht jetzt; später. Ich möchte nicht, daß man den meinen im Ort sieht. Ich nehme ein Taxi. Komm um halb drei an den Lassiter-Bahnhof. Wenn du aus der Ausfahrt kommst, biegst du nach rechts und fährst auf dem Orchard Drive in östlicher Richtung – er beschreibt einen leichten Bogen nach Norden –, du fährst etwa eine Meile weit. Dann siehst du einen großen Teich, er ist von einem weißen Zaun umgeben. Auf der anderen Seite ist die Lassiter Road. Fahr zwei Meilen die Lassiter hinunter, dann siehst du den Bahnhof. – Es ist vorbei, Bernie. Ich habe Omega um halb drei am Bahnhof. Um Himmels willen, *laß es jetzt nicht auffliegen!* Du mußt mir vertrauen! Rufe niemanden an und tue nichts! Du mußt nur *dort* sein!« Tanner legte den Hörer auf, riß die Tür auf und rannte zu dem Mercedes-Coupé.

Er stand in der abgedunkelten Eingangsnische eines Spielzeugladens. Es kam ihm in den Sinn, daß Scanlans Mercedes im Ort recht bekannt war, und die Tremaynes, die Cardones und vielleicht sogar die Ostermans wußten, daß Scanlan sein nächster Nachbar war. Vielleicht lag darin sogar ein Vorteil für ihn, überlegte er. Wenn man davon ausging, daß er den Wagen ausgeborgt hatte, würde man weiterhin annehmen, daß er in der Gegend geblieben war. Die Suche würde also gründlich sein. Ihm blieb jetzt nur das Warten. Warten, bis kurz nach zwei, ehe er zum alten Lassiter-Bahnhof fuhr.

Im Ortszentrum würde er warten, um zu sehen, wer ihm folgte, wer versuchen würde, ihn daran zu hindern, den Treffpunkt aufzusuchen. Welches Ehepaar? Oder würden es alle drei sein? Denn Omega mußte jetzt von tiefer Angst erfüllt sein. Das Unaussprechliche war gesagt worden, das Geheimnis ans Licht gezerrt.

Omega würde jetzt versuchen, ihn aufzuhalten. Wenn irgend etwas von dem, was Fassett gesagt hatte, stimmte, war das die einzige Möglichkeit, die ihnen offen blieb. Sie mußten ihn aufhalten, ehe er den alten Bahnhof erreichte.

Damit rechnete er. Doch sie würden ihn nicht aufhalten – er würde dafür sorgen, daß es nicht dazu kam. Aber er wollte im voraus wissen, wer der Feind war.

Er blickte die Straße hinauf und hinunter. Vier Leute waren zu sehen. Ein Ehepaar, das einen Dalmatiner spazierenführte, ein Mann, der aus dem Pub kam und der Fahrer, der auf dem Vordersitz seines Taxis schlief.

Tanner sah jetzt, wie sich aus dem Osten langsam das Scheinwerferpaar eines Wagens näherte. Bald erkannte er, daß es sein eigener Kombi war. Er preßte sich in die unbeleuchtete Eingangsnische.

Am Steuer saß Leila Osterman. Alleine.

Tanners Puls beschleunigte sich. Was hatte er getan? Es war ihm nie in den Sinn gekommen, daß eines der Ehepaare sich in einer Krise trennen würde! Und doch war Leila alleine! Und es gab nichts, das Osterman daran hindern konnte, seine Familie als Geisel festzuhalten! Osterman war einer derer, die geschützt wurden, nicht einer der Gejagten. Er konnte sich frei bewegen, das Grundstück verlassen, wenn er das wollte. Er konnte Ali und die Kinder sogar zwingen, mit ihm zu gehen, wenn er das für notwendig hielt!

Leila parkte den Kombi vor dem Pub, stieg aus und ging schnell zu dem Taxifahrer hinüber, rüttelte ihn wach. Sie redeten einen Augenblick miteinander; Tanner konnte die Stimmen nicht hören. Schließlich wandte sich Leila wieder von ihm ab und ging zum Pub zurück, trat ein. Tanner blieb in der Eingangsnische stehen, spielte mit den Münzen, die er in der Tasche hatte, wartete darauf, daß sie wieder herauskam. Das Warten war für ihn wie ein Alptraum. Er mußte zu der Telefonzelle! Er mußte die Polizei erreichen! Er mußte sicherstellen, daß seine Familie in Sicherheit war!

Schließlich erschien sie wieder, stieg in den Wagen und fuhr davon. Fünf oder sechs Häuserblocks westlich von seinem augenblicklichen Standort bog sie nach rechts; der Wagen verschwand.

Tanner rannte über die Straße zu der Telefonzelle. Er warf einen Dime ein und wählte.

»Hello?«

Dem Himmel sei Dank! Es war Ali!

»Ich bin es.«

»Wo bist du…«

»Das ist jetzt nicht wichtig. Alles ist gut… Bei dir alles in Ordnung?« Er hörte scharf hin, ob ihrem Tonfall irgend etwas anzumerken war, das nicht stimmte.

»Natürlich ist hier alles in Ordnung. Wir machen uns große Sorgen um dich. Was machst du?«

Ihre Stimme klang ganz natürlich. Alles war gut.

»Ich habe jetzt keine Zeit. Ich möchte…«

Sie unterbrach ihn. »Leila ist weggefahren, um dich zu suchen. Du hast einen furchtbaren Fehler gemacht… Wir haben miteinander gesprochen. Du und ich, wir hatten unrecht, Darling. Das ist alles ganz *anders*. Bernie hat sich solche Sorgen gemacht, daß er meinte…«

Er unterbrach sie. Er hatte jetzt keine Zeit übrig, die er vergeuden konnte; nicht mit den Ostermans, nicht jetzt.

»Bleib vorsichtig. Tu, was ich sage. Laß sie nicht aus den Augen!«

Er legte auf, ehe sie etwas sagen konnte. Er mußte die Polizei erreichen. Jede Sekunde zählte jetzt.

»Polizeihauptquartier. Jenkins am Apparat.«

Der eine Mann bei der Polizeibehörde von Saddle Valley, der für Omega freigegeben war, war also zurück. MacAuliff hatte ihn zurückgerufen.

»Hauptquartier«, wiederholte der Beamte ungehalten.

»Hier ist John Tanner…«

»Du lieber Gott, wo waren Sie denn? Wir haben die ganze Gegend nach Ihnen abgesucht.«

»Sie werden mich nicht finden. Nicht, solange ich das nicht will… Jetzt hören Sie mir zu! Die beiden Polizisten im Haus – ich möchte, daß sie bei meiner Frau bleiben. Sie dürfen sie keinen Augenblick alleine lassen! Die Kinder auch nicht! Nie! Keiner von ihnen darf mit Osterman alleine sein!«

»Natürlich! Das wissen wir! Jetzt sagen Sie mir, wo Sie sind! Seien Sie doch kein verdammter Narr!«

»Ich rufe später wieder an. Versuchen Sie gar nicht erst herauszufinden, woher dieser Anruf kam. Ich bin bis dahin nicht mehr hier.«

Er warf den Hörer auf die Gabel und öffnete die Tür,

sah sich nach einem besseren Aussichtspunkt als dem Ladeneingang um. Von dort konnte er nicht unbeobachtet weglaufen. Er fing an, die Straße zu überqueren. Der Taxifahrer schlief wieder.

Plötzlich hörte Tanner ohne jegliche Warnung das Dröhnen eines Motors. Die verschwommene Silhouette eines Wagens ohne Scheinwerfer schoß auf ihn zu. Er kam mit ungeheurer Geschwindigkeit irgendwo aus dem Nichts. Er rannte auf den gegenüberliegenden Bürgersteig zu, nur wenige Schritte vor dem daherrasenden Wagen, machte einen Satz auf den Bordstein.

Im gleichen Augenblick verspürte er einen kräftigen Schlag am linken Bein. Das durchdringende Geräusch von Reifen, die auf Asphalt bremsten, war zu hören. Tanner stürzte, wälzte sich zur Seite und sah, wie der schwarze Wagen den Mercedes nur knapp verfehlte und dann die Valley Road hinunterraste.

Die Stelle an seinem linken Bein tat scheußlich weh; seine Schulter tobte wieder. Hoffentlich würde er gehen können! Er mußte gehen können!

Der Taxifahrer kam auf ihn zugerannt.

»Herrgott! Was ist passiert?«

»Helfen Sie mir aufstehen, ja?«

»Na klar! Klar! Alles in Ordnung? Der muß vielleicht geladen haben! Herrgott! Umbringen hätte der Sie können. Soll ich einen Arzt holen?«

»Nein. Nein, ich glaube nicht.«

»Ich hab' ein Telefon dort drüben! Ich ruf' die Bullen an! Die haben in Nullkommanichts einen Doktor hier!«

»Nein! Nein, tun Sie's nicht! Es geht schon. Helfen Sie mir nur ein bißchen auf und ab gehen.« Es bereitete ihm Schmerzen, aber Tanner stellte fest, daß er sich bewegen konnte. Das war das Allerwichtigste. Der Schmerz hatte jetzt keine Bedeutung. Nichts außer Omega hatte etwas zu bedeuten. Und Omega hatte sich zeigen müssen!

»Ich glaube, ich rufe doch lieber die Polizei«, sagte der Fahrer, der immer noch Tanners Arm festhielt. »Solche Rowdys gehören nicht auf die Straße.«

»Nein... Ich meine, ich hab' die Nummer nicht gesehen. Nicht einmal, was für ein Wagentyp das war. Es würde nichts nützen.«

»Ja, wahrscheinlich nicht. Würde dem Schweinehund ja recht geschehen, wenn er gegen einen Baum raste.«

»Ja. Das finde ich auch.« Tanner konnte jetzt wieder alleine gehen. Er würde es schon irgendwie schaffen.

Das Telefon am Taxistand auf der anderen Straßenseite klingelte.

»Das ist mein Telefon... Bei Ihnen alles klar?«

»Sicher. Vielen Dank auch.«

»Samstagnacht. Wahrscheinlich der einzige Anruf, den ich während der ganzen Schicht kriege. Die haben um diese Zeit nur ein Taxi im Einsatz. Und das ist schon eines zuviel.« Der Fahrer setzte sich in Bewegung. »Viel Glück und alles Gute. Brauchen Sie auch wirklich keinen Arzt?«

»Nein, wirklich nicht. Vielen Dank noch mal.«

Er sah zu, wie der Fahrer den Hörer abnahm, sich eine Adresse notierte, und hörte dann seine Stimme, als er sie wiederholte:

»Tremayne. Sechzehn Peachtree. Bin in fünf Minuten da, Madam.« Er legte auf und sah, daß Tanner ihn beobachtete. »Was sagen Sie dazu? Zu einem Motel in Kennedy will sie. Mit wem sie's wohl dort treiben mag?«

Tanner wunderte sich. Die Tremaynes hatten zwei eigene Wagen... Hatte Tremayne die Absicht, den Befehl zu ignorieren, zum alten Lassiter-Bahnhof zu kommen? Oder hoffte er nur, ihm im Ort zu isolieren, indem er sicherstellte, daß das einzige Taxi, das zur Verfügung stand, nicht da war?

Beides war möglich.

Tanner humpelte auf eine Seitengasse zu, die am Pub

entlangführte und in erster Linie von Lieferanten benutzt wurde. Sie führte zu einem öffentlichen Parkplatz, aus dem er, wenn es nötig sein sollte, ungesehen entkommen konnte. Er blieb in der finsteren Gasse stehen und massierte sein Bein. In einer Stunde würde er dort einen ansehnlichen Bluterguß haben.

Er sah auf die Uhr. Es war zwölf Uhr neunundvierzig. Noch eine Stunde, dann würde er zu dem alten Bahnhof fahren. Vielleicht würde der schwarze Wagen wiederkommen. Vielleicht würden auch andere kommen.

Er hätte gerne geraucht, wollte aber so nahe bei der Straße kein Streichholz anreißen. Das Glühen der Zigarette konnte er hinter der hohlen Hand verbergen, nicht aber die Flamme eines Streichholzes. Er ging zehn Meter in die dunkle Gasse hinein und zündete sich die Zigarette an. Er hörte etwas. Schritte?

Vorsichtig schlich er wieder zum Eingang an der Valley Road zurück. Der Ort war verlassen. Die einzigen Geräusche, die zu hören waren, kamen aus dem Pub. Dann öffnete sich die Tür des Lokals, und drei Leute kamen heraus: Jim und Nancy Loomis, mit einem Mann, den er nicht erkannte. Er lächelte wehmütig.

Da war er jetzt, John Tanner, der angesehene Chef der Nachrichtenredaktion von Standard Mutual, und verbarg sich in einer finsteren Gasse – schmutzig, vom Regen durchnäßt, mit einer Streifschußnarbe an der Schulter und einem beginnenden Bluterguß am Bein, den ihm ein Fahrer zugefügt hatte, der ihn ermorden wollte – und beobachtete Jim und Nancy aus dem Hinterhalt, wie sie das Pub verließen. Jim Loomis. Omega hatte ihn berührt, und er würde das nie erfahren.

Auf der Valley Road kam aus dem Westen – der Richtung der Staatsstraße fünf – ein Automobil, das leise, mit höchstens zehn Meilen die Stunde, fuhr. Der Fahrer schien auf der Valley Road jemanden oder etwas zu suchen.

Es war Joe.

Er war also nicht nach Philadelphia gefahren. Es gab keinen sterbenden Vater in Philadelphia. Die Cardones hatten gelogen.

Tanner überraschte das nicht.

Er preßte seinen Rücken gegen die Mauer und hoffte, daß man ihn nicht sehen würde, aber er war ein kräftig gebauter Mann. Aus keinem anderen Grund, als weil es ihm ein Gefühl der Sicherheit vermittelte, zog Tanner die Pistole aus dem Gürtel. Wenn nötig, würde er Cardone töten.

Als der Wagen noch vierzig Fuß von ihm entfernt war, ließen zwei kurze Hupentöne eines zweiten Fahrzeugs, das aus der entgegengesetzten Richtung kam, Cardone anhalten.

Der zweite Wagen rollte schnell heran.

Es war Tremayne. Als er an der Gasse vorbeirollte, konnte Tanner sein von panischer Angst verzerrtes Gesicht sehen.

Der Anwalt hielt neben Cardone an, und die beiden Männer redeten schnell, mit leiser Stimme miteinander. Tanner konnte nichts verstehen, merkte aber, daß die beiden Männer schnell und in großer Erregung redeten. Tremayne wendete auf der Straße, und dann rasten die beiden Fahrzeuge in der gleichen Richtung davon.

Tanner entspannte sich, dehnte die verkrampften Glieder. Jetzt wußte er über alle Bescheid. Über alle, die er kannte, und einen weiteren, von dem er nichts wußte. Omega plus eins, überlegte er. Wer war in dem schwarzen Wagen gesessen? Wer hatte versucht, ihn zu überfahren?

Es hatte keinen Sinn, noch länger zu warten. Er hatte gesehen, was er sehen mußte. Er würde jetzt bis auf ein paar hundert Meter an den Lassiter-Bahnhof heranfahren und darauf warten, daß Omega sich erklärte.

Er ging aus der Gasse heraus, auf den Wagen zu. Dann blieb er stehen.

Mit dem Wagen stimmte etwas nicht. Im gedämpften Licht der Gaslaternen konnte er sehen, daß das Hinterende des Wagens auf die Straße heruntergesunken war. Die verchromte Stoßstange stand nur ein paar Zoll über dem Pflaster.

Er rannte auf den Wagen zu und holte die Taschenlampe heraus. Die beiden hinteren Reifen waren platt, das Gewicht des schweren Wagens ruhte auf den Felgen. Er kauerte sich nieder und sah zwei Messer in den Reifen stecken.

Wie? Wann? Er war die ganze Zeit höchstens zwanzig Meter entfernt gewesen! Die Straße war verlassen! Niemand! Niemand hatte sich an den Mercedes heranschleichen können, ohne ihm aufzufallen!

Höchstens vielleicht in diesen paar Augenblicken in der Gasse. Jenen Augenblicken, in denen er sich die Zigarette angezündet und sich an die Wand gepreßt hatte, um Tremayne und Cardone zu beobachten. Jenen Sekunden, in denen er geglaubt hatte, Schritte zu hören.

Die Reifen waren vor höchstens fünf Minuten aufgeschlitzt worden!

Herrgott, dachte Tanner. Es hatte doch noch nicht aufgehört! Omega war ihm auf den Fersen. Sie wußten Bescheid. Wußten über jeden Schritt, den er tat, Bescheid. Jede Sekunde!

Was hatte Ali am Telefon sagen wollen? Bernie hatte – was? Er ging auf die Zelle zu, holte den letzten Dime aus der Tasche. Während er die Straße überquerte, zog er die Pistole aus dem Gürtel. Vielleicht wartete derjenige, der ihm die Reifen aufgeschnitten hatte, irgendwo, beobachtete ihn.

»Ali?«

»Darling, um Gottes willen, komm nach Hause!«

»Es dauert nicht mehr lange, Honey. Ehrlich, es gibt keine Probleme. Gar keine Probleme... Ich möchte dich nur etwas fragen. Das ist wichtig.«

»Es ist genauso wichtig, daß du *nach Hause* kommst!«

»Du hast vorher gesagt, Bernie hätte sich zu etwas entschlossen. Was war das?«

»Oh... Als du das erstemal anriefst. Leila ist dir nachgefahren; Bernie wollte uns nicht alleine lassen. Aber er machte sich Sorgen, daß du nicht auf sie hören würdest, und dann hat er beschlossen, sich selbst auf die Suche nach dir zu machen, nachdem ja Polizei hier war.«

»Hat er den Triumph genommen?«

»Nein. Er hat sich von einem der Polizisten einen Wagen ausgeliehen.«

»O Gott!« Tanner wollte nicht ins Telefon schreien, aber er konnte nicht anders. Der schwarze Wagen, der plötzlich aus dem Nichts aufgetaucht war! Das *plus eins* war in Wirklichkeit doch Teil der drei! »Ist er zurück?«

»Nein. Aber Leila ist wieder da. Sie meint, er hat sich vielleicht verfahren.«

»Ich rufe wieder an.« Tanner legte auf. Natürlich hatte Bernie sich ›verfahren‹. Er hatte noch nicht genügend Zeit gehabt, zurückzufahren. Nicht, seit Tanner in der Gasse gewesen war, nicht, seit man ihm die Reifen aufgeschlitzt hatte.

Und jetzt erkannte er, daß er *irgendwie* zum Lassiter-Bahnhof mußte. Ihn erreichen und dort Stellung beziehen mußte, ehe irgendein Teil von Omega ihn aufhalten konnte oder erfuhr, wo er war.

Die Lassiter Road lag in nordwestlicher Richtung, etwa drei Meilen vom Ortszentrum entfernt. Und ein oder zwei Meilen dahinter stand der alte Bahnhof. Er würde zu Fuß gehen. Das war alles, was er tun konnte.

Er machte sich so schnell er konnte auf den Weg. Die Schmerzen in seinem Bein ließen bald nach. Nach einer

Weile duckte er sich in eine Türnische. Niemand folgte ihm.

Er setzte seinen Marsch im Zick-Zack-Kurs in nordwestlicher Richtung fort, bis er den Rand der Ortschaft erreichte – dort gab es keine Bürgersteige mehr, nur große Rasenflächen. Lassiter war jetzt nicht mehr weit. Zweimal legte er sich flach auf den Boden, wenn Autos an ihm vorbeirasten, deren Fahrer nur auf die Straße vor ihnen achteten, sonst auf nichts.

Schließlich erreichte er durch ein kleines Wäldchen hinter einem gepflegten Rasen die Lassiter Road.

Auf der grob geteerten Straße bog er nach links und setzte zum letzten Teilstück seines Abenteuers an. Seiner Berechnung nach hatte er höchstens noch eine oder eineinhalb Meilen zu gehen. Wenn sein Bein ihm nicht den Dienst versagte, würde er die verlassene Station in fünfzehn Minuten erreichen. Wenn nicht, dann würde er einfach sein Tempo verlangsamen – aber er würde hinkommen. Seine Uhr zeigte ein Uhr einundvierzig. Er hatte noch Zeit.

Omega würde nicht vor der Zeit kommen. Das konnte man sich nicht leisten. Es – oder sie – wußte nicht, was sie erwartete.

Tanner hinkte die Straße entlang und stellte fest, daß er sich besser – sicherer fühlte, wenn er Scanlans Pistole in der Hand hielt. Er sah ein Licht, das hinter ihm aufblitzte. Scheinwerfer, drei- oder vierhundert Meter entfernt. Er drang in das Wäldchen ein, das die Straße säumte, und legte sich flach auf den schlammigen Boden.

Der Wagen rollte langsam an ihm vorbei. Es war derselbe schwarze Wagen, der ihn an der Valley Road attackiert hatte. Er konnte den Fahrer nicht sehen; die Straße war nicht beleuchtet, es war also recht dunkel.

Als der Wagen verschwunden war, ging Tanner zur Straße zurück. Er hatte überlegt, ob er vielleicht zwischen den Büschen weitergehen sollte, aber das ging nicht. Auf der Asphaltstraße würde er schneller vorankommen. Er ging weiter, humpelte jetzt wieder, fragte sich, ob der schwarze Wagen einem Polizisten gehörte, der augenblicklich auf 22, Orchard Drive, stationiert war. Ob der Fahrer vielleicht ein Schriftsteller namens Osterman war?

Er hatte fast eine halbe Meile zurückgelegt, als die Lichter wieder auftauchten, nur diesmal vor ihm. Er warf sich in das Gebüsch und hoffte, daß man ihn nicht gesehen hatte, entsicherte seine Pistole, während er auf dem Boden lag.

Der Wagen näherte sich jetzt mit unglaublicher Geschwindigkeit. Der Fahrer raste zurück, um irgend jemanden zu finden.

War es sein Ziel, *ihn* zu finden? Oder Leila Osterman?

Oder wollte er Cardone erreichen, der *keinen* sterbenden Vater in Philadelphia hatte. Oder Tremayne, der nicht zu dem Motel am Kennedy Airport unterwegs war.

Tanner stand auf und ging weiter. Sein Bein fühlte sich so an, als würde es ihm jeden Augenblick den Dienst versagen. Er hielt die Pistole fest in der Hand.

Die Straße beschrieb einen leichten Bogen, und dann war er da. Eine einzige Straßenlampe, die schon etwas durchhing, beleuchtete das zerfallende Stationsgebäude. Das alte Bahnhofsgebäude war mit Brettern vernagelt, und aus den Spalten in dem halbverfaulten Holz wucherte Unkraut. Kleine, häßliche Blätter wuchsen aus dem Fundament. Kein Wind, kein Regen war zu verspüren, kein Laut, nur das rhythmische Tropfen von Wasser von Tausenden von Ästen und Blättern – die letzten erschöpften Nachwirkungen des Sturms.

Er stand am Rande der verkommenen, von Unkraut überwucherten Parkfläche und versuchte sich zu entscheiden, wo er Posten beziehen sollte. Es war fast zwei Uhr, und er mußte ein Versteck finden. Das Stationsgebäude selbst! Vielleicht konnte er sich Zutritt verschaffen. Er machte sich auf den Weg, quer über die Kiesfläche.

Ein blinkendes Licht blitzte ihm in die Augen, seine Reflexe ließen ihn einen Satz nach vorne machen. Er rollte sich über die verwundete Schulter ab, fühlte aber keinen Schmerz. Ein kräftiger Scheinwerfer hatte die Düsternis durchstochen, die das Bahnhofsgelände einhüllte, und jetzt hallten Schüsse durch die Nacht. Kugeln bohrten sich rings um ihn in den Boden oder pfiffen ihm über den Kopf. Er rollte sich weiter, wußte, daß eine der Kugeln ihn am linken Arm getroffen hatte.

Jetzt hatte er den Rand der Kiesfläche erreicht und hob seine Pistole, richtete sie auf das blendende Licht. Er feuerte schnell in Richtung auf den Feind. Der Scheinwerfer explodierte; dann hallte ein Schrei. Tanner drückte immer wieder ab, bis das Magazin leer war. Er versuchte, mit der linken Hand in die Tasche zu greifen und einen zweiten Ladestreifen herauszuholen, mußte aber feststellen, daß er den Arm nicht bewegen konnte.

Jetzt herrschte wieder Stille. Er legte die Pistole hin und holte schwerfällig mit der rechten Hand ein Magazin heraus. Dann drehte er die Pistole herum, hielt den heißen Lauf mit den Zähnen fest und schob das frische Magazin in die Kammer, verbrannte sich dabei die Lippen.

Er wartete darauf, daß sein Feind sich bewegte, irgendein Geräusch verursachte. Aber nichts regte sich.

Langsam erhob er sich. Sein linker Arm war jetzt völlig bewegungsunfähig. Er hielt die Pistole vor sich, bereit abzudrücken, wenn sich das geringste im Gras bewegte.

Aber da war nichts.

Tanner schob sich rückwärts durch die Bahnhofstüre, hielt die Waffe in die Höhe, tastete den Boden vorsichtig mit den Füßen ab, um nicht von einem unerwarteten Hindernis zu Fall gebracht zu werden. Jetzt erreichte er die mit Brettern vernagelte Türe, wußte, daß er sich unmöglich Zugang verschaffen konnte, wenn sie zugenagelt war. Sein Körper war jetzt fast bewegungsunfähig. Er verfügte nur noch über wenig Kraft.

Trotzdem drückte er mit dem Rücken gegen die Tür, und das schwere Holz gab leicht nach, ächzte dabei laut. Tanner drehte den Kopf und sah, daß der Spalt drei oder vier Zoll breit war. Die alten Scharniere waren mit Rost verkrustet. Er warf sich mit der rechten Schulter gegen die Tür, und sie gab nach, ließ Tanner in die Finsternis stürzen, auf den verfaulenden Boden des Stationsgebäudes.

Dort blieb er ein paar Sekunden lang liegen. Die Bahnhofstüre stand jetzt zu Dreiviertel offen, die obere Hälfte war aus den Angeln gebrochen. Die fünfzig Meter entfernte Straßenlaterne lieferte stumpfes Licht. Zerbrochene oder fehlende Bretter im Dach ließen etwas Helligkeit hereinfallen.

Plötzlich hörte Tanner ein ächzendes Geräusch hinter sich. Unverkennbar ein Schritt auf dem verfaulenden Boden. Er versuchte sich umzudrehen, versuchte aufzustehen. Zu spät. Etwas schmetterte ihm gegen den Schädel. Er fühlte, wie ihn Benommenheit umfing, sah aber den Fuß. Einen in Verbände gehüllten Fuß.

Als er auf dem verfaulenden Boden zusammenbrach und Schwärze ihn umfing, blickte er nach oben in eine Gesicht.

Tanner wußte, daß er Omega gefunden hatte.

Es war Laurence Fassett.

29.

Wie lange er bewußtlos gelegen hatte, wußte er nicht. Fünf Minuten? Eine Stunde?

Er hatte keine Ahnung. Er konnte seine Uhr nicht sehen, den linken Arm nicht bewegen. Sein Gesicht berührte den zersplitterten Boden des Stationsgebäudes. Er spürte, wie das Blut langsam aus seiner Armwunde tropfte; sein Kopf schmerzte.

Fassett!

Der Manipulator.

Omega.

Wie er so dalag, huschten ihm isolierte Fragmente früherer Gespräche durch den Sinn.

›...wir sollten einmal zusammenkommen... unsere Frauen sollten zusammenkommen...‹

Aber Laurence Fassetts Frau war in Ost-Berlin getötet worden. Ermordet in Ost-Berlin.

Und dann war da noch etwas. Etwas, das mit einer Woodward-Sendung zu tun hatte. Der Sendung über die CIA vor einem Jahr.

›...ich war damals in den Staaten. Ich habe die Sendung gesehen.‹

Aber er war damals nicht ›in den Staaten‹. Fassett hatte gesagt, er wäre vor einem Jahr an der albanischen Grenze gewesen: ›...fünfundvierzig Tage des Feilschens.‹ Im Außendienst. Das war der Grund gewesen, weshalb er mit John Tanner Verbindung aufgenommen hatte, dem soliden, über alle Zweifel erhabenen Chef der Nachrichtenredaktion von Standard Mutual, einem Bewohner des Zielortes, Abgrund des Leders.

Es gab auch noch andere Widersprüche – keine so offensichtlichen mehr, aber es gab sie. Sie würden ihm jetzt nichts nützen. Sein Leben war im Begriff, in den Ruinen der alten Bahnstation von Lassiter ein Ende zu finden.

Er bewegte den Kopf und sah Fassett, der über ihm stand.

»Wir haben Ihnen für vieles zu danken. Wenn sie ein so guter Schütze sind, wie ich glaube, haben Sie dort draußen den perfekten Märtyrer geschaffen. Einen toten Helden. Wenn er nur verwundet ist, wird er ohnehin bald tot sein. Oh, er ist ein Teil von uns, aber selbst er würde erkennen, welch perfekten Beitrag er mit seinem Opfer leistet. Sehen Sie, ich habe Sie nämlich nicht belogen. Wir sind Fanatiker. Das müssen wir sein.«

»Was nun?«

»Wir warten auf die anderen. Ein oder zwei müßten auftauchen. Dann wird es vorbei sein. Deren Leben und das Ihre, fürchte ich. Und Washington wird sein Omega haben. Und dann wird vielleicht ein Außenagent namens Fassett eine weitere Belobigung bekommen. Wenn die nicht vorsichtig sind, machen sie mich eines Tages noch zum Direktor ihrer Operationen.«

»Sie sind ein Verräter.« Tanner spürte in dem dunklen Schatten unter seinem Rücken etwas. Es war ein lockeres Stück des Fußbodens, etwa zwei Fuß lang und ein oder zwei Zoll breit. Er setzte sich schwerfällig und unter Schmerzen auf und zog die Diele zu sich heran.

»Nach meiner Definition nicht. Ein Abtrünniger vielleicht. Kein Verräter. Wir wollen darauf nicht weiter eingehen. Sie würden meinen Standpunkt weder verstehen noch würdigen können. Wir wollen einfach sagen, daß nach meiner Ansicht Sie der Verräter sind. Sie *alle*. Sehen Sie sich doch um...«

Tanner schlug mit dem Stück Holz zu, ließ es mit der ganzen ihm noch verbliebenen Kraft auf den verbundenen Fuß heruntersausen. Blut brach hervor, breitete sich durch das Verbandsgewebe aus. Tanner warf sich in die Höhe, auf Fassetts Unterleib zu, versuchte verzweifelt, die Hand mit der Waffe zu packen. Fassett schrie auf. Tanner fand mit der rechten Hand das Handgelenk des Agenten, sein linker Arm war bewegungsunfähig. Er trieb Fassett gegen die Wand, trat mit dem Absatz auf seinen verwundeten Fuß, trat immer wieder zu.

Tanner riß dem anderen die Waffe weg, und sie fiel zu Boden, glitt auf die offene Türe und den schwachen Lichtstrahl zu, der von draußen hereinfiel. Fassetts Schreie zerrissen die Stille des Stationsgebäudes, als er gegen die Wand taumelte.

John hechelte auf die Pistole zu, hob sie auf und hielt sie in der Hand. Dann stand er auf, jeder Teil seines Körpers schmerzte, und das Blut floß ihm aus dem Arm.

Fassett war kaum noch bei Bewußtsein, stöhnte vor Schmerz. Tanner wollte diesen Mann lebend, wollte Omega lebend. Aber er dachte an den Keller, an Ali und die Kinder, und so zielte er sorgfältig und feuerte zweimal, einmal in die Masse von Blut und Fleisch, die Fassetts Wunde war, und einmal in seine Kniescheibe.

Er taumelte zurück zur Türe, stützte sich am Türrahmen. Von Schmerzen gequält sah er auf die Uhr: zwei Uhr siebenunddreißig. Sieben Minuten nach der für Omega festgesetzten Zeit.

Niemand würde jetzt kommen. Die Hälfte von Omega lag schmerzgepeinigt im Stationsgebäude; der Rest im hohen, feuchten Gras jenseits des Parkplatzes.

Er fragte sich, wer das dort draußen wohl sein mochte.

Tremayne?

Cardone?

Osterman?

Tanner riß ein Stück von seinem Ärmel ab und versuchte, sich den Stoffetzen um die Armwunde zu wickeln. Wenn er nur die Blutung etwas stillen konnte, selbst nur teilweise. Wenn er das schaffte, würde er es vielleicht bis zu der Stelle schaffen, wo der Scheinwerfer gestanden war.

Aber er brachte es nicht zuwege, verlor das Gleichgewicht und fiel nach hinten zu Boden. Er war nicht besser dran als Fassett. Ihrer beider Leben würde hier verebben, hier an dieser Stelle. In der alten Bahnstation.

Ein Heulen begann; Tanner war nicht sicher, ob das nur seine Fantasie war, oder ob da wirklich etwas heulte. Und doch, es war Wirklichkeit! Es wurde lauter.

Sirenen, das Brausen von Motoren. Dann das Quietschen von Bremsen auf lockerem Kies und feuchtem Untergrund.

Tanner stützte sich auf den Ellbogen. Er bemühte sich mit aller Kraft aufzustehen – und wenn er es nur bis zum Knien schaffte, das würde schon genügen. Das würde ausreichen, um zu kriechen, wenigstens bis zur Türe zu kriechen.

Die Scheinwerferbündel sickerten durch die lockeren Bretter und den abgesprungenen Stuck, ein Lichtkegel hielt den Eingang umfaßt. Dann war eine Stimme zu hören, sie wurde von einem Megafon verstärkt.

»Hier spricht die Polizei! In unserer Begleitung befinden sich die Bundesbehörden! Wenn Sie Waffen haben, werfen Sie sie heraus und kommen Sie mit erhobenen Händen nach! Wenn Sie Tanner als Geisel gefangen halten, geben Sie ihn frei! Sie sind umstellt. Es besteht keine Möglichkeit zur Flucht!«

Tanner versuchte, etwas zu sagen, während er auf die Türe zukroch. Wieder erklang die Stimme.

»Wir wiederholen. Werfen Sie Ihre Waffen heraus…«

Tanner konnte eine andere Stimme schreien hören, diesmal nicht über ein Megafon.

»Hier drüben! Licht bitte! Bei diesem Wagen! Hier drüben im Gras!«

Jemand hatte den Rest von Omega gefunden.

»Tanner! John Tanner! Sind Sie drinnen?«

Tanner erreichte den Eingang und zog sich am Türrahmen in die Höhe, so daß der Lichtkegel ihn erfaßte.

»Da ist er! Herrgott, schau ihn an!«

Tanner fiel nach vorne. Jenkins rannte neben ihn.

»So, Mr. Tanner. Wir haben Sie so gut wie möglich verbunden. Das reicht, bis die Ambulanz da ist. Sehen Sie, ob
Sie gehen können.« Jenkins stützte Tanner an der Hüfte
und zog ihn in die Höhe. Zwei andere Polizeibeamte trugen Fassett heraus.

»Das ist er. Das ist Omega.«

»Das wissen wir. Sie sind ein sehr beachtlicher Bursche.
Sie haben geschafft, was sonst keiner in fünf Jahren geschafft hat. Sie haben uns Omega geholt.«

»Da ist noch jemand. Dort drüben… Fassett hat gesagt,
er wäre der andere Teil von ihnen.«

»Wir haben ihn gefunden. Er ist tot. Er ist immer noch
dort. Wollen Sie hinübergehen und sehen, wer es ist? Damit Sie es eines Tages Ihren Enkelkindern sagen können.«

Tanner sah Jenkins an und erwiderte mit stockender
Stimme: »Ja, ja, das möchte ich. Ich denke, ich sollte das
wissen.«

Die beiden Männer gingen ins Gras hinüber. Tanner
war von dem Augenblick, der ihm jetzt bevorstand,
gleichzeitig fasziniert und abgestoßen, dem Augenblick,
in dem er selbst das zweite Gesicht von Omega sehen
würde. Er fühlte, daß Jenkins das verstand. Er selbst
mußte es sehen, er durfte es nicht aus zweiter Hand erfahren. Er mußte für den schrecklichsten Teil von Omega
Zeugnis ablegen.

Dem Verrat der Freundschaft.

Dick. Joe. Bernie.

Einige Männer untersuchten den schwarzen Wagen mit
dem zerschossenen Scheinwerfer. Die Leiche lag mit dem
Gesicht nach unten neben der Türe der Limousine. In der
Finsternis konnte Tanner sehen, daß es ein großer, kräftiger Mann war.

Jenkins knipste seine Taschenlampe an und drehte die
Leiche mit dem Fuß herum. Der Lichtkegel fiel ihr ins Gesicht.

Tanner erstarrte.

Es war Captain Albert MacAuliff.

Ein Polizeibeamter trat heran und sagte zu Jenkins:

»Die wollen herüberkommen.«

»Warum nicht? Jetzt kann ja nichts mehr passieren.« In Jenkins' Stimme klang mehr mit als nur eine Andeutung der Verachtung.

»Kommt rüber!« schrie McDermott einigen Männern im Schatten auf der anderen Seite des Parkplatzes zu.

Tanner konnte die drei hochgewachsenen Gestalten über die Kiesfläche gehen sehen. Sie gingen langsam, zögernd.

Bernie Osterman. Joe Cardone. Dick Tremayne.

Er hinkte, auf Jenkins gestützt, aus dem Gras, weg von Omega. Die vier Freunde sahen einander an; keiner wußte, was er sagen sollte.

»Gehen wir«, sagte Tanner zu Jenkins.

»Entschuldigen Sie uns, Gentlemen.«

Teil 4

Sonntagnachmittag

30.

Sonntagnachmittag in Saddle Valley, New Jersey. Die zwei Streifenwagen rollten wie gewöhnlich die Straßen hinauf und hinunter, aber sie rollten langsam dahin und bogen scheinbar träge in die schattigen Seitenstraßen. Die Fahrer lächelten den Kindern zu und winkten den Leuten zu, die ihren sonntäglichen Verrichtungen nachgingen. Man konnte Golftaschen und Tennisschläger in kleinen ausländischen Cabriolets und glänzenden Kombis sehen. Die Sonne leuchtete hell vom Himmel, die Bäume und der Rasen glänzten, erfrischt vom Julisturm.

Saddle Valley war wach, bereitete sich auf einen perfekten Sonntagnachmittag vor. Die Wählscheiben von Telefonen wurden gedreht, Pläne gemacht, unzählige Entschuldigungen für den vergangenen Abend angeboten. Sie wurden weggelacht – was zum Teufel, der letzte Abend war schließlich Samstagabend gewesen. In Saddle Valley, New Jersey, pflegte man alles, was sich Samstagabend zutrug, schnell zu vergeben.

Eine dunkelblaue Limousine mit Weißwandreifen, ein ziemlich neues Modell, fuhr in die Einfahrt der Tanners. Im Haus erhob sich John Tanner von der Couch und ging mühsam zum Fenster. Seine Brust und der ganze linke Arm waren bandagiert. Ebenso sein linkes Bein vom Schenkel bis zum Knöchel.

Tanner blickte zum Fenster hinaus auf die zwei Männer, die jetzt auf das Haus zugingen. Einen kannte er – Jenkins –, aber erst auf den zweiten Blick. Jenkins trug diesmal keine Polizeiuniform. Jetzt sah er wie ein typischer Bewohner von Saddle Valley aus – leitender Bankangestellter oder Mitarbeiter einer Werbeagentur. Den zweiten Mann kannte Tanner nicht. Er hatte ihn noch nie gesehen.

»Sie sind hier«, rief er zur Küche hinüber. Ali kam heraus und blieb im Flur stehen. Sie war ganz alltäglich gekleidet, Jeans und ein Hemd, aber ihr Blick war alles andere als alltäglich.

»Ich glaube, wir müssen das hinter uns bringen. Der Babysitter ist mit Janet draußen. Ray ist im Club. Bernie und Leila sind inzwischen wohl schon am Flughafen.«

»Wenn sie es rechtzeitig geschafft haben. Sie mußten Aussagen machen und Papiere unterschreiben. Dick hat die juristische Vertretung für alle übernommen.«

Die Glocke schlug an und Ali ging zur Tür. »Setz dich, Darling. Ganz langsam, eines nach dem anderen, hat der Arzt gesagt.«

»Okay.«

Jenkins und sein ihnen unbekannter Partner traten ein. Alice brachte Kaffee, und dann setzten sich alle vier einander gegenüber.

Die Tanners auf der Couch, Jenkins und der Mann, den er als Grover vorstellte, in den Sesseln.

»Sie sind doch derjenige, mit dem ich in New York gesprochen habe, oder?« fragte John.

»Ja, der bin ich. Ich bin in der Agency. Übrigens, Jenkins auch. Er war seit eineinhalb Jahren hier eingeteilt.«

»Sie waren ein sehr überzeugender Polizeibeamter, Mr. Jenkins«, sagte Ali.

»Das war nicht schwierig. Das hier ist ein angenehmer Ort, nette Leute.«

»Ich dachte, es wäre der ›Abgrund des Leders‹.« Tanners Feindseligkeit war offenkundig. Die Zeit für Erklärungen war gekommen. Er hatte sie verlangt.

»Das natürlich auch«, fügte Jenkins mit leiser Stimme hinzu.

»Dann sollten wir besser drüber reden.«

»Also gut«, sagte Grover. »Ich will es in ein paar Worte zusammenfassen. ›Trennen und töten.‹ Das war Fassetts Motto. Omegas Motto.«

»Dann hat es wirklich einen Fassett gegeben. Er hat so geheißen, meine ich.«

»Freilich hat es den gegeben. Laurence Fassett war zehn Jahre lang einer der besten Agenten des CIA. Ausgezeichnete Beurteilungen, tüchtig. Und dann widerfuhr ihm einiges.«

»Er hat an den Feind verkauft.«

»So einfach ist das nie«, sage Jenkins. »Wir wollen sagen, daß seine Loyalität wechselte. Sie hat sich drastisch verändert. Er wurde der Feind.«

»Und Sie wußten es nicht?«

Grover zögerte, ehe er antwortete. Er schien nach Worten zu suchen, die am wenigsten Schmerz bereiten würden. Er nickte kaum merkbar. »Wir haben es gewußt. Wir haben es schrittweise herausgebracht, über einige Jahre hinweg. Wenn Leute von Fassetts Kaliber abtrünnig werden, so merkt man das nie über Nacht. Das ist ein langwieriger Prozeß; eine Folge von Aufträgen mit einander widersprechenden Zielen. Über kurz oder lang zeigt sich dann ein Schema. Wenn es dazu kommt, macht man das meiste daraus – und genau das haben wir getan.«

»Mir scheint das furchtbar gefährlich und kompliziert.«

»Ein gewisses Maß an Gefahr vielleicht; kompliziert eigentlich nicht. Fassett ist manipuliert worden, so wie er Sie und Ihre Freunde manipuliert hat. Man hat ihn in die Aktion Omega eingeschaltet, weil er dazu geeignet schien. Er war brillant, und dies war eine explosive Situation. Gewisse Gesetze der Spionage sind fundamentaler Natur. Wir nahmen richtig an, daß der Feind Fassett die Verantwortung dafür übertragen würde, daß Omega *intakt* bliebe, er durfte nicht zulassen, daß es zerstört wurde. Er war gleichzeitig der General, der Verteidiger und die Angriffsmacht. Die Strategie war wohlüberlegt, das können Sie mir glauben. Beginnen Sie zu begreifen?«

»Ja.« Dieses Wort Tanners war kaum zu vernehmen.

»›Trenne und töte.‹ Omega existierte. ›Abgrund des Leders‹ *war* Saddle Valley. Die Überprüfung hier ansässiger Personen brachte die Schweizer Konten der Cardones und der Tremaynes zum Vorschein. Als Osterman auftauchte, stellte sich heraus, daß auch er ein Konto in Zürich hatte. Die Umstände waren für Fassett perfekt. Er hatte drei Ehepaare gefunden, die miteinander in eine illegale – oder zumindest höchst fragwürdige – finanzielle Transaktion mit der Schweiz verwickelt waren.«

»Zürich. Deshalb hat das Wort Zürich sie alle so nervös gemacht. Cardone war ja wie vom Blitz gerührt.«

»Dazu hatte er auch allen Anlaß. Er und Tremayne. Einer der Partner in einer höchst spekulationsfreudigen Maklerfirma mit einer Menge Mafia-Finanzierungen, der andere ein Anwalt, dessen Firma sich mit zweifelhaften Fusionsgeschäften befaßte – Tremayne, der Spezialist. Sie hätten ruiniert werden können. Osterman hatte am wenigsten zu verlieren, aber eine Anklage gegen ihn hätte bei seinen Verbindungen zu den Medien katastrophale Auswirkungen haben können. Wie Sie ja besser als wir wissen – die Welt der Medien ist höchst empfindlich.«

»Ja«, sagte Tanner ohne jedes Gefühl.

»Wenn es im Laufe des Wochenendes Fassett gelang, das Mißtrauen zwischen den drei Ehepaaren so zu verstärken, daß sie anfingen, einander Vorwürfe an den Kopf zu werfen – würde der nächste Schritt Gewalt sein. Und sobald diese *Möglichkeit* einmal bestand, beabsichtigte das echte Omega, wenigstens zwei der Ehepaare zu ermorden. Dann konnte Fassett uns ein Ersatz-Omega liefern. Wer würde ihm da widersprechen können? Die Betreffenden würden tot sein. Es war brillant.«

Tanner erhob sich mit schmerzverzerrtem Gesicht von

der Couch und hinkte an den offenen Kamin. Er hielt sich verärgert am Sims fest.

»Ich bin froh, daß Sie dasitzen und professionelle Meinungen äußern können.« Er wandte sich den Agenten zu. »Sie hatten nicht das Recht, *nicht das Recht!* Meine *Frau*, meine *Kinder* sind beinahe *ermordet* worden! Wo waren denn Ihre Männer draußen auf dem Grundstück? Was ist denn aus all den Schutzvorrichtungen der größten Firma der Welt geworden? Wer hat denn auf diesen elektronischen – *Dingern* gelauscht, die angeblich im ganzen Haus installiert waren? *Wo waren denn die Leute? Man ließ uns alleine in diesem Keller, ließ zu, daß wir beinahe starben!«*

Grover und Jenkins warteten. Sie akzeptierten Tanners Feindseligkeit ruhig und voll Verständnis. Dies war nicht das erste Mal, daß sie solches erlebten. Und dann sagte Grover leise, gleichsam als Kontrapunkt zu Tanners Ärger.

»In Operationen wie diesen rechnen wir damit, daß Fehler – ich will ehrlich sein, üblicherweise ein größerer Fehler – passieren. Das ist unvermeidbar, wenn man die Logistik bedenkt.«

»*Was für ein Fehler?«*

Jetzt sprach Jenkins. »Die Frage möchte ich gerne beantworten. Der Fehler war der meine. Ich war der leitende Beamte in ›Leder‹ und der einzige, der wußte, das Fassett abtrünnig geworden war. Der einzige. Am Samstagnachmittag sagte McDermott mir, daß Cole außergewöhnliche Informationen ausfindig gemacht hatte und mich sofort sprechen müsse. Ich habe das nicht mit Washington überprüft, es nicht bestätigen lassen. Ich habe es einfach akzeptiert und bin so schnell ich konnte in die Stadt gefahren. Ich dachte, daß Cole oder sonst jemand hier in ›Leder‹ herausgebracht hatte, wer Fassett wirklich war. Wenn das der Fall gewesen wäre, hätten wir völlig neue Anweisungen aus Washington bekommen müssen.«

»Wir waren vorbereitet«, unterbrach Grover. »Alternativpläne standen bereit.«

»Ich fuhr nach New York, begab mich in die Hotelsuite – und Cole war nicht da. Ich weiß, daß das unglaublich klingt, aber er war essen gegangen. Er war einfach *zum Abendessen gegangen*. Er hatte den Namen des Restaurants hinterlassen, also fuhr ich hin. Dies alles nahm Zeit in Anspruch. Taxis, Verkehr. Ich konnte nicht telefonieren; alle Gespräche wurden mitgeschnitten. Fassett hätte etwas erfahren können. Schließlich erreichte ich Cole. Er wußte nicht, wovon ich redete. Er hatte keine Nachricht geschickt.«

Jenkins hielt inne, sein Bericht ärgerte ihn und war ihm sichtlich peinlich.

»Das war der Fehler?« fragte Ali.

»Ja. Das verschaffte Fassett die Zeit, die er brauchte. *Ich* verschaffte ihm die Zeit.«

»Riskierte Fassett denn nicht zuviel? Schließlich ging er damit doch selbst in die Falle? Cole hatte geleugnet, eine Nachricht geschickt zu haben.«

»Das Risiko hat er einkalkuliert. Sich die Zeit dafür ausgerechnet. Da Cole dauernd mit ›Leder‹ in Verbindung war, konnte eine einzige Nachricht, besonders eine aus zweiter Hand, leicht verstümmelt werden. Die Tatsache, daß ich darauf hereinfiel, sagte ihm auch noch etwas. Einfach ausgedrückt, ich mußte getötet werden.«

»Das erklärt aber die Wachen draußen nicht. Daß Sie nach New York fuhren, erklärt nicht, daß die Wachen nicht mehr da waren.«

»Wir sagten doch, daß Fassett brillant war«, fuhr Grover fort. »Wenn wir Ihnen sagen, weshalb die Leute nicht da waren, weshalb im Umkreis von Meilen keine einzige Streife war, werden Sie begreifen, *wie* brillant. Er hat systematisch sämtliche Männer von Ihrem Grundstück abgezogen, und zwar mit der Begründung, daß *Sie Omega* wären. Der Mann, den sie mit ihrem eigenen Leben beschützten, war in Wirklichkeit der Feind.«

»*Was?*«

»Denken Sie darüber nach. Sobald Sie einmal tot waren – wer konnte da noch das Gegenteil beweisen?«

»Aber warum glaubten sie das?«

»Die elektronischen Lauschgeräte. Sie funktionierten in Ihrem ganzen Hause plötzlich nicht mehr. Eines nach dem anderen fielen sie aus. Sie waren der einzige hier, der von ihrer Existenz wußte. Deshalb waren *Sie* derjenige, der sie ausschaltete.«

»Aber das stimmt doch nicht! Ich wußte nicht einmal, wo sie waren! Ich weiß es immer noch nicht!«

»Das hätte auch keinen Unterschied gemacht.« Diesmal sprach wieder Jenkins. »Die Kapazität dieser Sender reichte nur sechsunddreißig bis achtundvierzig Stunden. Nicht länger. Ich habe Ihnen gestern nacht einen gezeigt. Man hat ihn mit Säure behandelt. Es war bei allen der Fall. Die Säure hatte sich langsam durch die Stromkreise gefressen und die Geräte zerstört. Aber die Männer draußen wußten nur, daß sie nicht mehr funktionierten. Und *dann* erklärte Fassett, er hätte einen Fehler gemacht. *Sie* wären Omega, und er hätte das nicht erkannt. Man berichtete mir, daß er das sehr geschickt angepackt hat. Wenn ein Mann wie Fassett einen größeren Fehler zugibt, hat das etwas höchst Eindrucksvolles an sich. Er hat die Streifen zurückgezogen, und dann rückten er und Mac Auliff für den Todesschuß vor. Sie waren dazu imstande, weil ich nicht hier war, um sie aufzuhalten. Er hatte mich vom Schauplatz des Geschehens entfernt.«

»Wußten Sie über MacAuliff Bescheid?«

»Nein«, antwortete Jenkins. »Er stand nicht einmal unter Verdacht. Die Deckung, die er sich verschafft hatte, war genial. Ein spießiger Kleinstadtpolizist, ehemaliger Angehöriger der New Yorker Polizei und darüber hinaus ein Rechtsradikaler. Offengestanden, der erste Hinweis, den wir bekamen, war Ihre Aussage, daß der Polizeiwagen nicht angehalten hatte, als Sie ihm aus dem Keller ein Zeichen gaben. Keiner der beiden Streifenwagen befand sich zu der Zeit in der Umgebung Ihres Hauses; das hat MacAuliff eindeutig geklärt. Aber er bewahrt in seinem Kofferraum ein rotes Signallicht auf. Eine ganz einfache Vorrichtung, die man auf dem Wagendach befestigen kann. Er umkreiste Ihr Haus, versuchte, Sie herauszulokken. Als er schließlich hierher kam, fielen uns zwei Dinge auf. Zunächst, daß man ihn über das Funkgerät in seinem Wagen erreicht hatte. Nicht zu Hause. Und zum zweiten eine allgemeine Bemerkung der Diensthabenden. Daß MacAuliff sich nämlich die ganze Zeit den Leib hielt und behauptete, seine Magengeschwüre machten ihm zu schaffen. Aber in MacAuliffs Akten war von Magengeschwüren nichts bekannt. Es war möglich, daß er verletzt worden war. Das erwies sich auch als richtig. Sein ›Geschwür‹ war eine Schnittwunde, die er Mr. Osterman zu verdanken hatte.«

Tanner griff nach einer Zigarette. Ali zündete sie ihm an.

»Wer hat den Mann in dem Wäldchen getötet?«

»MacAuliff. Machen Sie sich da keine Vorwürfe. Er hätte ihn getötet, ob Sie nun aufstanden und das Licht einschalteten oder nicht. Er hat auch Ihre Familie am letzten Mittwoch mit Gas betäubt. Er hat dazu Gas verwendet, das der Polizei für die Bekämpfung von Unruhen zur Verfügung steht.«

»Und was ist mit unserem Hund? Im Schlafzimmer meiner Tochter.«

»Fassett«, sagte Grover. »Sie ließen um dreiviertel Zwei Eiswürfel liefern; sie wurden vor dem Haus abgelegt.

Fassett sah eine Chance, Panik zu erzeugen, also trug er sie ins Haus. Sie waren alle am Pool. Sobald er einmal im Haus war, konnte er handeln; schließlich ist er Profi. Er war einfach ein Mann, der Eiswürfel lieferte. Selbst wenn *Sie* ihn gesehen hätten, hätte er Ihnen sagen können, es handle sich um eine zusätzliche Vorsichtsmaßnahme seinerseits. Sie hätten bestimmt keinen Verdacht geschöpft. Und Fassett war ganz offensichtlich der Mann auf der Straße, der die Cardones und die Tremaynes betäubt hat.«

»Alles war darauf abgestimmt, uns *alle* in einem dauernden Zustand der Panik zu halten. Ohne Unterlaß. Mein Mann sollte dadurch gezwungen werden, einen unserer Freunde für den Schuldigen zu halten.« Ali starrte Tanner an und sagte dann mit leiser Stimme: »Und was haben wir getan? Wie haben wir reagiert?«

»Irgendwann war ich von jedem einzelnen überzeugt, daß er – oder sie – sich verraten hatte. Völlig überzeugt.«

»Sie hielten verzweifelt nach Hinweisen Ausschau. Die Beziehungen in diesem Hause während des Wochenendes waren im höchsten Grade persönlich. Fassett wußte das.« Grover sah zu Jenkins hinüber. »Sie mußten natürlich erkennen, daß alle Angst hatten. Sie hatten auch guten Grund dazu. Unabhängig von ihren eigenen persönlichen, beruflichen Schuldgefühlen teilten sie alle eine ganz besondere Schuld.«

»Zürich?«

»Genau. Das erklärt das, was sie am Ende taten. Cardone fuhr gestern nacht nicht zu seinem Vater in Philadelphia, der im Sterben lag. Er hatte seinen Partner Bennett angerufen und ihn gebeten herauszukommen. Er wollte nicht am Telefon mit ihm sprechen. Er dachte, sein Haus könnte vielleicht beobachtet werden. Und doch wollte er sich nicht weit von seiner Familie entfernen.

Sie trafen sich in einer Imbißstube an der Staatsstraße 5.

Cardone erzählte Bennett von seinen Manipulationen in Zürich und bot an, von seinem Posten zurückzutreten. Er hatte die Idee, sich als Kronzeuge zu stellen, falls man ihm Immunität zusagte.«

»Tremayne sagte, er würde heute morgen abreisen.«

»Swissair. Direktflug nach Zürich. Er ist ein guter Anwalt und versteht sich auf diese Art von Verhandlungen. Er wollte retten, was zu retten war.«

»Dann ließen sie beide – unabhängig voneinander – Bernie im Stich.«

»Mr. und Mrs. Osterman hatten ihre eigenen Pläne. Ein Syndikat in Paris war bereit, ihre Investitionen zu übernehmen. Sie hätten nur ein Telegramm an ihre Anwälte in Paris zu schicken brauchen.«

Tanner stand auf und hinkte zu dem Fenster, das ihm den Blick auf den hinteren Teil seines Grundstücks bot. Er war nicht sicher, ob er noch mehr hören wollte. Die Krankheit grassierte überall. Sie ließ, wie es schien, niemanden unberührt. Fassett hatte das gesagt.

Das ist eine Spirale, Mr. Tanner. Niemand lebt mehr isoliert, gleichsam in einer Tiefkühltruhe.

Er drehte sich langsam zu den Regierungsbeamten um. »Es sind immer noch Fragen offen.«

»Wir werden nie alle Antworten liefern können«, sagte Jenkins. »Ganz gleich, was wir Ihnen jetzt sagen, werden diese Fragen noch lange da sein. Sie werden Ungereimtheiten finden, scheinbare Widersprüche, und daraus werden wieder Zweifel werden. Alles war für Sie zu subjektiv, zu persönlich. Sie haben fünf Tage lang in einem Zustand der Erschöpfung gearbeitet, mit wenig oder gar keinem Schlaf. Auch darauf baute Fassett.«

»Das meine ich nicht. Ich meine konkrete Dinge. Leila trug eine Brosche, die man in der Finsternis sehen konnte. In der Wand hinter ihr waren keine Einschüsse. Ihr Mann war nicht hier, als ich gestern nacht im Ort war.

Jemand hat mir dort die Reifen zerschnitten und versucht, mich zu überfahren. Das Treffen am Lassiter-Bahnhof war *meine* Idee. Wie konnte Fassett davon gewußt haben, wenn nicht einer von ihnen es ihm gesagt hatte? Wie können Sie so sicher sein? Sie wußten nicht über MacAuliff Bescheid. Woher wissen Sie denn, daß sie nicht...« John Tanner hielt inne, als ihm klar wurde, was zu sagen er im Begriffe war. Er sah Jenkins an, der ihn seinerseits anstarrte.

Jenkins hatte die Wahrheit gesprochen. Die Zweifel waren wieder da.

Grover lehnte sich in seinem Sessel vor. »Alles wird zur rechten Zeit beantwortet werden. Jene Fragen sind nicht schwierig. Fassett und MacAuliff arbeiteten als Team. Fassett hatte veranlaßt, daß die Abhörleitungen auf seinen neuen Standort geschaltet wurden, sobald er das Hotel verließ. Er hätte leicht MacAuliff anrufen und veranlassen können, daß er Sie tötete, um dann selbst zum Bahnhof zu fahren, als MacAuliff ihm sagte, daß sein Vorhaben mißlungen war. Es ist kein Problem, sich andere Fahrzeuge zu verschaffen, und keine besondere Kunst, Reifen zu zerschneiden. – Mrs. Ostermans Brosche? Ein Zufall. Die Wand ohne Einschüsse? So wie diese Wand steht, ist direkter Beschuß fast unmöglich.«

»›Fast‹, ›hätte‹, ›können‹... O Gott!« Tanner ging zum Sofa zurück und setzte sich schwerfällig. Er griff nach Alis Hand. »Augenblick.« Er fuhr zögernd fort: »Gestern nachmittag – in der Küche – etwas geschehen...«

»Das wissen wir«, unterbrach ihn Jenkins mit leiser Stimme. »Ihre Frau hat es uns gesagt.«

Ali sah John an und nickte. Ihre Augen blickten traurig.

»Ihre Freunde, die Ostermans, sind bemerkenswerte Leute«, fuhr Jenkins fort. »Mrs. Osterman sah, daß ihr Mann Ihnen helfen wollte, helfen *mußte*. Er konnte nicht einfach dableiben und zusehen, wie Sie getötet wurden.

Sie stehen einander sehr nahe. Sie erteilte ihm die Erlaubnis, sein Leben für Sie aufs Spiel zu setzen.«

John Tanner schloß die Augen.

»Ich würde nicht darüber nachdenken«, sagte Jenkins.

Tanner sah Jenkins an und begriff.

Grover erhob sich aus seinem Sessel. Das war ein Signal für Jenkins, der es ihm gleich tat.

»Wir werden jetzt gehen. Wir wollen Sie nicht ermüden. Später wird noch genug Zeit sein. Das sind wir Ihnen schuldig... Oh, eines noch. Das gehört Ihnen.« Grover griff in die Tasche und holte einen Umschlag heraus.

»Was ist das?«

»Die Erklärung, die Sie für Fassett unterschrieben haben. Ihre Übereinkunft mit Omega. Sie werden mein Wort dafür akzeptieren müssen, daß die Bandaufzeichnung in den Archiven begraben ist. Auf tausend Jahre verschwunden. Um beider Länder willen.«

»Ich verstehe... Eines noch.« Tanner hielt inne, er hatte Angst vor seiner eigenen Frage.

»Ja, bitte?«

»Welcher von ihnen hat Sie gerufen? Wer hat Ihnen das von dem Lassiter-Bahnhof gesagt?«

»Sie haben es gemeinsam getan. Sie trafen sich alle hier und beschlossen, die Polizei anzurufen.«

»Einfach so?«

»Das ist ja die Ironie des Ganzen, Mr. Tanner«, sagte Jenkins. »Wenn sie das, was sie hätten tun sollen, früher getan hätten, wäre nichts von all dem geschehen. Aber sie haben sich erst letzte Nacht zusammengetan und einander die Wahrheit gesagt.«

Saddle Valley war von Flüstern erfüllt. In dem schwach beleuchteten Pub sammelten sich Männer in kleinen Grüppchen und redeten leise miteinander. Im Club saßen Ehepaare um den Pool und unterhielten sich mit leiser

Stimme über die schrecklichen Dinge, die ihr ruhiges, sympathisches Zuhause berührt hatten.

Seltsame Gerüchte waren im Umlauf – die Cardones hatten einen langen Urlaub angetreten, und niemand wußte wo; in der Firma gab es Schwierigkeiten, sagten manche. Richard Tremayne trank mehr als gewöhnlich, und schon das, was er gewöhnlich trank, war zuviel. Und auch andere Geschichten über die Tremaynes waren im Umlauf. Das Mädchen war nicht mehr bei ihnen. Das Haus bei weitem nicht mehr das, was es einmal gewesen war. Virginias Garten sah bereits ungepflegt aus.

Aber bald hörten die Geschichten auf. Saddle Valley war durchaus widerstandsfähig. Die Leute vergaßen nach einer Weile, sich nach den Cardones und den Tremaynes zu erkundigen. Eigentlich hatten sie ohnehin nie hineingepaßt. Ihre Freunde waren eigentlich nicht von der Art, wie man sie im Club gerne hatte. Es war einfach nicht die Zeit, sich viele Gedanken zu machen. Es gab so viel zu tun. Saddle Valley war im Sommer ein herrlicher Platz. Warum sollte es das auch nicht sein?

Isoliert, sicher, unverletzbar.

Und John Tanner wußte, daß es nie wieder ein Osterman-Weekend geben würde.

Teile und töte.

Omega hatte trotz allem gesiegt.

Die Matlock-Affäre

1.

Loring verließ das Justizministerium durch den Seitenausgang und sah sich nach einem Taxi um. Es war fast halb sechs, ein Freitag im Frühling, und die Straßen Washingtons waren völlig verstopft. Loring stand am Straßenrand und hob die linke Hand, hoffte auf sein Glück. Er war gerade im Begriff aufzugeben, als ein Taxi, das dreißig Fuß weiter unten an der Straße einen Fahrgast aufgenommen hatte, vor ihm anhielt.

»Fahren Sie in östlicher Richtung, Mister? Der Herr hat gesagt, es würde ihm nichts ausmachen.«

Loring war es immer peinlich, wenn so etwas geschah. Er zog unbewußt den rechten Arm zurück, so daß sein Ärmel den größten Teil seiner Hand bedeckte – und damit die dünne, schwarze Kette, die sich um sein Handgelenk schlang und es mit dem Griff der Aktentasche verband.

»Danke, sehr liebenswürdig. Aber ich muß an der nächsten Ecke abbiegen.«

Er wartete, bis das Taxi sich wieder in den Verkehrsstrom eingereiht hatte, und setzte dann sein vergebliches Winken fort.

Gewöhnlich war sein Geist in einer solchen Lage wach, waren seine Gefühle auf Wettbewerb ausgerichtet. Normalerweise pflegten seine Augen dann in beide Richtungen zu huschen, nach Taxis zu suchen, die gerade im Begriff waren, ihre Fahrgäste aussteigen zu lassen, suchten die Ecken nach den schwach beleuchteten Lichtzeichen auf dem Dach ab, die anzeigten, daß dieses spezielle Fahrzeug zu haben war, wenn man nur schnell genug rannte.

Aber heute war Ralph Loring gar nicht nach Laufen zumute. An diesem Freitag stand sein ganzes Bewußtsein unter dem Druck einer schrecklichen Realität. Er war gerade Zeuge gewesen, wie man einen Mann zum Tode verurteilt hatte. Einen Mann, dem er noch nie begegnet war, aber von dem er viel wußte. Ein Mann von dreiunddreißig Jahren, der in einer kleinen Stadt in New England, vierhundert Meilen entfernt, lebte und nichts von der Existenz Lorings wußte, geschweige denn von dem Interesse, das das Justizministerium ihm entgegenbrachte.

Lorings Gedanken kehrten immer wieder in den großen Konferenzsaal mit dem mächtigen rechteckigen Tisch zurück, an dem die Männer saßen, die das Urteil gefällt hatten.

Er hatte heftigen Widerstand geleistet. Das war das mindeste, was er für den Mann tun konnte, dem er nie begegnet war, den Mann, den man mit solcher Präzision in eine solch unerträgliche Position manövrierte.

»Darf ich Sie darauf hinweisen, Mr. Loring«, sagte ein stellvertretender Staatsanwalt, der einmal Marinerichter gewesen war, »daß man in jeder Kampfsituation einige grundlegende Risiken eingeht. Man erwartet immer einen gewissen Prozentsatz an Ausfällen.«

»Die Umstände sind hier anders. Dieser Mann ist nicht ausgebildet. Er wird nicht wissen, wer oder wo der Feind ist. Wie könnte er das? Wir wissen es selbst nicht.«

»Genau.« Diesmal hatte ein weiterer stellvertretender Staatsanwalt gesprochen. Er stammte aus irgendeiner Rechtsabteilung einer großen Firma. Ein Mann, der Ausschußsitzungen liebte und, wie Loring vermutete, überhaupt nicht imstande war, ohne einen solchen Ausschuß Entscheidungen zu treffen. »Unser Objekt ist hochgradig beweglich. Sehen Sie sich doch das psychologische Profil an: ›defekt, aber außergewöhnlich mobil‹. Genauso steht es da. Er ist die logische Wahl.«

»›Defekt, aber mobil‹! Was, um Himmels willen, bedeutet das? Darf *ich* diesen Ausschuß daran erinnern, daß ich fünfzehn Jahre im Feld gearbeitet habe. Psychologische Profile sind nur Richtlinien aus einem groben Raster, aufs Geratewohl getroffen. Ich würde ebensowenig einen Mann mit einem Infiltrationsproblem betrauen, ohne ihn gründlich zu kennen, wie ich die Verantwortung für ein NASA-Projekt übernehmen würde.«

Der Vorsitzende des Ausschusses, ein Profi, der Karriere gemacht hatte, hatte Loring geantwortet.

»Ich kann Ihre Vorbehalte verstehen; normalerweise würde ich Ihnen beipflichten. Aber hier handelt es sich nicht um normale Umstände. Wir haben kaum drei Wochen Zeit. Der Zeitfaktor ist wichtiger als die üblichen Vorsichtsmaßnahmen.«

»Das ist ein Risiko, mit dem wir leben müssen«, sagte der ehemalige Marinerichter würdevoll.

»*Sie* leben ja nicht damit«, erwiderte Loring.

»Wollen Sie von dem Kontakt entbunden werden?« Der Vorsitzende meinte das Angebot absolut ehrlich.

»Nein, Sir. Ich werde es tun. Widerstrebend. Ich möchte, daß das festgehalten wird.«

»Eines noch, ehe wir die Sitzung schließen.« Der Mann aus der Rechtsabteilung beugte sich vor. »Und das kommt von ganz oben. Wir waren alle übereinstimmend der Ansicht, daß unser Objekt hochgradig motiviert ist. Das geht ganz deutlich aus dem Profil hervor. Ebenso klar muß aber gesagt werden, daß jede Unterstützung, die diesem Ausschuß seitens des Objekts zuteil wird, aus freien Stücken und freiwillig gegeben wird. Wir sind in dem Punkt leicht verletzbar. Wir können nicht, ich wiederhole, *können unter keinen Umständen* Verantwortung übernehmen. Wenn es möglich ist, sollte aus den Akten hervorgehen, daß das Objekt an uns herangetreten ist.«

Ralph Loring hatte sich angewidert von dem Mann abgewandt.

Der Verkehr war inzwischen eher noch dichter geworden. Loring hatte sich schon beinahe dafür entschieden, die ungefähr zwanzig Blocks bis zu seiner Wohnung zu Fuß zu gehen, als neben ihm ein weißer Volvo anhielt.

»Steigen Sie ein! Mit so erhobener Hand sehen Sie ja albern aus.«

»Oh, Sie sind es. Vielen Dank.« Loring öffnete die Tür und schob sich auf den engen Vordersitz. Er stellte sich die Aktentasche auf den Schoß.

Er brauchte die dünne schwarze Kette um sein Handgelenk nicht zu verbergen. Cranston war ebenfalls ein Außendienst-Mann; ein Spezialist für Übersee. Cranston hatte den größten Teil der Vorarbeiten für den Auftrag geleistet, für den Loring jetzt verantwortlich war.

»Das war eine lange Sitzung. Haben Sie etwas erreicht?«

»Grünes Licht.«

»Höchste Zeit.«

»Wir hatten zwei stellvertretende Staatsanwälte und ein besorgtes Memorandum vom Weißen Haus.«

»Gut. Die Geo-Abteilung hat heute morgen die letzten Berichte von Force-Mediterranean bekommen. Eine Unmenge von Routen sind geändert worden. Alles bestätigt. Die Felder in Ankara und in Konya im Norden, die Projekte in Sidi Barrani und Rashid, selbst die algerischen Kontingente reduzieren systematisch ihre Produktion. Das wird recht schwierig werden.«

»Was zum Teufel wollen Sie denn? Ich dachte, es ginge darum, sie auszumerzen. Ihr seid doch nie zufrieden.«

»Das wären Sie auch nicht. Routen, die wir kennen, können wir unter Kontrolle halten; aber was um Gottes willen wissen wir schon von Orten wie... Porto Belocruz, Pilcomayo, ein halbes Dutzend Namen in Paraguay, Brasilien und Guayana, die keiner aussprechen kann? Die Dinge haben sich völlig verändert, Ralph.«

»Dann holen Sie doch die Südamerika-Spezialisten. Die CIA wimmelt doch förmlich von den Leuten.«

»Geht nicht. Nicht einmal Karten dürfen wir verlangen.«

»Das ist doch albern.«

»Das ist Spionage. Wir halten uns sauber. Wir gehen streng nach den Regeln von Interpol vor; keine Sondertouren. Ich dachte, das wissen Sie.«

»Weiß ich auch«, erwiderte Loring müde. »Trotzdem ist es albern.«

»Sie kümmern sich um New England, USA. Wir übernehmen die Pampas oder was sie sonst sind – so läuft das.«

»New England, USA, ist ein verdammter Mikrokosmos. Das ist es, was mir Angst macht. Was ist denn aus all diesen poetischen Schilderungen von rustikalen Gartenzäunen, Yankeegeist und mit Efeu bedeckten Ziegelmauern geworden?«

»Die Poesie ist anders geworden. Sie müssen eben zusehen, daß Sie da irgendwie mitkommen.«

»Ihr Mitgefühl ist überwältigend. Vielen Dank.«

»Sie klingen so entmutigt.«

»Die Zeit reicht nicht...«

»Das tut sie doch nie.« Cranston lenkte den kleinen Wagen in eine schnellere Spur, nur um dann an der Ecke Nebraska und Achtzehnte Straße festzustellen, daß die Spur verstopft war. Seufzend schaltete er in den Leerlauf und zuckte die Achseln. Er sah zu Loring hinüber, der seinerseits ausdruckslos die Windschutzscheibe anstarrte. »Zumindest haben Sie grünes Licht bekommen. Das ist schon etwas.«

»Sicher. Aber das falsche Personal.«

»Oh..., verstehe. Ist er das?« Cranston deutete mit einer Kopfbewegung auf Lorings Aktentasche.

»Das ist er. Vom Tag seiner Geburt an.«

»Wie heißt er denn?«

»Matlock. James B. Matlock II. Das B steht für Barbour, sehr alte Familie – zwei sehr alte Familien. James Matlock, B.A., M.A., Ph.D. Eine Koryphäe auf dem Gebiet der gesellschaftlichen und politischen Einflüsse auf die Literatur des Elisabethanischen Zeitalters. Was sagen Sie jetzt?«

»Du großer Gott! Und das ist seine Qualifikation? Wo fängt er denn an, Fragen zu stellen? Beim Fakultätstee für pensionierte Professoren?«

»Nein. Das wäre nicht so schlimm; jung genug ist er. Seine Qualifikation wird von der Sicherheitsabteilung mit ›defekt, aber außergewöhnlich mobil‹ umschrieben. Ist das nicht ein reizender Satz?«

»Richtig anregend. Und was soll das bedeuten?«

»Das soll einen Mann beschreiben, der nicht besonders nett ist. Wahrscheinlich wegen irgendwelcher dunkler Punkte in seinen Militärakten oder einer Scheidung – ich bin sicher, daß es diese Militärgeschichte ist – aber er ist trotz dieses unüberwindlichen Handikaps sehr beliebt.«

»Ich mag ihn bereits.«

»Das ist mein Problem. Ich nämlich auch.«

Die beiden Männer verstummten. Cranston war lange genug im Außendienst tätig gewesen, um es zu spüren, wann ein Kollege für sich alleine denken mußte. Gewisse Schlüsse – oder zumindest Rechtfertigungen – alleine ziehen mußte. Die meiste Zeit war das einfach.

Ralph Loring dachte über den Mann nach, dessen Leben so vollständig in seiner Aktentasche ruhte, aus einem Dutzend Datenbanken zusammengezogen. James Barbour Matlock war sein Name, aber die Person, die hinter dem Namen stand, wollte noch keine Form annehmen. Und das störte Loring: Matlocks Leben war von unangenehmen, ja gewaltsamen Ungereimtheiten bestimmt worden.

Er war der einzige überlebende Sohn zweier ältlicher, ungemein wohlhabender Eltern, die ihre Pension unter sehr angenehmen Lebensumständen in Scarsdale, New York, verlebten. Die Ausbildung, die er mitgemacht hatte, war typisch für das Establishment der Ostküste: Andover und Amherst, in der angemessenen Erwartung einer beruflichen Karriere in Manhattan – im Bankwesen, als Maler oder in der Werbebranche. In den Aufzeichnungen, die seine Schulzeit und seine frühen Universitätsjahre schilderten, gab es nichts, was auf eine Abweichung von diesem Muster deutete. Tatsächlich schien seine Verehelichung mit einem Mädchen aus der prominenten Gesellschaft von Greenwich das noch zu bestätigen.

Und dann widerfuhr James Barbour Matlock einiges, und Loring wünschte, er könnte es verstehen. Zuerst die Militärzeit.

Es war Anfang der Sechziger Jahre, und wenn Matlock einer sechsmonatigen Verlängerung seiner Dienstzeit zugestimmt hätte, hätte er irgendwo ein bequemes Leben hinter einem Schreibtisch, als Offizier in der Zahlmeisterei oder dergleichen, verleben können – wahrscheinlich, wenn man die Beziehungen seiner Familie bedachte, sogar in Washington oder New York. Statt dessen las sich seine Dienstakte wie die eines Halbstarken: eine Anzahl von Verstößen und Insubordinationen, die ihm einen höchst unerwünschten Einsatz eintrugen – Vietnam und die dort schnell eskalierenden Feindseligkeiten. Als er dann im Mekong Delta war, trug ihm sein militärisches Verhalten zwei summarische Kriegsgerichtsurteile ein.

Und doch schien hinter seinem Verhalten keinerlei ideologische Motivation zu stehen, nur eine schlechte Anpassung – wenn man überhaupt von Anpassung reden konnte.

Seine Rückkehr ins Zivilleben zeichnete sich durch weitere Schwierigkeiten aus, zuerst mit seinen Eltern und dann mit seiner Frau. Unerklärlicherweise nahm sich James Barbour Matlock, dessen schulische Karriere durchaus die eines Gentleman, wenn auch keine hervorragende, gewesen war, eine kleine Wohnung in Morningside Heights und trat in die Columbia Universität ein, mit dem Ziel, sich dort zu habilitieren.

Seine Frau ertrug das dreieinhalb Monate lang, entschied sich dann für eine unauffällige Scheidung und verließ Matlocks Leben.

Die folgenden paar Jahre boten nur wenig Interessantes. Matlock, der Unverbesserliche, war im Begriffe, Matlock, der Gelehrte, zu werden. Er arbeitete unermüdlich, erhielt sein Master's Degree in vierzehn Monaten und zwei Jahre später den Doktortitel. Es kam zu einer Art Aussöhnung mit seinen Eltern und anschließend einer Stellung im English Department der Carlyle Universität in Connecticut. Seitdem hatte Matlock eine Anzahl Bücher und Artikel veröffentlicht und sich in der akademischen Gemeinschaft eine beneidenswerte Reputation erworben. Er war offensichtlich populär – ›außergewöhnlich mobil‹ (ein verdammt alberner Ausdruck); er erfreute sich bescheidenen Wohlstands und hatte offensichtlich die streitsüchtigen Wesenszüge abgelegt, die er während seiner aggressiven Jahre an den Tag gelegt hatte. Natürlich hatte er kaum Anlaß, unzufrieden zu sein, dachte Loring. James Barbour Matlock II. hatte sein Leben mit angenehmer Routine erfüllt; er war ringsum abgesichert, was auch ein Mädchen einschloß. Augenblicklich unterhielt er mit angemessener Diskretion eine Beziehung zu einer Studentin der oberen Semester, die Patricia Ballantyne hieß. Sie unterhielten separate Wohnungen, waren aber nach den Akten liiert. Soweit festzustellen war, stand jedoch keine Verehelichung bevor. Das Mädchen war damit beschäftigt, ihre Doktorarbeit in Archäologie abzuschließen, anschließend erwarteten sie ein Dutzend Stipendien. Stipendien, die in ferne Länder und zu unbekannten Fakten führten. Patricia Ballantyne war nicht der Typ, der heiratete; wenigstens nicht nach Ansicht der Datenbanken.

Aber wie stand es um Matlock? überlegte Ralph Loring. Was entnahm er den Fakten? Wie konnten sie seine Wahl rechtfertigen?

Das konnten sie nicht. Unmöglich. Nur ein ausgebildeter Profi konnte den Forderungen der gegenwärtigen Lage gerecht werden. Die Probleme waren viel zu kompliziert, wimmelten für einen Amateur geradezu von Fußangeln.

Die schreckliche Ironie daran war, daß dieser Matlock, wenn er Fehler machte und in diesen Fußangeln hängen blieb, viel mehr und viel schneller erreichen konnte als jeder Profi.

Und dabei sein Leben verlieren.

»Was veranlaßt Sie zu der Annahme, daß er akzeptieren wird?« Cranston näherte sich inzwischen Lorings Wohnung und begann neugierig zu werden.

»Was? Entschuldigung, was haben Sie gesagt?«

»Welches Motiv hat der Mann denn zu akzeptieren? Warum sollte er denn zusagen?«

»Ein jüngerer Bruder. Zehn Jahre jünger, um es genau zu sagen. Die Eltern sind ziemlich alt. Sehr reich und sehr distanziert. Dieser Matlock gibt sich die Schuld.«

»Wofür?«

»Den Bruder. Er hat sich vor drei Jahren mit einer Überdosis Heroin umgebracht.«

Ralph Loring steuerte seinen gemieteten Wagen langsam die breite, von Bäumen gesäumte Straße entlang, vorbei an den großen alten Häusern, die auf gepflegten Rasenflächen standen. Bei einigen handelte es sich um die Häuser von Verbindungen, aber davon gab es viel weniger als es noch vor zehn Jahren gegeben hatte. Die gesellschaftliche Exklusivität der Fünfziger und der frühen Sechziger Jahre war am Schwinden. Einige der großen Gebäude trugen jetzt andere Namen. *The House, Aquarius* (natürlich), *Afro-Commons, Warwick, Lumumba Hall.*

Die Carlyle Universität von Connecticut war eine jener mittelgroßen ›Prestige‹-Anstalten, von denen Neu England wimmelt. Eine Verwaltung unter Leitung ihres brillanten Präsidenten, Dr. Adrian Sealfont, war dabei, dem College eine neue Struktur zu geben, und gab sich Mühe, es in die zweite Hälfte des Zwanzigsten Jahrhunderts hinüberzuleiten. Es gab natürlich die unvermeidlichen Proteste, die Zahl der Bärte nahm zu und auch die der afrikanischen Seminare als Gegengewicht zu stillem Wohlstand, Club-Blazers und Segelregatten, die von ehemaligen Zöglingen der Anstalt finanziert wurden. Hard Rock und Fakultätstänze suchten nach Möglichkeiten der Koexistenz.

Während Loring sich das friedliche Universitätsgelände im hellen Frühlingssonnenlicht ansah, überlegte er, daß es eigentlich kaum vorstellbar schien, daß eine solche Gemeinschaft wirkliche Probleme barg.

Jedenfalls ganz sicher nicht das Problem, das ihn hierher geführt hatte.

Und doch war es so.

Carlyle war eine Zeitbombe, die, wenn sie einmal detonierte, außergewöhnliche Opfer fordern würde. Und daß sie explodieren würde, war für Loring unvermeidbar. Was vorher geschah, war nicht vorauszusehen. Ihm oblag es, hier lenkend einzugreifen. Und James Barbour Matlock, B.A., M.A., Ph.D., war der Schlüssel dazu.

Loring fuhr an dem attraktiven zweistöckigen Fakultätshaus vorbei, das vier Apartments enthielt, jedes mit separatem Eingang. Es galt als eines der besseren Fakultätshäuser und wurde gewöhnlich von jungen Familien bewohnt, die noch nicht ganz den Status erreicht hatten, dessen es bedurfte, um ein eigenes Haus zugewiesen zu bekommen. Matlocks Wohnung lag im Obergeschoß und blickte nach Westen.

Loring fuhr um den Block herum und parkte auf der anderen Straßenseite vor Matlocks Türe. Er konnte nicht lange bleiben; er drehte sich immer wieder im Sitz herum und sah sich die Wagen und die Sonntag-morgen-Spaziergänger an und vergewisserte sich, daß er nicht seinerseits beobachtet wurde. Das war sehr wichtig. Am Sonntag pflegte der junge Professor, nach den Geheimdienstakten, bis Mittag Zeitung zu lesen. Dann fuhr er zum nördlichen Ende von Carlyle, wo Patricia Ballantyne in einem der Apartments wohnte, die man für graduierte Studenten bereit hielt. Das heißt, er fuhr dann zu ihr, wenn sie nicht die Nacht mit ihm verbracht hatte. Dann pflegten die beiden aufs Land zu fahren, um zu Mittag zu essen. Anschließend kehrten sie entweder in Matlocks Apartment zurück oder fuhren nach Süden, nach Hartford oder New Haven. Es gab natürlich Variationen. Häufig fuhren Matlock und die Ballantyne gemeinsam ins Wochenende und trugen sich irgendwo als Mann und Frau ein. Aber dieses Wochenende nicht. Das hatte man ihm bestätigt.

Loring sah auf die Uhr. Es war zwölf Uhr vierzig, aber Matlock hielt sich noch in seiner Wohnung auf. Die Zeit begann knapp zu werden. In ein paar Minuten erwartete man Loring an der Crescent Street. 217 Crescent. Dort sollte ein Kontakt stattfinden und dann sein zweiter Fahrzeugtausch.

Er wußte, daß für ihn keine Notwendigkeit bestand, Matlock zu beobachten. Schließlich hatte er die Akte gründlich gelesen, sich Dutzende von Fotografien angesehen und sogar kurz mit Dr. Sealfont, dem Präsidenten von Carlyle, gesprochen. Nichtsdestoweniger hatte jeder

Agent seine eigenen Arbeitsmethoden. Zu der seinen gehörte, daß er seine Objekte stundenlang beobachtete, ehe er den Kontakt herstellte. Einige Kollegen im Justizministerium behaupteten, daß ihm das ein Gefühl der Macht verliehe. Loring wußte nur, daß es ihm ein Gefühl des Vertrauens vermittelte.

Matlocks Haustüre öffnete sich, und ein hochgewachsener Mann trat ins Freie. Er trug Khakihosen, Slipper und einen hellbraunen Rollkragenpullover. Loring sah, daß er einigermaßen gut aussah, scharfe Züge und ziemlich langes, blondes Haar hatte. Er vergewisserte sich, daß die Türe abgeschlossen war, setzte eine Sonnenbrille auf und ging um den Bürgersteig herum zu einem kleinen Parkplatz, wenigstens nahm Loring das an. Wenige Minuten später fuhr James Matlock in einem Triumph-Sportwagen aus der Einfahrt.

Der Agent überlegte, daß sein Objekt wirklich ein angenehmes Leben zu führen schien. Ausreichendes Einkommen, keinerlei Verpflichtungen, Arbeit, die ihm Spaß machte, und sogar eine bequeme Beziehung zu einem attraktiven Mädchen.

Loring überlegte, ob alles für James Barbour Matlock in drei Wochen noch genauso sein würde. Denn Matlocks Welt war im Begriff, in einen Abgrund gestürzt zu werden.

2.

Matlock drückte das Gaspedal seines Triumph bis zum Boden durch; der schnittige Wagen vibrierte, als das Tachometer zweiundsechzig Meilen pro Stunde erreichte. Nicht, daß er es eilig hatte – Pat Ballantyne würde nicht weggehen –, er war nur verärgert. Nun, eigentlich nicht verärgert, eher irritiert. Das war er gewöhnlich, wenn er von zu Hause angerufen worden war. Daran würde auch die Zeit nie etwas ändern. Auch Geld nicht, falls er je nennenswerte Beträge verdiente – Beträge, die sein Vater für angemessen hielt. Was ihn so irritierte, war diese Herablassung. Und die wurde schlimmer, je älter sein Vater und seine Mutter wurden. Statt sich mit der Situation abzufinden, hackten sie beständig darauf herum. Sie bestanden darauf, daß er die nächsten Ferien in Scarsdale verbrachte, damit er und sein Vater täglich in die Stadt fahren konnten, um dort die Banken aufzusuchen, die Anwälte. Um sie auf das Unvermeidbare vorzubereiten, falls und wenn es je geschah.

»...Es gibt eine ganze Menge, was du verdauen mußt, mein Sohn«, hatte sein Vater mit Grabesstimme gesagt. »Du bist ja nicht darauf vorbereitet, weißt du...«

»...Du bist alles, was uns noch bleibt, Liebling«, hatte seine Mutter mit spürbarem Schmerz in der Stimme gesagt.

Matlock wußte, daß sie den Märtyrerabschied von dieser Welt genossen, auf den sie sich vorbereiteten. Sie hatten der Welt ihren Stempel aufgedrückt – zumindest hatte sein Vater das getan. Was ihn freilich immer wieder daran amüsierte, war, daß seine Eltern so stark wie Packesel waren und so gesund wie Wildpferde. Ohne Zweifel würden sie ihn um Jahrzehnte überleben.

In Wahrheit war ihr Wunsch, ihn dort zu haben, viel stärker als der seine. So war es die letzten drei Jahre gewesen, seit Davids Tod. Vielleicht, dachte Matlock, als er vor Pats Apartment anhielt, wurzelte seine Gereiztheit in seiner eigenen Schuld. Was David anging, hatte er nie seinen Frieden mit sich gemacht. Das würde er auch nie.

Und er wollte auch seine Ferien nicht in Scarsdale verbringen. Er wollte die Erinnerungen nicht. Er hatte jetzt jemanden, der ihm half, die schrecklichen Jahre zu vergessen – die Jahre des Todes, ohne Liebe, die Jahre der Unschlüssigkeit. Er hatte versprochen, mit Pat nach St. Thomas zu fahren.

Die Landgaststätte nannte sich Cheshire Cat. Sie war, wie der Name schon andeutete, sehr britisch. Das Essen war ordentlich, die Drinks reichlich, alles Faktoren, die zur Beliebtheit des Lokales beitrugen. Sie hatten ihre zweite Bloody Mary intus und Roastbeef und Yorkshire Pudding bestellt. In dem geräumigen Speisesaal hielten sich vielleicht ein Dutzend Paare und einige Familien auf. In der Ecke saß ein einzelner Mann, der die *New York Times* las. Er hatte die Seiten senkrecht gefaltet, so wie man es in der Eisenbahn tat.

»Wahrscheinlich ein zorniger Vater, der hier auf einen Sohn wartet, welcher sich vollaufen lassen möchte. Ich kenne den Typ. Solche Leute fahren jeden Tag im Scarsdale-Zug.«

»Er ist zu entspannt.«

»Die lernen es, innere Spannung zu verbergen. Das wissen nur ihre Apotheker. Das ganze Gelusil.«

»Trotzdem gibt es immer äußere Zeichen, und er hat keine. Er sieht wirklich zufrieden aus. Du hast unrecht.«

»Du kennst bloß Scarsdale nicht. Selbstzufriedenheit ist dort ein eingetragenes Markenzeichen. Ohne das kann man kein Haus kaufen.«

»Weil wir schon davon reden, was wirst du jetzt machen? Ich finde wirklich, wir sollten St. Thomas streichen.«

»Ich nicht. Der Winter war hart; wir haben uns ein wenig Sonne verdient. Außerdem sind sie sehr unvernünftig. Ich will gar nichts über die Matlock-Manipulationen lernen; das ist Zeitvergeudung. In dem unwahrscheinlichen Fall, daß sie je *wirklich* sterben, werden das andere übernehmen.«

»Ich dachte, wir wären uns einig gewesen, daß das Ganze nur ein Vorwand ist. Die wollen dich eine Weile um sich haben. Ich finde es rührend, daß sie es so anpakken.«

»Es ist gar nicht rührend; das ist ein typischer, durchsichtiger Versuch meines Vaters, mich zu bestechen... Schau. Unser Bahnfahrer hat aufgegeben.« Der Mann mit der Zeitung leerte sein Glas und erklärte der Bedienung, daß er nichts zu essen bestellen würde. »Ich wette, er hat sich gerade die Haare und die Lederjacke seines Sohnes vorgestellt – vielleicht auch die nackten Füße – und dann hat er es mit der Angst bekommen.«

»Ich glaube, du wünschst das dem armen Mann nur.«

»Nein, ganz bestimmt nicht. Da bin ich zu mitfühlend. Ich kann nur den Ärger nicht ertragen, der immer mit dieser Auflehnung einhergeht. Ich schäme mich dann immer.«

»Du bist ein sehr komischer Mann, Schütze Matlock«, sagte Pat und spielte damit auf Matlocks ruhmlose Militärlaufbahn an. »Wenn wir gegessen haben, möchte ich nach Hartford fahren. Dort wird ein guter Film gespielt.«

»Oh, tut mir leid, das habe ich ganz vergessen. Das geht heute nicht... Sealfont hat mich heute morgen angerufen, heute abend soll eine Besprechung stattfinden. Er hat gesagt, es wäre wichtig.«

»Worum geht es denn?«

»Ich weiß nicht. Vielleicht gibt es Schwierigkeiten mit den Afrika-Studien. Dieser ›Tom‹, den ich mir von Howard geholt habe... Ich glaube, er steht eine Spur rechts von Ludwig XIV.«

Sie lächelte. »Wirklich, du bist schrecklich.«

Matlock nahm ihre Hand.

Die Residenz – das Wort Haus wäre hier unpassend gewesen – von Dr. Adrian Sealfont war angemessen imposant. Es handelte sich um eine große weiße Villa im Kolonialstil mit breiten Marmorstufen, die zu einer mächtigen Doppeltüre mit Reliefschnitzereien hinaufführten. Die Vorderseite des Gebäudes wurde über die ganze Breite von ionischen Säulen gesäumt. Bei Sonnenuntergang wurden im Rasen verteilte Scheinwerfer eingeschaltet.

Matlock ging die Treppe hinauf und drückte den Klingelknopf. Dreißig Sekunden später wurde er von einem Hausmädchen eingelassen, die ihn durch die Halle in Dr. Sealfonts Bibliothek führte.

Adrian Sealfont stand mit zwei anderen Männern mitten im Raum. Matlock war wie stets von der Persönlichkeit des Mannes beeindruckt. Er war knapp über sechs Fuß groß, hager, mit scharf geschnittenen Zügen, und strahlte eine Wärme aus, die alle erfaßte, die in seiner Nähe waren. Von ihm ging eine echte Bescheidenheit aus, die seinen brillanten Geist vor allen verbarg, die ihn nicht kannten. Matlock schätzte ihn ungemein.

»Hello, James.« Sealfont streckte Matlock die Hand hin. »Mister Loring, darf ich Ihnen Dr. Matlock vorstellen?«

»Wie geht es Ihnen? Tag, Sam.« Damit begrüßte Matlock den dritten Mann, Samuel Kressel, den Dekan von Carlyle.

»Hello, Jim.«

»Wir sind uns schon irgendwo begegnet, nicht wahr?« fragte Matlock und sah Loring an. »Ich versuche, mich zu erinnern.«

»Das wäre mir sehr peinlich.«

»Da wette ich!« lachte Kressel, dessen Sinn für Humor immer etwas beleidigend war. Matlock mochte Sam Kressel auch. Mehr, weil er wußte, welchen Schmerz ihm seine Stellung bereitete – das, was er ertragen mußte –, als um des Mannes selbst willen.

»Was wollen Sie damit sagen, Sam?«

»Das will ich beantworten«, unterbrach Adrian Sealfont. »Mr. Loring ist für die Bundesregierung tätig, im Justizministerium. Ich habe mich bereit erklärt, ein Zusammentreffen von Ihnen drei zu arrangieren, aber dem, was Mr. Loring und Sam gerade erwähnten, habe ich nicht zugestimmt. Offenbar hat es Mr. Loring für richtig gehalten, Sie – wie sagt man da? – zu überwachen. Ich habe mich dagegen verwahrt.« Sealfont sah Loring gerade an.

»Sie haben mich *was*?« fragte Matlock leise.

»Ich bitte um Entschuldigung«, sagte Loring. »Das ist eine persönliche Idiosynkrasie und hat mit unserem Anliegen nichts zu tun.«

»Sie sind der Bahnfahrer im Cheshire Cat.«

»Der was?« fragte Sam Kressel.

»Der Mann mit der Zeitung.«

»Richtig. Ich wußte, daß Sie mich heute nachmittag bemerkt hatten. Ich dachte, Sie würden mich sofort wiedererkennen. Ich wußte nicht, daß ich wie ein Bahnfahrer aussah.«

»Das war die Zeitung. Wir nannten Sie einen zornigen Vater.«

»Das bin ich manchmal. Aber nicht oft. Meine Tochter ist erst sieben.«

»Ich denke, wir sollten anfangen«, sagte Sealfont. »Übrigens, James, ich bin erleichtert, daß Sie so verständnisvoll reagieren.«

»Ich reagiere nur mit Neugierde. Und mit einem gesunden Maß an Furcht. Um ehrlich zu sein, ich habe schreckliche Angst.« Matlock lächelte zögernd. »Was soll das Ganze?«

»Trinken wir doch einen Schluck, während wir uns unterhalten.« Adrian Sealfont erwiderte sein Lächeln und ging zu seiner mit Kupferblech überzogenen Bar in der Ecke. »Sie nehmen doch Bourbon und Wasser, nicht wahr, James? Und Sam, einen doppelten Scotch auf Eis, stimmt's? Wie stehts mit Ihnen, Mr. Loring?«

»Scotch wäre mir recht. Nur Wasser.«

»Kommen Sie, James, helfen Sie mir.« Matlock ging zu Sealfont hinüber und half ihm.

»Ich muß wirklich über Sie staunen, Adrian«, sagte Kressel und nahm in einem Ledersessel Platz. »Wie kommen Sie dazu, sich die Trinkgewohnheiten Ihrer Untergebenen zu merken?«

Sealfont lachte. »Das hat einen ganz logischen Grund. Und es beschränkt sich ganz sicherlich nicht auf meine... Kollegen. Ich habe für diese Anstalt ganz bestimmt mehr Geld mit Alkohol zusammengebracht als mit hunderten von Berichten, die die besten analytischen Geister den entsprechenden Kreisen vorgelegt haben.« Adrian Sealfont hielt inne und lachte glucksend – ein Lachen, das ebenso sich selbst, wie den im Raum Anwesenden galt. »Einmal habe ich der Organisation der Universitätspräsidenten eine Rede gehalten. Als dann die Diskussion eröffnet wurde, fragte man mich, welchem Umstand ich Carlyles reichliche Dotationen zuschrieb... Ich fürchte, meine Antwort war, ›jenen alten Völkern, die die Kunst der Gärung der Weintraube erfunden haben‹... Meine verstorbene Frau brüllte vor Lachen, sagte mir aber nachher, ich hätte den Stiftungsfond um ein Jahrzehnt zurückgeworfen.«

Die drei Männer lachten; Matlock verteilte die Gläser.

»Auf Ihr Wohl«, sagte der Präsident von Carlyle und hob bescheiden sein Glas. Als alle getrunken hatten, meinte er: »Das ist jetzt etwas peinlich, James... Sam. Vor einigen Wochen hat Mr. Lorings Vorgesetzter mit mir Verbindung aufgenommen. Er bat mich, nach Washington zu kommen, in einer Angelegenheit, die von äußerster Wichtigkeit sei und sich auf Carlyle beziehe. Ich kam der Bitte nach und wurde mit einer Situation vertraut gemacht, die ich mich immer noch zu glauben weigere. Gewisse Informationen, die Mr. Loring Ihnen vermitteln wird, scheinen an der Oberfläche betrachtet unwiderlegbar. Aber dies ist die Oberfläche: Gerüchte; aus dem Zusammenhang gerissene Erklärungen, schriftlich und verbal; Indizienbeweise, die vielleicht ohne Bedeutung sind. Andererseits ist es natürlich möglich, daß die Vermutungen Substanz haben, wenigstens in gewissem Maße. Und wegen dieser Möglichkeit habe ich dieser Zusammenkunft zugestimmt. Ich möchte jedoch eindeutig klarstellen, daß ich nichts damit zu tun haben werde. Carlyle *wird nichts* damit zu tun haben. Was immer in diesem Raum jetzt geschehen wird, wird von mir gebilligt, aber nicht offiziell sanktioniert. Sie handeln als Einzelpersonen, nicht als Mitglieder der Fakultät oder der Leitung von Carlyle. Falls Sie überhaupt beschließen, tätig zu werden... So, James, wenn das Ihnen jetzt nicht ›Angst macht‹, weiß ich nicht, was sonst.« Sealfont lächelte wieder, aber das war nur Fassade.

»Es macht mir Angst«, sagte Matlock tonlos.

Kressel stellte sein Glas ab und beugte sich in seinem Sessel nach vorne. »Sollen wir aus dem, was Sie gesagt haben, entnehmen, daß Sie Lorings Anwesenheit in diesem Raum nicht gutheißen? Oder das, was er will, was immer es auch sein mag?«

»Das ist eine Art Grauzone. Wenn seine Behauptungen Substanz haben, kann ich nicht gut den Rücken kehren. Andererseits wird heutzutage kein Universitätspräsident auf bloße Spekulationen hin offen mit einer Regierungsbehörde kollaborieren. Sie werden mir verzeihen, Mr. Loring, aber zu viele Leute in Washington haben die akademischen Gemeinschaften ausgenützt. Ich beziehe mich dabei ganz speziell auf Michigan, Columbia und Berkeley... unter anderem. Einfache Polizeiangelegenheiten sind eine Sache, Infiltration... nun, das ist etwas völlig anderes.«

»Infiltration? Das ist ein ziemlich starkes Wort«, sagte Matlock.

»Vielleicht ist es zu stark. Ich will die Terminologie Mr. Loring überlassen.«

Kressel griff nach seinem Glas. »Darf ich fragen, weshalb wir – Matlock und ich – ausgewählt worden sind?«

»Auch darauf wird Mr. Loring eingehen. Aber da ich dafür verantwortlich bin, daß *Sie* hier sind, Sam, will ich Ihnen meine Gründe nennen. Als Dekan sind Sie besser als irgend jemand sonst auf die Angelegenheiten des Campus eingestimmt... Sie werden es bemerken, wenn Mr. Loring oder seine Kollegen ihre Grenzen überschreiten... Ich glaube, das ist alles, was ich zu sagen habe. Ich muß jetzt in die Versammlung. Dieser Filmemacher, Strauss, spricht heute abend, und ich muß mich zeigen.«

Sealfont ging zur Bar und stellte sein Glas auf das Tablett. Die drei anderen Männer erhoben sich.

»Eines noch, ehe Sie gehen«, sagte Kressel mit gerunzelter Stirn. »Angenommen, einer von uns oder auch wir beide beschließen, daß wir nichts mit Mr. Lorings... Geschäften zu tun haben wollen?«

»Dann lehnen Sie ab.« Adrian Sealfont ging zur Türe der Bibliothek. »Sie haben keinerlei Verpflichtungen. Das möchte ich klarstellen. Mr. Loring ist sich darüber ebenfalls im klaren. Guten Abend, Gentlemen.« Sealfont ging in die Halle hinaus und schloß die Tür hinter sich.

3.

Die drei Männer blieben stumm, sie standen reglos in der Bibliothek und hörten, wie die Haustüre geöffnet und wieder geschlossen wurde. Kressel drehte sich um und sah Loring an. »Anscheinend hat man Ihnen jetzt den Schwarzen Peter zugesteckt.«

»So geht es mir in solchen Situationen meistens. Lassen

Sie mich zuerst meine Position klarstellen; das erklärt diese Zusammenkunft dann teilweise. Zu allererst sollten Sie wissen, daß ich dem Justizministerium angehöre, dem *Rauschgift*-Dezernat.«

Kressel setzte sich und nippte an seinem Drink. »Sie sind nicht hierher gereist, um uns zu sagen, daß vierzig Prozent der Studentenschaft Marihuana und ein paar andere Dinge benutzen, oder? Wenn das nämlich der Fall ist, müssen Sie wissen, daß uns das bekannt ist.«

»Nein, das ist nicht der Grund. Ich gehe davon aus, daß Sie solche Dinge wissen. Jeder weiß das. Nur was den Prozentsatz angeht, bin ich nicht so sicher. Sie könnten zu niedrig schätzen.«

Matlock leerte seinen Bourbon und beschloß, sich noch einen zu nehmen. Während er zu dem kupferbelegten Bartisch hinüberging, sagte er: »Er mag niedrig oder hoch sein, aber vergleichsweise gesprochen – in bezug auf andere Universitäten – sind wir nicht in Panik.«

»Dazu haben Sie auch keinen Anlaß. Nicht deswegen.«

»Ist da noch etwas anderes?«

»Allerdings.« Loring ging zu Sealfonts Schreibtisch hinüber und bückte sich, um seinen Aktenkoffer vom Boden aufzuheben. Der Mann aus Washington und der Präsident von Carlyle hatten offensichtlich bereits miteinander gesprochen, ehe Matlock und Kressel eingetroffen waren. Loring stellte den Aktenkoffer auf den Tisch und klappte ihn auf. Matlock ging zu seinem Sessel zurück und setzte sich.

»Ich möchte Ihnen gerne etwas zeigen.« Loring griff in den Aktenkoffer und entnahm ihm einen dicken Bogen silberfarbenen Briefpapiers, genauer gesagt, einen halben Bogen. Man hatte ihn diagonal mit einer Art Zackenschere zerschnitten. Die Silberschicht war jetzt ziemlich abgegriffen, offenbar war der Bogen schon durch viele Hände gegangen. Er ging auf Matlocks Sessel zu und reichte ihm das Blatt. Kressel stand auf und stellte sich daneben.

»Es ist eine Art Brief. Oder eine Ankündigung. Mit Nummern«, sagte Matlock. »Das ist Französisch; nein, Italienisch, denke ich. Ich komme nicht dahinter.«

»Sehr gut, Professor«, sagte Loring. »Tatsächlich handelt es sich um einen korsischen Dialekt, phonetisch geschrieben. Man nennt das Oltremontan. Dieser Dialekt wird in den südlichen Hügeln gesprochen. Man kann ihn ebenso wie das Etruskische nicht ganz übersetzen. Die Codes, die hier verwendet sind, sind so einfach, daß man sie eigentlich gar nicht als Codes bezeichnen kann. Ich glaube auch nicht, daß sie das sein sollten; es sind gar nicht so viele. Also steht hier genug, um uns zu sagen, was wir wissen müssen.«

»Und das wäre?« fragte Kressel und nahm Matlock das seltsam aussehende Papier weg.

»Zuerst möchte ich erklären, wie wir es bekamen. Ohne diese Erklärung ist die Information bedeutungslos.«

»Bitte.« Kressel reichte das schmutzige Silberpapier dem Agenten zurück, worauf dieser es zum Schreibtisch trug und sorgfältig in seinem Aktenkoffer verstaute.

»Ein Rauschgiftkurier – also ein Mann, der mit Instruktionen, Geld und Botschaften in ein spezifisches Ursprungsgebiet geht – hat das Land vor sechs Wochen verlassen. Tatsächlich war er mehr als ein Kurier; er war in der Verteilungshierarchie ziemlich mächtig; man könnte sagen, er machte Ferien im mediterranen Stil. Vielleicht überprüfte er auch seine Investitionen... Jedenfalls wurde er von Bergleuten in der Toros Daglari getötet – das ist in der Türkei, ein Anbaugebiet. Es heißt, er hätte die Aktivitäten dort eingestellt, und es wäre zu Gewalttätigkeiten gekommen. Das akzeptieren wir. Die Felder im Mittelmeerbereich werden im Augenblick dicht gemacht. Sie werden nach Südamerika verlegt... Man hat das Papier bei ihm gefunden, in einem Leibgurt. Sie haben ja gesehen, man hat es ziemlich herumgereicht. Es ging von einer Hand in die andere, wurde dabei immer teurer, von Ankara bis Marrakesch. Schließlich kaufte es ein Agent von Interpol, und man hat es an uns weitergeleitet.«

»Von Toros Dag-wie-auch-immer-das-heißt nach Washington. Dieses Papier hat eine ziemliche Reise mitgemacht«, sagte Matlock.

»Eine ziemlich teure«, fügte Loring hinzu. »Nur, daß es jetzt nicht in Washington ist, sondern hier. Von Toros Daglari nach Carlyle, Connecticut.«

»Ich nehme an, das hat etwas zu bedeuten.« Sam Kressel setzte sich und beobachtete den Regierungsagenten aufmerksam.

»Es bedeutet, daß die Information in jenem Papier Carlyle betrifft.« Loring lehnte sich gegen den Schreibtisch und sprach ganz ruhig, ohne jede Eindringlichkeit. Er hätte ebensogut ein Lehrer sein können, der vor einer Klasse stand und einen trockenen, aber wichtigen mathematischen Lehrsatz erklärte. »In dem Papier steht, daß am zehnten Mai eine Konferenz stattfinden wird, morgen in drei Wochen. Die Ziffern hier sind die geographischen Koordinaten der Gegend um Carlyle – Längen- und Breitengrade, ganz genau. Das Papier selbst identifiziert seinen Besitzer als einen der zu dieser Konferenz Gerufenen. Jedes Papier besitzt entweder eine dazupassende Hälfte oder ist aus einem Muster geschnitten, das man anpassen kann – einfache zusätzliche Sicherheit. Der genaue Ort fehlt.«

»Augenblick.« Kressels Stimme klang kontrolliert aber scharf; er war erregt. »Geht das nicht ein wenig schnell, Loring? Sie geben uns hier Informationen – offenbar geheime Informationen – ehe Sie Ihr Anliegen vorgebracht haben. Die Administration dieser Universität ist nicht daran interessiert, sich in die Ermittlungen der Regierung einzuschalten. Ehe Sie weitere Fakten vorlegen, sollten Sie besser sagen, was Sie wollen.«

»Es tut mir leid, Mr. Kressel. Sie haben gesagt, daß man mir den Schwarzen Peter zugesteckt hat, und so ist es auch. Ich mache das vielleicht ziemlich schlecht.«

»Unsinn. Sie sind Experte.«

»Halt, Sam.« Matlock nahm die Hand von der Sessellehne. Kressels plötzliche Unfreundlichkeit schien unnötig. »Sealfont hat gesagt, wir hätten die Wahl, alles abzulehnen, was er von uns verlangt. Wenn wir das tun – und das werden wir wahrscheinlich –, würde ich es gerne so sehen, daß wir das nach reiflicher Überlegung getan haben, nicht aus einer blinden Reaktion heraus.«

»Seien Sie nicht naiv, Jim. Sie erhalten eine geheime oder klassifizierte Information und sind sofort, *post facto*, in die Sache verwickelt. Sie können nicht leugnen, daß Sie sie erhalten haben; Sie können nicht sagen, daß es nicht geschehen ist.«

Matlock blickte zu Loring auf. »Stimmt das?«

»In gewissem Maße ja. Ich will Sie da nicht belügen.«

»Warum sollten wir Sie dann anhören?«

»Weil die Carlyle Universität bereits in die Sache verwickelt *ist*; das ist sie schon seit Jahren. Und die Lage ist kritisch. So kritisch, daß nur noch drei Wochen zum Handeln zur Verfügung stehen.«

Kressel stand auf, atmete tief ein und dann wieder langsam aus. »Man braucht nur die Krise zu schaffen – ohne Beweise – und die Universität dazu zu zwingen, sich zu beteiligen. Die Krise vergeht, aber anschließend zeigen die Akten, daß die Universität sich als stiller Teilhaber an einer Untersuchung der Bundesbehörden beteiligt hat. So war es doch an der Universität von Wisconsin.« Kressel wandte sich zu Matlock. »Erinnern Sie sich, Jim? Sechs Tage Campus-Unruhen. Ein halbes Semester bei Teach-ins verloren.«

»Das ging vom Pentagon aus«, sagte Loring. »Die Umstände waren völlig anders.«

»Sie glauben, das Justizministerium macht das verdaulicher? Lesen Sie doch ein paar Studentenzeitungen.«

»Um Himmels willen, Sam, lassen Sie den Mann reden. Wenn Sie nicht zuhören wollen, dann gehen Sie nach Hause. Ich will hören, was er zu sagen hat.«

Kressel blickte auf Matlock hinunter. »All right. Ich glaube, ich verstehe. Also reden Sie, Loring. Aber vergessen Sie nicht, ohne Verpflichtung. Und wir brauchen keine Vertraulichkeit zu respektieren.«

»Ich verlasse mich auf Ihren gesunden Menschenverstand.«

»Das könnte sich als Fehler erweisen.« Kressel ging zur Bar hinüber und füllte sein Glas nach.

Loring setzte sich auf die Schreibtischkante. »Ich will damit beginnen, daß ich Sie beide frage, ob Sie je das Wort *Nimrod* gehört haben?«

»Nimrod ist ein hebräischer Name«, antwortete Matlock. »Altes Testament. Ein Nachkomme von Noah, Herrscher von Babylon und Ninive. Legendäre Geschicklichkeit als Jäger, was meist die wichtigere Tatsache verdeckt, daß er die großen Städte in Assyrien und Mesopotamien gegründet oder gebaut hat.«

Loring lächelte. »Noch einmal sehr gut, Professor. *Ein Jäger* und *ein Erbauer*. Aber ich meine das mehr gegenwartsbezogen.«

»Dann muß ich die Frage verneinen. Sie, Sam?«

Kressel ging zu seinem Platz zurück. Er hielt sein Glas in der Hand. »Ich wußte nicht einmal das, was Sie gerade gesagt hatten. Ich dachte, das sei vielleicht eine Automarke oder so etwas.«

»Dann will ich Ihnen ein paar Einzelheiten nennen... Ich will Sie nicht mit Rauschgiftstatistiken langweilen; ich bin sicher, daß Sie tagtäglich damit bombardiert werden.«

»Tagtäglich«, nickte Kressel.

»Aber es gibt da vielleicht eine geografische Statistik, die Ihnen unbekannt ist. Die Konzentration des Rauschgifthandels in den New England Staaten wächst wesentlich schneller als in irgendeinem anderen Teil des Landes. Das ist wirklich verblüffend. Seit 1968 sind die Aktivitäten der Behörden laufend zurückgegangen... Lassen Sie mich versuchen, eine geografische Beziehung herzustellen. In Kalifornien, Illinois, Louisiana hat sich die behördliche Kontrolle so weit verbessert, daß wenigstens das Wachstum beeinträchtigt wird. Mehr können wir nicht gut erhoffen, solange die internationalen Verträge so schwach sind. Aber nicht in New England. Hier hat die Ausweitung ungeahnte Maße angenommen. Und in erster Linie sind die Universitäten betroffen.«

»Woher wissen Sie das?« fragte Matlock.

»Da gibt es Dutzende von Möglichkeiten, aber immer zu spät, um die Verteilung zu verhindern. Informanten, markierte Lieferungen von Ursprungsorten im Mittelmeerbereich in Asien und Lateinamerika, Einzahlungen auf Schweizer Konten – aber hier handelt es sich wirklich um Geheimmaterial.« Loring sah Kressel an und lächelte.

»Jetzt weiß ich, daß Sie verrückt sind«, meinte Kressel unfreundlich. »Mir scheint, wenn Sie diese Behauptungen beweisen können, dann könnten Sie das auch in der Öffentlichkeit tun.«

»Wir haben unsere Gründe.«

»Ebenso geheim, nehme ich an«, meinte Kressel leicht angewidert.

»Es gibt da noch eine Nebenerscheinung«, fuhr Loring fort, ohne ihn zu beachten. »Die östlichen Prestige-Universitäten – große und kleine, Princeton, Amherst, Harvard, Vassar, Williams, Carlyle – bei einem großen Teil Ihrer Studenten handelt es sich um die Kinder von VIPs. Söhne und Töchter von *very important people*, speziell in der Regierung und in Kreisen der Industrie. Das liefert Möglichkeiten zu Erpressung, und wir vermuten, daß dieses Potential bereits genutzt worden ist. Solche Leute sind gegenüber Drogenskandalen höchst empfindlich.«

Kressel unterbrach ihn: »Wenn wir einmal davon ausgehen, daß das, was Sie sagen, stimmt – und dazu bin ich nicht bereit –, dann kann ich nur sagen, daß wir hier weniger Ärger hatten als die meisten anderen Universitäten im nord-östlichen Bereich.«

»Das ist uns bekannt. Wir glauben sogar, die Gründe zu kennen.«

»Das ist aber sehr esoterisch, Mr. Loring. Sagen Sie, was Sie sagen wollen.« Matlock mochte die Spiele nicht, die manche Leute spielten.

»Jedes Verteilernetz, das imstande ist, einen ganzen Abschnitt des Landes systematisch zu bedienen und zu kontrollieren, muß einen Stützpunkt haben. Eine Kommandozentrale, könnte man sagen. Glauben Sie mir bitte, wenn ich Ihnen sage, daß dieser Stützpunkt der Befehlsposten für den Rauschgiftverkehr in den ganzen New England Staaten die Carlyle Universität ist.«

Samuel Kressel, Universitätsdekan, ließ sein Glas auf Adrian Sealfonts Parkettboden fallen.

Ralph Loring fuhr mit seiner unglaublichen Geschichte fort. Matlock und Kressel blieben sitzen. Einige Male während seiner ruhigen, methodischen Erklärung begann Kressel zu unterbrechen, Einwände vorzubringen, aber Lorings Bericht war nicht aufzuhalten. Es gab nichts, was dagegen vorzubringen war.

Die Untersuchung der Carlyle Universität hatte vor achtzehn Monaten begonnen. Sie war ausgelöst worden von einem Kontobuch, das die französische Sûreté während einer ihrer häufigen Rauschgiftuntersuchungen im Hafen von Marseille entdeckt hatte. Sobald festgestellt war, daß das Buch aus Amerika stammte, wurde es gemäß den Interpol-Vereinbarungen nach Washington geschickt. An verschiedenen Stellen des Buches waren Hinweise auf ›C–22°–59°‹ zu finden, hinter denen regelmäßig der Name Nimrod stand. Bei den Gradangaben stellte man bald fest, daß es sich um die Koordinaten des nördlichen Connecticut handelte, es fehlten aber die Dezimalstellen. Nachdem man Hunderte möglicher LKW-Routen untersucht hatte, die zu Atlantikhäfen oder Flughäfen führten, die Beziehung zu der Operation in Marseille hatten, begann man, die Umgebung von Carlyle gründlich zu überwachen.

Als Teil der Überwachung wurden Telefone von Personen angezapft, von denen man wußte, daß sie mit Rauschgiftverteilungsstellen von Punkten wie New York, Hartford, Boston und New Haven in Verbindung standen. Sämtliche Anrufe, die auf Narkotika Bezug hatten und von und nach Carlyle gingen, wurden von öffentlichen Telefonzellen aus geführt. Das erschwerte die Überwachung, machte sie aber nicht unmöglich. Wieder Geheimmethoden.

Als die Aufzeichnungen wuchsen, stellte sich eine erstaunliche Tatsache heraus. Die Carlyle-Gruppe war unabhängig. Sie verfügte nicht über formelle Bindungen zum organisierten Verbrechertum; sie unterstand niemandem. Sie *benutzte* bekannte kriminelle Elemente und wurde nicht von *ihnen* benutzt. Es war eine straff organisierte Einheit, die mit der Mehrzahl der Universitäten in New England in Verbindung stand. Und sie machte – allem Anschein nach – nicht bei Drogen halt.

Es gab Hinweise, daß die Carlyle-Einheit Beziehungen zu verbotenem Glücksspiel, Prostitution, ja sogar Personalvermittlungen für Universitätsabsolventen hatte. Außerdem schien es ein Ziel zu geben, das weit über die Erzielung von Gewinnen aus illegalen Aktivitäten hinausging. Die Carlyle-Einheit hätte weit größere Profite mit viel weniger Komplikationen erzielen können, hätte sie sich mit den bekannten Verbrechern und Lieferanten in allen Gebieten betätigt. Statt dessen investierte sie in den Aufbau einer eigenen Organisation. Sie war ihr eigener Herr, kontrollierte ihre Lieferquellen und ihre eigene Verteilung. Aber die Ziele, die sie dabei verfolgte, waren unklar.

Die Einheit war so mächtig geworden, daß sie das organisierte Verbrechertum im Nordosten bedrohte. Aus diesem Grunde hatten führende Persönlichkeiten der Unterwelt eine Besprechung mit den Leitern der Carlyle-Operation gefordert. Der Schlüssel war eine Gruppe oder ein Individuum, das als *Nimrod* bezeichnet wurde.

Soweit festzustellen war, war es das Ziel der Konferenz, ein Arrangement zwischen Nimrod und den Unterweltführern zu finden, die sich durch Nimrods außergewöhnliches Wachstum bedroht fühlten. Dutzende bekannter und unbekannter Verbrecher aus den New England Staaten würden an der Konferenz teilnehmen.

»Mr. Kressel.« Loring wandte sich an den Dekan von Carlyle und schien zu zögern. »Ich nehme an, daß Sie Listen haben – Studenten, Angestellte der Fakultät – Leute, von denen Sie wissen, oder zumindest Grund zu der Annahme haben, daß sie der Drogenszene angehören. Ich kann das nicht unterstellen, weil ich es nicht weiß, aber die meisten Universitäten besitzen solche Listen.«

»Die Frage beantworte ich nicht.«

»Was mir natürlich meine Antwort gibt«, sagte Loring leise, beinahe mitfühlend.

»Unter keinen Umständen! Sie und Ihresgleichen haben die Gewohnheit, genau das anzunehmen, was Sie gerne annehmen.«

»All right, ich akzeptiere Ihren Tadel. Aber selbst wenn Sie ja gesagt hätten – ich hatte nicht die Absicht, um diese

Listen zu bitten. Ich wollte Ihnen damit nur sagen, daß *wir* eine solche Liste haben. Ich wollte, daß Sie das wissen.«

Sam Kressel erkannte, daß er in die Falle getappt war; Lorings Offenheit ärgerte ihn nur noch mehr. »Sicher haben Sie die.«

»Ich brauche wohl nicht zu sagen, daß wir nichts dagegen einzuwenden hätten, Ihnen eine Kopie zu liefern.«

»Das wird nicht notwendig sein.«

»Sie sind ziemlich hartnäckig, Sam«, sagte Matlock. »Stecken Sie etwa den Kopf in den Sand?«

Ehe Kressel antworten konnte, sagte Loring: »Der Dekan weiß, daß er seine Meinung ändern kann. Und wir haben ja vorher schon gesagt, daß hier keine Krise vorliegt. Sie wären überrascht, wie viele Leute abwarten, bis das Dach über ihnen einbricht, ehe sie um Hilfe bitten. Oder sie akzeptieren.«

»Aber in der Neigung Ihrer Organisation, aus schwierigen Situationen Katastrophen zu machen, gibt es nicht leicht Überraschungen, wie?« konterte Sam Kressel gereizt.

»Wir haben Fehler gemacht.«

»Da Sie über Namen verfügen«, fuhr Sam fort, »warum schnappen Sie sich die Leute eigentlich nicht? Lassen Sie uns heraus; machen Sie Ihre Schmutzarbeit selbst. Führen Sie Verhaftungen durch, erheben Sie Anklage. Versuchen Sie nicht, *uns* zu Hilfssheriffs zu machen.«

»Das wollen wir auch nicht... Außerdem ist der Großteil unseres Beweismaterials vor Gericht nicht zulässig.«

»Das ist mir auch in den Sinn gekommen«, warf Kressel ein.

»Und was würden wir gewinnen? Was werden *Sie* gewinnen?« Loring beugte sich vor und erwiderte Sams Blick. »Wir schnappen uns ein paar hundert Marihuana-Süchtige, ein paar Dutzend Haschischbrüder; Junkies und

Dealer der untersten Klasse. Verstehen Sie denn nicht, daß das überhaupt nichts *bringt*?«

»Womit wir bei der Frage wären, was Sie wirklich wollen, nicht wahr?«

Matlock lehnte sich in seinen Sessel zurück und musterte den Agenten scharf.

»Ja«, antwortete Loring mit leiser Stimme. »Wir wollen Nimrod. Wir wollen wissen, wo genau diese Konferenz am zehnten Mai stattfinden soll. Es muß im Umkreis von fünfzig bis hundert Meilen sein. Wir möchten darauf vorbereitet sein. Wir möchten der Operation Nimrod das Genick brechen, aus Gründen, die weit über die Carlyle Universität hinaus gehen. Und auch weit über das Thema Rauschgift.«

»Wie?« fragte James Matlock.

»Dr. Sealfont hat es gesagt. Infiltration... Professor Matlock, Sie sind in Ihrer Umgebung etwas, was man in Abwehrkreisen als mobile Person bezeichnet. Sie werden von unterschiedlichen, ja sogar miteinander in Konflikt stehenden Gruppen akzeptiert – sowohl innerhalb der Fakultät als auch bei der Studentenschaft. Wir haben die Namen, Sie die Mobilität.« Loring griff in seinen Aktenkoffer und holte das schmutzige, dreieckige Blatt heraus. »Irgendwo dort draußen ist die Information, die wir brauchen. Irgendwo ist jemand, der ein Papier wie dieses hat; jemand, der das weiß, was wir wissen müssen.«

James Barbour Matlock blieb reglos in seinem Sessel sitzen und starrte den Mann aus Washington an. Weder Loring noch Kressel konnten sicher sein, was er jetzt dachte, aber beide hatten eine Vorstellung davon. Wenn man Gedanken hören könnte, dann hätte in diesem Augenblick in jenem Raum volle Übereinstimmung geherrscht. James Matlocks Gedanken waren drei, fast vier Jahre in die Vergangenheit gewandert. Er erinnerte sich an einen blonden, neunzehnjährigen Jungen. Unreif für seine Jahre vielleicht, aber gut, freundlich. Ein Junge mit Problemen.

Sie hatten ihn gefunden, wie sie Tausende wie ihn in Tausenden von Städten und Dörfern im ganzen Lande gefunden hatten. Andere Zeiten, andere Nimrods.

James Matlocks Bruder David hatte sich eine Nadel in den rechten Arm gestochen und hatte dreißig Milligramm einer weißen Flüssigkeit hineingeschossen. Er hatte das auf einem kleinen Boot in den ruhigen Gewässern einer Bucht von Cape Cod getan. Das kleine Segelboot war in die Binsen in der Nähe des Ufers getrieben. Als sie ihn fanden, war James B. Matlocks Bruder tot.

Matlock traf seine Entscheidung.

»Können Sie mir die Namen geben?«

»Ich habe sie bei mir.«

»Einen Augenblick.« Kressel stand auf, und diesmal klang nicht mehr der Ärger aus seiner Stimme – diesmal war es Angst. »Ist Ihnen klar, was Sie von ihm verlangen? Er hat keine Erfahrung in dieser Arbeit. Er ist nicht ausgebildet. Benutzen Sie doch einen Ihrer *eigenen* Leute.«

»Dafür ist keine Zeit. Es ist keine Zeit für einen unserer Leute. Man wird ihn schützen; Sie können helfen.«

»Ich kann Sie *hindern*!«

»Nein, das können Sie nicht, Sam«, sagte Matlock von seinem Sessel aus.

»Jim, um Christi willen, wissen Sie, was er verlangt? Wenn an dem, was er sagt, auch nur ein Funken Wahrheit ist, dann bringt er Sie in die schlimmste Lage, in die man einen Menschen bringen kann. Er macht Sie zum Informanten.«

»Sie brauchen nicht zu bleiben. Meine Entscheidung braucht nicht die Ihre zu sein. Warum gehen Sie nicht nach Hause?« Matlock stand auf und ging langsam mit seinem Glas zur Bar.

»Das ist jetzt unmöglich«, sagte Kressel und wandte sich zu dem Mann aus Washington. »Und *er weiß das.*«

Loring spürte einen Anflug von Trauer. Dieser Matlock war ein guter Mann; er tat, was er tat, weil er das Gefühl hatte, es jemandem schuldig zu sein. Und seine professionelle Erfahrung sagte ihm mit eiskalter Logik, daß James Matlock, indem er den Auftrag annahm, höchstwahrscheinlich in den Tod ging. Es war ein schrecklicher Preis, diese Möglichkeit. Aber das Ziel war den Preis wert. Die Konferenz war ihn wert.

Nimrod war ihn wert.

Das war der Schluß, den Loring gezogen hatte.

Und dieser Schluß machte seinen Auftrag erträglich.

4.

Nichts durfte niedergeschrieben werden; das Briefing war daher langsam und bedurfte dauernder Wiederholungen. Aber Loring verstand sich auf seinen Beruf und wußte, wie wichtig es war, gelegentlich Pausen einzulegen, wenn der Druck des Neuen, das zu schnell aufgenommen wurde, zu groß wurde. Während dieser Pausen versuchte er, Matlock auszuhorchen, mehr über diesen Mann zu erfahren, dessen Leben so geringschätzig eingestuft wurde. Es war beinahe Mitternacht; Sam Kressel war vor acht Uhr gegangen. Es war weder notwendig noch ratsam, daß der Dekan während ihrer Gespräche zugegen war. Er war ein Verbindungsmann, kein Akteur. Kressel hatte gegen diese Entscheidung nichts einzuwenden.

Ralph Loring erfuhr schnell, daß Matlock ein verschlossener Mann war. Seine Antworten auf unschuldig formulierte Fragen waren kurz hingeworfene Erwiderungen, die keine Rückschlüsse auf seine Motive erlaubten. Nach einer Weile gab Loring auf. Matlock hatte sich bereit erklärt, einen Auftrag zu erledigen, nicht seine Gedanken oder Motive der Öffentlichkeit zugänglich zu machen. Es war nicht notwendig; Loring kannte sie ohnehin. Das war alles, worauf es ankam. Eigentlich war es ihm sogar recht, den Mann nicht zu gut zu kennen.

Matlock andererseits reflektierte auf einer völlig anderen Ebene – während er die komplizierten Informationen seinem Gedächtnis einprägte – über sein eigenes Leben und dachte auf seine Art darüber nach, warum man ihn ausgewählt hatte. Die Bewertung seiner Person als *mobil* gab ihm zu denken; was für ein schreckliches Wort, wenn es einen selbst betraf!

Und doch wußte er, daß er genau das war, was dieser Begriff ausdrücken wollte. Er war mobil. Die berufsmäßigen Rechercheure oder Psychologen oder was immer sie sonst sein mochten, hatten das richtig erkannt. Dennoch bezweifelte er, daß sie die Gründe begriffen, die hinter seiner… ›Mobilität‹ standen.

Die akademische Welt war für ihn ein Zufluchtsort gewesen, eine Art Asyl. Keineswegs das Ziel langgehegten Ehrgeizes. Er war in sie geflohen, um sich Zeit zu erkaufen, um ein Leben zu ordnen, das im Begriff war, in Stücke zu gehen, um zu verstehen. Um wieder *klar zu sehen*, wie die jungen Leute heutzutage sagten.

Er hatte versucht, es seiner Frau zu erklären. Seiner reizenden, intelligenten, letztlich aber doch hohlen Frau, die dachte, er wäre von Sinnen. Was gab es denn da zu verstehen außer einem *wahnsinnig* guten Job, einem *wahnsinnig* netten Haus, einem *wahnsinnig* angenehmen Club und einem *guten* Leben in einer *wahnsinnig* angenehmen gesellschaftlichen und finanziellen Welt? Für sie gab es nichts, was darüber hinausreichte und was man verstehen mußte. Und das verstand er.

Aber für ihn hatte jene Welt ihre Bedeutung verloren.

Er hatte angefangen, sich von ihr zu lösen, als er Anfang Zwanzig war, damals, während seines letzten Jahres in Amherst. Seine Erlebnisse beim Militär hatten die Trennung vollständig gemacht.

Es war kein einzelner Anlaß, der dazu geführt hatte. Und diese Trennung selbst war kein gewaltsamer Akt, wenn auch Gewalttätigkeit zu Anfang seiner Erlebnisse in Saigon eine Rolle gespielt hatte. Es hatte zu Hause begonnen, dort, wo die Entscheidungen über den Lebensstil getroffen oder abgelehnt werden, während einer Folge unangenehmer Konfrontationen mit seinem Vater. Der alte Gentleman – er war zu alt, zu sehr der Gentleman – fühlte sich berechtigt, von seinem erstgeborenen Sohn bessere Leistungen fordern zu dürfen. Ein Ziel, zweckgebundenes Handeln, wovon überhaupt nichts zu bemerken war. Matlock senior gehörte einer anderen Zeit an – wenn nicht gar einem anderen Jahrhundert – und hielt die Kluft zwischen Vater und Sohn für etwas Wünschenswertes, wobei der Jüngere so lange ohne Belang war, als er sich nicht auf dem Markt bewährt hatte. Ohne Belang, aber natürlich formbar. In gewisser Weise war der Vater wie ein wohlwollender Herrscher, der nach Generationen der Machtausübung nicht damit einverstanden war, daß sein rechtmäßiger Sproß auf den Thron verzichtete. Matlock dem Älteren war es unvorstellbar, daß sein Sohn nicht die Führung des Familiengeschäftes übernahm. Der Familiengeschäfte.

Aber für Matlock den Jüngeren war das durchaus vorstellbar. Er zog es sogar vor. Er fühlte sich nicht nur bei dem Gedanken an eine Zukunft im Geschäft seines Vaters unwohl, er hatte sogar Angst davor. Für ihn bot das reglementierte System von Druck und Gegendruck der Welt der Finanzen keine Freude, stattdessen war da eine schreckliche Angst vor Unzulänglichkeit, die sich durch die starke – ja überwältigende – Tüchtigkeit seines Vaters noch verstärkte. Je näher er dem Augenblick rückte, an dem er in jene Welt eintreten mußte, desto deutlicher drückte sich seine Angst aus. Und es kam ihm in den Sinn, daß Hand in Hand mit den Freuden luxuriöser Geborgenheit und unnötiger Bequemlichkeit auch die Rechtfertigung kommen mußte, um das zu tun, was man von ihm erwartete. Eine solche Rechtfertigung vermochte er nicht zu finden. Dann war es schon besser, wenn der ihm gebotene Schutz weniger luxuriös und die Bequemlichkeiten etwas eingeschränkt waren, als der Aussicht auf ständige Angst und Unbehagen ins Auge zu sehen.

Er hatte versucht, *das* seinem Vater zu erklären. Und während seine Frau behauptet hatte, er sei von Sinnen, hatte der alte Herr ihn zum Tunichtgut erklärt.

Was nicht gerade dem Urteil widersprach, daß das Militär über ihn gefällt hatte.

Das Militär.

Eine Katastrophe. Eine Katastrophe, die das Wissen nicht weniger schlimm machte, daß er selbst sie verursacht hatte. Er stellte fest, daß blinde, physische Disziplin und eine Autorität, die man nicht in Frage stellte, ihm Abscheu bereiteten. Und er war groß und stark genug und verfügte über einen ausreichenden Wortschatz, um seine nicht anpaßbaren, unreifen Einwände zur Kenntnis zu bringen – zu seinem persönlichen Nachteil.

Diskrete Manipulationen seitens eines Onkels führten dazu, daß man ihn vor dem offiziellen Abschluß seiner Dienstzeit entließ; dafür war er seiner einflußreichen Familie dankbar.

In diesem Abschnitt seines Lebens war James Barbour Matlock II. am Tiefpunkt angelangt. Nicht gerade glorreich aus dem Militärdienst entlassen, von seiner Frau geschieden, von seiner Familie verstoßen – symbolisch, wenn nicht tatsächlich –, spürte er jenes Gefühl der Panik, das daraus resultiert, wenn man nirgendwohin gehört, wenn man ohne Motiv und Ziel ist.

So war er in die sichere Ordnung der Universität geflohen und hatte gehofft, dort eine Antwort zu finden. Und ebenso wie bei einer Liebschaft, die man auf rein sexueller Grundlage begonnen hat und aus der später psychologische Abhängigkeit erwachsen ist, hatte er sich an jene Welt geklammert; er hatte das gefunden, was sich ihm fast fünf wichtige Jahre lang entzogen hatte. Es war die erste echte Wechselbeziehung, die er je erlebt hatte.

Er war frei.

Frei, das erregende Gefühl einer bedeutsamen Herausforderung zu genießen, frei, sich an dem Selbstvertrauen zu ergötzen, daß er der Herausforderung gewachsen war. Er stürzte sich mit der ganzen Begeisterung des Konvertiten, aber ohne dessen Blindheit, in seine neue Welt. Er wählte sich einen Abschnitt der Geschichte und der Literatur, in der es von Energie und Konflikten und sich widersprechenden Wertmaßstäben wimmelte. Die Lehrjahre verstrichen schnell; seine eigenen Talente verzehrten ihn und überraschten ihn gleichzeitig auf angenehme Weise. Als er schließlich die professionelle Ebene erreichte, brachte er frischen Wind in verstaubte Archive. Seine Doktorarbeit zum Thema höfischer Einmischungen in die englische Renaissanceliteratur – also das Nachrichtenmanagement – fegte einige geheiligte Theorien über eine Wohltäterin namens Elizabeth I. in die historische Mülltonne.

Er gehörte jener neuen Generation von Gelehrten an: ruhelos, skeptisch, unbefriedigt, stets suchend, während er das, was er gelernt hatte, anderen vermittelte. Zweieinhalb Jahre nachdem er sich habilitiert hatte, verlieh man ihm die außerordentliche Professur. Somit war er der jüngste Dozent von Carlyle, dem diese besondere Würde zuteil wurde.

James Barbour Matlock II. glich die verlorenen Jahre aus, die schrecklichen Jahre. Vielleicht das beste von allem war das Wissen, daß er seine Erregung andern mitteilen konnte. Er war jung genug, um Freude daran zu haben, seine Begeisterung mit anderen zu teilen, und alt genug, um den Fragen Richtung zu geben.

Ja, er war *mobil*; weiß Gott, das war er; er konnte, würde niemanden einfach abschalten, ihn ausschließen, weil er anderer Meinung war – ja nicht einmal, weil er ihn nicht mochte. Die Tiefe seiner eigenen Dankbarkeit, seiner Erleichterung, war derart, daß er sich unbewußt versprach, nie die Sorgen eines anderen menschlichen Wesens einfach abzutun.

»Irgendwelche Überraschungen?« Loring hatte einen Teil des Materials vorgelegt, das die Rauschgiftkäufe enthielt.

»Eher eine Klärung, würde ich sagen«, erwiderte Matlock. »Die alten Verbindungen oder Clubs – meistens weiß und meistens wohlhabend – bekommen ihren Stoff aus Hartford. Die schwarzen Einheiten wie Lumumba Hall gehen nach New Haven. Unterschiedliche Quellen.«

»Genau; das ist studentische Orientierung. Worauf es mir ankommt, ist, daß niemand von den Lieferanten in Carlyle kauft. Von Nimrod.«

»Das haben Sie erklärt. Die Nimrod-Leute wollen nicht auffallen.«

»Aber sie sind hier. Man macht Gebrauch von ihnen.«
»Wer denn?«

»Fakultät und Angestellte«, erwiderte Loring ruhig und schlug eine Seite um. »Vielleicht überrascht Sie *das*. Mr. und Mrs. Archer Beeson…«

Matlock stellte sich sofort den jungen Geschichtsdozenten und seine Frau vor. Sie waren personifizierter Ivy League Konformismus – falsch, arrogant, ästhetisch wertvoll. Archer Beeson war ein junger Mann voll akademischer Hast; seine Frau die perfekte Fakultätsunschuld, ein Sexpüppchen, stets beeindruckt.

»Sie nehmen LSD und die Methedrine. Acid und Speed.«

»Du großer Gott! Das hätte ich nie gedacht. Woher wissen Sie das?«

»Es ist zu kompliziert, um sich näher damit zu befassen, außerdem geheim. Um es ganz einfach darzustellen: sie beide pflegten von einem Verteiler in Bridgeport zu kaufen, ziemlich viel. Der Kontakt wurde abgeschnitten, und er tauchte auf anderen Listen auf. Aber er hat nicht Schluß gemacht. Wir nehmen an, daß er jetzt in Carlyle kauft. Aber es gibt keine Beweise... Hier ist noch einer.«

Das war der Trainer der Fußballmannschaft. Er versorgte sich mit Marihuana und Amphetaminen und hatte bisher in Hartford gekauft. Man hielt ihn für einen Dealer auf dem Campus, keinen Benutzer. Obwohl er nicht mehr in Hartford kaufte, wuchsen die verschiedenen Bankkonten des Mannes, insbesondere die unter Decknamen, immer noch. Annahme: Nimrod.

Und noch einer. Dieser hier beunruhigte Matlock besonders. Der stellvertretende Dekan für Studienplätze. Ein Absolvent von Carlyle, der nach einer kurzen Laufbahn als Handelsvertreter auf den Campus zurückgekehrt war. Er war ein überschwänglicher Mann, mit stets offener Hand; geradezu ein Missionar für die Sache Carlyles. Ein beliebter Enthusiast in diesen Tagen des Zynismus. Auch ihn hielt man für einen Verteiler, nicht einen Benutzer. Er hatte sich durch Dealer zweiten und dritten Grades eine gute Deckung verschafft.

»Wir nehmen an, daß er über die Nimrod-Organisation hierher zurückgekommen ist. Gute Planung seitens Nimrods.«

»Da kann einem ja Angst werden. Und den Eltern vermittelt dieser Schweinehund den Eindruck, als wäre er eine Kombination aus Astronaut und Kaplan.«

»Gute Planung, ich sagte es ja. Erinnern Sie sich? Ich habe Ihnen und Kressel gesagt: Die Nimrod-Leute haben Interessen, die über Rauschgift hinausgehen.«

»Aber Sie wissen nicht, was das für Interessen sind.«

»Wir sollten es in Erfahrung bringen... Hier ist eine Liste der jungen Leute.«

Die Namen der Studenten schienen Matlock endlos. Da waren 563 aus einer Gesamtzahl von etwa mehr als 1200. Der Mann aus Washington gab zu, daß viele auf der Liste standen, nicht weil man ihre Drogenabhängigkeit bestätigte, sondern einzig und allein wegen ihrer Beziehungen auf dem Campus. Es war bekannt, daß Clubs und Verbindungen manchmal ihr Geld zusammenlegten, um Narkotika zu kaufen.

»Wir haben nicht die Zeit, um jeden einzelnen Namen zu überprüfen. Wir suchen hier Beziehungen; jede Beziehung, gleichgültig wie unwahrscheinlich sie sein mag. Man braucht alle möglichen Wege; wir können sie nicht einschränken... Und dann hat diese Liste noch einen Aspekt; ich weiß nicht, ob Sie den erkennen.«

»Natürlich. Ich glaube es zumindest. Zwanzig oder dreißig Namen hier sind höchst prominent. Einige sehr einflußreiche Eltern. Industrie, Regierung. Hier.« Matlock deutete auf einen Namen. »Ein Kabinettsmitglied, wenn ich mich nicht irre. Und ich irre mich nicht.«

»Sehen Sie.« Loring lächelte.

»Hat das irgendwelche Wirkungen gehabt?«

»Das wissen wir nicht. Könnte sein, könnte auch nicht sein. Das Netz von Nimrod breitet sich schnell aus. Deshalb hallt der Alarm auch lauter als ihre Glocken. Inoffiziell gesprochen, es könnte zu Verwicklungen kommen, von denen niemand geträumt hat... Unruhe im Verteidigungsbereich, Gewerkschaftsverträge, erzwungene Bauten. Lassen Sie Ihrer Fantasie freien Lauf. *Alles* könnte möglich sein.«

»Du lieber Gott«, sagte Matlock leise.

»Genau.«

Die beiden Männer hörten, wie die Türe von Sealfonts Villa geöffnet und wieder geschlossen wurde. Wie im Reflex nahm Loring ruhig Matlock die Papiere weg und verstaute sie schnell in seinem Aktenkoffer. Er klappte den Koffer zu und tat dann etwas Unerwartetes. Leise, fast unauffällig, schob er seine Jacke zurück und griff nach seinem Revolver, der in einem kleinen Halfter an seiner Brust zu sehen war. Das erschreckte Matlock. Er starrte auf die verborgene Hand.

Die Bibliotheksüre öffnete sich und Adrian Sealfont trat ein. Loring zog unauffällig die Hand unter dem Jakkenrevers hervor. Sealfont sagte mit freundlicher Stimme:

»Ich gebe mir *wirklich* Mühe. Ganz ehrlich. Ich verstehe die Worte und die Bilder, und in Zöpfe geflochtenes Haar macht mir nichts aus. Was mich verwirrt, ist die Feindseligkeit. Jeder, der über Dreißig ist, ist der natürliche Feind dieser Burschen.«

»Das war Strauss, nicht wahr?« fragte Matlock.

»Ja. Jemand hat sich nach dem Einfluß der New Wave erkundigt. Er antwortete darauf, die New Wave sei uralt. Prähistorisch, sagte er... Ich will Sie nicht unterbrechen, meine Herren. Ich möchte nur gerne wissen, wie Kressel sich entschieden hat, Mr. Loring. James hat ja offensichtlich akzeptiert.«

»Mr. Kressel auch, Sir. Er wird als Verbindungsmann tätig sein.«

»Ich verstehe.« Sealfont sah Matlock an. Seine Augen blickten erleichtert. »James, jetzt kann ich es Ihnen sagen. Ich bin äußerst dankbar, daß Sie sich entschlossen haben mitzuhelfen.«

»Ich glaube nicht, daß es eine Alternative gibt.«

»Nein, die gibt es nicht. Was mich erschreckt ist nur, daß so etwas überhaupt möglich scheint, Mr. Loring. Ich möchte sofort verständigt werden, wenn Sie etwas Konkretes in der Hand haben. An dem Punkt werde ich alles tun, was Sie wünschen, jeder Aufforderung nachkommen. Ich bitte nur darum, daß Sie mir Beweise liefern, dann haben Sie meine volle, meine offizielle Unterstützung.«

»Ich verstehe, Sir. Sie haben uns sehr geholfen. Mehr als wir erwarten durften. Wir sind Ihnen dankbar.«

»Wie James schon sagte, es gibt keine Alternative. Aber ich muß Ihnen Grenzen auferlegen; meine erste Verpflichtung gilt dieser Anstalt. Die Universitäten scheinen vielleicht heutzutage verschlafen; aber ich glaube, das ist nur oberflächlich so... Sie haben zu arbeiten, und ich muß noch etwas lesen. Gute Nacht, Mr. Loring. James.«

Matlock und der Mann aus Washington nickten, als Sealfont die Bibliothekstüre schloß.

Um ein Uhr konnte Matlock nichts mehr aufnehmen. Die wichtigsten Elemente – Namen, Ursprungsorte, Vermutungen – saßen fest; er würde sie nie vergessen. Nicht, daß er alles auswendig hätte vortragen können; das erwartete man nicht. Aber wenn er irgendein Individuum auf diesen Listen sah, würde das in seiner Erinnerung etwas auslösen. Er wußte, daß Loring in dem Punkt recht hatte. Deshalb bestand der Agent auch darauf, daß er die Namen laut aussprach, sie jeweils einige Male wiederholte. Das würde genügen.

Was er jetzt brauchte, war Schlaf, falls der sich einstellte. Auf diese Weise würde alles Perspektive bekommen. Dann würde er am Morgen anfangen können, die ersten Entscheidungen zu treffen, festlegen, an welche Individuen er herantreten sollte, jene auswählen, bei denen es am unwahrscheinlichsten war, daß sie miteinander Kontakt hatten. Das bedeutete, daß er sich mit den unmittelbaren Freunden vertraut machte, ihrem Status in der Fakultät oder der Studentenschaft – Dutzende isolierter Fragmente, die über die Daten hinausgingen, welche Loring ihm geliefert hatte. Kressels Akten – die, die er ableugnete zu besitzen – würden ihm da helfen.

Sobald er einmal die Gespräche begonnen hatte, würde er sich vorsichtig vorantasten – zustoßen, parieren, auf Spuren achten, auf Blicke.

Und irgendwo, bei irgend jemandem würde es geschehen.

»Ich möchte auf etwas zurückkommen«, sagte Loring. »Hintergrundsmaterial.«

»Davon haben wir doch eine ganze Menge durchgearbeitet. Vielleicht sollte ich zuerst verdauen, was ich jetzt habe.«

»Das dauert nur eine Minute. Es ist wichtig.« Der Agent griff in seinen Koffer und entnahm ihm das schmutzige, dreieckige Papier. »Hier, das gehört Ihnen.«

»Danke, nicht daß ich wüßte wofür.« Matlock nahm das früher einmal glänzende silberne Papier und sah die seltsame Schrift an.

»Ich habe Ihnen gesagt, es sei in Oltremontan-Korsisch geschrieben, und mit Ausnahme von zwei Worten trifft das zu. Ganz unten sehen Sie auf einer Zeile den Satz *Venerare Omerta*. Das ist nicht korsisch, das ist sizilianisch. Oder eine sizilianische Zusammenziehung, um genau zu sein.«

»Die habe ich schon einmal gesehen.«

»Sicher haben Sie das. Sie kommt überall vor. In Zeitungen, Filmen, Romanen. Aber das macht den Einfluß, den der Satz auf die Betroffenen hat, nicht geringer. Das ist etwas sehr Reales.«

»Was bedeutet es?«

»Grob übersetzt: Respektiert das Gesetz der Omerta.

Omerta ist ein Eid der Verpflichtung *und* des Schweigens. Ihn zu verletzen heißt den Tod suchen.«

»Mafia?«

»Die hat damit zu tun. Man könnte sagen, sie ist der zweite im Bunde. Bedenken Sie, daß diese kleine Ankündigung gemeinsam von zwei Gruppen herausgegeben wurde, die ein Arrangement suchten. ›Omerta‹ sagt beiden etwas, beide begreifen das.«

»Ich werde daran denken, aber ich weiß nicht, was ich damit anfangen soll.«

»Einfach es wissen.«

»Okay.«

»Ein Letztes noch. Alles, womit wir uns heute abend befaßt haben, bezieht sich auf Narkotika. Aber wenn unsere Informationen zutreffen, sind die Nimrod-Leute auch in anderen Bereichen tätig. Wucher, Prostitution, Glücksspiel... vielleicht, und wirklich nur vielleicht, städtische Behörden, staatliche Gesetzgebung, selbst die Bundesregierung... unsere Erfahrung sagt uns, daß Rauschgift der schwächste Punkt ist. Die Chance eines Zusammenbruchs ist dort am größten. Deshalb haben wir uns darauf konzentriert. Mit anderen Worten: Konzentrieren auch Sie sich auf die Drogensituation, aber denken Sie daran, daß es auch andere Wege gibt.«

»Das ist kein Geheimnis.«

»Vielleicht nicht für Sie. Machen wir Schluß für heute.«

»Sollten Sie mir nicht eine Nummer geben, wo ich Sie erreichen kann?«

»Negativ. Benutzen Sie Kressel. Wir werden uns einige Male am Tag bei ihm erkundigen. Sobald Sie anfangen, Fragen zu stellen, wird man Sie vielleicht unter die Lupe nehmen. Rufen Sie niemals Washington an. Und *verlieren Sie ja nicht* unsere korsische Einladung. Das ist Ihre letzte Waffe. Finden Sie noch eine.«

»Ich werde mir Mühe geben.«

Matlock sah zu, wie Loring seinen Koffer zuklappte, dann die dünne schwarze Kette um sein Handgelenk legte und das eingebaute Schloß zuschnappen ließ.

»Sieht sehr melodramatisch aus, nicht wahr?« lachte Loring.

»Ich bin beeindruckt.«

»Seien Sie es nicht. Die Sitte fing mit diplomatischen Kurieren an, die ihre Taschen mit in die Hölle genommen hätten, aber heute ist es einfach Schutz gegen Diebstahl... Ob Sie es glauben oder nicht, das denken die von uns.«

»Ich glaube Ihnen kein Wort. Das ist einer von den Koffern, die einen einnebeln, Radiosignale aussenden und Bomben auslösen.«

»Sie haben recht. Er kann alles das und noch viel mehr. Er hat Geheimfächer für Butterbrote, Wäsche und Gott weiß was sonst noch alles.« Loring nahm den Koffer vom Schreibtisch. »Ich glaube, es wäre eine gute Idee, wenn wir jeder für sich hinausgingen. Vorzugsweise einer vorne und einer hinten. In zehn Minuten Abstand.«

»Das halten Sie für nötig?«

»Offengestanden nein, aber meine Vorgesetzten wollen es so.«

»Okay. Ich kenne mich im Haus aus. Ich gehe zehn Minuten nach Ihnen durch die Küche.«

»Fein.« Loring streckte ihm die rechte Hand hin und stützte den Koffer mit der linken. »Ich brauche Ihnen nicht zu sagen, wie sehr wir Ihnen für das dankbar sind, was Sie tun.«

»Ich denke, Sie wissen, weshalb ich es tue.«

»Ja, das wissen wir. Offengestanden haben wir damit gerechnet.« Loring verließ die Bibliothek und Matlock wartete, bis die Außentüre sich geöffnet und wieder geschlossen hatte. Er sah auf die Uhr. Er würde noch einen Drink nehmen und dann gehen.

Um zwanzig Minuten nach Eins war Matlock einige Blocks vom Haus entfernt. Er ging langsam in westlicher Richtung auf sein Apartment zu und überlegte, ob er einen Umweg um den Campus herum machen sollte. Es half ihm oft, sich ein Problem herunterzulaufen; er wußte, daß er nur schwer Schlaf finden würde. Er ging an ein paar Studenten und einigen Mitgliedern der Fakultät vorbei und tauschte mit denjenigen, die er kannte, leise Grüße. Er hatte sich schon beinahe entschlossen, auf der High Street nach Norden zu biegen, in entgegengesetzter Richtung von seiner Wohnung, als er die Schritte hinter sich hörte. Zuerst die Schritte und dann die heiser flüsternde Stimme.

»Matlock! Nicht umdrehen. Ich bin es, Loring. Gehen Sie einfach weiter und hören Sie mir zu.«

»Was ist denn?«

»Jemand weiß, daß ich hier bin. Man hat meinen Wagen durchsucht...«

»Herrgott! Woher wissen Sie das?«

»Fäden, Markierungen. Das ist Routine. Überall, vorne, hinten, Kofferraum. Sehr gründlich und sehr professionell.«

»Sind Sie sicher?«

»So verdammt sicher, daß ich den Motor nicht anlassen werde!«

»Jesus!« Matlock wäre beinahe stehengeblieben.

»Gehen Sie weiter! Falls mich jemand beobachtet hat – und Sie können verdammt sicher sein, daß da jemand war – habe ich so getan, als hätte ich den Zündschlüssel verloren... Ich habe einige Leute, die vorüberkamen, gefragt, wo eine Telefonzelle wäre und dann gewartet, bis Sie weit genug weg waren.«

»Was soll ich jetzt tun? An der nächsten Ecke ist eine Zelle...«

»Ich weiß. Ich glaube nicht, daß Sie etwas tun müssen, und hoffe um unser beider Willen, daß ich recht habe. Ich werde Sie beim Vorbeigehen anrempeln – ziemlich heftig. Sie müssen das Gleichgewicht verlieren, und ich werde mich entschuldigen. Tun Sie so, als hätten Sie sich einen Knöchel verstaucht oder ein Handgelenk oder so etwas, was Sie wollen; aber sehen Sie zu, daß Sie *Zeit gewinnen!* Behalten Sie mich im Auge bis ein Wagen kommt, um mich abzuholen, und *ich nicke,* daß es *okay ist.* Haben Sie das verstanden? Ich werde schleunigst zu der Telefonzelle laufen.«

»Angenommen, Sie sind immer noch am Telefon, wenn ich hinkomme?«

»Gehen Sie weiter, aber *sehen Sie sich um.* Der Wagen ist unterwegs.«

»Und was soll das Ganze?«

»Dieser Aktenkoffer. Auf den kommt es an. Es gibt nur eines, das Nimrod – wenn es Nimrod ist – noch lieber hätte als diesen Aktenkoffer. Und das ist das Papier in Ihrer Tasche. Also seien Sie vorsichtig!«

Ohne Warnung rannte er neben Matlock und stieß ihn vom Bürgersteig.

»Entschuldigen Sie! Ich hab's mächtig eilig!«

Matlock blickte vom Boden auf und überlegte, daß er gar nicht *so tun* mußte, als wäre er gefallen. Loring hatte so heftig zugestoßen, daß das nicht nötig war. Er fluchte und stand ungeschickt auf. Als er wieder auf den Beinen war, hinkte er langsam auf die einige hundert Meter entfernte Telefonzelle zu. Er vergeudete fast eine Minute damit, sich eine Zigarette anzuzünden. Loring war jetzt in der Zelle, saß auf dem mit Plastik bezogenen Sitz, über das Telefon gebeugt.

Jeden Augenblick erwartete Matlock, daß Lorings Wagen die Straße heraufkam.

Aber es kam keiner.

Statt dessen war da eine winzige Unstimmigkeit in den Frühlingsgeräuschen. Ein Lufthauch in den jungen Blättern. Oder war das ein Stein, der unter einem Fuß zerdrückt wurde, oder ein kleines Ästchen, das das Gewicht der neuen Blätter nicht tragen konnte? Oder hatte Matlock sich das Ganze nur eingebildet? Er wußte es nicht.

Er näherte sich der Zelle und erinnerte sich an Lorings Anweisung. *Gehen Sie vorbei und achten Sie nicht darauf.* Loring saß immer noch über das Telefon gebeugt da und sein Aktenkoffer stand auf dem Boden. Man konnte die Kette sehen. Aber Matlock konnte kein Gespräch hören, keine Bewegung von dem Mann in der Zelle. Statt dessen war da ein Geräusch: ein Freizeichen.

Entgegen seinen Instruktionen ging Matlock auf die Zelle zu und öffnete die Tür. Es gab nichts anderes, was er tun konnte. Der Mann aus Washington hatte seinen Anruf noch nicht einmal *angefangen*.

Und im nächsten Augenblick begriff er weshalb.

Loring war auf das schimmernde graue Metall des Telefons gestürzt. Er war tot. Seine Augen waren geweitet, Blut tropfte ihm von der Stirn. Ein winziges kreisförmiges Loch, nicht viel größer als ein Hemdknopf, umgeben von ein paar winzigen Glassplittern war ausreichender Beweis für das, was geschehen war.

Matlock starrte den Mann an, der ihn stundenlang instruiert hatte und ihn erst vor wenigen Minuten verlassen hatte. Der tote Mann, der ihm gedankt, mit ihm Witze gemacht und ihn schließlich gewarnt hatte. Er war wie versteinert, wußte nicht, was er tun sollte, tun *konnte*.

Er zog sich rückwärts von der Zelle zurück, auf die Stufen des nächsten Hauses zu. Sein Instinkt riet ihm, der Zelle fernzubleiben, aber nicht wegzurennen. Irgend jemand war dort draußen auf der Straße. Jemand mit einem Gewehr.

Und als die Worte kamen, erkannte er, daß sie von ihm kamen, wußte aber nicht, wann er beschlossen hatte, sie zu rufen. Sie kamen einfach unwillkürlich heraus.

»*Hilfe... Hilfe!* Dort ist ein Mann! Man hat ihn *erschossen!*«

Matlock rannte die Treppe zum Eckhaus hinauf und begann mit aller Gewalt gegen die Tür zu schlagen. In einigen Häusern flammten Lichter auf. Und Matlock schrie: »Um Himmels willen, jemand soll die *Polizei* anrufen. *Hier draußen ist ein toter Mann!*«

Plötzlich hörte Matlock aus dem Schatten unter den Bäumen das Aufbrüllen eines Automotors, dann das Geräusch quietschender Reifen, als der Wagen in die Straße hinausrollte und sich in Bewegung setzte. Er rannte an den Rand der Vorhalle. Der lange, schwarze Wagen schoß aus der Finsternis und raste zur Ecke. Matlock versuchte die Zulassungsnummer zu erkennen und trat, als er erkannte, daß das unmöglich war, einen Schritt nach unten, um wenigstens den Wagentyp zu erkennen. Plötzlich wurde er geblendet. Ein Scheinwerferstrahl durchdrang die schwach erleuchtete Frühlingsnacht und richtete sich auf ihn. Er zog die Hände hoch, um seine Augen zu schützen, und dann hörte er das leise Klatschen, das Rauschen von Luft, das er vor ein paar Minuten schon einmal gehört hatte.

Jemand feuerte ein Gewehr auf ihn ab. Ein Gewehr mit einem Schalldämpfer.

Er warf sich von der Vorhalle ins Gebüsch. Der schwarze Wagen fegte davon.

5.

Er wartete alleine. Der Raum war klein, das Fensterglas von einem Drahtgeflecht verstärkt. Die Polizeistation von Carlyle wimmelte von Beamten in Uniform und Zivil, die man zum Dienst zurückgerufen hatte; niemand hatte eine

Ahnung, was der Mord zu bedeuten hatte. Und niemand schloß die Möglichkeit aus, daß andere Morde folgen würden.

Alarm. Das typische Syndrom des Amerika der Jahrhundertmitte, dachte Matlock.

Die Pistole.

Er war geistesgegenwärtig genug gewesen, nach dem Anruf bei der Polizei Sam Kressel anzurufen. Kressel hatte ihm völlig schockiert gesagt, er würde irgendwie mit den entsprechenden Leuten in Washington Verbindung aufnehmen und dann auf die Station kommen.

Solange keine weiteren Instruktionen vorlagen, waren sich beide einig, daß Matlock sich auf die Aussage beschränken würde, er habe die Leiche gefunden und den Wagen gesehen. Er hatte einen nächtlichen Spaziergang gemacht, das war alles.

Sonst nichts.

Seine Aussage wurde abgetippt; Fragen bezüglich der Zeit, seiner Gründe, weshalb er sich in dieser Umgebung befunden hätte, Beschreibungen des ›Fahrzeugs des mutmaßlichen Täters‹, Richtung, geschätzte Geschwindigkeit – alle diese Fragen wurden routinemäßig gestellt und seine Antworten kommentarlos zur Kenntnis genommen.

Matlocks eindeutiges Nein auf eine Frage beunruhigte ihn etwas.

»Haben Sie den Getöteten schon einmal gesehen?«
»Nein.«

Das tat weh. Loring verdiente mehr als eine bewußte, überlegte Lüge. Matlock erinnerte sich, daß der Agent gesagt hatte, er hätte eine siebenjährige Tochter. Eine Frau und ein Kind; Mann und Vater getötet, und er konnte nicht einmal zugeben, daß er seinen Namen kannte.

Er wußte nicht genau, weshalb es ihn störte, aber jedenfalls tat es das. Vielleicht, dachte er, weil er wußte, daß dies nur der Anfang von einer ganzen Reihe von Lügen war.

Er unterzeichnete die kurze Beschreibung und sollte gerade entlassen werden, als er in einem Büro hinter dem Schreibtisch ein Telefon klingeln hörte. Nicht *auf* dem Schreibtisch, sondern dahinter. Sekunden später kam ein uniformierter Polizeibeamter heraus und sprach mit lauter Stimme seinen Namen, wie um sich zu vergewissern, daß er das Gebäude noch nicht verlassen hatte.

»Ja, Officer?«

»Wir müssen Sie bitten, noch etwas zu warten. Wenn Sie mir bitte folgen würden.«

Matlock war fast eine Stunde lang in dem kleinen Raum gewesen; es war zwei Uhr fünfundvierzig früh, und die Zigaretten waren ihm ausgegangen. Dies war nicht die Zeit, um sich die Zigaretten ausgehen zu lassen.

Die Türe öffnete sich, und ein großer, dünner Mann mit großen, ernsten Augen trat ein. Er trug Lorings Aktenkoffer.

»Es tut mir leid, daß wir Sie aufhalten müssen, Dr. Matlock. ›Doktor‹ stimmt doch, oder?«

»›Mr.‹ genügt völlig.«

»Mein Ausweis. Ich heiße Greenberg, Jason Greenberg. Federal Bureau of Investigation. Ich mußte Ihre Position bestätigen... Eine scheußliche Sache, nicht wahr?«

»›Eine scheußliche Sache‹? Ist das alles, was Sie sagen können?«

Der Agent sah Matlock rätselhaft an. »Tiefer möchte ich nicht gehen«, sagte er leise. »Wenn Ralph Loring zu Ende gewählt hätte, hätte er mich erreicht.«

»Tut mir leid.«

»Schon gut. Ich bin nicht völlig informiert – das heißt, ich weiß ein wenig, aber nicht alles, über die Nimrod-Situation; weiteres erfahre ich vor morgen früh. Übrigens, dieser Kressel ist hierher unterwegs. Er weiß, daß ich hier bin.«

»Ändert das irgend etwas?... Das klingt dumm, nicht wahr? Ein Mann wird getötet, und ich frage Sie, ob das etwas ändert. Noch einmal, entschuldigen Sie bitte.«

»Keine Ursache; Sie haben etwas Schreckliches miterlebt... Es liegt bei Ihnen, ob das etwas ändert. Wir akzeptieren die Tatsache, daß Ralphs Tod die Entscheidung von heute nacht ändern könnte. Wir bitten Sie nur, daß Sie bezüglich dessen, was man Ihnen mitgeteilt hat, mit sich zu Rate gehen.«

»Sie bieten mir also eine Chance auszusteigen?«

»Natürlich. Sie sind uns in keiner Weise verpflichtet.«

Matlock ging an das kleine rechteckige Fenster mit dem Drahtglas. Die Polizeistation befand sich am südlichen Ende der Ortschaft Carlyle, etwa eine halbe Meile von Campus entfernt, die Gegend galt als Gewerbegebiet. Trotzdem standen Bäume am Straßenrand. Carlyle war eine sehr saubere Stadt, eine ordentliche Stadt. Die Bäume bei der Polizeistation waren gestutzt und gepflegt.

Und Carlyle war auch noch etwas anderes.

»Ich möchte Sie etwas fragen«, sagte er. »Bringt mich die Tatsache, daß ich Lorings Leiche gefunden habe, mit ihm in Verbindung? Ich meine, würde man mich mit dem in Verbindung bringen, was er getan hat?«

»Das glauben wir nicht. So wie Sie sich verhalten haben, kann eigentlich keinerlei Verdacht auf Sie fallen.«

»Was meinen Sie?« Matlock drehte sich herum und sah den Agenten an.

»Offengestanden, das war eine Panikreaktion bei Ihnen. Sie sind nicht weggerannt, haben sich nicht einfach vom Schauplatz des Verbrechens entfernt; Sie haben durchgedreht und fingen an zu schreien. Jemand, der einen Auftrag erfüllt und darauf programmiert ist, würde nicht so reagieren.«

»*Dafür* war ich nicht programmiert.«

»Das Ergebnis bleibt dasselbe. Sie haben ihn einfach gefunden und den Kopf verloren. Wenn dieser Nimrod auch nur *annimmt*, daß wir in die Sache verwickelt sind...«

»Annimmt!« unterbrach ihn Matlock. »Sie haben ihn *getötet*!«

»Irgend jemand hat ihn getötet. Es ist höchst unwahrscheinlich, daß Nimrod damit zu tun hat. Vielleicht irgendeine andere Gruppe. Es gibt keine absolut sichere Tarnung, auch die Lorings war das nicht. Aber seine kam am nächsten.«

»Ich verstehe nicht, was Sie damit sagen wollen.«

Greenberg lehnte sich gegen die Wand und verschränkte die Arme. Seine großen, traurigen Augen blickten nachdenklich. »Ralphs Deckung im Außendienst war die beste im Justizministerium. Fast fünfzehn Jahre lang.« Der Agent blickte zu Boden. Seine Stimme klang tief, und man konnte die Bitterkeit in ihr hören. »Die Art von Deckung, die am besten funktioniert, wenn sie dem Betreffenden nichts mehr zu bedeuten hat. Wenn sie schließlich benutzt wird, bringt sie alle aus dem Gleichgewicht. Und verletzt seine Familie.«

Greenberg blickte auf und versuchte zu lächeln, aber es wollte ihm nicht gelingen.

»Ich verstehe Sie immer noch nicht.«

»Das ist nicht notwendig. Worauf es ankommt, ist, daß Sie mitten in die Szene hineingestolpert sind, in Panik gerieten und eine Heidenangst hatten. Wir können Sie freigeben, Mr. Matlock... also?«

Ehe Matlock antworten konnte, flog die Türe auf und Sam Kressel trat ein. Sein Gesicht wirkte verängstigt und nervös.

»Herrgott! Das ist ja schrecklich! Wirklich schrecklich. Sind Sie Greenberg?«

»Und Sie sind Mr. Kressel.«

»Ja. Was geschieht jetzt?« Kressel wandte sich zu Matlock herum und sprach im selben Atemzug: »Alles klar, Jim?«

»Sicher.«

»Also Greenberg, *was geht hier vor!*? Man hat mir in Washington gesagt, Sie würden uns das erklären.«

»Ich habe mit Mr. Matlock gesprochen und...«

»Hören Sie mir zu«, unterbrach ihn Kressel plötzlich. »Ich habe Sealfont angerufen, und wir sind derselben Meinung. Das, was geschehen ist, war schrecklich... tragisch. Wir möchten der Familie des Mannes unser Beileid ausdrücken, aber wir legen großen Wert darauf, daß jede Erwähnung von Carlyle mit uns abgestimmt wird. Wir vermuten, daß das alles in ein völlig anderes Licht rückt, und bestehen deshalb darauf, daß wir herausgehalten werden. Ich denke, das ist verständlich.«

Greenbergs Gesicht verriet seinen Ekel. »Sie kommen hier hereingerannt, fragen mich, was geschehen wäre, und erklären mir, ehe ich auch nur eine Chance habe, Antwort zu geben, was geschehen *muß*. Also wie wollen Sie es jetzt haben? Soll ich Washington anrufen und denen *Ihre* Version durchgeben oder wollen Sie zuerst zuhören? Mir ist es egal.«

»Sie brauchen nicht gleich gereizt zu reagieren. Wir haben nie verlangt, daß man uns da hineinzieht.«

»Das tut niemand.« Greenberg lächelte. »Lassen Sie mich bitte zu Ende sprechen. Ich habe Matlock angeboten, daß er aussteigen kann. Er hat mir bis jetzt noch keine Antwort gegeben, also kann ich Ihnen auch keine geben. Aber wenn er das sagt, was ich annehme, daß er sagen wird, wird Lorings Tarnung sofort aktiviert werden. Das wird ohnehin geschehen, aber wenn der Professor mitmacht, blasen wir es noch ein wenig auf.«

»Wovon zum Teufel reden Sie eigentlich?« Kressel starrte den Agenten an.

»Ralph war jahrelang Partner in der so ziemlich am

schlechtesten beleumundeten Anwaltskanzlei in Washington. Ihre Mandantenliste las sich wie ein Ausschnitt aus einem Mafia-Verzeichnis... Am frühen Morgen heute fand ein Wagentausch statt, der erste von zwei. Das war in einer Vorstadt von Hartford, in Elmwood. Lorings Wagen mit einem Washingtoner Nummernschild blieb in der Nähe des Hauses eines allgemein bekannten Capo stehen. Ein Mietwagen erwartete ihn ein paar Straßen weiter. Mit dem fuhr er nach Carlyle und parkte ihn vor 217 Crescent Street, fünf Straßen von Sealfonts Haus entfernt. 217 Crescent ist die Wohnung eines Dr. Ralston...«

»Ich bin ihm schon begegnet«, warf Matlock ein. »Wie ich höre, ist er auf...«.

»... Abtreibungen spezialisiert«, beendete Greenberg den Satz.

»Er ist in keiner Weise mit dieser Universität verbunden«, sagte Kressel voll Betonung.

»Sie hatten schon schlimmere«, konterte Greenberg leise. »Und der Arzt steht immer noch in den Listen der Mafia. Jedenfalls hat Ralph den Wagen dort abgestellt und ist dann in die Stadt gegangen, um den zweiten Tausch vorzunehmen. Ich habe ihn gedeckt; dieser Aktenkoffer ist wichtig. Er wurde von einem Servicewagen von Bell Telephone aufgenommen, der einige Routinebesuche machte – darunter auch einen in einem Restaurant, das Cheshire Cat heißt – und schließlich bei Sealfont abgeliefert. Niemand konnte wissen, daß er dort war. Wenn sie das gewußt hätten, hätten sie ihn draußen abgefangen; sie beobachteten den Wagen an der Crescent Street.«

»Das hat er mir auch gesagt«, meinte Matlock.

»Er wußte, daß es möglich war; die Spur, die zur Crescent Street wies, wurde absichtlich offengelassen. Als er sich davon überzeugt hatte, handelte er schnell. Ich weiß nicht, was er tat, aber er hat wahrscheinlich gewartet bis er Sie entdeckte.«

»Ja, das hat er.«

»Er war nicht schnell genug.«

»Was in Gottes Namen hat das mit *uns* zu tun? Welchen Einfluß kann das denn haben?« Kressel war nahe daran zu schreien.

»Wenn Mr. Matlock weitermachen will, wird Lorings Tod als Unterweltmord publiziert werden. Ein Unterweltanwalt, vielleicht ein Geldkurier; unliebsame Mandanten. Der Capo und der Arzt werden festgenommen werden; sie sind ersetzbar. Das gibt so dichten Nebel, daß alle aus dem Gleichgewicht geraten. Selbst die Mörder. Matlock wird dann vergessen. Es wird funktionieren, es wäre nicht das erstemal.«

Greenbergs Sicherheit schien Kressel zu erstaunen, ebenso sein Selbstvertrauen, sein ruhiges, professionelles Auftreten. »Sie reden verdammt schnell, wie?«

»Ich bin auch sehr intelligent.«

Matlock mußte unwillkürlich lachen. Er mochte Greenberg, selbst unter – vielleicht sogar wegen der – bedauerlich unangenehmen Umstände. Der Agent wußte, was er sagte, und konnte offensichtlich schnell und scharf denken. Er war tatsächlich intelligent.

»Und wenn Jim sagt, daß er nichts damit zu tun haben will?«

Greenberg zuckte die Achseln. »Ich halte nicht viel davon, überflüssige Reden zu halten. Wollen wir doch hören, was er zu sagen hat.«

Die beiden Männer sahen Matlock an.

»Ich fürchte, das werde ich nicht, Sam. Ich bin immer noch dabei.«

»Das kann nicht Ihr Ernst sein! Der Mann ist ermordet worden!«

»Ich weiß. Ich bin derjenige, der ihn gefunden hat.«

Kressel legte Matlock die Hand auf den Arm. Es war die Geste eines Freundes. »Ich bin kein hysterischer Hirte, der seine Herde bewacht. Ich bin besorgt. Ich habe *Angst*. Ich sehe, wie da ein Mann in eine Lage hineinmanövriert wird, der er nicht gewachsen ist.«

»Das ist subjektiv«, unterbrach ihn Greenberg leise. »Wir sind auch besorgt. Wenn wir nicht der Ansicht wären, daß er fähig ist, wären wir nie an ihn herangetreten.«

»Doch, ich glaube schon, daß Sie das getan hätten«, sagte Kressel. »Ich glaube Ihnen keine Minute lang, daß eine solche Überlegung Sie daran hindern würde. Sie gebrauchen das Wort *ersetzbar* zu leicht, Mr. Greenberg.«

»Es tut mir leid, wenn Sie so denken. Das tue ich nämlich nicht. Wir alle tun das nicht... Ich bin noch nicht in allen Einzelheiten informiert worden, Kressel, aber sollen Sie nicht als Verbindungsmann tätig sein? In dem Fall schlage ich nämlich vor, daß Sie sich entfernen. Wir lassen jemand anderen dafür einteilen.«

»Ich soll Ihnen wohl freie Bahn lassen? Zulassen, daß Sie auf diesem Campus Ihr Unwesen treiben? Kommt nicht in Frage.«

»Dann arbeiten wir zusammen. So unangenehm das auch für uns beide sein mag... Sie sind feindselig eingestellt; vielleicht ist das gut. Sie werden mich in Trab halten. Sie protestieren zu viel.«

Greenbergs Feststellung verblüffte Matlock. Es war eine Sache, eine Koalition aus Feinden zu bilden, und eine ganz andere, verdeckte Anklagen zu machen, beleidigend literarische Klischees zu verwenden.

»Die Bemerkung müssen Sie mir erklären«, sagte Kressel mit vor Ärger gerötetem Gesicht.

Als Greenberg antwortete, klang seine Stimme weich und vernünftig, ganz im Gegensatz zu dem, was er sagte. »Sie können mich mal, Mister. Ich habe heute nacht einen sehr guten Freund verloren. Vor zwanzig Minuten habe ich mit seiner Frau gesprochen. Unter diesen Umständen gebe ich keine Erklärungen ab. An dem Punkt endet mein

Dienstvertrag. Und jetzt halten Sie den Mund. Ich schreibe Ihnen die Kontaktstunden auf und gebe Ihnen die Not-Telefonnummern. Wenn Sie sie nicht haben wollen, dann verschwinden Sie hier.«

Greenberg hob den Aktenkoffer auf ein kleines Tischchen und klappte ihn auf. Sam Kressel ging wie benommen auf den Agenten zu.

Matlock starrte den abgewetzten ledernen Aktenkoffer an, der noch vor wenigen Stunden an das Handgelenk eines Toten gekettet gewesen war. Er wußte, daß der tödliche Reigen begonnen hatte.

Jetzt mußten Entscheidungen getroffen, Leute konfrontiert werden.

6.

Der seltsame Name unter der Glocke des Zweifamilienhauses lautete: Mr. und Mrs. Archer Beeson. Matlock war es nicht schwergefallen, sich die Einladung zu verschaffen. Sein Interesse, ein gemeinsames Seminar zu veranstalten, hatte dem Geschichtsdozenten Beeson geschmeichelt. Beeson wäre sogar geschmeichelt gewesen, wenn ein Mitglied der Fakultät von Matlocks Rang ihn gefragt hätte, wie seine Frau im Bett wäre (und das fragten sich die meisten). Da Matlock offensichtlich männlichen Geschlechts war, war Archer Beeson der Ansicht, daß ›'n Schluck zu trinken und 'n bißchen zu quatschen‹, wobei seine Frau in einem kurzen Rock herumtänzelte, vielleicht dazu beitragen würde, seine Beziehung zu dem hochgeachteten Professor für englische Literatur zu vertiefen.

Matlock hörte den atemlosen Ruf aus dem Obergeschoß: »Augenblick!«

Das war Beesons Frau. Ihr bei Miß Porter's and Finch überzüchteter, breiter Akzent wirkte wie eine Karikatur. Matlock versuchte, sich das Mädchen vorzustellen, wie sie herumrannte und die Teller mit Käse und Cocktaildip noch einmal überprüfte – sehr seltener Käse und ungewöhnlicher Cocktaildip, etwas, worüber man reden konnte – während ihr Mann die Bücherschränke noch einmal überprüfte – vielleicht ein paar obskure Folianten, die ganz beiläufig offen auf irgendwelchen Tischen herumlagen, so unauffällig, daß es einem Besucher schlechthin unmöglich war, sie zu übersehen. Matlock fragte sich, ob die beiden wohl auch kleine Tabletts mit Lyserginsäure oder Methedrinkapseln bereitstellten.

Die Tür öffnete sich und Beesons mädchenhafte Frau, bekleidet mit den von ihm erwarteten kurzen Rock und einer durchsichtigen Seidenbluse, die ihre großen Brüste nur ungenügend bedeckte, lächelte unschuldig.

»Hi! Ich bin Ginny Beeson. Wir sind uns bei ein paar *irren* Cocktailparties begegnet. Ich bin so froh, daß sie kommen konnten. Archie korrigiert gerade noch ein paar Arbeiten. Kommen Sie doch rein.«

Sie ging vor Matlock die Treppe hinauf und gab ihm keine Gelegenheit zu antworten. »Diese Treppen sind wirklich *schrecklich*! Nun, das ist eben der Preis, den man bezahlen muß, wenn man unten anfängt.«

»Es wird bestimmt nicht lange dauern«, sagte Matlock.

»Das sagt Archie auch immer. Hoffentlich hat er recht, sonst bekomme ich Muskeln an den Beinen!«

»Ganz sicher hat er das«, sagte Matlock und betrachtete die weichen, völlig unmuskulösen, reichlich zur Schau gestellten Beine vor ihm.

Käse und Cocktaildips standen an einer auffallenden Stelle auf einem seltsam geformten Couchtisch. Der von ihm erwartete Schauband war eines seiner eigenen Bücher. Der Titel lautete *Untersuchungen zu Richard II.* Er ruhte auf einem Tisch unter der Lampe mit Fransen. Unmöglich, daß ein Besucher ihn übersah.

Kaum hatte Ginny die Türe geschlossen, als Archie in das kleine Wohnzimmer geschossen kam, vermutlich aus seinem Arbeitszimmer – ebenfalls klein. Er hielt ein Bündel Papiere in der linken Hand und hatte die rechte ausgestreckt.

»Prima! Bin froh, daß Sie es schaffen konnten, alter Junge!... Setzen Sie sich, setzen sie sich. Höchste Zeit, daß es was zu trinken gibt! Großer Gott! Richtig ausgedörrt bin ich!... Ich habe gerade drei Stunden damit verbracht, zwanzig Versionen des Dreißigjährigen Krieges zu lesen!«

»Das kommt vor. Gestern bekam ich einen Aufsatz über *Volpone* mit dem seltsamsten Schluß, den ich je gehört habe. Dann hat sich herausgestellt, daß der Junge es nie gelesen, sondern nur den Film in Hartford gesehen hat.«

»Mit einem neuen Schluß?«

»Total.«

»Du lieber Gott! Ist ja Wahnsinn!« warf Ginny halb hysterisch ein. »Was trinken Sie denn gerne, Jim? Ich darf Sie doch Jim nennen, oder, Doktor?«

»Bourbon und ein wenig Wasser. Das sollten Sie wirklich tun, Ginny. Ich habe mich nie richtig an den ›Doktor‹ gewöhnt. Mein Vater sagte, das wäre Betrug. Wenn man sich ›Doktor‹ nennt, muß man ein Stethoskop tragen, keine Bücher.« Matlock nahm auf einem Lehnsessel, der mit einer Indianerserape bedeckt war, Platz.

»Weil wir gerade von Doktoren reden, ich arbeite jetzt an meiner Dissertation. Das und noch zwei hektische Sommer – dann sollte es geschafft sein.« Beeson nahm seiner Frau den Eiskübel ab und ging zu einem langen Tisch unter einem Fenster, wo Flaschen und Gläser herumstanden.

»Das ist es wert«, sagte Ginny Beeson begeistert. »Ist es das nicht, Jim?«

»Eigentlich schon. Es zahlt sich aus.«

»Das und das *Schreiben*.« Ginny Beeson nahm den Käse und die Kräckers und trug sie zu Matlock. »Das ist ein interessanter irischer Fromage. Können Sie sich vorstellen, daß er ›Blarney‹ heißt? Ich habe ihn vor zwei Wochen in einem kleinen Laden in New York gefunden.«

»Sieht ja herrlich aus. Habe noch nie davon gehört.«

»Weil wir vom Schreiben reden. Ich bin neulich auf Ihre *Untersuchungen* gestoßen. *Verdammt faszinierend!* Wirklich!«

»Du lieber Gott, das habe ich fast vergessen. Ich habe es vor vier Jahren geschrieben.«

»Es gehörte in den *Lehrplan*! Das hat Archie gesagt, nicht wahr, Archie?«

»Verdammt, ja! Hier ist das Gift, alter Junge«, sagte Beeson und brachte Matlock sein Glas. »Arbeiten Sie mit einem Agenten, Jim? Aber halten Sie mich nicht für neugierig – es dauert noch Jahre, bis ich etwas schreiben kann.«

»Das stimmt nicht, und das weißt du auch ganz genau«, schmollte Ginny.

»Ja. Irving Block in Boston. Wenn Sie an etwas arbeiten, könnte ich es ihm ja vielleicht zeigen.«

»Oh, nein, ich würde niemals... das wäre schrecklich anmaßend von mir...« Beeson zog sich gespielt bescheiden mit seinem Drink zur Couch zurück. Er setzte sich neben seine Frau und dann tauschten sie – ohne es zu wollen, dachte Matlock – befriedigte Blicke.

»Kommen Sie schon, Archie. Sie sind ein cleverer Bursche. Sie werden es auf diesem Campus noch zu etwas bringen. Warum glauben Sie wohl, daß ich Sie wegen des Seminars gefragt habe? Am Ende erweisen Sie *mir* einen Gefallen. Wer weiß, vielleicht bringe ich Block einen Bestseller. Da bleibt immer etwas hängen, wissen Sie.«

Beesons Blick wirkte ehrlich dankbar. Matlock war es peinlich, den Blick zu erwidern, bis er in Beesons Augen noch etwas anderes sah. Er konnte es nicht definieren, aber es war da. Etwas Wildes, eine Spur von Panik.

Der Blick eines Mannes, der Rauschgift kannte, geistig und körperlich.

»Das ist *verdammt* nett von Ihnen, Jim. *Wirklich*, ich bin fast gerührt.«

Irgendwie gingen der Käse, die Drinks und das Abendessen vorüber. Es gab Augenblicke, in denen Matlock das Gefühl hatte, seinem Körper entrückt zu sein und drei Personen in einer Szene aus einem alten Film zu beobachten. Vielleicht an Bord eines Ozeandampfers oder in einem schlampig eleganten New Yorker Apartment, in dem sie alle drei eng anliegende, festliche Kleider trugen. Er fragte sich, warum er sich die Szene so vorstellte – und dann wußte er es. Die Beesons wirkten, als lebten sie in den Dreißiger Jahren. Jenen Dreißiger Jahren, die er so oft in den Filmen spätnachts im Fernsehen gesehen hatte. Irgendwie waren sie ein Anachronismus, aber sie wirkten nicht künstlich, nur ihr eindringliches Gehabe, ihre Konversation, ihre altmodischen Ausdrücke wirkten so falsch. Und doch gehörten sie der gegenwärtigen Generation an.

Lyserginsäure und Methedrin.

Irgendwie zwangen sich die Beesons, sich als Teile einer vergangenen, sorglosen Zeit darzustellen. Vielleicht um die Zeit und die Umstände, in denen sie sich fanden, zu verleugnen.

Archie Beeson und seine Frau konnten einem Angst machen.

Gegen Elf, nach ziemlich viel Wein, den Archie zu dem ›interessanten-kleinen-Kalbfleischgericht-von-einem-Rezept-in-einem-alten-italienischen-Kochbuch‹ ausschenkte, setzten sich die drei ins Wohnzimmer. Inzwischen waren sämtliche Probleme in Verbindung mit dem vorgeschlagenen Seminar gelöst. Matlock wußte, daß er jetzt anfangen mußte; der schlimme, peinliche Augenblick war da. Er wußte nicht, wie er es machen sollte; das beste war, er vertraute auf seine Amateurinstinkte.

»Hört mal zu, ihr beiden... ich hoffe, das ist jetzt kein Schock, aber ich habe schon lange nicht mehr geraucht.« Er holte ein dünnes Zigarettenetui aus der Tasche und klappte es auf. Er kam sich albern vor, irgendwie tolpatschig. Aber er wußte, daß er diese Gefühle nicht zeigen durfte. »Ehe Sie ein Urteil fällen, sollte ich Ihnen sagen, daß ich ganz und gar gegen diese Rauschgiftgesetze bin und das immer schon war.«

Matlock wählte eine Zigarette aus dem Dutzend, die in dem Etui lagen und legte es offen auf den Tisch. War das so richtig? Er war nicht sicher; er wußte es nicht. Archie und seine Frau sahen einander an. Durch die Flamme vor seinem Gesicht beobachtete Matlock ihre Reaktion. Sie war vorsichtig, aber positiv. Vielleicht war es der Alkohol, den Ginny getrunken hatte, aber sie lächelte zögernd, so, als wäre sie erleichtert, einen Freund zu finden. Ihr Mann reagierte nicht ganz so deutlich.

»Nur zu, alter Junge«, sagte der junge Dozent mit einer Spur von Herablassung. »Wir arbeiten ja auch nicht gerade für die Staatsanwaltschaft.«

»Kaum«, kicherte seine Frau.

»Die Gesetze sind archaisch«, fuhr Matlock fort und inhalierte tief. »Auf allen Gebieten. Dabei kommt es doch nur auf die richtige Selbstkontrolle und ein Gefühl der Diskretion an – Diskretion vor einem selbst. Einem solches Erleben zu versagen, ist das eigentliche Verbrechen. Einem intelligenten Menschen das Recht auf Erfüllung zu versagen, ist... verdammt nochmal, das ist repressiv.«

»Nun, ich finde, das Wort, auf das es ankommt, lautet

intelligent, Jim. Zügelloser Gebrauch seitens *un*intelligenter Menschen führt zu Chaos.«

»Im sokratischen Sinne haben Sie nur zur Hälfte recht. Die andere Hälfte bezieht sich auf ›Kontrolle‹. Effektive Kontrolle unter dem ›Eisen‹ und der ›Bronze‹ legt das ›Gold‹ frei – um eine Anleihe aus dem *Staat* zu machen. Wenn die intellektuell überlegenen Individuen beständig davon abgehalten würden, zu denken und zu experimentieren, weil ihre Denkprozesse das Verständnis ihrer Mitbürger übersteigen, würde es keine großen Werke geben – weder in der Kunst noch in der Technik noch in der Politik. Wir würden immer noch im finsteren Mittelalter leben.«

Matlock inhalierte den Rauch seiner Zigarette und schloß die Augen. War er zu eindringlich gewesen, zu positiv? Hatte das, was er gesagt hatte, zu sehr nach Missionar geklungen? Er wartete, aber er brauchte nicht lange zu warten. Archie sagte leise, aber nichts destoweniger eindringlich:

»Jeden Tag werden Fortschritte erzielt, alter Junge. Glauben Sie mir das. Das ist die Wahrheit.«

Matlock öffnete erleichtert die Augen halb und sah Beeson durch den Zigarettenrauch an. Er ließ seinen Blick auf dem anderen ruhen, ohne zu blinzeln, und sah dann langsam zu Beesons Frau hinüber. Er sagte nur drei Worte:

»Sie sind Kinder.«

»Das ist eine relative Annahme unter den gegebenen Umständen«, antwortete Beeson, immer noch darauf bedacht, seine Stimme gleichmäßig und ruhig zu halten.

»Und das sind Worte.«

»Oh, da wäre ich nicht so sicher!« Ginny Beeson hatte genug getrunken, um unvorsichtig zu werden. Ihr Mann griff nach ihrem Arm und hielt ihn fest. Das war eine Warnung. Jetzt sprach er wieder, wendete den Blick von Matlock und blickte ins Leere.

»Ich bin gar nicht sicher, daß wir auf derselben Wellen-
länge liegen...«

»Nein, wahrscheinlich nicht. Vergessen Sie es... Ich
rauche die hier zu Ende und verschwinde dann. Ich melde mich wieder wegen des Seminars.« Matlock achtete
darauf, daß sein Hinweis auf das Seminar beiläufig wirkte, fast desinteressiert.

Archie Beeson, der junge Mann, der es mit seiner akademischen Karriere eilig hatte, konnte dieses Desinteresse
nicht ertragen.

»Macht es Ihnen etwas aus, wenn ich mir auch eine
nehme?«

»Wenn es Ihre erste ist, ja... Versuchen Sie nicht, Eindruck auf mich zu machen. Es ist wirklich nicht wichtig.«

»Meine erste?... Wovon?« Beeson erhob sich von der
Couch und ging auf den Tisch zu, auf dem das offene Zigarettenetui lag. Er beugte sich vor, hob es auf und hielt
es sich an die Nase. »Das ist ganz passables Gras. Ich darf
vielleicht hinzufügen, nur passabel. Ich will eine versuchen... für den Anfang.«

»Für den Anfang?«

»Sie scheinen es ehrlich zu meinen, aber wenn Sie mir
verzeihen, Sie sind ein wenig weg vom Fenster.«

»Weg vom Fenster?«

»Nun, ja.« Beeson nahm zwei Zigaretten aus dem Etui
und zündete sie geziert an. Er inhalierte tief, nickte, zuckte dann etwas reserviert die Achseln und reichte eine seiner Frau. »Nennen wir das ein *hors d'oeuvre*. Einen Appe-
tithappen.«

Er ging in sein Arbeitszimmer und kam mit einer chinesischen Lackkassette zurück und zeigte Matlock dann
den winzigen Knopf, mit dem man den doppelten Boden
der Kassette öffnen konnte. Darunter lagen zwei Dutzend
weiße Tabletten, die in durchsichtige Plastikbeutel einge-
schweißt waren.

»Das ist das Hauptgericht... falls Sie das schaffen.«

Matlock war für sein Wissen und das intensive Heimstudium, dem er sich in den letzten achtundvierzig Stunden unterzogen hatte, dankbar. Er lächelte, aber seine Stimme klang fest.

»Ich mache nur unter zwei Bedingungen weiße Trips. Die eine ist, daß es in *meinem* Haus sein muß, mit sehr guten, sehr alten Freunden. Die zweite, mit sehr guten, sehr alten Freunden in ihrem Haus. Ich kenne Sie nicht gut genug, Archie. Diskretion... Aber gegen eine kleine rote Reise habe ich nichts einzuwenden. Nur, daß ich darauf nicht vorbereitet bin.«

»Sagen Sie nichts mehr. Vielleicht bin ich es.« Beeson trug die chinesische Kassette in sein Arbeitszimmer zurück und kam mit einem kleinen Lederbeutel zurück, so wie Pfeifenraucher ihn für ihren Tabak benutzen, und trat neben Matlocks Stuhl. Ginny Beesons Augen weiteten sich, und sie knöpfte einen weiteren Knopf ihrer schon halb geöffneten Bluse auf und streckte die Beine.

»Das beste von Dunhill.« Beeson öffnete den Beutel und hielt ihn Matlock so hin, daß er hineinsehen konnte. Wieder waren da in Plastik gehüllte Tabletten. Die hier aber waren von tiefem Rot und etwas größer als die weißen Pillen in der chinesischen Box. Es waren wenigstens fünfzig bis sechzig Seconal.

Ginny sprang auf und quietschte: »Das *liebe* ich! Das ist Pinky groovy!«

»Jedenfalls besser als Brandy«, fügte Matlock hinzu.

»Jetzt gehen wir auf den Trip. Nicht zu viel, alter Junge. Höchstens fünf. Das ist meine Regel für neue alte Freunde.«

Die nächsten zwei Stunden verliefen für James Matlock so, als sähe er die Welt durch dichten Nebel, wenn auch nicht durch so dichten Nebel, wie er die Beesons umgab.

Der Geschichtsdozent und seine Frau erreichten mit den fünf Pillen ihr ›High‹ – wie es auch Matlock ergangen wäre, wenn es ihm nicht gelungen wäre, die letzten drei in die Tasche zu stecken, wobei er vorgab, sie zu verschlucken. Aber sobald er das erste Stadium erreicht hatte, fiel es Matlock nicht schwer, seine Gastgeber zu imitieren und Beeson dann davon zu überzeugen, daß er noch eine weitere Dosis holte.

»Wo bleibt denn die Diskretion, Doktor?« gluckste Beeson, der vor der Couch auf dem Boden saß und gelegentlich nach den Beinen seiner Frau griff.

»Sie sind viel bessere Freunde, als ich das dachte.«

»Das ist erst der *Anfang* einer schönen, *schönen* Freundschaft.« Die junge Frau lehnte sich langsam auf der Couch zurück und kicherte. Sie schien sich zu winden und legte ihrem Mann die rechte Hand auf den Kopf, schob sein Haar nach vorne.

Beeson lachte, diesmal mit viel weniger Selbstkontrolle als er vorher an den Tag gelegt hatte und stand dann auf. »Dann hole ich den Zauber eben.«

Als Beeson in sein Arbeitszimmer ging, beobachtete Matlock seine Frau. Das was sie tat, war nicht mißzuverstehen. Sie sah Matlock, öffnete langsam den Mund und streckte ihm die Zunge heraus. Matlock erkannte, daß sich da eine der Nebenwirkungen des Seconal zeigte. Ebenso wie der größte Teil von Virginia Beeson.

Bei der zweiten Dosis hatte man sich auf drei geeinigt, und Matlock fiel es jetzt nicht mehr schwer, Wirkung vorzutäuschen. Beeson schaltete seine Stereo-Anlage ein und spielte eine Aufnahme der ›Carmina Burana‹. Fünfzehn Minuten später saß Ginny Beeson Matlock auf dem Schoß und rieb sich immer wieder an seinen Schenkeln. Ihr Mann saß breitbeinig vor den Stereolautsprechern, sprach, als atmete er aus, gerade laut genug, daß man ihn trotz der Musik hören konnte.

»Ich habe noch selten so gute gehabt, Archie... Wo? Wo kommen die her?«

»Wahrscheinlich vom gleichen Lieferanten wie die Ihren, alter Junge.« Beeson drehte sich herum und sah Matlock und seine Frau an. Dann lachte er. »Aber ich weiß nicht, was Sie meinen. Den Zauber oder das Mädchen auf Ihrem Schoß. Bei der müssen Sie aufpassen, Doktor, die kann recht wild werden.«

»Das glaube ich. Ihre Pillen sind besser als die meinen, und mein Gras war Ihnen auch nur gerade gut genug. Wo? Seien Sie ein guter Freund.«

»Sie sind komisch, Mann. Sie stellen die ganze Zeit Fragen. Stelle ich Ihnen Fragen. Nein... das ist unhöflich... Spielen Sie mit Ginny. Lassen Sie mich Musik hören.« Beeson rollte wieder zurück und blieb mit dem Gesicht auf dem Boden liegen.

Das Mädchen auf Matlocks Schoß legte ihm plötzlich die Arme um den Hals und drückte ihre Brüste gegen seine Brust. Sie legte ihm den Kopf an die Wange und fing an, seine Ohren zu küssen. Matlock fragte sich, was wohl geschehen würde, wenn er sie jetzt aus dem Stuhl hob und sie ins Schlafzimmer trug. Er fragte sich das, wollte es aber nicht in Erfahrung bringen. Nicht jetzt. Ralph Loring war nicht ermordet worden, um sein, Matlocks, Sexualleben zu bereichern.

»Lassen Sie mich einen von Ihren Joints versuchen. Lassen Sie mich sehen, wie gut Ihr Geschmack ist. Vielleicht machen Sie mir bloß etwas vor, Archie.«

Plötzlich setzte Beeson sich auf und starrte Matlock an. Das galt nicht seiner Frau. Irgend etwas in Matlocks Stimme schien einen instinktiven Zweifel ausgelöst zu haben. Oder war es das, was er gesagt hatte? Oder die zu normale Sprechweise? An all das dachte der Englisch-Professor, während er Beesons Blick über die Schulter des Mädchens hinweg erwiderte. Archie Beeson wirkte plötzlich wie ein Mann, den man gewarnt hat, Matlock wußte nicht, weshalb. Er sprach stockend.

»Sicher, alter Junge... Ginny, du darfst Jim nicht lästig fallen.« Er begann sich zu erheben.

»Pinky groovy...«

»Ich hab' ein paar in der Küche... Ich weiß nicht genau wo, aber ich gehe nachsehen. Ginny, ich habe dir gesagt, du sollst Jim nicht lästig fallen... Sei nett zu ihm, sei gut zu ihm.« Beeson starrte immer noch Matlock an, die Augen von Seconal geweitet, die Lippen geöffnet, die Gesichtsmuskeln völlig gelockert, geradezu schlaff. Er ging rückwärts auf die offenstehende Küchentüre zu. Als er die Türe passiert hatte, tat Archie Beeson etwas Seltsames. Wenigstens schien es James Matlock so.

Er schloß die Flügeltüre langsam hinter sich und hielt sie zu.

Matlock schob schnell das halb betäubte Mädchen von seinem Schoß, worauf sie sich still auf dem Boden ausstreckte. Sie lächelte engelhaft und streckte ihm die Arme entgegen. Er lächelte auf sie hinunter und trat über sie hinweg.

»Bin gleich wieder da«, flüsterte er. »Ich will Archie etwas fragen.« Das Mädchen rollte sich auf den Bauch, während Matlock vorsichtig auf die Küchentüre zuging. Er brachte sich das Haar in Unordnung und taumelte dann lautlos auf die Küchentüre zu, hielt sich dabei an dem Eßzimmertisch fest. Wenn Beeson plötzlich herauskam, wollte er benommen, verstört aussehen. Das Stereo war jetzt etwas lauter, aber Matlock konnte trotzdem Archie leise und erregt am Telefon in der Küche sprechen hören.

Er lehnte sich gegen die Wand neben der Küchentüre und versuchte, die Gründe zu analysieren, die Archie Beeson in Panik getrieben hatten, ihn veranlaßt hatten, jemanden anzurufen.

Warum? Was?

Hatte er seine Rolle zu auffällig gespielt? Hatte er bereits beim ersten Kontakt versagt?

Wenn ja, dann war das Mindeste, was er jetzt tun konnte, daß er versuchte herauszufinden, wer am anderen Ende der Leitung war, an wen Beeson sich in seiner Angst wandte.

Eines schien klar: wer auch immer es war, er mußte wichtiger sein als Archie Beeson. Ein Mann – selbst ein Drogensüchtiger – geriet nicht in Panik und nahm dann Verbindung mit jemandem auf, der auf gleicher Stufe mit ihm stand.

Vielleicht war der Abend gar nicht mißlungen, oder wenn doch – dann war dieses Mißlingen notwendig. Vielleicht rutschte Beeson in seiner Verzweiflung irgendeine Information heraus, die er, wäre er *nicht* verzweifelt gewesen, nie preisgegeben hätte. Es war keineswegs unsinnig zu versuchen, dem verängstigten, unter Drogen stehenden Dozenten diese Information abzuringen. Andererseits war das natürlich die am wenigsten erwünschte Methode. Wenn ihm das auch mißlang, dann war er am Ende, noch ehe er richtig angefangen hatte. Lorings detaillierte Erklärungen wären dann umsonst gewesen, sein Tod ein makaberer Witz, seine schreckliche Tarnung – die seiner Familie so weh tun mußte und irgendwie so unmenschlich war – sinnlos gemacht von einem ungeschickten Amateur.

Es gab keine andere Möglichkeit, dachte Matlock, er mußte es versuchen. Er mußte versuchen, herauszufinden, wen Beeson angerufen hatte, *und* versuchen, alles wieder so zusammenzusetzen, daß Beeson ihn erneut akzeptierte. Aus irgendeinem verrückten Grund sah er vor seinem geistigen Auge Lorings Aktentasche und die dünne, schwarze Kette, die vom Griff baumelte. Und aus einem noch verrückteren Grund verlieh ihm das Selbstvertrauen; nicht viel, aber immerhin etwas.

Er nahm eine Haltung ein, die dem Zusammenbruch so ähnlich schien, wie er sich das vorstellen konnte, legte dann seinen Kopf an den Türrahmen und schob die Türe langsam, Zentimeter um Zentimeter nach innen. Er rechnete damit, plötzlich Beeson in die Augen zu sehen. Statt dessen wandte der Dozent ihm den Rücken; er war nach vorne gebeugt, wie ein kleiner Junge, der versucht, seine Blase unter Kontrolle zu halten, den Telefonhörer an den dünnen Hals gepreßt, den Kopf zur Seite gebeugt. Es war offenkundig, daß Beeson glaubte, er könne damit das tarnen, was er sagte, die Stimme von dem immer wiederkehrenden Crescendo der ›Carmina Burana‹ übertönen zu lassen. Aber das Seconal hatte ihm da eine Posse gespielt. Beesons Ohr und das, was er sagte, waren nicht mehr synchronisiert. Seine Worte waren nicht nur klar – sie wurden sogar betont, durch die Zwischenräume zwischen ihnen, und dann wiederholte er sie sogar.

»...*Sie verstehen mich nicht.* Ich möchte, daß Sie mich verstehen. Bitte, verstehen Sie doch. Er stellte die ganze Zeit Fragen. Aber er ist nicht echt. Er ist nicht echt. Ich schwöre bei Gott, er ist ein Schwindler. Sie müssen Herron erreichen. Sagen Sie Herron, er soll mit ihm Verbindung aufnehmen, um Himmels willen. Bitte, Sie müssen ihn erreichen! Ich könnte alles verlieren!... Nein. Nein, ich weiß das! Ich sehe was ich sehe, Mann! Wenn dieses Weibsstück geil wird, hab' ich Probleme. Ich meine, man muß doch die Form wahren, alter Junge... Holen Sie Lucas... Um Himmels willen, Sie müssen! Ich habe hier Probleme, und ich kann nicht...«

Matlock ließ die Türe langsam zurückfallen. Er war so schockiert, daß in ihm jede Empfindung und jedes Gefühl abgestorben war; er sah seine Hand an der Küchentüre, und doch spürte er kein Holz unter seinen Fingern. Was er gerade gehört hatte, war nicht weniger schrecklich, als der Anblick von Ralph Lorings lebloser Leiche in der Telefonzelle.

Herron. *Lucas Herron!*

Eine siebzig Jahre alte Legende. Ein stiller Gelehrter, den man ebenso wegen seines Verständnisses für alle menschlichen Schwächen verehrte wie wegen seiner Brillanz. Ein reizender Mann, ein allseits geehrter Mann. Irgend etwas mußte hier nicht stimmen, es mußte eine Erklärung geben.

Aber es war keine Zeit, um über das Unerklärliche nachzugrübeln.

Archer Beeson dachte, er sei ein ›Spitzel‹. Und jetzt dachte das noch jemand anderer. Das durfte er nicht zulassen. Er mußte nachdenken, sich zum *Handeln* zwingen.

Plötzlich begriff er. Beeson selbst hatte ihm gesagt, was zu tun war.

Kein Spitzel – keiner, der nicht narkotisiert war – würde es versuchen.

Matlock sah zu dem Mädchen hinüber, das auf dem Wohnzimmerboden lag. Er eilte um den Speisetisch herum und rannte neben sie, löste dabei seinen Gürtel. In großer Hast zog er die Hosen aus und griff nach unten, rollte sie auf den Rücken. Er legte sich neben sie und öffnete die übrigen zwei Knöpfe ihrer Bluse, zog ihren Büstenhalter hoch, bis der Verschluß brach. Sie stöhnte und kicherte. Als er ihre jetzt freigelegten Brüste berührte, stöhnte sie wieder und hob ein Bein über Matlocks Hüfte.

»Pinky groovy, pinky groovy…« Sie begann, durch den Mund zu atmen und schob ihr Becken gegen Matlocks Unterleib; ihre Augen standen halb offen, und ihre Hände griffen nach unten, strichen über sein Bein, krallten sich in seiner Haut fest.

Matlock sah die ganze Zeit zur Küchentür hinüber, betete, daß sie sich öffne.

Und dann öffnete sie sich, und er schloß die Augen.

Archie Beeson stand neben dem Eßtisch und blickte auf seine Frau und seinen Gast hinunter. Als Matlock Beesons Schritte hörte, fuhr sein Kopf herum, und er tat erschreckt und verwirrt. Er erhob sich langsam und fiel gleich wieder hin. Er griff nach seinen Hosen, hielt sie sich vor die Unterhosen, stand noch einmal unsicher auf und fiel schließlich auf die Couch.

»O Gott! Du großer Gott, Archie! Gott, junger Freund! Ich hätte nicht gedacht, daß es soweit!... Ich bin völlig weg, Archie! Du lieber Gott, *was mache* ich denn? Ich bin *hinüber*, Mann, tut mir das leid! Herrgott, tut mir das leid!«

Beeson ging auf die Couch zu, seine halbnackte Frau lag zu seinen Füßen. Aus seinem Gesichtsausdruck war unmöglich zu erkennen, was er dachte. Oder wie weit seine Wut ging.

Oder war es Wut?

Seine Reaktion war völlig unerwartet: Er fing zu lachen an. Zuerst leise und dann immer lauter werdend, bis er fast hysterisch wirkte.

»*O Gott*, alter Junge! Ich habe es doch gesagt! Ich habe doch gesagt, daß sie unmöglich ist! Keine Sorge. Keiner wird etwas erfahren. Nichts von wegen schmutziger alter Mann. Aber wir machen unser Seminar. Oh, Gott, ja! Das wird vielleicht ein Seminar! Und Sie werden denen allen sagen, daß Sie mich ausgesucht haben! Machen Sie das? Oh, ja! Sonst werden Sie denen gar nichts sagen, nicht wahr?«

Matlock sah in die wilden Augen des Süchtigen, der über ihm stand.

»Sicher. Sicher, Archie. Was Sie wollen.«

»Und ob Sie das machen werden, alter Junge! Und entschuldigen Sie sich bloß nicht. Das ist nicht nötig! Ich habe mich zu entschuldigen!« Archer Beeson brach vor Lachen brüllend auf dem Boden zusammen. Dann streckte er den Arm aus und legte die Hand auf die linke Brust seiner Frau. Sie stöhnte und kicherte ihr wahnsinnig machendes, schrilles Kichern.

Und Matlock wußte, daß er gewonnen hatte.

7.

Er war erschöpft, ebenso von der späten Stunde wie von den Spannungen der Nacht. Es war zehn Minuten nach drei. In seinen Ohren hämmerten immer noch die Klänge der ›Carmina Burana‹. Das Bild der Frau mit den nackten Brüsten und dem Mann, dessen Stimme wie die eines Esels klang - und beide wanden sich vor ihm auf dem Boden - fügte dem widerlichen Geschmack, den er im Mund hatte, noch Ekel hinzu.

Aber was ihn am meisten störte, war das Wissen, daß der Name von Lucas Herron im Zusammenhang eines solchen Abends gebraucht wurde.

Es war unvorstellbar.

Lucas Herron. Der ›große alte Vogel‹, wie man ihn nannte. Eine schweigsame aber unübersehbare Einrichtung des Campus von Carlyle. Der Vorsitzende der Abteilung für Romanische Sprachen und die Verkörperung des stillen Gelehrten, ein Mann voll tiefen Mitgefühls mit seiner Umwelt. In seinen Augen stand stets ein leichtes Glitzern, und in seinem Blick mischte sich Verwirrung und Toleranz.

Ihn mit der Welt des Rauschgifts in Verbindung zu bringen – und wenn auch noch so fern – war unvorstellbar. Zu hören, wie ein hysterischer Süchtiger – denn dem Wesen nach *war* Archie Beeson süchtig, wenn nicht im chemischen, dann im psychologischen Sinne – nach ihm verlangte, als wäre Lucas eine besondere Macht, überstieg jede Vernunft.

Die Erklärung mußte irgendwo in Lucas Herrons ungeheurer Fähigkeit für Mitgefühl liegen. Er war vielen ein Freund, eine verläßliche Zuflucht für die Bedrückten. Unter seiner ruhigen, alten, bewährten Oberfläche war Herron ein starker Mann, ein Führer. Vor einem Vierteljahrhundert hatte er zahllose Monate der Hölle auf den Salomon Inseln verbracht, als Infantrieoffizier in mittleren Jahren. Vor einem ganzen Leben war Lucas Herron ein echter Held gewesen, während eines schrecklichen Augenblicks in einem wilden Krieg im Pazifik. Heute, mit über siebzig Jahren, war Herron so etwas wie eine Institution.

Matlock bog um die Ecke und sah sein Apartment einen halben Häuserblock entfernt. Der Campus war finster; abgesehen von den Straßenlampen, kam das einzige Licht aus einem seiner Zimmer. Hatte er eines brennen lassen? Er konnte sich nicht erinnern.

Er ging auf seine Türe zu und schob den Schlüssel ein. Gleichzeitig mit dem Klicken des Schlosses war drinnen ein lautes Krachen zu hören. Obwohl es ihn erschreckte, war seine erste Reaktion eher Heiterkeit. Seine tolpatschige, langhaarige Hauskatze hatte ein Glas umgeworfen oder eine jener Keramikkreationen, die Patricia Ballantyne ihm aufgedrängt hatte. Dann wurde ihm klar, daß ein solcher Gedanke lächerlich war. Das Produkt eines erschöpften Geistes. Das Krachen war für Keramik zu laut, das Klirren zu heftig gewesen.

Er rannte in den kleinen Vorraum, und das, was er sah, ließ ihn jede Müdigkeit vergessen. Er stand reglos vor Staunen da.

Der ganze Raum war ein einziges Chaos. Tische waren umgekippt; Bücher von den Regalen gerissen, die Seiten herausgefetzt und über den Boden verstreut; seine Stereoanlage und die Lautsprecher zerschlagen. Die Kissen seiner Couch und die Sessel waren aufgeschlitzt und überall lag Füllung und Schaumgummi herum; die Teppiche waren umgedreht und zusammengeknüllt, die Vorhänge von den Stangen gerissen und über die umgestürzten Möbel geworfen.

Er sah jetzt, was den Lärm verursacht hatte. Das große Flügelfenster an der rechten Wand, das auf die Straße hinausblickte, war eine Masse von zerdrücktem Blei und zerbrochenem Glas. Das Fenster hatte zwei Scheiben; er erinnerte sich deutlich, daß er sie beide geöffnet hatte, ehe er zu den Beesons gegangen war. Er mochte die Frühlingsbrise. Es war noch zu früh im Jahr, um schon die Fliegengitter anzubringen. Es gab keinen Anlaß, das Fenster zu zerschlagen; bis zum Boden waren es nur vier oder fünf Fuß. Das war hoch genug, um einen Eindringling abzuhalten, niedrig genug, daß ein erschreckter Einbrecher hier ohne weiteres entweichen konnte.

Man hatte also das Fenster nicht zerschlagen, um zu fliehen. Es war Absicht gewesen.

Man hatte ihn beobachtet und ein Signal gegeben.

Es war eine Warnung.

Matlock wußte, daß er die Warnung nicht annehmen konnte. Dies zu tun, hieße zugeben, daß es hier um mehr als Einbruch und Raub ging; und darauf war er nicht vorbereitet.

Er eilte in sein Schlafzimmer und sah hinein. Falls dies überhaupt möglich war, war sein Schlafzimmer in noch schlimmerem Zustand als das Wohnzimmer. Die Matratze war gegen die Wand geschleudert und in Fetzen gerissen. Jede einzelne Schublade seines Schreibsekretärs war herausgerissen, lag auf dem Boden, der Inhalt im ganzen Zimmer verstreut. Sein Kleiderschrank war wie der Rest – Anzüge und Jacken von der Stange gerissen, Schuhe im Zimmer verstreut.

Noch ehe er nachgesehen hatte, wußte er, daß seine Küche in keinem besseren Zustand sein würde als der

Rest seiner Wohnung. Die Lebensmittel in Dosen und Schachteln waren nicht auf den Boden geworfen worden, nur herumgeschoben, aber alle weichen Gegenstände waren in Stücke gerissen. Wieder begriff Matlock. Wenn es in den anderen Räumen ein- oder zweimal gekracht hatte, war das noch erträglich, aber wenn der Lärm sich in der Küche fortsetzte, hätte das eine der anderen Familien in dem Haus aufschrecken können. Er konnte ohnehin schon über sich leise Schritte hören. Das Krachen des Fensters hatte jemanden geweckt.

Die Warnung war deutlich gewesen, aber hier war es darum gegangen, seine Wohnung zu durchsuchen.

Er glaubte, den Gegenstand jener Suche zu kennen. Wieder wurde ihm klar, daß er nicht darauf eingehen durfte. Schlüsse wurden gezogen, ebenso wie sie bei Beeson gezogen worden waren; er mußte abwarten, mußte überzeugend lügen. Soviel wußte er instinktiv.

Aber ehe er dies tat, mußte er herausfinden, ob die Suche Erfolg gehabt hatte.

Er schüttelte die Lethargie ab und sah erneut sein Wohnzimmer an, studierte es. Sämtliche Fenster lagen frei, und das Licht reichte aus, daß jemand mit einem Feldstecher, der in einem der nahestehenden Gebäude stationiert war oder auf der anderen Straßenseite auf dem Rasen des Campus stand, jede Bewegung beobachten konnte, die er machte. Wenn er das Licht ausschaltete, würde eine solch unnatürliche Handlung dann den Schlüssen, die er vermeiden wollte, Glaubwürdigkeit verleihen.

Ohne Frage. Man betrat nicht eine Wohnung, die in so chaotischem Zustand war, wie die seine, und schaltete das Licht ab.

Und doch mußte er sein Badezimmer erreichen, in diesem Augenblick den wichtigsten Raum der Wohnung. Er mußte weniger als dreißig Sekunden dort verbringen, um festzustellen, ob die Suche Erfolg gehabt hatte oder gescheitert war, und mußte dies auf eine Art und Weise tun, die nicht ungewöhnlich schien. Falls ihn *tatsächlich* jemand beobachtete.

Es war eine Frage des Scheins, der Geste, dachte er. Er sah, daß das Stereogerät der Badezimmertüre am nächsten stand, höchstens fünf Fuß entfernt. Er ging hinüber und beugte sich hinunter, hob einige Stücke auf, darunter auch den Tonarm. Er sah ihn an, ließ ihn dann plötzlich sinken und führte den Finger zum Mund, als hätte er sich die Haut aufgerissen. Dann eilte er ins Badezimmer.

Drinnen angelangt, öffnete er das Medizinschränkchen und holte eine Rolle Heftpflaster von dem gläsernen Regal. Dann beugte er sich neben der Toilettenschüssel hinunter, wo die gelbe Plastikbox der Katze stand, und hob das Zeitungspapier in dem Kistchen an. Unter der Zeitung spürte er die zwei Schichten Leinwand, die er eingelegt hatte, und hob sie an der Ecke an.

Die mit der Schere auseinandergetrennte Seite war noch intakt. Das silberne korsische Papier, das mit dem tödlichen Satz *Venerare Omerta* endete, war nicht entdeckt worden.

Er legte das Zeitungspapier wieder hin, zerwühlte den Unrat in dem Kistchen und richtete sich auf. Er sah, daß das Milchglas des kleinen Fensters über der Toilette teilweise offenstand und fluchte.

Jetzt war keine Zeit, daran zu denken.

Er ging in das Wohnzimmer zurück und riß das Schutzpapier von dem Heftpflaster ab.

Die Suche war erfolglos gewesen. Jetzt mußte er die Warnung ignorieren, die Schlüsse leugnen. Er ging ans Telefon und rief die Polizei an.

»Können Sie mir eine Liste geben, was alles fehlt?« Ein uniformierter Streifenbeamter stand mitten in dem

Durcheinander. Ein zweiter Polizist ging in der Wohnung herum und machte sich Notizen.

»Das weiß ich noch nicht genau. Ich habe es noch nicht überprüft.«

»Das verstehe ich. Sieht ja schrecklich aus. Aber Sie sollten nachsehen. Je schneller wir die Liste bekommen, desto besser.«

»Ich glaube nicht, daß etwas fehlt, Officer. Ich meine, ich besitze nichts, was für jemand anderen besonders wertvoll wäre. Höchstens vielleicht die Stereoanlage… Und die ist hin. Im Schlafzimmer ist ein Fernseher, der ist noch da. Einige der Bücher sind vielleicht wertvoll, aber sehen Sie sie doch an.«

»Kein Bargeld, Schmuck, Uhren?«

»Mein Geld ist auf der Bank oder in meiner Brieftasche. Meine Uhr trage ich, und Schmuck besitze ich nicht.«

»Wie ist es denn mit Examensarbeiten? Das kommt ziemlich oft vor.«

»In meinem Büro. Im Institut.«

Der Streifenbeamte schrieb etwas in ein kleines schwarzes Notizbuch und rief dann seinen Partner, der ins Schlafzimmer gegangen war.

»Hey, Lou, hat das Revier bestätigt, daß der Fingerabdruckmann kommt?«

»Sie wecken ihn jetzt. Er ist in ein paar Minuten hier.«

»Haben Sie irgend etwas berührt, Mr. Matlock?«

»Ich weiß nicht. Vielleicht. Es war ein Schock.«

»Insbesondere irgendwelche von den zerbrochenen Gegenständen, zum Beispiel den Plattenspieler? Es wäre gut, wenn wir dem Fingerabdruckspezialisten ein paar Dinge zeigen könnten, die Sie nicht berührt haben.«

»Ich habe den Tonarm aufgehoben, nicht das Gehäuse.«

»Gut. Damit kann man anfangen.«

Die Polizei blieb eineinhalb Stunden. Der Fingerabdruck-spezialist kam an, tat seine Arbeit, und ging wieder. Matlock dachte daran, Sam Kressel anzurufen, überlegte dann aber, daß Kressel eigentlich um diese Stunde nichts tun konnte. Falls jemand draußen das Gebäude beobachtete, war es besser, wenn Kressel nicht gesehen wurde. Verschiedene Leute aus den anderen Wohnungen waren aufgewacht und heruntergekommen. Sie hatten ihn bedauert und ihm Hilfe und Kaffee angeboten.

Als die Polizeibeamten am Gehen waren, drehte sich ein großer Streifenbeamter unter der Türe um. »Tut mir leid, daß es so lange dauerte, Mr. Matlock. Gewöhnlich nehmen wir bei einem Einbruch keine Abdrücke, wenn es keine Verletzten gegeben hat oder etwas fehlt, aber in letzter Zeit waren diese Dinge ziemlich häufig. Ich persönlich glaube, es sind diese langhaarigen Spinner mit ihren Perlenketten. Oder die Nigger. Bevor die Spinner und die Nigger herkamen, hatten wir nie solchen Ärger.«

Matlock sah den uniformierten Beamten an, der sich seiner Analyse so sicher war. Es hatte keinen Sinn, etwas dagegen zu sagen; es wäre nutzlos, und Matlock war so müde. »Danke, daß Sie mir beim Ordnungmachen geholfen haben.«

»Aber gern.« Der Streifenbeamte ging den betonierten Weg hinunter und blieb dann noch einmal stehen. »Oh, Mr. Matlock.«

»Ja?« Matlock zog die Türe auf.

»Wir haben uns gedacht, daß jemand vielleicht etwas gesucht hat. Ich meine, wo er doch all die Kissen zerfetzt, die Bücher zerrissen hat und all das... Wissen Sie, was ich meine?«

»Ja.«

»Sie würden uns das sagen, wenn es der Fall wäre, oder?«

»Natürlich.«

»Yeah. Wäre ja dumm, irgendeine Information zurückzuhalten.«

»Ich bin nicht dumm.«

»War nicht böse gemeint. Bloß, daß Leute wie Sie manchmal an so was nicht denken.«

»Ich bin nicht geistesabwesend. Das sind nur wenige von uns.«

»Yeah.« Der Streifenbeamte lachte etwas spöttisch. »Ich wollte es bloß erwähnen. Ich meine, wir können schließlich unsere Arbeit nicht tun, wenn wir nicht alle Fakten bekommen, verstehen Sie?«

»Ich verstehe.«

»Yeah. Gut.«

»Gute Nacht.«

»Gute Nacht, Doktor.«

Er schloß die Tür und ging in sein Wohnzimmer. Dann überlegte er, ob seine Versicherung wohl für den Wert seiner selteneren Bücher und Drucke aufkommen würde. Das Durcheinander war immer noch groß; der oder die Einbrecher hatten gründlich gearbeitet. Da war es nicht damit getan, die Möbel wieder geradezurücken und die Sachen vom Boden aufzuheben. Die Warnung war klar und heftig gewesen.

Was ihn erschreckte, war die Tatsache, daß überhaupt eine Warnung stattgefunden hatte.

Warum? Von wem?

Archer Beesons hysterischer Telefonanruf? Das war möglich, vielleicht sogar vorzuziehen. Dann stand das Motiv dahinter vielleicht nicht mit Nimrod in Verbindung. Es konnte bedeuten, daß Beesons Kreis von Dealern und Süchtigen ihm genügend Angst einjagen wollte, daß er Archie in Frieden ließ. Sie alle in Frieden ließ, Loring hatte ganz eindeutig gesagt, daß es keine Beweise gab, daß die Beesons mit der Nimrod-Einheit in Verbindung standen.

Es gab aber auch keine Beweise, daß das nicht der Fall war.

Dennoch, wenn es Beeson gewesen war, würde der Alarm am nächsten Morgen zurückgenommen werden. Der Schluß, der aus den Geschehnissen des Abends zu ziehen war, war eindeutig. Die ›Fast-Vergewaltigung‹ durch einen unter Drogen stehenden ›alten Jungen‹. Er war für Beeson eine Sprosse auf der akademischen Leiter.

Andererseits, und das war viel weniger wünschenswert, bestand die Möglichkeit, daß die Warnung *und* die Durchsuchung dem Papier aus Korsika galten. Was hatte Loring hinter ihm auf dem Bürgersteig geflüstert?

»... Es gibt nur einen Gegenstand, den sie noch mehr als diese Aktentasche wollen; das ist das Papier in Ihrer Tasche.«

Man durfte also vernünftigerweise annehmen, daß man ihn mit Ralph Loring in Verbindung gebracht hatte.

Washingtons Annahme, die Panik, die er zeigte, als er Loring fand, habe der Gegenseite bestätigt, daß keine Verbindung zwischen ihm und dem Agenten bestanden hatte, war also falsch, Jason Greenbergs Zuversicht verfehlt.

Andererseits war es möglich, wie Greenberg das angedeutet hatte, daß sie ihn auf die Probe stellten. Ihn etwas unter Druck setzten, ehe sie ihm sozusagen die Unbedenklichkeitsbescheinigung ausstellten.

War es möglich, könnte vielleicht, andererseits.

Vermutungen.

Er mußte einen kühlen Kopf bewahren; er durfte nicht überreagieren. Wenn er das Geringste ausrichten sollte, mußte er den Unschuldigen spielen.

Hätte können, könnte bedeuten, möglich.

Sein Körper tat weh. Seine Augen waren angeschwollen, und er hatte immer noch den schrecklichen Nachgeschmack der Kombination aus Seconal, Wein und Marihuana im Mund. Er war erschöpft; die Belastung, die darin bestand, daß er Schlüsse zu ziehen versuchte, die ihm unerreichbar waren, begann ihm zu groß zu werden. Seine Erinnerung wanderte in die Vergangenheit, nach Vietnam, und er erinnerte sich an den besten Rat, den er damals in jenen Wochen unerwarteter Kampfhandlungen bekommen hatte. Dieser Rat hatte gelautet, er solle ausruhen, wann immer er konnte, schlafen, wenn es möglich war. Der Rat war von einem alten Sergeant gekommen, von dem das Gerücht ging, daß er mehr Angriffe als jeder andere Mann im ganzen Mekong-Delta überlebt hätte. Es ging auch das Gerücht, daß er einen Überfall überlebt hatte, dem fast seine ganze Kompanie zum Opfer gefallen war.

Matlock streckte sich auf der kaum noch als solchen erkennbaren Couch aus. Es hatte keinen Zweck, ins Schlafzimmer zu gehen – seine Matratze war erledigt. Er schnallte seinen Gürtel auf und streifte die Schuhe ab. Er konnte ein paar Stunden schlafen; anschließend würde er mit Kressel reden. Er würde Kressel und Greenberg bitten, sich irgendeine Geschichte für ihn zu überlegen, die das Eindringen in seine Wohnung plausibel machte. Eine Geschichte, die Washington und vielleicht auch die Polizei von Carlyle billigte.

Die Polizei.

Plötzlich setzte er sich auf. Es war ihm nicht gleich aufgefallen, aber jetzt dachte er darüber nach. Der vierschrötige, aber vorbildlich höfliche Streifenpolizist, dessen primitive detektivische Gaben sich auf die ›langhaarigen Spinner und Nigger‹ konzentriert hatten, hatte ihn während der annähernd zwei Stunden polizeilicher Ermittlungen als ›Mister‹ angesprochen. Aber als er dann ging, als er so beleidigend angedeutet hatte, Matlock könne etwa irgendwelche Informationen zurückhalten, hatte er ihn ›Doktor‹ genannt. Das ›Mister‹ war normal. Das ›Doktor‹

war höchst ungewöhnlich. Niemand außerhalb der akademischen Gemeinde – und auch dort nur wenige – nannten in je ›Doktor‹ nannten je *irgendeinen* Ph. D. ›Doktor‹. Den meisten Trägern solcher akademischer Grade kam das albern vor, und nur alberne Leute erwarteten es.

Warum hatte der Streifenpolizist seinen Titel gebraucht? Er kannte ihn nicht, hatte ihn, nach seiner Kenntnis, noch nie gesehen. Wie konnte der Polizist wissen, daß ihm überhaupt der Titel ›Doktor‹ zustand?

Während er so dasaß und überlegte, fragte sich Matlock, ob die Anstrengungen und Belastungen der letzten Stunde jetzt etwa ihren Tribut forderten. Fing er an unvernünftige Verbindungen herzustellen und Bedeutungen zu finden, wo es gar keine gab? War es denn nicht völlig plausibel, daß die Polizei von Carlyle eine Liste der Fakultätsmitglieder besaß und daß der Revierbeamte oder wer sonst solche Anrufe entgegennahm, seinen Namen auf der Liste gefunden hatte und ganz beiläufig seinen Titel erwähnt hatte? Reihte er nicht etwa den Streifenpolizisten in die Gruppe der unwissenden Ignoranten ein, weil ihm die Vorurteile des Beamten nicht gefielen?

Es gab eine Menge Möglichkeiten.

Das beunruhigte ihn.

Matlock fiel auf die Couch zurück und schloß die Augen.

Zuerst nahm er das Geräusch nur als ein schwaches Echo wahr, wie aus einem langen, engen Tunnel. Dann wurde es deutlicher, ein schnelles Tappen, das nicht aufhören wollte, das lauter und lauter wurde.

Matlock schlug die Augen auf und sah Licht von zwei Tischlampen, die vor der Couch standen. Er hatte die Beine angezogen und schwitzte am Hals, der auf dem rauhen Cordsamtbezug der Couch lag. Und doch kam durch das eingeschlagene bleigefaßte Fenster eine kühle Brise herein.

Das Tappen hielt an. Es kam aus dem Flur, von seiner Haustüre. Er schwang die Beine von der Couch und stellte fest, daß sie beide voll tausend Nadeln waren. Er mußte sich anstrengen, um aufzustehen.

Das Tappen und das Klopfen wurde lauter. Und dann die Stimme: »Jamie! Jamie!«

Er ging etwas unsicher zur Türe.

»Komme schon!« Er erreichte die Tür und öffnete sie schnell. Patricia Ballantyne, mit einem Regenmantel bekleidet, unter dem er deutlich den seidenen Pyjama erkannte, trat schnell ein.

»Jamie, um Gottes willen. Ich habe versucht, dich anzurufen.«

»Ich bin hiergewesen. Das Telefon hat nicht geklingelt.«

»Ich weiß. Ich habe schließlich die Störungsstelle angerufen und erfahren, daß es nicht funktioniert. Ich habe mir einen Wagen geborgt und bin so schnell ich konnte hergefahren und...«

»Das ist es nicht, Pat. Es funktioniert schon. Die Polizei – die Polizei war hier. Wenn du dich hier umsiehst, wirst du wissen warum – sie haben es ein dutzendmal benutzt.«

»Oh, du liebe Güte!« Das Mädchen ging an ihm vorbei in den immer noch chaotischen Raum. Matlock ging ans Telefon und hielt sich den Hörer ans Ohr. Als er das durchdringende Geräusch des Besetztzeichens hörte, legte er schnell wieder auf.

»Im Schlafzimmer«, sagte er, stellte das Telefon wieder auf den Tisch und ging zur Schlafzimmertüre.

Auf dem Bett, auf den zerfetzten Überresten seiner Matratze, stand sein Schlafzimmertelefon. Der Hörer war abgenommen und lag *unter* dem Kissen, so daß man das Tuten nicht hören konnte. Jemand hatte nicht gewollt, daß es klingelte.

Matlock versuchte sich zu erinnern, wer alles hier gewesen war. Insgesamt mehr als ein Dutzend Leute. Fünf oder sechs Polizisten – teils in Uniform, teils in Zivil; Männer und Frauen aus anderen Wohnungen; einige nächtliche Passanten, die die Polizeifahrzeuge gesehen hatten und heraufgekommen waren. Das Ganze war ziemlich wirr. Er konnte sich nicht an sämtliche Gesichter erinnern.

Er stellte den Apparat auf den Nachttisch zurück und bemerkte jetzt, daß Pat unter der Türe stand. Er ging davon aus, daß sie nicht gesehen hatte, wie er den Hörer unter dem Kissen herausholte.

»Jemand muß es umgestoßen haben, als er hier Ordnung machte«, sagte er und gab sich verärgert. »Scheußlich; ich meine, daß du einen Wagen borgen mußtest... Warum hast du das getan? Was ist denn?«

Sie gab keine Antwort. Vielmehr drehte sie sich um und blickte wieder ins Wohnzimmer. »Was ist passiert?«

Matlock erinnerte sich, wie der Streifenbeamte es genannt hatte. »Die nennen das ›Einbruch‹. Für die Polizei fällt da alles darunter, auch menschliche Tornados... Ich nenne es Raub. Ich bin zum erstenmal in meinem Leben beraubt worden. Ein ganz neues Erlebnis. Ich denke, die armen Schweine waren böse, weil sie nichts Wertvolles fanden, also habe sie alles in Stücke gerissen... Warum bist du herüber gekommen?«

Sie sprach ganz leise, aber die Intensität ihrer Stimme ließ Matlock erkennen, daß sie der Panik nahe war. Immer wenn ihre Gefühle in ihr die Oberhand zu gewinnen drohten, hielt sie sich straff am Zügel. Das war eine wesentliche Eigenschaft dieses Mädchens.

»Vor ein paar Stunden – um Viertel vor Vier, um es genau zu sagen – klingelte mein Telefon. Der Mann, wenn es ein Mann war, fragte nach dir. Ich schlief und habe wahrscheinlich nicht ganz zusammenhängend gesprochen, aber ich gab mich verärgert, daß jemand annehmen konnte, du wärest da... Ich wußte nicht, was ich tun sollte. Ich war durcheinander...«

»Okay, das verstehe ich. Und?«

»Er sagte, er glaube mir nicht. Ich sei eine Lügnerin. Ich... ich war so überrascht, daß jemand um die Zeit anruft – um Viertel vor Vier – und mich eine Lügnerin nennt... Ich war verwirrt...«

»Was hast du gesagt?«

»Es geht nicht darum, was *ich* gesagt habe. Es geht um das, was *er* gesagt hat. Er hat mich aufgefordert, dir zu sagen, du... solltest nicht ›hinter dem Globus‹ bleiben oder ›Licht in die Unterwelt tragen‹. *Zweimal* hat er es gesagt. Er sagte, es sei ein dummer Witz, aber du würdest es verstehen. Ich hatte solche Angst...! Verstehst du das? Sag?«

Matlock ging an ihr vorbei ins Wohnzimmer. Er suchte seine Zigaretten und gab sich Mühe, ruhig zu bleiben. Sie folgte ihm. »Was hat er gemeint?«

»Das weiß ich nicht.«

»Hat es etwas mit... dem... zu tun?« Ihre Handbewegung schloß die ganze Wohnung ein.

»Ich glaube nicht.« Er zündete sich seine Zigarette an und fragte sich, was er ihr sagen sollte. Die Nimrod-Leute hatten keine Zeit vergeudet, Verbindungen herzustellen. Wenn es die Nimrod-Leute waren.

»Was hat er gemeint, mit ›hinter dem Globus bleiben‹? Es klingt wie ein Rätsel.«

»Es ist ein Zitat, denke ich.«

Matlock brauchte nicht zu denken. Er wußte es und erinnerte sich ganz exakt an Shakespeares Worte: *Weißt du denn nicht, daß, wenn das suchend' Aug' des Himmels sich hinter dem Globus birgt und Licht trägt in die Unterwelt... daß Diebe dann und Räuber durch die Straßen ziehn... daß Mord und Missetat dann herrschen.*

»Was bedeutet das?«

»Das *weiß* ich nicht! Ich kann mich nicht erinnern... Jemand muß mich mit jemand anderem verwechseln. Sonst kann ich mir nichts vorstellen... Wie klang die Stimme denn?«

»Ganz normal. Er war verärgert, aber er hat nicht geschrien oder so etwas.«

»Niemand, den du erkanntest? Ich meine, nicht persönlich, aber hast du die Stimme je zuvor gehört.«

»Ich bin nicht sicher. Ich glaube nicht. Niemand, den ich kenne, aber...«

»Aber was?«

»Nun, es war eine... kultivierte Stimme. Ein wenig schauspielerhaft, denke ich.«

»Ein Mann, der es gewöhnt ist, Vorträge zu halten.« Das war eine gute Feststellung, keine Frage. Seine Zigarette schmeckte bitter, also drückte er sie aus.

»Ja, so könnte man sagen.«

»Und wahrscheinlich nicht in einem wissenschaftlichen Labor... Das verringert die Auswahl auf ungefähr achtzig Leute auf dem Campus.«

»Das sind jetzt Annahmen, die ich nicht verstehe! Dieser Telefonanruf hatte also *doch* etwas mit dem zu tun, was dir geschehen ist.«

Er wußte, daß er zuviel redete. Er wollte Pat nicht hineinziehen; er *durfte es nicht*. Und doch hatte jemand anderer das getan – diese Tatsache komplizierte die Dinge außerordentlich. »Vielleicht hat es das. Nach den besten Gewährsleuten, die ich kenne – und damit meine ich natürlich die Detektive im Fernsehen – vergewissern sich Diebe immer, daß Leute nicht zu Hause sind, ehe sie eine Wohnung ausrauben. Wahrscheinlich wollten sie das überprüfen.«

Das Mädchen wich seinem Blick nicht aus. »Du warst also nicht zu Hause? Um Viertel vor vier...? Das soll keine inquisitorische Frage sein, Darling, nur zu meiner Information.«

Er schalt sich einen Narren. Es war die Erschöpfung,

die Beeson-Episode, der Schock, den er beim Betreten der Wohnung erlitten hatte. Natürlich war die Frage nicht inquisitorisch. Er war ein freier Mensch. Und natürlich war er um Viertel vor vier zu Hause gewesen.

»Ich weiß es nicht genau. Ich habe nicht so auf die Zeit geachtet. Es war ein verdammt langer Abend geworden.« Er lachte schwach. »Ich war bei Archie Beeson. Wenn einem junge Dozenten Seminare vorschlagen, dann wird das meistens ein feuchter Abend.«

Sie lächelte. »Ich glaube, du verstehst mich nicht. Es ist mir wirklich gleichgültig, was du machst... Nun, das ist es natürlich nicht, aber im Augenblick verstehe ich nicht, warum du mich belügst... Du warst vor zwei Stunden *hier*, und dieser Telefonanruf kam nicht von einem Dieb, der wissen wollte, wo du bist, und das *weiß du* auch.«

»Jetzt wirst du neugierig. Das mag ich nicht.« Matlock war unfreundlich. Ebenso wie sein Lügen war das offensichtlich unecht. Er mochte früher ein Rebell gewesen sein, ein harter Bursche, aber er war dem Wesen nach freundlich. Das wußte sie.

»Schon gut, entschuldige. Nur eine Frage noch, und dann gehe ich... Was bedeutet *Omerta*?«

Matlock erstarrte. »Was hast du gesagt?«

»Der Mann am Telefon. Er hat das Wort *Omerta* gebraucht.«

»Wie?«

»Ganz beiläufig. Nur als Erinnerung, sagte er.«

8.

Agent Jason Greenberg trat durch die Türe der Squashhalle. »Sie kommen ja ganz schön ins Schwitzen, Doktor Matlock.«

»Ja, analysieren möchte ich den Schweiß nicht lassen... Jedenfalls war es Ihre Idee. Mir wäre es in Kressels Büro oder irgendwo in der Innenstadt ebensolieb gewesen.«

»Hier ist es besser... Aber wir müssen uns beeilen. Ich habe mich bei der Verwaltung als Versicherungsinspektor ausgegeben. Ich überprüfe die Feuerlöscher in den Korridoren.«

»Das schadet sicher nichts.« Matlock ging in eine Ecke, wo ein graues Sweatshirt in ein Handtuch gewickelt war. Er wickelte es aus und zog es sich über den Kopf. »Was haben die denn gefunden? Die letzte Nacht war ziemlich wirr.«

»Wenn man einmal von dem Durcheinander absieht, haben wir überhaupt nichts gefunden. Zumindest nichts, womit man weiterkäme. Bloß ein paar Theorien... Wir sind der Ansicht, daß Sie Ihre Sache sehr gut gemacht haben.«

»Danke. Ich war verwirrt. Was sind das für Theorien? Das klingt so akademisch. Ich bin nicht sicher, ob mir das zusagt.«

Greenbergs Kopf fuhr plötzlich herum. Von der rechten Wand war ein stumpfes Klopfen zu hören. »Ist das eine weitere Halle?«

»Ja. Auf dieser Seite gibt es sechs. Das sind Übungshallen. Aber das wissen Sie ja.«

Greenberg hob den Ball auf und warf ihn scharf gegen die vordere Wand. Matlock begriff und fing ihn auf, als er zurückprallte. Er warf ihn zurück; Greenberg fing und warf seinerseits. Sie behielten einen langsamen Rhythmus bei. Keiner der beiden Männer bewegte sich mehr als ein oder zwei Schritte, sie warfen abwechselnd. Greenberg sprach ganz leise mit monotoner Stimme.

»Wir glauben, daß Sie getestet werden sollen. Das wäre die logischste Erklärung. Sie *haben* nun einmal Ralph gefunden. Sie haben ausgesagt, daß Sie den Wagen gesehen haben. Ihre Gründe für Ihre Anwesenheit am Ort seiner Ermordung waren schwach; so schwach, daß wir sie für plausibel hielten. Die wollen sichergehen, deshalb haben sie das Mädchen ins Spiel gebracht. Die sind gründlich.«

»Okay. Theorie Nummer eins. Und was ist Nummer zwei?«

»Ich sagte, das wäre die logischste Theorie... In Wirklichkeit ist es die einzige.«

»Was ist mit Beeson?«

»Was soll mit ihm sein? Sie waren ja dort.«

Matlock hielt den Squashball ein paar Sekunden in der Hand, ehe er ihn gegen die Seitenwand warf. Die von Greenberg abgewandte Wand.

»Könnte es sein, daß Beeson raffinierter war als ich dachte und Alarm geschlagen hat?«

»Könnte sein. Wir bezweifeln es... So wie Sie den Abend geschildert haben.«

Aber Matlock hatte *nicht* den *ganzen* Abend geschildert. Er hatte weder Greenberg noch sonst jemandem von Beesons Telefongespräch berichtet. Seine Gründe dafür waren nicht rational, sie waren emotional. Lucas Herron war ein alter Mann, ein freundlicher Mann. Seine Sympathie für in Schwierigkeiten geratene Studenten war legendär, seine Sorge für junge, unerprobte, häufig arrogante neue Dozenten war eine willkommene Linderung mancher Fakultätskrise. Matlock hatte sich selbst überzeugt, daß der ›große alte Vogel‹ sich mit einem verzweifelten jungen Mann angefreundet hatte und ihm in einer verzweifelten Situation half. Er hatte nicht das Recht, Herrons Name nur wegen eines Telefonanrufs eines in Panik geratenen Rauschgiftsüchtigen an die Oberfläche zu zerren. Dafür gab es zu viele mögliche Erklärungen. Irgendwie würde er mit Herron sprechen, vielleicht beim Kaffee in der Mensa oder auf der Tribüne bei einem Baseballspiel – Herron war ein begeisterter Baseball-Anhänger – mit ihm reden, würde ihm sagen, er solle die Verbindung zu Archer Beeson lösen.«

»– über Beeson?«

»Was?« Matlock hatte Greenberg nicht gehört.

»Ich hatte gefragt, ob Ihnen über Beeson noch etwas eingefallen ist.«

»Nein. Ist es nicht. Er ist nicht wichtig. Wahrscheinlich wird er das Gras und die Pillen wegwerfen – höchstens für mich welche bereithalten, falls er glaubt, er könne von mir irgendwelche Vorteile erlangen.«

»Ich will gar nicht den Versuch machen, das zu begreifen.«

»Lassen Sie es bleiben. Ich hatte nur einen Augenblick lang Zweifel… Ich kann nicht glauben, daß Sie nur eine Theorie gebildet haben. Kommen Sie schon. Was noch?«

»Also gut. Es gibt noch zwei Theorien, und die sind nicht einmal plausibel – sie stammen beide aus derselben Quelle. Die erste geht davon aus, daß es in Washington ein Leck gibt. Die zweite – ein Leck hier in Carlyle.«

»Warum nicht plausibel?«

»Zuerst Washington. Es gibt weniger als ein Dutzend Leute, die von dieser Operation wissen, und das schließt das Justizministerium, das Schatzamt und das Weiße Haus ein. Alles Männer von einem Kaliber, daß sie gewöhnlich Geheimbotschaften mit dem Kreml austauschen. Unmöglich.«

»Und Carlyle?«

»Sie, Adrian Sealfont und der ekelhafte Samuel Kressel… Ich würde nichts lieber tun, als Kressel hineintauchen – er ist ein richtiges Ekel – aber das ist unmöglich. Es würde mir auch großes Vergnügen bereiten, einen hochgeschätzten WASP (White Anglo-Saxon Protestant – Anmerkung des Übersetzers) wie Sealfont von seinem Podest zu stoßen, aber auch das gibt keinen Sinn. Bleiben Sie. Sind Sie derjenige, welcher?«

»Sie haben wirklich einen umwerfenden Humor.« Matlock mußte rennen, um den Ball aufzufangen, den Greenberg in eine Ecke geworfen hatte. Er hielt ihn in der Hand und sah den Agenten an. »Mißverstehen Sie mich nicht – ich mag Sam, oder zumindest glaube ich das – aber warum ist er ›unmöglich‹?«

»Genau wie Sealfont... In einer Operation wie dieser fangen wir beim Anfang an. Und ich meine wirklich *den Anfang*. Positionen, Status oder Ruf sind uns dabei egal – ob gut oder schlecht. Wir setzen jeden uns bekannten Trick ein, um zu beweisen, daß jemand schuldig ist, nicht unschuldig. Wir suchen auch den fadenscheinigsten Grund, ihn *nicht* freizugeben. Kressel ist so sauber wie Johannes der Täufer. Trotzdem ist er ein Ekel, aber sauber. Sealfont ist noch schlimmer. Er ist wirklich das, was alle sagen. Ein verdammter Heiliger – englische Hochkirche natürlich. Damit bleiben nur Sie.«

Matlock schleuderte den Ball in die linke hintere Ecke. Greenberg trat zurück und schmetterte ihn gegen die rechte Wand, wo er abprallte und Matlock zwischen die Beine fuhr.

»Ich schätze, Sie haben das schon einmal gespielt«, sagte Matlock und grinste verlegen.

»Ich denke schon. Was ist mit dem Mädchen? Wo ist sie?«

»In meiner Wohnung. Ich habe ihr das Versprechen abgenommen, daß sie nicht weggeht, bis ich zurückkomme. Abgesehen von den Sicherheitsaspekten, bekomme ich auf die Weise die Bude aufgeräumt.«

»Ich stelle einen Mann für sie ab. Ich glaube nicht, daß es notwendig ist, aber *Sie* fühlen sich dann besser.« Greenberg sah auf seine Uhr.

»Das tue ich tatsächlich, vielen Dank.«

»Wir müssen uns beeilen... Jetzt hören Sie zu. Wir lassen alles seinen normalen Gang gehen. Polizeibericht,

Zeitungen, alles. Keine Tarnung, keine Gegenberichte, nichts, um die normale Neugierde oder Ihre völlig normalen Reaktionen zu beeinträchtigen. Jemand ist in Ihre Wohnung eingebrochen und hat dort alles in Stücke geschlagen. Das ist alles, was Sie wissen... Und da ist noch etwas. Vielleicht gefällt es Ihnen nicht, aber wir glauben, daß es so am besten ist – und am sichersten.«

»Was?«

»Wir sind der Ansicht, daß Miß Ballantyne den Telefonanruf, den sie bekommen hat, der Polizei melden sollte.«

»Hey, hören Sie mal! Der Anrufer hat damit gerechnet, mich um vier Uhr früh dort zu finden. So etwas tritt man in dieser Stadt nicht breit. Nicht, wenn man ein Stipendium hat und für Museumsstiftungen arbeiten will. Die Uhren gehen hier etwas langsamer.«

»Das Auge des Betrachters, Doktor Matlock... Sie hat einfach einen Anruf bekommen; jemand fragte nach Ihnen, zitierte Shakespeare und machte einen unverständlichen Hinweis auf irgendein ausländisches Wort oder eine fremde Stadt. Sie war wütend. Das gibt keine fünf Zeilen in einer Zeitung, aber da man in Ihre Wohnung eingebrochen ist, ist nur logisch, daß sie es meldet.«

Matlock schwieg. Er ging in die Ecke der Squashhalle, wo der Ball liegengeblieben war, und hob ihn auf. »Wir sind einfach zwei Figuren, die herumgeschoben wurden. Wir wissen nicht, was geschehen ist; nur, daß es uns nicht gefällt.«

»Genau das. Nichts ist so überzeugend, wie jemand, der etwas abgekriegt hat und nicht weiß, was das Ganze soll, und das allen erzählt. Streiten Sie sich mit Ihrer Versicherung über Ihre alten Bücher herum... Ich muß jetzt gehen. In dem Gebäude gibt es nicht viele Feuerlöscher. Noch etwas? Was machen Sie als nächstes?«

Matlock ließ den Ball ein paarmal hüpfen. »Eine zufällige Einladung. Zufällig bei ein paar Gläsern Bier in der Afro-Mensa erhalten. Man hat mich zu einer Bühnenversion der Original-Pubertätsriten der Mau-Mau-Stämme eingeladen. Heute abend um zehn Uhr im Keller der Lumumba Hall... Früher war das einmal das Verbindungshaus von Alpha Delt. Ich kann Ihnen sagen, daß eine ganze Menge weißer Episkopalisten in der Hölle rotieren.«

»Jetzt komme ich schon wieder nicht mit, Doktor.«

»Sie haben Ihre Hausaufgabe nicht gemacht... Lumumba Hall steht sehr groß auf Ihrer Liste.«

»Entschuldigung. Rufen Sie mich morgen an?«

»Ja.«

»Ich werde Sie Jim nennen, wenn sie Jason zu mir sagen.«

»Einverstanden, aber Kuß kriegen Sie keinen.«

»Okay. Sie sollten hier noch etwas üben. Wenn das hier vorbei ist, spielen wir einmal.«

»Geht klar.«

Greenberg ging hinaus. Er sah sich in dem schmalen Korridor um und stellte befriedigt fest, daß niemand da war; niemand hatte gesehen, wie er die Squashanlage betrat oder verließ. Hinter den Wänden war ein dauerndes Pochen zu hören. Sämtliche Hallen wurden benutzt. Greenberg fragte sich, als er gerade um die Ecke in den Haupteingang gehen wollte, wie es kam, daß die Sporthalle von Carlyle um elf Uhr früh so intensiv genutzt wurde. In Brandeis war das nie der Fall gewesen; vor fünfzehn Jahren wenigstens nicht. Elf Uhr morgens war eine Zeit für Vorlesungen.

Er hörte ein seltsames Geräusch, das nicht von einem harten Ball stammte, der gegen dickes Holz prallte, und drehte sich schnell um.

Niemand.

Er trat in den Hauptkorridor und drehte sich erneut um. Niemand. Er verließ das Gebäude schnell.

Das Geräusch, das er gehörte hatte, war das einer Türe, die sich etwas verklemmt hatte. Es war neben Matlocks Halle. Jetzt trat ein Mann durch jene Türe. Auch er sah sich im Korridor um, ebenso wie Greenberg das vor weniger als einer Minute getan hatte. Aber statt zufrieden zu sein, daß niemand da war, ärgerte er sich. Das defekte Türschloß hatte dazu geführt, daß er den Mann nicht gesehen hatte, der sich mit James Matlock getroffen hat.

Jetzt öffnete sich die Tür von Halle Vier, und Matlock selbst trat in den Korridor hinaus. Der zehn Fuß von ihm entfernte Mann erschrak, zog sich das Handtuch über das Gesicht und ging hustend weg.

Aber der Mann war nicht schnell genug. Matlock erkannte das Gesicht.

Es war der Streifenbeamte, der um vier Uhr morgens in seiner Wohnung gewesen war.

Der Streifenbeamte, der ihn ›Doktor‹ genannt hatte. Der Mann in Uniform, der eindeutig wußte, daß der ganze Ärger auf dem Campus von den ›Spinnern und Niggern‹ verursacht wurde.

Matlock blickte der sich entfernenden Gestalt nach.

9.

Über den großen Portalen konnte man – wenn man genau hinsah oder die Sonne in einem bestimmten Winkel einfiel – die verblaßten griechischen Buchstaben AΔΦ erkennen. Sie waren seit Jahrzehnten im Halbrelief dagewesen und noch so viel Sandstrahlen oder studentische Streiche waren außerstande gewesen, sie völlig zu löschen. Das Verbindungshaus von Alpha Delta Phi war den gleichen Weg gegangen, wie viele andere solcher Gebäude in Carlyle. Das Haus war – mit lebendem und totem Inventar, dem undichten Dach und der schlimmen Hypothek – an die Schwarzen verkauft worden.

Die Schwarzen hatten gute, ja sogar ungewöhnlich gute Arbeit mit dem geleistet, was sie vorgefunden hatten. Das heruntergekommene alte Haus war innen und außen völlig renoviert worden. Alle Bezüge zu seinem ehemaligen Besitzer waren, wo immer möglich, völlig ausgetilgt worden. Die Dutzende von verblaßten Fotografien verehrter ehemaliger Verbindungsmitglieder waren durch wildtheatralische Porträts der neuen Revolutionäre ersetzt worden – Afrikaner, Lateinamerikaner, Schwarze Panther. Und überall in den alten Hallen kreischten die neuen Befehle auf Plakaten und in Gestalt psychedelischer Kunst: *Tod den Schweinen! Malcolm lebt! Lumumba der Schwarze Christus!*

Zwischen diesen Schreien um Anerkennung hingen Nachbildungen primitiver afrikanischer Artefakte – Fruchtbarkeitsmasken, Speere, Schilde, in rote Farbe getauchte Tierfelle, Schrumpfköpfe mit unverkennbar weißer Hautfarbe, die an ihrem Haar aufgehängt waren.

Lumumba Hall versuchte nicht, irgend jemanden zu täuschen. Sie spiegelte die Wut wider. Wut und Ärger.

Matlock brauchte den Türklopfer aus Bronze, der neben der grotesken eisernen Maske am Türstock angebracht war, nicht zu benutzen. Die große Tür öffnete sich, als er sich ihr näherte, und ein Student begrüßte ihn mit strahlendem Lächeln.

»Ich habe schon gehofft, daß Sie kommen würden! Das wird 'ne Schau.«

»Danke, Johnny. Ich hätte es mir nie entgehen lassen.« Matlock trat ein und stutzte über die Vielzahl brennender Kerzen überall in der Halle und in den anliegenden Räumen. »Sieht ja wie ein Begräbnis aus. Wo steht der Sarg?«

»Der kommt später. Warten Sie nur, Sie werden schon sehen.«

Ein Schwarzer, in dem Matlock einen der Extremisten des Campus erkannte, kam auf sie zu. Adam Williams trug sein Haar lang – im afrikanischen Stil und im perfekten Halbkreis über dem Kopf gestutzt. Seine Züge waren scharf; Matlock hatte das Gefühl, daß er Williams, wenn sie sich im Busch begegneten, für einen Stammeshäuptling halten würde.

»Guten Abend«, sagte Williams mit einem ansteckenden Grinsen. »Willkommen am Sitz der Revolution.«

»Vielen Dank.« Sie schüttelten sich die Hand. »Sie wirken gar nicht wie ein Revolutionär, eher wie ein Leichenbestatter. Ich habe Johnny schon gefragt, wo der Sarg wäre.«

Williams lachte. Seine Augen waren intelligent, sein Lächeln echt, ohne Arroganz, arglos. Aus der Nähe gesehen zeigte der schwarze Radikale wenig von dem flammenden Enthusiasmus, den er auf dem Podium an den Tag legte, wenn alle ihm zujubelten. Matlock überraschte das nicht. Seine Kollegen in der Fakultät, deren Kurse Williams belegt hatte, äußerten sich oft über sein freundliches, eher zurückhaltendes Auftreten. Völlig anders als das Bild, das er dem Campus darbot.

»Du großer Gott! Dann stimmt das ganze Bild nicht! Das ist ein fröhlicher Anlaß. Ein wenig schauerlich vielleicht, aber im Wesen freudig.«

»Ich bin nicht sicher, ob ich das verstehe«, lächelte Matlock.

»Ein junger Mann aus dem Stamm erreicht das Alter der Mannbarkeit, die Schwelle eines aktiven, verantwortungsvollen Lebens. Eine Art Dschungel Bar-Mitzvah. Das ist eine Zeit der Freude. Hier ist kein Platz für Särge oder Klageweiber.«

»Das stimmt! Richtig, Adam!« sagte der Junge namens Johnny begeistert.

»Besorg Mister Matlock doch etwas zu trinken, Bruder.« Dann wandte er sich Matlock zu. »Bis zur Zeremonie trinken alle das gleiche – es nennt sich Swahili-Punsch. Okay?«

»Natürlich.«

»Richtig.« Johnny verschwand in der Menge und arbeitete sich auf die Punschbowle im Speisesaal zu. Adam lächelte.

»Ein leichtes Rumgetränk, mit Limonensaft und Heidelbeeren. Gar nicht schlecht... Danke, daß Sie gekommen sind. Ich meine das ehrlich.«

»Ich war überrascht, eine Einladung zu bekommen. Ich dachte, das hier wäre eine kleine ›in‹-Sache. Auf den Stamm beschränkt... Das ist jetzt nicht so herausgekommen, wie ich es sagen wollte.«

Williams lachte. »Schon gut. Ich habe das Wort ja auch gebraucht. Es ist gut, in Stämmen zu denken. Gut für die Brüder.«

»Ja, das kann ich mir vorstellen...«

»Die kollektive, schützende gesellschaftliche Gruppe. Sie besitzt ihre eigene Identität.«

»Wenn das das Ziel ist – das konstruktive Ziel – dann bin ich auch dafür.«

»Oh, das ist es. Sie müssen wissen, daß die Stämme im Busch sich auch nicht die ganze Zeit bekriegen. Es wird nicht nur gestohlen und geraubt, und man entführt auch nicht die ganze Zeit Frauen. Das kommt nur von all den Robert-Ruark-Büchern. Sie treiben Handel, teilen sich die Jagd- und Farmgründe, und koexistieren im wesentlichen vermutlich besser, als Nationen oder selbst politische Gruppierungen.«

Jetzt mußte Matlock lachen. »Schon gut Professor. Ich werde mir *nach* dem Vortrag Notizen machen.«

»Entschuldigung. Berufskrankheit.«

»Haupt- oder Nebenberuf?«

»Das wird sich erweisen, nicht wahr?... Aber eines sollte ich wohl klarstellen. Daß Sie dafür sind, ist nicht wesentlich.«

Johnny kam mit Matlocks Swahili-Punsch zurück. »Hey, wissen Sie was? Bruder Davis, das ist Bill Davis, hat gesagt, Sie hätten ihm erklärt, Sie würden ihn durchfallen lassen, und dann haben Sie ihm mitten im Semester gesagt, daß er bestanden hätte!«

»Bruder Davis hat sich eben von seinem fetten Hintern erhoben und ein wenig gearbeitet.« Matlock sah Adam Williams an. »Dagegen sind Sie doch nicht, wenn ich so etwas sage, oder?«

Williams lächelte breit und legte Matlock die Hand auf den Arm. »Nein, Sir, Bwana... In der Beziehung sind Sie der Chef von König Salomons Minen. Bruder Davis ist hier um zu arbeiten, und zwar so hart er kann, um so weit zu kommen, wie es seine Anlagen erlauben. In dem Punkt sind wir uns einig. Packen Sie ihn nur hart an, den Bruder.«

»Sie machen mir ja geradezu Angst.« Matlock sprach mit einer Leichtigkeit, die er nicht empfand.

»Aber ganz und gar nicht. Das ist eine rein pragmatische Betrachtungsweise... Ich habe noch ein paar Vorbereitungen zu treffen. Bis später.« Williams rief einen vorübergehenden Studenten an und ging mit ihm quer durch die Menschenmenge auf die Treppe zu.

»Kommen Sie, Mister Matlock. Ich zeig' Ihnen die Änderungen, die wir gemacht haben.« Johnny führte Matlock in den Raum, der einmal der Versammlungsraum von Alpha Delt gewesen war.

In dem Meer von schwarzen Gesichtern sah Matlock ein paar feindselige, reservierte Blicke. Die Begrüßung war vielleicht weniger herzlich als er es draußen auf dem Campus erwarten durfte, aber im großen und ganzen akzeptierte man seine Gegenwart. Er dachte einen Augenblick lang, wenn die Brüder wüßten, weshalb er gekommen war, würden sich die Bewohner von Lumumba Hall wütend gegen ihn stellen. Er war der einzige Weiße im Raum.

Die Änderungen, die man vorgenommen hatte, waren drastisch. Verschwunden waren die dunklen Holzvertäfelungen, die dicken Eichensitze unter den mächtigen Fenstern, das schwere, solide Mobiliar mit dem dunkelroten Leder. Statt dessen war der Raum in etwas völlig anderes verwandelt worden. Es gab keine Bogenfenster mehr. Sie waren jetzt oben abgekantet und von schwarzen, ein oder zwei Zoll breiten, Schlitzen gesäumt. Von den Fenstern verlief ein Muster winziger, hölzerner Bambusstreifen, die mit farblosem Lack auf Hochglanz gebracht waren, zu den Wänden. Das Muster ging auch in die Decke über; Tausende hochglanzpolierte Röhrchen, die auf die Mitte zuliefen. Die Mitte der Decke beherrschte ein großer Kreis, der vielleicht drei Fuß durchmaß und in dem eine dicke Glasscheibe eingelassen war. Hinter dem Glas leuchtete ein helles, gelblich weißes Licht, das den ganzen Raum erfüllte. Die Möbel, die er hinter der Masse von Leibern erkennen konnte, waren eigentlich gar keine Möbel. Da waren nur ein paar niedrige Holzstücke in verschiedenen Formen und mit kurzen Beinen – Matlock vermutete, daß es sich dabei um Tische handelte. Anstelle von Stühlen gab es Dutzende von Kissen in grellen Farben, die die Wände säumten.

Matlock brauchte nicht lange, um den Effekt zu erkennen.

Der Versammlungssaal von Alpha Delta Phi war auf brillante Weise in das Abbild einer großen schilfgedeckten afrikanischen Hütte verwandelt worden. Die flammende Äquatorsonne eingeschlossen, die durch das Loch in der Decke hereinschien.

»Das ist erstaunlich! Wirklich erstaunlich. Das muß Monate gekostet haben.«

»Fast eineinhalb Jahre«, sagte Johnny. »Es ist sehr bequem, sehr entspannend. Wußten Sie, daß heute eine ganze Anzahl von Innenarchitekten diese Richtung übernommen haben? Ich meine, das Zurück-zur-Natur-Motiv. Es ist sehr funktionell und leicht zu pflegen.«

»Das klingt ja gefährlich nach einer Entschuldigung. Sie brauchen sich nicht zu entschuldigen. Es ist großartig.«

»Oh, ich entschuldige mich *keineswegs*«, berichtigte Johnny seine Erklärung. »Adam sagt, daß im Primitiven eine gewisse Majestät liegt. Unser stolzes Erbe.«

»Adam hat recht. Nur, daß er nicht der erste ist, der das festgestellt hat.«

»Bitte, machen Sie sich nicht über uns lustig. Mister Matlock...«

Matlock sah Johnny über den Rand seines Glases mit Swahili-Punsch an. Du lieber Gott, dachte er, je mehr die Dinge sich verändern, desto mehr bleiben sie die alten.

Der Kapitelraum von Alpha Delta Phi war am äußersten Ende des Verbindungshauses im Keller. Man hatte ihn kurz nach der Jahrhundertwende gebaut, als wohlhabende ehemalige Mitglieder beträchtliche Summen in Hobbies, wie Geheimgesellschaften und Debütantinnenbälle gesteckt hatten. Solche Aktivitäten trugen dazu bei, eine bestimmte Lebensweise zu verbreiten und Propaganda für sie zu machen, sorgten aber gleichzeitig auch dafür, daß man unter sich blieb.

Tausende junger Männer mit gestärkten weißen Hemden und ebenso gestärktem Charakter waren in diesem kapellenartigen Raum aufgenommen worden, hatten die geheimen Gelübde geflüstert und die fremdartigen, geheimen Handgriffe getauscht, die ihnen ältere Kinder mit strengen Gesichtern erklärt hatten. Sie hatten gelobt, den geheimen Glauben bis zum Tode zu bewahren. Anschließend hatten sie sich betrunken und sich in den Ekken übergeben.

Diesen Gedanken hing Matlock nach, während er zusah, wie sich vor ihm das Mau-Mau-Ritual abspielte. Es war nicht weniger kindisch, nicht weniger absurd, als die früheren Szenen in diesem Raum, überlegte er. Vielleicht waren die physischen Aspekte – die simulierten physischen Aspekte – in dem, was sie vermittelten, brutaler. Aber dann wurzelte die Zeremonie auch nicht in den stilisierten Schritten eines Gesellschaftstanzes, sondern in harten, animalischen Bitten an primitive Götter. Bitten um Kraft und Überleben, nicht um eine Erhaltung der Exklusivität.

Der Stammesritus selbst war eine Serie unverständlicher Gesänge, deren Intensität immer mehr zunahm. Auf dem Betonboden ausgestreckt lag, nackt, sah man von dem roten Lendentuch ab, das man ihm um Hüften und Beine gebunden hatte, und das seine Genitalien bedeckte, der Körper eines schwarzen Studenten – offensichtlich der jüngste Bruder von Lumumba Hall. Am Ende eines jeden Gesanges wurde der Körper des Jungen von vier ungewöhnlich hochgewachsenen Studenten über die Menge gehoben, die selbst bis zur Hüfte nackt waren und nachtschwarze Tanzgürtel trugen. Ihre Beine waren mit Lederspiralen bedeckt. Der Raum wurde von Dutzenden dicker Kerzen erleuchtet, die auf Ständern befestigt waren und deren Schatten über die oberen Wände und die Decke tanzten. Die Tatsache, daß die fünf aktiven Teilnehmer des Rituals sich die Haut eingeölt und die Gesichter in diabolischen Mustern bemalt hatten, verstärkte den theatralischen Effekt. Der Gesang wurde immer wilder. Der starre Körper des Jungen flog höher und höher, bis er die Hände der vier Träger verließ und den Bruchteil einer Sekunde später wieder in die ausgestreckten Arme zurückfiel. Jedesmal, wenn der schwarze Körper mit dem roten Lendentuch in die Luft gewirbelt wurde, reagierte die Menge mit immer lauter werdenden gutturalen Schreien.

Dann registrierte Matlock, der bisher eher distanziert zugesehen hatte, daß er Angst bekam. Angst um den kleinen Neger, dessen steifer, geölter Körper mit solcher Ausgelassenheit in die Luft geschleudert wurde. Jetzt hatten sich nämlich zwei weitere Schwarze, die wie die anderen gekleidet waren, den vieren angeschlossen. Statt aber mitzuhelfen, die jetzt immer höher fliegende Gestalt hochzuwerfen, duckten sich die zwei Schwarzen zwischen den vieren – unter den Körper – und zogen Messer mit langen Klingen. Sie hielten in jeder Hand eines. In Hockstellung streckten sie die Arme aus, bis die Messerklingen starr und ebenso steif wie der Körper darüber nach oben stachen. Jedesmal, wenn der kleine Neger heruntersank, schoben sich die vier Klingen näher an das fallende Fleisch heran. Ein winziger Fehler, ein einziger öliger Rechenfehler von auch nur einem der vier Schwarzen, und das Ritual würde für den kleinen Studenten mit dem Tod enden. Mit Mord.

Matlock, der das Gefühl hatte, daß das Ritual jetzt weit genug gegangen war, begann die Menge nach Adam Williams abzusuchen. Er sah ihn ganz vorne am Rande des Kreises sitzen und fing an, sich auf ihn zuzuarbeiten. Die Schwarzen, die ihn umgaben hielten ihn – still, aber bestimmt – auf. Er sah einen Neger, der seinen Arm festhielt, ärgerlich an. Der Schwarze bemerkte seinen Blick nicht; das, was sich jetzt in der Mitte des Raumes vollzog, hypnotisierte ihn.

Matlock sah sofort weshalb. Der Körper des kleinen Jungen wurde nämlich jetzt *gedreht*, fiel einmal mit dem Gesicht nach oben, das andere mal wieder mit dem Gesicht nach unten. Die Gefahr eines Fehlers hatte um das Zehnfache zugenommen. Matlock packte die Hand an seinem Arm, drehte sie nach innen, und schüttelte sie ab. Wieder sah er zu Adam Williams hinüber.

Er war nicht da. Er war nirgends zu sehen! Matlock stand reglos und unschlüssig da. Wenn er seine Stimme zwischen dem brüllenden Crescendo der Menge erhob, war es durchaus möglich, daß die Konzentration der vier Schwarzen darunter litt, die den Körper immer wieder hochwarfen und auffingen. Das konnte er nicht riskieren, und doch durfte er auch nicht zulassen, daß diese gefährliche Absurdität fortgeführt wurde.

Plötzlich spürte Matlock wieder eine Hand, diesmal an der Schulter. Er drehte sich um und sah hinter sich das Gesicht von Adam Williams. Es erschreckte ihn. War Williams irgendein primitives Stammessignal übermittelt worden? Der schwarze Radikale deutete Matlock mit einer Kopfbewegung an, er solle ihm durch die brüllende Menge an den äußeren Rand des Kreises folgen. Und zwischen den Schreien sprach Williams.

»Sie wirken besorgt. Das brauchen Sie nicht zu sein.«

»Hören Sie! Der Unfug ist jetzt weit genug gegangen! Der Junge könnte dabei getötet werden!«

»Keine Gefahr. Die Brüder haben monatelang geübt... Das ist wirklich der simpelste der Mau-Mau-Riten. Die Symbolik ist fundamental... Sehen Sie? Die Augen des Jungen bleiben offen. Zuerst zum Himmel, dann blickt er auf die Messer. Er ist sich die ganze Zeit bewußt – jede Sekunde – daß sein Leben in den Händen seiner Krieger-Brüder liegt. Er kann, er *darf* keine Furcht zeigen. Das zu tun würde seine Brüder verraten. Das Vertrauen verraten, das er in ihre Hände legen muß – so wie sie eines Tages ihr Leben in *seine* Hände legen werden.«

»Das ist kindisch, *gefährlich dumm*, und das *wissen* Sie!« unterbrach ihn Matlock. »Ich sage Ihnen jetzt, Williams, machen Sie dem ein Ende, sonst tue ich das!«

»Es gibt natürlich«, fuhr der schwarze Radikale fort, als hätte Matlock überhaupt nicht gesprochen. »Anthropologen, die darauf beharren, daß es sich im Wesen um eine

Fruchtbarkeitszeremonie handelt. Die bloßen Messer stellen Erektionen dar, die vier Beschützer, die das Kind während seiner frühen Jahre bewachen. Offengestanden finde ich das etwas weithergeholt. Außerdem scheint es mir selbst für primitive Geister widersprüchlich...«

»Verdammt!« Matlock packte Williams an der Hemdbrust. Sofort umschlossen ihn andere Schwarze.

Plötzlich herrschte in dem gespenstisch beleuchteten Raum völliges Schweigen. Die Stille dauerte nur einen Augenblick. Dann folgten ihr eine Folge ohrenbetäubender Schreie aus den Mündern der vier Neger inmitten der Menge, von deren Händen das Leben des jungen Studenten abhing. Matlock wirbelte herum und sah, wie der glänzende schwarze Körper aus unglaublicher Höhe auf die ausgestreckten Hände herunterfiel.

Das konnte nicht wahr sein! Das geschah nicht! Doch tat es das!

Die vier Schwarzen kauerten plötzlich auf den Knien, von der Mitte *abgewandt*, die Arme an den Seiten. Der junge Student schoß herunter, das Gesicht den Messern *zugewandt*. Zwei weitere Schreie folgten. Im Bruchteil einer Sekunde schwangen die Studenten, die die riesigen Messer hielten, ihre Waffen übereinander und *fingen* den Körper auf der flachen Seite der Messer mit unglaublicher Kraft in den Handgelenken auf.

Die Schwarzen tobten.

Die Zeremonie war vorbei.

»Glauben Sie mir jetzt?« fragte Williams, der mit Matlock in einer Ecke stand.

»Ob ich Ihnen glaube oder nicht ändert nichts an dem, was ich gesagt habe. Sie *dürfen* so etwas nicht tun! Es ist zu verdammt gefährlich!«

»Sie übertreiben... Hier, erlauben Sie, daß ich Ihnen einen anderen Gast vorstelle.« Williams hob die Hand, und ein hochgewachsener, dünner Schwarzer mit kurzgeschorenem Haar, einer Brille, und in einem teuer geschnittenen beigen Anzug gekleidet, schloß sich ihnen an. »Das ist Julian Dunois, Mr. Matlock. Bruder Julian ist unser Experte. Unser Choreograph, wenn Sie so wollen.«

»Freut mich.« Dunois streckte Matlock die Hand hin, er sprach mit leichtem Akzent.

»Bruder Julian kommt aus Haiti... Harvard, von Haiti. Eine höchst ungewöhnliche Entwicklung. Sie werden mir vermutlich recht geben.«

»Das ist es ohne Zweifel...«

»Viele Haitianer, selbst die Ton Ton Macoute, regen sich immer noch auf, wenn sie seinen Namen hören.«

»Du übertreibst, Adam«, sagte Julian und lächelte.

»Das habe ich gerade Mister Matlock gesagt. *Er* übertreibt. Was die Gefahr der Zeremonie angeht.«

»Oh, natürlich ist da Gefahr – ebenso wie es auch Gefahr gibt, wenn man mit einer Binde um die Augen in Boston über die Straße geht. Die Sicherheitsgarantie sozusagen, Mister Matlock, ist, daß die Männer, die die Messer halten, sehr gut aufpassen. Beim Training wird ebensoviel Gewicht darauf gelegt, die Messer sofort fallenzulassen, wie darauf, sie richtig zu halten.«

»Das mag sein«, räumte Matlock ein. »Aber die Fehlermöglichkeit erschreckt mich.«

»Sie ist nicht so groß wie Sie denken.« Die leicht singende Stimme des Haitianers klang beruhigend. »Übrigens, ich bin einer Ihrer Anhänger. Ihre Arbeiten über die elisabethanische Zeit haben mir großes Vergnügen bereitet. Darf ich hinzufügen, daß Sie ganz anders sind, als ich Sie erwartet habe. Ich meine, Sie sind viel, viel jünger.«

»Sie schmeicheln. Ich hätte nicht gedacht, daß man mich auf den juristischen Schulen kennt.«

»Ich habe zwei Semester englische Literatur gehört.«

Adam unterbrach höflich: »Ich hoffe, Sie werden sich gut unterhalten. In ein paar Minuten gibt es oben Getränke; Sie brauchen nur der Menge zu folgen. Ich habe einiges zu tun... Ich freue mich, daß Sie sich kennengelernt haben. Auf Ihre Art sind Sie beide Fremde. Fremde sollten sich in unbekannten Gegenden miteinander bekanntmachen. Das beruhigt.«

Er warf Dunois einen rätselhaften Blick zu und entfernte sich schnell quer durch die Menge.

»Warum hat Adam eigentlich das Gefühl, er müsse immer in profunden Rätseln sprechen?« fragte Matlock.

»Er ist sehr jung. Er gibt sich die ganze Zeit Mühe, die Dinge zu betonen. Sehr intelligent, aber sehr jung.«

»Sie werden entschuldigen, aber Sie sind ja auch nicht gerade ein alter Mann. Ich bezweifle, daß Sie mehr als ein oder zwei Jahre älter als Adam sind.«

Der Neger in dem teuer geschnittenen beigen Anzug sah Matlock in die Augen und lächelte.

»Jetzt schmeicheln Sie *mir*«, sagte er. »Wenn die Wahrheit bekannt wäre – und weshalb sollte sie das nicht? – und wenn meine Tropenfarbe die Jahre nicht so gut kaschierte, würden Sie wissen, daß ich genau ein Jahr, vier Monate und sechzehn Tage *älter* als *Sie* bin.«

Matlock starrte den Neger sprachlos an. Er brauchte fast eine ganze Minute, um die Worte des Anwalts aufzunehmen und das, was sich hinter ihnen verbarg. Die Augen des Schwarzen rührten sich nicht von der Stelle. Er erwiderte Matlocks Blick, ohne mit der Wimper zu zukken. Schließlich fand Matlock seine Stimme wieder. »Ich bin nicht sicher, ob mir dieses Spiel gefällt.«

»Oh, kommen Sie schon, wir sind doch beide zum selben Zweck hier, oder nicht? Sie von Ihrer Warte, und ich von der meinen... Gehen wir hinauf und trinken einen Schluck... Bourbon und Soda, nicht wahr? Sour Mash, wenn es ihn gibt, soweit mir bekannt ist.«

Dunois ging Matlock durch die Menge voran, und Matlock hatte keine andere Wahl, als ihm zu folgen.

Dunois lehnte sich gegen die Ziegelwand.

»Also schön«, sagte Matlock, »jetzt hätten wir ja wohl die Annehmlichkeiten hinter uns. Alle haben Ihre Show unten gelobt, und es ist niemand mehr da, den ich mit meiner weißen Haut beeindrucken könnte. Ich glaube, jetzt ist Zeit, daß Sie mit den Erklärungen anfangen.«

Sie waren jetzt alleine und standen draußen auf der Veranda. Beide hielten Gläser in der Hand.

»Oh, jetzt werden wir aber professionell, nicht wahr? Hätten Sie gerne eine Zigarre? Ich kann Ihnen versichern, daß es eine Havanna ist.«

»Keine Zigarre. Ich will nur reden. Ich kam heute abend hierher, weil dies meine Freunde sind. Ich empfand es als Privileg, eingeladen zu werden... Jetzt haben Sie etwas anderes angehängt, und das gefällt mir nicht.«

»Bravo! Bravo!« sagte Dunois und hob das Glas. »Sie machen das sehr gut... Keine Sorge, sie wissen nichts. Sie vermuten vielleicht etwas, aber glauben Sie mir, nur auf ganz vage Weise.«

»Wovon zum Teufel reden Sie?«

»Trinken Sie aus, und gehen wir auf den Rasen.« Dunois leerte sein Glas, und Matlock trank wie im Reflex den Rest seines Bourbon. Die beiden Männer gingen die Treppe der Lumumba Hall hinunter und Matlock folgte dem Schwarzen an den Stamm einer großen Ulme. Dunois drehte sich plötzlich herum und packte Mr. Matlock an den Schultern.

»Nehmen Sie die verdammten Hände weg!«

»Hören Sie! Ich will das Papier! Ich *muß dieses Papier haben!* Und Sie müssen mir sagen *wo es ist!*«

Matlock warf die Hände hoch, um Dunois' Griff zu brechen. Aber seine Arme reagierten nicht. Sie waren plötzlich schwer, schrecklich schwer. Und ein Pfeifen war zu hören. Ein immer lauter werdendes, durchdringendes Pfeifen in seinem Kopf.

»Was? Was?... Was für ein Papier? Ich habe kein Papier...«

»Seien Sie nicht schwierig! Wir werden es bekommen, wissen Sie!... Und jetzt sagen Sie mir, wo es ist!«

Matlock bemerkte, daß man ihn auf den Boden legte. Die Umrisse des mächtigen Baumes über ihm begannen sich zu drehen, und das Pfeifen in seinem Gehirn wurde lauter und lauter. Es war unerträglich. Er kämpfte dagegen an.

»Was machen Sie? Was machen Sie mit mir!?«

»Das Papier, Matlock! Wo ist das korsische *Papier*?«

»Lassen Sie mich *los*!« versuchte Matlock zu schreien. Aber nichts kam über seine Lippen.

»*Das silberne Papier, verdammt sollen Sie sein!*«

»Kein Papier... Nein. Habe kein Papier! Nein!«

»Hören Sie mir zu! Sie haben gerade etwas getrunken, erinnern Sie sich?... Sie haben gerade ausgetrunken. Erinnern Sie sich?... Sie dürfen jetzt nicht alleine sein! Sie dürfen es nicht *wagen*, alleine zu sein!«

»Was?... Was? Lassen Sie mich los! Sie erdrücken mich!«

»Ich *berühre* Sie ja nicht einmal. Das ist das, was Sie getrunken haben! Sie haben gerade drei Tabletten *Lyserginsäure* zu sich genommen! Sie haben Schwierigkeiten, Doktor!... *Jetzt! Sie sagen mir jetzt, wo dieses Papier ist!*«

Tief in seinem Bewußtsein fand er einen Augenblick der Klarheit. Inmitten der kreisenden, wirbelnden Spiralen von Farben, die seinen Geist zu zersprengen drohten, sah er die Gestalt des Mannes über sich und schlug zu. Er packte das weiße Hemd zwischen den dunklen Umrissen der Jacke und riß es mit aller Kraft zu sich herunter, die er aufbieten konnte. Seine Faust zuckte hoch und traf das sich senkende Gesicht so hart er konnte. Als er das Gesicht getroffen hatte, begann er gnadenlos auf die Kehle darunter einzuhämmern. Er konnte spüren, wie Glas zersplitterte, und wußte, daß seine Faust die Augen gefunden hatte und das Glas in den Schädel getrieben hatte.

Während eines Zeitraums, den er nie ermessen konnte, lag Dunois' Körper bewußtlos neben ihm.

Und er wußte, daß er wegrennen mußte. Schleunigst wegrennen, so schnell er konnte! Was hatte Dunois gesagt?... Wagen Sie nicht, alleine zu sein. Wagen Sie es nicht! Er mußte Pat finden! Pat würde wissen, was zu tun war. Er mußte sie finden! Die Chemikalie in seinem Körper würde bald volle Wirkung erreichen, und das wußte er! Er mußte wegrennen, um Christi willen!

Aber wohin! In welche Richtung?! Er kannte *den Weg* nicht! *Den verdammten Scheißweg!* Die Straße war da, er rannte die Straße entlang, aber war es der *richtige Weg*?! War es die *richtige Straße*?!

Dann hörte er einen Wagen. Es *war* ein Wagen. Er näherte sich dem Randstein, und der Fahrer sah ihn an. Sah ihn an! Also rannte er schneller, stolperte einmal über den Randstein, fiel aufs Pflaster und stand wieder auf. Rannte um Christi willen, rannte, bis er keinen Atem mehr in den Lungen hatte, und er die Bewegungen seiner Füße nicht mehr kontrollieren konnte. Er spürte, wie er taumelte, außerstande, stehenzubleiben. Er taumelte auf den weiten Strom der Straße zu, die plötzlich ein Fluß wurde, ein schwarzer, schmieriger Fluß, in dem er ertrinken würde.

Undeutlich hörte er das Kreischen der Bremsen. Die Lichter blendeten ihn, die Gestalt eines Mannes beugte sich hinunter und blickte ihm in die Augen. Es war ihm jetzt alles gleichgültig. Statt dessen lachte er, lachte durch das Blut, das ihm in den Mund und über das Gesicht floß.

Er lachte hysterisch, als Jason Greenberg ihn zum Wagen trug.

Dann wurden die Erde, die Welt, der Planet, die Galaxis und das ganze Sonnensystem verrückt.

10.

Die Nacht war voller Pein.

Der Morgen brachte ein Maß der Realität zurück, weniger für Matlock, als für die beiden Leute, die neben ihm saßen, zu beiden Seiten seines Bettes. Jason Greenberg, die großen, traurigen Augen gesenkt, die Hände ruhig im Schoß verschränkt, nach vorne gebeugt. Patricia Ballantyne drückte einen kühlen, feuchten Lappen auf Matlocks Stirn.

»Die Nigger haben Ihnen ja 'ne hübsche Party gegeben, Freund.«

»Sch!« flüsterte das Mädchen. »Lassen Sie ihn.«

Matlocks Augen wanderten so gut sie konnten im Zimmer herum. Er befand sich in Pats Apartment im Schlafzimmer, ihrem Bett.

»Acid haben sie mir gegeben.«

»Das mußt du *uns* nicht sagen... Wir haben einen Doktor – einen richtigen Doktor – aus Litchfield kommen lassen. Das ist der nette Mann, dem du immer die Augen auskratzen wolltest... Keine Sorge, er arbeitet für die Bundesbehörden. Keine Namen.«

»Pat? Wieso...«

»Du warst auf einem netten Trip, Jamie. Du hast die ganze Zeit meinen Namen gerufen.«

»Es war auch ganz logisch«, unterbrach Greenberg. »Keine Krankenhäuser. Keine Aufzüge, hübsch privat; das war gut gedacht. Außerdem können Sie sehr überzeugend sein, wenn Sie böse sind. Sie sind viel stärker als ich dachte. Besonders, wo Sie doch ein so lausiger Handballspieler sind.«

»Sie hätten mich nicht hierherbringen dürfen. Verdammt noch mal, Greenberg, Sie hätten mich nicht hierherbringen dürfen!«

»Wenn wir für den Augenblick einmal vergessen, daß es Ihre Idee war...«

»Ich stand unter Drogeneinfluß!«

»... war es eine *gute* Idee. Was hätten Sie denn vorgezogen? Die Unfallklinik?... ›Wer ist das auf der Bahre, Doktor? Der so schreit...‹, ›Oh, das ist nur Professor Matlock, Schwester. Er ist gerade auf einem Acid-Trip.‹«

»Sie wissen genau, was ich meine! Sie hätten mich nach Hause bringen können. Festschnallen.«

»Es erleichtert mich wirklich, daß Sie nicht viel von Acid wissen«, sagte Greenberg.

»Was er jetzt meint, Jamie...«, Pat nahm seine Hand, »... wenn es schlimm ist, sollte man mit jemandem zusammen sein, den man gut kennt. Man braucht das.«

Matlock sah das Mädchen an. Und dann Greenberg. »Was haben Sie ihr gesagt?«

»Daß Sie sich freiwillig erboten haben, uns zu helfen; daß wir dankbar sind. Mit Ihrer Hilfe gelingt es uns vielleicht zu verhindern, daß eine schwierige Situation noch schlimmer wird.« Greenberg sprach mit monotoner Stimme; es war offenkundig, daß er nicht mehr sagen wollte.

»Es war eine sehr geheimnisvoll klingende Erzählung«, sagte Pat. »Wenn ich ihm nicht gedroht hätte, hätte ich nicht einmal die bekommen.«

»Sie wollte die Polizei rufen.« Greenberg seufzte. Seine traurigen Augen wirkten noch trauriger. »Sie wollte mich einsperren lassen, weil ich Ihnen eine Dosis verpaßt hätte. Ich hatte keine andere Wahl.«

»Warum tust du das, Jamie?« Pat fand an dem, was Greenberg gesagt hatte, nichts Erheiterndes.

»Der Mann hat es ja gesagt: die Situation ist sehr ernst.«

»Aber warum gerade *du*?«

»Weil ich kann.«

»Was kannst du? Die jungen Leute der Polizei ausliefern?«

»Das habe ich Ihnen doch gesagt«, schaltete Jason sich ein. »Wir interessieren uns nicht für Studenten...«

»Was ist denn Lumumba Hall? Eine Filiale von General Motors?«

»Das ist ein Kontaktpunkt; es gibt andere. Offengestanden, wir hätten uns lieber *nicht* mit dem Verein eingelassen; das ist recht kitzlig. Unglücklicherweise haben wir keine Wahl.«

»Das ist ja widerlich.«

»Ich glaube, es gibt nicht viel, was ich sagen könnte, das für Sie nicht widerlich wäre, Miß Ballantyne.«

»Mag sein. Das liegt vielleicht daran, daß ich bisher der Ansicht war, das FBI hätte wichtigere Arbeit, als junge Schwarze unter Druck zu setzen. Aber offenbar irre ich mich da.«

»Hey, hör' auf.« Matlock drückte dem Mädchen die Hand.

»Nein, ich meine das ernst, Jamie! Mir geht es hier nicht um irgendwelche Spielchen oder um Radikalenschick. Ganz Carlyle ist doch voll von dem Zeug. Einiges ist ziemlich schlimm, aber im großen und ganzen ist es doch nicht schlimmer als in anderen Universitäten. *Wir beide* wissen das. Warum werden da plötzlich die jungen Leute von Lumumba Hall herausgepickt?«

»Wir würden diesen jungen Leuten nie etwas anhaben wollen. Bloß ihnen helfen.« Greenberg war von der langen Nacht müde. Man merkte ihm an, daß er etwas gereizt war.

»Mir gefällt die Art nicht, wie Sie den Leuten helfen, und mir gefällt auch nicht, was Jamie passiert ist! Warum haben Sie ihn dorthingeschickt?«

»Er hat mich nicht *geschickt*. Das habe ich selbst manipuliert.«

»Warum?«

»Das ist zu kompliziert, und ich bin jetzt zu ausgepumpt, um es zu erklären.«

»Oh, das hat schon Mr. Greenberg getan. Er hat mir alles erklärt. Die haben dir eine Plakette gegeben, nicht wahr? Selbst können sie das nicht machen, also picken sie sich einen netten, freundlichen Burschen heraus, damit der es für sie erledigt. Du gehst das ganze Risiko ein, und wenn alles vorbei ist, vertraut dir keiner im ganzen Campus mehr. Jamie, um Himmels willen, das ist dein *Zuhause*, deine *Arbeit*!«

Matlock hielt die Augen des Mädchens mit den seinen fest und gab sich große Mühe, sie zu beruhigen. »Ich weiß das besser als du. Mein Zuhause braucht Hilfe – und das ist auch kein Spiel, Pat. Ich glaube, es ist das Risiko wert.«

»Ich verstehe nicht.«

»Sie können es nicht verstehen, Miß Ballantyne, weil wir Ihnen nicht genug sagen können, um es vernünftig klingen zu lassen. Das werden Sie akzeptieren müssen.«

»Muß ich das?«

»Ich bitte dich darum«, sagte Matlock. »Er hat mir das Leben gerettet.«

»So weit würde ich nicht gehen, Professor.« Greenberg zuckte die Achseln als er das sagte.

Pat stand auf. »Ich glaube, daß er dich über Bord geworfen und dir dann nachher ein Tau nachgeworfen hat... Bist du wieder in Ordnung?«

»Ja«, antwortete Matlock.

»Ich muß gehen. Aber wenn du willst, bleibe ich da.«

»Nein, geh' nur. Ich rufe dich später an. Vielen Dank für die Pflege.«

Das Mädchen warf Greenberg einen kurzen Blick zu – keinen freundlichen Blick – und trat an ihre Frisierkommode. Sie nahm eine Bürste und strich sich schnell über das Haar und schob sich dann ein orange-rotes Stirnband zurecht. Sie beobachtete Greenberg im Spiegel. Er erwiderte den Blick.

»Der Mann, der mir gefolgt ist, Mr. Greenberg. Ist er einer von Ihren Leuten?«

»Ja.«

»Das paßt mir nicht.«

»Tut mir leid.«

Pat drehte sich um. »Würden Sie ihn bitte entfernen?«

»Das kann ich nicht. Ich werde ihm sagen, er soll weniger auffällig sein.«

»Ich verstehe.« Sie nahm ihre Handtasche von der Kommode und bückte sich dann, um ihre Aktentasche aufzuheben. Dann ging sie ohne ein weiteres Wort hinaus. Ein paar Sekunden später hörten die beiden Männer, wie die Wohnungstür geöffnet und gleich wieder fest geschlossen wurde.

»Eine junge Dame mit ausgeprägtem Willen«, sagte Jason.

»Mit gutem Grund.«

»Was meinen Sie damit?«

»Ich dachte, in Ihrem Verein weiß man so genau über die Leute Bescheid, mit denen Sie zu tun haben...«

»Mein Briefing ist noch nicht abgeschlossen. Ich bin Ersatzmann, erinnern Sie sich?«

»Dann will ich Ihnen die Zeit sparen. Ende der fünfziger Jahre hat McCarthy ihren Vater aus dem Außenministerium bugsiert... Er war natürlich sehr gefährlich. Er war Sprachenberater. Er übersetzte Zeitungsartikel.«

»Scheiße.«

»Sie sagen es, Bruder. Er hat seine Stelle nie wieder zurückbekommen. Sie hatte ihr ganzes Leben lang Stipendien; der Schrank ist leer. Sie reagiert auf Ihresgleichen etwas empfindlich.«

»Junge, Sie suchen sich auch die Richtigen!«

»Sie haben *mich* ausgesucht, erinnern Sie sich?«

Matlock öffnete die Tür zu seiner Wohnung und trat in den Vorraum. Pat hatte beim Aufräumen gute Arbeit geleistet – das hatte er gewußt. Selbst die Vorhänge hatte sie wieder aufgehängt. Es war kurz nach drei – der größte Teil des Tages war vergeudet. Greenberg hatte darauf bestanden, daß sie beide nach Litchfield hinüberfuhren, damit der Arzt ihn sich noch einmal ansehen konnte. Etwas zittrig, aber funktionsfähig, lautete das Urteil.

Sie hielten beim Cheshire Cat an, um zu Mittag zu essen. Während der Mahlzeit blickte Matlock immer wieder zu dem kleinen Tisch hinüber, wo vor vier Tagen Ralph Loring mit seiner gefalteten Zeitung gesessen war. Das Essen verlief ziemlich still. Nicht angespannt – jeder der beiden Männer fühlte sich in der Gesellschaft des anderen gelockert – aber still, so als hätte jeder viel nachzudenken.

Auf der Rückfahrt nach Carlyle forderte Greenberg ihn auf, in seiner Wohnung zu bleiben, bis er Verbindung mit ihm aufnehme. Washington hatte keine neuen Instruktionen ausgegeben. Sie waren dabei, die neue Information auszuwerten. Matlock solle, bis sie daraus ihre Schlüsse gezogen hatten, ›OOS‹ bleiben – ein Begriff, bei dem es dem Dozenten schwerfiel, ihn mit erwachsenen Menschen in Verbindung zu bringen: *out of strategy*.

Aber eigentlich war es ganz gut so, dachte er. Er mußte über seine eigene Strategie nachdenken – Lucas Herron. Den ›großen alten Vogel‹, die Respektsperson des Campus. Es war Zeit, mit ihm Verbindung aufzunehmen, ihn zu warnen. Der alte Mann befand sich außerhalb seines gewohnten Elements, und je schneller er den Rückzug antrat, desto besser war es für alle – Carlyle eingeschlossen. Und doch wollte er ihn nicht anrufen, wollte er kein formelles Treffen vereinbaren – er mußte subtiler vorgehen. Er wollte den alten Lucas nicht erschrecken, vermeiden, daß er mit den falschen Leuten sprach.

Matlock kam es in den Sinn, daß er Herron schützte. Er ging von der Annahme aus, daß Lucas nicht ernsthaft in die Sache verwickelt war. Er fragt sich, ob er das Recht hatte, diese Annahme zu treffen. Andererseits hatte er als zivilisierter Mensch nicht das Recht, etwas anderes anzunehmen.

Das Telefon klingelte. Das konnte nicht Greenberg sein, dachte er. Er hatte ihn gerade erst an der Einfahrt verlassen. Er hoffte, daß es nicht Pat war; er war noch nicht soweit, daß er mit ihr reden wollte. Widerstrebend hob er den Hörer ans Ohr. »Hello!«

»Jim! *Wo sind Sie gewesen!?* Ich rufe schon seit acht Uhr morgens an! Ich habe mir solche Sorgen gemacht, daß ich sogar zweimal zu Ihrer Wohnung gefahren bin. Ich habe mir Ihren Schlüssel vom Hausmeister geben lassen.« Es war Sam Kressel. Es klang, als hätte Carlyle seine Akkreditierung verloren.

»Das ist jetzt viel zu kompliziert, um es zu erklären, Sam. Sehen wir uns doch später. Ich komme nach dem Abendessen zu Ihnen hinüber.«

»Ich weiß nicht, ob es solange Zeit hat. Herrgott! Was ist denn *in* Sie gefahren?«

»Ich verstehe nicht.«

»Gestern abend in der Lumumba Hall!«

»Wovon reden Sie denn? Was haben Sie gehört?«

»Dieser schwarze Bastard, dieser Adam Williams, hat mir einen Bericht eingereicht, in dem man Ihnen abgesehen von der Befürwortung der Sklaverei so ziemlich alles vorwirft, was man sich denken kann! Er behauptet, der einzige Grund, weshalb er nicht bei der Polizei Anzeige erstattet, sei, daß Sie völlig betrunken gewesen seien! Natürlich hat der Alkohol Ihnen die Fassade abgestreift und deutlich gezeigt, was für ein Rassist Sie sind!«

»Was?«

»Sie haben Möbel zerstört, ein paar junge Leute verprügelt, Fenster zerschlagen...«

»Sie wissen verdammt genau, daß das Bockmist ist!«

»Das habe ich mir schon gedacht.« Kressel senkte die Stimme. Er war jetzt im Begriff, sich zu beruhigen. »Aber daß ich das weiß, hilft gar nichts, verstehen Sie? Das ist es genau, was wir *vermeiden* müssen. Polarisierung! Kaum läßt sich die Regierung auf einem Campus sehen, beginnt die Polarisierung.«

»Hören Sie mir zu. Williams Erklärung ist ein Täuschungsmanöver – wenn man das so nennt. Es ist Tarnung. Man hat mich letzte Nacht unter Drogen gesetzt. Wenn Greenberg nicht gewesen wäre, weiß ich nicht, wo ich jetzt wäre.«

»O Gott!... Lumumba steht auf Ihrer Liste, nicht wahr? Das hat uns gerade noch gefehlt. Die Schwarzen werden ein Geschrei erheben, daß man sie verfolgt. Der Himmel alleine weiß, was geschehen wird.«

Matlock zwang sich, ruhig zu sprechen. »Ich komme gegen sieben Uhr hinüber. Tun Sie nichts, sagen Sie nichts. Ich muß jetzt das Telefon frei machen. Ich erwarte einen Anruf von Greenberg.«

»Augenblick noch, Jim! Eine Sache. Dieser Greenberg... Ich vertraue ihm nicht. Keinem von denen vertraue ich. Denken Sie immer daran. Ihre Loyalität gilt Carlyle...« Kressel verstummt, aber er war noch nicht fertig. Matlock begriff, daß ihm die richtigen Worte fehlten.

»Seltsam, daß Sie so etwas sagen.«

»Ich denke, Sie verstehen, was ich meine.«

»Da bin ich nicht sicher. Ich dachte, es ginge um Zusammenarbeit...«

»Aber nicht um den Preis, daß dieser Campus in Stücke gerissen wird!« Die Stimme des Dekans klang fast hysterisch.

»Keine Sorge«, sagte Matlock. »Er wird nicht in Stücke gerissen werden. Bis später.« Matlock legte auf, bevor Kressel weiterreden konnte. Seine Gedanken mußten jetzt etwas ausruhen, und Kressel ließ nie zu, daß jemand ausruhte, wenn es um etwas ging, was ihm wichtig war. Kressel war auf seine eigene Art ebenso militant wie jeder beliebige Extremist und vielleicht viel schneller bei der Hand ›foul‹ zu rufen.

Diese Gedanken führten Matlock zu einer anderen Überlegung – zwei Überlegungen. Vor vier Tagen hatte er Pat gesagt, er wolle ihre Pläne für St. Thomas nicht ändern. Die Semesterferien, zehn kurze Tage Ende April, würden in drei Wochen, am Samstag nach der Vorlesung, beginnen. Unter den vorliegenden Umständen kam St. Thomas nicht in Frage – es sei denn, Washington käme zu dem Beschluß, ihn zurückzuziehen, und das bezweifelte er. Er würde seine Eltern als Ausrede benutzen. Pat würde das begreifen, ihm sogar zustimmen. Der andere Gedanke betraf seine Arbeit. Er war zurückgeblieben. Sein Schreibtisch war mit Papier überhäuft – hauptsächlich Arbeiten und Examina. Außerdem hatte er seine beiden Vorlesungen am Vormittag verpaßt. Nicht, daß er um seine Studenten besorgt gewesen wäre – er pflegte im Herbst und Winter Tempo vorzulegen und im Frühjahr dafür langsamer vorzugehen – aber er wollte nicht noch die Feuer, wie zum Beispiel Williams falsche Anklage, schüren. Ein außerordentlicher Professor, der seine Vorlesungen schwänzte, war ein beliebtes Ziel der Klatschmäuler. Seine Belastung in den nächsten drei Tagen war nicht besonders groß – drei, zwei und zwei. Er würde die Arbeit später organisieren. Und zwischen jetzt und sieben

Uhr mußte er Lucas Herron finden. Wenn Greenberg anrief, solange er unterwegs war, würde er das auf eine Besprechung schieben, die er zu erwähnen vergessen hatte.

Er beschloß zu duschen, sich zu rasieren und sich umzuziehen. Im Badezimmer überprüfte er das Kästchen der Katze. Das korsische Papier war da – das hatte er gewußt.

Als er geduscht und sich rasiert hatte, ging Matlock in sein Schlafzimmer und wählte dort seine Kleidung aus. Er überlegte, wie er vorgehen solle. Er kannte Herrons Tagesplan nicht, obwohl es ganz einfach sein würde, herauszufinden, ob Lucas am späten Nachmittag irgendeine Vorlesung oder ein Seminar hatte. Matlock kannte Herrons Haus; er würde mit dem Wagen etwa fünfzehn Minuten dorthin brauchen. Herron wohnte acht Meilen vom Campus entfernt auf einer selten befahrenen Nebenstraße, die einmal zu dem alten Familienanwesen der Carlyles gehört hatte. Herrons Haus war ein sogenanntes Kutschenhaus gewesen. Es lag etwas abseits, aber wie Lucas zu sagen pflegte: »Wenn man einmal dort ist, ist es die Mühe wert.«

Das hastige Klopfen an der Tür riß ihn aus seiner Konzentration. Es machte ihm gleichzeitig Angst – er merkte wie er nach Luft rang; das beunruhige ihn.

»Komme gleich«, rief er und zog sich ein weißes Sporthemd über den Kopf. Er ging barfuß zur Türe und öffnete sie. Es war ihm unmöglich, seinen Schock zu verbergen. Unter der Türe stand Adam Williams – alleine.

»Tag.«

»Herrgott!... Jetzt weiß ich nicht, ob ich Ihnen gleich eins auf die Schnauze geben soll, oder zuerst die Polizei rufen! Was zum Teufel wollen Sie? Kressel hat mich bereits angerufen, falls Sie das überprüfen wollen.«

»Bitte, hören Sie mich an. Ich mache schnell.« Der Schwarze sprach eindringlich, Matlock hatte das Gefühl, als versuchte er seine Angst zu verbergen.

»Kommen Sie rein. Und machen Sie schnell.« Matlock schlug die Türe zu, als Williams an ihm vorbei in den Vorraum trat. Der Schwarze drehte sich herum und versuchte zu lächeln aber in seinen Augen war kein Humor.

»Das mit dem Bericht tut mir leid. Wirklich leid. Das war eine unangenehme Notwendigkeit.«

»Das nehme ich Ihnen nicht ab! Was wollten Sie denn, daß Kressel tut? Sollte er mich vor den Ausschuß schleppen und mich hier verjagen? Sie dachten wohl, ich würde mich einfach hinsetzen und zulassen, daß alle auf mir herumtrampeln? Sie sind ein verdammter Irrer!«

»Wir haben nicht gedacht, daß *irgend etwas* geschehen würde. Genau deshalb haben wir es ja getan... Wir konnten nicht sicher sein, wohin Sie gegangen sind. Sie sind verschwunden, wissen Sie. Man könnte sagen, daß wir die Offensive ergreifen mußten und später dann erklären, alles sei ein bedauerliches Mißverständnis gewesen... Die Taktik wäre nicht neu. Ich werde Kressel noch einen Bericht schicken und einiges zurücknehmen – aber nicht alles. In ein paar Wochen ist das alles vergessen.«

Matlock war wütend, ebenso wegen Williams Einstellung als auch wegen seines gewissenlosen Pragmatismus. Aber als er sprach, hob er seine Stimme nicht an. »Verschwinden Sie. Sie widern mich an.«

»Oh, hören Sie doch auf, Mann! Haben wir Sie nicht *immer angewidert*?« Matlock hatte den Nerv getroffen, und Williams reagierte entsprechend. Aber ebenso plötzlich riß er sich wieder zusammen. »Wollen wir nicht über theoretische Dinge reden. Lassen Sie mich zur Sache kommen und wieder gehen.«

»Ja bitte.«

»Also gut. Hören Sie mir zu. Was immer Dunois von Ihnen wollte, *geben* Sie es ihm!... Das heißt, geben Sie es mir, und ich schicke es weiter. Keine gespaltene Zunge; das ist die Sprache der letzten Not!«

»Wie abgedroschen. Kommt nicht in Frage. Warum sollte ich etwas haben, das Bruder Julian will? Hat er das gesagt? Warum kommt er nicht selbst?«

»Bruder Julian bleibt nicht lange an einem Ort. Seine Talente sind sehr gefragt.«

»Die Aufführung von Mau-Mau-Pubertätsriten?«

»Das macht er wirklich, wissen Sie. Das ist sein Hobby.«

»Schicken Sie ihn mir.«

Matlock ging vor Williams vorbei und trat an den Couchtisch. Er bückte sich und nahm ein halb leeres Päckchen Zigaretten auf. »Dann vergleichen wir unsere Notizen über assoziative Körperbewegungen. Ich habe eine umfangreiche Sammlung von Volkstänzen aus dem Sechzehnten Jahrhundert.«

»Bleiben Sie ernst. Wir haben keine *Zeit*!«

Matlock zündete sich eine Zigarette an. »Ich habe viel Zeit. Ich möchte einfach Bruder Julian wiedersehen; ich möchte ihn ins Gefängnis stecken lassen.«

»Keine Chance! Keine Chance. Ich bin um *Ihretwillen* hier! Wenn ich ohne es weggehe, kann ich es nicht mehr *kontrollieren!*«

»Zwei Pronomina, die denselben Gegenstand bezeichnen oder unterschiedliche?«

»Ach, hören Sie doch auf! Wissen Sie eigentlich, wer Julian Dunois ist?«

»Ein Angehöriger der Familia Borgia? Aus der äthiopischen Linie?«

»*Hören Sie auf, Matlock!* Tun Sie, was er sagt! Er ist gefährlich. Niemand will, daß jemandem etwas passiert.«

»Ich weiß *nicht*, wer Dunois ist, und es ist mir auch egal. Ich weiß nur, daß er mich unter Drogen gesetzt und mich angegriffen hat und einen gefährlichen Einfluß auf ein paar Kinder ausübt. Darüber hinaus vermute ich, daß er veranlaßt hat, daß man in meine Wohnung eingebrochen ist und meine persönlichen Habseligkeiten zerstört. Ich will, daß er weggeschafft wird. Von Ihnen *und* von mir.«

»*Bitte*, seien Sie vernünftig!«

Matlock trat schnell an den Vorhang vor seinem Flügelfenster und riß ihn mit Schwung auf und zeigte das zersplitterte Glas und die verbogene Bleifassung.

»Ist das eine von Bruder Julians Visitenkarten?«

Adam Williams starrte sichtlich schockiert auf das Bild der Zerstörung. »Nein, Mann. Absolut nein. Das ist nicht Julians Stil... Das ist nicht einmal mein Stil. Das war jemand anders.«

11.

Die Straße, die zu Lucas Herrons Haus führte, war von Schlaglöchern übersät, wie der Winter sie brachte. Matlock bezweifelte, daß die Stadtverwaltung von Carlyle sie reparieren würde; es gab viel zu viele andere allgemein benutzte Straßen, die immer noch die Auswirkungen des New England Winters zeigten. Als er sich dem alten Kutschenhaus näherte, bremste er seinen Triumph auf beinahe zehn Meilen die Stunde ab. Die Stöße, die das Fahrgestell an ihn weiterleitete, drohten ihm die Knochen zu zerbrechen, und er wollte Herrons Haus mit möglichst wenig Lärm erreichen.

In der Annahme, daß Jason Greenberg ihn vielleicht beschatten ließ, fuhr Matlock einen Umweg zu Herron, fuhr vier Meilen auf einer Parallelstraße nach Norden und wendete dann. Hinter ihm war niemand. Die nächsten Häuser waren zu beiden Seiten gute hundert Meter von dem Herrons entfernt, und gegenüber stand gar keines. Es war die Rede davon gewesen, in der Gegend ein Bauprojekt hochzuziehen, ebenso wie die Rede davon gewesen war, daß die Carlyle Universität vergrößert werden sollte, aber aus keinem der beiden Projekte war etwas geworden. Tatsächlich hing Ersteres von Letzterem ab, und die Alten Herren von Carlyle setzten allen größeren Veränderungen in Carlyle erheblichen Widerstand entgegen. Die Alten Herren waren das persönliche Kreuz, das Adrian Sealfont zu tragen hatte.

Matlock war von der Ruhe beeindruckt, die von Herrons Haus ausging. Er hatte es sich bisher noch nie richtig angesehen. Dabei hatte er Lucas bestimmt schon ein dutzendmal nach abendlichen Versammlungen nach Hause gebracht, aber er hatte es immer eilig gehabt. Lucas' Einladungen auf einen Drink hatte er nie angenommen, demzufolge hatte er das Haus auch nie betreten.

Er stieg aus dem Wagen und ging auf das alte Ziegelgebäude zu. Es war hoch und schmal. Der verblichene Stein war mit tausenden von Efeufäden bedeckt, die das Gefühl der Isoliertheit noch verstärkten. Davor auf dem ausgedehnten Rasen standen zwei japanische Weidenbäume in voller Frühjahrsblüte. Ihre purpurnen Blüten hingen in großen Bögen zur Erde. Das Gras war gemäht, die Büsche gestutzt, und der weiße Kies auf den einzelnen Wegen glänzte. Es war ein Haus und ein Anwesen, das geliebt und gepflegt wurde. Und doch hatte man das Gefühl, daß all diese Liebe von niemandem geteilt wurde. Es war die Arbeit einer Person, die auch nur einer Person galt, nicht von oder für zwei oder eine Familie. Dann erinnerte sich Matlock, daß Lucas Herron nie geheiratet hatte. Natürlich kursierten die unvermeidlichen Gerüchte von einer verlorenen großen Liebe, einem tragischen Todesfall, ja sogar einer weggelaufenen Braut, aber jedesmal wenn Lucas Herron von solchen jugendlichen Romanzen gehört hatte, hatte er darauf nur mit einem glucksenden Lachen reagiert und der Feststellung, er sei einfach ›zu verdammt eigensüchtig‹.

Matlock ging die paar Stufen der Eingangstreppe hinauf und läutete. Er versuchte, ein Begrüßungslächeln einzuüben, aber es war falsch; er würde es nicht durchhalten, er hatte Angst.

Die Türe öffnete sich. Der hochgewachsene, weißhaarige Lucas Herron, in zerdrückte Hosen und ein halb aufgeknöpftes dunkelblaues Hemd gekleidet, starrte ihn an.

Es dauerte weniger als eine Sekunde, bis Herron etwas sagte, aber in jenem kurzen Augenblick wußte Matlock, daß er sich geirrt hatte. Lucas Herron wußte, weshalb er gekommen war.

»Nun, Jim! Kommen Sie rein, kommen Sie rein, mein Junge. Was für eine angenehme Überraschung.«

»Vielen Dank, Lucas. Hoffentlich störe ich nicht bei irgend etwas.«

»Aber nein. Sie kommen sogar gerade zur rechten Zeit. Ich stelle gerade alchimistische Experimente an. Ein frischer Gin Collins. Jetzt brauche ich ihn nicht alleine zu trinken.«

»Das klingt aber einladend.«

Herrons Haus war innen genauso, wie Matlock es erwartet hatte – so wie seines in runden dreißig Jahren sein würde, wenn er so lange alleine lebte. Es war wie eine große Sammlung, das Produkt von fast einem halben Jahrhundert von Souvenirs und systemlosem Sammeln an hundert Orten. Das einzig Gemeinsame war Bequemlichkeit; man merkte der Einrichtung an, daß niemand auf Stil oder die richtige Periode oder gar auf Koordinierung geachtet hatte. Einige Wände waren von Büchern gesäumt. Die Wände, die frei waren, waren mit Vergrößerungen behängt, von Orten, die er im Ausland besucht hatte – wahrscheinlich während längerer Semesterferien. Die Armsessel waren dick und weich, die Tische in bequemer Reichweite. Das Zeichen geübter und erfahrener Junggesellenschaft, dachte Matlock.

»Ich glaube, Sie sind noch nie hiergewesen – drinnen, meine ich.«

»Nein. Es ist sehr attraktiv. Sehr bequem.«

»Ja, das ist es. Bequem. Hier, setzen Sie sich, ich werde meine Mixtur fertigstellen und uns einen Drink bringen.« Herron ging quer durch das Wohnzimmer auf eine Türe zu, hinter der Matlock die Küche vermutete, blieb dann stehen und drehte sich um. »Ich weiß natürlich, daß Sie nicht den weiten Weg gekommen sind, um einem alten Mann Gesellschaft beim Cocktail zu leisten. Aber ich habe hier eine feste Regel: wenigstens ein Drink – sofern die Religion und die Prinzipien es zulassen – vor jeder ernsthaften Diskussion.« Er lächelte, und die tausend Fältchen um seine Augen und Schläfen prägten sich noch deutlicher aus. Er war ein *alter*, alter Mann. »Außerdem sehen Sie so schrecklich ernsthaft aus. Nach dem Collins ist das etwas besser, das verspreche ich Ihnen.«

Ehe Matlock antworten konnte, ging Herron schnell zur Türe hinaus. Statt sich zu setzen, ging Matlock an die nächste Wand, an der ein kleiner Schreibtisch stand. Darüber hingen ein halbes Dutzend Fotografien ohne bestimmtes System an der Wand. Einige zeigten Stonehenge und waren vom selben Standpunkt aus aufgenommen, wobei die untergehende Sonne in verschiedenen, dramatisch wirkenden Winkeln aufgenommen war. Eine zeigte eine felsige Küste mit Bergen dahinter und vertäuten Fischerbooten. Es sah nach einer Mittelmeerszene aus, vielleicht Griechenland oder die Thrakischen Inseln. Dann kam eine Überraschung. Rechts unten an der Wand, nur wenige Zoll über dem Schreibtisch hing ein kleines Foto von einem hochgewachsenen, schlanken Offizier, der neben einem Baumstamm stand. Hinter ihm war das Blattwerk dicht, gleichsam dschungelähnlich. Zu beiden Seiten konnte man die Schatten anderer Figuren sehen. Der Offizier trug keinen Helm, sein Hemd war von Schweiß durchtränkt. Seine große rechte Hand hielt den Kolben einer Maschinenpistole. In der linken Hand hielt der Offizier ein zusammengefaltetes Stück Papier – es sah wie eine Landkarte aus – und der Mann hatte offensichtlich gerade eine Entscheidung getroffen. Er blickte nach oben, wie auf hohes Terrain. Das Gesicht war angespannt, aber nicht erregt. Es war ein gutes Gesicht, ein starkes Gesicht. Es gehörte einem dunkelhaarigen Lucas Herron in mittleren Jahren.

»Das alte Foto behalte ich, damit es mich immer daran erinnert, daß die Zeit mich nicht immer so mitgenommen hat.«

Matlock fuhr hoch. Lucas war wieder eingetreten und hatte ihn erschreckt. »Es ist ein gutes Bild. Jetzt weiß ich, wer jenen Krieg wirklich gewonnen hat.«

»Ohne Zweifel. Unglücklicherweise habe ich von dieser Insel nie gehört, weder vorher noch nachher. Jemand sagte, es sei eine der Salomoninseln. Ich glaube, die haben sie in den fünfziger Jahren in die Luft gejagt. Gehörte nicht viel dazu. Ein paar Knallfrösche würden das schon bewirken. Hier.« Herron trat vor Matlock hin und reichte ihm sein Glas.

»Danke. Sie sind viel zu bescheiden. Ich habe die Geschichten gehört.«

»Ich auch. Haben mich mächtig beeindruckt. Die werden immer besser, je älter ich werde... Was meinen Sie, setzen wir uns in den Hinterhof? Das Wetter ist viel zu schön, um im Haus zu bleiben.« Ohne auf Antwort zu warten, ging Herron hinaus, und Matlock folgte ihm

Der Garten hinter dem Haus war ebenso präzise manikürt wie der vordere. Auf einem Patio aus Naturstein standen bequem aussehende Liegestühle und neben jedem ein kleines Tischchen. Die Mitte der Terrasse beherrschte ein großer schmiedeeiserner Tisch mit einem Sonnenschirm. Der Rasen dahinter war kurzgeschoren und dicht. Ein paar Hartriegelbüsche waren über die Rasenfläche verteilt, jeder in einer sauberen Rabatte. Zwei Reihen von Blumen – vorwiegend Rosen – erstreckten sich bis ans Ende der Rasenfläche, das etwa hundert Fuß entfernt war. Dort freilich hörte das beschauliche Bild plötzlich auf. Plötzlich waren da mächtige Bäume, dichtes, ineinander verwachsenes Unterholz. Ebenso war es an den Seiten. Rings um den gepflegten Rasen des Hinterhofes wucherte ein undisziplinierter, mächtiger Wald.

Lucas Herron war von einer schützenden grünen Mauer umgeben.

»Der Drink ist wirklich gut, das müssen Sie doch zugeben.« Die beiden Männer hatten sich gesetzt.

»Ganz bestimmt. Sie bekehren mich noch zum Gin.«

»Nur im Frühling und Sommer. Gin ist nichts für den Rest des Jahres… Also schön, junger Mann, die Hausregel wäre befolgt. Was bringt Sie zu Herrons Nest?«

»Ich habe so das Gefühl, daß Sie das ahnen.«

»Tue ich das?«

»Archie Beeson.« Matlock beobachtete den alten Mann, aber Herron war ganz auf sein Glas konzentriert. Er zeigte keinerlei Reaktion.

»Der junge Geschichtsdozent?«

»Ja.«

»Aus dem wird eines Tages ein guter Lehrer. Und eine nette Frau hat er auch.«

»Nett… und nicht übermäßig treu, denke ich.«

»*Äußerlichkeiten*, Jim.« Herron lachte leise. »Ich hätte Sie nie für einen Puritaner gehalten… Wenn man älter wird, wird man toleranter. Das sind doch unschuldige Vergnügungen. Sie werden das auch noch sehen.«

»Ist das der Schlüssel? Toleranz?«

»Der Schlüssel wofür?«

»Kommen Sie schon. Er wollte Sie doch neulich nachts erreichen.«

»Ja, das wollte er. Und Sie waren dort... Wie ich höre, war Ihr Benehmen nicht gerade untadelig.«

»Mein Benehmen sollte diesen Eindruck hinterlassen.« Zum ersten Mal ließ Herron eine Andeutung von Besorgnis erkennen. Es war nur eine ganz kleine Reaktion, ein kurzes Blinzeln seiner Augen.

»Das war tadelnswert.« Herron sprach ganz leise und blickte zu seiner imposanten grünen Mauer. Die Sonne war gerade dabei, hinter den hohen Bäumen zu versinken. Lange Schatten dehnten sich über Rasen und Terrasse.

»Es war notwendig.« Matlock sah, wie es in dem Gesicht des alten Mannes schmerzlich zuckte. Und dann erinnerte er sich an seine eigene Reaktion darauf, als Adam Williams ihm die ›unangenehme Notwendigkeit‹ geschildert hatte, Sam Kressel den falschen Bericht über das, was in Lumumba Hall geschehen war, zu schicken. Die Parallele tat weh.

»Der Junge hat Schwierigkeiten. Er ist krank. Das ist eine Krankheit, und er versucht sich selbst zu kurieren. Dazu gehört Mut... Das ist jetzt nicht die Zeit für Gestapo-Methoden.« Herron nahm einen langen Schluck aus seinem Glas, während seine andere Hand die Armlehne seines Sessels umfaßt hielt.

»Wie haben Sie davon erfahren?«

»Das ist vielleicht eine vertrauliche Information, auf die ich nicht näher eingehen darf. Wollen wir einmal sagen, daß ich es von einem unserer hochgeachteten Kollegen gehört habe – im medizinischen Bereich – dem die Symptome auffielen und der sich Sorgen machte. Welchen Unterschied macht das schon? Ich habe versucht, dem jungen Mann zu helfen und würde es wieder tun.«

»Das würde ich gerne glauben. Das wollte ich auch glauben.«

»Warum fällt Ihnen das schwer?«

»Ich weiß nicht... Etwas an der Haustüre vor ein paar

Minuten. Vielleicht ist es dieses Haus. Ich kann es nicht sagen… Ich bin ganz ehrlich zu Ihnen.«

Herron lachte, wich aber Matlocks Blick immer noch aus. »Sie konzentrieren sich zu sehr auf Ihre Arbeit, die Schriftsteller der elisabethanischen Zeit. Die Pläne und Intrigen der *Spanischen Tragödie*… Sie sollten eigentlich aufhören, sich wie eine Amateurabteilung von Scotland Yard zu benehmen, Sie und Ihre jungen Kollegen. Es ist noch gar nicht solange her, daß es hier Mode war, zum Frühstück Red Dogs zu nehmen. Sie sehen die Situation zu schlimm, außer Proportion zur Wirklichkeit.«

»Das stimmt nicht. Ich bin keiner von diesen jungen Kreuzrittern. Ich gehöre nicht zu diesen Verrückten, und ich glaube, das wissen Sie auch.«

»Was war es dann? Persönliches Interesse? An dem jungen Mann. Oder seiner Frau?… Tut mir leid, das hätte ich jetzt nicht sagen sollen.«

»Ich bin froh, daß Sie es getan haben. Virginia Beeson interessiert mich nicht – weder sexuell noch sonst. Obwohl ich mir nicht vorstellen kann, was sonst überhaupt an ihr interessant sein könnte.«

»Dann haben Sie ja ziemliches schauspielerisches Talent bewiesen.«

»Das habe ich wohl. Ich habe mir große Mühe gegeben, Beeson nicht erkennen zu lassen, weshalb ich dort war. Es war sehr wichtig.«

»Für wen?« Herron stellte langsam sein Glas mit der rechten Hand ab, seine linke hielt immer noch die Sessellehne umfaßt.

»Für Leute, die außerhalb dieses Campus stehen. Leute in Washington. Die Bundesbehörden…«

Lucas Herron atmete plötzlich tief durch die Nase ein. Und dann verlor Herrons Gesicht vor Matlocks Augen die Farbe. Als er wieder sprach, war nur noch ein Flüstern zu hören.

»Was sagen Sie da?«

»Daß ein Mann vom Justizministerium an mich herangetreten ist. Die Informationen, die er mir vorlegte, waren beängstigend. Nichts war übertrieben, nichts übermäßig dramatisiert. Es waren alles klare Fakten. Man ließ mir die freie Wahl, ob ich kooperieren wollte oder nicht.«

»Und Sie haben angenommen?« Herrons Worte klangen leise und ungläubig.

»Ich hatte das Gefühl, daß es keine Alternative gab. Mein jüngerer Bruder...«

»Sie hatten das Gefühl, daß es keine *Alternative* gab?« Herron erhob sich aus seinem Sessel, seine Hände begannen zu zittern, seine Stimme nahm an Intensität zu. »Sie hatten das *Gefühl*, daß es keine *Alternative* gab?«

»Ja, so ist es.« Matlock blieb ruhig. »Deshalb bin ich hierher gekommen. Um Sie zu warnen, alter Freund. Das geht viel tiefer – ist weit gefährlicher...«

»*Sie* sind hierher gekommen, um *mich* zu warnen?! Was haben Sie *getan*? Was, im Namen von allem was heilig ist, *haben Sie getan*?... Jetzt hören Sie mir zu! Hören Sie sich an, was ich sage!« Herron trat zwei Schritte zurück und stieß gegen das kleine Tischchen, mit einer einzigen, weit ausholenden Bewegung seines linken Arms stieß er es um. »Sie halten sich da *raus*, haben Sie gehört! Sie gehen zu denen und sagen ihnen *nichts*! *Nichts existiert!* Das ist alles... das existiert alles nur in ihrer Fantasie! *Lassen Sie die Finger davon! Halten Sie sich raus!*«

»Das kann ich nicht«, sagte Matlock leise, und plötzlich hatte er um den alten Mann Angst. »Selbst Sealfont wird da zustimmen müssen. Er kann nicht länger dagegen ankämpfen. Es ist da, Lucas...«

»Adrian! Man hat Adrian informiert?... Oh, mein Gott, wissen Sie, was Sie tun? *Sie werden so viel zerstören.* So viele, viele... Verschwinden Sie hier! *Hinaus!* Ich kenne Sie nicht! Oh, *Herrgott! Herrgott!*«

»Lucas, was ist denn?« Matlock stand auf und ging einige Schritte auf den alten Mann zu. Herron entfernte sich nach rückwärts, ein alter, in Panik geratener Mann.

»Kommen Sie nicht in meine Nähe! *Rühren* Sie mich nicht *an*!«

Herron wandte sich um und fing zu laufen an, rannte so schnell seine alten Beine ihn tragen konnten über den Rasen. Er stolperte, fiel zu Boden, und stand wieder auf. Er sah sich nicht um. Statt dessen rannte er so schnell er konnte auf seine hintere Grundstücksgrenze zu, auf das Unterholz, den Wald. Und dann verschwand er in seiner mächtigen grünen Mauer.

»Lucas! Um Gottes willen!« Matlock rannte hinter dem alten Mann her, erreichte den Waldrand nur Sekunden nach ihm. Und doch war er nirgends zu sehen. Matlock versuchte das Buschwerk, das ihm den Weg versperrte, mit den Armen zu teilen und trat mitten hinein in das wuchernde Blattwerk. Zweige schlugen nach ihm, und das dichte Unkraut versperrte ihm den Weg.

Herron war verschwunden.

»Lucas! Wo sind Sie?!«

Aber keine Antwort kam, nur das Rascheln der Gräser und Zweige hinter ihm. Matlock drang tiefer in den Wald ein, duckte sich, kauerte sich nieder, schob sich zwischen den Pflanzen durch. Aber nirgends war eine Spur von Lucas Herron zu sehen, kein Laut war zu hören.

»Lucas! Um Himmels willen, Lucas, geben Sie Antwort!«

Immer noch keine Antwort, nichts, was auf seine Gegenwart hindeutete.

Matlock versuchte sich umzusehen, eine Lücke in dem dichten Blattwerk zu erkennen, einen Weg, dem er folgen konnte, doch nichts war zu sehen. Es war gerade, als hätte sich Lucas von einem Augenblick zum anderen in Luft aufgelöst. Und dann hörte er es. Undeutlich, es kam von

allen Seiten, hallte leise von irgendeinem unbekannten
Ort. Es war ein kehliges Stöhnen, ein Klagen. Nahe, und
doch fern, im dichten Blattwerk. Dann wurde das Jammern leiser, ging in ein klagendes Schluchzen über.
Schluchzende Laute, und dann ein einziges Wort, klar
und haßerfüllt ausgesprochen.

Und das Wort war:

»Nimrod...«

12.

»Verdammt noch mal, Matlock! Ich habe Ihnen doch gesagt, Sie sollen sich stillhalten, bis ich Ihnen Bescheid
sage!«

»Verdammt noch mal, Greenberg! Wie sind Sie in meine Wohnung gekommen?!«

»Sie haben Ihr Fenster nicht reparieren lassen.«

»Sie haben mir nicht angeboten, dafür zu bezahlen.«

»Wir sind quitt. Wo waren Sie jetzt?«

Matlock warf die Autoschlüssel auf den Couchtisch
und sah zu seiner zerbrochenen Stereoanlage in der Ecke
hinüber. »Das ist eine ziemlich komplizierte Geschichte
und wie ich vermute... eine, die unser Mitleid verdient.
Ich werde Ihnen alles erzählen, aber zuerst brauche ich einen Drink. Bei dem letzten, den ich nahm, bin ich gestört
worden.«

»Bringen Sie mir auch einen. Ich habe ebenfalls eine
Geschichte, und meine ist *ganz entschieden* eine, die Mitleid verdient.«

»Was trinken Sie?«

»Sehr wenig, geben Sie mir dasselbe, was Sie nehmen.«

Matlock sah zum Fenster hinaus. Die Vorhänge waren

auf dem Boden verstreut, so wie er sie vor Adam Williams hingeworfen hatte. Die Sonne war inzwischen fast untergegangen. Der Frühlingstag war vorüber. »Ich werde ein paar Lemonen ausdrücken und uns einen Tom Collins aus frischen Früchten machen.«

»In Ihrer Akte steht, daß Sie Bourbon trinken. Sour Mash.«

Matlock sah den Agenten an. »Wirklich?«

Greenberg folgte Matlock in die Küche und sah ihm schweigend zu, während er die Drinks zubereitete. Matlock reichte dem Mann aus Washington sein Glas.

»Sieht aber sehr eindrucksvoll aus.«

»Ist es aber nicht... Welche Jammergeschichte kommt zuerst?!«

»Ich will die Ihre natürlich hören, aber unter den gegebenen Umständen hat die meine Priorität.«

»Das klingt aber gefährlich.«

»Nein. Nur mitleiderregend... Ich will Sie zuerst fragen, ob Sie gerne wissen möchten, wo ich war, seit ich mich von Ihnen getrennt habe.« Greenberg lehnte sich gegen die Küchentheke.

»Eigentlich nicht, aber Sie werden es mir so oder so erzählen.«

»Ja, das werde ich. Das ist Teil der Geschichte. Ich war auf dem Flughafen, den Sie hier haben – Bradley Field – und wartete auf eine Kuriermaschine, die mein Ministerium vor ein paar Stunden vom Dulles Airport in Washington abgeschickt hat. In der Maschine war ein Mann, der mir zwei versiegelte Umschläge brachte, für die ich unterzeichnen mußte. Hier sind sie.« Greenberg griff in die Jackentasche und holte zwei lange, schmale Umschläge heraus, wie man sie für Geschäftsbriefe benutzt. Er legte einen auf die Theke und begann den zweiten zu öffnen.

»Die sehen aber sehr amtlich aus«, sagte Matlock und

rutschte etwas zur Seite, so daß er neben der Spüle saß und seine langen Beine herunterbaumelten.

»Die könnten auch gar nicht amtlicher sein... Dieser Umschlag enthält die Zusammenfassung unserer Schlüsse, basierend auf Informationen, die Sie uns gegeben haben – mir gegeben haben. Sie endet mit einer spezifischen Empfehlung. Man hat mir gestattet, Ihnen diese Informationen mit meinen eigenen Worten zu übermitteln, solange ich dabei alle Fakten abdecke...«

»Jason Greenberg bekommt zwei Punkte.«

»Der Inhalt des zweiten Umschlages allerdings«, fuhr der andere fort ohne auf Matlocks Unterbrechung einzugehen, »muß wörtlich übermittelt werden. Sie sollen ihn gründlich lesen – *falls sich das als notwendig erweisen sollte* – und wenn der Inhalt für Sie akzeptabel ist, sollen Sie das durch Ihre Unterschrift bestätigen.«

»Das wird ja immer schöner. Laufe ich in den Senatswahlen mit?«

»Nein, Sie laufen nur... Ich will meinen Anweisungen gemäß anfangen.« Greenberg warf einen Blick auf das auseinandergefaltete Papier und sah dann zu Matlock hinüber. »Der Mann in der Lumumba Hall, der sich Julian Dunois nannte – alias Jaques Devereaux, alias Jésus Dambert, und wahrscheinlich noch einige andere Namen trägt, von denen wir nichts wissen – ist juristischer Stratege für den militanten Flügel der Schwarzen Linken. Der Terminus *juristischer Stratege* umfaßt alles, angefangen bei Manipulationen vor Gericht bis zur Tätigkeit eines Agent Provocateur. Wenn er mit ersterem befaßt ist, gebraucht er den Namen Dunois, bei letzterem – eine beliebige Zahl von Decknamen. Seine Operationsbasis liegt im geographischen Sinne an ungewöhnlichen Orten. Algier, Marseilles, die Karibik – Kuba eingeschlossen – und, wie wir vermuten, Hanoi und wahrscheinlich Moskau. Vielleicht sogar Peking. In den Vereinigten Staaten hat er ein ordentliches Anwaltsbüro im oberen Harlem und eine Zweigstelle an der Westküste in San Francisco... Er hält sich gewöhnlich im Hintergrund auf, aber wenn er ans Licht tritt, gibt es nachher gewöhnlich Ärger. Es bedarf vermutlich keiner Erwähnung, daß er auf der Liste des Generalstaatsanwalts für unerwünschte Personen steht. Heutzutage ist das keine Empfehlung mehr...«

»Heutzutage«, unterbracht Matlock, »stehen auf dieser Liste fast sämtliche Leute, die links von AT&T und den anderen Multis stehen.«

»Kein Kommentar. Um fortzufahren... Daß Dunois in dieser Operation aufgetreten ist, bringt eine neue, unerwartete Dimension ins Spiel – einen neuen Aspèkt, der bislang nicht berücksichtigt worden ist. Jetzt geht das Ganze über inländische Gesetzesbrecher hinaus und tritt in den Bereich des internationalen Verbrechens und/oder der Subversion. *Oder* einer Kombination *beider*. Im Lichte der Tatsachen, daß man Drogen gegen Sie eingesetzt hat, in Ihre Wohnung eingebrochen und sie praktisch in Stükke gerissen, und Ihre Freundin, Miß Ballantyne, indirekt bedroht hat – und machen Sie sich nichts vor, genau das war der Fall –, im Lichte all dieser Fakten ergeht folgende Empfehlung: Sie ziehen sich von der weiteren Teilnahme an dieser Untersuchung zurück. Ihre Einschaltung geht über das Maß eines vernünftigen Risikos hinaus.« Greenberg ließ das Blatt auf die Theke fallen und trank einige Male von seinem Tom Collins. Matlock ließ langsam die Beine hin und her pendeln. »Nun, was meinen Sie?« fragte Greenberg.

»Ich weiß noch nicht. Mir scheint, Sie sind noch nicht am Ende.«

»Das wäre ich aber gerne. Hier und jetzt. Die Zusammenfassung ist hinreichend genau, und ich bin der Ansicht, Sie sollten der Empfehlung folgen. Steigen Sie aus, Jim.«

»Kommen Sie zuerst zum Ende. Was ist in dem anderen Brief? Der, den ich wörtlich lesen soll?«

»Der wird nur notwendig, wenn Sie die Empfehlung ablehnen. Lehnen Sie sie nicht ab. Ich habe keine Anweisungen, was ich Ihnen empfehlen soll, das ist also ein privater Rat.«

»Sie wissen verdammt genau, daß ich sie ablehnen werde, warum vergeuden Sie also Ihre Zeit?«

»Das weiß ich *nicht*. Ich will es nicht *glauben*.«

»Es gibt keinen Ausweg.«

»Es gibt Gegenerklärungen, die ich binnen einer Stunde in Gang setzen kann. Damit werden Sie gedeckt und aus dem Bild genommen.«

»Das geht jetzt nicht mehr.«

»Was? Warum?«

»Das ist *meine* traurige Geschichte. Sie sollten also fortfahren.«

Greenberg suchte in Matlocks Augen nach einer Erklärung, fand keine, und griff deshalb nach dem zweiten Umschlag und öffnete ihn.

»In dem unwahrscheinlichen Falle, daß Sie unsere Empfehlung ablehnen, Ihre Tätigkeit einzustellen und den Fall aufzugeben, müssen Sie wissen, daß Sie dies gegen die ausdrücklichen Wünsche des Justizministeriums tun. Obwohl wir Ihnen jeden in unserer Macht stehenden Schutz angedeihen lassen werden – wie wir das gegenüber jedem Bürger tun würden – handeln Sie auf eigene Verantwortung. Wir sind für Verletzungen oder sonstige Unzuträglichkeiten jeglicher Art nicht verantwortlich.«

»Steht das hier so?«

»Nein, so steht das hier *nicht*, aber das bedeutet es«, sagte Greenberg und entfaltete das Blatt. »Es ist viel einfacher und geht sogar noch viel weiter. Hier.« Er reichte Matlock den Brief.

Es war eine Erklärung, die von einem stellvertretenden

Generalstaatsanwalt unterzeichnet war und links eine gepunktete Linie für Matlocks Unterschrift hatte.

> Ein Untersuchungsbüro des Justizministeriums hat das Angebot von James B. Matlock akzeptiert, Nachforschungen geringfügigen Umfangs in bezug auf gewisse illegale Aktivitäten anzustellen, die angeblich in der Umgebung der Carlyle University vorgekommen sein sollen. Das Justizministerium betrachtet die Situation jetzt als eine Angelegenheit, die professionellen Einsatz erfordert, und hält daher weitere Teilnahme des Professors Matlock für unangemessen und im Widerspruch zur Politik des Ministeriums stehend. Das Justizministerium teilt deshalb hiermit James B. Matlock mit, daß es seine bisherige Mitarbeit dankend würdigt, ihn aber auffordert, im Interesse der Sicherheit und der ungehinderten Ermittlungen sich einer weiteren Teilnahme zu enthalten. Es ist die Meinung des Ministeriums, daß weitere Aktivitäten des Professors Matlock möglicherweise die Ziele der Ermittlungen in Carlyle beeinträchtigen könnten. Mister Matlock hat das Original dieses Briefes erhalten und bestätigt dies mit untenstehender Unterschrift.

»Wovon, zum Teufel, reden Sie? Hier steht doch, daß ich mich einverstanden erkläre, auszusteigen.«

»Sie würden einen lausigen Anwalt abgeben. Kaufen Sie nie ein Fahrrad auf Raten, ohne vorher mit mir zu sprechen.«

»Was?«

»Nirgends! *Nirgends* steht, daß, wenn Sie diesen kleinen Stinktopf unterschreiben, daß Sie *zugestimmt* hätten, sich vom Schauplatz zurückzuziehen. Nur, daß das Ministerium Sie *ersucht* hat, das zu tun.«

»Warum, zum Teufel, sollte ich dann unterschreiben?«

»Ausgezeichnete Frage. Sie dürfen sich das Fahrrad kaufen... Sie unterschreiben das, wenn Sie, wie Sie sagen, die Empfehlung ablehnen, auszusteigen.«

»Herrgott noch mal!« Matlock rutschte von der Theke und warf das Papier Greenberg hin. »Mag sein, daß ich nichts von den Gesetzen verstehe, wohl aber von der Sprache. Sie reden in Widersprüchen!«

»Nur äußerlich scheint das so... Lassen Sie mich eine Frage stellen. Angenommen, sie fahren fort, den Geheimagenten zu spielen. Ist es vorstellbar, daß Sie vielleicht um Hilfe bitten würden? In einem Notfall vielleicht?«

»Natürlich. Das ist sogar unvermeidbar.«

»Sie bekommen keine irgendwie geartete Hilfe, solange dieser Brief nicht unterschrieben nach Washington geht... Sehen Sie nicht *mich* an! Ich werde in ein paar Tagen abgelöst. Ich bin schon viel zu lange in dieser Gegend.«

»Ziemliche Heuchelei, nicht wahr? Die einzige Möglichkeit für mich, irgendwelche Unterstützung – irgendwelchen Schutz – zu bekommen, besteht darin, eine Erklärung zu unterzeichnen, die sagt, daß ich diese Unterstützung nicht brauchen werde.«

»Das reicht aus, um mich in eine Privatpraxis zu treiben... Heutzutage gibt es einen neuen Begriff für diese Geschichten. Man nennt das ›Fortschritt ohne Risiko‹. Man setzt ein was – und *wen* – man kann. Nimmt aber die Schuld nicht auf sich, wenn ein *Aktionsplan* schiefgeht. Man ist nicht verantwortlich.«

»Und wenn ich nicht unterschreibe, dann arbeite ich ohne Netz.«

»Sage ich ja. Lassen Sie sich raten – gratis – ich bin ein guter Anwalt. Steigen Sie aus. Vergessen Sie das Ganze. Aber *vergessen* Sie es wirklich.«

»Und ich habe *Ihnen* gesagt, daß ich das nicht kann.«

Greenberg griff nach seinem Glas und sagte mit leiser

Stimme: »Gleichgültig was Sie tun, es wird Ihren Bruder nicht mehr lebendig machen.«

»Das weiß ich.« Matlock spürte, daß der andere ihn am Nerv getroffen hatte, antwortete aber mit fester Stimme:

»Sie könnten vielleicht andere jüngere Brüder retten, aber wahrscheinlich werden Sie das nicht. Jedenfalls kann man jemand anderen aus berufsmäßigen Kreisen rekrutieren. Mir fällt es verdammt schwer, das zuzugeben, aber Kressel hatte recht. Und wenn wir diese Konferenz – diese Sitzung von Händlern in ein paar Wochen – nicht bekommen, werden andere kommen.«

»Ich gebe Ihnen in allen Punkten recht.«

»Warum zögern Sie dann? Steigen Sie aus.«

»Warum? … Ich habe Ihnen *meine* kleine Geschichte noch nicht erzählt, das ist der Grund. Erinnern Sie sich? Sie hatten den Vortritt, aber ich komme auch noch dran.«

»Dann erzählen Sie.«

Und Matlock erzählte. Alles, was er über Lucas Herron wußte – die Legende, alles was den ›großen alten Vogel‹ in Carlyle betraf. Das schreckerfüllte Skelett, das in seinen Wald geflohen war. Das Jammern und das eine Wort: ›Nimrod.‹ Greenberg hörte zu, und je länger Matlock sprach, desto trauriger wurden Jason Greenbergs Augen. Als Matlock schließlich endete, trank der Bundesbeamte den letzten Schluck seines Tom Collins und nickte langsam.

»Sie haben ihm alles dargelegt, nicht wahr? Sie konnten nicht zu *mir* kommen, zu *ihm* mußten Sie gehen. Ihr Campus-Heiliger mit einem Eimer voll Blut in den Händen… Loring hatte recht. Ausgerechnet einen Amateur mit Gewissen mußten wir erwischen… Amateure vor uns und Amateure hinter uns. Aber eines muß ich Ihnen lassen. Sie haben ein Gewissen. Das ist mehr, als ich für die hintere Flanke behaupten könnte.«

»Was sollte ich tun?«

»Unterschreiben Sie diesen Stinktopf hier.« Greenberg nahm den Brief des Justizministeriums und reichte ihn Matlock. »Sie werden Hilfe brauchen.«

Patricia Ballantyne ging vor Matlock zu dem kleinen Tisch an der Seite des Speisesaals im Cheshire Cat. Die Fahrt zu dem Lokal war etwas gespannt gewesen. Das Mädchen hatte die ganze Zeit – leise, aber mit beißender Schärfe – darauf eingehämmert, daß Matlock mit der Regierung im allgemeinen und dem FBI im speziellen zusammenarbeitete. Sie behauptete, dies sei ihrerseits keine programmierte liberale Reaktion; es gäbe einfach zu viel überwältigende Beweise, daß solche Organisationen das Land bis an den Rand eines Polizeistaats gebracht hätten.

Sie wußte das aus erster Hand. Sie selbst hatte die jammervollen Folgen eines FBI-Manövers erlebt und wußte, daß es sich dabei nicht um einen Einzelfall handelte.

Matlock hielt ihr den Stuhl, als sie sich setzte und strich ihr dabei über die Schultern. Berührte sie, beruhigte sie, linderte den Schmerz, den er ihr nachempfinden konnte. Der Tisch war klein und stand neben einem Fenster, nur wenige Schritte von einer Terrasse entfernt, die bald – Ende Mai vielleicht – ebenfalls den Gästen zur Verfügung stehen würde. Er setzte sich ihr gegenüber und griff nach ihrer Hand.

»Ich werde mich nicht für das entschuldigen, was ich tue. Ich glaube, es muß getan werden. Ich bin kein Held und ich bin kein Denunziant. Man verlangt von mir nicht heroisch zu sein. Die Information, die die wollen, wird am Ende vielen Leuten helfen. Leuten, die Hilfe brauchen – verzweifelt sogar.«

»Werden diese Leute Hilfe *bekommen*? Oder wird man sie einfach nur verfolgen? Werden sie sich statt in Krankenhäusern und Kliniken… im Gefängnis wiederfinden?«

»Die interessieren sich nicht für kranke junge Leute. Sie sind hinter denen her, die sie krank machen. Ebenso wie ich.«

»Aber dabei werden die jungen Leute verletzt.« Das war eine Feststellung, keine Frage.

»Einige vielleicht. So wenig wie möglich.«

»Das ist schändlich.« Das Mädchen entzog Matlock die Hand. »Es ist so überheblich. Wer trifft denn diese Entscheidungen? Du?«

»Du klingst langsam wie eine Schallplatte mit einem Sprung.«

»Ich habe das doch erlebt. Es ist nicht angenehm.«

»Dies hier ist völlig anders. Ich habe nur zwei Männer kennengelernt; einer... ist weggegangen. Der andere ist Greenberg. Das sind nicht deine Alpträume aus den fünfziger Jahren. Glaube mir.«

»Das würde ich gerne.«

Der Geschäftsführer des Cheshire Cat trat an den Tisch. »Telefonanruf für Sie, Mr. Matlock.«

Matlock spürte, wie sein Magen sich verkrampfte. Da waren die Nerven der Angst. Nur ein Mensch wußte wo er war – Jason Greenberg.

»Danke, Harry.«

»Sie können den Anruf vorne am Reservierungstisch entgegennehmen. Der Hörer liegt neben dem Apparat.«

Matlock stand auf und sah kurz Pat an. In den Monaten und Monaten, in denen sie gemeinsam ausgegangen waren, sei es nun in Restaurants oder auf Parties oder zu formellen Abendessen, hatte er nie einen Telefonanruf erhalten, war er nie auf diese Weise unterbrochen worden. Er sah in ihren Augen, daß auch sie das begriff. Er ging schnell zu dem kleinen Tischchen am Eingang.

»Hello?«

»Jim?« Es war natürlich Greenberg.

»Jason?«

»Tut mir leid, Sie zu stören. Ich würde das nicht tun, wenn ich es nicht müßte.«

»Um Himmels willen, was ist denn?«

»Lucas Herron ist tot. Er hat vor etwa einer Stunde Selbstmord begangen.«

Der Schmerz in Matlocks Magen kehrte plötzlich zurück. Diesmal war es kein kurzes Zucken, kein Krampf, sondern vielmehr ein scharfer Schlag, der ihm den Atem raubte. Alles, was er vor seinen Augen sehen konnte, war das Bild des taumelnden, in Panik geratenen alten Mannes, der über den kurz geschorenen Rasen rannte und in dem dichten Blattwerk verschwand, das sein Grundstück umgab. Und dann das klagende Schluchzen und der Name Nimrod, der voll Haß geflüstert wurde.

»Bei Ihnen alles in Ordnung?«

»Ja. Ja, es ist schon gut.« Aus Gründen, die ihm im Augenblick verschlossen blieben, sah Matlock vor seinem inneren Auge eine kleine, schwarz gerahmte Fotografie. Es handelte sich um einen vergrößerten Schnappschuß eines dunkelhaarigen Infanterieoffiziers in mittleren Jahren, der eine Waffe in der einen und eine Landkarte in der anderen Hand hielt, einen Mann mit einem schmalen, starken Gesicht, das nach oben blickte.

Vor einem Vierteljahrhundert.

»Sie sollten zu Ihrer Wohnung zurückkehren...« Greenberg erteilte eine Anweisung, war aber so vernünftig, sie in eine Bitte zu kleiden.

»Wer hat ihn gefunden?«

»Jemand, der für mich arbeitet. Bis jetzt weiß es noch niemand.«

»Jemand, der für Sie arbeitet?«

»Nach unserem Gespräch habe ich Herron überwachen lassen. Man gewöhnt sich an, die Spuren frühzeitig zu erkennen. Er ist eingebrochen und hat ihn gefunden.«

»Wie?«

»Er hat sich in der Dusche die Pulsadern aufgeschnitten.«

»Du lieber Gott! Was habe ich getan?«

»Lassen Sie das! Kommen Sie hierher zurück. Wir müssen einige Leute erreichen... Kommen Sie, Jim.«

»Was kann ich Pat sagen?« Matlock versuchte seine Gedanken zu ordnen, aber sie wanderten immer wieder zu einem hilflosen, verängstigten alten Mann zurück.

»So wenig wie möglich. Aber beeilen Sie sich.«

Matlock legte den Hörer auf und atmete ein paarmal tief durch. Dann durchsuchte er seine Taschen nach Zigaretten und erinnerte sich, daß er sie am Tisch liegengelassen hatte.

Dem Tisch. Pat. Er mußte zum Tisch zurückgehen und sich etwas einfallen lassen, was er ihr sagen konnte.

Die Wahrheit. Verdammt noch mal, *die Wahrheit.*

Er ging um zwei auf antik gemachte Säulen herum zum anderen Ende des Saales und schließlich zu dem kleinen Tisch am Fenster. Trotz seiner Panik empfand er eine gewisse Erleichterung, und wußte, daß das daher kam, daß er beschlossen hatte, mit Pat ehrlich zu sein. Er brauchte weiß Gott jemand anderen, mit dem er reden konnte, als Greenberg und Kressel.

Kressel! Er hätte um sieben Kressel in seinem Haus aufsuchen sollen. Das hatte er völlig vergessen!

Doch im nächsten Augenblick entschwand Sam Kressel aus einen Gedanken. Er sah den kleinen Tisch am Fenster, und da war niemand. Pat war verschwunden.

13.

»Niemand hat sie weggehen sehen?« Greenberg folgte dem frustrierten Matlock aus dem Vorraum ins Wohnzimmer. Sam Kressels Stimme war aus dem Schlafzimmer zu hören, er brüllte aufgeregt ins Telefon. Matlock bemerkte es, aber seine Aufmerksamkeit verteilte sich auf zu viele Bereiche.

»Das dort drinnen ist doch Sam, oder?« fragte er. »Weiß er das mit Herron?«

»Ja. Ich habe ihn gleich nach unserem Gespräch angerufen... Was ist denn mit den Bedienungen? Haben Sie sie gefragt?«

»Natürlich habe ich das. Keine wußte etwas. Es war ziemlicher Betrieb. Eine sagte, sie wäre vielleicht auf die Toilette gegangen. Eine andere deutete an – das können Sie jetzt glauben oder nicht –, deutete an, sie wäre vielleicht das Mädchen gewesen, das mit einem Paar von einem anderen Tisch weggegangen sei.«

»Hätten sie dann nicht beim Hinausgehen an Ihnen vorbeigehen müssen? Hätten Sie sie da nicht gesehen?«

»Nicht unbedingt. Wir saßen ganz hinten. Es gibt zwei oder drei Türen, die auf eine Terrasse führen. Im Sommer, besonders dann, wenn es voll ist, stellen sie Tische auf die Terrasse.«

»Sie sind mit Ihrem Wagen hingefahren?«

»Natürlich.«

»Und Sie haben sie nicht draußen gesehen, zu Fuß auf der Straße, oder irgendwo im Gelände?«

»Nein.«

»Haben Sie jemand von den anderen Gästen erkannt?«

»Ich habe nicht so genau hingesehen. Ich war... in Gedanken.« Matlock zündete sich eine Zigarette an. Seine Hand, die das Streichholz hielt, zitterte.

»Wenn Sie meine Meinung hören wollen, dann denke ich, sie hat jemanden gesehen, den sie kannte, und den Betreffenden gebeten, sie nach Hause mitzunehmen. Ein Mädchen wie Ihre Freundin läßt sich nicht einfach irgendwohin verfrachten, ohne sich zu wehren.«

»Ich weiß. Das ist mir auch in den Sinn gekommen.«

»Haben Sie sich gestritten?«

»Man könnte sagen, der Streit war am Abflauen, aber noch nicht vorüber, wahrscheinlich hat der Telefonanruf sie noch einmal auf Touren gebracht. Alte Englischlehrer werden nur selten in Restaurants angerufen.«

»Tut mir leid.«

»Sie können nichts dafür. Ich hab' Ihnen doch gesagt, daß sie etwas verkrampft ist. Sie denkt die ganze Zeit an ihren Vater. Ich werde mal in ihrer Wohnung anrufen, wenn Sam endlich auflegt.«

»Der ist vielleicht komisch. Ich erzähle ihm von Herron – und er dreht durch. Er sagt, er müßte vertraulich mit Sealfont sprechen. Dann geht er ins Schlafzimmer und brüllt so laut, daß man ihn bis nach Poughkeepsie hören kann.«

Matlocks Gedanken kehrten schnell wieder zu Herron zurück. »Sein Tod – sein *Selbstmord* – wird der größte Schock sein, den dieser Campus in zwanzig Jahren erlebt hat. Männer wie Lucas sterben einfach nicht. Jedenfalls nicht so... Weiß Sam, daß ich ihn aufgesucht hatte?«

»Ja. Das konnte ich nicht vor ihm zurückhalten. Ich hab' ihm ziemlich genau das erzählt, was Sie mir gesagt haben – eine kürzere Version natürlich. Er weigert sich, es zu glauben. Den Zusammenhang, meine ich.«

»Das kann ich ihm nicht verübeln. Der ist auch nicht leicht zu glauben. Was tun wir jetzt?«

»Wir warten. Ich habe einen Bericht geschrieben. Zwei Laborleute von dem Büro in Hartford sind jetzt dort. Die hiesige Polizei ist hinzugerufen worden.«

Der Hinweis auf die Polizei erinnerte Matlock plötzlich an den Streifenbeamten in Zivil, den er im Korridor der Squashanlage gesehen hatte, und der eilig weggegangen war, als er ihn erkannt hatte. Er hatte es Greenberg erzählt, und Greenberg hatte sich nicht dazu geäußert – falls es dazu überhaupt etwas zu sagen gab. Er fragte noch einmal:

»Was ist mit dem Polizisten in der Turnhalle?«

»Das muß nichts zu bedeuten haben. Wenigstens bis jetzt nicht. Der Polizei von Carlyle steht die Anlage an drei Vormittagen in der Woche teilweise zur Verfügung. Reiner Zufall.«

»Und das glauben Sie?«

»Ich sagte ›bis jetzt‹. Wir sehen uns den Mann näher an. Bis jetzt haben wir nichts gefunden, nur eine ausgezeichnete Personalakte.«

»Ein Fanatiker ist er, ein Negerfresser, ein Ekel.«

»Das mag Sie überraschen, aber das ist kein Verbrechen. Die Bill of Rights garantiert das sogar.«

Sam Kressel kam jetzt schnell und erregt durch die Schlafzimmertüre. Matlock sah, daß der Mann Angst hatte, Angst, wie er sie nur selten in einem Menschen gesehen hatte. Die Ähnlichkeit zwischen Sams Gesicht und Lucas Herrons blutleeren Ausdruck fiel ihm auf, kurz bevor der Mann in den Wald gerannt war.

»Ich habe Sie hereinkommen hören«, sagte Kressel. »Was *machen* wir jetzt? Was, zum Teufel, *sollen* wir tun?... Adrian glaubt diese absurde Geschichte ebensowenig wie ich! *Lucas Herron*! Das ist doch Wahnsinn!«

»Mag sein. Aber es stimmt.«

»Weil *Sie* es sagen? Wie können Sie so sicher sein? Sie sind in diesen Dingen nicht ausgebildet. So wie ich es verstehe, hat Lucas zugegeben, daß er einem Studenten bei einem Drogenproblem behilflich war.«

»Er... es sind keine Studenten.«

»Ich verstehe.« Kressel blieb stehen und sah zuerst Matlock, dann Greenberg an. »Unter diesen Umständen verlange ich zu erfahren, um wen es sich handelt.«

»Das werden Sie auch«, sagte Greenberg leise. »Aber sprechen Sie weiter. Ich möchte hören, warum Matlock so unrecht hat, warum das, was ich Ihnen gesagt habe, so absurd ist.«

»Weil Lucas Herron nicht das einzige Mitglied der Fakultät ist... war, das sich mit diesen Problemen befassen mußte. Dutzende von uns helfen, immer dann, wenn wir können.«

»Ich kann Ihnen nicht folgen.« Greenberg starrte Kressel an. »Sie helfen also. Aber Sie rennen doch nicht weg und bringen sich um, wenn ein Fakultätskollege es erfährt.«

Sam Kressel nahm die Brille ab und wirkte einen Augenblick lang nachdenklich, irgendwie traurig. »Da ist noch etwas, was keiner von Ihnen beiden weiß. Mir ist es seit eine Weile bekannt, aber nicht im gleichen Maße wie Sealfont... Lucas Herron war ein sehr kranker Mann. Man hat ihm letzten Sommer eine Niere entfernt. Die andere war ebenso schon vom Krebs befallen, und er wußte es. Der Schmerz muß unerträglich für ihn gewesen sein. Er hatte nicht mehr lange zu leben.«

Greenberg sah Kressel zu, wie der die Brille wieder aufsetzte. Matlock beugte sich vor und drückte seine Zigarette in einem Aschenbecher aus. Schließlich sprach Greenberg:

»Wollen Sie andeuten, daß es keine Verbindung zwischen Herrons Selbstmord und Matlocks Besuch heute nachmittag gibt?«

»Gar nichts will ich andeuten. Ich bin sicher, daß es eine solche Verbindung gibt... Aber Sie haben Lucas nicht gekannt. Ein halbes Jahrhundert lang, wenn man von den Kriegsjahren absieht, war die Carlyle Universität sein ein und alles. Er liebte diese Universität mehr, als irgendein Mann eine Frau lieben kann, mehr als eine Mutter oder ein Vater sein Kind. Ich bin sicher, daß Jim Ihnen das gesagt hat. Wenn er auch nur einen Augenblick dachte, diese Welt hier könnte verdorben, in Stücke gerissen werden – dann wäre das für ihn ein größerer Schmerz gewesen als die physische Marter, die sein Körper ihm zufügte. Was für ein besserer Zeitpunkt also, sein eigenes Leben zu nehmen?«

»*Verdammt* sollen Sie sein!« brüllte Matlock. »Sie behaupten, daß ich ihn getötet habe!«

»Vielleicht tue ich das«, sagte Kressel leise. »Ich hatte das nicht so formuliert. Und Adrian sicher auch nicht.«

»Aber das sagen Sie doch! Sie sagen doch, ich hätte ihn überrumpelt und ihn ebensogut getötet, als wenn ich ihm selbst die Pulsadern aufgeschnitten hätte!... Nun, Sie waren ja nicht dort. *Ich schon!*«

Kressel sprach mit ganz sanfter Stimme. »Ich habe nicht gesagt, daß Sie ihn überrumpelt haben, ich sagte nur, daß Sie ein Amateur sind. Ein Amateur mit sehr guten Absichten. Ich glaube, Greenberg weiß, was ich meine.«

Jason Greenberg sah Matlock an. »Es gibt ein altes slowakisches Sprichwort: ›Wenn die alten Männer sich selbst töten, sterben die Städte.‹«

Plötzlich schrillte die Telefonklingel; das Geräusch gab den drei Männern einen Ruck. Matlock nahm den Hörer ab und meldete sich und wandte sich dann zu Greenberg: »Für Sie.«

»Danke.« Er nahm den Hörer von Matlock entgegen. »Greenberg... Okay. Ich verstehe. Wann werden Sie es wissen?... Bis später.« Er legte den Hörer auf und stand mit dem Rücken zu Matlock und Kressel am Schreibtisch. Der Dekan konnte nicht an sich halten.

»Was war das? Was ist geschehen?«

Greenberg drehte sich herum und sah sie an. Matlock dachte, seine Augen blickten noch trauriger als gewöhnlich. Matlock hatte gelernt, daß das bei Greenberg ein Zeichen für Probleme war.

»Wir beantragen bei der Polizei – den Gerichten – eine Autopsie.«

»*Warum?!*« schrie Kressel und ging auf den Agenten

zu. »Um Himmels willen, *warum*?! Der Mann hat sich selbst getötet! Er litt unter *Schmerzen*!... Herrgott, Sie können das nicht tun! Wenn das bekannt wird...«

»Wir werden das in aller Stille erledigen.«

»Das geht nicht, und das *wissen* Sie auch ganz genau! Es wir durchsickern, und dann ist hier die Hölle los! Ich werde das nicht *zulassen*!«

»Sie können es nicht verhindern. Selbst ich konnte es nicht verhindern. Es gibt genügend Beweise, die darauf hindeuten, daß Herron sich nicht selbst getötet hat. Daß man ihn ermordet hat.« Greenberg lächelte schief zu Matlock hinüber. »Und zwar nicht mit Worten.«

Kressel argumentierte, drohte, rief noch einmal bei Sealfont an und verließ schließlich Matlocks Apartment wütend, als ihm klar geworden war, daß alles nichts nützte.

Kaum hatte Kressel die Türe hinter sich zugeknallt, als das Telefon erneut klingelte. Greenberg sah, daß das Geräusch Matlock beunruhigte – ihn nicht nur ärgerte, sondern ihn beunruhigte; vielleicht machte es ihm sogar Angst.

»Es tut mir leid... Ich fürchte, Ihre Wohnung muß eine Weile als eine Art Streifenbasis dienen. Nicht lange... Vielleicht ist es das Mädchen.«

Matlock nahm den Hörer auf, lauschte, sagte aber nichts. Dann wandte er sich zu Greenberg und sagte nur ein Wort:

»Sie.«

Greenberg nahm das Telefon, sprach leise seinen Namen und verbrachte die nächste Minute damit, ins Leere zu starren. Matlock beobachtete Greenberg eine Weile und ging dann in seine Küche. Er wollte nicht daneben stehen, während der Agent die Instruktionen eines Vorgesetzten entgegennahm.

Die Stimme am anderen Ende der Leitung hatte sich zu

Anfang dadurch identifiziert, daß sie sagte: »Hier spricht Washington.«

Auf der Theke in der Küche lag der leere Umschlag, in dem die so brutale, heuchlerische Erklärung vom Justizministerium gekommen war. Sie war ein weiteres Anzeichen dafür gewesen, daß seine schlimmsten Ahnungen langsam Realität wurden. Aus jenem winzigen Segment des Geistes, das sich mit dem Undenkbaren befaßt, hatte Matlock zu erkennen begonnen, daß das Land, in dem er aufgewachsen war, sich in etwas Häßliches, Destruktives zu wandeln im Begriffe war. Das war viel mehr als eine politische Manifestation, das war eine langsam wirkende, alles umfassende Strategie. Eine Korruption der Intensionen. An die Stelle starker Gefühle traten oberflächliche Wut, Überzeugung und Kompromiß. Das Land begann sich in etwas völlig anderes zu wandeln als das, was es einmal versprochen hatte. Aus dem, was einmal ein Gral gewesen war, waren leere Gefäße mit geschmacklosem Wein geworden, die nur deshalb noch eindrucksvoll waren, weil sie besessen waren.

»Ich habe zu Ende telefoniert. Wollen Sie versuchen, Miß Ballantyne zu erreichen?«

Matlock blickte zu Greenberg auf, der unter der Küchentüre stand. Greenberg, der wandelnde Widerspruch, der Sprichwörter zitierende Agent, der von tiefem Argwohn für das System erfüllt war, für das er arbeitete.

»Ja. Ja, das möchte ich.« Greenberg trat zur Seite, um ihn vorbeizulassen, und er ging ins Wohnzimmer. Matlock erreichte die Mitte des Raumes und blieb stehen. »Das ist ja ein verrücktes Zitat. Wie lautete es? ›Wenn die alten Männer sich selbst töten, sterben die Städte.‹« Er drehte sich um und sah den Agenten an. »Ich glaube, das ist das traurigste Sprichwort, das ich je gehört habe.«

»Die Hassidim – nicht, daß ich einer wäre – würden es

nicht für traurig halten... Jetzt, wo ich darüber nachdenke, würde das wohl kein wahrer Philosoph tun.«

»Warum nicht? Es *ist* traurig.«

»Aber wahr. Die Wahrheit ist weder freudig noch traurig, weder gut noch schlecht. Sie ist einfach die Wahrheit.«

»Darüber müssen wir uns einmal unterhalten, Jason.«
Matlock nahm den Hörer ab, wählte Pats Nummer und
ließ es ein dutzendmal läuten. Niemand meldete sich.
Matlock dachte an einige Freunde Pats und überlegte, ob
er sie anrufen solle. Wenn Pat verärgert oder verstimmt
war, ging sie gewöhnlich entweder ein oder zwei Stunden ganz alleine spazieren oder suchte ein paar Freundinnen auf und fuhr nach Hartford, um sich einen Film anzusehen oder sich in eine Bar zu setzen. Inzwischen war
eine reichliche Stunde verstrichen. Er würde ihr noch
fünfzehn Minuten geben und dann anfangen herumzute-
lefonieren. Ihm war natürlich in den Sinn gekommen, daß
man sie gegen ihren Willen entführt hatte – das war sogar
sein erster Gedanke gewesen. Aber es war nicht logisch.
Das Cheshire Cat war voll von Leuten gewesen, die Tische standen dicht beieinander. Greenberg hatte recht.
Wohin auch immer sie gegangen war, sie war aus freien
Stücken gegangen.

Greenberg stand neben der Küchentüre. Er hatte sich
nicht bewegt. Er hatte die ganze Zeit Matlock beobachtet.

»Ich versuche es in einer Viertelstunde. Wenn sie sich
dann immer noch nicht meldet, rufe ich ein paar ihrer
Freundinnen an. Sie sagten ja schon, daß sie eine junge
Dame mit ausgeprägtem Willen ist.«

»Ich hoffe nur, daß Sie nicht aus demselben Holz ge-
schnitzt sind.«

»Was soll das bedeuten?«

Greenberg ging ein paar Schritte ins Wohnzimmer. Als
er dann sprach, blickte er Matlock gerade in die Augen.

»Sie sind weg. Erledigt. Vergessen Sie den Brief, vergessen Sie Loring, vergessen Sie mich... Es muß so sein. Uns ist bekannt, daß Sie für den Samstag einen Flug nach St. Thomas mit Pan Am gebucht haben. Viel Spaß, dort werden Sie nämlich hinfliegen. So ist es viel besser.«

Matlock erwiderte seinen Blick. »Wenn eine solche Entscheidung getroffen wird, werde ich sie treffen. Ich habe einen freundlichen alten Mann auf dem Gewissen, und Sie haben dieses Stinkpapier in der Tasche. Ich habe es unterschrieben, haben Sie das vergessen?«

»Das Stinkpapier zählt nicht mehr. Washington möchte, daß Sie aussteigen. Sie werden gehen.«

»Warum?«

»Wegen des freundlichen alten Mannes. Wenn man ihn *wirklich* ermordet hat, könnte das Ihnen auch widerfahren. Und wenn es dazu käme, dann könnte es sein, daß gewisse Papiere beschlagnahmt werden, und daß gewisse Männer, die nicht damit einverstanden waren, Sie zu rekrutieren, dies der Presse sagen könnten. Man hat Sie manipuliert. Das brauche ich Ihnen nicht zu sagen.«

»Und?«

»Die Ministerialdirektoren im Justizministerium haben keine besondere Lust, als Henker bezeichnet zu werden.«

»Ich verstehe.« Matlock wandte den Blick von Greenberg und schlenderte auf den Couchtisch zu. »Und wenn ich mich weigere?«

»Dann entferne ich Sie von der Szene.«

»Wie wollen Sie das machen?«

»Ich lasse Sie wegen Verdachts auf Mord ersten Grades verhaften.«

»*Was?*«

»Sie haben Lucas Herron als letzter am Leben gesehen. Nach Ihrem eigenen Geständnis sind Sie zu seinem Haus gefahren, um ihn zu bedrohen.«

»Um ihn zu *warnen!*«

»Das ist eine Frage der Auslegung, nicht wahr?«

Als das donnernde Krachen ertönte, war es so ohrenbetäubend, daß beide Männer sich zu Boden warfen. Es war gerade, als wäre die ganze Gebäudeflanke in Stücke gegangen. Überall flog Staub, Möbel kippten um, Glas zersprang, Splitter von Holz und Verputz flogen durch die Luft, und der schreckliche Gestank von brennendem Schwefel erfüllte den Raum. Matlock kannte den Geruch jener Art von Bomben, und seine Reflexe reagierten automatisch. Er klammerte sich an den Sockel seiner Couch und wartete auf eine zweite Explosion – einen Verzögerungszünder, der jeden töten würde, der sich in Panik erhob. Durch den Dunst sah er, wie Greenberg anfing aufzustehen, und sprang vor, packte den Agenten an den Knien.

»Runter!...«

Die zweite Explosion kam. Ein Teil der Decke wurde schwarz. Aber Matlock wußte, daß es sich um keine Bombe handelte, die töten sollte. Es war etwas anderes, und er kam im Augenblick nicht dahinter. Das war nur Tarnung – sollte nicht töten, sondern ihre Konzentration ablenken. Ein riesiger Knallfrosch.

Jetzt hallten Schreckensschreie aus allen Teilen des Gebäudes. Im Stockwerk über seiner Wohnung waren Schritte zu hören.

Dann ein Schreckensschrei, der durch die Türe herein hallte. Der Schrei hörte nicht auf. Er klang so schreckerfüllt, daß Matlock und Greenberg sich aufrappelten und zur Türe rannten. Matlock zog sie auf und blickte auf ein Bild, das kein Mensch mehr als einmal in seinem Leben sehen sollte, wenn sein Leben über jenen Augenblick fortdauern sollte.

Auf seiner Eingangsschwelle lag Patricia Ballantyne, eingehüllt in ein blutdurchtränktes Laken. Dort wo ihre nackten Brüste waren, waren Löcher in das Tuch geschnitten, und aus Schnittwunden unter ihren Brustwarzen floß Blut. Ihr Kopf war vorne glattrasiert, und aus einigen Schnittwunden, wo einmal ihr weiches, braunes Haar gewesen war, quoll Blut, ebenso aus dem halb offenen Mund. Ihre Lippen waren aufgeplatzt und verschwollen. Die Augen lagen eingebettet in schwarzem Fleisch – aber sie bewegten sich! Die Augen bewegten sich!

Speichel bildete sich in ihren Mundwinkeln. Die halbtote Leiche versuchte zu reden.

»Jamie...« war das einzige Wort, das sie hervorbrachte, dann glitt ihr der Kopf zur Seite.

Greenberg warf sich mit dem ganzen Gewicht gegen Matlock und schleuderte ihn in die sich sammelnde Menschenmenge. Er brüllte »Polizei!« und »Krankenwagen!«, bis er genug Leute laufen sah. Dann drückte er seinen Mund auf den des Mädchens, um Luft in die zusammenbrechenden Lungen zu zwingen, wußte aber gleichzeitig, daß es in Wirklichkeit nicht nötig war. Patricia Ballantyne war nicht tot; sie war von Experten gefoltert worden, und die Experten verstanden ihr Handwerk gut. Jeder Schnitt, jeder Schlag, jede Wunde bedeutete äußersten Schmerz, nicht aber den Tod.

Er schickte sich an, das Mädchen aufzuheben, aber Matlock hielt ihn auf. Die Augen des Englischprofessors waren von Tränen des Hasses angeschwollen. Er schob sachte Greenbergs Hände weg und hob Pat auf die eigenen Arme. Er trug sie hinein und legte sie auf das halb zerstörte Sofa. Greenberg ging ins Schlafzimmer und kam mit einer Decke zurück. Dann brachte er eine Schüssel mit warmem Wasser und ein paar Handtücher aus der Küche. Er hob die Decke und hielt ein Handtuch unter ihre blutenden Brüste. Matlock starrte erschreckt auf das brutal zerschlagene Gesicht und nahm dann die Ecke von einem Handtuch und begann ihr das Blut von dem abrasierten Schädel und dem Mund zu wischen.

»Sie kommt schon durch, Jim. Ich sehe das nicht zum erstenmal. Es wird alles wieder gut.«

Als Greenberg dann in der Nähe die Sirenen hörte, fragte er sich, ob dieses Mädchen wirklich wieder so wie früher werden würde.

Matlock wischte hilflos am Gesicht des Mädchens. Jetzt strömten ihm die Tränen über die Wangen, und seine Augen blickten starr und ohne zu blinzeln. Er hatte einige Mühe mit Reden.

»Sie wissen doch, was das bedeutet, oder? Jetzt holt mich da keiner mehr raus. Die sollen es nur versuchen, dann bringe ich sie um.«

»Ich werde nicht zulassen, daß sie es versuchen«, sagte Greenberg einfach.

Jetzt war draußen das Kreischen von Bremsen zu hören. Dann fiel der Lichtschein der kreisenden Scheinwerfer der Polizeiwagen und Ambulanzen durch die Fenster.

Matlocks Gesicht fiel neben dem bewußtlosen Mädchen ins Kissen. Er weinte.

14.

Matlock erwachte in dem antiseptischen Weiß eines Krankenzimmers. Die Jalousie war nach oben gezogen. Die Sonne spiegelte sich grell in den drei Wänden, die er sehen konnte. Zu seinen Füßen schrieb eine Krankenschwester zügig und mit Nachdruck auf einen Block, der vermittels einer dünnen Kette an seinem Bettgestell befestigt war. Er streckte die Arme, zog dann schnell seinen linken Arm wieder zurück, als er den scharfen Schmerz am Unterarm verspürte.

»So etwas spürt man am Morgen danach, Mr. Matlock«, dröhnte die Schwester, ohne von ihrem Block aufzublicken. »Starke intravenöse Beruhigungsmittel sind der reine Mord, das kann ich Ihnen sagen. Nicht, daß ich je eine bekommen hätte, aber ich habe weiß Gott genug gesehen.«

»Ist Pat... Miß Ballantyne hier?«

»Nun, nicht im selben *Zimmer*! Du lieber Gott, Ihr Campus-Typen!«

»Sie ist hier?«

»Natürlich. Im nächsten Raum. Und der bleibt *abgesperrt*! Du lieber Gott, Ihr Leute vom Hügel!... So! Das hätten wir.« Die Schwester ließ den Block mit der Schreibunterlage aus Metall herunterkrachen und an seiner Kette hin- und herbaumeln. »So. *Sie* haben natürlich Sonderprivilegien. *Sie* dürfen frühstücken, obwohl die Frühstückszeit schon um ist – *schon lange*! Wahrscheinlich liegt das daran, weil die wollen, daß Sie Ihre Rechnung bezahlen... Sie können jederzeit nach zwölf Uhr entlassen werden.«

»Wie spät ist es? Jemand hat mir meine Uhr weggenommen.«

»Acht Minuten vor neun«, sagte die Schwester nach einem Blick auf ihr Handgelenk. »Und niemand hat Ihre Uhr *weggenommen*. Sie liegt bei Ihren anderen Wertgegenständen, die Sie bei der Aufnahme bei sich hatten.«

»Wie geht es Miß Ballantyne?«

»Wir geben keine Auskunft über andere Patienten, Mr. Matlock.«

»Wo ist ihr Arzt?«

»Derselbe Arzt, den Sie auch haben, soweit ich hörte. Keiner von den *unseren*.« Die Schwester gab deutlich zu erkennen, daß diese Feststellung keineswegs als Kompliment gedacht war. »Nach Ihrer Karte wird er um halb zehn hier sein, sofern wir nicht vorher wegen eines Notfalls anrufen.«

»Rufen Sie ihn. Ich will ihn so schnell wie möglich hier haben.«

»Jetzt hören Sie aber. Es besteht keine Notwendigkeit...«

»Verdammt noch mal, schaffen Sie ihn her!«

Als Matlock seine Stimme hob, öffnete sich die Tür. Jason Greenberg kam schnell herein. »Ich konnte Sie schon draußen im Korridor hören. Das ist ein gutes Zeichen.«

»Wie geht es Pat?!«

»Einen Augenblick, Sir. Wir haben unsere Vorschriften...«

Greenberg holte seinen Ausweis heraus und zeigte ihn der Schwester. »Dieser Mann steht unter meiner Obhut, Miß. Erkundigen Sie sich bei der Aufnahme, wenn Sie wollen, aber lassen Sie uns alleine.«

Die Schwester sah sich den Ausweis mit professionellem Blick an und ging schnell zur Türe hinaus.

»Wie geht's Pat?«

»Ziemlich übel, aber sie kommt schon durch. Sie hat eine schlimme Nacht hinter sich. Falls sie sich einen Spiegel geben läßt, wird sie einen noch schlimmeren Morgen haben.«

»Zum Teufel damit! Ist sie *in Ordnung*?«

»An siebenundzwanzig Stellen genäht – Körper, Kopf, Mund und, bloß zur Abwechslung, einmal sogar am linken Fuß. Aber das kommt alles wieder in Ordnung. Die Röntgenaufnahmen zeigen nur äußerliche Verletzungen. Keine Brüche, keine Risse, keine inneren Blutungen. Diese Schweine haben richtig profimäßig gearbeitet.«

»Konnte sie sprechen?«

»Eigentlich nicht. Der Arzt hat ihr auch nicht dazu geraten. Sie braucht jetzt Schlaf, und zwar dringender als irgend etwas anderes... Sie sollten auch ein wenig ausruhen. Deshalb haben wir Sie letzte Nacht hierher gebracht.«

»Ist jemand im Haus verletzt?«

»Nee. Eine verrückte Bombe war das. Wir glauben

nicht, daß jemand dabei getötet werden sollte. Die erste Bombe war ein kurzer, zwei Zoll langer Stab, der unter dem Fensterbrett angeklebt war; die zweite – von der ersten ausgelöst – war nicht viel mehr als eine Feuerwerksrakete. Sie haben mit der zweiten Explosion gerechnet, nicht wahr?«

»Ja. Ich glaube schon… Terrortaktik, nicht wahr?«

»Das glauben wir auch.«

»Kann ich Pat sehen?«

»Mir wär's lieber, wenn Sie warteten. Der Arzt glaubt, daß sie bis in den Nachmittag hinein schlafen wird. Sie hat eine Schwester bei sich, mit Eisbeuteln und allen möglichen Medikamenten, falls sie plötzlich Schmerzen bekommt. Lassen Sie sie ausruhen.«

Matlock setzte sich vorsichtig auf. Er begann die Beine, die Arme, den Hals und die Hände zu bewegen, und stellte befriedigt fest, daß alles einigermaßen funktionierte. »Mir ist wie nach einem Kater zumute, bloß ohne Kopfschmerzen.«

»Der Arzt hat Ihnen eine kräftige Dosis verpaßt. Sie waren… begreiflicherweise… sehr erregt.«

»Ich erinnere mich an alles. Ich bin jetzt ruhiger, aber ich nehme kein Wort zurück… Ich habe heute zwei Vorlesungen. Eine um zehn und die andere um zwei. Die will ich abhalten.«

»Das brauchen Sie nicht. Sealfont will Sie sprechen.«

»Ich spreche nach der zweiten Vorlesung mit ihm… anschließend will ich Pat sehen.« Matlock stand auf und ging langsam zu dem großen Krankenhausfenster. Es war ein heller, sonniger Morgen. Connecticut hatte eine ganze Reihe herrlicher Tage erlebt. Während er zum Fenster hinaus starrte, erinnerte sich Matlock, daß er vor fünf Tagen, als er Jason Greenberg zum ersten Mal begegnet war, zu einem anderen Fenster hinausgesehen hatte. Er hatte damals eine Entscheidung getroffen, ebenso wie er jetzt eine traf. »Letzte Nacht haben Sie gesagt, Sie würden nicht zulassen, daß die mich herausziehen. Ich hoffe, Sie haben es sich nicht anders überlegt. Ich werde diesen Pan Am Flug morgen *nicht* nehmen.«

»Sie werden nicht verhaftet werden. Das habe ich Ihnen versprochen.«

»Können Sie das verhindern? Sie sagten auch, Sie würden ausgetauscht werden.«

»Ich kann es verhindern... Ich kann moralische Einwände vorbringen, ein rätselhafter Satz, der in den täglichen Sprachgebrauch übersetzt, bedeutet, daß ich Dinge tun und sagen kann, die anderen Leuten unangenehm wären. Aber ich möchte nicht, daß wir uns mißverstehen. Wenn Sie Probleme machen, könnte man Sie in Schutzhaft nehmen.«

»Das können die nur, wenn sie mich finden.«

»Das ist eine Bedingung, die mir gar nicht gefällt.«

»Dann vergessen Sie, daß Sie sie gehört haben. Wo sind meine Kleider?« Matlock trat an die Schranktür und öffnete sie. Hosen, Jacke und Hemd hingen auf Kleiderbügeln; seine leichten Sportschuhe standen auf dem Boden. Man hatte die Socken sorgsam hingeschoben. In der niedrigen Kommode lag seine Unterhose sowie eine vom Krankenhaus beigestellte Zahnbürste. »Würden Sie hinunter gehen und mit der richtigen Person sprechen, damit man mich hier herausläßt? Außerdem brauche ich meine Brieftasche, mein Geld und meine Uhr. Würden Sie das bitte für mich tun?«

»Was wollen Sie damit sagen ... wenn die Sie finden können? Was haben Sie vor?«

Greenberg machte keine Anstalten, das Zimmer zu verlassen.

»Nichts Weltbewegendes. Ich werde nur fortfahren, diese Nachforschungen anzustellen... Diese Nachforschungen geringfügigen Umfangs. So stand es doch in der Erklärung Ihrer Behörde, oder? Loring hat es auch gesagt. Irgendwo dort draußen ist die andere Hälfte dieses Papiers. Ich werde sie finden.«

»Zuerst hören Sie mir zu! Ich will gar nicht leugnen, daß Sie ein Recht haben...«

»Sie wollen gar nicht *leugnen*!« Matlock drehte sich zu dem anderen herum. Seine Stimme klang kontrolliert, aber böse. »Das reicht nicht. Das ist eine *negative* Billigung! Ich habe einige *große* Rechte! Dazu gehört auch ein jüngerer Bruder in einem Segelboot, ein schwarzer Schweinehund namens Dunois, oder wie Sie ihn auch nennen, ein Mann, der Lucas Herron hieß und das Mädchen dort drinnen! Ich vermute, daß Sie und der Doktor wissen, was ihr letzte Nacht noch zugestoßen ist, und ich kann es *ahnen*! Kommen Sie mir nicht mit *Rechten*!«

»Im Prinzip sind wir einer Meinung. Ich möchte nur nicht, daß die Wahrung Ihrer ›Rechte‹ dazu führt, daß Sie neben Ihrem Bruder landen. Das hier ist ein Job für Profis. Nicht für Amateure! Wenn Sie überhaupt arbeiten, möchte ich, daß Sie mit meinem Nachfolger zusammenarbeiten. Das ist wichtig. Ich will Ihr Wort darauf.«

Matlock zog das Pyjamaoberteil aus und warf Greenberg ein kurzes, etwas verlegenes Lächeln zu. »Das können Sie haben. Ich sehe mich wirklich nicht als einen Ein-Mann-Stoßtrupp an. Wissen Sie, wer Ihr Nachfolger sein wird?«

»Noch nicht. Wahrscheinlich jemand aus Washington. Die gehen bestimmt nicht das Risiko ein, daß sie einen Mann aus Hartford oder New Haven einsetzen... Die Wahrheit ist... sie wissen nicht einmal, wer gekauft worden ist. Er wird schon Fühlung mit mir aufnehmen – dann muß ich ihn selbst einweisen. Niemand anderes kann das. Ich werde ihn anweisen, er soll sich bei Ihnen identifizieren, indem er... wie hätten Sie es denn gern?«

»Sagen Sie ihm, er soll Ihr Sprichwort benutzen. ›Wenn die alten Männer sich selbst töten, sterben die Städte.‹«

»Das gefällt Ihnen wohl, wie?«

»Ich will nicht sagen, daß es mir gefällt, aber es mißfällt mir auch nicht. Es ist einfach die Wahrheit. So sollte es doch sein, oder?«

»Und es paßt sehr gut. Ich verstehe, was Sie meinen.«

»Sehr.«

»Jim, ehe ich heute nachmittag weggehe, schreibe ich Ihnen eine Telefonnummer auf. Das ist eine Nummer in der Bronx – meine Eltern. Sie werden nicht wissen, wo ich bin, aber ich erkundige mich jeden Tag bei ihnen. Benutzen Sie die Nummer, wenn Sie müssen.«

»Danke, das werde ich.«

»Ich möchte, daß Sie es mir versprechen.«

»Gerne.« Matlock lachte ein kurzes, dankbares Lachen.

»Natürlich ist es unter den vorliegenden Umständen auch möglich, daß gerade ich am anderen Ende der Leitung bin, wenn Sie anrufen.«

»Wieder zurück in Ihre Privatpraxis?«

»Die Wahrscheinlichkeit dafür ist wesentlich größer, als Sie denken.«

15.

Zwischen den beiden Vorlesungen fuhr Matlock zu dem kleinen Maklerbüro in Carlyle und verließ es wieder mit einem Scheck über $ 7.312. Das stellte die Summe seiner Investitionen im Aktienmarkt dar und stammte vorwiegend aus Lizenzeinnahmen. Der Makler hatte versucht, es ihm auszureden; jetzt war nicht die Zeit, zu verkaufen, nicht bei den Preisen, die zur Zeit bezahlt wurden.

Aber Matlock war fest entschlossen gewesen, und der Kassier hatte schließlich widerstrebend einen Scheck ausgestellt.

Anschließend fuhr Matlock zu seiner Bank und überwies seine gesamten Ersparnisse auf sein Scheckkonto. Auf die Einzahlungsquittung schrieb er noch die $ 7.312 und blickte dann auf die Gesamtsumme seines gegenwärtigen Barwertes.

Er belief sich auf $ 11.501,72.

Matlock starrte die Zahl einige Minuten lang an. Er tat das mit etwas gemischten Gefühlen. Einerseits bewies das seine Solvenz; andererseits war es etwas beängstigend, sich vorzustellen, daß er nach dreiunddreißig Lebensjahren seinen Nettowert so exakt bestimmen konnte. Da war kein Haus, kein Land, nirgends verborgene Investitionen. Nur ein Auto, einige Besitztümer von bescheidenem Wert und einige veröffentlichte Gedanken solch spezieller Natur, daß von ihnen kein nennenswerter finanzieller Betrag zu erwarten war.

Und doch war es nach der Ansicht vieler ein nennenswerter Betrag. Nur keineswegs *genug*. Das wußte er. Deshalb stand auch Scarsdale, New York, auf seinem Tagesplan.

Das Gespräch mit Sealfont war entnervend gewesen. Matlock wußte nicht, wieviel sein Nervenkostüm noch ertragen würde. Die kalte Wut des Präsidenten von Carlyle wurde nur noch vom Ausmaß seiner Angst übertroffen.

Die verwirrende Schattenwelt der Gewalt und der Korruption war eine Welt, mit der er sich nie würde abfinden können, weil sie einfach außerhalb seines Begriffsvermögens lag. Matlock hatte voll Erstaunen gehört, wie Sealfont, in seinem Sessel sitzend und auf den schönsten Rasen des ganzen Campus hinausblickend, sagte, daß er vielleicht zurücktreten würde.

»Wenn diese ganze schmutzige, unglaubliche Geschichte wahr ist – und wer kann daran zweifeln – habe ich nicht das Recht, in diesem Sessel zu sitzen.«

»Das stimmt nicht«, hatte Matlock geantwortet. »Wenn das wahr ist, wird diese Universität Sie mehr denn je zuvor brauchen.«

»Einen Blinden? Niemand braucht einen Blinden. Nicht in diesem Amt.«

»Nicht blind. Unberührt.«

Und dann war Sealfont in seinem Sessel herumgefahren und hatte die Faust krachend auf die Schreibtischplatte herunterfallen lassen und dabei ungeahnte Kraft gezeigt.

»Warum gerade *hier?! Warum gerade hier?!*«

Während er vor Sealfonts Schreibtisch saß, musterte Matlock das schmerzerfüllte Gesicht des Präsidenten von Carlyle. Dann dachte er einen Augenblick lang, der Mann könne zu weinen anfangen.

Die Fahrt über den Merritt Parkway verlief mit hoher Geschwindigkeit. Er mußte rasen; das war notwendig für ihn. Es half ihm, seine Gedanken von dem Bild von Pat Ballantyne abzulenken, wie er sie ein paar Minuten vor der Abfahrt gesehen hatte. Er war von Sealfont direkt zum Krankenhaus gefahren, hatte aber immer noch nicht mit ihr sprechen können. Niemand hatte sie bisher gesprochen.

Sie war um Mittag aufgewacht, hatte man ihm gesagt, und hatte dann gleich einen schweren hysterischen Anfall gehabt. Der Arzt aus Litchfield hatte ihr weitere Beruhigungsmittel verabreicht. Der Arzt war besorgt. Matlock wußte, daß er sich um Pats Verstand Sorgen machte. Der Alptraum des Schreckens, den ihr Körper erlebt hatte, mußte einfach ihr Bewußtsein berührt haben.

Die ersten paar Minuten mit seinen Eltern in dem riesigen Haus in Scarsdale waren etwas peinlich. Sein Vater, Jonathan Munro Matlock, hatte Jahrzehnte in den obersten Gefilden seines Marktes verbracht und wußte instinktiv, wenn jemand zu ihm kam, der ohne Kraft war.

Ohne Kraft, aber voll Not.

Matlock erklärte seinem Vater so einfach und emotionslos wie ihm das möglich war, daß er eine größere Summe Geldes ausleihen wollte; die Rückzahlung konnte er nicht garantieren. Sie würde dazu verwendet werden, um jungen Leuten, wie seinem verstorbenen Bruder zu helfen – zu guter Letzt zu helfen.

Den toten Sohn.

»Wie?« fragte Jonathan Matlock leise.

»Das kann ich dir nicht sagen.« Er sah seinem Vater in die Augen, und dann akzeptierte der Vater die unwiderrufliche Wahrheit der Aussage des Sohnes.

»Also gut. Bist du für dieses Vorhaben qualifiziert?«

»Ja, das bin ich.«

»Haben andere auch damit zu tun?«

»Ja, notwendigerweise.«

»Vertraust du ihnen?«

»Ja.«

»Haben sie um dieses Geld gebeten?«

»Nein. Sie wissen nichts davon.«

»Wird es zu ihrer Verfügung stehen?«

»Nein. Nicht, daß ich das vorhersehen könnte... Ich will noch weiter gehen. Es wäre falsch, wenn sie davon erführen.«

»Ich will dich nicht einschränken, ich frage nur.«

»Und ich antworte.«

»Du glaubst, daß das was du tust, irgendwie jungen Leuten wie David helfen wird? Praktische Hilfe, nicht theoretische Hilfe, nicht irgendwelche Träume oder Wohltätigkeit.«

»Ja, das muß es.«

»Wieviel willst du?«

Matlock atmete lautlos und tief. »Fünfzehntausend Dollar.«

»Warte hier.«

Einige Minuten später kam der Vater wider aus seinem Arbeitszimmer zurück und gab dem Sohn einen Umschlag.

Der Sohn wußte, daß er ihn jetzt nicht öffnen durfte.

Zehn Minuten nach dem Austausch – und Matlock wußte, daß es ein Austausch war – verließ er seine Eltern und spürte ihre Augen auf sich, als sie auf der riesigen Veranda standen und ihm nachblickten, wie er das Anwesen durch das Tor verließ.

Matlock bog in die Einfahrt seines Wohnhauses, schaltete Scheinwerfer und Motor ab und stieg müde aus dem Wagen. Als er sich dem alten Tudorhaus näherte, sah er, daß seine sämtlichen Lichter eingeschaltet waren. Jason Greenberg ging kein Risiko ein. Matlock vermutete, daß irgendein Teil von Greenbergs stummer, unsichtbarer Armee sein Haus aus unterschiedlichsten Distanzen beobachtete – aber keiner von ihnen zu weit entfernt.

Er schloß die Türe auf. Niemand da. Wenigstens nicht zu sehen. Nicht einmal seine Katze.

»Hello? Jason?… Ist niemand da? Ich bin's, Matlock.«

Keine Antwort, und Matlock war erleichtert. Er wollte nichts als ins Bett kriechen und schlafen. Er hatte im Krankenhaus angehalten, um Pat zu sehen, aber man hatte ihm die Bitte abgeschlagen. Zumindest hatte er erfahren, daß ›… sie ruht und ihr Zustand als befriedigend betrachtet wird.‹ Das war ein Fortschritt. Am Nachmittag war sie noch auf der Gefahrenliste gestanden. Er würde sie um neun Uhr am nächsten Morgen sehen können.

Jetzt war die Zeit für ihn, um zu schlafen – friedlich,

wenn das möglich war. Um jeden Preis schlafen. Morgen gab es eine ganze Menge zu tun.

Er ging in sein Schlafzimmer und kam dabei an der immer noch nicht reparierten Wand vorbei. In der Ecke standen, sorgfältig aufgereiht, Tischler- und Maurerwerkzeuge. Er zog Jacke und Hemd aus und dachte dann plötzlich mit einer Art Selbstspott, daß er viel zu unvorsichtig war. Er ging schnell aus dem Schlafzimmer ins Bad. Als er die Tür geschlossen hatte, beugte er sich zu der Schachtel hinunter und hob das Zeitungspapier auf. Das korsische Papier war noch da, und die Silberschicht reflektierte das Licht.

Wieder im Schlafzimmer holte Matlock die Brieftasche mit Kleingeld und die Autoschlüssel heraus und legte sie auf seine Kommode. Dabei fiel ihm der Umschlag wieder ein.

Er hatte sich nicht getäuscht. Er kannte seinen Vater, besser vielleicht, als sein Vater das ahnte. Wahrscheinlich würde ein Zettel an dem Scheck hängen, auf dem deutlich stand, daß es sich um ein Geschenk, nicht ein Darlehen handelte und er es nicht zurückzuzahlen brauchte.

Der Zettel war da, aber auf ihm stand nicht das, was Matlock erwartete.

Ich glaube an Dich. Das habe ich immer getan.
Alles Liebe,

Dad

Und an dem Zettel hing der Scheck. Matlock drehte ihn um und las die Zahl.

Er lautete auf fünfzigtausend Dollar.

16.

Der größte Teil der Schwellungen in ihrem Gesicht und um ihre Augen war zurückgegangen. Er nahm ihre Hand und hielt sie fest und schob sein Gesicht wieder ganz dicht an das ihre.

»Das wird alles wieder gut«, war alles, was er herausbrachte. Er mußte an sich halten, um nicht seine Wut und gleichzeitig auch sein Schuldgefühl hinauszubrüllen. Daß menschliche Wesen dies einem anderen menschlichen Wesen antun konnten, überstieg sein Begriffsvermögen. Und er trug die Verantwortung dafür.

Als sie sprach, war ihre Stimme kaum zu hören. Sie war wie die eines kleinen Kindes; unbewegliche Lippen formten die Worte nur teilweise.

»Jamie… Jamie?«

»Sch… Du darfst nicht reden, wenn es weh tut.«

»*Warum?*«

»Ich weiß nicht. Aber wir werden es herausfinden.«

»Nein!… Nein, tu es nicht! Sie sind… sie sind…« Das Mädchen mußte schlucken; es war ihr fast unmöglich. Sie deutete auf ein Glas Wasser, das auf ihrem Nachttisch stand. Matlock griff danach und hielt es ihr an die Lippen, stützte sie an den Schultern.

»Wie ist es geschehen? Kannst du mir das sagen?«

»Greenberg… gesagt… Mann und Frau… kamen an den Tisch. Sagten, du würdest… draußen… warten.«

»Laß nur, ich spreche mit Jason.«

»Ich fühle mich besser. Ich habe Schmerzen, aber… ich fühle mich besser, wirklich… Werde ich wieder ganz gesund?«

»Natürlich wirst du das. Ich habe mit dem Arzt gesprochen. Du hast viele Hautabschürfungen aber keine Brüche. Nichts Ernsthaftes. Er sagt, du bist in ein paar Tagen wieder aus dem Bett, das ist alles.«

Patricia Ballantynes Augen leuchteten auf. Matlock sah den schrecklichen Versuch eines Lächelns, zu dem sich ihre genähten Lippen mühten. »Ich habe mich gewehrt... und gewehrt... bis ich... mich nicht mehr erinnern konnte.«

Matlock mußte seine ganze Kraft aufbieten, um nicht in Tränen auszubrechen. »Ich weiß, daß du das getan hast. Aber jetzt darfst du nicht mehr reden. Du mußt ausruhen, dich entspannen. Ich werde einfach nur hier sitzen, und wir reden mit den Augen. Erinnerst du dich? Du hast gesagt, wir könnten uns immer mit den Augen verständigen, wenn andere Leute dabei sind... Jetzt erzähle ich dir einen schmutzigen Witz.«

Als das Lächeln kam, *kam* es aus ihren Augen.

Er blieb so lange bis eine Schwester ihn zum Gehen aufforderte. Dann küßte er sie zart auf die Lippen und verließ das Zimmer. Er war ein erleichterter Mann; aber auch ein Mann voll Wut.

»Mister Matlock?« Der junge Arzt mit dem frisch geschrubbten Gesicht des Internisten trat am Lift auf ihn zu.

»Ja?«

»Hier ist ein Telefongespräch für Sie. Sie können es am Empfang im ersten Stock entgegennehmen, wenn Sie mir bitte folgen wollen.«

Die Stimme des Anrufers war ihm unbekannt. »Mr. Matlock, mein Name ist Houston. Ich bin ein Freund von Jason Greenberg. Ich soll mit Ihnen Verbindung aufnehmen.«

»Oh? Wie geht es Jason?«

»Gut. Ich möchte mich sobald wie möglich mit Ihnen treffen.«

Matlock wollte schon einen Ort nennen, irgendeinen Ort, nach seiner ersten Vorlesung. Dann hielt er inne. »Hat Jason Ihnen irgendeine Nachricht übermittelt... Wo er jetzt ist oder so etwas?«

»Nein, Sir. Nur, daß ich schleunigst Kontakt mit Ihnen aufnehmen soll.«

»Ich verstehe.« Warum sagte der Mann es nicht? Warum identifizierte sich Houston nicht? »Greenberg hat mir ganz eindeutig gesagt, er würde mir Bescheid sagen... Eine Nachricht... wo er sein würde. Ich bin ganz sicher, daß er das gesagt hat.«

»Das ist gegen unsere Vorschriften, Mr. Matlock. Er darf das nicht.«

»Oh?... Dann hat er Ihnen überhaupt keine Nachricht hinterlassen?«

Die Stimme am anderen Ende der Leitung zögerte etwas, merkbar. »Vielleicht hat er es vergessen... Genau gesagt, ich habe selbst gar nicht mit ihm gesprochen. Ich habe meine Anweisungen direkt aus Washington erhalten. Wo wollen wir uns also treffen?«

Matlock hörte die Angst in der Stimme des Mannes. Als er Washington erwähnt hatte, war seine Stimme unwillkürlich eine Spur greller geworden, ein Ausbruch nervöser Energie. »Ich rufe zurück. Geben Sie mir bitte Ihre Nummer.«

»Jetzt hören Sie mir zu, Matlock. Ich bin in einer Telefonzelle, und wir müssen uns treffen. Ich habe meine Anweisungen!«

»Ja, das kann ich mir vorstellen...«

»Was?«

»Schon gut. Sind Sie in der Stadt? In Carlyle?«

Wieder zögerte der Mann. »Ich bin hier in der Gegend.«

»Sagen Sie, Mr. Houston... Stirbt die Stadt?«

»Was? Wovon reden Sie?«

»Ich komme zu spät zu meiner Vorlesung. Versuchen Sie es noch einmal. Ich bin sicher, Sie wissen, wie Sie mich erreichen können.« Matlock legte auf. Seine linke Hand zitterte und auf seiner Stirn standen Schweißtropfen.

Mr. Houston war der Feind.
Der Feind rückte näher.

Seine erste Samstagsvorlesung war um elf. Das ließ ihm gerade eine Stunde Zeit, um die Vorkehrungen für das Geld zu treffen, die ihm logisch erschienen. Die Vorstellung, am Montagmorgen körperlich in Carlyle sein zu müssen – in der Carlyle Bank – bereitete ihm Unbehagen. Er war nicht sicher, daß es möglich sein würde. Er war nicht sicher, wo er am Montag sein würde.

Da Carlyle an der Oberfläche eine typische Universitätsstadt in New England war, herrschte dort auch ein ganz besonderer Lebensstil, wie er solchen Orten gemeinsam ist. Man war mit allen Leuten, deren Arbeit das Alltagsleben so bequem und mühelos machte, gut bekannt und sprach die meisten mit Vornamen an. Der Mechaniker in der Garage hieß ›Joe‹ oder ›Mac‹, der Geschäftsführer bei J. Press war ›Al‹, der Zahnarzt ›John‹ oder ›Warren‹, das Mädchen in der Schnellreinigung ›Edith‹. Im Falle Matlocks hieß der Bankangestellte ›Alex‹. Alex Anderson, ein vierzigjähriger Absolvent von Carlyle, ein ortsansässiger Junge, der es zu etwas gebracht hatte. Matlock rief ihn zu Hause an und erklärte sein Problem. Er trug einen größeren Scheck von seinem Vater in der Tasche herum. Er stelle einige private Familiennachforschungen auf eigenen Namen an, und diese Nachforschungen waren vertraulicher Natur. Seit dem Einbruch in seiner Wohnung fühlte er sich mit dem Geld nicht mehr sicher und wollte es so schnell wie möglich los werden. Ob Alex wohl irgendeinen Vorschlag hätte? Sollte er den Scheck zur Post bringen? Wie war es am besten zu bewerkstelligen, ihn auf sein Konto zu deponieren, er war nämlich nicht sicher, ob er am Montag nach Carlyle kommen könnte, und es war für ihn wichtig, daß der Scheck eingezahlt wurde und ihm das Geld zur Verfügung stand. Alex Anderson schlug erwartungsgemäß vor, daß Matlock den Scheck girieren, ihn in einen Umschlag stecken, diesen an Anderson adressieren und ihn in den Nachtbriefkasten der Bank legen sollte. Das übrige würde Alex gleich Montag früh erledigen.

Dann fragte Alex Anderson nach dem Betrag des Schecks, und Matlock sagte ihn ihm.

Als das Kontoproblem somit gelöst war, konzentrierte Matlock sich auf seinen Absprung. Ihm fiel kein anderer Begriff dafür ein, und er brauchte einen Begriff – er brauchte die Disziplin einer Definition. Er mußte exakt richtig beginnen, in dem Wissen, daß das was vielleicht nachher geschehen würde, möglicherweise völlig *undiszipliniert* sein würde – völlig ohne Sinn und Plan. Denn er hatte seine Entscheidung getroffen.

Er würde in die Welt von Nimrod eindringen. Des Erbauers von Babylon und Ninive, des Jägers wilder Tiere, des Mörders von Kindern und alten Männern, Quäler von Frauen.

Er würde Nimrod finden.

Ebenso wie die meisten Erwachsenen, die sich nicht voll und ganz dem Credo verschrieben hatten, daß alles, was Vergnügen bereitete, zugleich auch unmoralisch war, wußte Matlock, daß der Staat Connecticut ebenso wie seine Schwesterstaaten im Norden, Süden und Westen von einem Netz von Menschen bewohnt war, die nur zu gerne jene Vergnügungen und Ablenkungen lieferten, über die man auf der Kanzel und bei Gericht die Stirn runzelte. Welcher Versicherungsangestellte in den oberen Rängen hatte in Hartford noch nie von der Kette von ›Antiquitätenläden‹ an der New Britain Avenue gehört, wo man für den entsprechenden Betrag die Gesellschaft eines willigen jungen Mädchens kaufen konnte? Welcher Vorortbewohner von Old Greenwich wußte nicht, daß die großen Anwesen nördlich der Green Farms Spieltische boten, die Las Vegas in den Schatten stellten? Wieviele Frauen müder Geschäftsleute aus New Haven oder Westport wußten wirklich nichts von den verschiedenen ›Modell‹-Agenturen, die in Hamden und Fairfield ihren Geschäften nachgingen. Und drüben im ›alten Land‹, in den Norfolks? Wo die weitläufigen Villen verblassende Symbole von *echtem* Geld waren, jenen ersten Familien, die ein Stück nach dem Westen gewandert waren, um den Neureichen aus dem Wege zu gehen. Das Gerücht ging, daß im ›alten Land‹ die geheimnisvollsten Vergnügungen zu haben waren. In Schatten gehüllte Häuser, von Kerzen erleuchtet, wo man sich seine Anregung durch das Zuschauen holen konnte. Voyeure der verkommensten Szenen. Frauen, Männer, Tiere – alle Typen, alle Kombinationen.

Matlock wußte, daß er Nimrod in jener Welt finden würde. So mußte es sein. Denn wenn Narkotika auch nur ein Aspekt der Dienste war, die dieses Netz anbot, waren sie doch immerhin erhältlich – so wie alles andere.

Und von all diesen Vergnügungen hatte keine das Feuer und das Eis, keine die magnetische Anziehungskraft der Spielsalons. Für jene Tausende, die nicht Zeit für die Trips nach San Juan, London oder zum Paradise Island hatten, gab es jene kurzen Ausflüge in das Vergessen – nur einen Steinwurf weit von zu Hause entfernt. Man konnte sich schnell an den grün bespannten Tischen einen Ruf erwerben – wenn die Würfel rollten oder die Karten flogen. Hier würde Matlock seinen Absprungspunkt finden. An diesen Orten waren junge Männer von dreiunddreißig Jahren bereit, Tausende zu verlieren – bis jemand fragte, wer er sei.

Um halb eins ging Matlock über den Vorplatz seines Hauses. Die Zeit war gekommen, den ersten Schritt zu tun. Langsam zeichneten sich vor ihm die unbestimmten Umrisse eines Planes ab.

Er hätte die Schritte hören sollen, tat es aber nicht. Er hörte nur das Husten, einen Raucherhusten, das Husten eines Mannes, der gerannt war.

»Mr. Matlock?«

Matlock drehte sich um und sah einen Mann Mitte Dreißig, ebenso wie er selbst, vielleicht ein wenig älter, und tatsächlich außer Atem.

»Ja?«

»Tut mir leid, ich verpasse Sie die ganze Zeit. Ich kam ans Krankenhaus, gerade als Sie weggefahren waren, und wartete dann nach Ihrer Vorlesung im falschen Gebäude. Es gibt einen Biologiedozenten, einen ganz konfusen Menschen, mit einem Namen ähnlich wie dem Ihren. Er sieht Ihnen sogar ein wenig ähnlich. Gleich groß, gleicher Körperbau, dasselbe Haar...«

»Das ist Murdock. Elliot Murdock. Was ist denn?«

»Er konnte einfach nicht verstehen, warum ich immer wieder darauf beharrte, daß wenn ›die alten Männer sich töten, die Städte sterben‹!«

»Sie kommen von Greenberg!«

»Genau. Ein morbides Erkennungssignal, falls es Ihnen nichts ausmacht, wenn ich das sage. Gehen Sie ruhig weiter. Wir trennen uns am Ende des Weges. Dann treffen wir uns in zwanzig Minuten wieder in Bill's Bar & Grill am Güterbahnhof. Das ist sechs Blocks südlich vom Bahnhof. Okay?«

»Nie gehört.«

»Ich wollte Ihnen schon vorschlagen, daß Sie die Krawatte abnehmen. Ich werde eine Lederjacke tragen.«

»Sie suchen sich ja elegante Lokale aus.«

»Alte Gewohnheit. Das spart Spesen.«

»Greenberg hat gesagt, ich sollte mit Ihnen zusammenarbeiten.«

»Und ob Sie das sollen. Der steckt bis zu seinem koscheren Arsch in siedendem Öl. Ich schätze, die versetzen ihn nach Kairo... Ein klasse Bursche ist das. Wir Außendienstler mögen ihn alle. Legen Sie ihn bloß nicht ›rein‹.«

»Ich wollte Sie doch bloß nach Ihrem Namen fragen. Mit einer Predigt habe ich nicht gerechnet.«

»Houston. Fred Houston. In zwanzig Minuten dann. Weg mit der Krawatte.«

17.

Bill's Bar & Grill war ein Teil von Carlyle, den Matlock an diesem Abend zum ersten Mal erlebte. Unter den Gästen überwogen Eisenbahnarbeiter und die Art von Männern, wie sie sich überall auf Ladehöfen herumtrieben. Er sah sich in der heruntergekommenen Gaststube um; Houston saß in einer Nische ganz hinten.

»Jetzt ist Cocktailstunde, Matlock. Nach den Gepflogenheiten des Campus etwas früh, aber die Wirkung ist nicht viel anders. Nicht einmal die Kleidung ist das heutzutage.«

»Das ist vielleicht eine Kneipe.«

»Aber gut geeignet. Gehen Sie zur Bar und holen Sie sich einen Drink. Die Bunnies kommen erst nach Sonnenuntergang.«

Matlock tat, wie Houston ihm aufgetragen hatte und holte sich den besten Bourbon, den er finden konnte. Es handelte sich um eine Marke, die er aufgegeben hatte als er sein erstes eigenes Geld verdiente.

»Ich glaube, ich sollte Ihnen das gleich zu Alleranfang sagen. Jemand hat Ihren Namen benutzt und mich im Krankenhaus angerufen.«

Es war, als hätte Houston einen Tiefschlag bekommen. »Mein Gott«, sagte er leise. »Was hat er gesagt? Wie haben Sie reagiert?«

»Ich habe gewartet bis er sich identifizierte... mit Greenbergs Sprichwort. Ich hatte ihm ein paarmal die Gelegenheit dazu gegeben, aber er hat nicht... also sagte ich, er solle mich später noch einmal anrufen und habe dann aufgelegt.«

»*Meinen* Namen hat er benutzt?! *Houston*. Da sind Sie ganz sicher?«

»Völlig.«

»Ich verstehe das nicht. Das *konnte* er nicht!«

»Glauben Sie mir. Er hat.«

»Niemand wußte, daß ich der Ersatzmann war... *Ich selbst* habe es erst heute morgen um drei Uhr erfahren.«

»Jemand hat es herausgefunden.«

Houston trank ein paarmal aus seinem Bierglas. »Wenn das was Sie sagen stimmt, bin ich hier in ein paar Stunden wieder weg. Übrigens, Sie haben da gut reagiert... Aber lassen Sie sich einen Tip von mir geben. Akzeptieren Sie nie einen telefonisch hergestellten Kontakt.«

»Warum nicht?«

»Wenn das ich *gewesen* wäre, der anrief – woher sollte *ich* denn wissen, daß ich mit *Ihnen* spreche?«

»Ich verstehe was Sie meinen...«

»Das sagt einem der gesunde Menschenverstand. Das meiste, was wir tun, basiert auf dem gesunden Menschenverstand... Wir behalten denselben Code. Den mit den ›alten Männern‹ und den ›Städten‹. Ihr nächster Kontakt erfolgt noch heute nacht.«

»Und Sie sind sicher, daß Sie weggehen?«

»Man hat mich *entdeckt*. Ich werde nicht hierbleiben. Vielleicht haben Sie Ralph Loring vergessen...«

»Schon gut. Haben Sie mit Jason gesprochen? Hat er Sie informiert?«

»Zwei Stunden lang. Heute morgen von vier bis sechs. Meine Frau hat gesagt, er hätte dreizehn Tassen Kaffee getrunken.«

»Was können Sie mir über Pat sagen? Patricia Ballantyne. Was ist geschehen?«

»Die medizinischen Fakten kennen Sie...«

»Nicht alle.«

»Ich kenne sie auch nicht *alle*.«

»Sie lügen.«

Houston sah Matlock offen an. Er war nicht beleidigt. Als er antwortete, klang seine Stimme mitfühlend. »Also gut. Es gibt Hinweise darauf, daß man sie vergewaltigt hat. Das ist es doch, was Sie wissen wollen, oder?«

Matlock packte sein Glas fester? »Ja«, sagte er leise.

»Aber dies sollten Sie auch wissen. Das Mädchen weiß es nicht. Nicht in diesem Stadium ihrer Genesung. Ich habe gehört, daß das menschliche Bewußtsein zu allen möglichen Tricks fähig ist. Es blockt Dinge ab, bis es der Ansicht ist – oder ihm irgend etwas sagt – daß es mit der Erinnerung fertig werden kann.«

»Danke für die Psychologie-Lektion... Diese Tiere. Diese schmutzigen Tiere...« Matlock schob sein Glas weg. Der Whisky war für ihn jetzt unerträglich geworden. Der Gedanke, seine Sinne, wenn auch nur in bescheidenem Maße, abzustumpfen, war abstoßend für ihn.

»Man erwartet von mir, daß ich das aus dem Stegreif spiele, wenn ich also irgend etwas falsch erfasse, kann ich mich nur entschuldigen... Sie sollten dabei sein, wenn man ihr das Puzzlespiel zusammensetzt. Sie wird Sie brauchen.«

Matlock blickte vom Tisch auf. Bis jetzt hatte er nur seine verkrampften Hände angestarrt. »War es so schlimm?« fragte er so leise, daß seine Stimme kaum zu hören war.

»Vorläufige Labortests – Fingernägel, Haare und so weiter – deuten darauf hin, daß mehr als eine Person beteiligt war.«

Matlocks Haß konnte nur einen Ausdruck finden. Er schloß die Augen und schlug nach dem Glas, fegte es über den Boden bis es an der Bar zerschellte. Der Barkeeper ließ seinen schmutzigen Lappen fallen und trat hinter der Bar hervor und blickte zu dem Mann hinüber, der das Glas geworfen hatte. Dann blieb er stehen. Houston hob schnell eine Banknote und bedeutete dem Mann mit einer Handbewegung, hinter der Bar zu bleiben.

»Reißen Sie sich zusammen!« sagte Houston. »So nützen Sie niemanden. Sie lenken nur Aufmerksamkeit auf uns... Jetzt hören Sie mir zu. Sie sind für weitere Nachforschungen freigegeben, aber es gibt zwei Bedingungen. Die erste lautet, daß Sie unseren Mann – das hätte ich sein sollen – fragen, ehe Sie mit irgend jemand Verbindung aufnehmen. Die zweite – halten Sie sich an Studenten, und zwar nur an Studenten. Keine Fakultätsmitglieder, keine Universitätsangestellten, keine Fremden – bloß Studenten... Erstatten Sie jede Nacht zwischen zehn und elf Bericht. Ihre Kontaktperson wird täglich mit Ihnen Verbindung aufnehmen und die Kontaktpunkte bestimmen. Ist das klar?«

Matlock starrte den Agenten ungläubig an. Er begriff, was der Mann sagte – sogar warum er es sagte – aber er konnte nicht glauben, daß jemand, der von Jason Greenberg informiert worden war, annehmen würde, daß er solche Instruktionen übermitteln konnte. »Ist das Ihr Ernst?«

»Die Anweisungen sind da sehr eindeutig. Keine Abweichungen. Das ist wie die Heilige Schrift.«

Da lag es wieder vor Matlock. Wieder ein Zeichen, wieder ein Kompromiß. Ein weiterer Befehl aus Plastik von den unsichtbaren Führern aus Plastik.

»Ich bin da aber ich bin es gleichzeitig auch *nicht*, soll es auf das hinauslaufen? Ich bin auf die Randzonen beschränkt, und das erfüllt den ganzen Handel?«

»Sie sind verrückt!« sagte der Agent. »Es tut mir keinen Augenblick lang leid, hier aussteigen zu können... Hören

Sie, es ist ja nur zu Ihrem Besten, das können Sie mir glauben. Und eines noch. Ich soll das Papier mitnehmen, das Loring Ihnen gegeben hat. *Unbedingt.*

»Wirklich?« Matlock rutschte auf dem schmutzigen Plastiksitzkissen nach vorne und schickte sich an aufzustehen. »Ich sehe das nicht so. Sie kehren nach Washington zurück und sagen denen, daß ich das nicht als *unbedingt nötig* ansehe. Machen Sie's gut, Träger der Heiligen Schrift.«

»Sie spielen da mit Schutzhaft!«

»Wir werden ja sehen, wer spielt«, sagte Matlock, als er sich vom Tisch abstieß und ihn so zur Seite schob, daß der Agent nicht aufstehen konnte. Dann ging er selbst zur Tür. Er konnte die Tischbeine scharren hören, als Houston ihn sich aus dem Weg schob. Er hörte Houston seinen Namen rufen, leise, eindringlich, als wäre er verwirrt, als wollte er, daß Matlock zu ihm zurückkehrte, und als hätte er doch Angst, ihn zu identifizieren. Matlock erreichte die Tür, bog draußen nach rechts ab, und fing zu laufen an so schnell er konnte. Er fand eine schmale Seitengasse und erkannte, daß sie zumindest in die richtige Richtung führte. Am anderen Ende der Gasse angekommen, einer Durchfahrt zum Ladehof, sah er Houston schnell an den phlegmatischen Arbeitern vorbei gehen, die gerade ihre Mittagspause machten. Houston wirkte verstört; Matlock wußte, daß er nicht zu seiner Wohnung zurückkehren konnte.

Eigentlich war es seltsam, daß er so etwas tat, überlegte er, während er in der Nische von Bill's Bar & Grill saß. Er war an den Ort zurückgekehrt, den er erst vor zwanzig Minuten nicht schnell genug hatte verlassen können. Aber ihm schien es auf unbestimmte Art vernünftig – soweit in diesem Augenblick überhaupt etwas vernünftig schien. Er mußte für sich allein sein und nachdenken. Er durfte nicht riskieren, durch die Straßen zu schlendern, wo irgendein Mitglied der unsichtbaren Greenberg-Houston-Armee ihn vielleicht entdecken könnte. Es war eine Ironie des Schicksals, daß die Bar ihm an sichersten erschien.

Er hatte sich bei dem argwöhnischen Barkeeper entschuldigt und angeboten, für das zerbrochene Glas zu bezahlen. Er deutete an, daß der Mann, mit dem er sich vorhin gestritten hatte, ein Schmarotzer wäre – ihm eine Menge Geld schulde und nicht zahlen könne. Diese Erklärung seitens des jetzt völlig entspannten Kunden wurde nicht nur von dem Barkeeper akzeptiert, sondern hob ihn sogar in einen Rang, den man nur selten in Bill's Bar & Grill erlebte.

Er mußte Ordnung in seine Gedanken bringen. Es gab einige Kontrollpunkte, die er sich in Gedanken zurechtlegte und die er passieren mußte, ehe er seine Reise zu Nimrod begann. Jetzt gab es einen weiteren solchen Kontrollpunkt. Houston hatte ihn geliefert, obwohl ihm das sicher nicht bewußt war. Pat mußte in völliger Sicherheit sein. Er durfte nicht mit dieser Sorge belastet sein. Alle anderen Punkte auf seiner Liste hatten geringere Priorität. Die Kleidung, das Bargeld, das andere Auto, alles mußte warten. Er würde jetzt vielleicht seine Strategie ändern müssen, dachte Matlock. Nimrods Verbindungsleute würden bewacht werden, seine Wohnung würde bewacht werden, jeder Name und jeder Ort auf der Liste des Justizministeriums würde unter Überwachung stehen.

Aber zu allererst Pat. Er würde sie Tag und Nacht, rund um die Uhr, jede Minute bewachen lassen. Ganz offen bewachen lassen, ohne den Versuch von Tarnung. In solcher Weise bewachen, daß die beiden unsichtbaren Armeen das Signal verstanden, die Warnung, daß sie aus dem Spiel heraus bleiben mußte. Geld war jetzt kein Problem, überhaupt keines. Und es gab Männer in Hartford, deren Berufe seinen Bedürfnissen entgegenkamen. Das wußte er. Die großen Versicherungsgesellschaften gebrauchten sie andauernd. Er erinnerte sich an ein ehemaliges Mitglied der Fakultät aus dem Mathematikdepartment, der Carlyle wegen der lukrativeren Gehälter der freien Wirtschaft den Rücken gekehrt hatte. Er arbeitete für Aetna. Er sah sich in der heruntergekommenen Bar nach einen Telefon um.

Elf Minuten später kehrte Matlock in seine Nische zurück. Das Geschäft war mit Blackstone Security, Incorporated, Bond Street, Hartford, abgeschlossen. Das bedeutete drei Männer täglich in Acht-Stunden-Schichten, dreihundert Dollar für jede Vierundzwanzig-Stunden-Periode in der das Subjekt von Blackstone, Inc., beschützt wurde. Natürlich würden irgendwelche Spesen separat abgerechnet werden und dazu kam noch eine Sondergebühr für den Einsatz eines ›Tel-electronic‹, falls das erforderlich war. Das Tel-electronic war ein kleineres Gerät, das seinem Träger mit kurzen Pfeiltönen ankündigte, wenn eine bestimmte Telefonnummer angerufen wurde. Blackstone schlug natürlich eine andere Telefonnummer von einem Privattelefon vor – das sie binnen zwölf Stunden in Betrieb nehmen würden, und für das selbstverständlich ein zusätzlicher Betrag fällig wurde.

Matlock stimmte allem zu, war für alles dankbar und sagte, er würde am späteren Nachmittag nach Hartford kommen, um die entsprechenden Papiere zu unterzeichnen. Er wollte Mr. Blackstone kennenlernen – jetzt aus einem anderen Grund. Blackstone freilich stellte richtig, daß die Formalitäten keine Eile hatten, schließlich hatte der Leiter der Mathematischen Abteilung von Aetna Mr. Matlock persönlich bei ihm eingeführt. Er würde sein Team binnen einer Stunde zum Carlyle Hospital schikken. Ob Mr. Matlock zufällig mit Jonathan Munro Matlock verwandt wäre...? Der Leiter der mathematischen Abteilung von Aetna hatte erwähnt...

Matlock war erleichtert. Blackstone *könnte* nützlich sein. Sein ehemaliger, jetzt bei Aetna tätiger Kollege hatte ihm versichert, daß es kein besseres Institut als Blackstone gäbe. Teuer, aber auch die besten. Beim Personal von Blackstone handelte es sich vorwiegend um ehemalige Offiziere von Spezialeinheiten und Teams der Marine-Abwehr. Das war nicht nur ein geschäftlicher Trick. Sie waren intelligent, findig und zäh. Außerdem waren sie lizenziert und wurden von der Polizei – der staatlichen ebenso wie der lokalen – respektiert.

Der nächste Punkt auf seiner Liste waren Kleider. Er hatte beabsichtigt, zu seinem Apartment zu gehen und sich einen Anzug, einige Hosen und ein oder zwei Jakketts zu holen. Das kam jetzt nicht mehr in Frage. Wenigstens für den Augenblick nicht. Er würde Kleider – eben was er brauchte – kaufen sobald sich Gelegenheit dazu bot. Das Bargeld würde mutmaßlich etwas schwieriger sein, besonders wenn man den Betrag bedachte, den er brauchte. Es war Samstag – er würde keinen Samstagabend vergeuden. Die Banken waren geschlossen, die großen Geldquellen unzugänglich.

Alex Anderson würde das Problem lösen müssen. Er würde Alex Anderson anlügen, ihm sagen, Jonathan Munro Matlock würde es als Freundschaftsdienst von Anderson betrachten, wenn der Bankier ihm an einem Samstagnachmittag eine größere Summe in bar zur Verfügung stellte. Selbstverständlich würde das beiderseits streng vertraulich behandelt werden. Und er brauchte die Gefälligkeit auch nicht umsonst zu erweisen. Man würde sich dankbar zeigen. Aber insgesamt würde natürlich nichts geschehen, was auch nur im Entferntesten als undelikat ausgelegt werden konnte. Und natürlich alles erneut streng vertraulich.

Matlock erhob sich von dem zerfetzten, schmutzigen Plastiksitz und ging ans Telefon zurück.

Anderson hatte nur ganz kurze Zweifel, Jonathan Munro Matlocks Sohn gefällig zu sein. Diese Zweifel bezogen sich nicht auf die Tatsache an sich, sondern die Vertraulichkeit, die erforderlich war. Sobald diese Sorge beschwichtigt war, trat die Tatsache, daß er nach den besten Traditionen des Bankwesens Hilfe leistete, deutlich in den Vordergrund. Es war für jede Bank wichtig, den besseren Klienten entgegenzukommen. Wenn ein spezieller Klient seine Dankbarkeit zeigen wollte... nun, das lag bei dem Klienten.

Alex Anderson würde James Matlock an einem Samstagnachmittag fünftausend Dollar zur Verfügung stellen. Er würde ihm den Betrag um drei Uhr nachmittags vor dem Plaza Kino übergeben, das eine Wiederaufführung von *Ein Messer im Wasser* – mit Untertiteln zeigte.

Ein Wagen würde das geringste seiner Probleme sein. Es gab zwei Mietwagenbüros in der Stadt, eines wurde von Budget-National, das andere von Luxor-Elite betrieben. Ersteres war für Studenten gedacht, letzteres für wohlhabende Eltern. Er würde einen Luxor Cadillac oder Lincoln mieten und nach Hartford zu einer anderen Luxorstation fahren und dort die Wagen tauschen. Von Hartford würde er zu einem Luxor-Büro in New Haven fahren und dort dasselbe tun. Wenn er entsprechend bezahlte, würde man ihm nur sehr wenig Fragen stellen; bei anständigen Trinkgeldern würde man ihm vielleicht sogar helfen.

Er war seinem Absprungpunkt nähergekommen.

»Hey, Mister. Ist Ihr Name Matlock?« Der haarige Barkeeper lehnte sich über den Tisch und hielt den schmutzigen Lappen in der rechten Hand.

»Ja«, antwortete Matlock verblüfft und atmete kurz und heftig ein.

»Da war grad so'n Typ. Hat gesagt, ich soll Ihnen sagen, Sie ham draußen 'was vergessen. Am Bürgersteig, hat er gesagt. Sie sollen sich beeilen, hat er gesagt.«

Matlock starrte den Mann an. Der Schmerz in seiner Magengegend war wieder die Angst, die Panik. Er griff in die Jackentasche und holte ein paar Scheine heraus. Er entnahm dem Bündel einen Fünfer und hielt ihn dem Barkeeper hin. »Kommen Sie mit mir an die Türe. Nur ans Fenster. Sagen Sie mir, ob er draußen steht.«

»Na klar… ans Fenster.« Der haarige Barkeeper nahm den schmutzigen Lappen in die linke Hand und nahm den Geldschein entgegen. Matlock schob sich aus der Nische heraus und ging neben dem Mann zu dem halb mit einem Vorhang bedeckten, schmutzigen Glasfenster, das den Blick zur Straße hinaus bot. »Nein, er ist nicht da. Niemand ist da… Nur eine tote…«

»Ich sehe«, sagte Matlock und schnitt dem Mann damit das Wort ab. Er brauchte nicht hinauszugehen, es war nicht nötig.

Am Rand des Bürgersteigs, halb in den Abfluß hängend, lag Matlocks Katze.

Man hatte ihr den Kopf abgeschnitten, er hing nur noch an einem kleinen Hautlappen am restlichen Körper. Das Blut quoll heraus und besudelte den Bürgersteig.

18.

Der Tiermord beschäftigte Matlock immer noch, als er sich der Stadtgrenze von West Hartford näherte. War das eine weitere Warnung, oder hatten sie das Papier gefunden? Wenn Sie das Papier tatsächlich gefunden hatten, entkräftete das die Warnung keineswegs, es verstärkte sie eher. Ob es wohl zweckmäßig war, ein Mitglied des

Blackstone Teams in seiner Wohnung nachsehen zu lassen, in der Katzenbox? Weshalb zögerte er eigentlich? Warum schickte er nicht einen der Blackstone-Leute hin? Zuviel verlangt war das bei dreihundert Dollar pro Tag plus Spesen ganz bestimmt nicht. Er würde noch viel mehr von Blackstone, Incorporated, verlangen, aber das wußten sie noch nicht. Und doch zögerte er. Wenn das Papier noch *sicher* war, könnte es sein, daß er sein Versteck verriet, wenn er einen Mann zum Nachsehen schickte.

Er hatte sich fast entschlossen, das Risiko einzugehen, als er den beigefarbenen Wagen im Rückspiegel bemerkte. Da war er wieder. Er war immer wieder aufgetaucht und verschwunden, seit er vor einer halben Stunde auf den Highway 72 gefahren war. Während andere Wagen abbogen, ihn überholten oder zurückfielen, blieb dieser beigefarbene Buick immer in Sichtweite. Er schwamm im Verkehrsstrom mit und brachte es irgendwie fertig, die ganze Zeit drei oder vier Wagen hinter ihm zu bleiben. Es gab eine Möglichkeit um festzustellen, ob das reiner Zufall war. Hinter der nächsten Ausfahrt nach West Hartford gab es eine schmale Straße, die in Wirklichkeit gar keine Straße war, sondern nur ein kopfsteingepflasterter Stichweg, der fast ausschließlich für Lieferungen benutzt wurde. Er und Pat hatten an einem verkehrsreichen Nachmittag einmal geglaubt, es handle sich um eine Abkürzung und waren fast fünf Minuten steckengeblieben.

Er verließ den Highway und fuhr die Hauptstraße hinunter auf den Weg zu. Er bog scharf nach links und fuhr in die schmale, kopfsteingepflasterte Straße. Da Samstagnachmittag war, gab es keine Lieferfahrzeuge. Die Straße war frei. Er raste durch, kam an einem überfüllten Parkplatz heraus, der wiederum zu einer parallelen Hauptstraße führte. Matlock fuhr zu einem freien Parkplatz, schaltete den Motor ab und rutschte auf dem Sitz tiefer.

Dann schob er den Außenspiegel so zurecht, daß er die Einfahrt der kleinen Gasse überblicken konnte. In nicht einmal dreißig Sekunden tauchte der beigefarbene Buick auf.

Der Fahrer war offenbar verwirrt. Er fuhr langsamer, sah die Dutzenden von Wagen an. Plötzlich begann hinter dem beigefarbenen Buick ein anderer Wagen zu hupen. Der Fahrer war ungeduldig; der beigefarbene Buick versperrte ihm den Weg. Zögernd beschleunigte der Fahrer des beigefarbenen Buick wieder, aber ehe er das tat, drehte er sein Gesicht herum, blickte über die rechte Schulter, so daß Matlock, der den Wagen jetzt direkt im Gesichtsfeld hatte, ihn erkennen konnte. Es war der Streifenpolizist. Der Beamte, der nach der Beeson-Episode in seiner demolierten Wohnung gewesen war, der Mann, der vor zwei Tagen sein Gesicht hinter einem Handtuch verborgen hatte und den Korridor in der Squashanlage hinuntergerannt war.

Greenbergs ›Zufall‹.

Matlock war verwirrt. Und erschreckt.

Der Streifenpolizist in Zivil fuhr den beigefarbenen Buick zögernd auf die Ausfahrt eines Parkplatzes zu, suchte offensichtlich immer noch. Matlock sah den Wagen in den Verkehrsstrom einbiegen und wegfahren.

Die Büros von Blackstone Security, Incorporated, Bond Street, Hartford, wirkten eher wie die einer wohlhabenden, behäbigen Versicherungsgesellschaft als einer Detektivagentur. Die Möbel waren im schweren Kolonialstil gehalten, die Tapeten zeigten einen dezenten, maskulinen Streifen. Schwere Jagddrucke über anheimelnden Messingtischlampen. Die Wirkung, die davon ausging, deutete auf Kraft, Männlichkeit und finanzielle Solidität. Warum auch nicht, dachte Matlock, während er in dem schweren handgeschnitzten Sessel im Vorzimmer wartete. Bei einem Tagessatz von dreihundert Dollar wetteiferte Blackstone Security, Incorporated, vermutlich hinsichtlich der Erträge auf das investierte Kapital mit der Prudential Versicherung.

Als man ihn schließlich in das Büro komplimentierte, erhob sich Michael Blackstone aus einem Sessel und kam ihm um den Kirschholzschreibtisch herum entgegen. Blackstone war ein kleiner, kompakt gebauter, sorgfältig gekleideter Mann. Er war Anfang Fünfzig, offensichtlich ein sehr aktiver, sportlicher Mann, vermutlich das, was man einen harten Brocken nannte.

»Guten Tag«, sagte er. »Ich hoffe, Sie sind nicht nur wegen der Papiere den ganzen Weg gefahren. Das hätte Zeit gehabt. Bloß weil *wir* sieben Tage die Woche arbeiten, heißt das noch lange nicht, daß wir das auch vom Rest der Welt erwarten.«

»Ich hatte ohnehin in Hartford zu tun. Kein Problem.«

»Setzen Sie sich doch, bitte, setzen Sie sich. Kann ich Ihnen irgend etwas anbieten? Einen Drink? Kaffee?«

»Nein, danke.« Matlock setzte sich in einen mächtigen schwarzen Ledersessel, von der Art, wie man sie gewöhnlich in den ältesten Männerclubs fand. Blackstone ging hinter seinen Schreibtisch zurück. »Tatsächlich habe ich es ziemlich eilig. Ich möchte unseren Vertrag unterschreiben, zahlen und wieder gehen.«

»Aber selbstverständlich. Die Akte liegt hier.« Blackstone nahm einen Aktendeckel der auf seinem Tisch lag und lächelte. »Wie ich schon am Telefon erwähnte, gibt es da natürlich einige Fragen, die wir gerne stellen möchten. Über das hinaus, wozu Sie uns instruiert haben. Das würde uns bei der Ausführung Ihrer Anweisungen helfen. Es dauert nur ein paar Minuten.«

Damit hatte Matlock gerechnet. Das war Teil seines Planes, der Grund, weshalb er Blackstone aufgesucht hatte. Er ging davon aus – seit er Blackstone eingeschaltet hatte

– daß die Agentur ihm den Weg abkürzen könne. Vielleicht nicht freiwillig, aber wenn es eine Frage von ›zusätzlichen Gebühren‹ war... Aus diesem Grunde mußte er Blackstone persönlich kennenlernen. Wenn Blackstone zu kaufen war, ließ sich vielleicht eine Menge Zeit einsparen.

»Ich werde Ihnen so gut ich kann antworten. Wie Sie ja sicher überprüft haben, ist das Mädchen brutal geschlagen worden.«

»Das wissen wir. Uns wundert nur, daß niemand etwas über die Gründe sagen will. Hinter solchen Brutalitäten steckt gewöhnlich irgend etwas... Sie verfügen offensichtlich über Informationen, die die Polizei nicht hat.«

»Das stimmt.«

»Darf ich dann fragen, weshalb Sie diese Information nicht an die Polizei weitergegeben haben? Warum Sie uns beauftragt haben?... Die Polizei ist gewöhnlich bereit, den Schutz gefährdeter Personen zu übernehmen, wenn man ihr hinreichende Gründe nennt. Das kostet wesentlich weniger.«

»Das klingt ja gerade, als wollten Sie auf ein Geschäft verzichten.«

»Das tun wir oft.« Blackstone lächelte. »Aber nie gerne, das kann ich Ihnen sagen.«

»Warum haben Sie dann...«

»Sie sind ein in hohem Maße empfohlener Klient«, unterbrach Blackstone, »der Sohn eines sehr prominenten Mannes. Wir möchten nur, daß Sie die Alternativen kennen, die Ihnen zur Verfügung stehen. Das ist wenigstens unsere Überlegung. Und was ist die Ihre?«

»Sie sprechen sehr deutlich. Ich bin Ihnen dafür dankbar. Ich vermute, Sie wollen sagen, daß Sie keinen Makel auf Ihrem Ruf haben möchten.«

»So könnte man es formulieren.«

»Gut. Das ist auch meine Überlegung. Nur, daß es nicht

um *meinen* Ruf geht. Es geht um den des Mädchens. Miß Ballantynes Ruf... Am einfachsten läßt es sich vielleicht so erklären, daß sie in der Wahl ihrer Freunde etwas unvorsichtig war. Sie ist ein hochintelligentes Mädchen mit einer großen Zukunft, aber unglücklicherweise reichte diese Intelligenz nicht in andere Bereiche.«

Matlock hielt absichtlich inne und holte ein Päckchen Zigaretten aus der Tasche. Langsam entnahm er ihm eine Zigarette und zündete sie sich an. Die Pause blieb nicht ohne Wirkung. Blackstone sprach.

»Hatte sie von dieser Beziehung finanzielle Vorteile?«

»Ganz und gar nicht. So wie ich das sehe, hat man sie ausgenutzt. Aber ich kann verstehen, weshalb Sie die Frage stellen. Man kann heutzutage auf einem Universitätscampus eine Menge Geld verdienen, nicht wahr?«

»Das weiß ich nicht. Wir befassen uns nicht mit Universitäten.« Wieder lächelte Blackstone, und Matlock wußte, daß er log. Wie ein Profi natürlich.

»Das kann ich mir denken.«

»Also gut, Mr. Matlock. Warum ist sie geschlagen worden? Und was beabsichtigen Sie in dieser Sache zu unternehmen?«

»Nach meiner Ansicht hat man sie geschlagen, um ihr Angst einzujagen, um sie daran zu hindern, Informationen preiszugeben, *die sie nicht besitzt.* Ich beabsichtige, die betreffenden Gruppen zu finden und ihnen das zu sagen. Ich will ihnen klar machen, daß sie sie in Frieden lassen sollen.«

»Und wenn Sie zur Polizei gehen, dann werden diese Beziehungen – ich nehme an, Beziehungen aus ihrer Vergangenheit – aktenkundig und gefährden diese brillante Zukunft, von der Sie sprechen.«

»Genau.«

»Das ist eine knifflige Geschichte... Um welche Leute handelt es sich denn?«

»Ich kenne die Namen nicht... aber ich weiß, welcher Tätigkeit sie nachgehen. In erster Linie scheint es sich um Glücksspiel zu handeln. Ich dachte, Sie könnten mir da vielleicht helfen. Mir ist natürlich bewußt, daß das zusätzlichen finanziellen Aufwand erfordert.«

»Ich verstehe.« Blackstone stand auf und ging um seinen Sessel herum. Ohne ersichtlichen Grund drehte er an den Einstellknöpfen seiner im Augenblick nicht eingeschalteten Klimaanlage. »Ich glaube, Ihre Vermutungen gehen da zu weit.«

»Ich rechne nicht mit Namen. Ich hätte die natürlich gerne und würde gut dafür bezahlen... Aber eine Ortsangabe würde mir schon genügen. Ich kann sie selbst finden, und ich weiß, daß Sie das können. Aber Zeit würden Sie mir ersparen.«

»Ich vermute, Sie interessieren sich für... Privatclubs. *Private* gesellschaftliche Organisationen, wo sich Mitglieder treffen können, um Aktivitäten ihrer Wahl nachzugehen.«

»Fern dem Auge des Gesetzes. Wo private Bürger ihrer völlig natürlichen Neigung nachgehen können, Wetten abzuschließen. Dort würde ich gerne beginnen.«

»Könnte ich Ihnen das ausreden? Ist es möglich, daß ich Sie überzeugen könnte, stattdessen zur Polizei zu gehen?«

»Nein.«

Blackstone ging an einen Aktenschrank an der linken Wand, holte einen Schlüssel heraus und öffnete den Schrank. »Wie schon gesagt, eine sehr knifflige Geschichte. Sehr plausibel. Und ich glaube kein Wort davon... Aber Sie scheinen fest entschlossen; das macht mich besorgt.« Er holte eine dünne Metallkassette aus dem Aktenschrank und trug sie zu seinem Schreibtisch. Dann wählte er einen anderen Schlüssel an seiner Kette, schloß die Kassette auf und entnahm ihr ein Blatt Papier. »Dort drüben ist eine Xerox Maschine«, sagte er und wies auf

ein großes graues Kopiergerät in der Ecke. »Um sie zu betätigen, legt man das Blatt mit der Schrift nach unten unter die Metallklappe und stellt die gewünschte Zahl von
Kopien ein. Die Kopienzahl wird automatisch registriert.
Man benötigt selten mehr als eine... Wenn Sie mich etwa
zwei Minuten entschuldigen würden, Mr. Matlock, ich
muß in einem anderen Büro jemanden anrufen.«

Blackstone hielt das Blatt Papier immer noch in der
Hand und legte es jetzt mit der Schrift nach unten auf
Matlocks Aktendeckel. Er stand ganz gerade da und zog
mit den Fingern beider Hände unten an seinem Jackett, so
wie Männer das tun, die gerne ihre teuren Anzüge zur
Schau stellen. Er lächelte und ging um seinen Schreibtisch
herum zur Türe. Er öffnete sie und drehte sich um.

»Vielleicht ist das das, was Sie suchen, vielleicht auch
nicht. Ich weiß das nicht. Ich habe einfach eine vertrauliche Notiz auf meinem Schreibtisch liegen lassen. Die Ge-
bühr dafür wird auf Ihrer Rechnung erscheinen als... zusätzliche Überwachung.«

Er ging zur Türe hinaus und schloß sie fest hinter sich.
Matlock erhob sich aus dem schwarzen Ledersessel und
trat hinter den Schreibtisch. Er drehte das Blatt um und
las die maschinengeschriebene Überschrift.

ZUR ÜBERWACHUNG: HARTFORD – NEW HAVEN
ACHSE
PRIVATCLUBS: ADRESSEN UND KONTAKTPERSO-
NEN (GESCHÄFTSFÜHRER)
STAND VOM 15.3. DARF NICHT AUS DEM BÜRO
ENTFERNT WERDEN.

Unter der kurzen Überschrift in Großbuchstaben standen
runde zwanzig Adressen und Namen.

Nimrod war jetzt nähergerückt.

19.

Die Luxor-Elite-Autovermietung an der Asylum Street in Hartford war sehr hilfsbereit gewesen. Matlock fuhr jetzt ein Cadillac Kabriolett. Der Geschäftsführer hatte sich mit seiner Erklärung abgefunden, daß ihn der Lincoln zu sehr an einen Leichenwagen erinnerte, und da die Papiere in Ordnung waren, machte der Austausch keine Schwierigkeiten.

Vielleicht halfen auch die zwanzig Dollar Trinkgeld.

Matlock hatte Blackstones Liste sorgfältig analysiert. Er beschloß, sich auf die Clubs im Nordwesten von Hartford zu konzentrieren, einfach weil sie näher bei Carlyle lagen. Aber die nächsten waren es nicht. Zwei Adressen lagen fünf beziehungsweise sieben Meilen von Carlyle entfernt – in entgegengesetzter Richtung – aber Matlock beschloß, sie noch ein oder zwei Tage aufzuschieben. Er wollte, daß die jeweiligen Geschäftsführer wußten, bis er sie erreichte – falls er je hin kam – daß er um große Beträge spielte. Kein Gimpel, bloß ein starker Spieler. Das würde sich schnell herumsprechen – wenn er sich richtig verhielt.

Er hackte die erste Adresse ab. Ein privater Schwimmclub westlich von Avon. Die Kontaktperson war ein Mann namens Jacopo Bartolozzi.

Um halb zehn fuhr Matlock die kurvige Auffahrt zu einem Baldachin, der über das Eingangsportal des Avon Swim Club hinaus reichte. Ein uniformierter Pförtner winkte einem Parkhelfer, der irgendwo aus dem Nichts auftauchte und in dem Augenblick hinter das Steuer des Cadillacs rutschte, als Matlock das Pflaster betrat. Offensichtlich würde er keinen Parkzettel bekommen.

Als er auf den Eingang zuging, sah er sich den Club von außen an. Das Hauptgebäude war ein weitläufiger, ebenerdiger weißer Ziegelbau mit einem hohen Palisadenzaun, der nach beiden Seiten in die Finsternis verlief. Zur Rechten, ein gutes Stück hinter dem Zaun, war ein irisierendes, grünlich blaues Licht zu sehen. Man hörte das Klatschen von Wellen. Zur Linken spannte sich ein riesiger, zeltähnlicher Baldachin, unter dem man das flackernde Licht von einem Dutzend Gartenfackeln erkennen konnte. Bei ersterem handelte es sich offensichtlich um einen riesigen Swimming-pool, bei letzterem um eine Art Gartenlokal. Gedämpfte Musik war zu hören. Der Avon Swim Club schien ein sehr luxuriöses Etablissement zu sein.

Als er das Gebäude betrat, hatte er keinen Anlaß, seine Meinung zu revidieren. Das Foyer war mit dickem Teppichboden ausgelegt. Die verschiedenen Sessel und Tische, die die damastbespannten Wände säumten, schienen echte Antiquitäten zu sein. Links war eine ausgedehnte Garderobe und weiter hinten, zur Rechten, konnte man eine weiße Marmortheke sehen, die an die eines Hotels erinnerte. Am Ende der schmalen Lobby war das einzige Gebilde, das nicht ganz hineinpaßte. Ein schwarzes, kunstvoll geschmiedetes Eisentor, das geschlossen und offensichtlich auch versperrt war. Hinter dem Gitterwerk konnte man einen gedämpft beleuchteten Korridor sehen, dessen Decke von einer Reihe dünner ionischer Säulen getragen wurde. Ein breitschultriger Mann im Smoking stand hinter dem Eisentor.

Matlock ging auf ihn zu.

»Ihre Mitgliedskarte, bitte, Sir?«

»Ich habe leider keine.«

»Tut mir leid, Sir, das ist ein Privatclub. Nur für Mitglieder.«

»Man hat mir gesagt, ich soll nach Mister Bartolozzi fragen.«

Der Mann hinter dem Gitter starrte Matlock an und tastete ihn von Kopf bis Fuß mit den Augen an.

»Da erkundigen Sie sich am besten an der Rezeption. Dort drüben bitte.«

Matlock ging zu der Theke zurück und wurde dort von einem etwas dicklichen Mann in mittleren Jahren begrüßt, der noch nicht dagewesen war, als er den Raum betreten hatte.

»Kann ich Ihnen behilflich sein?«

»Das können Sie. Ich bin ziemlich neu hier und würde gerne Mitglied werden.«

»Das tut uns leid. Im Augenblick sind alle Plätze besetzt. Aber wenn Sie einen Antrag ausfüllen möchten, treten wir gerne mit Ihnen in Verbindung, wenn wieder ein Platz frei ist... Wollen Sie eine Familienmitgliedschaft oder für Sie alleine, Sir?« Der Angestellte griff unter die Theke und brachte zwei Formulare zum Vorschein.

»Für mich alleine. Ich bin nicht verheiratet... Man hat mir geraten, nach Mr. Bartolozzi zu fragen. Man hat mir ausdrücklich geraten, nach ihm zu fragen. Jacopo Bartolozzi.«

Der Angestellte ließ kaum erkennen, daß der Name ihm etwas sagte: »Hier, füllen Sie den Antrag aus, dann lege ich ihn auf Mr. Bartolozzis Schreibtisch. Er wird ihn morgen sehen. Vielleicht ruft er sie an, aber ich weiß nicht, was er tun kann. Wir sind wirklich voll, und die Warteliste ist ziemlich lang.«

»Ist er jetzt nicht hier? Wo doch so viel Betrieb ist?« Matlock stellte die Frage in ungläubigem Ton.

»Das bezweifle ich, Sir.«

»Warum sehen Sie nicht nach? Sagen Sie ihm, wir hätten gemeinsame Freunde in San Juan.« Matlock holte seinen Geldclip heraus und entnahm ihm eine Fünfzig-Dollar-Note. Er legte sie vor den Angestellten, der ihn scharf ansah und sie langsam an sich nahm.

»San Juan?«

»San Juan.«

Matlock lehnte sich gegen die weiße Marmortheke und sah, daß der Mann hinter dem schmiedeeisernen Tor ihn beobachtete. Wenn die San-Juan-Geschichte funktionierte und er das Tor passieren durfte, würde er sich vor einer weiteren Banknote trennen müssen. Die San-Juan-Geschichte *sollte* funktionieren, dachte Matlock. Sie war so logisch, daß sie schon beinahe unschuldig wirkte. Er hatte vor zwei Jahren einen Winterurlaub in Puerto Rico verbracht und war, obwohl er kein Spieler war, mit einer Gruppe – und einem Mädchen – dort von einem Casino zum anderen gezogen. Er hatte dort eine ganze Anzahl Leute aus der Umgebung von Hartford kennengelernt, wenn er sich auch an keinen einzigen Namen erinnern konnte, selbst wenn sein Leben davon abgehangen hätte.

Zwei Paare kamen durch den vergitterten Eingang, die Mädchen kichernd, die Männer resigniert lachend. Wahrscheinlich hatten die Frauen zwanzig oder dreißig Dollar gewonnen, dachte Matlock, während die Männer vermutlich ein paar hundert verloren hatten. Das Tor schloß sich hinter ihnen; Matlock konnte das elektrische Klicken des Riegels hören. Es war ein sehr wohlversperrtes Eisentor.

»Entschuldigen Sie, Sir?« Das war der korpulente Angestellte, und Matlock drehte sich um.

»Ja?«

»Wenn Sie bitte eintreten wollen, Mr. Bartolozzi würde Sie gerne sprechen.«

»Wo? Wie?« Außer dem schmiedeeisernen Tor war keine Türe zu sehen, und der Angestellte hatte eine Geste mit der linken Hand gemacht, weg von dem Tor.

»Hier drüben, Sir.«

Plötzlich öffnete sich ein Stück der Wandverkleidung rechts von der Theke. In geschlossenem Zustand war das Paneel kaum von der damastbespannten Wand zu unterscheiden; Matlock trat ein und wurde von dem Angestellten zum Büro von Jacopo Bartolozzi geführt.

»Wir haben gemeinsame Freunde?« Der fette Italiener sprach mit heiserer Stimme, in seinen Schreibtischsessel zurückgelehnt. Er machte keine Anstalten, sich zu erheben, keine Geste der Begrüßung. Jacopo Bartolozzi war eine kleine, fette Karikatur seiner selbst. Matlock war nicht sicher, hatte aber das bestimmte Gefühl, daß Bartolozzis Füße den Boden unter seinem Sessel nicht erreichten.

»Es läuft auf dasselbe hinaus, Mr. Bartolozzi.«

»Was läuft wo hinaus? Wer in San Juan?«

»Einige Leute. Einer ist Zahnarzt in West Hartford. Ein anderer hat eine Steuerberaterfirma auf der Constitution Plaza.«

»Yeah… Yeah?« Bartolozzi versuchte, Menschen mit den Berufen und Adressen in Verbindung zu bringen, die Matlock genannt hatte. »Die Namen? Sind sie hier Mitglied?«

»Ich denke doch. Die haben mir *Ihren* Namen gegeben.«

»Das hier ist ein Schwimmclub. Nur für Mitglieder… Wer sind die Leute?«

»Hören Sie, Mr. Bartolozzi. Das war eine ziemlich wilde Nacht im Condado Casino. Wir haben alle eine Menge getrunken und…«

»In den Casinos von Puerto Rico wird nicht getrunken. Das ist Gesetz!« Der Italiener sprach mit scharfer Stimme und war sichtlich stolz auf sein Wissen. Er deutete mit dem Finger auf Matlock.

»Das dadurch geachtet wird, daß man es bricht, glauben Sie mir.«

»Was?«

»Wir haben getrunken. Ich gebe Ihnen mein Wort darauf. Ich sage Ihnen bloß, daß ich mich nicht an die Namen erinnere… Hören Sie, ich kann am Montag in die Stadt fahren und mich den ganzen Tag auf die Plaza stellen, dann finde ich den Buchprüfer wieder. Ich könnte auch nach West Hartford fahren und bei jedem Zahnarzt klingeln. Welchen Unterschied macht es schon? Ich spiele gern und habe das Geld dazu.«

Bartolozzi lächelte. »Das hier ist ein Schwimmclub. Ich weiß nicht, wovon zum Teufel Sie reden.«

»Okay«, sagte Matlock mit leicht enttäuschter Stimme. »Ihr Club liegt bequem für mich, aber wenn ich hier eine Niete ziehe, dann gibt es auch andere. Meine Freunde in San Juan haben mir auch von Jimmy Lacatas Club in Middletown erzählt und von Sammy Sharp in Windsor Shoals... Behalten Sie Ihre Chips, Schwachkopf.« Er wandte sich zur Türe.

»Warten Sie! Einen Augenblick!«

Matlock sah zu, wie der dicke Italiener aus dem Stuhl rutschte und aufstand. Er hatte recht gehabt. Bartolozzis Füße hatten bestimmt nicht bis zum Boden gereicht.

»Wozu denn? Vielleicht ist mir Ihr Limit hier zu niedrig.«

»Sie kennen Lacata? Sharp?«

»Ich weiß, das es sie gibt, das sagte ich doch... Hören Sie, vergessen Sie das Ganze. Sie müssen vorsichtig sein. Ich such' mir am Montag meinen Buchprüfer und dann kommen wir beide ein andermal zurück... Ich hatte einfach heute abend Lust auf ein Spielchen.«

»Okay, okay. Sie haben ja selbst gesagt, wir müssen vorsichtig sein.« Bartolozzi zog seine oberste Schublade auf und entnahm ihr einige Papiere. »Kommen Sie schon. Unterschreiben Sie da. Wenn Sie's juckt, kann ich Ihnen ja Ihr Geld abnehmen – und wer weiß, vielleicht nehmen Sie mir das meine ab.«

Matlock trat auf den Schreibtisch zu. »Was unterschreibe ich denn da?«

»Bloß ein paar Formulare. Die Aufnahmegebühr ist fünfhundert. Bar. Haben Sie das? Keine Schecks, keine Kreditkarten.«

»Die habe ich. Was sind das für Formulare?«

»Das erste ist eine Erklärung, daß Sie zur Kenntnis genommen haben, daß dies eine nicht auf Gewinnerzielung ausgerichtete Gesellschaft ist und daß alle Glücksspiele wohltätigen Zwecken dienen... Was lachen Sie? Ich habe die Kirche der Heiligen Jungfrau in Hamden gebaut.«

»Und das andere hier? Das ist lang.«

»Das ist für unsere Akten. Eine Partnerschaftserklärung. Für die fünfhundert bekommen Sie einen klasse Titel. Sie sind Partner. Alle sind wir Partner... Nur für alle Fälle.«

»Für alle Fälle?«

»Falls uns etwas Gutes widerfährt, widerfährt das auch Ihnen. Besonders in den Zeitungen.«

Der Avon Swim Club war ohne Zweifel ein Ort zum Schwimmen. Der riesige Pool dehnte sich fast zweihundert Fuß lang. Am anderen Ende standen Dutzende kleiner eleganter Badehütten. Liegestühle und Tischchen säumten den mit Platten belegten Poolrand. Die Unterwasserscheinwerfer flimmerten einladend. Die ganze Anlage dehnte sich rechts von dem Korridor. Zur linken konnte Matlock jetzt deutlich erkennen, was sich außen nur andeutungsweise dargeboten hatte. Ein riesiges, grün und weiß gestreiftes Zelt spannte sich über Dutzende von Tischen. Auf jedem Tisch standen Kerzenleuchter. Die ganze Anlage war von Gartenfackeln beleuchtet. Am anderen Ende war ein langer Tisch als Buffet mit Braten und Salaten aufgebaut. Neben dem langen Tisch stand eine Bar, und Dutzende von Paaren drängten sich darum.

Der Avon Swim Club eignete sich hervorragend für einen netten Abend mit der Familie.

Der Korridor führte in dem Gebäude nach hinten, wo ein weiteres ausgedehntes, aus weißen Ziegeln erbautes Gebäude zu erkennen war, das dem Hauptgebäude glich. Über den mächtigen, schwarz emaillierten Doppeltüren

hing eine hölzerne Tafel mit der Aufschrift in gotischen
Lettern:

𝕮𝖆𝖘𝖎𝖓𝖔

Dieser Teil des Avon Swim Club eignete sich weniger für
die Familie.

Matlock glaubte sich in ein Casino in San Juan zurückversetzt – die einzige Erfahrung, die er mit Spielsälen hatte. Der Teppichboden, mit dem der ganze Saal ausgelegt
war, war dick genug, um fast jedes Geräusch zu dämpfen. Nur das Klicken der Chips und das leise Murmeln
der Spieler und der Croupiers war zu hören. Die Würfel-
tische säumten die Wände, in der Mitte standen die
Blackjack-Theken. Dazwischen, schräg aufgereiht, damit
man sich bewegen konnte, drehten sich die Roulettes. In
der Mitte des großen Salles, auf einer Plattform, stand die
Kasse. Sämtliche Angestellten des Avon Spa trugen Smoking, adrett und dienstbereit. Die Spieler wirkten weniger
formell.

Der Torhüter, der sichtlich mit Matlocks Fünfzig-Dollar-Note zufrieden war, führte ihn zu der halbkreisförmi-
gen Theke vor der Kasse. Er sprach einen Mann an, der
ein Bündel Zettel zählte.

»Das ist Mr. Matlock. Sei nett zu ihm, er ist ein persönlicher Freund.«

»Ich bin immer nett«, sagte der Mann und lächelte.

»Es tut mir leid, Mr. Matlock«, murmelte der Torhüter
leise. »Beim erstenmal kriegen Sie keine Tips.«

»Natürlich… Hören Sie, ich seh' mich ein wenig um…«

»Na klar. Zum Eingewöhnen… Ich kann Ihnen sagen,
Vegas ist es nicht. Nur zu Ihnen gesagt, meistens ist es ein
Mickey-Maus-Spielchen. Ich meine, für jemandem wie
Sie, verstehen Sie?«

Matlock verstand genau was der Torhüter meinte. Eine

Fünfzig-Dollar-Note war in Avon, Connecticut kein gewöhnliches Trinkgeld.

Er brauchte drei Stunden und zwölf Minuten um $ 4.175 zu verlieren. Nur einmal geriet er in Panik, als er eine Glückssträhne am Würfeltisch hatte und seine Reserve auf beinahe $ 5.000 aufgebaut hatte. Er hatte den Abend angemessen begonnen – für seine Zwecke. Er ging oft genug zum Kassier, um zu erkennen, daß üblicherweise Chips für zwischen $ 200 und 300 gekauft wurden. Nach seinen Begriffen also keineswegs ›Mickey-Maus-Spielchen‹. Also kaufte er beim ersten Mal $ 1.500. Beim zweiten Mal $ 1.000, beim dritten Mal $ 2.000.

Um ein Uhr früh lachte er mit Jacopo Barolozzi an der Bar unter dem grün-weiß gestreiften Zelt.

»Sie sind in Ordnung. Die meisten von den Knilchen würden jetzt durchdrehen, wenn sie so viel verspielt hätten. Im Augenblick wäre ich wahrscheinlich dabei, denen ein paar Formulare in meinem Büro zu zeigen.«

»Keine Angst, das hol' ich mir zurück. Das tu ich immer... Sie haben das ja selbst gesagt. Heute hat's mich wohl zu sehr gejuckt. Vielleicht komme ich morgen zurück.«

»Besser Montag. Morgen wird nur geschwommen.«

»Wie das?«

»Sonntag. Der Tag der Herrn.«

»Scheiße! Morgen kommt ein Freund aus London. Montag ist er nicht mehr hier. Ein begeisterter Spieler.«

»Ich will Ihnen was sagen. Ich rufe Sharp drüben in Windsor Shoals an. Der ist Jude. Der Tag des Herrn ist ihm scheißegal.«

»Da wäre ich Ihnen dankbar.«

»Vielleicht komme ich selbst hinüber. Meine Frau geht morgen zu einer Versammlung der Mütter der Madonna.«

Matlock sah auf die Uhr. Der Abend – sein Absprung – war gut gelaufen. Er überlegte, ob er weitermachen sollte. »Das einzige Problem, wenn man in eine neue Gegend kommt, ist, daß es immer so lange dauert, bis man die richtigen Quellen findet.«

»Was haben Sie denn für ein Problem?«

»Ich hab' ein Mädchen drüben im Hotel. Sie schläft, wir sind fast den ganzen Tag unterwegs gewesen. Das Gras ist ihr ausgegangen – keine harten Sachen – nur Gras. Ich hab' ihr gesagt, ich würde ihr welches besorgen.«

»Da kann ich Ihnen nicht helfen, Matlock. Ich hab' keines hier, das geht nicht bei den vielen Jugendlichen, die untertags kommen. Das ist nicht gut fürs Image, verstehen Sie? Ein paar Pillen hab' ich. Die Nadelkacke aber nicht. Wollen Sie ein paar Pillen?«

»Nein, bloß Gras. Mehr erlaube ich nicht.«

»Sehr schlau von Ihnen... Wohin fahren Sie denn?«

»Zurück nach Hartford.«

Bartolozzi schnippte mit den Fingern. Im nächsten Augenblick stand ein breitschultriger Barkeeper hinter ihnen. Matlock fand es geradezu grotesk, welchen Respekt der dicke kleine Italiener genoß. Bartolozzi verlangte Papier und Bleistift von dem Mann.

»Hier. Da ist eine Adresse. Ich werde telefonieren. Ein Lokal, etwas abseits von der Hauptstraße, das auch noch spätnachts geöffnet hat. Liegt hinter G. Fox. Erster Stock. Fragen Sie nach Rocco. Der hat alles, was Sie brauchen.«

»Sie sind wirklich nett.« Als Matlock das Papier in Empfang nahm, war ihm das völlig ernst.

»Für vier Riesen am ersten Abend bekommen Sie auch Privilegien... Hey, wissen Sie was? Sie haben nicht einmal ein Antragsformular ausgefüllt. Klasse, wie?«

»Sie brauchen ja keine Bürgen. Schließlich spiele ich mit Bargeld.«

»Wo zum Teufel haben Sie es denn liegen?«

»In siebenunddreißig Banken zwischen hier und Los Angeles.« Matlock stellte sein Glas ab und hielt Bartolozzi die Hand hin. »War nett. Sehen wir uns morgen?«

»Sicher, ganz bestimmt. Ich bring' Sie zur Tür. Aber nicht vergessen – lassen Sie nicht Ihr ganzes Geld bei Sammy. Kommen Sie wieder hierher.«

»Darauf können Sie sich verlassen.«

Die beiden Männer gingen zu dem Korridor zurück. Der kleine Italiener legte Matlock seine fette Hand auf den Rücken, die Geste eines neugewonnenen Freundes. Was keiner von beiden bemerkte, als sie in den schmalen Gang hinaustraten, war, daß ein gutgekleideter Herr an einem Tisch in der Nähe, der die ganze Zeit ein Feuerzeug betätigte, dem das Gas ausgegangen war, sie beobachtete. Als die beiden Männer an seinem Tisch vorbeigingen, schob er das Feuerzeug in die Tasche zurück, während die Frau, die ihm gegenüber saß, sich ihre Zigarette mit einem Streichholz anzündete. Dann fragte die Frau leise und lächelte dabei:

»Hast du sie erwischt?«

Der Mann lachte. »Karsh hätte es auch nicht besser machen können. Sogar Nahaufnahmen.«

20.

Wenn der Avon Swim Club ein günstiger Startpunkt war, so war der Hartford Hunt Club – unter der geschickten Leitung von Rocco Aiello – eine beneidenswerte erste Runde. Matlock betrachtete nämlich seine Reise zu Nimrod jetzt als ein Rennen, ein Rennen, das binnen zwei Wochen und einem Tag enden mußte. Es würde damit enden, daß die Kräfte von Nimrod und die Mafiosi irgendwo in der Umgebung von Carlyle zusammentref-

515

fen. Und für ihn würde es zu Ende sein, wenn jemand irgendwo ein weitere, silbernes korsisches Papier zum Vorschein brachte.

Bartolozzis Anruf hatte seine Wirkung gezeigt. Matlock betrat das alte rote Ziegelgebäude – zuerst glaubte er, man hätte ihm die falsche Adresse gegeben, denn durch die Fenster schien kein Licht und nichts deutete darauf, daß hinter den Mauern irgend etwas geschah – und fand am Ende des Korridors einen Lastenaufzug mit einem einsamen Neger, der auf einem Stuhl vor der Türe saß. Kaum hatte der Schwarze ihn gesehen, als er aufstand und Matlock den Lift zeigte.

In einem Korridor im Obergeschoß begrüßte ihn ein Mann. »Freut mich sehr, Ihre Bekanntschaft zu machen. Mein Name ist Rocco. Rocco Aiello.« Der Mann streckte ihm die Hand hin und Matlock ergriff sie.

»Danke... Jetzt war ich etwas verwirrt. Ich habe nichts gehört. Ich dachte, ich wäre vielleicht am falschen Ort.«

»Wenn Sie etwas gehört hätten, dann hätten die Boys vom Bau mich reingelegt. Die Mauern sind achtzehn Zoll dick und nach beiden Seiten schalldicht; die Fenster sind Attrappen. Sehr sicher.«

»Feine Sache.«

Rocco griff in die Tasche und holte ein kleines hölzernes Zigarettenetui heraus. »Ich hab' da eine Schachtel Joints für Sie. Die kosten nichts. Ich hätte Sie gerne ein wenig herumgeführt, aber Jock-O hat gesagt, Sie hätten es wahrscheinlich eilig.«

»Jock-O hat unrecht. Ich würde gerne einen Schluck trinken.«

»Gut! Kommen Sie rein... Nur eines, Mr. Matlock. Ich habe einen sehr netten Kundenkreis, verstehen Sie, wie ich das meine? Sehr reich und sehr steif. Einige von denen wissen über Jock-Os Club Bescheid, aber die meisten nicht. Verstehen Sie, was ich meine?«

»Ich verstehe. Ich hab' ohnehin nie viel vom Schwimmen gehalten.«

»Gut, gut... Willkommen im feinsten Club von Hartford.« Er öffnete die dicke Stahltüre. »Ich höre, Sie haben heute schon ziemlich Federn gelassen.«

Matlock lachte, als er in den Saal mit seinen halbhohen Wänden, den Tischen und den Kunden trat. »Nennt man das hier so?«

»In Connecticut nennt man es so... Sehen Sie? Ich hab' zwei Stockwerke – und jedes Stockwerk hat fünf große Räume und in jedem ist eine Bar. Sehr privat und abgeschlossen, kein schlechtes Benehmen. Da kann man ohne weiteres eine Frau mitnehmen oder sonst jemand, verstehen Sie?«

»Ich denke schon. Alle Achtung.«

»Die Kellner sind meistens Boys vom College. Ich helf' denen gerne, sich ein paar Dollars dazuzuverdienen. Ich hab' Nigger, Itaker, Juden – bei mir gibt es keine Unterschiede. Bloß die Sache mit den Haaren – ich mag lange Haare nicht, verstehen Sie?«

»Jungs vom College! Ist das nicht gefährlich? Die quatschen doch.«

»Hey, was glauben Sie denn?! Ursprünglich war das hier eine Collegekneipe. Wie eine Verbindung oder so. Jeder ist ordentliches Mitglied einer privaten Organisation und zahlt seinen Beitrag. Dafür kann einem doch keiner etwas anhaben.«

»Ach so. Und was ist mit der anderen Sache?«

»Was für eine andere Sache?«

»Weswegen ich gekommen bin.«

»Was? Ein wenig Gras? Gehen Sie doch zum Zeitungskiosk an der Ecke.«

Matlock lachte. Er wollte es nicht übertreiben. »Zwei Punkte für Sie, Rocco... Trotzdem, wenn ich Sie besser kennen würde, dann würde ich Ihnen vielleicht etwas abkaufen wollen. Bartolozzi hat gesagt. Sie hätten alles was ich brauche... Aber lassen wir das. Ich bin müde. Ich trink' einen Schluck und dann hau' ich ab. Die Kleine wird sich schon fragen, wo ich gesteckt habe.«

»Manchmal redet Bartolozzi zuviel.«

»Da haben Sie wahrscheinlich recht. Übrigens, wir treffen uns morgen abend bei Sharp's drüben in Windsor Shoals. Ein Freund kommt von London herüber. Wollen Sie mitmachen?«

Aiello war sichtlich beeindruckt. Die Spieler aus London fingen an, den Boys aus Vegas und der Karibik den Rang abzulaufen.

»Vielleicht mache ich das... Hören Sie, wenn Sie etwas brauchen, verlangen Sie es ruhig, klar?«

»Mach' ich. Nur, ehrlich gesagt, die jungen Leute hier machen mich nervös.«

Aiello griff mit der linken Hand nach Matlocks Ellbogen und bugsierte ihn auf die Bar zu. »Sie sehen das falsch. Diese jungen Leute – das sind gar keine jungen Leute, verstehen Sie?«

»Nein, versteh' ich nicht. Junge Leute sind junge Leute. Ich hab's gern etwas dezenter. Lassen Sie nur, ich bin nicht neugierig.« Matlock blickte zu dem Barkeeper auf und holte den Rest seines Banknotenbündels aus der Tasche. Er entnahm ihm einen Zwanzig-Dollar-Schein und legte ihn auf die Bar. »Old Fitz und Wasser, bitte.«

»Stecken Sie Ihr Geld weg«, sagte Rocco.

»Mr. Aiello?« Ein junger Mann in Kellneruniform näherte sich ihnen. Er war vielleicht zweiundzwanzig oder dreiundzwanzig, dachte Matlock.

»Yeah?«

»Würden Sie die Quittung bitte abzeichnen. Tisch Elf. Die Johnsons. Aus Canton. Sie sind in Ordnung.«

Aiello nahm den Block und kritzelte seine Unterschrift hin. Der junge Mann ging zu den Tischen zurück.

»Sehen Sie den Jungen? Das hab' ich gemeint. Er kommt aus Yale. Ist vor sechs Monaten aus Nam zurückgekommen.«

»Und?«

»Er war Leutnant. Offizier. Jetzt studiert er Betriebswirtschaft... Er arbeitet hier zweimal die Woche. Hauptsächlich um sich Kontakte zu verschaffen. Bis er hier wieder rauskommt, hat er sich hübsch was zusammengespart. Dann kann er sein eigenes Geschäft anfangen.«

»Was?«

»Er ist Lieferant... Diese jungen Leute, das hab' ich gemeint. Sie sollten sich Ihre Geschichten anhören. Saigon, Da Nang, sogar Hongkong. Richtig große Geschäfte. Hey, diese jungen Leute heutzutage, die sind klasse! Die wissen wo's langgeht. Und schlau sind sie auch. Glauben Sie mir, da brauchen Sie sich nichts zu denken.«

»Ich glaube Ihnen.« Matlock nahm sein Glas und schluckte schnell. Nicht, daß er Durst hatte, er versuchte nur den Schock zu verbergen, den Aiellos Worte ihm bereitet hatten. Die jungen Leute, die ihre Examina in Indochina gemacht hatten, waren nicht die rosawangigen ernsten jung-alten Veteranen von Armetères, Anzio oder selbst Panmunjom. Sie waren etwas ganz anderes, viel schneller, trauriger und unendlich wissender. Ein Held in Indochina war ein Soldat, der Kontakte in den Docks und den Lagerhäusern hatte. Ein solcher Mann in Indochina war ein Riese unter seinesgleichen. Und solche jung-alten Männer waren jetzt fast alle zurückgekommen.

Matlock trank, was von seinem Bourbon übriggeblieben war, und ließ sich von Rocco die anderen Räume im zweiten Stock zeigen. Er zeigte gemessene Bewunderung, wie Aiello das erwartete, und versprach wiederzukommen. Über Sammy Sharp's in Windsor Shoals sagte er nichts mehr. Er wußte, daß das nicht notwendig war. Aiellos Appetit war geweckt.

Als er wegfuhr, beschäftigten ihn zwei Gedanken. Er mußte zwei Ziele erreichen, ehe der Sonntagnachmittag vorüber war. Das erste bestand darin, daß er jetzt auch einen Engländer liefern mußte; das zweite war, daß er eine weitere größere Summe Geldes brauchte. Es war unbedingt notwendig, beides zu haben. Er mußte am nächsten Abend bei Sharp's in Windsor Shoals sein.

Der Engländer, den er im Sinn hatte, wohnte in Webster, ein außerordentlicher Professor für Mathematik auf einem kleinen Gemeindecampus, der Madison Universität. Er hielt sich seit weniger als zwei Jahren im Lande auf; Matlock hatte ihn – ganz privat – bei einer Bootsausstellung in Saybrook kennengelernt. Der Brite hatte den größten Teil seines Lebens an der Küste von Cornwall verlebt und war ein großer Segler vor dem Herrn. Matlock und Pat hatten ihn sofort sympathisch gefunden. Jetzt hoffte Matlock, daß John Holden etwas vom Glücksspiel verstand.

Das Geld war ein schwierigeres Problem. Er würde noch einmal Alex Anderson anzapfen müssen. Es war durchaus möglich, daß der irgendwelche Gründe finden würde, um ihn abzuweisen. Anderson war ein vorsichtiger Mann, der es leicht mit der Angst zu tun bekam. Andererseits hatte er eine Nase für Dinge, die ihm zum Vorteil gereichen konnte. Auf diesen Instinkt mußte er bauen. Holden schien von Matlocks Anruf verblüfft aber keineswegs verärgert. Wenn er zu einer anderen Regung als Freundlichkeit überhaupt fähig war, dann war das Neugierde. Er wiederholte die Wegbeschreibung zu seiner Wohnung zweimal, und Matlock dankte ihm und sagte, er würde sich ganz bestimmt zurechtfinden.

»Ich will ganz offen sein, Jim«, sagte Holden, als er Matlock in seine ordentliche Dreizimmerwohnung ließ. »Ich platze förmlich vor Neugierde. Ist etwas? Geht es Patricia gut?«

»Darauf muß ich ja und nein antworten. Ich will Ihnen alles sagen was ich kann, und das ist nicht besonders viel… Aber zuerst möchte ich Sie um einen Gefallen bitten. Zwei Gefälligkeiten sogar, um es genau zu sagen. Die erste – kann ich heute nacht hierbleiben?«

»Natürlich – da brauchen Sie doch nicht zu fragen. Sie sehen müde aus. Kommen Sie, setzen Sie sich. Kann ich Ihnen etwas zu trinken geben?«

»Nein, nein danke.« Matlock setzte sich auf Holdens Sofa. Er erinnerte sich, daß es sich um eine kombinierte Schlafliege handelte und daß sie sehr bequem war. Er und Pat hatten vor einigen Monaten in einer glücklichen alkoholischen Nacht darauf geschlafen. Das schien Jahrzehnte zurückzuliegen.

»Und was ist der zweite Gefallen? Den ersten haben Sie schon. Wenn es um Geld geht – ich habe knapp über Tausend. Die können Sie haben.«

»Nein, nicht Geld, aber vielen Dank… Ich möchte, daß Sie sich für mich als Engländer ausgeben.«

Holden lachte. Er war ein eher zart wirkender Mann um die Vierzig, lachte aber so wie ältere, dickere Männer lachten.

»Das sollte nicht besonders schwierig sein, oder? Ich vermute, daß ich immer noch einen leichten Cornwall-Akzent an mir habe. Kaum zu merken natürlich.«

»Kaum. Mit ein wenig Übung verlieren Sie sogar noch den Yankee-Tonfall… Aber da ist noch etwas, und das könnte schwieriger sein. Haben Sie je gespielt?«

»Gespielt? Sie meine Pferdewetten, Fußballtoto und so?«

»Karten, Würfel, Roulette?«

»Eigentlich nicht sehr, nein. Ich habe natürlich als einigermaßen fantasiebegabter Mathematiker eine Phase durchgemacht, in der ich dachte, man könne durch die Anwendung arithmetischer Prinzipien – logarithmischen

Durchschnittsrechnungen – die Spielchancen für sich aus-
nützen.«

»Hat es funktioniert?«

»Ich sagte, ich hätte eine Phase durchgemacht, ich bin
nicht dabeigeblieben. Wenn es ein mathematisches System gibt, so habe ich es nicht erkannt.«

»Aber Sie haben gespielt? Sie kennen die Spiele.«

»Ziemlich gut sogar, wenn man es genau nimmt. La-
boruntersuchungen könnte man sagen. Warum fragen
Sie?«

Matlock wiederholte die Geschichte, die er Blackstone
erzählt hatte. Pats Verletzungen freilich spielte er herunter und stellte auch die Motive der Leute, die sie geschlagen hatten, etwas anders dar. Als er fertig war, klopfte
der Engländer, der sich eine Pfeife angezündet hatte, die
Asche in einen großen gläsernen Aschenbecher.

»Das klingt ja wie im Kino, nicht wahr?... Sie sagen,
Patricia sei nicht ernsthaft verletzt. Erschreckt, aber nicht
viel mehr.«

»Richtig. Wenn ich zur Polizei ginge, könnte das ihr
Stipendium gefährden.«

»Verstehe... Nun, eigentlich verstehe ich nicht, aber
wollen wir es dabei bewenden lassen. Und Sie würden
gerne sehen, daß ich morgen abend verliere.«

»Das hat nichts zu bedeuten. Nur hoch spielen sollen
Sie.«

»Aber Sie sind auf schwere Verluste *vorbereitet*.«

»Ja, das bin ich.«

Holden stand auf. »Ich bin gerne bereit, mitzumachen.
Sollte nicht schwierig sein. Aber es gibt da eine ganze
Menge, die Sie mir vorenthalten, und ich wollte, Sie wür-
den mir mehr sagen. Aber ich will nicht darauf bestehen.
Ich will Ihnen nur sagen, daß die Geschichte, die Sie mir
gerade erzählt haben, eine mathematische Schwäche hat.«

»Und die wäre?«

»So wie ich es verstehe, übersteigt der Betrag, den Sie morgen abend zu verlieren bereit sind, bei weitem jeden Betrag, den Patricia je als Stipendium erwarten kann. Die logische Annahme ist daher, daß Sie nicht zur Polizei gehen wollen. Oder vielleicht nicht können.«

Matlock blickte zu dem Engländer auf und staunte über seine eigene Dummheit. Es war ihm furchtbar peinlich, und er kam sich sehr ungeschickt vor. »Es tut mir leid... Ich habe Sie nicht bewußt angelogen. Sie brauchen nicht mitzumachen; vielleicht hätte ich Sie nicht darum bitten dürfen.«

»Ich habe nie angedeutet, daß Sie gelogen hätten – nicht, daß es wichtig wäre. Nur, daß Sie mir nicht besonders viel gesagt haben. Natürlich mache ich mit. Ich möchte Ihnen nur sagen, daß ich gerne alles hören würde, falls und wenn Sie zu dem Schluß kommen, daß Sie mir alles, was geschehen ist, sagen wollen... So, es ist spät und Sie sind müde. Warum nehmen Sie nicht mein Zimmer.«

»Nein danke. Ich leg' mich hier hin. Ich verbinde angenehme Erinnerungen mit dem Bett. Ich brauche nur eine Decke. Und dann müßte ich noch telefonieren.«

»Wie Sie wollen. Eine Decke kriegen Sie, und wo das Telefon ist, wissen Sie ja.«

Als Holden sein Zimmer verließ, ging Matlock ans Telefon. Das Tel-elektronische Gerät, das er mieten wollte, würde erst Montagfrüh zur Verfügung stehen.

»Blackstone.«

»Hier ist James Matlock. Ich sollte anrufen und mich erkundigen, ob es irgendwelche Nachrichten für mich gibt.«

»Ja, Mr. Matlock. Jemand hat für Sie angerufen, warten Sie bitte einen Augenblick... Hier. Von dem Team in Carlyle. Alles ist in Ordnung. Das Subjekt reagiert befriedigend auf die medizinische Behandlung. Das Subjekt hatte drei Besucher. Einen Mr. Samuel Kressel, einen Mr. Adrian Sealfont und eine Miß Lois Meyers. Das Subjekt hat zwei Telefonanrufe erhalten, die beide von dem Arzt abgewiesen wurden. Sie kamen von derselben Person, einem Mr. Jason Greenberg. Die Anrufe kamen aus Wheeling, West Virginia. Das Subjekt ist während der ganzen Zeit nicht von dem Carlyle-Team getrennt worden… Sie können ganz beruhigt sein.«

»Danke, das bin ich. Sie sind sehr gründlich. Gute Nacht.« Matlock atmete tief. Er war ebenso erleichtert wie erschöpft. Lois Meyers lebte auf der anderen Seite des Korridors in Pats Apartmenthaus. Die Tatsache, daß Greenberg angerufen hatte, war beruhigend. Greenberg fehlte ihm.

Er griff nach oben und schaltete die Taschenlampe am Sofa aus. Der helle Aprilmond schien durchs Fenster. Der Mann von Blackstones Team hatte recht – er konnte ganz ruhig sein.

Was er nicht beruhigen konnte, waren seine Gedanken, die sich mit dem morgigen Tag befaßten – und dem Tag danach. Alles mußte auf hohem Touren weiterlaufen; ein produktiver Tag mußte zum nächsten führen. Es durfte keine Verzögerung geben, auch nicht einen Augenblick lang ein Gefühl der Befriedigung, die seinen Schwung bremsen könnte.

Übermorgen. Nach Sammy Sharp's Windsor Shoals. Wenn alles nach seinen Berechnungen ablief, würde dann die Zeit gekommen sein, nach Carlyle selbst zu gehen. Matlock schloß die Augen und sah Blackstone Aufstellung vor sich.

CARMOUNT COUNTRY CLUB – KONTAKT:
HOWARD STOCKTON
WEST CARLYLE SAIL AND SKI RESORT – KONTAKT:
ALAN CANTOR

Carmount lag östlich von Carlyle in der Nähe der Bezirksgrenze von Mount Holly. Und das Sail und Ski lag westlich am Lake Derron – ein Erholungsgebiet ebenso für den Winter wie für den Sommer.

Er würde irgendeinen Anlaß finden, um Bartolozzi oder Aiello oder vielleicht auch Sammy Sharpe dazu zu bewegen, ihn dort einzuführen. Sobald er einmal in Carlyle war, würde er Andeutungen fallenlassen. Vielleicht auch mehr als Andeutungen – Befehle, Wünsche. Er mußte entschlossen auftreten, dies war der Weg, der zu Nimrod führte.

Seine Augen blieben geschlossen, seine Muskeln entspannten sich und die Schwärze erschöpften Schlafes umfing ihn. Aber ehe er einschlief, erinnerte er sich an das Papier. Das korsische Papier. Er mußte das Papier jetzt holen. Er würde es brauchen. Er würde die Einladung zu Nimrod brauchen. Seine Einladung. Sein Papier.

Das Matlock-Papier.

21.

Wenn die Kirchenältesten der Unabhängigen Kirche von Windsor Shoals je geahnt hätten, daß Rechtsanwalt Samuel Sharp, der blitzgescheite jüdische Anwalt, der die Finanzen der Kirche verwaltete, von gewissen Leuten in North Hartford und South Springfield, Massachusetts, als Sammy der Spieler bezeichnet wurde, hätten sie bestimmt für mindestens einen Monat die Vespergebete abgesagt. Glücklicherweise war ihnen nie eine derartige Offenbarung zuteil geworden, und so stand er bei der Unabhängigen Kirche in hohem Ansehen. Er hatte bemerkenswerte Leistungen für das Portefeuille der Kirche vollbracht und pflegte selbst bei Wohltätigkeitsveranstaltungen großzügige Spenden zu leisten. Die Unabhängige Kirche von Windsor Shoals war, wie übrigens das ganze Städtchen, Samuel Sharpe sehr freundlich gesonnen.

Matlock erfuhr alles dies in Sharpes Büro in der Windsor Valley Inn. Die gerahmten Zertifikate an den Wänden lieferten die Hälfte der Geschichte. Jacopo Bartolozzi lieferte munter den Rest. Jacopo war darauf bedacht, daß Matlock und seinem Freund aus England bewußt gemacht wurde, daß Sharpes Aktivitäten ebenso wie Sharpe selbst weit abseits von den ehrwürdigen Traditionen des Avon Swim Club stand.

Holden übertraf Matlocks kühnste Erwartungen. Einige Male hätte er beinahe laut aufgelacht, wenn er Holden dabei zusah, wie er Hundert-Dollar-Noten – die ein nervöser Alex Anderson hastig nach Webster gebracht hatte – nahm und sie nonchalant einem Croupier zuwarf, ohne sich je die Mühe zu machen, die Jetons zu zählen, aber gleichzeitig doch jedermann an allen beliebigen Tischen wissen ließ, daß er – und zwar auf den Dollar genau – den Betrag kannte, den man ihm gab. Holden spielte intelligent und vorsichtig, und stand einmal um über neuntausend Dollar im Plus. Als der Abend sich dem Ende zuneigte, waren seine Gewinne auf ein paar Hundert zurückgegangen. Das Management des Windsor Valley atmete dankbar und erleichtert auf.

James Matlock verfluchte seine zweite glücklose Nacht und nahm seine zwölfhundert Dollar Verluste hin.

Um vier Uhr morgens saßen Matlock und Holden, flankiert von Aiello, Bartolozzi, Sharpe und zwei ihrer Spießgesellen an einem großen Eichentisch, in dem im Kolonialstil eingerichteten Speisesaal. Sie waren alleine. Ein Kellner und zwei Gehilfen waren mit Aufräumen beschäftigt; die Spielsalons im zweiten Stock das Gaststätte hatten geschlossen.

Der robust gebaute Aiello und der kleine, dicke Bartolozzi redeten ohne Unterlaß über ihre jeweilige Klientel und versuchten, einander in bezug auf den Status ihrer Kunden in Verlegenheit zu bringen, wobei einer dem anderen zubilligte, daß es ›nett sein könnte‹, wenn er mit einem Mr. und Mrs. Johnson aus Canton ›bekannt‹ würde oder einem gewissen Dr. Wadsworth. Sharpe andererseits schien sich mehr für Holden und das Geschehen in England zu interessieren. Er erzählte einige komische Geschichten über seine Besuche in Londoner Clubs, bei denen er keineswegs eine besonders gute Figur machte, und ließ sich dann über seine unüberwindlichen Schwierigkeiten mit der britischen Währung in der Hitze des Spiels aus.

Matlock dachte, während er Sammy Sharpe beobachtete, daß der andere ein sehr charmanter Mann wäre. Die Vorstellung, daß man Sharpe als Stütze von Windsor Shoals, Connecticut, betrachtete, bereitete eigentlich keine Schwierigkeiten. Er mußte unwillkürlich Sharpe mit Jason Greenberg vergleichen. Dabei ergab sich freilich ein wesentlicher Unterschied. Der lag in den Augen. Die Greenbergs waren weich und voll Mitgefühl, selbst in der Wut. Sharpes Augen hingegen blickten kalt und hart und huschten unablässig in die Runde – bildeten einen seltsamen Kontrast zu seinem sonst so entspannten Gesicht.

Er hörte, wie Bartolozzi Holden fragte, was sein nächstes Reiseziel wäre. Holdens beiläufige Antwort gab ihm die Gelegenheit, die er suchte. Er wartete auf den richtigen Augenblick.

»Ich fürchte, ich kann mich dazu nicht äußern.«

»Er will es dir nicht sagen«, warf Rocco Aiello ein.

Bartolozzi schleuderte Aiello einen vernichtenden Blick zu. »Ich hatte nur gedacht, Sie würden vielleicht gerne mal im Avon vorbeischauen. Ich hab' ein wirklich nettes Lokal, das wird Ihnen bestimmt gefallen.«

»Ganz bestimmt. Vielleicht ein andermal.«

»Johnny ruft mich nächste Woche an«, sagte Matlock. »Wir kommen schon zusammen.« Er griff nach einem Aschenbecher und drückte seine Zigarette aus. »Ich muß nach... Carlyle, so heißt das, glaube ich.«

In dem Gespräch trat eine winzige Pause ein. Sharpe, Aiello und einer der beiden anderen Männer wechselten Blicke. Bartolozzi hingegen schien nicht zu bemerken, daß hier etwas von Bedeutung vorging.

»Das College?« fragte der kleine Italiener.

»Richtig«, antwortete Matlock. »Ich werde wahrscheinlich im Carmount oder im Sail and Ski wohnen. Ich nehme an, Sie wissen, wo das ist.«

»Ich denke schon.« Aiello lachte leise.

»Was führt Sie nach Carlyle?« Der unbekannte Mann – zumindest hatte sich niemand die Mühe gemacht, ihn namentlich vorzustellen – machte einen langen Zug an seiner Zigarre und sah Matlock erwartungsvoll an.

»*Meine* Angelegenheiten«, sagte Matlock freundlich.

»Ich frage ja nur. Seien Sie mir nicht böse.«

»Ich bin Ihnen nicht böse... Hey, es ist ja fast halb fünf! Sie sind zu gastfreundlich zu mir.« Matlock schob seinen Sessel zurück und schickte sich an aufzustehen.

Aber der Mann mit der Zigarre wollte noch eine Frage stellen.

»Kommt Ihr Freund mit Ihnen nach Carlyle?«

Holden hob lässig die Hand. »Tut mir leid, keine Einzelheiten bitte. Ich bin einfach ein Besucher in Ihren gastlichen Gefilden und habe viele touristische Pläne... Wir müssen jetzt wirklich gehen.«

Beide Männer erhoben sich vom Tisch. Auch Sharpe stand auf. Ehe die anderen etwas sagen konnten, meinte Sharpe: »Ich werde die Herren zu ihrem Wagen bringen und ihnen den Weg zeigen. Wartet hier – wir müssen noch abrechnen. Ich schulde dir Geld, Rocco. Und Frank schuldet mir. Vielleicht gleicht es sich aus.«

Der Mann mit der Zigarre, dessen Name offensichtlich Frank war, lachte. Aiello schien einen Augenblick lang verwirrt, begriff aber gleich, was Sharpe meinte. Die Männer am Tisch sollten bleiben.

Matlock war nicht sicher, daß er zweckmäßig gehandelt hatte.

Er hatte das Gespräch über Carlyle noch ein wenig fortsetzen wollen, bis jemand sich erbot, im Carmount oder im Sail and Ski anzurufen. Holdens Weigerung, mehr über seine Reisepläne zu sagen, hatte das unmöglich gemacht. Matlock befürchtete auch, daß dies den Eindruck erweckte, er und Holden wären so wichtig, daß weitere Vorstellungen überflüssig waren. Außerdem erkannte Matlock, daß er sich, je weiter seine Reise fortschritt, mehr und mehr auf die Garantie des toten Loring verließ, daß keiner der zu der Konferenz in Carlyle Eingeladenen über die anderen Delegierten sprechen würde. Das Gewicht der ›Omerta‹ lastete sehr schwer, daß keiner das Schweigen zu brechen wagte. Und doch hatte Sharpe gerade die anderen am Tisch zum Bleiben aufgefordert.

Er hatte das Gefühl, daß er vielleicht in seiner Unerfahrenheit zu weit gegangen war. Vielleicht war jetzt die Zeit, mit Greenberg Verbindung aufzunehmen – obwohl er eigentlich hatte warten wollen, bis er Konkreteres wußte, ehe er das tat. Wenn er jetzt Verbindung mit Greenberg aufnahm, könnte der Agent ihn zwingen – wie lautete dieser idiotische Satz? – ›aus der Strategie auszusteigen‹. Und auf dieses Problem war er noch nicht vorbereitet.

Sharpe begleitete ihn zu dem fast verlassenen Parkplatz. Das Windsor Valley Inn war nicht gerade mit Übernachtungsgästen überfüllt.

»Wir legen keinen großen Wert auf Dauergäste«, erklärte Sharpe. »Man kennt uns in erster Linie als gutes Restaurant.«

»Das kann ich verstehen«, sagte Matlock.

»Gentlemen«, begann Sharpe stockend. »Darf ich Sie um etwas bitten, was vielleicht als unhöflich gelten könnte?«

»Aber bitte.«

»Darf ich Sie kurz sprechen, Mr. Matlock? Unter vier Augen.«

»Oh, denken Sie sich nichts dabei«, sagte Holden und entfernte sich ein paar Schritte. »Ich verstehe völlig. Ich werde ein paar Schritte gehen.«

»Ihr englischer Freund ist sehr nett«, sagte Sharpe.

»Einer der nettesten, die es gibt. Was ist denn, Sammy?«

»Einige informatorische Punkte, wie wir bei Gericht sagen.«

»Und die wären?«

»Ich bin ein vorsichtiger Mann, aber ich bin auch sehr neugierig. Ich betreibe hier eine gute Organisation, wie Sie sehen können.«

»Das kann ich sehen.«

»Ich wachse dabei – vorsichtig, aber recht befriedigend.«

»Das akzeptiere ich.«

»Ich mache keinen Fehler. Ich habe einen juristisch ausgebildeten Verstand, und ich bin stolz darauf, daß ich keine Fehler mache.«

»Worauf wollen Sie hinaus?«

»Es ist mir in den Sinn gekommen – und ich will ehrlich sein, es ist auch meinem Partner Frank und Rocco Aiello in den Sinn gekommen – daß man Sie vielleicht in das Gebiet geschickt hat, um gewisse Beobachtungen anzustellen.«

»Warum glauben Sie das?«

»Warum?... Ein Spieler wie Sie taucht einfach aus dem Nichts auf. Sie haben mächtige Freunde in San Juan. Sie kennen unsere Lokale wie Ihre Hosentasche. Und dann haben Sie einen sehr reichen, sehr netten Kollegen von der Londoner Szene. Das paßt alles zusammen... Aber das wichtigste – und ich glaube, das wissen Sie – Sie erwähnen diese Geschäfte in Carlyle. Wollen wir ehrlich zueinander sein. Das spricht doch Bände, oder?«

»Tut es das?«

»Ich bin nicht vorschnell. Ich habe Ihnen gesagt, daß ich ein vorsichtiger Mann bin. Ich verstehe die Regeln und stelle keine Fragen, die man nicht von mir erwartet, und spreche nicht von Dingen, über die ich nichts wissen darf... Trotzdem möchte ich, daß die Generale erkennen, daß sie ein paar intelligente, ja ehrgeizige Leutnants in der Organisation haben. Das kann Ihnen jeder sagen. Ich bin ganz offen zu Ihnen, ich halte nichts zurück.«

»Bitten Sie mich damit, Ihnen ein gutes Zeugnis auszustellen?«

»So könnte man es etwa formulieren. Ich habe Wert. Ich bin ein Anwalt, den man respektiert. Mein Partner ist ein sehr erfolgreicher Versicherungsmakler. Wir sind erste Wahl.«

»Was ist mit Aiello? Mir scheint, Sie sind mit ihm befreundet.«

»Rocco ist ein guter Junge. Vielleicht nicht der schnellste, aber solid. Und ein sympathischer Mensch ist er auch. Aber in unsere Klasse gehört er wohl nicht.«

»Und Bartolozzi?«

»Über Bartolozzi habe ich nichts zu sagen. Über ihn müssen Sie sich selber eine Meinung bilden.«

»In dem Sie nichts sagen, sagen Sie eine ganze Menge, nicht wahr?«

»Nach meiner Meinung redet er zuviel. Aber das könnte an seiner Persönlichkeit liegen. Er geht mir irgendwie gegen den Strich. Rocco aber nicht.«

Matlock beobachtete den methodischen Sharpe im frühen Dämmerlicht des Parkplatzes und begann zu begreifen, was vorgefallen war.

Es war ganz logisch; er selbst hatte es geplant, aber jetzt, da es sich ereignete, kam er sich seltsam objektiv vor. Er beobachtete sich selbst, beobachtete Marionetten, die reagierten.

Er war als ein Fremder in Nimrods Welt eingetreten; beargwöhnt vielleicht, jedenfalls abwegig.

Und plötzlich sollte dieser Argwohn, diese Abwegigkeit nicht verschmäht sondern *geehrt* werden.

Der Verdächtige, den man wegen seiner Abwegigkeit ehrte – weil sie von einer höheren Stelle kommen *mußte*. Er war jetzt ein Abgesandter der oberen Ränge. Man fürchtete ihn.

Wie hatte Greenberg das genannt? Die Schattenwelt. Unsichtbare Armeen, die ihre Truppen in der Finsternis in Position brachten, stets auf der Hut vor irgendwelchen verirrten Patrouillen, feindlichen Spähern.

Der schmale Pfad, den er gehen mußte, war gefährlich. Aber er war jetzt der seine.

»Sie sind ein guter Mann, Sharpe. Und verdammt clever sind Sie auch... Was wissen Sie über Carlyle?«

»Nichts! Absolut nichts.«

»Jetzt lügen Sie, und das ist *nicht* clever.«

»Das ist die Wahrheit. Ich weiß *nichts*. Gerüchte habe ich gehört. Aber Dinge, die man weiß, und Dinge von denen man nur gehört hat, sind zwei Paar Stiefel, das weiß ich als Anwalt.« Sharpe hob die rechte Hand und spreizte Zeigefinger und Mittelfinger auseinander, wie zum Eid.

»Was für Gerüchte? Drücken Sie sich ganz klar aus, im eigensten Interesse.«

»Nur Gerüchte. Eine Versammlung des Clans vielleicht. Ein Zusammentreffen hochrangiger Individuen. Eine Übereinkunft, die zwischen gewissen Leuten getroffen werden muß.«

»Nimrod?«

Sammy Sharpe schloß die Augen genau drei Sekunden lang. Und während er das tat, sprach er.

»Jetzt sprechen Sie eine Sprache, die ich nicht hören möchte.«

»Dann haben Sie auch nichts gehört, oder?«

»Es ist aus dem Protokoll gestrichen, das versichere ich Ihnen.«

»Okay. Gar nicht schlecht. Wenn Sie wieder hineingehen, glaube ich, daß es keine gute Idee wäre, über die Gerüchte zu reden, die Sie gehört haben. Dann würden Sie doch wie ein dummer Leutnant handeln, nicht wahr?«

»Nicht nur dumm – verrückt.«

»Warum haben Sie dann den anderen gesagt, daß sie bleiben sollen? Es ist spät.«

»Weil ich wissen wollte, was alle von Ihnen und Ihrem englischen Freund denken. Aber jetzt sage ich Ihnen – da Sie einen bestimmten Namen erwähnt haben –, es wird kein solches Gespräch stattfinden. Wie ich schon sagte, ich verstehe die Regeln.«

»Gut. Ich glaube Ihnen. Sie haben Möglichkeiten. Sie sollten jetzt wieder hineingehen... Oh, eines noch. Ich möchte, daß Sie... *wir* möchten, daß Sie Stockton im Carmount und Cantor im Sail and Ski anrufen. Sagen Sie nur, ich sei ein persönlicher Freund und würde dort erscheinen. Sonst nichts. Wir wollen nicht, daß wir irgendwie beobachtet werden. Das ist wichtig, Sammy. Sonst nichts.«

»Aber gerne. Und Sie vergessen auch nicht, den anderen meine Grüße zu bestellen?«

»Das werde ich nicht vergessen. Sie sind ein guter Mann.«

»Ich werde mein Bestes tun. Das ist alles, was man tun kann...«

In diesem Augenblick wurde die morgendliche Stille von fünf lauten, dicht hintereinanderfolgenden Explosionen zerrissen. Glas zerklirrte. Aus dem Inneren des Restaurants hörte man Leute laufen und schreien, Möbel stürzten um. Matlock warf sich zu Boden.

»John! John!«

»Hier drüben! Beim Wagen! Alles klar bei Ihnen?«

»Ja. Bleiben Sie, wo Sie sind.«

Sharpe war in die Dunkelheit gerannt und drückte sich jetzt gegen die Mauer. Matlock konnte seine Umrisse nur undeutlich sehen, sah aber genug, um zu erkennen, daß Sharpe einen Revolver aus der Jacke gezogen hatte.

Wieder war hinter dem Gebäude eine Salve von Schüssen zu hören, der erneut Schreckensschreie folgten. Ein Hilfskellner rannte durch die Nebentür und kroch auf Händen und Knien auf den Rand des Parkplatzes zu. Er schrie hysterisch in einer Sprache, die Matlock nicht verstand.

Ein paar Sekunden später rannte ein weiterer Restaurantangestellter in einer weißen Jacke durch die Tür und zog einen zweiten Mann hinter sich. Der Zweite war offensichtlich verletzt, Blut strömte ihm von der Schulter, sein rechter Arm hin reglos herunter.

Ein weiterer Schuß hallte aus dem Nichts. Der Kellner, der soeben noch geschrien hatte, fiel vornüber. Der verwundete Mann hinter ihm taumelte nach vorne, krachte mit dem Gesicht in den Kies. Im Inneren des Gebäudes schrien Männer.

»Gehen wir doch! Hinaus! Zum *Wagen!*«

Er erwartete, weitere Männer aus der Türe rennen zu sehen, aber es kam keiner. Statt dessen hörte er von einer anderen Stelle des Anwesens, wie ein Motor aufheulte. Kurz darauf kreischten Reifen, und ein Automobil bog scharf um die Ecke. Dann raste plötzlich, vielleicht fünfzig Meter von ihm entfernt, zu seiner Linken ein schwarzer Buick aus der nördlichen Einfahrt zur Hauptstraße. Der Wagen mußte unter einer Straßenlaterne durch. Matlock sah ihn ganz deutlich. Es war derselbe Wagen, der wenige Augenblicke nach Ralph Lorings Ermordung aus der Finsternis geschossen war.

Dann war wieder alles still. Das graue Licht der Morgendämmerung begann heller zu werden.

»Jim! Jim, kommen Sie her! Ich glaube, jetzt sind sie weg!«

Es war Holden. Er hatte die Deckung verlassen, die der Wagen ihm bot, und stand jetzt über den Mann in der weißen Jacke gebeugt da.

»Komme schon!« sagte Matlock und stand auf.

»Der Mann ist tot. Man hat ihm zwischen die Schulterblätter geschossen... Der da atmet noch. Wir sollten einen Krankenwagen kommen lassen.« Holden war zu dem bewußtlosen Hilfskellner mit dem blutigen, unbeweglichen rechten Arm gegangen.

»Ich höre nichts. Wo ist Sharpe?«

»Er ist gerade hineingegangen. Durch diese Tür dort. Er hatte eine Waffe.«

Die beiden Männer gingen vorsichtig auf den Seiteneingang der Gaststätte zu. Matlock öffnete langsam die Tür und trat vor Holden ins Foyer. Möbel waren umgestürzt, Tische und Stühle lagen auf dem Boden. Überall glänzte frisches Blut.

»Sharpe? Wo sind Sie?« Matlock hob vorsichtig die Stimme. Es dauerte ein paar Sekunden, bis eine Antwort kam. Und als sie kam, war Sharpe kaum zu hören.

»Hier drinnen. Im Speisesaal.«

Matlock und Holden gingen durch den mit Eichenholz verkleideten Bogen. Keiner von beiden war durch irgend etwas auf das vorbereitet, was er sah.

Das Schreckliche war der Anblick der buchstäblich mit Blut bedeckten Körper. Was von Rocco Aiello übrig war, lag über dem rot durchtränkten Tischtuch, der größte Teil seines Gesichts war einfach weggerissen. Sharpes Partner, der Mann namens Frank, den keiner vorgestellt hatte, lag auf den Knien, und sein Oberkörper war über einen Stuhlsitz gebogen. Blut floß ihm aus dem Hals, seine Augen standen im Tod weit offen. Jacopo Bartolozzi lag auf dem Boden. Sein fetter Körper war um ein Tischbein gekrümmt. Die Vorderseite seines Hemds war bis zum Kragen aufgerissen und zeigte seinen vortretenden Bauch, der von einem Dutzend Kugellöchern zerfetzt war. Immer noch rann Blut über sein kurzes, schwarzes Körperhaar. Bartolozzi hatte versucht, sich das Hemd aufzureißen. Er hielt noch ein Stück Tuch in der toten Hand. Der vierte Mann lag hinter Bartolozzi. Sein Kopf ruhte auf Bartolozzis rechtem Fuß. Er hatte Arme und Beine ausgestreckt wie ein Insekt, das man auf Kork festgespießt hat. Sein ganzer Rücken war mit einer dicken Blutschicht bedeckt. Teile seiner Eingeweide waren ihm durch die Haut getrieben.

»Oh mein Gott!« murmelte Matlock, der immer noch nicht ganz glauben konnte, was er sah. John Holden sah aus, als würde ihm jeden Augenblick übel werden. Sharpe sprach leise und schnell. »Sie sollten gehen. Sie und Ihr englischer Freund sollten schnell hier verschwinden.«

»Sie müssen die Polizei rufen«, sagte Matlock verwirrt.

»Draußen ist ein Mann, ein Junge. Er lebt noch.« Holden stotterte beim Sprechen.

Sharpe blickte zu den beiden Männern hinüber. Er hielt immer noch den Revolver in der Hand. Seine Augen verrieten nur eine schwache Andeutung von Argwohn. »Die Leitungen sind ohne Zweifel durchschnitten worden. Die nächsten Häuser sind Farmen; sie sind mindestens eine halbe Meile entfernt... Ich erledige alles. Sie verschwinden hier besser.«

»Glauben Sie, daß wir das sollten?« fragte Holden und sah Matlock an.

Sharpe erwiderte: »Hören Sie, Engländer, mir persönlich ist es völlig egal, was Sie beide tun. Ich habe jetzt genug zu bedenken, genug zu überlegen... Aber um Ihrer selbst willen, verschwinden Sie hier. Dann gibt es weniger Komplikationen, weniger Risiko. Stimmt das nicht?«

»Ja, Sie haben recht«, sagte Matlock.

»Falls man Sie festnimmt, Sie sind hier vor einer halben Stunde weggefahren. Sie waren Freunde von Bartolozzi, das ist alles, was ich weiß.«

»Geht in Ordnung.«

Sharpe mußte sich von den ermordeten Männern abwenden. Matlock dachte einen Augenblick lang, daß der Anwalt gleich weinen würde. Statt dessen atmete er tief und sprach weiter.

»Ein juristisch ausgebildeter Verstand, Mr. Matlock. Ich bin wertvoll. Sagen Sie ihnen das.«

»Das werde ich.«

»Sagen Sie ihnen außerdem, daß ich Schutz brauche, Schutz *verdiene*. Sagen Sie ihnen das auch.«

»Natürlich.«

»Und jetzt verschwinden Sie.« Plötzlich warf Sharpe angewidert seinen Revolver zu Boden. Dann schrie er und die Tränen traten ihm in die Augen: »Um Himmels willen, verschwinden Sie! *Verschwinden sollen Sie!*«

22.

Matlock und Holden kamen überein, sich sofort zu trennen. Der Professor setzte den Mathematiker bei seiner Wohnung ab und fuhr dann nach Süden, in Richtung Fairfield. Er wollte in einem Motel übernachten, das weit genug von Windsor Shoals entfernt war, um seine Panik loszuwerden, und doch nahe genug bei Hartford, um es sich zu ermöglichen, um zwei Uhr nachmittag zu Blackstone zu kommen.

Er war zu erschöpft, zu verängstigt, um denken zu können. Er fand ein drittrangiges Motel ein Stück westlich von Stratford und versetzte den Nachtportier dadurch in Erstaunen, daß er alleine war.

Während er sich in das Motelregister eintrug, murmelte er unfreundliche Bemerkungen über eine argwöhnische Frau in Westport und überredete den Angestellten vermittels einer Zehn-Dollar-Note dazu, sein Eintreffen um zwei Uhr morgens zu registrieren. Er fiel um sieben ins Bett und bestellte sich einen Weckruf für halb eins. Wenn er fünf Stunden schlief, dachte er, mußten die Dinge ja etwas klarer werden.

Matlock schlief fünf Stunden und zwanzig Minuten, und dennoch hatte sich nicht viel verändert. Sehr wenig war ihm klarer geworden. Wenn überhaupt, schien ihm das Massaker in Windsor Shoals jetzt noch ungewöhnlicher als zuvor. War es möglich, daß er als Opfer ausersehen gewesen war? Oder hatten die Mörder draußen gewartet, stumm darauf gewartet, daß er ging, ehe sie ihre Hinrichtungen vollzogen?

Fehler oder Warnungen?

Um Viertel nach eins fuhr er auf den Merrit Parkway. Um halb zwei bog er in die Berlin Turnpike und fuhr auf Nebenstraßen nach Hartford. Um fünf Minuten nach zwei betrat er Blackstones Büro.

»Hören Sie«, sagte Michael Blackstone und lehnte sich über seinen Schreibtisch und starrte Matlock an, »wir stellen zwar nur wenige Fragen, aber daraus sollten Sie ja nicht schließen, daß wir unseren Klienten Blankoschecks geben!«

»Mir scheint, Sie wollen das genau umgekehrt haben.«

»Dann nehmen Sie Ihr Geld und gehen Sie woanders hin. Wir werden es überleben!«

»Augenblick mal! Sie wurden dafür bezahlt, ein Mädchen zu beschützen, das ist alles! Dafür bezahle ich drei-

538

hundert Dollar den Tag! Alles andere sind Randerscheinungen, und dafür bezahle ich wahrscheinlich auch.«

»Sie werden keine zusätzliche Belastung bekommen. Ich weiß nicht, wovon Sie reden.« Plötzlich beugte sich Blackstone nach vorne und flüsterte mit heiserer Stimme: »Herrgott, Matlock? Zwei *Männer!* Zwei Männer auf dieser gottverdammten Liste sind letzte Nacht ermordet worden! Wenn Sie ein mit Drogen vollgepumpter Verrückter sind, will ich nichts mit Ihnen zu tun haben! Das kommt hier nicht in Frage! Mir ist egal, *wer* Ihr alter Herr ist oder *wieviel* Geld Sie haben!«

»Jetzt weiß ich nicht, wovon *Sie* reden. Nur das, was ich in den Zeitungen gelesen habe. Ich war letzte Nacht in einem Motel in Fairfield. Ich bin um zwei Uhr morgens dort eingetroffen. Nach dem, was in den Zeitungen steht, haben diese Morde gegen fünf Uhr stattgefunden.«

Blackstone stieß sich von dem Tisch ab und stand auf. Er sah Matlock argwöhnisch an. »Können Sie das bestätigen?«

»Wollen Sie den Namen und die Telefonnummer des Motels? Geben Sie mir ein Telefonbuch, dann suche ich es heraus.«

»Nein!... Nein. Ich will gar nichts wissen. Sie waren in Fairfield?«

»Holen Sie das Telefonbuch.«

»Schon gut. Schon gut, vergessen Sie es. Ich glaube, daß Sie lügen, aber Sie haben sich abgesichert. Wie Sie schon sagten, wir werden nur dafür bezahlt, daß Mädchen zu schützen.«

»Hat sich seit Sonntagnachmittag etwas geändert? Ist alles in Ordnung?«

»Ja... Ja.« Blackstone schien plötzlich tief in Gedanken. »Ich habe Ihr Tel-electronic. Es funktioniert. Das macht zusätzliche zwanzig Dollar pro Tag.«

»Verstehe. Großhandelspreis.«

»Wir haben nie behauptet, wir wären billig.«

»Könnten Sie auch nicht.«

»Richtig.«

Blackstone blieb stehen und drückte einen Knopf auf seiner Sprechanlage und sprach in das Mikrofon: »Bringen Sie Mr. Matlocks Tel-electronic herein, bitte.«

Sekunden darauf trat ein attraktives Mädchen in das Büro. Sie trug ein Kästchen aus Metall, das nicht größer als ein Päckchen Zigaretten war. Sie stellte es auf Blackstones Schreibtisch und legte eine Karteikarte daneben. Dann verließ sie das Büro ebenso schnell wieder wie sie es betreten hatte.

»Hier bitte«, sagte Blackstone. »Ihr Code ist Charger Drei-Null. Das bedeutet, Carlyle Territorium, Drei-Mann-Team. Die Telefonnummer, die Sie anrufen, ist fünf, fünf, fünf, sechs, acht, sechs, acht. Wir halten immer eine Liste von Nummern bereit, die leicht auswendig zu merken sind. Das Tel-electronic gibt sein Signal mit kurzen Pfeiftönen. Sie können es abschalten, indem Sie diesen Knopf hier drücken. Wenn das Signal gesendet wird, rufen Sie die Nummer an. Ein Tonbandgerät, das an das Telefon angeschlossen ist, übermittelt Ihnen die Nachricht des Teams. Häufig wird die Nachricht in der Anweisung bestehen, eine andere Telefonnummer anzurufen, um direkten Kontakt herzustellen. Verstehen Sie das alles? Es ist wirklich sehr einfach.«

»Ich verstehe«, sagte Matlock und nahm die kleine Metallbox an sich. »Mich verwirrt nur etwas, daß sie die Männer nicht einfach in diesem Büro anrufen lassen und dann mit mir Verbindung aufnehmen. Abgesehen von Ihren Profiten wäre das doch ganz bestimmt einfacher, oder?«

»Nein. Die Fehlermöglichkeiten wären da zu groß. Wir haben eine große Zahl von Klienten. Wir möchten, daß unsere Klienten in direktem Kontakt mit den Männern stehen, für die sie bezahlen.«

»Ich verstehe.«

»Außerdem respektieren wir den Persönlichkeitsschutz unserer Klienten. Wir halten es für keine besonders gute Idee, daß Informationen durch Dritte oder Vierte übermittelt werden. Übrigens, Sie können das Team auf demselben Weg erreichen. Jeder hat ein solches Gerät. Sie brauchen nur die Nummer anzurufen und die Nachricht für sie auf Band sprechen.«

»Höchst lobenswert.«

»Nein, nur professionell.« Dann setzte sich Blackstone zum ersten Mal seit Matlock das Büro betreten hatte in seinen Sessel und lehnte sich zurück. »Jetzt will ich Ihnen etwas sagen, und wenn Sie darin eine Bedrohung sehen wollen, wäre das durchaus gerechtfertigt. Wenn Sie Ihren Auftrag wegen dem, was ich sage, zurücknehmen wollen, wäre das ebenfalls okay... Wir wissen, daß Sie aktiv von Agenten des Justizministeriums gesucht werden. Aber man hat keine Anklage gegen Sie erhoben, es gibt keine Haftbefehle. Sie besitzen gewisse Rechte, die die Bundesbehörden in ihrem Übereifer häufig übersehen – das ist einer der Gründe, weshalb wir im Geschäft sind. Aber, *noch einmal*, wir möchten, daß Sie wissen, daß unsere Dienste sofort eingestellt werden, wenn Ihr Status sich ändern sollte, wenn Anklage erhoben werden sollte oder jemand einen Haftbefehl gegen Sie erwirken würde. In diesem Falle würden wir nicht zögern, die Behörden zu unterstützen und ihnen Ihren Aufenthaltsort bekanntgeben. Alle Informationen, die wir besitzen, werden nur Ihren Anwälten ausgehändigt – es handelt sich dabei im juristischen Sinne um privilegiertes Wissen – nicht aber Ihr Aufenthaltsort. *Capiche?*«

»Ja. Das ist fair.«

»Wir sind mehr als fair. Deshalb werde ich eine Vorauszahlung für zehn Tage von Ihnen verlangen – alles, was nicht aufgebraucht wird, erhalten Sie später zurück… In dem Fall, daß die Situation sich ändert, und die Bundesagenten einen Haftbefehl gegen Sie erwirken, werden Sie – nur *einmal* die folgende Botschaft über das Tonbandgerät erhalten. *Nur diese Worte.*«

Blackstone hielt inne, wie um dem, was er sagte, mehr Gewicht zu verleihen.

»Und die lauten?«

»›*Charger Drei-Null ist storniert.*‹«

Als er wieder auf der Bond Street stand, empfand Matlock ein Gefühl, von dem er wußte, daß es ihn nicht mehr verlassen würde bis seine Reise, bis sein Rennen vorüber war. Er hatte das Empfinden, daß die Leute ihn anstarrten. Er begann zu glauben, daß Fremde ihn beobachteten. Er ertappte sich dabei, wie er sich unwillkürlich umdrehte und versuchte, die unsichtbaren, ihn beobachtenden Augen zu sehen. Aber da gab es keine.

Keine, die er ausmachen konnte.

Das korsische Papier mußte jetzt aus seiner Wohnung geholt werden. Angesichts dessen, was Blackstone gesagt hatte, hatte es wenig Sinn, wenn er selbst versuchte, es zu holen. Seine Wohnung würde überwacht werden – beide Lager würden sie überwachen, die Sucher und die Gesuchten.

Er würde das Blackstone-Team benutzen, einen von ihnen, würde die Garantie, die Blackstone ihm gegeben hatte, auf die Probe stellen. Er würde sie – ihn – erreichen, vorher mußte er nur noch ein Telefongespräch führen. Ein Gespräch, in dem sich für ihn klar herausstellen würde, ob die silberne korsische Einladung wirklich notwendig war oder nicht. Ein Anruf bei Samuel Sharpe, Rechtsanwalt, Windsor Shoals, Connecticut.

Matlock beschloß, Sharpe eine kurzzeitige mitfühlendere Seite seiner künstlichen Persönlichkeit zu zeigen. Sharpe selbst hatte einen Augenblick lang die Kontrolle über sich verloren. Matlock dachte, daß dies der Augenblick war, um anzudeuten, daß selbst Männer wie er – Männer, die einflußreiche Freunde in San Juan und London hatten – über Gefühle verfügten, die über das persönliche Überleben hinausreichten.

Er betrat die Lobby des Americana-Hotels und rief ihn an. Sharpes Sekretärin meldete sich.

»Sind Sie in einem Büro, wo Mr. Sharpe sofort zurückrufen kann?«

»Nein, ich bin in einer Telefonzelle. Außerdem habe ich es eilig.«

Eine Weile blieb es still, aber er hatte bemerkt, daß vorher ein Knopf gedrückt worden war. Er brauchte nur zehn Sekunden zu warten.

»Darf ich die Nummer haben, von der aus Sie anrufen, Mr. Matlock? Mr. Sharpe ruft Sie innerhalb von fünf Minuten zurück.«

Matlock gab dem Mädchen die Nummer und legte auf.

Während er auf der Plastikbank saß, wanderte seine Erinnerung zu einer anderen Telefonzelle und einer anderen plastiküberzogenen Bank zurück. Und zu einem schwarzen Buick, der an dem toten Mann vorbeiraste, der in jener Zelle kauerte, mit einem Einschuß in der Stirne.

Die Glocke schlug an. Matlock nahm den Hörer ab.

»Matlock?«

»Sharpe?«

»Sie sollten mich nicht im Büro anrufen. Das sollten Sie eigentlich wissen. Ich mußte in die Lobby hinuntergehen, zu einem Automaten.«

»Ich hatte nicht damit gerechnet, daß das Telefon eines angesehenen Anwalts riskant sein könnte. Tut mir leid.«

Am anderen Ende der Leitung herrschte ein paar Augenblicke lang Schweigen. Offensichtlich rechnete Sharpe nie mit einer Entschuldigung. »Ich bin ein vorsichtiger Mann, das habe ich Ihnen gesagt. Was gibt es?«

»Ich wollte nur wissen, wie es Ihnen geht. Wie alles gelaufen ist. Das war eine schreckliche Sache letzte Nacht.«

»Ich hatte keine Zeit für eine Reaktion. Es gibt zu viel zu tun. Polizei, Begräbnisformalitäten, Reporter.«

»Was sagen Sie? Wie betreiben Sie diese Geschichte?«

»Es wird keine größeren Fehler geben. Um es in kurzen Worten zu sagen – wenn es darauf hinausläuft – ich bin ein unschuldiges Opfer. Frank ist auch ein Opfer, nur, daß er tot ist... Frank wird mir fehlen. Er war wirklich ein netter Kerl. Oben mache ich natürlich dicht. Die Polizei ist schon bezahlt worden. Von Ihren Leuten, nehme ich an. Es wird genau das sein, was in den Zeitungen stehen wird. Ein paar italienische Gangster, die in einem netten kleinen Landrestaurant niedergeschossen worden sind.«

»Sie sind ein kalter Brocken.«

»Ich hab' es Ihnen ja gesagt«, erwiderte Sharpe traurig. »Ich bin ein vorsichtiger Mann. Ich bin auf Notfälle vorbereitet.«

»Wer hat es getan?«

Sharpe beantwortete die Frage nicht. Er sagte überhaupt nichts.

»Ich habe Sie gefragt, wen Sie für die Täter halten?«

»Ich nehme an, Sie und Ihre Leute werden das vor mir herausfinden... Bartolozzi hatte Feinde; er war ein unangenehmer Typ. Rocco wohl auch, denke ich... Aber warum Frank? Das müssen Sie mir sagen.«

»Ich weiß nicht. Ich habe noch mit niemandem gesprochen.«

»Sehen Sie zu, ob Sie es erfahren können. Bitte. Das war nicht richtig.«

»Ich will es versuchen. Das verspreche ich... Und Sammy, rufen Sie in Stockton und Cantor an, nicht vergessen.«

»Ich vergesse es schon nicht. Ich habe mir das für heute

nachmittag auf den Kalender geschrieben. Ich sagte Ihnen doch, daß ich methodisch zu arbeiten pflege.«

»Danke. Mein herzliches Beileid wegen Frank. Er schien mir wirklich ein netter Bursche.«

»Ganz große Klasse war der Junge.«

»Sicher war er das... Ich melde mich wieder, Sammy. Ich habe das nicht vergessen, was ich Ihnen versprochen habe. Sie haben mich wirklich beeindruckt. Ich werde...«

Das Geräusch von Münzen, die im Inneren des Telefons in Windsor Shoals in einen Schacht fielen, unterbrach Matlock. Das Zeitlimit war verbraucht, und es hatte wenig Sinn, das Gespräch auszudehnen. Er hatte das erfahren, was er wissen mußte. Jetzt brauchte er das Papier aus Korsika. Das schreckliche Massaker in der Morgendämmerung hatte den methodischen Sharpe nicht dazu veranlaßt, die Telefonanrufe zu vergessen, die zu tätigen er versprochen hatte. Warum das so war, war für Matlock ein Wunder, aber so war es einfach. Der vorsichtige Mann war nicht in Panik geraten. Er war wie Eis.

In der Telefonzelle war es stickig, eng, unbequem, und die Luft war von Rauch erfüllt. Er öffnete die Tür und ging schnell quer durch die Hotellobby zum Haupteingang.

Er bog um die Ecke der Asylum Street und sah sich nach einem passenden Restaurant um. Eines in dem er zu Mittag essen konnte, während er den Rückruf von Charger Drei-Null erwartete. Blackstone hatte gesagt, daß er eine Nummer hinterlassen solle; was gab es schon für eine bessere als die eines Restaurants.

Er sah die Tafel: The Lobster House. Es handelte sich um ein Lokal, wie es von Geschäftsleuten besucht wird.

Er erhielt eine Nische für sich, keinen Tisch. Es war schon fast drei; die Mittagsgäste waren weniger geworden. Er setzte sich und bestellte sich einen Bourbon on the Rocks und erkundigte sich bei der Kellnerin nach dem nächsten Telefon. Er wollte gerade die Nische verlassen, um 555-6868 anzurufen, als er das scharfe Piepen des Tel-electronic aus seiner Tasche hörte. Zuerst lähmte ihn das fast. Es war gerade, als wäre ein Teil seiner Person – ein hysterisches Organ vielleicht – verrückt geworden und versuchte, seine Not in die Welt hinaus zu rufen. Seine Hand zitterte, als er in die Manteltasche fuhr und ihr das kleine Gerät entnahm. Er fand den Abschaltknopf und drückte ihn ein so fest er konnte. Dann sah er sich um und fragte sich, ob das Geräusch wohl irgend jemand aufgefallen war.

Das war es nicht. Niemand erwiderte seinen Blick. Niemand hatte auch nur das geringste gehört.

Er verließ seinen Sitz und ging schnell auf das Telefon zu. Sein einziger Gedanke war Pat – etwas war geschehen, etwas, das Charger Drei-Null wichtig genug schien, um die schreckliche, heimtückische Maschine in Gang zu setzen, die ihn erschreckt hatte.

Matlock zog die Türe hinter sich zu und wählte 555-6868.

»Charger Drei-Null, erstatte Meldung.« Die Stimme hatte den typisch fernen Klang einer Tonbandaufnahme. »Bitte rufen Sie Nummer fünf, fünf, fünf; eins, neun, fünf, eins an. Kein Grund zur Besorgnis, Sir. Es gibt keine Probleme. Wir werden die nächste Stunde über diese Nummer zu erreichen sein. Noch einmal die Nummer. Fünf, fünf, fünf; eins, neun, fünf, eins.«

Matlock begriff, daß Charger Drei-Null sich große Mühe gab, seine Ängste sofort zu beschwichtigen, vielleicht weil das seine erste Erfahrung mit dem Tel-electronic war. Er hatte das Gefühl, daß Charger Drei-Null selbst wenn die Stadt Carlyle von einer Atombombe getroffen werden sollte, immer noch mit der gleichen beruhigenden Stimme sprechen würde. Außerdem überlegte er, daß ein Mann vermutlich klarer dachte, wenn er keine

Angst hatte. Was auch immer es sein mochte, Matlock wußte, daß die Methode funktionierte. Er war jetzt ruhiger. Er griff in die Tasche und entnahm ihr etwas Kleingeld und nahm sich gleichzeitig vor, sich einige Dollarnoten in Kleingeld wechseln zu lassen. Der Telefonautomat war ein wichtiger Bestandteil seines Lebens geworden.

»Ist das fünf, fünf, fünf; neunzehneinundfünfzig?«

»Ja«, sagte dieselbe Stimme, die er auf dem Tonband gehört hatte. »Mr. Matlock?«

»Ja. Geht es Miß Ballantyne gut?«

»Sehr gut, Sir. Da haben Sie wirklich einen guten Arzt. Sie hat sich heute morgen schon aufgesetzt. Der größte Teil der Schwellung ist zurückgegangen. Der Arzt ist recht zufrieden... Sie hat sich einige Male nach Ihnen erkundigt.«

»Und was sagen Sie ihr?«

»Die Wahrheit. Daß Sie uns eingestellt hätten, damit wir sicherstellen, daß sie nicht belästigt wird.«

»Ich meine in bezug auf den Ort, an dem ich mich befinde.«

»Wir sagten ihr einfach nur, Sie müßten auf ein paar Tage verreisen. Wäre vielleicht eine gute Idee, wenn Sie sie anrufen. Seit heute nachmittag darf sie Telefongespräche führen. Wir filtern sie natürlich aus.«

»Natürlich. Haben Sie deshalb mit mir Verbindung aufgenommen?«

»Teilweise. Der andere Grund ist Greenberg. Jason Greenberg. Er ruft die ganze Zeit Ihretwegen an. Er besteht darauf, daß Sie mit ihm Verbindung aufnehmen.«

»Was hat er gesagt? Wer hat mit ihm gesprochen?«

»Ich. Übrigens, mein Name ist Cliff.«

»Okay, Cliff, was hat er gesagt?«

»Daß Sie ihn sofort anrufen sollen. Es sei sehr wichtig. Ich habe auch eine Nummer für Sie. Der Apparat steht in Wheeling, West Virginia.«

»Geben Sie her.« Matlock holte seinen Kugelschreiber heraus und schrieb die Nummer auf das hölzerne Regalbrett unter dem Telefon.

»Mr. Matlock?«

»Ja, was ist?«

»Greenberg hat auch noch gesagt, daß wir Ihnen sagen sollen, ...›daß die Städte nicht mehr sterben, sie seien bereits tot.‹ Das waren seine Worte. ›Die Städte sind tot.‹«

23.

Cliff erklärte sich kommentarlos bereit, das korsische Papier aus Matlocks Wohnung zu holen. Später wollten sie telefonisch ein Treffen vereinbaren. Falls das Papier fehlen sollte, würde Charger Drei-Null ihn unverzüglich informieren.

Matlock beschränkte sich auf einen Drink. Er stocherte in seinem Mittagessen herum und verließ das Lobster House um halb vier. Es war Zeit, seine Streitkräfte neu zu formieren, frische Munition zu fassen. Er hatte den Cadillac einige Häuserblocks südlich von Blackstones Büro auf einem Parkplatz an der Bond Street abgestellt. Es handelte sich um eine städtische Parkfläche, auf der jeder einzelne Abstellplatz seine eigene Parkuhr hatte. Als Matlock zu seinem Wagen ging, kam ihm in den Sinn, daß er seit dem Besuch bei Blackstone nicht mehr zurückgekehrt war, um zusätzliche Münzen einzuwerfen. Die Parkuhren reichten nur eine Stunde; er war fast zwei Stunden dort gewesen. Was die Mietwagenfirmen wohl mit den vielen Verkehrsübertretungen anfingen, die sich ohne Zweifel bei ihren Kunden ergaben? Er betrat den Parkplatz und überlegte einen Augenblick lang, ob er die richtige Parkgasse ausgewählt hatte. Dann wurde ihm klar, daß das nicht der Fall war. Der Cadillac stand zwei Reihen weiter, in der vierten Gasse. Er fing an, sich an den dicht beieinanderstehenden Fahrzeugen vorbeizuwinden und blieb dann stehen.

Zwischen den Wagen sah er die blau-weißen Streifen eines Patrouillenwagens von Hartford. Er parkte unmittelbar hinter seinem Cadillac. Ein Polizeibeamter versuchte gerade, die Tür des Cadillac zu öffnen, während ein zweiter Streifenbeamter an dem Polizeifahrzeug lehnte und telefonierte.

Sie hatten den Wagen gefunden. Es machte ihm Angst, aber irgendwie überraschte es ihn nicht.

Er zog sich vorsichtig zurück, bereit, davonzurennen, falls man ihn entdeckte. Sein Verstand arbeitete fieberhaft, beschäftigte sich mit den Problemen, die diese neue Komplikation schuf. Zuallererst mußte er sich wieder einen Wagen beschaffen. An zweiter Stelle kam die Tatsache, daß sie jetzt wußten, daß er sich in der Umgebung von Hartford aufhielt. Somit schieden auch andere Verkehrsmittel aus. Die Eisenbahnstationen, die Busterminals, selbst die Taxibüros waren ohne Zweifel alarmiert. Es lief darauf hinaus, daß er sich einen anderen Wagen besorgen mußte.

Und doch wunderte er sich. Blackstone hatte ihm eindeutig erklärt, daß keine Anklage gegen ihn bestand, kein Haftbefehl. Wenn es so etwas gegeben hätte, hätte er die Nachricht von fünf, fünf fünf; sechs, acht, sechs, acht erhalten. Er hätte die Worte ›Charger Drei-Null ist storniert‹ gehört.

Das hatte er nicht. Einen Augenblick lang überlegte er, ob er zu dem Streifenwagen gehen und ein Ticket wegen Überschreiten der Parkzeit annehmen sollte.

Dann verwarf er den Gedanken. Diese Polizisten waren keine gewöhnlichen Politessen. Hinter dem A & P war auch ein Parkplatz gewesen und ebenfalls ein Polizist – in

Zivilkleidung – der ihm gefolgt war. Hinter dem Ganzen stand ein Plan, auch wenn er ihn noch nicht ergründen konnte.

Matlock ging schnell die Bond Street hinauf und entfernte sich von dem öffentlichen Parkplatz. Er bog in die erste Seitenstraße und bemerkte plötzlich, daß er angefangen hatte zu laufen. Sofort verlangsamte er seine Schritte wieder. Es gibt nichts, was auf einer überfüllten Straße mehr auffällt als ein laufender Mann – höchstens eine Frau. Er verfiel in eine Gangart, wie sie die anderen nachmittäglichen Passanten hatten und gab sich große Mühe, in dem Strom menschlichen Verkehrs unterzutauchen, mit ihm eins zu werden. Hin und wieder blieb er stehen, um mit glasigen Augen Schaufenster zu betrachten, ohne wirklich die dort ausgestellte Ware anzusehen. Dann begann er über das nachzudenken, was ihm geschah. Die primitiven Instinkte des Gejagten waren in Funktion gesetzt worden. Die schützenden Antennen des in die Enge getriebenen Tieres bewegten sich, nahmen Eindrücke aus der Umgebung auf, und gleichzeitig gab sich sein Körper nach Art eines Chamäleons große Mühe, sich der Umgebung anzupassen.

Und doch war er gar nicht der Gejagte. Er war der Jäger! Verdammt, er war der *Jäger!*

»Hello, Jim! Wie geht's Ihnen denn? Was machen Sie denn in der Großstadt?«

Der Schock der Begrüßung führte dazu, daß Matlock sein Gleichgewicht verlor. Daß er tatsächlich *sein Gleichgewicht verlor* und stürzte. Er fiel zu Boden, und der Mann, der ihn angesprochen hatte, beugte sich über ihn und war ihm beim Aufstehen behilflich.

»Oh! Oh, hello Jeff! Herrgott, haben Sie mich erschreckt. Danke.« Matlock stand auf und wischte sich den Staub ab. Er sah sich um und überlegte, wer außer Jeff Kramer ihn jetzt wohl noch beobachtete.

»Zu ausgiebig zu Mittag gegessen, wie?« lachte Kramer. Er war ein ehemaliger Student von Carlyle, hatte seine Abschlußarbeit in Psychologie gemacht und dabei ein so gutes Examen geschrieben, daß eine teuere Public Relations-Firma ihn sofort aufgenommen hatte.

»Du lieber Gott, nein! Ich war nur in Gedanken. Der richtige zerstreute Professor.« Und dann sah Matlock Jeff Kramer an. Jeff Kramer war nicht nur leitender Mitarbeiter einer teuren Firma, sondern hatte auch noch eine teure Frau und zwei sehr teure Kinder auf ungemein teuren Internaten. Matlock fand, daß er das, was er gesagt hatte, noch unterstreichen sollte. »Genau gesagt, habe ich nur einen Bourbon gehabt und den nicht zu Ende getrunken.«

»Da läßt sich Abhilfe schaffen«, sagte Kramer und deutete auf die Hogshead Tavern auf der anderen Straßenseite. »Ich habe Sie ja seit Monaten nicht mehr gesehen. Im *Courant* stand, daß man bei Ihnen eingebrochen hat.«

»Verdammt, *und ob* man das hat! Was die mitgenommen haben, wäre ja noch zu ertragen gewesen, aber wie die die Wohnung zugerichtet haben! Und den *Wagen!*« Matlock schlenderte mit Jeff Kramer auf die Hogshead Tavern zu. »Deshalb bin ich ja in der Stadt. Ich habe meinen Triumph hier in einer Werkstätte. Das ist ja mein Problem.«

Der Gejagte hatte nicht nur Antennen, die ihn vor seinen Feinden warnten, sondern auch die unheimliche – wenn auch nur zeitweise funktionierende – Fähigkeit, aus Nachteilen Vorteile zu machen, Nutzen aus jeder Chance zu ziehen.

Matlock nippte an seinem Bourbon und Wasser, während Kramer mit einigen Schlucken seinen Scotch zur Hälfte leerte. »Die Vorstellung, einen Bus nach Scarsdale zu nehmen und in New Haven und Bridgeport umzusteigen macht nicht gerade Spaß.«

»Um Himmels willen *mieten* Sie sich doch einen Wagen.«

»Ich habe es gerade bei zwei Firmen versucht. Die erste hat erst heute abend einen, die zweite erst morgen. Irgendeine Ausstellung, nehme ich an.«

»Dann warten Sie eben bis heute abend.«

»Geht nicht. Familiengeschäfte. Mein Vater hat eine Sitzung seiner wirtschaftlichen Berater einberufen. Zum Abendessen – und wenn Sie meinen, daß ich ohne Wagen nach Scarsdale fahre, haben Sie sich getäuscht!«

Matlock lachte und bestellte eine zweite Runde. Er griff in die Tasche und legte eine Fünfzig-Dollar-Note auf die Bar. Der Schein mußte die Aufmerksamkeit von Jeff Kramer erwecken, der doch eine so teure Frau hatte.

»Ich hätte nie gedacht, daß Sie auch nur ein Konto ausgleichen können, geschweige denn wirtschaftlicher Ratgeber sein.«

»Ah, ich bin doch der Kronprinz. Das kann man einfach nicht vergessen.«

»Ein Glückspilz sind Sie. *Das* kann ich nicht vergessen. Ein richtiger Glückspilz.«

»Hey! Jetzt kommt mir eine Idee. Haben Sie Ihren Wagen in der Stadt?«

»Hey, Augenblick mal, wie...«

»Nein, hören Sie zu.« Matlock holte ein Bündel Geldscheine heraus. »Der alte Herr wird es bezahlen... Vermieten Sie mir *Ihren* Wagen. Vier oder fünf Tage... Hier, ich gebe Ihnen zwei, dreihundert.«

»Sie sind verrückt!«

»Nein, bin ich nicht. Er will, daß ich komme. Er wird auch bezahlen.«

Matlock konnte förmlich sehen, wie es in Kramer arbeitete. Er schätzte ab, was ein billiger Mietwagen für eine Woche kosten würde. Neunundsiebzig fünfzig und zehn Cent die Meile bei einer durchschnittlichen täglichen Fahrleistung von vielleicht fünfzehn oder zwanzig Meilen. Höchstens hundertfünf, hundertzehn Dollar die Woche. Kramer hatte eine sehr teure Frau und zwei sehr teure Kinder auf außergewöhnlich teuren Internaten.

»Soviel kann ich unmöglich nehmen.«

»Von *mir* doch nicht! Herrgott, das zahlt *er* doch!«

»Nun...«

»Kommen Sie, ich schreibe gleich eine Rechnung aus. Die gebe ich ihm sofort, wenn ich ankomme.« Matlock nahm eine Serviette und drehte sie um, so daß die bedruckte Seite noch unten lag. Er holte seinen Kugelschreiber heraus und begann zu schreiben. »Ganz einfacher Vertrag... ›Ich, James B. Matlock, verpflichte mich, Jeffrey Kramer dreihundert...‹ was zum Teufel, ist ja sein Geld... ›vierhundert Dollar für leihweise Überlassung seines...‹ was ist's denn für eine Marke?«

»Ein Ford Stationwagon. Ein weißer Squire. Vom letzten Jahr.« Kramers Augen wanderten zwischen der Serviette und dem Bündel Geldscheinen hin und her, das Matlock gleichgültig auf der Bar hatte liegen lassen.

»›Ford Stationwagon auf die Dauer von...‹ sagen wir eine Woche, okay?«

»Meinetwegen.« Kramer leerte sein zweites Glas Scotch.

»›einer Woche... Unterschrift James B. Matlock!‹ Bitte schön, mein Freund. Zeichnen Sie gegen. Hier sind die vierhundert. Sie können Jonathan Munro dafür danken. Wo steht der Wagen?«

Die Instinkte des Gejagten waren unfehlbar, dachte Matlock, als Kramer die Scheine einschob und sich mit einer Serviette über das Kinn wischte, wo ihm Schweißtropfen hervorgetreten waren. Kramer holte die zwei Wagenschlüssel und den Parkzettel aus der Tasche. Wie Matlock vermutet hatte, wollte Jeff Kramer jetzt gehen. Mit seinen vierhundert Dollar.

Matlock versprach Kramer, in weniger als einer Woche anzurufen und den Wagen zurückzugeben. Kramer bestand darauf, die Getränke zu bezahlen und verließ eilig die Hogshead Tavern. Matlock trank seinen Bourbon alleine aus und überlegte seinen nächsten Schritt. Gejagter und Jäger waren jetzt eins geworden.

24.

Matlock rollte in Kramers weißem Stationwagon die Route 72 hinunter in Richtung auf Mount Holly. Er wußte, daß er, ehe die nächste Stunde um war, eine Telefonzelle finden, eine Münze in den Zahlschlitz schieben und einen weiteren Anruf tätigen würde. Diesmal würde er einen Mann namens Howard Stockton, Besitzer des Carmount Country Club, anrufen. Er sah auf die Uhr; beinahe halb neun. Samuel Sharpe, Rechtsanwalt, dürfte Stockton bereits vor einigen Stunden angesprochen haben.

Wie Stockton wohl reagiert haben mochte.

Die Scheinwerfer des Stationwagon erfaßten das Ortsschild.

MOUNT HOLLY, 12386 EINWOHNER

Und dahinter spiegelte sich ein zweites Schild.

MOUNT HOLLY ROTARY CLUB
HARPER'S REST
DIENSTAG MITTAG
EINE MEILE

Warum nicht? dachte Matlock. Er hatte nichts zu verlieren. Wahrscheinlich sogar etwas zu gewinnen, wenn nicht zu lernen.

Der Jäger.

Die weiße Stuckfassade und die roten Neonlampen in den Fenstern sagten alles, was es über Harpers Küche zu sagen gab. Matlock parkte neben einem Kleinlaster, stieg aus und sperrte den Wagen ab. Sein neu gekaufter Koffer mit den neu gekauften Kleidern lag auf dem Rücksitz. Er hatte in Hartford einige hundert Dollar ausgegeben; er wollte kein Risiko eingehen.

Er ging über den billigen groben Kies und betrat die Bar von Harpers Restaurant.

»Ich bin auf der Fahrt nach Carmount«, sagte Matlock und zahlte mit einer Zwanzig-Dollar-Note für seinen Drink. »Würden Sie mir bitte sagen, wo zum Teufel das liegt?«

»Etwa zweieinhalb Meilen westlich von hier. Biegen Sie etwas weiter unten an der Straße nach rechts ab. Haben Sie's nicht kleiner? Ich hab' nur zwei Fünfer und sonst nur Ein-Dollar-Scheine. Diese brauch' ich.«

»Geben Sie mir die Fünfer und wir knobeln um den Rest. Wenn Kopf oben ist, behalten Sie ihn, sonst nehm' ich noch einen und Sie behaltens trotzdem.« Matlock nahm eine Münze aus der Tasche und warf sie auf die mit Resopal belegte Theke und legte die Hand darüber. Dann hob er die Hand und steckte die Münze wieder ein, ohne sie dem Barkeeper zu zeigen. »Da haben Sie Pech gehabt. Sie schulden mir noch einen Drink – die zehn gehören Ihnen.«

Was er sagte, blieb den anderen Gästen nicht verborgen. Es waren drei Männer, die Bier tranken. Ganz gut so, dachte Matlock, während er sich nach einem Telefon umsah.

»Die Toilette ist ganz hinten, gleich um die Ecke«, sagte ein rustikal wirkender Mann in einer großkarierten Jacke und einer Baseball-Mütze.

»Danke. Telefon auch?«

»Neben dem Klo.«

»Danke.« Matlock holte einen Zettel heraus, auf den er geschrieben hatte: Howard Stockton, Carmount C.C., 203-421-1100. Er winkte dem Barkeeper, der wie aus der Pistole geschossen herankam. »Ich soll diesen Knaben hier anrufen«, sagte Matlock leise. »Ich glaube, ich hab' den Namen nicht richtig aufgeschrieben. Ich weiß nicht genau, ob er Stackton oder Stockton heißt. Kennen Sie ihn?«

Der Barkeeper sah auf das Papier, und Matlock bemerkte, wie es in seinen Augen aufblitzte. »Sicher. Stimmt schon. Stockton heißt er. Mr. Stockton. Er ist Vizepräsident im Rotary Club. Letztes Jahr war er Präsident. Stimmts, Leute?« die Frage galt den übrigen Gästen.

»Sicher.«

»So ist es. Stockton.«

»Netter Kerl.«

Der Mann in der großkarierten Jacke und der Baseball-Mütze hielt es für notwendig, einige Einzelheiten hinzuzufügen. »Der ist Chef vom Country Club. Wirklich nett ist's dort. Echt.«

»Country Club?« Matlock stellte die Frage in leicht belustigtem Ton.

»Mhm. Swimming-pool, 'n Golfplatz. Am Wochenende wird getanzt. Klasse.« Diesmal lieferte der Barkeeper die Details.

»Ich würde sagen, er wird sehr empfohlen. Dieser Stockton, meine ich.« Matlock leerte sein Glas und sah sich um. »Dort hinten ist das Telefon, sagen Sie?«

»Ja, Mister. Gleich um die Ecke.«

Matlock griff in die Tasche nach Kleingeld und ging zu dem schmalen Korridor, wo die Toiletten und die Telefonzelle waren. Kaum war er um die Ecke gebogen, als er stehenblieb und sich gegen die Wand drückte. Er belauschte das Gespräch, von dem er wußte, daß es gleich beginnen würde.

»Der schmeißt vielleicht mit dem Geld 'rum, hm?« Das war der Barkeeper.

»Das tun die alle. Hab' ich das nicht erzählt? Mein Junge hat vor 'n paar Wochen dort Caddy gemacht – da schlägt so 'n Typ 'n Birdie und gibt dem Jungen fünfzig Dollar. Mann Gottes! Fünfzig Dollar!«

»Meine Alte sagt, all die 'rausgeputzten Weiber dort sind *Huren*. Echte Huren. Meine Alte arbeitet dort immer auf Parties. Richtige Huren…«

»Da würde ich gern mal eine zwischen die Finger kriegen. Du lieber Gott! Ich kann euch sagen, die meisten tragen nicht mal BHs!«

»Richtige Huren…«

»Wen juckt das schon? Dieser Stockton ist okay. Für mich ist er okay. Wißt ihr, was er gemacht hat? Die Kings. Ihr wißt schon, Artie King, der den Herzanfall hatte – er ist beim Rasenmähen dort oben tot umgefallen. Der alte Stockton hat der Familie nicht nur 'ne Menge Kies gegeben – nein, ein Konto hat er ihnen eröffnet im A & P. Ehrlich. Der ist okay.«

»Richtige Huren. Die treiben's für Geld…«

»Stockton hat fast den ganzen Ausbau für die Schule bezahlt, vergeßt das nicht. Verdammt recht habt ihr, der ist okay. Ich hab' zwei Kinder auf der Schule!«

»Nicht nur – wißt ihr was? Er hat'n ganzen Haufen für das Picknick am Memorial Day gestiftet.«

»Richtige Huren…«

Matlock ging lautlos weiter und schloß dann die Tür der Telefonzelle hinter sich, möglichst leise. Die Männer an der Bar wurden in ihrer Bewunderung für Howard Stockton immer lauter. Eigentlich brauchte er sich gar keine Sorgen zu machen, daß sie hörten, wie er die Tür der Telefonzelle verspätet schloß.

Was ihn auf seltsame Weise beschäftigte, war er selbst. Wenn der *Gejagte* Instinkte hatte – Instinkte, die ihrem

Wesen nach auf seinen Schutz abzielten – hatte der *Jäger* sie auch – und diese Instinkte waren aggressiv. Er begriff jetzt, daß es notwendig war, der Schweißspur zu folgen, sich ein Geflecht aus alles umfassenden Angewohnheiten aufzubauen. Es bedeutete, daß der Jäger abstrakte Werkzeuge besaß, die seine Waffen ergänzten. Werkzeuge, mit denen er sich eine Falle bauen konnte, eine Fallgrube, in die der Gejagte vielleicht stürzen würde.

Er hakte sie in Gedanken nacheinander ab.

Howard Stockton: ehemaliger Präsident, augenblicklicher Vizepräsident des Mount Holly Rotary Club; ein wohltätiger Mann, ein Mann mit Mitgefühl für seine Umgebung. Ein Mann, der sich um die Familie eines verstorbenen Angestellten namens Artie King kümmerte; der den Ausbau einer Grundschule finanzierte. Der Besitzer eines luxuriösen Country Club, in dem Männer ihren Caddies fünfzig Dollar als Trinkgeld gaben und in dem für angesehene Mitglieder Mädchen zur Verfügung standen. Und darüber hinaus ein guter Amerikaner, der es der Stadt Mount Holly ermöglichte, am Memorial Day ein schönes Picknick abzuhalten.

Das genügte für den Anfang. Das genügte, Howard Stockton zu verunsichern, wenn – wie Sammy Sharpe das ausgedrückt hatte – ›es dazu kam.‹ Howard Stockton war nicht mehr der form- und gestaltlose Mann, der er vor fünfzehn Minuten gewesen war. Matlock kannte das Gesicht des Mannes immer noch nicht, aber dafür waren jetzt andere Aspekte, andere Faktoren definiert worden.

Matlock schob die Münze ein und wählte die Nummer des Carmount Country Clubs.

»Ist mir ein *großes* Vergnügen, Mr. Matlock«, rief Howard Stockton, als er Matlock auf den Marmorstufen des Carmount Country Club begrüßte. »Der Boy bringt Ihren Wagen weg. Hey! Boy! Aber paß gut auf, ja!«

Ein schwarzer Parkhelfer lachte über den Befehl dieses Gentleman aus den Südstaaten. Stockton schnippte eine Halb-Dollar-Münze in die Luft, und der Schwarze fing sie grinsend auf.

»Danke, Sßöh!«

»Man muß sie nur gut behandeln, dann behandeln die einen auch gut. Stimmt's, Junge? Behandle ich dich gut?«

»Und *wie* gut, Mr. Howard!«

Matlock hatte einen Augenblick lang das Gefühl, Darsteller in einer abgedroschenen Werbesendung zu sein, bis er sah, daß Howard Stockton wirklich echt war. Bis hinauf zu seinem grau-blonden Haar, über dem von der Sonne gebräunten Gesicht, zu dem wiederum sein weißer Schnurrbart im Kontrast stand ebenso wie die tiefen blauen Augen mit den vielen Krähenfüßen. Es war das Gesicht eines Mannes, der gut lebte und sein gutes Leben zu schätzen wußte.

»Willkommen im Carmount, Mr. Matlock. Richmond ist es nicht, aber andererseits auch nicht der Okefenokee.«

»Danke. Im übrigen heiße ich Jim.«

»Jim? Der Name gefällt mir. Der klingt so richtig ehrlich. Meine Freunde nennen mich Howard. Sie können mich Howard nennen.«

Der Carmount Country Club, besser gesagt, das, was er davon sehen konnte, erinnerte Matlock an all die Bilder von Bauwerken vor dem Bürgerkrieg. Und warum auch nicht, wenn man den Besitzer ansah? Da standen überall Palmen in Kübeln, hingen prunkvolle Kronleuchter, die Wände waren mit Rokokotapeten beklebt, Tapeten mit hübschen Figuren in gepuderten Perücken. Howard Stockton war ein Missionar eines Lebensstils, der 1865 zusammengebrochen war, aber er war nicht bereit das zuzugeben. Selbst die Bediensteten, vorwiegend Neger, waren liviert – tatsächlich liviert, mit Kniehosen und all dem. Sanfte Musik klang aus einem großen Speisesaal, an dessen Ende ein vielleicht achtköpfiges Streichorchester lang vergessene Weisen spielte. In der Mitte der Haupthalle wand sich eine Freitreppe nach oben. Das Ganze hätte Jefferson Davis zur Ehre gereicht, oder David O. Selznick. Attraktive Frauen schlenderten herum, Arm in Arm mit nicht so attraktiven Männern.

Die Wirkung des Ganzen war unglaublich, dachte Matlock, während er an der Seite seines Gastgebers auf die von seinem Gastgeber bescheiden als Privatbibliothek bezeichneten Räume zuging.

Der Südstaatler schloß die mit dicken Paneelen verkleidete Tür und ging auf eine wohlausgestattete Mahagonibar zu. Er schenkte ein ohne zu fragen.

»Sam Sharpe sagt, Sie trinken Sour Mash. Sie sind ein Mann mit Geschmack, das kann ich Ihnen sagen. Trinke *ich* auch.« Er trug die zwei Gläser zu Matlock. »Bitte, wählen Sie. Als Virginier muß man heutzutage einen Nordstaatler damit entwaffnen, daß man keinerlei Vorurteile zeigt.«

»Danke«, sagte Matlock, nahm ein Glas und setzte sich in den Sessel, auf den Stockton gezeigt hatte.

»Und dieser Virginier hier«, fuhr Howard Stockton fort und setzte sich Matlock gegenüber, »hat darüber hinaus die höchst unsüdstaatliche Angewohnheit, gleich zur Sache zu kommen... Ich weiß nicht einmal, ob es klug für Sie ist, hier in meinem Club zu sein. Ich will ehrlich sein. Deshalb habe ich Sie gleich hierher geführt.«

»Ich verstehe nicht. Sie hätten mir doch am Telefon sagen können, daß ich nicht kommen soll. Was soll das Spielchen?«

»Vielleicht können Sie das besser beantworten als ich. Sammy sagt, Sie seien ein wirklich großer Mann. Das was man... *international* nennt. Mir soll's recht sein. Ich mag intelligente junge Leute, die auf der Erfolgsleiter nach oben klettern. Sehr lobenswert, wirklich... Aber ich zahle meine Rechnungen. Pünktlich jeden Monat. Ich habe den besten kombinierten Laden nördlich von Atlanta. Ich will keinen Ärger.«

»Von *mir* kriegen Sie den nicht. Ich bin ein müder Geschäftsmann, der seine Runden abklappert, sonst gar nichts.«

»Was war bei Sharpe? Die Zeitungen sind voll davon. Ich will damit *nichts* zu tun haben!«

Matlock beobachtete den Südstaatler. Die feinen Kapilläräderchen in dem sonnengebräunten Gesicht waren von tiefem Rot, wahrscheinlich achtete der Mann deshalb darauf, das ganze Jahr sonnengebräunt zu sein. Die Bräune verdeckte eine Vielzahl kleiner Blessuren.

»Ich glaube nicht, daß Sie verstehen.« Matlock maß die Worte sorgfältig ab, während er das Glas an die Lippen führte. »Ich bin von weither gekommen, weil ich hier sein *muß*. Es ist nicht mein *Wunsch*, hier zu sein. Ich mußte aus persönlichen Gründen etwas früher kommen, also sehe ich mich ein wenig um. Aber das ist alles. Ich sehe mich nur um... Bis zu meiner Verabredung.«

»Was für eine Verabredung?«

»Eine Verabredung in Carlyle, Connecticut.«

Stockton kniff die Augen zusammen und zupfte an seinem sorgsam gestutzten weißen Schnurrbart. »Sie müssen in Carlyle sein?«

»Ja. Das ist vertraulich, aber das brauche ich Ihnen wohl nicht zu sagen, oder?«

»Sie haben mir gar nichts gesagt.« Stockton beobachtete Matlocks Gesicht immer noch. Matlock wußte, daß der Südstaatler auf eine falsche Bewegung, ein falsches Wort, einen unsicheren Blick wartete, irgend etwas, das im Widerspruch zu dem stand, was er wußte.

»Gut... übrigens, haben Sie auch eine Verabredung in Carlyle? In etwa eineinhalb Wochen?«

Stockton nippte an seinem Drink, fuhr sich dann mit

der Zunge genießerisch über die Lippen und stellte das Glas auf ein Tischchen, als wäre es ein wertvoller Kunstgegenstand. »Ich bin bloß ein alter Knabe aus dem Süden, der versucht, ein paar Dollars zu verdienen. Ein gutes Leben zu führen und ein paar Dollars zu verdienen. Das ist alles. Ich weiß nichts von Verabredungen in Carlyle.«

»Tut mir leid, daß ich's aufs Tapet gebracht habe. Das ist... ein großer Fehler von mir. Ich hoffe um unserer beider willen, daß Sie das nirgends erwähnen werden. Das nicht, und mich auch nicht.«

»Das ist das *letzte*, was ich tun würde. Soweit es mich betrifft, sind Sie ein Freund von Sammy, der sich ein wenig amüsieren will... und ein wenig Gastfreundschaft sucht.« Plötzlich beugte Stockton sich in seinem Sessel vor, die Ellbogen auf die Knie gestützt, die Hände gefaltet. Er sah aus wie ein besorgter Priester, der einem Mitglied seiner Gemeinde ins Gewissen redet. »Was zum Teufel ist in Windsor Shoals passiert? Was war das?«

»Soweit ich das erkennen kann, war es eine örtliche Angelegenheit, irgendein Racheakt. Bartolozzi hatte Feinde. Manche sagten, er würde zuviel reden. Aiello auch, denke ich. Sie waren Angeber... Frank war nur zufällig dabei, denke ich.«

»Diese verdammten Itaker! Alles bringen die durcheinander! Auf *der* Ebene natürlich, Sie verstehen doch, was ich meine?«

Da war es wieder. Die hingeworfene Frage, die eigentlich keine war – so wie der Südstaatler das brachte, war es eher eine Feststellung.

»Ich weiß, was Sie meinen«, sagte Matlock müde.

»Ich fürchte, ich habe schlechte Nachrichten für Sie, Jim. Ich hab' die Spieltische auf ein paar Tage geschlossen. Ich hatte einfach Schiß, nach dem was in Shoals passiert war.«

»Das ist nicht so schlimm. Nicht, wenn man bedenkt, daß ich in den letzten Tagen ohnehin ziemliches Pech hatte.«

»Hab' ich gehört. Sammy hat's erzählt. Aber es gibt ein paar andere Annehmlichkeiten hier. Sie sollen Carmount nicht ungastlich finden, das verspreche ich Ihnen.«

Die beiden Männer leerten ihre Gläser. Dann führte Stockton seinen Gast erleichtert in den überfüllten, eleganten Speisesaal. Das Essen war außergewöhnlich und wurde auf eine Art und Weise serviert, daß sich der wohlhabendste Pflanzer im alten Süden dessen nicht hätte zu schämen brauchen.

Obwohl das Dinner angenehm – auf gewisse Weise sogar entspannt – verlief, erfüllte es für Matlock keinen Sinn. Howard Stockton war nicht bereit, über seinen ›Laden‹ zu reden, oder nur in den allgemeinsten Floskeln, wobei er immer wieder darauf hinwies, daß er die ›beste Klasse von Yankees‹ zu seinen Gästen zählte. Wenn er redete, gebrauchte er immer wieder Anachronismen aus längst vergangener Zeit und wirkte insgesamt wie ein wandelnder Widerspruch. Etwa in der Mitte der Mahlzeit entschuldigte sich Stockton, um sich von einem wichtigen Clubmitglied zu verabschieden.

Jetzt hatte Matlock zum ersten Mal Gelegenheit, sich die ›beste Klasse von Yankees‹, die Stockton Klientel anzusehen.

Der Begriff paßte gut, dachte Matlock, wenn man *Klasse* gleichsetzte mit *Geld*, wozu er nicht ohne weiteres bereit war. Geld schrie von jedem Tisch. Der erste Hinweis darauf waren die zahlreichen gebräunten Gesichter. Das waren Leute, die jederzeit wenn sie Lust dazu verspürten, zu den sonnigen Inseln flogen. Und dann das leichte kehlige Lachen, das durch den Raum hallte, und die schimmernden Reflexe von Schmuck. Und die Kleider – weiche, elegante Anzüge, Seidenjacketts, Dior-Krawatten. Und die

Flaschen mit Champagner, die majestätisch in Silberkübeln standen.

Aber irgend etwas stimmte hier nicht, dachte Matlock. Irgend etwas fehlte oder paßte nicht hierher, und er brauchte ein paar Minuten, bis er wußte, was es war.

Die gebräunten Gesichter, das Lachen, der Schmuck an den Handgelenken, die Jacketts, die Dior-Krawatten – das Geld, die Eleganz, das Ganze war eine überwiegend *männliche* Aura von Eleganz.

Das was den Widerspruch bildete, waren die Frauen – Mädchen. Nicht, daß nicht einige dagewesen wären, die zu ihren Partnern paßten, aber im wesentlichen war das nicht der Fall. Sie waren jünger. Viel, viel jünger. Und anders.

Zuerst sah er nicht ganz, worin der Unterschied lag. Und dann wurde es ihm plötzlich bewußt. Meistenteils hatten die Mädchen – und es *waren* Mädchen – eine Art an sich, die er sehr gut kannte. Er hatte in der Vergangenheit oft darüber gesprochen. Es war der Campus-Look – und das war etwas völlig anderes als der Büro-Look oder der Sekretärinnen-Look, eine etwas lockerere Haltung im Gespräch. Das Aussehen von Mädchen, die noch nicht in irgendeiner Routine befangen waren, die nicht zu Aktenschränken oder Schreibmaschinen gehörten. Man konnte das definieren, weil es wirklich war. Matlock hatte diese Art seit mehr als einem Jahrzehnt um sich herum erlebt – es war unverkennbar.

Dann erkannte er, daß es in diesem Widerspruch noch eine weitere, kleinere, Diskrepanz gab. Die Kleider, die die Mädchen trugen. Das waren nicht Kleider, wie er sie an Mädchen mit dem Campus-Look erwartete. Sie waren zu gut geschnitten, einfach zu feminin in dieser Welt des Uni-Sex.

Sie waren gleichsam kostümiert!

Und dann ließ ihn ein einziger, mit hysterisch schriller

Stimme ausgesprochener Satz, einige Tische von ihm entfernt, aufschrecken. Er wußte, daß er recht hatte.

»Ehrlich, das ist ganz bestimmt so – groovy ist das!«

Diese Stimme! *Herrgott, die Stimme kannte er!*

Ob sie wohl für ihn bestimmt gewesen war?

Er hielt sich die Hand halb vors Gesicht und drehte sich langsam zu dem kichernden Mädchen herum. Das Mädchen lachte und trank Champagner, während ihr Begleiter – ein viel älterer Mann – befriedigt ihren riesigen Busen anstarrte.

Das Mädchen war Virginia Beeson. Die ›pinky groovy‹ ewig unreife Frau von Archer Beeson, Geschichtsdozent an der Carlyle Universität.

Dem Mann in akademischer Eile.

Matlock gab dem Neger ein Trinkgeld, der seine Koffer über die Wendeltreppe in den großen prunkvollen Raum getragen hatte, den Stockton ihm angeboten hatte. Der Boden war mit einem dicken weinfarbenen Teppich ausgelegt, das Bett hatte einen Himmel, und die Wände waren mit Stuck verziert. Er sah, daß auf der Kommode ein Eiskübel, zwei Flaschen Jack Daniels und einige Gläser standen. Er klappte den Koffer auf, entnahm ihm seine Toilettenartikel und stellte sie auf das Tischchen neben dem Bett. Dann entnahm er ihm einen Anzug, ein leichtes Jackett und zwei Paar Hosen und trug sie an den Kleiderschrank. Er ging zum Koffer zurück, hob ihn vom Bett und legte ihn auf einen Sessel.

Es klopfte leise an der Tür. Zuerst dachte er, Howard Stockton käme ihn besuchen, aber er hatte unrecht.

Ein Mädchen, das ein aufreizend eng anliegendes, rotes Kleid trug, stand unter der Tür und lächelte. Sie war vielleicht neunzehn oder zwanzig Jahre alt und höchst attraktiv.

Und ihr Lächeln war falsch.

»Ja?«

»Die besten Grüße von Mr. Stockton.« Damit ging sie an Matlock vorbei ins Zimmer.

Matlock schloß die Tür und starrte das Mädchen an, weniger verblüfft als überrascht.

»Das ist aber sehr aufmerksam von Mr. Stockton, nicht wahr?«

»Freut mich, daß Sie zufrieden sind. Auf Ihrer Kommode steht Whisky, Eis und Gläser. Ich hätte gerne einen Schluck. Sofern Sie es nicht eilig haben.«

Matlock ging langsam zu der Kommode. »Ich habe es nicht eilig. Was hätten Sie denn gerne?«

»Das ist egal. Was da ist. Nur Eis, bitte.«

»Aha.« Matlock schenkte ein und trug dem Mädchen das Glas hin. »Wollen Sie sich nicht setzen?«

»Aufs Bett?«

Der einzig weitere Stuhl im Zimmer neben dem, auf dem der Koffer lag, stand am Fenster.

»Tut mir leid.« Er stellte den Koffer weg und das Mädchen setzte sich. Howard Stockton hatte guten Geschmack, dachte er. Das Mädchen war höchst attraktiv. »Wie heißen Sie?«

»Jeannie.« Sie hatte ihr Glas mit einigen Schlucken fast geleert. Mag sein, daß das Mädchen sich noch keinen besonderen Geschmack für bestimmte Alkoholsorten entwickelt hatte, aber trinken konnte sie. Als sie dann das Glas vom Munde nahm, bemerkte Matlock den Ring an ihrem rechten Mittelfinger.

Er kannte den Ring sehr gut. Es gab ihn in einer Buchhandlung zu kaufen, die einige Häuserblocks von John Holdens Wohnung in Webster, Connecticut, entfernt lag. Es war der Ring der Madison Universität.

»Wenn ich jetzt sagte, daß ich nicht interessiert bin – was würden Sie dann sagen?« fragte Matlock und lehnte sich an den dicken Pfosten, der den anachronistischen Betthimmel trug.

»Da wäre ich überrascht. Sie sehen nicht aus als wären Sie schwul.«

»Bin ich auch nicht.«

Das Mädchen blickte zu Matlock auf. Ihre hellblauen Augen blickten warm – aber berufsmäßig warm – bedeutungsvoll, und doch ohne jede Bedeutung. Ihre Lippen waren jung. Und voll, und straff.

»Vielleicht brauchen Sie ein wenig Aufmunterung.«

»Könnten Sie die liefern?«

»Ich bin gut.« Die Feststellung kam mit leiser Arroganz.

Sie war so jung, dachte Matlock, und doch wirkte sie alt. Und haßerfüllt. Der Haß war gut getarnt, aber nicht vollkommen. Sie spielte eine Rolle – das Kostüm, die Augen, die Lippen. Vielleicht verabscheute sie die Rolle, aber sie akzeptierte sie.

Berufsmäßig

»Angenommen, ich will mich nur unterhalten?«

»Mit Reden ist das etwas anderes. Dazu gibt es keine Regeln. In der Abteilung habe ich die gleichen Rechte. Quid pro, Mister Ohne Namen.«

»Sie sind wortgewandt. Soll ich da etwas herauslesen?«

»Ich wüßte nicht weshalb.«

»›Quid pro quo‹ ist nicht die Sprache der Nutten.«

»Das hier ist auch nicht die Avenida de las Putas – falls Sie es noch nicht bemerkt haben sollten.«

»Tennessee Williams?«

»Wer weiß?«

»Sie, denke ich.«

»Schön. All right. Wir können uns ja dann im Bett über Proust unterhalten. Ich meine, dort wollen Sie mich doch haben, oder?«

»Vielleicht ziehe ich die Konversation vor.«

Plötzlich flüsterte das Mädchen erschreckt und heiser: »Sind Sie ein Bulle?«

»Das würde ich nicht sagen«, lachte Matlock. »Eher im Gegenteil. Man könnte sagen, einige der wichtigsten Polizisten in der Gegend würden mich gerne finden. Obwohl ich kein Krimineller bin... Übrigens auch kein Verrückter.«

»Jetzt bin *ich* nicht mehr interessiert. Kann ich noch einen Drink haben?«

»Aber sicher.« Matlock holte ihn ihr. Keiner von beiden sprach, bis er mit dem Glas zurückgekommen war.

»Macht es Ihnen etwas aus, wenn ich eine Weile hier bleibe? Bloß lange genug, daß es so aussiehst, als hätten Sie mich gebumst.«

»Sie meinen, Sie wollen Ihr Honorar nicht verlieren?«

»Das sind fünfzig Dollar.«

»Wahrscheinlich müssen Sie es teilweise wieder ausgeben, um die Aufsicht im Schlafsaal zu bestechen. Die Madison Universität ist da ein wenig altmodisch. In manchen Häusern wird wochentags noch kontrolliert. Sie werden sich verspäten.«

Jetzt war der Schock im Gesicht des Mädchens vollkommen. »Sie sind *doch* ein Bulle! *Ein lausiger Bulle!*« Sie wollte aufstehen, aber Matlock trat vor sie und hielt sie an den Schultern fest. Er schob sie in den Sessel zurück.

»Ich bin kein Bulle, das habe ich Ihnen gesagt. Und Sie sind doch nicht interessiert, erinnern Sie sich? Aber *ich* bin interessiert. *Sehr* interessiert, und Sie werden mir jetzt sagen, was ich wissen will.«

Das Mädchen versuchte aufzustehen. Matlock packte sie an den Armen. Sie sträubte sich, worauf er sie unsanft zurückstieß. »Tragen Sie immer Ihren Ring, wenn Sie sich ›bumsen‹ lassen? Wollen Sie damit der Kundschaft zeigen, daß Sie etwas Besseres sind?!«

»Oh mein Gott!« Sie nahm ihren Ring und zerrte an ihrem Finger, als würde er davon verschwinden.

»Jetzt hören Sie mir zu! Sie beantworten jetzt meine

Fragen, sonst bin ich morgen früh in Webster und stelle sie dort! Wäre Ihnen das lieber?«

»Bitte! bitte!« Dem Mädchen traten die Tränen in die Augen. Ihre Hände zitterten, und sie atmete keuchend.

»Wie sind Sie hierher gekommen?«

»Nein! Nein...«

»*Wie?*«

»Man hat mich angeworben...«

»Wer?«

»Andere... andere. Wir werben einander gegenseitig an.«

»Wie viele sind Sie?«

»Nicht viele. Nicht sehr viele... Wir müssen den Mund halten... *Bitte*, lassen Sie mich gehen. Ich will *gehen*.«

»Oh nein. Noch nicht. Ich will wissen, wie viele Sie sind und *warum* Sie das machen!«

»Das habe ich Ihnen doch gesagt! Nur ein paar, vielleicht sieben oder acht Mädchen.«

»Unten sind doch bestimmt dreißig!«

»Ich *kenne* sie nicht. Die kommen von anderen Orten. Wir fragen einander nicht nach den *Namen!*«

»Aber Sie wissen doch, woher sie kommen, oder!«

»Einige... Ja.«

»Andere Schulen?«

»Ja...«

»*Warum*, Jeannie? Um Himmels willen *warum?*«

»Warum denken Sie wohl? *Geld!*«

Das Kleid des Mädchens hatte lange Ärmel. Er packte sie am rechten Arm und riß den Stoff bis zum Ellbogen auf. Sie wehrte sich, aber er war stärker.

Da waren keine Spuren, keine Einstiche.

Sie trat nach ihm, und er ohrfeigte sie, so kräftig, daß sie einen Augenblick reglos blieb. Dann nahm er ihren linken Arm und riß den Ärmel ebenfalls auf.

Da waren sie. Verblaßt. Nicht aus jüngster Zeit stammend. Aber sie waren da. Die kleinen roten Punkte, die von Nadelstichen rührten.

»Ich nehme es nicht mehr! *Seit Monaten* nicht mehr!«

»Aber Sie brauchen das Geld! Sie brauchen fünfzig oder hundert Dollar, jedesmal wenn Sie hier herüber kommen!... Was nehmen Sie denn jetzt! Gelbe? Rote? *Acid? Speed?* Was zum Teufel ist es denn *jetzt?* Gras ist nicht so teuer!«

Das Mädchen schluchzte. Die Tränen rannen ihr über die Wangen. Sie bedeckte das Gesicht mit den Händen und sprach – jammerte – schluchzend.

»Es gibt soviel Ärger! Soviel... *Ärger! Bitte,* lassen Sie mich gehen!«

Matlock kniete nieder und hielt den Kopf des Mädchens in den Armen, drückte ihn gegen seine Brust.

»Was für Ärger? Sagen Sie es mir bitte. Was für Ärger?«

»Die *zwingen* einen dazu... Man *muß*... So viele brauchen Hilfe. Die helfen *keinem,* wenn man es nicht tut. Bitte, wie Sie auch heißen, lassen Sie mich in Ruhe. Lassen Sie mich gehen. Sagen Sie nichts. Lassen Sie mich *gehen!*... *Bitte!*«

»Das tu ich auch, aber zuerst müssen Sie mir etwas erklären. Dann können Sie gehen, und ich werde nichts sagen... Sind Sie hier, weil man Sie bedroht hat? Weil man die anderen jungen Leute bedroht hat?«

Das Mädchen nickte, ihr Atem ging keuchend. Matlock fuhr fort: »Sie womit bedroht hat? Daß man Sie anzeigt?... Daß man verrät, daß Sie süchtig sind? Das ist es doch nicht wert. Nicht mehr heute...«

»Oh, was verstehen Sie denn!« Das Mädchen sprach jetzt mit tränenerfüllter Stimme. »Die können einen ruinieren. Das ganze Leben ruinieren. Die Familie und die Schule, irgendwann später vielleicht. Vielleicht... irgendein Gefängnis. Irgendwo! Als Süchtiger oder als Pusher...

Ein Junge, von dem einer weiß, daß er Ärger hat, und *die* können ihn freikriegen... Irgendein Mädchen im dritten Monat, das einen Arzt braucht... Und *die* können einen beschaffen. Still und leise.«

»Aber das *brauchen* Sie doch nicht! Wo sind Sie denn *gewesen?* Es gibt doch Agenturen, Beratungsstellen!«

»Du lieber Gott, Mister! Jetzt sagen Sie mir bloß, wo Sie die letzten fünf Jahre verschlafen haben?... Die Drogengerichte, die Ärzte, die Richter! *Alle* haben die in der Tasche!... Da können *Sie* gar nichts dagegen unternehmen. Und *ich* auch nicht. Also lassen Sie mich in Ruhe, lassen Sie uns in Ruhe! Da hängen zu viele dran!«

»Und Sie werden einfach weiterhin tun, was die verlangen! Verängstigte, verzogene kleine Drecksderle, die einfach weiterjammern! Die Angst haben, sich die Hände zu waschen oder den *Mund* oder die *Arme!*« Er zog an ihrem linken Ellbogen und riß unsanft daran.

Das Mädchen blickte zu ihm auf, halb in Angst, halb voll Verachtung.

»Da haben Sie recht«, sagte sie mit seltsam ruhiger Stimme. »Ich glaube nicht, daß Sie das verstehen würden. Sie wissen nicht, worum es hier geht... Wir sind anders als Sie. Meine Freunde sind alles, was ich besitze. Alles, was irgendeiner von uns besitzt. Wir helfen einander... Ich bin nicht dran interessiert, die Heldin zu spielen. Mich interessieren nur meine Freunde. Ich habe keinen Aufkleber mit der amerikanischen Flagge an der Windschutzscheibe kleben, und ich mag auch John Wayne nicht. Ich finde, daß er ein großer Scheißer ist. Das seid ihr alle. Alle Scheißer.«

Matlock ließ den Arm des Mädchens los. »Wie lange glauben Sie wohl, daß Sie das durchhalten?«

»Oh, ich bin gut dran. In einem Monat hab' ich das Diplom, für das meine Eltern bezahlt haben, und ich bin hier 'raus. Später versuchen die nur ganz selten Kontakt mit einem aufzunehmen. Die sagen zwar, daß sie es tun werden, aber sie tun es selten... Man erwartet von einem bloß, daß man mit der Möglichkeit lebt.«

Er begriff, was ihr stummes Zeugnis andeuten sollte, und wandte sich ab. »Es tut mir leid. Sehr, sehr leid.«

»Das braucht es nicht. Ich bin ja gut dran. Zwei Wochen nachdem ich dieses Stück bedruckte Kacke geholt habe, auf das meine Eltern so scharf sind, sitze ich im Flugzeug. Ich werde dieses gottverdammte Land verlassen. Und nie wieder zurückkehren!«

25.

Er hatte nicht schlafen können und auch nicht damit gerechnet. Er hatte das Mädchen weggeschickt und ihr Geld gegeben, weil er ihr nichts anderes geben konnte, weder Hoffnung noch Mut. Was er vorschlug, wurde von ihr zurückgewiesen, weil es das Risiko von Gefahr und Pein für unzählige Kinder mit sich trug, die einander verpflichtet waren. Fordern konnte er nichts; denn da war kein Vertrauen, aber auch keine Bedrohung, die der Last gleichkam, die sie trugen. Am Ende war es Kampf, den die Kinder alleine austragen mußten. Sie wollten keine Hilfe.

Er erinnerte sich des Rates von Bagdhivi: *Sehet euch die Kinder an – sehet und erkennet. Sie werden groß und stark sein und den Tiger jagen mit größerer Schlauheit und stärkeren Sehnen als ihr. Sie werden die Herden besser bewahren als ihr. Ihr seid alt und schwach. Sehet die Kinder. Hütet euch vor den Kindern.*

Jagten die Kinder den Tiger tatsächlich besser? Und wenn sie das taten, wessen Herden würden sie hüten? Und wer war der Tiger?

War es so weit gekommen?

Die Fragen brannten in seinem Bewußtsein. Wie viele Jeannies gab es? Wie weit war Nimrods Netz gespannt?

Er mußte es herausfinden.

Das Mädchen hatte eingeräumt, daß Carmount nur eine Anlaufstelle war; es gab andere, aber sie wußte nicht, wo diese Anlaufstellen waren. Man hatte Freunde von ihr nach New Haven geschickt, andere nach Boston und andere nach Norden in einen Vorort von Hanover.

Yale. Harvard. Dartmouth.

Was einem am meisten Angst machen konnte war, daß Nimrod die Zukunft von tausend Menschen bedrohte. Wie hatte sie gesagt?

»Sie nehmen fast nie Kontakt auf... Sie sagen nur, daß sie es tun würden... Und man lebt mit der Möglichkeit.«

Wenn dieses der Fall war, hatte Bagdhivi unrecht. Die Kinder besaßen viel weniger Schlauheit, schwächere Sehnen; es bestand kein Grund, sich vor ihnen zu hüten. Nur Grund, sie zu bedauern.

Es sei denn, die Kinder waren in Gruppen aufgeteilt und wurden von anderen, stärkeren Kindern geführt.

Matlock entschied sich, nach New Haven zu fahren. Vielleicht würde er dort Antwort finden. Er hatte Dutzende von Freunden an der Yale Universität. Diese Exkursion war nicht eingeplant, war aber für das Gelingen der ganzen Reise wichtig. Sie war Teil der Nimrod-Odyssee.

Kurze, schrille Geräusche rissen Matlock aus seinen Gedanken. Er erstarrte, die Augen vom Schock gelähmt, sein ganzer Körper auf dem Bett angespannt. Er brauchte ein paar Sekunden, um seine Aufmerksamkeit auf den Ort zu konzentrieren, von dem das erschreckende Geräusch kam. Es war das Tel-electronic, das immer noch in seiner Jackentasche steckte. Aber wohin hatte er seine Jacke getan? Sie war nicht bei seinem Bett.

Er schaltete die Nachttischlampe ein und sah sich um, und die unablässigen schrillen Töne ließen seinen Puls schneller gehen, trieben ihm Schweißtropfen auf die Stirn. Dann sah er die Jacke. Er hatte sie über den Stuhl vor dem Fenster gelegt, etwa in der Mitte des Raumes. Er sah auf die Uhr: 4.35 früh. Er rannte zu der Jacke, zog das schreckliche Instrument heraus und schaltete es ab.

Die Panik des Gejagten kehrte zurück. Er nahm den Hörer des Telefons neben dem Bett ab. Es hatte eine direkte Leitung, war nicht mit der Hotelzentrale verbunden.

Der Wählton klang wie jeder andere Wählton außerhalb der großen Städte. Etwas abgenutzt vielleicht, aber gleichmäßig. Und wenn die Leitung angezapft war, würde er das ohnehin nicht erkennen. Er wählte 555-6868 und wartete, daß die Verbindung zustande kam

»Charger Drei-Null«, meldete sich die mechanische Stimme. »Tut mir leid, daß ich Sie stören muß. Am Subjekt hat sich nichts geändert, alles ist befriedigend. Aber Ihr Freund aus Wheeling, West Virginia, ist sehr ungeduldig. Er hat um vier Uhr fünfzehn angerufen und gesagt, es sei unbedingt notwendig, daß Sie ihn sofort anrufen. Wir sind besorgt. Ende.«

Matlock legte den Hörer auf die Gabel und zwang sich, an nichts zu denken, bis er eine Zigarette gefunden und sie angezündet hatte. Er brauchte diese Augenblicke, um seinen jagenden Puls zu beruhigen.

Er haßte diese verdammte Maschine! Er haßte das, was dieses schreckliche Piepsen in ihm ausgelöst hatte.

Er sog den Rauch tief in die Lungen und wußte, daß er keine andere Wahl hatte. Er mußte den Carmount Country Club verlassen und zu einer Telefonzelle gehen. Greenberg hätte bestimmt nicht um vier Uhr früh angerufen, wenn es nicht dringend gewesen wäre. Er durfte das Risiko nicht eingehen, Greenberg von Carmount aus anzurufen.

Er warf seine Kleider in den Koffer und zog sich schnell an.

Vermutlich würde ein Nachtwächter oder ein Parkwächter irgendwo in einem Wachhäuschen schlafen, und er würde sein – Kramers – Auto holen. Wenn nicht, würde er irgend jemanden wecken, selbst wenn es Stockton selbst war. Stockton hatte immer noch Angst vor Ärger, Ärger vor der Art, wie es ihn in Windsor Shoals gegeben hatte – er würde nicht versuchen, ihn aufzuhalten. Für diesen Vermittler jungen ansehnlichen Fleisches würde jede Ausrede reichen. Die sonnengebräunte südliche Blume des Connecticut-Tales. Der Gestank von Nimrod.

Matlock schloß die Türe leise und ging den schweigenden Korridor hinunter, bis er die mächtige Freitreppe erreichte. Die Lampen an den Wänden brannten, waren aber mit Dimmern so gedämpft, daß sie den Eindruck von Kerzenlicht erweckten. Selbst mitten in der Nacht konnte Howard Stockton seine Herkunft nicht vergessen. Das Innere des Carmount Country Club wirkte mehr denn je wie die schlafende große Halle einer Pflanzervilla.

Er ging auf den Eingang zu. Als er die Türe erreicht hatte, wußte er, daß er nicht weiterkommen würde. Wenigstens für den Augenblick nicht.

Howard Stockton, in eine prunkvolle, ins neunzehnte Jahrhundert gehörende Robe gekleidet, trat hinter einer Glastüre neben dem Eingang hervor. In seiner Begleitung befand sich ein großer italienisch wirkender Mann, dessen kohlschwarze Augen stumm von Generationen der Schwarzen Hand sprachen. Stocktons Begleiter war ein Killer.

»Aber, Mr. Matlock! Sie wollen uns verlassen!?«

Er beschloß, aggressiv zu sein.

»Da Sie mein verdammtes Telefon angezapft haben, schließe ich daraus, daß Sie glauben, daß ich Probleme habe! Die sind *meine Angelegenheiten, nicht die Ihre!* Wenn Sie es wissen wollen, mir paßt das nicht!«

Die Taktik hatte Erfolg. Matlocks Feindseligkeit verblüffte Stockton.

»Da ist doch kein Grund, böse zu sein... Ich bin Geschäftsmann wie Sie. Das Ganze dient doch nur Ihrem Schutz. Verdammt! Das ist *wahr, Junge!*«

»Ich will die lausige Erklärung akzeptieren. Sind meine Schlüssel im Wagen?«

»Nun, nicht in Ihrem *Wagen.* Mein Freund Mario hier hat sie. Das ist ein wirklicher klasse Itaker, das kann ich Ihnen sagen.«

»Ich seh' ja das Familienwappen auf seiner Tasche. Kann ich jetzt meine Schlüssel haben?«

Mario sah Stockton sichtlich verwirrt an.

»Jetzt warten Sie mal«, sagte Stockton. »Einen Augenblick, Mario. Wir wollen nicht impulsiv sein... Ich bin ein vernünftiger Mann. Ein sehr vernünftiger Mann. Ich bin bloß ein Virginia...«

»*Kacker,* der einen Dollar machen will!« unterbrach ihn Matlock. »Schon gut! Und jetzt gehen Sie mir aus dem Weg, verdammt nochmal, und geben mir die Schlüssel!«

»Du lieber Gott, Sie sind richtig *gemein!* Ehrlich, *gemein!* Versetzen Sie sich doch einmal in meine Haut!... Irgendein verrückter Code, der wie ›Charger Drei-Null‹ klingt, und ein dringender Anruf aus Wheeling' West *Virginia!* Und statt mein Telefon zu benützen, ziehen Sie Leine und wollen hier verschwinden! Hören Sie, Jim, was würden *Sie* da tun?!«

Matlocks Stimme klang eisig und präzis. »Ich würde versuchen zu verstehen, mit *wem* ich es zu tun habe... Wir haben eine Anzahl Erkundigungen angestellt, Howard. Meine Vorgesetzten machen sich Gedanken über Sie.«

»Was-meinen-Sie-damit?« Stocktons Frage klang, als wäre der ganze Satz nur ein Wort.

»Sie glauben... wir glauben, daß Sie zuviel Aufmerksamkeit auf sich selbst gelenkt haben, Präsident und Vize-Präsident eines *Rotary Club!* Du lieber Gott! Stifter für ein Schulgebäude; Versorger von Witwen und Waisen – mit Kreditkonten; Memorial Day Picknicks! Und dann stellen Sie noch hiesige Leute ein, die Gerüchte über die Mädchen verbreiten! Die halbe Zeit rennen die jungen Leute halb nackt herum. Bilden Sie sich etwa ein, daß die Leute hier nicht reden? *Herrgott,* Howard!«

»Wer zum Teufel sind Sie?«

»Nur ein müder Geschäftsmann, der sich ärgert, wenn er sieht, wie ein anderer Geschäftsmann sich selbst zum Narren macht. Was zum Teufel haben Sie sich eigentlich dabei gedacht? Wollen Sie sich für das Amt des Weihnachtsmannes bewerben? Haben Sie eigentlich nie darüber nachgedacht, wie auffällig dieses Kostüm ist?«

»Verdammt nochmal, Sie haben mich bloß auf dem Kieker! Ich hab' den besten kombinierten Laden nördlich von Atlanta! Ich weiß nicht, mit wem Sie geredet haben, aber ich kann Ihnen sagen – dieses alte kleine Mount Holly würde für mich sogar Pferde stehlen! Diese Dinge, die Sie und Ihre Leute ausgegraben haben das sind *gute Dinge! Wirklich* gut!… Sie verdrehen das alles so, daß es böse klingt. Das ist nicht *richtig!*«

Stockton holte ein Taschentuch heraus und betupfte sich das gerötete, schwitzende Gesicht. Der Südstaatler war jetzt so aufgeregt, daß seine Sätze sich überhaspelten und seine Stimme schrillte. Matlock versuchte schnell zu denken, ohne dabei die Vorsicht in den Wind zu schlagen. Vielleicht war dies jetzt der richtige Augenblick – für Stockton. Irgendwann mußte es ja sein. Er mußte seine eigene Einladung aussenden. Er mußte die letzte Etappe seiner Reise zu Nimrod beginnen.

»Beruhigen Sie sich, Stockton. Ganz ruhig. Vielleicht haben Sie recht… Ich habe jetzt nicht die Zeit, darüber nachzudenken. Wir stecken in einer Krise. Wir alle. Dieser Anruf war ernst.« Matlock hielt inne und sah den nervösen Stockton scharf an und stellte dann seinen Koffer auf den Marmorboden. »Howard«, sagte er dann langsam, die Worte sorgfältig wählend, »ich werde Ihnen jetzt etwas anvertrauen und hoffe nur, daß Sie dem gewachsen sind. Wenn Sie es durchziehen, wird keiner mehr Ihren Laden belästigen – nie wieder.«

»Was denn?«

»Sagen Sie *ihm*, er soll einen Spaziergang machen. Bloß den Korridor hinunter, wenn Sie mögen.«

»Hast du gehört? Geh eine Zigarre rauchen.«

Mario wirkte gleichzeitig feindselig und verwirrt, als er langsam auf die Treppe zutrottete.

»Was soll ich denn tun?« fragte Stockton. »Ich hab' Ihnen ja gesagt, daß ich keinen Ärger will.«

»Wir werden *alle* Ärger haben, wenn ich nicht ein paar Delegierte erreiche. Das wollte Wheeling mir sagen.«

»Was meinen Sie damit... Delegierte?«

»Das Treffen drüben in Carlyle. Die Konferenz mit unseren Leuten und der Nimrod-Organisation.«

»Das ist nicht meine Angelegenheit!« stieß Stockton hervor. »Ich weiß überhaupt nichts darüber.«

»Sicher tun Sie das nicht; das hat auch niemand von Ihnen erwartet. Aber jetzt betrifft es uns alle... Manchmal muß man die Regeln brechen; und dies ist einer dieser Anlässe. Nimrod ist zu weit gegangen, das ist alles, was ich Ihnen sagen kann.«

»*Mir* sagen Sie das? Ich lebe doch mit diesen aufgeblasenen *Predigern!* Ich rede ja immer wieder mit ihnen, und wenn ich mich beklage – wissen Sie, was unsere eigenen Leute dann sagen? Die sagen bloß, ›so ist das eben, alter Howie, wir machen alle unsere Geschäfte!‹ Was sind das für Reden? Warum muß *ich* denn Geschäfte mit ihnen machen?«

»Vielleicht müssen Sie das nicht mehr lange. Deshalb

muß ich ja einige von den anderen erreichen. Die Delegierten.«

»Die laden mich nicht zu ihren Zusammenkünften ein. Ich kenne niemanden.«

»Natürlich nicht. Noch einmal, man hat das von Ihnen erwartet. Die Konferenz ist wichtig, da kommen nur Hochkaräter, und alles läuft ganz geheim. So geheim, daß wir uns selbst 'reingelegt haben: wir wissen gar nicht, wer alles in der Gegend ist. Von welcher Organisation, von welcher Familie? Aber ich habe meine Anweisungen. Wir müssen einen oder zwei erreichen.«

»Ich kann Ihnen nicht helfen.«

Matlock sah den Südstaatler streng an. »Ich glaube doch, daß Sie das können. Hören Sie mir gut zu. Morgen früh werden Sie ein paar Telefongespräche führen – aber ganz *vorsichtig!* Wir wollen keine Panik. Sprechen Sie mit niemanden, den Sie nicht kennen. Gebrauchen Sie meinen Namen nicht! Sagen Sie bloß, Sie wären jemandem begegnet, der das korsische Papier hat, das silberne korsische Papier. Er *muß* sich in aller Stille mit jemandem treffen, der es auch hat. Wenn es sein muß, fangen wir mit einer Person an. Haben Sie das verstanden?«

»Schon, aber es gefällt mir nicht! Das ist nicht *meine Sache!*«

»Würden Sie lieber schießen? Würden Sie lieber diesen herrlichen Bau verlieren und zehn oder zwanzig Jahre durch ein Zellenfenster starren? Ich habe gehört, daß Gefängnisbeerdigungen sehr rührend sind.«

»Also gut!... Also gut. Ich werde meinen Kontaktmann anrufen, den, der immer bei mir kassiert. Ich werde sagen, daß ich nichts weiß! Ich leite nur eine Nachricht weiter.«

»Meinetwegen. Wenn Sie Kontakt bekommen, sagen Sie dem Betreffenden, ich würde heute abend oder morgen im Sail and Ski sein. Sagen Sie ihm, er soll das Papier mitbringen. Ich werde mit niemandem reden, der das Papier nicht vorzeigen kann!«

»Ohne das Papier...«

»Und jetzt will ich meine Schlüssel.«

Stockton rief Mario zurück. Matlock bekam seine Schlüssel.

Er verließ Mount Holly in südlicher Richtung auf der Route 72. Er erinnerte sich nicht genau wo, wußte aber, daß er auf der Fahrt von Hartford an ein paar Telefonzellen vorbeigekommen war. Seltsam, wie er anfing, öffentliche Telefone zu bemerken, das einzige Bindeglied zur soliden Welt, das er besaß. Alles andere war flüchtig, zufällig, fremdartig und beängstigend. Er würde Greenberg anrufen, wie Charger Drei-Null verlangt hatte, aber ehe er das tat, würde er einen von Blackstones Männern anrufen.

Es mußte sofort ein Treffen vereinbart werden. Er mußte jetzt das korsische Papier haben. Er hatte das Signal ausgesandt; jetzt würde er seinen Teil der Vereinbarung einhalten müssen, oder er würde gar nichts erfahren. *Falls* Stocktons Nachricht durchkam und *falls* jemand wirklich Kontakt aufnahm, würde dieser jemand töten oder getötet werden, ehe er den Eid der ›Omerta‹ brach, sofern Matlock nicht das Papier vorlegte.

Oder war alles umsonst? War er wirklich der Amateur, als den Kressel und Greenberg ihn bezeichneten? Er wußte es nicht. Er gab sich große Mühe, die Dinge bis zum Ende durchzudenken, alles, was er tat, von allen Seiten zu betrachten, seine geschulte akademische Fantasie zu benutzen. Aber war das genug? Oder war es möglich, daß das Gefühl der Verpflichtung, das er empfand, der Rachetrieb, der ihn beseelte, und der Ekel ihn nur in eine Art Don Quichote verwandelten?

Wenn dem so war, würde er damit leben. Er würde

sich die größte Mühe geben und damit leben. Er hatte gute Gründe dafür – einen Bruder namens David; ein Mädchen namens Pat; einen freundlichen alten Mann namens Lukas; einen netten Burschen namens Loring; eine verwirrte, erschreckte Studentin aus Madison namens Jeannie. Die ganze Übelkeit erregende Szene!

Matlock fand eine Telefonzelle an einem verlassenen Straßenabschnitt der Route 72 und rief den mechanischen Empfänger am anderen Ende von 555-6868 an. Er gab die Nummer der Telefonzelle durch und wartete, daß Charger Drei-Null seinen Anruf beantwortete.

Ein Milchlaster polterte vorbei. Der Fahrer sang aus voller Kehle und winkte Matlock zu. Ein paar Minuten später donnerte ein mächtiger Lastzug der Allied Van Lines vorbei und kurz darauf ein Gemüselaster. Es war schon fast halb sechs. Der Tag begann sich aufzuhellen, zu einem stumpfen Grau, denn am Himmel standen Regenwolken.

Das Telefon klingelte.

»Hello!«

»Was für ein Problem haben Sie, Sir? Haben Sie Ihren Freund in West Virginia erreicht? Er sagte, jetzt würde es ernst.«

»Ich rufe ihn in ein paar Minuten an. Sind Sie Cliff?«

Matlock wußte, daß das nicht der Fall war; die Stimme klang anders.

»Nein, Sir. Ich bin Jim. Derselbe Name wie der Ihre.«

»Also gut, Jim. Sagen Sie, hat der andere Mann das getan, worum ich ihn gebeten hatte? Hat er das Papier für mich abgeholt?«

»Ja, Sir. Wenn es das silberne Papier mit der italienischen Schrift ist. Ich glaube wenigstens, daß das italienisch ist.«

»Das ist es…«

Matlock veranlaßte, daß die Übergabe in zwei Stunden

stattfand. Man kam überein, daß der Blackstone-Mann namens Cliff sich mit ihm in einer durchgehend geöffneten Imbiß-Stube an der Scofield Avenue in der Nähe der Stadtgrenze von West Hartford treffen sollte. Charger Drei-Null bestand darauf, daß die Übergabe ganz schnell auf dem Parkplatz erfolgen sollte. Matlock beschrieb den Wagen, den er fuhr, und legte auf.

Der nächste Anruf galt Jason Greenberg in Wheeling. Und Greenberg war wütend.

»Sie Trottel! Als ob es nicht schon schlimm genug wäre, daß Sie Ihr Wort brechen – nein, Sie müssen sich eine eigene Armee anheuern! Was zum Teufel bilden Sie sich eigentlich ein, was diese Schwachköpfe können, was die Regierung der Vereinigten Staaten nicht besser könnte?«

»Diese Schwachköpfe kosten mich dreihundert Dollar pro Tag, Jason. Ich hoffe, daß sie das wert sind.«

»Sie sind abgehauen! Warum haben Sie das getan? Sie haben mir Ihr Wort gegeben, daß Sie es nicht tun würden. Sie haben gesagt, Sie würden mit unserem Mann zusammenarbeiten!«

»Ihr Mann hat mir ein Ultimatum verpaßt, mit dem ich nicht einverstanden war! Und wenn das Ganze Ihre Idee war, dann sage ich Ihnen dasselbe, was ich Houston gesagt habe.«

»Was soll das heißen? Was für ein Ultimatum?«

»Das wissen Sie verdammt genau! Treiben Sie jetzt keine Spielchen mit mir. Und hören Sie mir zu...«

Matlock wartete ein paar Augenblicke, ehe er sich in die Lüge hineinstürzte. Er gab sich Mühe, so überzeugend wie möglich zu klingen. »Es gibt einen Anwalt in Hartford, der einen sehr ausführlichen, von mir unterzeichneten Brief hat. Etwa mit demselben Inhalt wie der Brief, den ich für Sie unterschrieben habe. Nur ein paar Kleinigkeiten sind anders: in dem Brief stimmt alles. Er beschreibt in allen Einzelheiten, wie man mich rekrutiert hat, wie ihr mich zuerst an die Leine gelegt und mich dann hängengelassen habt. Wie ihr mich gezwungen habt, eine Lüge zu unterschreiben... Wenn ihr irgend etwas versucht, wird er den Brief veröffentlichen, und dann werden eine ganze Menge Leute im Justizministerium ziemlich dumm aus der Wäsche gucken... Die Idee stammt von Ihnen, Jason. Es war eine verdammt gute Idee. Vielleicht bringt das ein paar Militante sogar darauf, den Campus von Carlyle in Stücke zu reißen. Vielleicht löst es sogar ein paar Krawalle im ganzen Land aus. Die akademische Szene wartet nur darauf, daß man sie aus ihrem Schlaf reißt. Ist es nicht das, was Sealfont gesagt hat? Nur, daß es diesmal nicht ein Krieg gegen die Wehrpflicht oder Drogen sein wird. Sie werden ein besseres Etikett finden: Infiltration durch die Regierung, Polizeistaat... *Gestapo*-Taktiken. Sind Sie darauf vorbereitet?«

»Um Himmels willen hören Sie doch auf! Das bringt Ihnen doch nichts. Sie sind nicht so wichtig... Wovon zum Teufel reden Sie überhaupt? Ich habe ihn nur *kurz informiert!* Da gab es keine Bedingungen, nur, daß Sie ihn über alles was Sie tun, informiert halten sollten.«

»Bockmist! Ich durfte den Campus nicht verlassen; ich durfte mit niemandem reden. Ich sollte ausschließlich Studenten befragen dürfen und hätte mir wahrscheinlich sogar dafür *vorher* Erlaubnis einholen müssen! Abgesehen von diesen belanglosen Einschränkungen war ich frei wie ein Vogel in der Luft! Kommen Sie doch! Sie haben Pat *gesehen!* Sie haben gesehen, was die mit ihr angestellt haben. Sie wissen, was die sonst noch getan haben ... *vergewaltigt* haben sie sie, Greenberg! Haben Sie und Ihre Chefs etwa erwartet, daß ich Houston dafür *danke*, weil er so *verständnisvoll* ist?«

»Glauben Sie mir«, sagte Greenberg mit leiser Stimme, die aber seinen Ärger nicht verbergen konnte, »diese Bedingungen sind erst nachher hinzugefügt worden. Freilich hätten die mir das sagen sollen. Aber man hat das ganze zu Ihrem eigenen Schutz getan. Das begreifen Sie doch, oder?«

»Aber unsere Vereinbarung war anders.«

»Nein, das war sie nicht. Und man hätte mir sagen müssen…«

»Außerdem frage ich mich, zu wessen Schutz das Ganze eigentlich diente. Dem meinen oder dem ihren.«

»Das ist eine gute Frage. Man hätte es mir sagen sollen. Man kann einfach nicht eine Verantwortung delegieren, und dann immer die Vollmachten wegnehmen. Es ist nicht logisch.«

»*Moralisch* ist es nicht. Ich will Ihnen einmal etwas sagen. Diese kleine Odyssee, auf der ich mich da befinde, bringt mich immer näher und näher an die Frage der Moral heran.«

»Das freut mich für Sie, aber ich fürchte, Ihre Odyssee wird bald ein Ende haben.«

»Sie können es ja versuchen!«

»Die werden dafür sorgen. Irgendwelche Erklärungen in den Büros von Rechtsanwälten bedeuten da überhaupt nichts. Ich habe denen gesagt, daß ich es zuerst versuchen würde… Wenn Sie sich nicht binnen achtundvierzig Stunden in Schutzhaft begeben, wird man einen Haftbefehl ausstellen.«

»Mit welcher Begründung?!«

»Sie stellen eine Gefahr dar. Sie sind geistesgestört. Sie sind verrückt. Man wird sich auf Ihre Militärakten beziehen – zwei Kriegsgerichtsverfahren, Militärarrest, dauernde Unstabilität unter Frontbedingungen. Die Tatsache, daß Sie Drogen benutzen. Und Alkohol – dafür gibt es Zeugen. Und ein Rassist sind Sie auch – da ist diese Beschwerde über die Lumumba-Affäre. Und jetzt erfahre ich, wenn ich auch nicht über Fakten verfüge, daß Sie sich in der Gesellschaft notorischer Krimineller bewegen. Es gibt Fotos – von einem Lokal in Avon... Stellen Sie sich, Jim. Die ruinieren Ihnen Ihr ganzes Leben.«

26.

Achtundvierzig Stunden! Warum achtundvierzig Stunden? Warum nicht vierundzwanzig oder zwölf oder sofort? Es gab keinen Sinn! Dann begriff er und fing ganz alleine in der Zelle stehend zu lachen an. Er lachte laut in einer Telefonzelle um halb sechs Uhr morgens, an einem verlassenen Stück Highway in Mount Holly, Connecticut.

Diese praktisch denkenden Männer geben ihm gerade genug Zeit, um etwas zustande zu bringen – falls er etwas zustande bringen *konnte*. Wenn er das nicht konnte und etwas passierte, dann hatten sie eine saubere Weste. Es war aktenkundig, daß sie ihn für einen geistig aus dem Gleichgewicht geratenen Drogensüchtigen mit rassistischen Tendenzen hielten, der sich mit notorischen Kriminellen abgab, und sie hatten ihn gewarnt. Und weil der Umgang mit solchen Verrückten so delikat war, setzten sie eine *Zeit* fest, in der Hoffnung, die Gefahr zu verringern. Herrgott! Sie konnten es nicht lassen!

Er erreichte die Imbißstation in West Hartford um dreiviertel sieben und nahm ein umfangreiches Frühstück zu sich, vielleicht weil er irgendwie annahm, daß ihm das den Schlaf ersetzen und die Energie wiedergeben würde, die er brauchte. Er sah immer wieder auf die Uhr und wußte, daß er um halb acht auf dem Parkplatz sein würde.

Er fragte sich, wie seine Kontaktperson von Charger Drei-Null wohl aussehen mochte.

Der Mann war von hünenhafter Gestalt. Matlock hatte sich selbst nicht gerade für klein gehalten. Cliff von Charger Drei-Null erinnerte Matlock an jene alten Bilder von Primo Carnera. Mit Ausnahme des Gesichts. Das Gesicht war schmal, intelligent und lächelte jetzt breit.

»Steigen Sie nicht aus, Mr. Matlock.« Er griff durch das heruntergekurbelte Fenster und schüttelte Matlock die Hand. »Hier ist das Papier; ich habe es in einen Umschlag getan. Übrigens, Miß Ballantyne hat gestern abend gelacht. Sie fühlt sich besser. Das Enzephalogramm ist gleichmäßig, und ihr Stoffwechsel normalisiert sich auch wieder, die Pupillendilation geht zurück. Ich dachte, Sie würden das vielleicht gerne wissen.«

»Ich nehme an, das ist gut.«

»Das ist es. Wir haben uns mit dem Arzt angefreundet. Er ist jetzt ganz offen zu uns.«

»Wie stellt sich das Krankenhaus denn zu Ihrem Wachdienst?«

»Mr. Blackstone löst solche Probleme im voraus. Wir haben Zimmer zu beiden Seiten des Objekts.«

»Die mir sicherlich berechnet werden.«

»Sie kennen Mr. Blackstone.«

»Langsam schon. Bei ihm geht alles erster Klasse.«

»Seine Klienten auch. Ich gehe jetzt besser wieder. Nett, Sie kennenzulernen.« Der Mann von der Blackstone-Agentur ging schnell davon und stieg in ein unauffälliges, ein paar Jahre altes Auto.

Für Matlock war es Zeit, nach New Haven zu fahren.

Er hatte keinen festen Plan, hatte sich auch keine bestimmten Personen vorgenommen; er führte nicht, er ließ sich führen. Die Information, die er besaß, war bestenfalls nebulös, skizzenhaft, viel zu unvollständig, um mit absoluten Werten weiterzuarbeiten. Aber vielleicht genügte das für jemanden, um eine Verbindung herzustellen.

Aber wer auch immer das tat oder dazu imstande war, mußte jemand sein, der einen ziemlich allgemeinen Überblick über die Universität hatte. Jemand, der, wie zum Beispiel Sam Kressel, mit den allgemeinen Spannungen des Campus zu tun hatte.

Aber Yale war fünfmal so groß wie Carlyle; viel ausgedehnter, ein Teil der Stadt New Haven, nicht so von seiner Umgebung isoliert wie Carlyle. Es *gab* einen Brennpunkt. Das Büro für Studentenangelegenheiten; aber er kannte dort niemanden. Sich einfach als Unbekannter hinzustellen und eine unwahrscheinliche Geschichte von College-Mädchen zu erzählen, die im Begriffe waren, einen Callgirl-Ring zu bilden – oder dazu gebracht wurden – der, soweit bisher bekannt, bis nach Connecticut, Massachusetts, und New Hampshire reichte, würde, wenn man ihn ernst nahm, wie eine Bombe einschlagen. Aber er war gar nicht sicher, daß man ihn ernst nehmen würde. In diesem Falle würde er gar nichts erfahren.

Es gab eine Möglichkeit; ein armseliger Ersatz für das Büro für Studentenangelegenheiten, aber auch eine Stelle, die allgemeinen Überblick über die Campus-Angelegenheit hatte: die Zulassungsabteilung. Er kannte einen Mann namens Peter Daniels, der im Zulassungsbüro von Yale tätig war. Er und Daniels hatten in der Vergangenheit ein paarmal miteinander zu tun gehabt. Er kannte Daniels gut genug, um ihm die Fakten so darzulegen, wie er sie begriff; Daniels war nicht der Typ dazu, seine Worte anzuzweifeln oder in Panik zu geraten. Er würde seine Geschichte freilich auf das Mädchen beschränken.

Er parkte an der Chappel Street in der Nähe der Kreuzung mit der York Street. An der einen Straßenseite gab es einen Bogen, der zu der viereckigen Anlage des Silliman College führte, auf der anderen eine große Rasenfläche, durch die ein paar betonierte Wege zum Verwaltungsgebäude führten. Daniels Büro befand sich im ersten Stock. Matlock stieg aus dem Wagen, schloß ihn ab und ging auf den alten Ziegelbau mit seiner amerikanischen Flagge neben dem Banner von Yale zu.

»Das ist doch lächerlich! Wir leben im Wassermann-Zeitalter, heißt es immer. Man zahlt nicht mehr für Sex, man bekommt ihn gratis.«

»Ich weiß, was ich gesehen habe. Ich weiß, was das Mädchen mir erzählt hat; sie hat nicht gelogen.«

»Ich wiederhole. Sie können da einfach nicht sicher sein.«

»Es hängt mit zu vielen anderen Dingen zusammen. Die habe ich auch gesehen.«

»Darf ich eine naheliegende Frage stellen? Warum gehen Sie nicht zur Polizei?«

»Die Antwort darauf ist ebenfalls naheliegend. Die Universitäten hatten in letzter Zeit schon genug Ärger. Die Fakten, die ich besitze, sind isoliert. Ich brauche mehr Informationen. Ich möchte nicht für Verallgemeinerungen oder weit verbreitete Panik verantwortlich sein. Davon hat es schon genug gegeben.«

»Also gut, meinetwegen. Aber ich kann Ihnen nicht helfen.«

»Ich will nur ein paar Namen. Studenten *oder* Fakultät. Leute, die Sie kennen... Leute, bei denen Sie sicher sind, daß sie irgendwie im Dreck stecken. Sie haben solche Namen, das weiß ich; wir haben sie auch... Ich schwöre Ihnen, die werden nie erfahren, wer sie mir gegeben hat.«

Daniels erhob sich aus seinem Stuhl und zündete sich die Pfeife an. »Sie drücken sich verdammt allgemein aus. Im Dreck stecken, wie? Akademisch, politisch... Narkotika, Alkohol? Das deckt einen weiten Bereich ab.«

»Einen Augenblick.« Daniels Worte riefen eine Erinnerung in ihm wach. Matlock erinnerte sich an einen schummrig beleuchteten, mit Rauch erfüllten Raum im

Inneren eines scheinbar verlassenen Gebäudes in Hartford. Rocco Aiellos Jagdclub. Und ein hochgewachsener junger Mann in einer Kellnerjacke, der Aiello ein Quittungsformular zum Unterschreiben gebracht hatte. Der Veteran von Nam und Da Nang. Der Yalie, der dabei war Kontakte *herzustellen,* sich etwas *aufzubauen...* Der *Student der Betriebswirtschaft.* »Ich weiß, wen ich sehen möchte.«

»Wie heißt er?«

»Ich weiß nicht... Aber er ist Kriegsteilnehmer – Indochina, etwa zweiundzwanzig oder dreiundzwanzig; ziemlich groß, hellbraunes Haar... studiert Betriebswirtschaft.«

»Eine Beschreibung, die vielleicht auf fünfhundert Studenten paßt. Mit Ausnahme von Medizin, Jura und Ingenieurwissenschaften wird hier alles in einen Topf geworfen und nennt sich Freie Künste. Wir müssen uns jede Akte ansehen.«

»Bewerbungsfotos?«

»Die sind nicht mehr zulässig, das wissen Sie doch.«

Matlock starrte zum Fenster hinaus, die Stirn im Gedanken gefurcht. Jetzt sah er wieder Daniels an. »Pete, es ist Mai...«

»Na und? Ebensogut könnte es November sein; das würde das Gesetz gegen Diskriminierung nicht ändern.«

»In einem Monat ist Semesterschluß... Die Klassenfotos. Jahrbücher.«

Daniel begriff sofort. Er nahm die Pfeife aus dem Mund und ging auf die Türe zu.

»Kommen Sie mit.«

Sein Name war Alan Pace. Er war Student im achten Semester. Sein Studiengang konzentrierte sich nicht ausschließlich auf Betriebswirtschaft; er hatte auch Politologie belegt. Er wohnte außerhalb des Campus an der Church Street in der Nähe der Stadtgrenze von Hamden.

Seinen Akten nach war Alan Pace ein ausgezeichneter Student mit hervorragenden Arbeiten in allen Fächern, der mit einem Stipendium an der Schule für Politische Wissenschaften in Syracuse rechnen konnte. Er hatte achtundzwanzig Monate Militärdienst geleistet, vier mehr als man von ihm erwartete. Wie dies bei den meisten Kriegsteilnehmern der Fall war, gab es kaum extrakurrikulare Aktivitäten.

Während seiner Militärdienstzeit war Pace Offizier in der Zahlmeisterei gewesen. Er hatte sich für zusätzliche vier Monate in Saigon gemeldet – eine Tatsache, die auf seinem Bewerbungsformular besonders hervorgehoben war. Alan Pace hatte seinem Land vier Monate seines Lebens mehr gegeben, als notwendig war. Alan Pace war in diesen Tagen des Zynismus offensichtlich ein ehrenwerter Mann.

Ein Gewinner, dachte Matlock.

Die Fahrt auf der Church Street nach Hamden gab Matlock Gelegenheit, etwas Ordnung in seine Gedanken zu bringen. Er mußte einen Punkt nach dem anderen klären; einen abhaken – und sich den nächsten vornehmen. Er durfte nicht zulassen, daß seine Fantasie isolierte Fakten über ihre Bedeutung hinaus interpretierte. Er durfte nicht einfach alles zusammenwerfen und eine Summe herausbekommen, die größer war als die einzelnen Bestandteile.

Es war durchaus möglich, daß dieser Alan Pace ein Solospiel spielte. Alleine und unbeeinflußt.

Aber logisch war es nicht.

Das Haus, in dem Pace wohnte, war ein unauffälliger brauner Ziegelbau, wie es an den Rändern von Städten so häufig war. Früher einmal – vor vierzig oder fünfzig Jahren – war dies das stolze Symbol einer aufsteigenden Mittelklasse gewesen, die sich über die Betongrenzen hinaus ins Land ausdehnte, aber nicht genügend couragiert war, die Stadt völlig zu verlassen. Nicht, daß es heruntergekommen wäre, es war nur... nicht herausgeputzt. Am auffälligsten schien Matlock an dem Wohnhaus freilich, daß es ein höchst unwahrscheinlicher Ort für einen Studenten war, um dort zu wohnen.

Aber er war jetzt dort; darüber hatte sich Peter Daniels vergewissert.

Pace hatte die Tür nicht öffnen wollen. Der Student erklärte sich erst dazu bereit, nachdem Matlock zwei Dinge erwähnt hatte. Das eine war, daß er nicht von der Polizei kam, das zweite war der Name von Rocco Aiello.

»Was wollen Sie? Ich hab' eine Menge Arbeit. Ich hab' keine Zeit zum Reden. Ich hab' morgen Klausur.«

»Darf ich mich setzen?«

»Wozu denn? Ich hab' Ihnen doch gesagt, daß ich zu tun habe.« Der hochgewachsene, braunhaarige Student ging zu seinem Schreibtisch zurück, der mit Büchern und Papieren überhäuft war. Die Wohnung war gepflegt und aufgeräumt – mit Ausnahme des Schreibtisches – und ziemlich groß. Es gab Türen und kurze Gänge, die zu anderen Türen führten. Es war die Art von Wohnung, die sich gewöhnlich vier oder fünf Studenten teilten. Aber Alan Pace hatte keine Zimmerkollegen.

»Ich werde mich trotzdem setzen. Soviel sind Sie Rocco schuldig.«

»Was soll das bedeuten?«

»Nur, daß Rocco mein Freund war. Ich war der Mann, der neulich abends bei ihm stand, als Sie ihm eine Quittung zum Abzeichnen brachten. Erinnern Sie sich? Und er war gut zu Ihnen... Er ist tot.«

»Ich weiß. Ich habe davon gelesen. Es tut mir leid. Aber ich war ihm nichts schuldig.«

»Aber gekauft haben Sie von ihm.«

»Ich weiß nicht, wovon Sie reden.«

»Kommen Sie schon, Pace. Sie haben keine Zeit, und

ich auch nicht. Sie stehen nicht mit Aiellos Tod in Verbindung, das weiß ich. Aber ich brauche Informationen, und Sie werden sie liefern.«

»Sie reden mit dem Falschen. Ich kenne Sie nicht. Ich weiß *nichts*.«

»Ich kenne *Sie*. Ich habe eine komplette Akte über Sie. Aiello und ich waren am Überlegen, ob wir gemeinsam ein Geschäft aufmachen sollen. Das betrifft Sie nicht, ich weiß schon, aber wir haben... Personalinformationen ausgetauscht. Ich komme zu Ihnen um es ganz offen zu sagen, weil Rocco nicht mehr da ist und es Stellen gibt, die besetzt werden müssen. Ich will Sie um einen Gefallen bitten. Ich bin bereit, dafür zu bezahlen.«

»Ich habe Ihnen gesagt, daß ich nicht Ihr Mann bin. Ich kannte Aiello kaum. Ich habe mir nur als Kellner in seinem Lokal ein paar Dollar verdient. Sicher, ich habe Gerüchte gehört, aber das ist *alles*. Ich weiß nicht, was Sie wollen, aber Sie sollten besser zu einem anderen gehen.«

Pace war clever, dachte Matlock. Er löste sich völlig von Aiello, war aber nicht so dumm, völlige Unschuld für sich in Anspruch zu nehmen. Andererseits konnte es natürlich sein, daß er die Wahrheit sprach. Es gab nur eine Möglichkeit, das herauszufinden.

»Ich will es noch mal versuchen... Fünfzehn Monate in Vietnam, Saigon, Da Nang; Ausflüge nach Hong Kong, Japan. Offizier in der Zahlmeisterei; die langweiligste Arbeit, die man sich vorstellen kann, für einen jungen Mann, der intelligent genug ist, an einer sehr schwierigen Universität so vorwärts zu kommen wie Sie das tun.«

»Die Arbeit in der Zahlmeisterei war gut; keine Feindberührung, ungefährlich, sauber. Und die Ausflüge hat jeder gemacht. Sie brauchen sich doch nur die Urlaubslisten anzusehen.«

»Und dann«, fuhr Matlock fort, ohne auf Paces Unterbrechung einzugehen, »kehrt der junge Offizier nach hingebungsvollem Dienst ins Zivilleben zurück. Nach vier Monaten freiwilligem Dienst in Saigon – mich überrascht, daß es Sie *dabei* nicht erwischt hat – kommt er mit genügend Geld zurück, um die richtigen Investitionen zu tätigen, ganz sicher nicht von seiner Löhnung. Er ist einer der größten Dealer in New Haven. Soll ich fortfahren?«

Pace stand neben dem Schreibtisch und sein Atem schien stillzustehen. Er starrte Matlock mit weißem Gesicht an. Als er dann sprach, war seine Stimme die eines verängstigten jungen Mannes.

»Sie können gar nichts beweisen. Ich habe nichts getan. Meine Armeezeugnisse, meine Zeugnisse hier – das ist alles in Ordnung. Sogar sehr gut.«

»Die besten. Makellos. Akten, auf die man stolz sein kann; ich meine das ganz ehrlich. Ich will auch gar nichts tun, um daran irgend etwas zu verändern; das ist wirklich mein Ernst.«

»Das könnten Sie auch nicht. Ich bin sauber!«

»Nein, das sind Sie nicht. Sie stecken bis zum Hals drin. Das hat Aiello mir ganz eindeutig bestätigt. *Schriftlich.*«

»Sie lügen!«

»Sie sind dumm. Glauben Sie, Aiello würde mit *irgend jemand* Geschäfte machen, ohne den Betreffenden zu überprüfen? Glauben Sie, er *dürfte* das? Aiello hat sehr ausführliche Bücher geführt, Pace, und die sind in meinem Besitz. Ich sagte Ihnen doch, wir hatten vor, gemeinsam ein Geschäft aufzumachen. Man geht keine Partnerschaft ein, ohne sich genau zu informieren, das sollten Sie wissen.«

Paces Stimme war jetzt nicht viel mehr als ein Flüstern. »Solche Bücher gibt es nicht. Es gibt nur Städte, Dörfer, Codes. Keine Namen. Niemals Namen.«

»Weshalb bin ich dann hier?«

»Sie haben mich in Hartford gesehen und suchen jetzt nach einer Verbindung.«

593

»Dazu sind Sie doch viel zu intelligent. Seien Sie kein Narr.«

Matlocks schnell vorgebrachte Andeutungen waren für den hochgewachsenen, erschreckten jungen Mann zuviel. »Warum sind Sie zu mir gekommen? Ich bin nicht so wichtig, Sie sagen, Sie wissen über mich Bescheid; dann wissen Sie auch, daß ich nicht wichtig bin.«

»Das sagte ich Ihnen doch. Ich brauche Informationen. Ich zögere, zu den hohen Priestern zu gehen, den Leuten mit wirklicher Macht. Ich möchte nicht aus einer schwachen Position verhandeln. Deshalb bin ich bereit zu zahlen; ich bin auch bereit, alles zu zerreißen, was ich über Sie besitze.«

Die Aussicht, sich aus dem Würgegriff des Fremden lösen zu können, drängte offenbar alles andere aus Paces Gedanken. Er antwortete schnell:

»Und wenn ich Ihre Fragen nicht beantworten kann? Dann werden Sie glauben, daß ich lüge.«

»Damit verschlechtert sich ja für Sie nichts. Sie haben keine andere Wahl, als es zu versuchen.«

»Also, fragen Sie.«

»Ich habe ein Mädchen kennengelernt... aus einem College in der Nähe. Ich lernte sie unter Umständen kennen, die man nur als professionelle Prostitution bezeichnen kann. Professionell in jedem Sinne des Wortes. Feste Termine, feste Beträge, unbekannte Klienten, alles eben... Was wissen Sie darüber?«

Pace trat ein paar Schritte auf Matlock zu. »Was meinen Sie, was ich weiß? Ich weiß, daß es so etwas gibt. Was gibt es da sonst noch zu wissen?«

»Wie umfangreich ist der Ring?«

»Ziemlich. Das ist nichts Neues.«

»Für mich schon.«

»Sie kennen die Szene nicht. Sehen Sie sich doch in ein paar Collegestädten um.«

Matlock schluckte. War er wirklich so unwissend? »Angenommen, ich würde Ihnen jetzt sagen, daß ich mit einer ganzen Menge... Collegestädten vertraut bin?«

»Dann würde ich sagen, daß Sie in ziemlich spießigen Kreisen verkehren. Außerdem habe ich nichts damit zu tun. Noch etwas?«

»Bleiben wir noch einen Augenblick bei diesem Thema... Warum?«

»Warum was?«

»Warum tun es die Mädchen?«

»Pinke, Mann. Warum tut jemand etwas?«

»Sie sind viel zu intelligent, um das zu glauben... Ist es organisiert?«

»Ja, ich denke schon. Ich sagte Ihnen ja, daß ich nichts damit zu tun habe.«

»Vorsichtig! Ich habe 'ne Menge Papier über Sie...«

»Also gut. Ja, es ist organisiert. Alles ist organisiert. Wenn es funktionieren soll.«

»Und wo *genau* läuft das?«

»*Sagte* ich doch! Überall.«

»In den Colleges?«

»Nein, nicht in den Colleges. Gewöhnlich am Stadtrand. Ein paar Meilen gewöhnlich, wenn der Campus auf dem Lande liegt. Alte Häuser, etwas abseits von den Vorstädten. Und in den Städten – da sind es Hotels in der Innenstadt, Privatclubs, Miethäuser. Aber nicht *hier*.«

»Sprechen wir hier von... Columbia, Harvard, Radcliffe, Smith, Holyoke? Und südlicher?«

»Alle vergessen immer Princeton«, erwiderte Pace mit einem schiefen Lächeln. »Auf diesen Nebenstraßen gibt es eine Menge netter alter Anwesen... Ja, wir sprechen von diesen Städten.«

»Ich hätte das nie geglaubt...« Matlock sprach ebenso sehr zu sich wie zu Pace. »Aber *warum?* Kommen Sie mir nicht noch einmal mit der ›Pinke‹...«

»Pinke ist *Freiheit*. Mann! Für diese Leute ist das Freiheit. Das sind keine aufgeputschten Freaks; die laufen nicht in schwarzen Mützen und Militärjacken herum. Ganz wenige von uns tun das. Wir haben gelernt. Man braucht nur Geld zu haben, Kumpel, dann mögen einen die netten Leute... Und außerdem – ob Sie es nun bemerkt haben oder nicht – man kommt heute nicht mehr so leicht an anständiges Geld wie früher. Die meisten dieser Typen brauchen es.«

»Das Mädchen, das ich vorher erwähnt habe; ich hatte den Eindruck, daß man sie dazu gezwungen hatte.«

»Großer Gott, niemand wird *gezwungen!* Das ist doch Unsinn.«

»Aber sie hat man gezwungen. Sie erwähnte da einige Dinge... Man könnte das vielleicht Kontrollen nennen. Gerichte, Ärzte, selbst Jobs...«

»Davon weiß ich nichts.«

»Und später. Kontakte, die später kommen – vielleicht ein paar Jahre später. Ganz gewöhnliche altmodische Erpressung. Genauso wie ich Sie jetzt erpresse.«

»Dann hatte sie schon früher Ärger; dieses Mädchen meine ich. Keiner zwingt sie, diesen Trip zu machen. Es sei denn, sie hat bei irgend jemand Schulden und kann nur auf diese Weise bezahlen.«

»Wer ist Nimrod?« Matlock stellte die Frage mit ganz leiser Stimme, ohne Betonung. Aber die Frage veranlaßte den jungen Mann dazu, sich abzuwenden und wegzugehen.

»Das weiß ich nicht. Diese Information steht mir nicht zur Verfügung.«

Matlock erhob sich aus seinem Stuhl und blieb reglos stehen. »Ich frage Sie nur noch einmal, und wenn ich dann keine Antwort bekomme, gehe ich zur Türe hinaus, und Sie sind erledigt. Dann wird ein sehr vielversprechendes Leben drastisch geändert – wenn Sie eines haben... Wer ist Nimrod?«

Der junge Mann fuhr herum, und Matlock sah wieder die Angst. Die Angst, die er in Lucas Herrons Gesicht, in Lucas Herrons Augen gesehen hatte.

»So wahr mir Gott helfe, ich kann diese Frage nicht beantworten!«

»Kann nicht oder will nicht?«

»Kann nicht. Ich *weiß es nicht!*«

»Ich glaube, Sie wissen es doch. Aber ich sagte, ich würde nur einmal fragen. Das wär's dann.« Matlock ging auf die Türe zu, ohne den jungen Mann noch einmal anzusehen.

»Nein!... Verdammt noch mal, ich *weiß es nicht!*... Woher *sollte* ich es denn wissen? Sie können nicht...!« Pace rannte auf Matlock zu.

»Ich kann was nicht?«

»Das tun, was Sie gesagt haben... Hören Sie! Ich weiß nicht, wer sie sind! Ich habe nicht...«

»Sie?«

Pace blickte verwirrt. »Yeah... Ich muß wohl sagen, ›sie‹. Ich weiß nicht. Ich habe keine Kontakte. Andere haben welche, ich nicht. Sie haben mich in Frieden gelassen.«

»Aber Sie wissen von ihnen.« Eine Feststellung.

»Wissen... ja, ich weiß von ihnen. Aber *wer* es ist, ehrlich, das weiß ich *nicht!*«

Matlock drehte sich um und sah den Studenten an. »Wir schließen einen Kompromiß. Für den Augenblick. Sagen Sie mir, was Sie wissen.«

Das tat der verängstigte junge Mann. Als die Worte aus ihm heraussprudelten, steckte seine Angst selbst Matlock an.

Nimrod war ein unsichtbarer Puppenspieler. Gesichtslos, formlos, aber mit einer Macht, die Angst einjagte. Er war kein *er*, auch keine anonyme Gestalt, keine *sie* – nach Alan Pace war Nimrod eine *Macht*. Eine komplizierte Abstraktion, die ihre nicht zu fassenden Tentakel in jeder größeren Universität im Nordosten hatte, in jeder Gemeinde, die der akademischen Landschaft diente, in all den finanziellen Pyramiden, die die komplizierten Strukturen der Universitätswelt von Neu-England finanzierten. ›Und weiter südlich‹, falls die Gerüchte begründet waren.

Rauschgift war nur ein Aspekt, das war die Kröte, die den Legionen der Verbrecherwelt im Halse steckte – der unmittelbare Anlaß für die Mai-Konferenz und den korsischen Brief.

Aber über die Drogen und ihre Profite hinaus trugen Dutzende von Collegeverwaltungen den Stempel von Nimrod. Pace war überzeugt, daß Studiengänge geformt, Universitätspersonal eingestellt und entlassen wurde, Stipendien verteilt oder verweigert – daß einfach alles nach den Instruktionen der Nimrod-Organisation gelenkt wurde. Matlocks Erinnerung wanderte nach Carlyle zurück. An den stellvertretenden Leiter des Aufnahmebüros in Carlyle – eine Nimrod-Besetzung, nach dem toten Loring. Zu Archer Beeson, der seinen schnellen Aufstieg in der Geschichtsabteilung machte; zu einem Trainer der Universitäts-Fußballmannschaft, zu einem Dutzend anderer Namen in der Fakultät und im Universitätspersonal, die alle auf Lorings Liste standen.

Wie viele mehr gab es noch? Wie tief war die Infiltration?

Warum?

Die Callgirl-Ringe waren Hilfsorganisationen. Die Kind-Huren sorgten selbst für Neuzugänge; Adressen wurden geliefert, Preise festgesetzt. Junges Fleisch, das Eignung zeigte und attraktiv war, konnte seinen Weg zu Nimrod finden und dort den widerlichen Pakt schließen. Und dann gab es ›Freiheit‹, gab es ›Brot‹ in dem Pakt mit Nimrod.

Und ›niemand‹ wurde verletzt; es war ein Verbrechen ohne Opfer.

»Überhaupt kein Verbrechen, nur Freiheit, Mann. Kein Druck der auf einen ausgeübt wird. Kein Geschrei über Stipendien.«

Alàn Pace sah in dem unfaßbaren, praktischen Nimrod viel Gutes. Mehr als Gutes.

»Und Sie finden, das sei alles so anders als draußen – als die ›normale‹ Welt? Sie irren, Mister. Das ist ein Mini-Amerika: organisiert und computerisiert und von einer massiven Organisationsstruktur überlagert wie die Wirtschaft auch. Verdammt, das Ganze läuft nach dem Muster des amerikanischen Syndroms: das ist einfach Wirtschaftspolitik, Firmenpolitik, Mann! Das ist General Motors, ITT, und MaBell – nur daß jemand clever genug war, die akademische Welt zu organisieren. Und es wächst schnell. Kämpfen Sie nicht dagegen, schließen Sie sich an.«

»Ist es das, was Sie tun werden?« fragte Matlock.

»Das ist die Zukunft, Mann. Der Glaube. Nach allem was mir bekannt ist, sind *Sie* ja auch dabei. Am Ende wollen Sie mich anwerben. Sie und Ihresgleichen sind ja überall; ich habe Sie erwartet.«

»Und wenn ich nicht bin, was Sie vermuten?«

»Dann sind Sie verrückt. Und in Gefahr.«

27.

Wenn man den weißen Stationwagon und seinen Fahrer auf die Stadtmitte von New Haven zurollen sah, hätte man denken können – wenn man überhaupt dachte – daß es ein prächtiger Wagen war, einer wohlhabenden Vorstadt angemessen, mit einem Mann am Steuer, dessen

Aussehen und dessen Gesichtszüge zu dem Fahrzeug paßten.

Ein solcher Beobachter konnte nicht wissen, daß der Fahrer den um ihn ablaufenden Verkehr kaum wahrnahm, daß er von den Enthüllungen wie benommen war, die er in der letzten Stunde in sich hatte aufnehmen müssen; ein erschöpfter Mann, der achtundvierzig Stunden lang nicht mehr geschlafen hatte, der das Gefühl hatte, an einem dünnen Seil über einem unendlichen Abgrund zu hängen und sich festzuhalten, ein Mann, der jeden Augenblick damit rechnete, daß man diese sein Leben bewahrende Leine durchschnitt und ihn in den endlosen Nebel stürzte.

Matlock gab sich redlich Mühe, alle Denkprozesse, derer er fähig war, in der Schwebe zu halten. Die Jahre, ganz speziell die Monate, in denen er sein akademisches Rennen gegen selbstauferlegte Zeitpläne gerannt war, hatten ihn gelehrt, daß der Geist – zumindest sein Geist – nicht richtig funktionierten, wenn Erschöpfung und ein Übermaß neuer Eindrücke zusammenkamen.

Und daß er funktionierte, war jetzt wichtiger als alles andere.

Er befand sich in Gewässern, die ihm völlig unbekannt waren, gleichsam karthographisch noch nicht erfaßten Gewässern. Einem Meer mit winzigen Inseln, die von grotesken Bewohnern bevölkert waren: Julian Dunoises, Lucas Herrons, die Bartolozzis, die Aiellos, die Sharpes, die Stocktons und die Paces. Die Vergifteten und die Vergifter.

Nimrod.

Karthographisch nicht erfaßte Gewässer?

Nein, das waren sie nicht, dachte Matlock.

Sie waren durchaus befahren. Und die Reisenden waren die Zyniker des Planeten.

Er fuhr zum Sheraton Hotel und nahm sich ein Zimmer.

Er setzte sich auf den Bettrand und meldete ein Telefongespräch für Howard Stockton im Carmount an. Stockton war nicht im Hause.

In brüskem, arrogantem Ton erklärte er der Vermittlung im Carmount, daß Stockton zurückrufen solle – er sah auf die Uhr; es war zehn Minuten vor zwei – und zwar in vier Stunden. Um sechs Uhr. Er gab die Nummer des Sheraton Hotels an und legte auf.

Er brauchte wenigstens vier Stunden Schlaf. Er wußte nicht, wann er wieder schlafen würde.

Dann nahm er noch einmal den Hörer ab und verlangte, daß man ihn um dreiviertel sechs wecken solle.

Während sein Kopf ins Kissen sank, hob er den Arm an die Augen. Durch den Stoff seines Hemds spürte er seine Bartstoppeln. Er würde zum Friseur gehen müssen; er hatte seinen Koffer in dem weißen Stationwagon gelassen. Er war zu müde gewesen, zu durchgedreht, um daran zu denken, ihn mit ins Zimmer zu nehmen.

Das dreimalige kurze Klingeln des Telefons zeigte, daß das Sheraton seine Instruktionen erfüllte. Es war genau viertel vor sechs. Fünfzehn Minuten später klingelte es wieder, diesmal länger, normaler. Es war genau sechs, und der Anrufer war Howard Stockton.

»Ich will es kurz machen, Matlock. Sie haben einen Kontakt. Nur, daß er sich nicht mit Ihnen *im* Sail and Ski treffen will. Sie gehen an den Osthang – der steht im Frühjahr und im Sommer den Touristen zur Verfügung, damit sie die Landschaft bewundern können – und nehmen den Lift nach oben. Seien Sie um halb neun Uhr heute abend dort. Er wird einen Mann oben haben. Das ist alles, was ich zu sagen habe. *Mich geht das nichts an!*«

Stockton knallte den Hörer auf die Gabel. Das Echo hallte in Matlocks Ohr.

Aber er hatte es geschafft! *Er hatte es geschafft!* Er hatte den Kontakt zu Nimrod hergestellt! Zu der Konferenz.

Er ging den finsteren Weg zum Skilift. Zehn Dollar machten dem Helfer auf dem Parkplatz des Sail and Ski sein Problem begreiflich: der nette Mann in dem Stationwagon war verabredet. Der Ehemann würde erst viel später kommen – was zum Teufel, so war das Leben eben. Der Parkwächter war sehr hilfsbereit.

Als er den Osthang erreichte, begann der Regen, der den ganzen Tag gedroht hatte. In Connecticut waren April-Regengüsse irgendwie immer Maigewitter und Matlock ärgerte sich, daß er nicht daran gedacht hatte, sich einen Regenmantel zu kaufen.

Er sah sich an dem verlassenen Lift um, dessen hohe, doppelte Leinen sich deutlich vor dem immer stärker werdenden Regen abzeichneten und wie dicke Hanftaue in einem nebligen Hafen glänzten. In der Hütte, welche die komplizierten, schwerfälligen Maschinen beherbergte, die den Lift betrieben, war ein winziges, fast unsichtbares Licht zu sehen. Matlock ging auf die Türe zu und klopfte. Ein kleiner, drahtig aussehender Mann öffnete und musterte ihn scharf.

»Sind Sie der Mann, der hinauf will?«

»Ich denke schon.«

»Wie heißen Sie?«

»Matlock.«

»Schätze, Sie sind der Richtige. Kommen Sie mit dem Lift klar?«

»Ich bin schon Ski gelaufen. Den Arm um die Stange, den Hintern aufs Brett und die Füße aufs Rohr.«

»Sie brauchen keine Hilfe von mir. Ich lass die Kiste an und das weitere machen Sie.«

»'s ist recht.«

»Sie werden naß werden.«

»Ich weiß.«

Matlock stellte sich rechts von der Grube auf, als die schwerfällige Maschinerie sich in Bewegung setzte. Die

Kabel ächzten und begannen dann ihre lange Reise, und seine Stange kam auf ihn zu. Er schob sich auf den Lift, preßte die Füße gegen die Fußstange und schloß die Stange vor seinem Sitz. Er spürte das Schwanken, als die Leinen ihn vom Boden hoben.

Er befand sich auf dem Wege zum höchsten Punkt des Osthangs, auf seinem Weg zu dem Kontakt mit Nimrod. Als er nach oben schaukelte, zehn Fuß über dem Boden, wurde der Regen aufmunternd statt lästig. Er näherte sich dem Ende seiner Reise, dem Ende seines Rennens. Wer auch immer ihm oben auf dem Gipfel entgegentrat, würde völlig verwirrt sein. Er rechnete darauf; er hatte es so geplant. Wenn alles stimmte, was der ermordete Loring und der quicklebendige Greenberg ihm erzählt hatten, konnte es gar nicht anders sein. Die totale Geheimhaltung der Konferenz; die Delegierten, die einander nicht kannten; der Eid, der ›Omerta‹, das hartnäckige Festhalten der Subkultur an Codes und Gegencodes, um seine Bewohner zu schützen – *das alles* stimmte. Er hatte es selbst in Funktion gesehen. Eine so komplizierte Logistik führte – wenn man sie plötzlich unterbrach – unausweichlich zu Argwohn und am Ende zu Verwirrung. Und diese Verwirrung war es, auf die Matlock baute.

Lucas Herron hatte ihn bezichtigt, sich von Komplotten und Gegenkomplotten beeinflussen zu lassen. Nun, er war nicht von ihnen *beeinflußt*, er *verstand* sie nur. Das war etwas völlig anderes. Dieses Verstehen war es, das ihn einen Schritt von Nimrod weg geführt hatte.

Der Regen war jetzt heftiger geworden, aufgepeitscht von dem Wind, der in der Höhe viel stärker als am Boden wehte. Matlocks Querstange schwankte und ruckte, eine Bewegung, die immer stärker wurde, bis er den nächsten Stützpfeiler erreicht hatte. Das schwache Licht in der Maschinenhütte war in der jetzt herrschenden Dunkelheit und im Regen kaum mehr zu sehen. Er vermutete, daß er inzwischen die Hälfte des Weges zum Gipfel zurückgelegt hatte.

Es gab einen Ruck; die Maschine hielt an. Matlock packte die Seitenstange und spähte durch den Regen nach oben und versuchte zu sehen, was das Anhalten verursacht hatte, vielleicht irgend etwas am Rad. Aber da war nichts.

Er drehte sich etwas unsicher halb herum und spähte mit zusammengekniffenen Augen den Abhang hinunter zur Hütte. Dort war jetzt kein Licht, nicht einmal ein winziges Lämpchen. Er hielt sich die Hand vor die Stirn und schützte sich so, so gut er konnte, vor dem Regen. Er mußte sich irren, der strömende Regen nahm ihm die Sicht, vielleicht war die Stange für ihn sichtbar. Er lehnte sich zuerst nach rechts und dann nach links. Aber da war kein Licht mehr von unten.

Vielleicht waren die Sicherungen durchgebrannt. Wenn ja, dann wäre ohne Zweifel auch die Lampe in der Hütte ausgegangen. Oder ein Kurzschluß. Es regnete, und Skilifts wurden normalerweise im Regen nicht betrieben.

Er sah nach unten. Der Boden war vielleicht fünfzehn Fuß entfernt. Wenn er sich an die Fußstange hängte, würde er nur acht oder neun Fuß nach unten fallen. Damit würde er zurechtkommen. Er würde den Rest des Weges bis zum Gipfel zu Fuß gehen. Aber es mußte jetzt schnell gehen. Er würde wahrscheinlich wenigstens zwanzig Minuten bis zum Gipfel brauchen, genau konnte er es nicht wissen. Das Risiko jedenfalls, daß seine Kontaktperson in Panik geriet und beschloß, wegzugehen, ehe er sie erreichte, war zu groß.

»Bleiben Sie wo Sie sind! Schnallen Sie sich nicht ab!«

Die Stimme kam aus der Finsternis, durchschnitt Regen und Wind. Der unvermittelte Befehl lähmte Matlock eben so sehr wegen der Überraschung als auch aus Angst. Der Mann stand unter ihm, etwas rechts. Er trug einen Regenmantel und irgendeine Kappe. Es war unmöglich, sein Gesicht zu sehen oder auch nur seine Größe zu bestimmen.

»Wer sind Sie? Was wollen Sie?«

»Ich bin der Mann, mit dem Sie sich treffen sollen. Ich will das Papier sehen, das Sie in der Tasche haben. Werfen Sie es herunter.«

»Ich werde Ihnen das Papier zeigen, wenn ich *Ihre* Kopie sehe. Das war unsere Vereinbarung. So habe ich es zumindest abgesprochen.«

»Sie verstehen nicht, Matlock. Werfen Sie einfach das Papier herunter. Das ist alles.«

»Wovon zum Teufel reden Sie?!«

Das grelle Scheinwerferbündel einer Taschenlampe blendete ihn. Er griff nach der Schutzstange, die ihn im Sitz festhielt.

»Rühren Sie das nicht an! Halten Sie hübsch die Hände still, sonst sind Sie ein toter Mann!«

Der Lichtkegel wanderte von seinem Gesicht zu seiner Brust hinunter, und ein paar Sekunden lang war alles, was Matlock sehen konnte, ein Gebilde tausender flammender Sterne in seinen Augen. Als er dann wieder sehen konnte, erkannte er, daß der Mann unter ihm jetzt näher auf die Liftkabel zuging und sich dabei immer wieder mit Hilfe seiner Taschenlampe am Boden orientierte. Im Schein der Lampe sah er auch, daß der Mann eine große häßliche Automatik in der rechten Hand hielt. Das blendende Licht kehrte jetzt zu seinem Gesicht zurück und schien unmittelbar unter ihm.

»Bedrohen Sie mich bloß nicht, Sie Knilch!« schrie Matlock und erinnerte sich daran, welche Wirkung sein Ärger um vier Uhr früh auf Stockton gehabt hatte. »Stecken Sie diese gottverdammte Waffe weg und helfen Sie mir herunter! Wir haben nicht ewig Zeit, und ich mag solche Spiele nicht!«

Diesmal war der Effekt nicht derselbe. Statt dessen fing der Mann unter ihm zu lachen an, ein Lachen, das in ihm fast Übelkeit erzeugte. Dabei war es völlig echt. Der Mann unten empfand ein Heidenvergnügen.

»Sie sind sehr komisch. Sie sehen komisch aus, wie Sie da mit dem Hintern in der Luft hocken. Wissen Sie, wie Sie aussehen? Wie eine von diesen hüpfenden Affenzielscheiben auf einem Schießstand! Wissen Sie, *was ich meine?* Und jetzt Schluß mit dem verdammten Unfug, werfen Sie mir das Papier herunter!«

Wieder lachte er. Als Matlock das hörte, war ihm plötzlich alles klar.

Er hatte gar keinen Kontakt hergestellt. Er hatte niemanden in die Enge getrieben. All seine sorgfältigen Pläne, seine wohlüberlegten Aktionen, alles für nichts und wieder nichts. Er war Nimrod jetzt um kein Jota nähergerückt, war ihm genauso fern wie vor der Zeit, da ihm Nimrods Existenz überhaupt zur Kenntnis gelangt war.

Man hatte ihn in eine Falle gelockt.

Trotzdem mußte er es versuchen. Es blieb ihm gar nichts anderes übrig.

»Sie machen den größten Fehler Ihres Lebens!«

»Ach du liebe Güte, hören Sie schon auf! Her mit dem Papier! Wir suchen diesen Scheißfetzen jetzt seit einer Woche! Ich habe Anweisung, ihn *jetzt* zu bringen!«

»Ich kann es Ihnen nicht geben.«

»Dann knalle ich Sie ab!«

»Ich habe gesagt, daß ich nicht *kann!* Ich habe nicht gesagt, daß ich nicht *will!*«

»Sie wollen mich wohl verscheißern. Sie haben es bei sich! Sie wären niemals ohne das Papier hierhergekommen!«

»Es ist in einem Päckchen, das ich mir ums Kreuz geschnallt habe.«

»Dann holen Sie's heraus!«

»Ich habe doch gesagt, daß es nicht geht! Ich sitze auf einem vier Zoll breitem Holzknüppel mit einer Fußstange und hänge zwanzig Fuß über dem Boden!«

Der peitschende Regen verschluckte seine Worte fast völlig. Der Mann unter ihm war enttäuscht, ungeduldig.

»Ich habe gesagt, *her mit dem Papier!*«

»Ich muß mich fallen lassen. Ich komme nicht an die Riemen!« Matlock mußte schreien, um sich Gehör zu verschaffen. »Ich kann *gar nichts* tun! Ich habe keine Waffe!«

Der Mann mit der großen häßlichen Automatik trat ein paar Schritte zurück. Er richtete den Lichtkegel seiner Taschenlampe und die Waffe auf Matlock.

»Okay, kommen Sie runter! Aber eine falsche Bewegung, und ich verpass' Ihnen eine Ladung Blei!«

Matlock löste die Sicherheitsstange und kam sich wie ein kleiner Junge ganz oben auf dem Riesenrad vor, der sich fragt, was wohl geschehen würde, wenn das Rad für immer anhielte und der Sicherungsbügel herunterfiele.

Er hielt sich an der Fußstütze fest und ließ sich herunter. Er baumelte jetzt in der Luft. Der Regen durchnäßte ihn, während der Lichtkegel ihn blendete. Er mußte jetzt scharf nachdenken, mußte sich etwas einfallen lassen. Sein Leben war für jemanden wie den Mann dort unten viel weniger wert als das Leben der Leute in Windsor Shoals wert gewesen war.

»Richten Sie Ihre Lampe nach unten! Ich kann nichts sehen!«

»Quatsch! Lassen Sie sich einfach fallen!«

Er ließ sich fallen.

In der Sekunde, in der er den Boden berührte, stieß er einen lauten, schmerzerfüllten Schrei aus und griff sich ans Bein.

»Ahhh! Mein Knöchel! Mein Fuß! Ich hab' mir den verdammten Knöchel gebrochen!« Er krümmte sich auf dem Boden, das Gesicht von Schmerz verzerrt.

»Maul halten! Her mit dem Papier! *Schnell!*«

»*Du lieber Gott!* Was *wollen* Sie denn von mir? Mein Knöchel ist ganz *herumgedreht*. Er ist *gebrochen!*«

»Schlimm! Her mit dem Papier!«

Matlock lag ausgestreckt auf dem Boden. Sein Kopf bewegte sich hin und her, um den Schmerz besser zu ertragen. Er stöhnte und stieß dazwischen hervor:

»Hier ist der Riemen. Machen Sie ihn auf.« Er riß an seinem Hemd, so daß man den Segeltuchgurt sehen konnte.

»Machen Sie ihn selbst auf. Bißchen fix!«

Aber der Mann kam näher. Er war nicht ganz sicher. Der Scheinwerferkegel war jetzt genau über Matlock. Dann wanderte er an ihm herunter. Matlock konnte den dicken Lauf der häßlichen schwarzen Automatik sehen.

Das war der Augenblick auf den er gewartet hatte.

Seine rechte Hand schoß in die Höhe, auf die Waffe zu. Gleichzeitig warf er sich gegen die Beine des Mannes im Regenmantel. Er hielt den Lauf der Automatik fest und zog ihn mit aller Gewalt nach unten. Die Waffe entlud sich zweimal. Matlock zerrissen die Schüsse fast die Hand, während der feuchte Boden und der peitschende Regen den Knall der Schüsse teilweise verschluckten.

Der Mann war jetzt unter ihm, drehte sich krampfhaft zur Seite, schlug mit den Beinen und dem freien Arm nach dem schwer auf ihm lastenden Matlock. Matlock stürzte sich auf den Arm, den er festhielt, und grub die Zähne in das Handgelenk über die Hand, die die Waffe hielt. Er biß in das Fleisch bis er das Blut herausspritzen spürte, um sich mit dem eisigen Regen zu mischen.

Der Mann ließ die Waffe los und stieß einen erschreckten Schrei aus. Matlock griff nach der Waffe, riß sie dem anderen weg und schmetterte sie ihm ein paarmal hintereinander ins Gesicht. Die Taschenlampe lag in dem hohen Gras. Ihr Lichtkegel stach sinnlos nach oben in das nasse Laub.

Matlock kauerte über dem halb bewußtlosen, blutigen Gesicht seines Widersachers. Er war außer Atem und hatte immer noch den übelkeiterregenden Geschmack des Blutes dieses Mannes im Mund. Er spuckte ein halbes dutzendmal aus und versuchte seine Zähne und seinen Hals damit zu säubern.

»Okay!« Er packte den Mann am Kragen und riß seinen Kopf in die Höhe. »Und jetzt werden Sie mir sagen, was hier geschehen ist! Das war eine Falle, nicht wahr?«

»Das Papier! Ich muß das Papier haben.« Man konnte den Mann kaum hören.

»Man hat mich in die *Falle gelockt, nicht wahr!* Die ganze letzte Woche war eine Falle!«

»Yeah... Yeah. Das Papier.«

»Dieses Papier ist recht wichtig, wie?«

»Die werden Sie umbringen... umbringen werden die Sie, um es zu bekommen! Sie haben keine Chance, Mister... Keine Chance...«

»Wer ist *sie?!*

»Ich weiß nicht... weiß nicht!«

»*Wer ist Nimrod?*«

»Ich weiß nicht... ›Omerta‹!... ›Omerta‹!«

Die Augen des Mannes weiteten sich. In dem schwachen Widerschein der heruntergefallenen Taschenlampe sah Matlock, daß mit seinem Gefangenen etwas geschehen war. Irgendein Gedanke, eine Vorstellung, gewann die Übermacht über seine gequälte Fantasie. Es tat weh, ihm zuzusehen. Das erinnerte ihn zu sehr an den Anblick des von panischer Angst geplagten Lucas Herron, des erschreckten Alan Pace.

»Kommen Sie, ich schaffe Sie den Abhang hinunter...«

Weiter kam er nicht. Der Mann mit dem blutverschmierten Gesicht warf sich plötzlich vor, machte einen letzten verzweifelten Versuch, die Waffe zu erreichen, die Matlock in der rechten Hand hielt. Matlock zuckte zurück und feuerte instinktiv die Waffe ab. Blut und Fleischfetzen flogen nach allen Richtungen davon. Der Hals des Mannes wurde halb weggerissen.

Matlock stand langsam auf. Der Rauch der Automatik hing über dem Toten, und der Regen drückte ihn nach unten, in die Erde.

Er beugte sich nach vorne, um die Taschenlampe aus dem Gras aufzuheben, und als er das tat, begann er sich zu übergeben.

28.

Zehn Minuten später beobachtete er den Parkplatz unter sich vom Stamm eines mächtigen Ahornbaumes aus, der gute fünfzig Meter weiter bergauf stand. Die neuen Blätter boten ihm teilweisen Schutz vor dem strömenden Regen, aber seine Kleider waren schmutzig, mit feuchtem Schlamm und Blut bedeckt. Er sah den weißen Stationwagon ganz vorne am Parkplatz neben dem Steintor, das zum Sail and Ski führte. Im Augenblick war nicht viel los; es kamen keine Wagen, und die Fahrer würden ohne Zweifel warten, bis der Wolkenbruch vorüber war, ehe sie sich wieder auf die Straße wagten. Der Parkwächter, dem er die zehn Dollar gegeben hatte, unterhielt sich mit einem uniformierten Türsteher unter dem Vordach des Restauranteingangs. Matlock wäre am liebsten zu dem Stationwagon gerannt und so schnell er konnte weggefahren, aber er wußte, daß der Anblick seiner Kleider die beiden Männer alarmieren würde. Dann würden sie anfangen nachzudenken, was wohl am Osthang passiert sein mochte. Er hatte jetzt keine andere Wahl, als warten; er mußte warten, bis jemand herauskam und die beiden ablenkte oder bis beide aus freien Stücken hineingingen.

Er haßte das Warten. Aber mehr noch als er es haßte, machte es ihm Angst. An der Hütte, die den Liftmechanismus beherbergte, war niemand gewesen, den er hatte hören oder sehen können, aber das bedeutete nicht, daß niemand dort war. Nimrods toter Kontaktmann hatte wahrscheinlich irgendwo einen Partner, der ebenso wartete wie Matlock jetzt wartete. Wenn man den toten Mann fand, würden sie ihn aufhalten, ihn töten – wenn nicht um der Rache willen, dann um sich des korsischen Papiers zu bemächtigen.

Er hatte jetzt keine Wahl mehr. Er hatte sich überschätzt, war zu weit gegangen, weiter als seine Fähigkeiten dies erlaubten. Nimrod hatte ihn ebenso manipuliert, wie die Männer aus dem Justizministerium ihn manipuliert hatten. Er würde Jason Greenberg anrufen und tun, was Greenberg ihm sagte. In mancher Hinsicht war er froh darüber, daß seine Rolle jetzt abgelaufen war oder dies bald sein würde. Er fühlte sich immer noch verpflichtet, aber es gab nichts mehr, was er tun konnte. Er hatte versagt.

Unter ihm öffnete sich der Eingang des Restaurants und eine Kellnerin gab dem uniformierten Türsteher ein Zeichen. Er und der Parkwächter gingen die Treppe hinauf, um mit dem Mädchen zu sprechen.

Matlock rannte zu der Kiesfläche hinunter und hetzte vor den Kühlern der am Rande des Parkplatzes abgestellten Wagen entlang. Zwischen den Fahrzeugen blickte er immer wieder zu der Restauranttüre hinüber. Die Kellnerin hatte dem Portier einen Becher Kaffee gegeben. Die drei rauchten, unterhielten sich, lachten.

Er bog um den Kreis und duckte sich vor dem Stationwagon. Er kroch an die Türe, spähte hinein, und sah zu seiner großen Erleichterung, daß die Schlüssel im Zündschloß steckten. Er atmete tief durch, öffnete die Tür so leise ihm das möglich war und sprang hinein. Statt sie zu-

zuknallen, zog er die Tür schnell und lautlos zu, um die Innenbeleuchtung wieder zum Verlöschen zu bringen, ehe jemandem das Geräusch auffiel. Die beiden Männer und die Kellnerin redeten und lachten noch und nahmen nicht wahr, was um sie herum vorging.

Er setzte sich zurecht, betätigte die Zündung, legte den Rückwärtsgang ein und raste vor dem Tor nach hinten. Er fegte zwischen den Steinsäulen durch, die lange Straße zum Highway hinunter.

Die drei Angestellten unter dem Dach vor der Eingangstür waren einen Augenblick lang verblüfft. Dann wurden sie neugierig. Sie konnten nämlich ganz hinten am Parkplatz das tiefe Dröhnen eines zweiten, viel kräftigeren Motors hören. Grelle Scheinwerferbalken flammten auf, von dem strömenden Regen etwas verzerrt, dann schoß eine lange schwarze Limousine nach vorne.

Der drohend wirkende Wagen schoß mit pfeifenden Rädern auf die Steinpfosten zu. Dann nahm der schwere Wagen Tempo auf und raste hinter dem Stationwagon her.

Auf dem Highway war nicht viel Verkehr, aber er war dennoch der Ansicht, er würde auf den Nebenstraßen schneller nach Carlyle kommen. Er hatte beschlossen, geradewegs zu Kressels Haus zu fahren, obwohl Sam gelegentlich zur Hysterie neigte. Sie würden Greenberg gemeinsam anrufen. Er hatte gerade brutal und auf schreckliche Weise ein anderes menschliches Wesen getötet. Ob die Tat nun gerechtfertigt war oder nicht, ihm saß jedenfalls der Schock noch tief in den Knochen. Wahrscheinlich würde er ihn den Rest seines Lebens nicht los werden. Er war nicht sicher, ob Kressel jetzt der richtige Mann war, den er aufsuchen mußte.

Aber sonst gab es niemanden. Es sei denn, er kehrte zu seiner Wohnung zurück und blieb dort, bis ihn ein Mann vom FBI abholte. Aber ebensogut war es möglich, daß ihn kein FBI-Mann aufsuchte, sondern ein Abgesandter Nimrods.

Die Straße beschrieb eine langgezogene S-Kurve. Er erinnerte sich, daß dahinter eine lange gerade Strecke quer durch Farmland führte, wo er aufholen konnte. Der Highway war zwar schnurgerade angelegt, aber solange kein Verkehr war, kam man auf den Nebenstraßen schneller von der Stelle. Als er aus der Kurve kam, merkte er, daß er das Steuer so fest umkrampft hielt, daß ihm die Arme weh taten. Das waren die unwillkürlichen Verteidigungskräfte seines Körpers, die das Kommando übernahmen und die seine zitternden Glieder unter Kontrolle hielten und den Wagen mit schierer gefühlloser Kraft geradeaus steuerten.

Jetzt kam das gerade Straßenstück; der Regen war schwächer geworden. Er trat das Gaspedal durch und spürte, wie der Stationwagon an Tempo gewann.

Er sah zwei-, dreimal in den Rückspiegel und achtete auf Streifenwagen. Er sah, wie sich von hinten ein Scheinwerferpaar näherte. Er blickte auf den Tachometer. Er fuhr jetzt siebenundachtzig Meilen die Stunde, und die Lichter im Rückspiegel rückten immer noch näher.

Die Instinkte des Gejagten drängten sich schnell an die Oberfläche; er wußte, daß der Wagen hinter ihm kein Polizeifahrzeug war. Da war keine Sirene, die die regnerische Nacht durchdrang, da blitzten keine Lichter, die behördliche Macht anzeigten.

Er schob den rechten Fuß nach vorne, drückte das Gaspedal noch weiter nieder, auch wenn es ihm nichts mehr einbrachte. Jetzt zeigte der Tachometer vierundneunzig Meilen die Stunde an – schneller konnte der Stationwagon nicht mehr laufen.

Die Scheinwerfer leuchteten jetzt unmittelbar hinter ihm. Der unbekannte Verfolger war nur noch wenige

Fuß, jetzt nur noch einige Zoll von seiner hinteren Stoßstange entfernt. Plötzlich schoben sich die Scheinwerfer
nach links, und der Wagen ging an den weißen Stationwagon längsseits.

Es war dieselbe schwarze Limousine, die er nach Lorings Ermordung gesehen hatte! Derselbe Wagen, der wenige Minuten nach dem Massaker von Windsor Shoals
aus der abgedunkelten Einfahrt gerast war! Matlock
zwang sich, wenigstens einen Teil seines Bewußtseins auf
die Straße zu konzentrieren, während der Rest sich dem
Fahrer des Wagens zuwandte, der ihn auf die rechte Seite
der Straße zu drängen versuchte. Der Stationwagon vibrierte von der ungewohnten Geschwindigkeit; es fiel
ihm immer schwerer das Steuer gerade zu halten.

Dann sah er den Lauf der Pistole, der sich durch das
Fenster des schweren Wagens zu seiner Linken auf ihn
richtete. Er sah den verzweifelten Blick in den unruhig
herumhuschenden Augen hinter dem ausgestreckten
Arm, der versuchte, auf ihn zu zielen.

Er hörte die Schüsse und spürte, wie ihm das Glas ins
Gesicht und über den Vordersitz gefegt wurde. Er trat auf
die Bremse und riß das Steuer nach rechts, setzte über
den Seitenstreifen und schoß auf einen Stacheldrahtzaun
zu und durch ihn hindurch auf ein mit Steinen übersätes
Feld. Der Stationwagon fegte über das Gras, vielleicht
fünfzig oder sechzig Fuß weit, und stieß dann gegen eine
Ansammlung von Felsbrocken, offenbar eine Art Grenz-
markierung. Die Scheinwerfer zersplitterten und gingen
aus, der Kühlergrill wurde zerdrückt. Er wurde gegen
das Armaturenbrett geschleudert und nur seine rechtzeitig hochgerissenen Arme verhinderten, daß sein Kopf gegen die Windschutzscheibe krachte.

Aber er war bei Bewußtsein, und die Instinkte des Gejagten würden ihn nicht verlassen.

Er hörte, wie eine Wagentür sich öffnete und wieder

schloß und wußte, daß der Mörder jetzt seinem Opfer nachsetzte. Seinem Opfer und dem korsischen Papier. Er spürte, wie ihm ein Blutfaden über die Stirn rann – wobei er nicht wußte, ob er einen Streifschuß abbekommen hatte oder sich an den Glassplittern verletzte – aber er war dankbar, daß das Blut da war. Er würde es jetzt brauchen, er brauchte Blut auf seiner Stirn. Er blieb über das Steuer gebeugt, reglos, stumm.

Und unter seiner Jacke hielt er die häßliche Automatik, die er dem toten Mann im Regenmantel am Osthang abgenommen hatte. Sie war unter seinem linken Arm auf die Tür gerichtet.

Er konnte die halb erstickten Schritte auf dem weichen Boden draußen hören. Er spürte förmlich – so wie ein blinder Mann das spürt – das Gesicht, das durch das zersplitterte Glas nach ihm hereinspähte. Er hörte das Klicken des Türknopfs, als der eingedrückt wurde, dann das Ächzen der Scharniere, als die schwere Tür geöffnet wurde.

Eine Hand griff nach seiner Schulter. Matlock feuerte seine Waffe ab.

Das Brüllen war ohrenbetäubend; der Schrei des verwundeten Mannes durchschnitt die lastende Dunkelheit. Matlock sprang aus dem Sitz und warf sich mit voller Gewalt gegen den Mörder, der voll Schmerz nach seinem linken Arm gegriffen hatte. Matlock schlug dem Mann wild und ohne zu zielen die Pistole ins Gesicht und gegen den Hals, bis er zu Boden stürzte. Die Waffe des Mannes war nirgends zu sehen, seine Hände waren leer. Matlock stellte dem anderen den Fuß auf den Hals und drückte zu.

»Ich höre erst auf, wenn Sie mir ein Zeichen geben, daß Sie bereit sind, zu reden, Sie Dreckskerl! Sonst *höre ich nicht auf!*«

Der Mann würgte, die Augen traten ihm fast aus den Höhlen. Er hob bittend die rechte Hand.

Matlock nahm den Fuß weg und kniete neben dem Mann nieder. Er war vierschrötig und schwarzhaarig und hatte die groben Züge des brutalen Mörders.

»Wer hat Sie hinter mir hergeschickt? Woher kannten Sie diesen Wagen?«

Der Mann hob leicht den Kopf, als wolle er antworten. Statt dessen fuhr plötzlich seine rechte Hand nach seiner Hüfte, riß ein Messer heraus, und dann warf er sich scharf nach links, riß sein gorillaähnliches Knie vor und trieb es Matlock in den Unterleib. Das Messer bohrte sich in Matlocks Hemd, und er wußte, als er die stählerne Spitze an seinem Fleisch spürte, daß er jetzt dem Tode so nahe gekommen war, wie nie zuvor.

Er schmetterte dem Mann den Lauf seiner schweren Automatik gegen die Schläfe. Das reichte. Der Kopf des Mörders fuhr zurück; Blut besudelte seinen Haaransatz. Matlock stand auf und stellte den Fuß auf die Hand mit dem Messer.

Bald öffneten sich die Augen des Killers wieder.

In den nächsten fünf Minuten tat Matlock etwas, wozu er sich nie für fähig gehalten hätte – er folterte einen anderen Menschen. Er folterte den Mörder mit dessen eigenem Messer, bohrte es in die Haut unter seinen Augen, zerschnitt ihm die Lippen mit derselben Stahlspitze, die ihm das eigene Fleisch aufgerissen hatte. Jedesmal wenn der Mann schrie, schmetterte Matlock ihm den Lauf seiner Automatik auf den Mund, so daß die Zähne des Mörders splitterten.

Es dauerte nicht lange.

»Das Papier!«

»Was denn sonst?«

Der Killer stöhnte und wand sich und spuckte Blut, wollte aber nicht sprechen. Das tat Matlock; ganz leise und völlig ernst.

»Sie werden mir jetzt Antwort geben, sonst treibe ich

Ihnen diese Klinge durch die Augen. Mir ist jetzt alles egal. Glauben Sie mir.«

»Der alte Mann!« Die gutturalen Laute kamen tief aus der Kehle des Mannes. »Er hat gesagt, er hat es aufgeschrieben... Niemand weiß... Sie haben mit ihm gesprochen...«

»Welcher alte...« Matlock hielt inne, als ihm ein schrecklicher Gedanke in den Sinn kam. »*Lucas Herron? Meinen Sie das?!*«

»Er hat gesagt, er hat es aufgeschrieben. Die glauben, Sie wissen das. Vielleicht hat er gelogen... Um Gottes willen, er könnte gelogen haben...«

Die Bewußtlosigkeit erlöste den Mörder.

Matlock stand langsam auf, seine Hände zitterten, er schauderte am ganzen Körper. Er blickte zur Straße hinüber, zu der großen schwarzen Limousine, die lautlos in dem immer schwächer werdenden Regen stand. Das würde sein letzter Schritt sein, sein letzter Versuch.

Aber irgend etwas regte sich in seinem Gehirn, etwas, das sich ihm noch entzog und doch greifbar war. Er mußte diesem Gefühl vertrauen, so, wie er sich angewöhnt hatte, den Instinkten des Jägers und des Gejagten zu vertrauen.

Der alte Mann!

Die Antwort lag irgendwo in Lucas Herrons Haus.

29.

Er parkte die Limousine eine Viertelmeile von Herrons Nest und ging am Straßenrand auf das Haus zu, bereit, jederzeit in das Gehölz zu springen, das die Straße säumte, falls irgendwo ein Wagen auftauchte.

Aber es kam keiner.

Er erreichte ein Haus, dann noch eines, und rannte beide Male vorbei und beobachtete die beleuchteten Fenster, um zu sehen, ob jemand heraussah.

Aber da war niemand.

Er erreichte die Grenze von Herrons Anwesen und duckte sich zu Boden. Langsam, vorsichtig, lautlos arbeitete er sich auf die Einfahrt zu. Das Haus lag in Dunkelheit; da waren keine Wagen, keine Menschen, keine Spuren von Leben. Nur der Tod.

Er ging den Plattenweg hinauf. Sein Blick fiel auf ein amtlich wirkendes Dokument, das in der Dunkelheit kaum sichtbar und mit Reißzwecken an der Haustüre befestigt war. Er ging darauf zu und riß ein Streichholz an. Das Sheriff-Siegel.

Wieder eine Übertretung der Gesetze, dachte Matlock.

Er ging um das Haus herum nach hinten und erinnerte sich, als er vor der Terrassentüre stand, wie Herron über seinen manikürt wirkenden Rasen auf die drohende grüne Wand zugerannt war, die er so geschickt geteilt hatte und in der er so völlig verschwunden war.

An der Hintertüre hing ebenfalls ein Sheriff-Siegel. Diesmal war es an einer Glasscheibe festgeklebt.

Matlock zog die Automatik aus dem Gürtel und schlug das kleine Fenster links von dem Siegel so leise es ging ein. Er öffnete die Tür und trat ein. Das erste, was ihm auffiel, war die Dunkelheit. Licht und Dunkelheit waren relativ, das hatte er in den letzten Wochen langsam begriffen. Die Nacht hatte Licht, an das die Augen sich anpassen konnten; das Tageslicht täuschte oft, war mit Schatten angefüllt und nebligen blinden Flecken. Aber in Herrons Haus herrschte völlige Dunkelheit. Er zündete ein Streichholz an und begriff.

Die Fenster in der kleinen Küche waren abgedunkelt. Nur daß dazu nicht gewöhnliche Vorhänge benutzt wurden, sondern Sonderanfertigungen. Es handelte sich um schweres Tuch, das mit senkrechten Stangen an den Rahmen befestigt war. Er ging auf das Fenster über dem Ausguß zu und riß wieder ein Streichholz an. Nicht nur, daß das Tuch dicker als gewöhnlich war; die Stange und das Schloß unten stellten sicher, daß das Tuch absolut glatt am ganzen Rahmen anlag. Es war höchst zweifelhaft, daß auch nur eine Spur von Licht durch dieses Fenster drang, von drinnen oder von draußen.

Herrons Wunsch – oder Bedürfnis – ungestört zu sein, war außergewöhnlich gewesen. Aber wenn alle Fenster in sämtlichen Räumen so abgedunkelt waren, würde ihm das die Arbeit erleichtern.

Er riß ein drittes Streichholz an und ging in Herrons Wohnzimmer. Was er in dem flackernden Licht sah, ließ ihn in der Bewegung erstarren, der Atem stockte ihm.

Der ganze Raum war ein einziges Chaos. Bücher waren über den Boden verstreut, Möbel umgekippt und auseinandergerissen, Teppiche hochgeklappt, ja sogar Teile der Wand eingeschlagen. Es sah genauso aus, wie seine eigene Wohnung in der Nacht nach dem Abendessen bei den Beesons. Herrons Wohnzimmer war gründlich und verzweifelt durchsucht worden.

Er ging zur Küche zurück um nachzusehen, ob er etwas übersehen hatte, weil er sich zu sehr auf die Verdunkelung konzentriert hatte. So war es auch. Jede Schublade war herausgezogen, jeder Schrank durchwühlt. Und dann sah er auf dem Boden eines Besenschrankes zwei Taschenlampen. Die eine war rechteckig, die andere eine typische, langstielige Sportlampe. Die erste funktionierte nicht, wohl aber die zweite.

Er ging schnell ins Wohnzimmer zurück und versuchte, sich zu orientieren, ließ den Lichtkegel der Taschenlampe über die Fenster wandern. Jedes Fenster war abgedunkelt und jede Verdunkelung am Fenstersims befestigt.

Auf der anderen Seite der schmalen Halle vor den noch

schmaleren Treppen stand eine Tür offen. Sie führte in Herrons Arbeitszimmer, das, sofern das möglich war, noch chaotischer aussah als sein Wohnzimmer. Zwei Aktenschränke waren umgestürzt, die Hinterwände abgerissen; der große, mit Leder überzogene Schreibtisch war von der Wand weggezogen, zertrümmert und von einem halben Dutzend Axthiebe beschädigt. Ebenso wie im Wohnzimmer waren auch hier die Wände aufgerissen. Matlock vermutete, daß es sich dabei um Stellen handelte, die hohl geklungen hatten.

Oben waren die beiden kleinen Schlafzimmer und das Bad ähnlich zugerichtet, ähnlich in Stücke geschlagen.

Er ging die Treppe wieder hinunter und sah, daß man selbst die Stufen gelöst hatte.

Lucas Herrons Haus war von Profis durchsucht worden. Was konnte er finden, das ihnen entgangen war? Er schlenderte ins Wohnzimmer zurück und setzte sich auf die Überreste eines Armsessels. Er hatte das beunruhigende Gefühl, daß auch sein letzter Versuch zum Scheitern verurteilt war. Er zündete sich eine Zigarette an und versuchte, Ordnung in seine Gedanken zu bekommen.

Wer auch immer das Haus durchsucht hatte, hatte das, dem sein Interesse galt, nicht gefunden. Oder doch? Eigentlich konnte man das ja nicht sagen. Nur, daß der Killer auf dem Feld geschrien hatte, daß der alte Mann es ›aufgeschrieben hatte‹. Als wäre diese Tatsache fast ebenso wichtig wie das verzweifelt begehrte korsische Dokument. Und doch hatte er hinzugefügt: ›...vielleicht hat er gelogen, er kann ja gelogen haben.‹ *Gelogen*? Warum sollte ein Mann, dessen Wille gebrochen war, so etwas hinzufügen?

Er konnte nur annehmen, daß in den Qualen, die er im Geist erlitt, der am Rande zum Wahnsinn stand, das schlimmste Übel verdrängt wurde. Verdrängt werden mußte, um sich an einem letzten Rest von Vernunft festzuhalten.

Nein... Nein, sie hatten nicht gefunden, was immer sie *finden mußten.* Und da sie es nach solchen außergewöhnlichen, erschöpfenden Mühen nicht gefunden hatten – *existierte* es nicht. Aber er wußte, das es das tat.

Vielleicht hatte Herron Verbindung zu Nimrod selbst gehabt, aber er war kein Geschöpf dieser Welt. Irgendwo an irgendeinem Ort hatte er eine Anklage hinterlassen. Er war ein zu guter Mensch, um das nicht getan zu haben. In Lucas Herron war sehr viel Anstand gewesen. Irgendwo... an irgendeinem Ort.

Aber wo?

Er stand auf und ging in der Dunkelheit in dem Zimmer herum, knipste die Taschenlampe immer wieder an und aus. Mehr aus Nervosität, als um der Beleuchtung willen.

Er konzentrierte sich auf jedes Wort, jeden Ausdruck, den Lucas an jenem frühen Abend vor vier Tagen gebraucht hatte. Er war wieder der Jäger, hatte sich auf die Spur gesetzt, versuchte, Witterung aufzunehmen. Und er war nahe; verdammt nochmal, ganz nahe war er!... Herron hatte vom ersten Augenblick an, von der Sekunde an, in der er die Haustüre geöffnet hatte, gewußt, hinter was Matlock her war. In seinen Augen war jener flüchtige Augenblick des Erkennens gewesen. Für Matlock war das unverkennbar gewesen. Er hatte es sogar zu dem alten Mann gesagt. Der alte Mann hatte gelacht und hatte ihm vorgeworfen, sich zuviel mit Komplotten zu beschäftigen.

Aber da war noch etwas gewesen. Bevor er das von den Komplotten gesagt hatte... Etwas *drinnen.* In diesem Raum. Ehe Herron vorgeschlagen hatte, sich nach *draußen* zu setzen... Nur, daß er es nicht *vorgeschlagen* hatte, er hatte eine Feststellung ausgesprochen, einen Befehl erteilt.

Und ehe er den Befehl gegeben hatte, zur hinteren Terrasse zu gehen, war er lautlos hereingekommen, *lautlos hereingekommen*, und hatte Matlock erschreckt. Er hatte die Pendeltür geöffnet, hatte *zwei gefüllte Gläser getragen*. Matlock *hatte ihn nicht gehört*. Matlock knipste die Taschenlampe wieder an und ließ den Scheinwerferkegel über die Küchentüre tanzen. Da war kein Teppich, nichts, was Schritte dämpfen konnte – es war ein Hartholzboden. Er ging auf die offene Pendeltüre zu, ging hindurch, und schloß sie wieder. Dann schob er sie schnell in derselben Richtung auf, in der Lucas Herron sie aufgeschoben hatte, als er die beiden Drinks hereinbrachte. Die Scharniere quiekten, wie solche Scharniere das tun, wenn sie alt sind und die Türe schnell aufgeschoben wird – *normal* aufgeschoben wird. Er ließ die Tür wieder zufallen und drückte dann ganz sachte dagegen, schob sie Zoll für Zoll auf.

Lucas Herron hatte die Drinks gemacht und sich dann *lautlos* ins Wohnzimmer geschlichen, damit man ihn nicht hören konnte. Um Matlock beobachten zu können, ohne daß Matlock das wußte. Dann hatte er vorgeschlagen, auf die Terrasse zu gehen.

Matlock zwang sich dazu, sich *genau* an das zu erinnern, was Lucas Herron in jenem *exakten* Augenblick gesagt und getan hatte.

›…wir gehen auf die Terrasse. Der Tag ist viel zu schön, um drinnen zu bleiben. Kommen Sie.‹

Und dann war Herron, *ohne auf Antwort zu warten*, *schnell* wieder durch die Küchentüre zurückgegangen. Da war keine oberflächliche Höflichkeit gewesen, nichts von den guten Manieren, die man von Lucas erwartet hat.

Er hatte einen Befehl erteilt, das feste Kommando eines Offiziers und Gentlemans.

Durch Kongreßbeschluß.

Das war *es*! Matlock ließ den Scheinwerferkegel über den Schreibtisch wandern.

Die Fotografie! Die Fotografie der Marineoffiziere mit der Landkarte und der Thompson Automatik in irgendeinem winzigen Stück Dschungel auf einer unbedeutenden Insel im Südpazifik.

›Ich behalte dieses alte Foto, um mich daran zu erinnern, daß die Zeit nicht immer so schlimm war.‹

In genau dem Augenblick, indem Herron durch die Tür gekommen war, hatte Matlock sich die Fotografie angesehen! Die Tatsache, daß er das tat, beunruhigte den alten Mann, beunruhigte ihn so sehr, daß er darauf bestand, daß beide sofort hinausgingen. Auf eine abgehackte Art, die so gar nicht zu ihm paßte.

Matlock ging schnell auf den Schreibtisch zu. Das kleine, mit Cellophan bedeckte Foto war immer noch da, wo es gewesen war – an der Wand rechts über dem Schreibtisch. Einige größere, in Glas gerahmte Bilder waren zerschlagen worden; das hier war noch intakt. Es war klein, gar nicht auffällig.

Er packte den Kartonrahmen und zog das Foto von der Reißzwecke, die es an der Wand festhielt. Er sah es sich gründlich an, drehte es herum, musterte den schmalen Rand.

Das grelle Licht der Taschenlampe ließ an der oberen Ecke der Pappe Kratzer erkennen. Kratzer von Fingernägeln? Vielleicht. Er richtete das Licht auf die Schreibtischplatte. Da lagen ungespitzte Bleistifte, ein paar Fetzen Notizpapier und eine Schere. Er nahm die Schere und schob die Spitze zwischen die dünnen Pappschichten, bis er das Foto aus dem Rahmen reißen konnte.

Auf diese Weise fand er es.

Auf der Rückseite des kleinen Fotos war eine Skizze, die offenbar mit einer breiten Füllfeder gezeichnet war. Sie hatte die Form eines Rechtecks, und die Linien unten und oben waren mit Punkten gefüllt. Oben waren zwei kleine Linien mit Pfeilen, der eine gerade, der andere wies nach rechts. Und über jeder Pfeilspitze stand die Zahl 30. Zweimal die 30.

Dreißig.

Und an den Seiten, ganz am Rand, waren kindisch hingekritzelte Bäume.

Oben über den Zahlen war eine weitere vereinfachte Skizze. Halbkreise, die miteinander verbunden waren und darunter eine Wellenlinie. Eine Wolke. Darunter weitere Bäume.

Es war eine Landkarte, und was sie darstellte, war sofort zu erkennen. Es war eine Karte von Herrons Hinterhof; die Striche an den drei Seiten sollten Herrons finstere grüne Wand darstellen.

Die Ziffern, die Dreißig, waren Maße – aber sie waren auch noch etwas anderes. Sie waren zeitgenössische Symbole.

Denn Lucas Herron, der jahrzehntelang Vorsitzender des Instituts für Romanische Sprachen gewesen war, hatte eine unersättliche Liebe für Worte und den ungewöhnlichen Gebrauch derselben. Was eignete sich besser als das Symbol ›Dreißig‹, um die Endgültigkeit anzudeuten?

Jeder Student der Journalistik im ersten Jahr würde bestätigen, daß die Zahl Dreißig unten an einem Manuskript bedeutete, daß die Geschichte beendet war. Vorbei.

Es gab nichts mehr zu sagen.

Matlock hielt das Foto mit der Vorderseite nach unten in der linken Hand. Seine rechte Hand hielt die Taschenlampe umfaßt. Er war etwa in der Mitte – vielleicht ein Stück links davon – in den Wald eingedrungen, so wie es auf der Zeichnung zu sehen war. Die Zahl 30 konnte Fuß, Yards, Meter, Schritte bedeuten – ganz sicher nicht Zoll.

Er markierte dreißig zwölf-Zoll-Strecken. Dreißig Fuß geradeaus, dreißig Fuß nach rechts.

Nichts.

Nichts, als das triefend nasse Gehölz und das Unkraut, das sich um seine Füße ringelte.

Er kehrte an den Eingang zu der grünen Mauer zurück und beschloß, Yards, und Schritte zu kombinieren, wobei ihm wohl klar war, daß Schritte in einer solch dichten, dschungelähnlichen Umgebung höchst unterschiedlich lang sein konnten.

Er markierte die Stelle, die dreißig Fuß vor ihm lag, und ging weiter bis er glaubte, dreißig Yards zurückgelegt zu haben. Dann kehrte er zu den gebogenen Zweigen zurück, wo er den Endpunkt von dreißig Schritten vermutet hatte und begann, zur Seite zu gehen.

Wieder nichts. Ein alter, halb verfaulter Ahornbaum stand in der Nähe eines der Punkte. Matlock schätzte, daß dies dreißig Schritte waren. Sonst war hier nichts Ungewöhnliches. Er ging zu den abgeknickten Ästen zurück und begab sich zu seiner zweiten Markierung.

Dreißig Yards geradeaus. Also neunzig Fuß, plus oder minus ein oder zwei Fuß. Dann dreißig Yards durch das triefendnasse Blattwerk zu seinem nächsten Ziel. Wieder neunzig Fuß. Insgesamt einhundertundachtzig Fuß. Fast Zweidrittel von einem Fußballplatz.

Er kam jetzt langsamer von der Stelle, weil das Blattwerk dichter war oder zumindest so schien. Matlock wünschte sich eine Machete oder irgendein sonstiges Gerät, um sich den Weg durch das nasse Astwerk bahnen zu können. Einmal vergaß er zu zählen und versuchte sich zurückzuerinnern – waren es jetzt einundzwanzig oder dreiundzwanzig große Schritte? Hatte das etwas zu besagen? Bedeutete ein Unterschied von drei bis sechs Fuß wirklich so viel?

Er erreichte die Stelle. Das waren entweder achtundzwanzig oder dreißig Yards. Das war genau genug, wenn es etwas zu sehen gab. Er richtete die Taschenlampe auf den Boden und begann, sie langsam hin- und herzuschieben.

Nichts. Nur Tausend von Feuchtigkeit glitzernde Unkräuter und die tiefbraune Farbe von durchtränkter Erde. Immer wieder schob er den Lichtkegel hin und zurück, strengte seine Augen an und fragte sich jede Sekunde aufs neue, ob er diese spezielle Stelle schon überprüft hatte oder nicht – alles sah so ähnlich aus.

Die Wahrscheinlichkeit des Mißerfolgs wuchs. Er konnte umkehren und von neuem beginnen, dachte er. Vielleicht galt die Ziffer 30 einer anderen Maßgröße. Meter vielleicht oder das Vielfache einer anderen Zahl, die irgendwo in dem Diagramm verborgen war. Die Punkte? Hätte er die Punkte unten und oben an dem Rechteck zählen sollen? Warum waren die Punkte da?

Er hatte eine Strecke von sechs Fuß, eher etwas mehr, abgesucht.

Nichts.

Sein Geist wanderte zu den Punkten zurück, und er holte das Foto aus der Innentasche. Als er sich aufrichtete, um die Muskeln am Rückgratansatz zu lockern – das dauernde Kauern hatte weh getan – stieß er mit dem Fuß gegen eine harte Fläche. Zuerst dachte er, es wäre ein heruntergefallener Ast oder vielleicht ein Felsbrocken.

Dann wußte er, daß es keines von beiden war.

Er konnte es nicht sehen – was auch immer es sein mochte, es war von dichtem Unkraut überwuchert. Aber er konnte die Umrisse des Gegenstandes mit dem Fuß ertasten. Er war gerade, präzise gearbeitet. Er gehörte nicht zum Wald.

Er hielt die Taschenlampe über das Unkraut und sah, daß es sich nicht um Unkraut handelte. Das war irgendeine kleinknospige Blüte. Eine Blume, die keine Sonne und auch nicht viel Platz brauchte.

Eine Dschungelblume. Deplaciert, gekauft, verpflanzt.

Er schob die Blumen weg und beugte sich vor. Darunter war ein dickes, lackiertes Holzbrett, das etwa zwei Fuß breit und etwa eineinhalb Fuß lang war. Es war ein oder zwei Zoll in den Boden eingesunken, die Oberfläche war so oft geglättet und überlackiert worden, daß die einzelnen Lackschichten fast auf Hochglanz gekommen waren und das Licht der Taschenlampe wie Glas reflektierten.

Matlock grub die Finger in die Erde und hob das Brett auf. Darunter war jetzt eine verwitterte Metalltafel, vielleicht aus Bronze, zu erkennen.

Für Major Lucas N. Herron, USMCR
In Dankbarkeit von den Offizieren und Soldaten der
Bravo Kompanie, Vierzehntes Angriffsbataillon,
Erste Marine-Infantrie-Division
Salomon Inseln – Süd-Pazifik
Mai 1943

Matlock hatte das Gefühl, auf einen Grabstein zu blicken.

Er schob die Erde weg, die die Tafel umgab, und grub einen winzigen Graben um das Metall. Auf Händen und Knien hob er vorsichtig und etwas unsicher die Platte hoch und legte sie zur Seite.

Er hatte es gefunden.

In der Erde war ein Metallbehälter vergraben – die Art, wie man sie in Bibliotheksarchiven für wertvolle Manuskripte benutzt. Luftdicht, wettersicher, unter Vakuum stehend, für die Ewigkeit gebaut.

Ein Sarg, dachte Matlock.

Er hob den Behälter auf und schob die kalten, feuchten Finger unter den Hebel. Er mußte beträchtliche Kraft einsetzen, um ihn in die Höhe zu ziehen, aber schließlich gelang es ihm. Ein leises Zischen war zu hören, so, wie man es hört, wenn man eine Dose Instant Kaffee öffnet. Die Gummilippen lösten sich voneinander. Im Inneren des Behälters konnte Matlock ein Öltuchpaket in Form eines Notizbuches erkennen.

Er wußte, daß er die Anklage gefunden hatte.

30.

Das Notizbuch war dick, mehr als dreihundert Seiten, und jedes Wort war mit Tinte geschrieben. Es hatte die Form eines Tagebuches, aber die umfangreichen Eintragungen unterschieden sich erheblich. Hinsichtlich der Daten gab es keinerlei Gleichmäßigkeit. Häufig folgten die Tage einander; dann lagen wieder Wochen, ja Monate zwischen den Eintragungen. Auch die Art wie das Buch geführt wurde, war unterschiedlich. Es gab Strecken mit klarer, erzählender Darstellung, denen dann wieder zusammenhanglose ausführende Überlegungen folgten. In den letztgenannten Abschnitten hatte die Hand gezittert, waren die Worte oft unlesbar.

Lucas Herrons Tagebuch war ein Schrei der Angst, ein Ausschütten des Schmerzes. Die Beichte eines Mannes bar jeder Hoffnung.

Während Matlock auf dem kalten, feuchten Boden saß, von Herrons Worten förmlich hypnotisiert, begriff er die Motive, die hinter Herrons Nest standen, die abweisende grüne Mauer, die verdunkelten Fenster, die völlige Isolierung.

Lucas Herron war ein Vierteljahrhundert lang drogensüchtig gewesen. Ohne die Drogen war sein Schmerz unerträglich. Und niemand konnte etwas für ihn tun, abgesehen davon, daß man ihn für den Rest seines unnatürlichen Lebens in ein Veteranenhospital einwies.

Lucas Herron hatte diesen lebenden Tod von sich gewiesen und sich dafür in eine andere Art des Todes hineingestürzt.

Major Lucas Nathaniel Herron, Marinekorps der Vereinigten Staaten, Angehöriger der Truppe für Amphibische Kriegführung, Flottenkommando Pazifik, hatte viele Kompanien des Vierzehnten Bataillons der Ersten Marinedivision auf verschiedenen Inseln überall auf den von den Japanern besetzten Salomon- und Karolinen-Inseln zum Angriff geführt.

Und Major Lucas Herron war von der winzigen Karolinen-Insel Peleliu auf einer Tragbahre weggetragen worden, nachdem er durch Dschungelfeuer zwei Kompanien an den Strand zurückgeführt hatte.

Niemand hatte geglaubt, daß er überleben würde.

Major Lucas Herron trug eine japanische Kugel am Schädelansatz, wo sie sich in einen Teil seines Nervensystems eingebettet hatte. Man rechnete nicht damit, daß er überlebte. Die Ärzte, zuerst in Brisbane, dann in San Diego und schließlich in Bethesda hielten weitere Operationen für sinnlos. Der Patient konnte sie nicht überleben; selbst die geringste Komplikation würde dazu führen, daß er zu bloßem geist- und gefühllosem Vegetieren verurteilt wurde – und niemand war bereit, dafür die Verantwortung zu übernehmen.

Man verabreichte dem Patienten starke Medikamente, um den Schmerz zu lindern. Dann lag er mehr als zwei Jahre in dem Krankenhaus in Maryland.

Die Stadien der Heilung und die teilweise Wiederherstellung waren langsam und schmerzhaft. Zuerst kamen die Halsstützen und die Pillen, dann die Stützen und die Krücken, die er zum Gehen brauchte und immer noch Pillen. Am Ende andere, leichtere Krücken mit Halsstützen und immer noch Pillen. Lucas Herron kehrte zurück ins Land der Lebenden – aber nicht ohne die Pillen. Und in den Augenblicken größter Qual – am Abend die Morphiumspritze.

Es gab Hunderte, vielleicht Tausende wie Lucas Herron, aber nur wenige besaßen seine außerordentliche Qualifikation – für diejenigen, die ihn aufsuchten. Er war ein authentischer Held des Pazifikkrieges, ein brillanter Gelehrter, ein Mann jenseits von Fehl und Tadel. Er war perfekt. Und konnte perfekt benutzt werden.

Einerseits konnte er ohne die Linderung, die die Narkotika ihm lieferten, nicht leben, den Schmerz nicht ertragen – er brauchte die Pillen und die immer regelmäßiger werdenden Spritzen. Andererseits würde er, wenn das Ausmaß seiner Drogenabhängigkeit einmal den Ärzten bekannt wurde, ins Krankenhaus zurückversetzt werden.

Diese Alternativen machte man ihm langsam und auf höchst subtile Weise klar. Langsam in dem Sinne, daß seine Versorgungsquellen hin und wieder einen Gefallen von ihm erbaten – einen Kontakt, der in Boston hergestellt werden mußte, Männer, die man in New York bezahlen mußte. Subtil in der Weise, daß man Herron, wenn er fragte, welche Folgen sein Tun hätte, immer wieder sagte, daß es völlig harmlos sei. Harmlos aber notwendig.

Und während die Jahre verstrichen, wurde er den Männern, die er so dringend brauchte, immer wertvoller. Der Kontakt in Boston, die Männer in New York, denen er Geld geben mußte, wurden immer häufiger, immer *notwendiger*. Dann sandte man Lucas an immer fernere Orte. Winterurlaube, Ferien im Frühjahr, im Sommer: Kanada, Mexiko, Frankreich... Das Mittelmeer.

Er wurde zum Kurier.

Stets stand dahinter die Vorstellung der Krankenstation, die Qualen, die sein geschundener Körper erleiden mußte.

Man hatte ihn auf brillante Art manipuliert. Er kam nie mit den Folgen seiner Arbeit in Berührung, wurde sich nie des immer umfangreicher werdenden Netzes der Zerstörung bewußt, das er aufbauen half. Als er zuletzt von allem erfuhr, war es zu spät. Das Netz stand.

Nimrod hatte seine Macht.

22. April 1951. Jetzt schicken sie mich mitten im Semester nach Mexiko zurück. Ich werde – wie üblich – an der Universität von M. Station machen und dann auf dem Rückweg in Baylor. Eigentlich eine Ironie: der Kassier hat mich angesprochen und mir gesagt, Carlyle würde mir gern bei der Erstattung meiner ›Forschungs‹kosten behilflich sein. Ich habe abgelehnt und ihm gesagt, meine *Versehrtenpension* würde schon reichen. Vielleicht hätte ich annehmen sollen...

13. Juni 1956. Nach Lissabon, auf drei Wochen. Ein Fahrplan, so hat man mir das erklärt, für ein kleines Schiff. Es soll die Azoren anlaufen, dann Kuba (scheußlich!) und schließlich Panama. Stationen – für mich – an der Sorbonne, Universität von Toledo, U. von Madrid. Ich werde ein akademischer Zugvogel! Ich bin über die Methoden nicht glücklich – wer könnte das sein? – aber dann bin ich auch nicht für die archaischen Gesetze verantwortlich. Man kann so vielen, vielen helfen. Sie brauchen Hilfe! Ich war mit Dutzenden in Berührung, habe mit ihnen telefoniert – sie haben die Verbindung hergestellt – Männern wie mir, die ohne Hilfe keinen weiteren Tag ertragen könnten... Dennoch mache ich mir Sorgen... Doch was kann ich schon tun? Wenn ich es nicht tun würde, würden andere...

24. Februar 1957. Ich bin hinsichtlich meiner Besorgnis alarmiert aber ruhig und (hoffentlich) vernünftig. Man hat mir jetzt gesagt, ich wäre, wenn man mich ausschickt, um Kontakte herzustellen, der *Bote* von *Nimrod*! Der Name ist eine Codebezeichnung – er hat keine Bedeutung, sagen sie – und wird honoriert werden. Es ist alles so albern – wie die Abwehrinformationen, die wir immer von Mac Arthurs Hauptquartier im Südpazifik erhielten. *Sie* hatten *alle* Codes und *überhaupt keine Fakten*... Die Schmerzen sind schlimmer, die Ärzte sagen, daß es noch schlimmer wird. Aber... Nimrod ist sehr verständnisvoll... Ebenso wie ich...

10. März 1957. Sie waren böse auf mich! Sie hielten meine Dosis zwei Tage zurück – ich dachte, ich würde mich umbringen! Ich wollte mit dem Wagen zum Veteranenhospital in Hartford fahren, aber sie hielten mich auf dem Highway auf. Sie fuhren in einem *Streifenwagen* von Carlyle – eigentlich hätte ich wissen müssen, daß die Polizei hier mit ihnen unter einer Decke steckt – von ihnen bezahlt wird!... Ich hatte keine Wahl, entweder ein *Kompromiß* oder das *Hospital*!... Sie hatten recht!... Ich muß nach Kanada und soll dort einen Mann von Nordafrika abholen... Ich *muß* es tun! Es kommen dauernd Anrufe. Heute abend sagte ein Mann – Army, 27. Division – in Naha verwundet – von East Orange, N.J., er und sechs andere seien von mir abhängig! Es gibt so viele, die wie wir sind! Warum? Warum um Gottes willen *verachtet* man uns so? Wir brauchen *Hilfe*, und das einzige, was man uns anbietet, sind Krankenhäuser, *Intensivstationen*!...

19. August 1960. Ich habe meine Position klargemacht! Sie gehen zu weit... Nimrod ist nicht nur eine Codebezeichnung für einen Ort; es ist auch ein *Mann*! Die Geographie ändert sich nie, wohl aber der Mann. Sie helfen Menschen wie mir nicht mehr – nun vielleicht tun sie das noch – aber es geht um mehr als nur *uns*! Sie breiten sich aus – ziehen Leute an – für viel Geld!...

20. August 1960. Jetzt bedrohen sie mich. Sie haben gesagt, wenn mein Schrank leer ist, werde ich nichts mehr bekommen... Mir ist es egal! Für eine Woche reicht es – mit einigem Glück für eineinhalb... Ich wünschte, ich würde Alkohol lieber mögen oder zumindest, daß mir davon nicht übel wird...

28. August 1960. Ich zitterte am ganzen Körper, aber ich ging auf die Polizeistation von Carlyle. Ich habe nicht nachgedacht. Ich verlangte, mit dem höchstrangigen Mann zu sprechen, und man sagte mir, es sei schon nach fünf – er wäre nach Hause gegangen. Also sagte ich, ich besäße Informationen über Narkotika, und binnen zehn Minuten tauchte der Polizeichef auf... Bis dahin konnte ich schon nichts mehr verbergen – ich hatte keine Kontrolle mehr über mich – ich habe mir in die Hose gepißt. Der Polizeichef führte mich in ein kleines Zimmer und verpaßte mir eine Spritze. Er war von Nimrod...

7. Oktober 1965. Dieser Nimrod ist mit mir unzufrieden. Ich bin immer mit den Nimrods zurechtgekommen – den beiden, die ich kennengelernt habe, aber der hier ist strenger, denkt mehr über meine Leistungen nach. Ich weigere mich, *Studenten* zu kontaktieren, das akzeptiert er, aber er sagt, ich wäre in meinen Vorträgen albern, nicht hart genug. Daß ich nicht werbe, ist ihm egal – er will das gar nicht – aber er sagt, ich solle – nun, konservativer in meinen Ansichten sein... Es ist seltsam. Er heißt Mathew Orton, und er ist ein unbedeutender Helfer des stellvertretenden Gouverneurs von Hartford. Aber er ist Nimrod. Und ich werde gehorchen...

14. November 1967. Der Rücken ist jetzt unerträglich – die Ärzte haben gesagt, das würde sich *auflösen* – so haben *die* das ausgedrückt – aber doch nicht *so!* Ich schaffe vierzig Minuten eines Vortrags und dann *muß* ich mich entschuldigen... Ich frage mich immer wieder – ist es das wert?... Das muß es sein, sonst würde ich nicht weitermachen... Oder bin ich einfach ein zu großer Egoist – oder ein zu großer Feigling – um mir das Leben zu nehmen?... Heute abend treffe ich mich mit Nimrod. In einer Woche ist *Thanksgiving Day* – ich frage mich, wo ich dann hingehen werde...

27. Januar 1967. Das *muß* das Ende sein. Um mit den herrlichen Worten von C. Fry zu sprechen, muß die ›Seraphinische Erdbeere, die in ihrem Bett strahlt‹, sich jetzt wenden und Nesseln zeigen, mir bleibt nichts mehr übrig, und Nimrod hat zu viele infiziert, zu vollständig. Ich werde mir das Leben nehmen – so schmerzlich wie möglich – ich habe schon soviel Schmerz erlebt...

28. Januar 1970. Ich habe versucht, mich zu töten! Ich schaffe es nicht! Ich bringe die Pistole und dann das Messer an den Punkt, aber es *geschieht nicht*! Bin ich *wirklich* schon so infiziert, daß ich das nicht mehr schaffe, was ich so ersehne?... Nimrod wird mich töten. Ich weiß das, und er weiß es besser.

29. Januar 1970. Nimrod – jetzt ist es *Arthur Latona*! Unglaublich! Derselbe Arthur Latona, der die Reihenhäuser für mittlere Einkommensschichten in Mount Holly gebaut hat! – Jedenfalls hat er mir einen Befehl gegeben, den ich nicht akzeptieren kann. Ich habe ihm *gesagt*, daß ich ihn nicht akzeptieren kann. Ich bin viel zu wertvoll, um einfach weggeworfen zu werden, und das habe ich ihm *auch* gesagt... Er möchte, daß ich einen größeren Betrag Geldes nach Toros Daglari in der Türkei bringe!... Warum, o warum kann mein Leben nicht einfach *beendet* werden?...

18. April 1971. Es ist eine wundersam fremdartige Welt. Um zu überleben, um zu existieren und die Luft zu atmen, tut man so viel, das man eigentlich verabscheut. Das Ganze ist erschreckend... Die Entschuldigungen und Rationalisierungen sind noch schlimmer... Und dann geschieht etwas, das jegliche Notwendigkeit des Urteils aufhebt – oder zumindest verschiebt – ...Die Schmerzen haben sich vom Hals und der Wirbelsäule nach unten verlagert. Ich wußte, daß es etwas anderes sein mußte. Etwas, das viel... Ich bin zu Nimrods Arzt gegangen – so wie ich das immer tun mußte. Ich habe abgenommen, meine Reflexe sind erschütternd. Er ist besorgt, und morgen gehe ich in das private Krankenhaus in Southbury. Er sagt, für eine Untersuchung... Ich weiß, daß sie dort ihr Bestes für mich tun werden. Sie haben andere Reisen – sehr wichtige Reisen, sagt Nimrod. Ich werde den größten Teil des Sommers auf Reisen sein, sagt er... Wenn ich nicht wäre, würde es jemand anderer tun. Die Schmerzen sind schrecklich.

22. Mai 1972. Der alte, müde Soldat ist zu Hause. Herrons Nest ist meine Rettung! Man hat mir eine Niere herausoperiert. Wegen der anderen kann man nichts sagen, meint der Arzt. Aber ich weiß es besser. Ich bin am Sterben... O Gott, wie ich das begrüße! Es wird keine Reise mehr geben, keine Drohungen. Nimrod kann nichts mehr tun... Sie halten mich am Leben. Solange sie können. *Das müssen sie jetzt!*... Ich habe dem Arzt angedeutet, daß ich all die Jahre ein Tagebuch geführt habe. Er hat mich nur wortlos angestarrt. Ich habe noch nie einen Menschen gesehen, der solche Angst hatte...

23. Mai 1971. Latona – Nimrod – kam heute morgen vorbei. Ehe er über irgend etwas sprechen konnte, sagte ich ihm, ich wüßte, daß ich am Sterben wäre. Daß mir jetzt nichts mehr etwas ausmachte – die Entscheidung, mein Leben zu beenden, sei getroffen und nicht von mir. Ich sagte ihm sogar, daß ich vorbereitet wäre – erleichtert; daß ich versucht hätte, es selbst zu beenden, es aber nicht geschafft hätte. Er fragte mich nach dem ›*was Sie dem Arzt gesagt haben*‹, er war nicht imstande, die *Worte* auszusprechen! *Seine Angst* lag wie ein schwerer Nebel über dem

Wohnzimmer... Ich antwortete ganz ruhig, sehr selbstbewußt, denke ich. Ich sagte ihm, daß man ihm alle Aufzeichnungen geben würde – *wenn man mir meine letzten Tage oder Monate leichter machte.* Er war wütend, aber er wußte, daß es nichts gab, was er tun konnte. Was kann jemand schon mit einem alten Mann tun, der Schmerzen erleidet und weiß, daß er sterben wird? Was für Argumente bleiben da noch?

14. August 1971. Nimrod ist tot! Latona ist an einem Herzinfarkt gestorben! *Vor mir,* und darin liegt eine große Ironie!... Aber das Geschäft geht unverändert weiter. Man bringt mir immer noch jede Woche, was ich brauche, und jede Woche stellen die verängstigten Boten ihre Fragen – wo sind sie? Wo sind die Aufzeichnungen? – beinahe drohen sie mir, aber ich erinnere sie dann immer daran, daß Nimrod das Wort eines sterbenden alten Mannes hatte. Warum sollte ich das ändern?... Dann ziehen sie sich in ihre Angst zurück... Bald wird ein neuer Nimrod gewählt werden... Ich habe gesagt, ich wollte es nicht wissen – und ich will es auch nicht!

20. September 1971. Für Carlyle beginnt ein neues Jahr. Mein letztes Jahr, das weiß ich –... Nimrods Tod hat mir Mut gegeben. Oder ist es das Wissen um meinen eigenen bevorstehenden Tod? Gott weiß, daß ich nicht viel ungeschehen machen kann, aber ich kann es versuchen!... Ich suche jetzt, finde ein paar, denen man sehr weh getan hat und biete ihnen Hilfe an. Mag sein, daß es nur Worte sind, nur Ratschläge, aber das bloße Wissen dessen, was ich durchgemacht habe, *scheint ihnen zu helfen.* Für diejenigen, mit denen ich spreche, ist es immer ein großer Schock! Man stelle sich vor! Der ›große alte Vogel‹! Die Schmerzen sind nahezu unerträglich. Vielleicht kann ich nicht mehr warten...

23. Dezember 1971. Zwei Tage vor meinem letzten Weihnachten. Ich habe so vielen gesagt, die mich zu sich eingeladen haben, ich würde nach New York fahren. Natürlich stimmt das nicht. Ich werde die Tage hier im Nest verbringen... Etwas, was mich beunruhigt: die Boten sagen mir, der neue Nimrod sei der strengste, härteste von allen. Sie sagen, er sei rücksichtslos. Er befiehlt Exekutionen ebenso leicht wie seine Vorgänger einfache Befehle erteilt haben. Oder sagen Sie mir diese Dinge nur, um mir Angst zu machen? Das kann mir keine Angst machen!

18. Februar 1972. Der Arzt hat mir gesagt, er würde kräftigere ›Medizin‹ verschreiben, warnte mich aber vor einer Überdosis. Und er hat von dem neuen Nimrod gesprochen. Selbst er ist beunruhigt – er deutete an, der Mann sei verrückt. Ich sagte ihm, ich wolle nichts wissen. Ich hätte nichts mehr damit zu tun.

26. Februar 1972. Ich kann es nicht glauben! Nimrod ist ein *Ungeheuer*! Er muß *verrückt* sein! Er hat verlangt, daß all diejenigen, die drei Jahre lang hier gearbeitet haben, abgeschnitten werden – aufs Land geschickt – und wenn sie sich weigern – getötet werden! Der Arzt geht nächste Woche weg. Frau, Familie, Praxis... Latonas Witwe wurde bei einem ›Autounfall‹ ermordet! Einer der Boten – Pollizzi – wurde in New Haven erschossen. Ein anderer – Capalbo – starb an einer Überdosis, und es geht das Gerücht, daß man ihm die OD verpaßt hat!

3. April 1972. Von Nimrod an mich – den Boten sind sämtliche Aufzeichnungen auszuliefern, sonst werden meine Lieferungen abgeschnitten. Mein Haus wird rund um die Uhr bewacht werden. Man wird mir überallhin folgen, wohin ich gehe. Ich soll keinerlei ärztliche Behandlung mehr erhalten. Die kombinierten Auswirkungen des Karzinoms und des

Entzugs sollen über alles hinausgehen, was ich mir vorstellen kann. Was Nimrod nicht weiß, ist, daß der Arzt mir vor seiner Abreise genug für einige Monate gegeben hat. Offengestanden glaubte er nicht, daß ich so lange aushalten würde... Zum ersten Mal verhandle ich in diesem schrecklichen Leben von einer Position der Stärke aus. Mein Leben ist wegen des Todes stärker denn je.

10. April 1972. Nimrod ist meinetwegen der Hysterie nahe. Er hat gedroht, mich zu verraten – was natürlich bedeutungslos ist. Ich habe ihn das durch die Boten wissen lassen. Er hat gesagt, er würde den ganzen Campus von Carlyle vernichten, aber wenn er das tut, wird er sich selbst auch vernichten. Es geht das Gerücht, er wolle eine Konferenz einberufen. Eine wichtige Besprechung mächtiger Männer... Mein Haus wird jetzt – so wie Nimrod das angekündigt hat – rund um die Uhr bewacht. Von der Polizei von Carlyle natürlich. Nimrods Privatarmee!

22. April 1972. Nimrod hat gewonnen! Es ist erschreckend – aber er hat gewonnen! Er hat mir zwei Zeitungsausschnitte geschickt. In jedem wurde ein Student durch eine Überdosis getötet. Die erste ist ein Mädchen in Cambridge, der zweite ein Junge vom Trinity-College. Er sagt, er würde für jede Woche, die ich ihm die Akten vorenthalte, einen weiteren auf die Liste setzen... Geiseln werden getötet! – Man muß ihn *aufhalten*! Aber wie? Was kann ich *tun*?... Ich habe einen Plan, aber ich weiß nicht, ob ich es machen kann – ich werde versuchen, Akten zu *fälschen*. Sie intakt lassen. Es wird schwierig sein – meine Hände zittern manchmal so! Ob ich es wohl schaffe? – Ich muß. Ich habe gesagt, ich würde jedesmal ein *paar* liefern. Zu meinem *eigenen* Schutz. Ob er wohl darauf eingehen wird?

24. April 1972. Nimrod ist unglaublich böse, aber er ist Realist. Er weiß, daß er nichts anderes tun kann! Wir befinden uns beide in einem Wettrennen gegen den Zeitpunkt meines Todes. Ein Patt! Ich wechsle zwischen einer Schreibmaschine, verschiedenen Füllhaltern und verschiedenen Papierarten ab. Zur Zeit werden keine Leute getötet, aber man hat mir gesagt, man würde damit wieder beginnen, wenn ich auch nur *eine* Lieferung verpasse! Nimrods Geiseln sind in meiner Hand! Ihre Tötung kann nur durch mich verhindert werden!

27. April 1972. Etwas Seltsames geschieht! Der junge Beeson hat unseren Kontaktmann in der Aufnahmeabteilung angerufen. Jim Matlock war dort, und Beeson verdächtigt ihn. Er hat Fragen gestellt, sich mit Beesons Frau blöd benommen... Matlock steht auf keiner Liste! Er hat nichts mit Nimrod zu tun – auf keiner Seite. Er hat nie etwas gekauft, nie etwas verkauft... Die Carlyle-Streifenwagen stehen jetzt immer draußen. Nimrods Armee ist gewarnt. Was bedeutet das?

27. April 1972 – nachmittags. Die Boten kamen – zwei waren es – und was sie mir einreden wollten, ist so unglaublich, daß ich es nicht einmal hier hinschreiben kann... Ich habe nie gefragt, wer Nimrod ist, ich wollte es nie wissen. Aber jetzt herrscht überall Panik, etwas läuft ab, über das selbst Nimrod keine Kontrolle mehr hat. Und die Boten haben mir gesagt, wer Nimrod ist... Sie *lügen!* Ich *kann es, will es nicht glauben!* Wenn es wahr ist, stecken wir alle in der Hölle!

Matlock starrte die letzte Eintragung hilflos an. Die Handschrift war kaum mehr lesbar, die Worte waren miteinander verbunden, so, als könne der Schreiber seinen Stift nicht mehr aufhalten.

28. April. Matlock war hier. Er weiß es! Andere auch! Er sagt, die Leute von der Regierung hätten sich jetzt eingeschaltet... Es ist vorbei! Aber was sie nicht verstehen können, ist, was nun geschehen wird – ein Blutbad, Morde – Exekutionen! Nimrod ist nicht imstande, *weniger* zu tun! Es wird so viel *Schmerz* geben. Es wird Massenmorde geben, und ein belangloser Dozent für Englische Literatur wird sie auslösen... Ein Bote hat gerufen. Nimrod *selbst* kommt heraus. Das ist eine Konfrontation. Jetzt werde ich die Wahrheit erfahren – wer er wirklich ist... Wenn er der ist, den man mir genannt hat – irgendwie werde ich diese Aufzeichnung hinausschaffen – irgendwie. Das ist alles, was noch übrig bleibt. Jetzt bin ich an der Reihe mit Drohen... Jetzt ist es vorbei. Der Schmerz wird auch bald vorbei sein... Es hat so viel Schmerz gegeben... Ich werde noch eine letzte Eintragung vornehmen, wenn ich sicher bin...

Matlock klappte das Notizbuch zu. Was hatte das Mädchen namens Jeannie gesagt? *Sie haben die Gerichte, die Polizei, die Ärzte.* Und Alan Pace. Er hatte noch die Verwaltungen der größeren Universitäten hinzugefügt – im ganzen Nordosten. Die ganze akademische Welt; Anstellungsverträge, Studiengänge – Quellen ungeheurer Finanzkraft. *Sie* haben *alles.*

Aber Matlock hatte die Anklageschrift.

Das genügte. Genug, um Nimrod aufzuhalten – wer auch immer er war. Genug, um das Blutbad aufzuhalten, die Exekutionen.

Jetzt *mußte* er Jason Greenberg erreichen.

Alleine.

31.

Das in Öltuch gehüllte Paket in der Hand, begann er zu
Fuß in Richtung Carlyle zu gehen. Er benutzte dazu die
Nebenstraßen, auf denen es nachts kaum Verkehr gab. Er
wußte, daß es zu gefährlich war, jetzt mit dem Wagen zu
fahren. Der Mann auf dem Feld hatte sich inzwischen
vermutlich genügend erholt, um mit jemandem Verbindung aufzunehmen – mit Nimrod. Man würde Alarm
schlagen, die Suche nach ihm beginnen. Jetzt verfolgten
ihn ohne Zweifel bereits die unsichtbaren Armeen. Seine
einzige Chance lag darin, daß er Greenberg erreichte. Jason Greenberg würde ihm sagen, was zu tun war.

Er hatte Blut am Hemd, an Hosen und Jacke klebte ver-
krusteter Schlamm. Sein Aussehen erinnerte ihn an die
menschlichen Wracks in Bill's Bar & Grill am Frachtbahn-
hof. Es war jetzt fast halb drei Uhr morgens, aber Lokale
wie dieses bleiben den größten Teil der Nacht geöffnet.
Für sie war die Polizeistunde nur eine Richtschnur, nicht
Gesetz. Er erreichte den College Parkway und ging die
Hügel hinunter in Richtung Bahnhof.

Er bürstete seine feuchten Kleider so gut er konnte ab
und deckte das blutbesudelte Hemd mit dem Jackett zu.
Er betrat die heruntergekommene, schmutzige Bar; über
den heruntergekommenen Gästen hingen Schwaden von
billigem Zigarettenrauch. Eine Musikbox spielte ausländi-
sche Musik, Männer schrien, jemand mißhandelte eine
Art Waschbrett. Matlock wußte, er würde hier untertauchen können. Er würde ein paar wertvolle Augenblicke
der Sicherheit finden.

Er setzte sich in eine der hinteren Nischen.

»Was zum Teufel ist *Ihnen* denn passiert?«

Es war der Barkeeper, derselbe argwöhnische Barkeeper, mit dem er sich schließlich vor ein paar Tagen angefreundet hatte. Vor Jahren, besser... vielen Jahren.

»Der Regen hat mich erwischt. Ich bin ein paarmal hingefallen. Lausiger Whisky… Haben Sie was zu Essen?«

»Käsebrot. Das Fleisch würde ich Ihnen nicht mehr anbieten wollen. Das Brot ist auch nicht mehr sonderlich frisch.«

»Ist mir egal. Bringen Sie mir ein paar Brote. Und ein Glas Bier. Geht das?«

»Sicher. Klar, Mister… Wollen Sie auch wirklich hier essen? Ich meine, man sieht ja, daß das nicht Ihre Art von Lokal ist, verstehen Sie, was ich meine?«

Da war es wieder. Die ewige bedeutungslose Frage; *verstehen Sie, was ich meine…?* Eigentlich überhaupt keine Frage. Selbst in den wenigen Augenblicken der Erleichterung mußte er sie wieder hören.

»Ich verstehe, was Sie meinen… Aber ich will hier bleiben.«

»Ist ja Ihr Magen.«

Der Barkeeper schlenderte zu seinem Arbeitsplatz zurück.

Matlock fand Greenbergs Telefonnummer und ging zu dem übelriechenden Telefonautomaten an der Wand. Er schob eine Münze ein und wählte.

»Tut mir leid, Sir«, sagte das Mädchen von der Vermittlung, »der Anschluß ist nicht zu erreichen. Haben Sie eine andere Nummer für den Teilnehmer?«

»Versuchen Sie es noch einmal! Ich bin sicher, daß Sie irren.«

Sie versuchte es noch einmal, aber sie irrte nicht. Schließlich teilte die Aufsicht in Wheeling, West Virginia, der Vermittlung in Carlyle, Connecticut, mit, daß Anrufe für einen Mr. Greenberg nach Washington, D.C., weitergegeben werden sollten. Man nahm an, daß etwaige Anrufer wissen würden, wen in Washington sie anrufen sollten.

»Aber Mr. Greenberg wird erst am frühen Morgen in

642

Washington erwartet«, sagte sie. »Bitte teilen Sie das dem Teilnehmer mit.«

Er versuchte nachzudenken. Durfte er es riskieren, Washington anzurufen, das Justizministerium, Rauschgiftabteilung? Würde Washington unter den vorliegenden Umständen nicht – damit es schnell ging – jemand in der Umgebung von Hartford auffordern, mit ihm Verbindung aufzunehmen? Greenberg hatte eindeutig erklärt, daß er dem Büro in Hartford und den dortigen Agenten nicht vertraute.

Er begriff jetzt Greenbergs Besorgnis viel besser. Er brauchte nur an die Polizei von Carlyle zu denken – Nimrods Privatarmee.

Nein, er würde Washington nicht anrufen. Er würde Sealfont anrufen. Der Universitätspräsident war seine letzte Hoffnung. Er wählte Sealfonts Nummer.

»James! Du lieber Gott, James! Alles in Ordnung bei Ihnen? Um Himmels willen, wo haben Sie denn *gesteckt*?«

»An Orten, von deren Existenz ich nie geträumt hätte. Ich wußte nie, daß es so etwas gab.«

»Aber Sie sind in Ordnung? Das ist alles, worauf es ankommt! Geht es Ihnen wirklich gut!«

»Ja, Sir. Und ich habe alles. Alles habe ich. Herron hat alles aufgeschrieben. Ein Tagebuch, das dreiundzwanzig Jahre umfaßt.«

»Dann hatte er *tatsächlich* damit zu tun?«

»Ja, sehr sogar.«

»Der arme, *kranke* Mann... Ich verstehe das nicht. Aber das ist jetzt nicht wichtig. Das geht dann die Behörden an. Wo sind Sie? Ich schicke Ihnen einen Wagen... Nein, ich komme selbst. Wir haben uns alle solche Sorgen gemacht. Ich war dauernd mit den Leuten im Justizministerium in Verbindung.«

»Bleiben Sie, wo Sie sind«, sagte Matlock schnell. »Ich komme selbst zu Ihnen – jeder kennt Ihren Wagen. Auf die Weise ist es nicht so gefährlich. Ich weiß, daß man mich sucht. Ich werde hier jemanden ein Taxi rufen lassen. Ich wollte nur sichergehen, daß Sie zu Hause sind.«

»Wie Sie meinen. Ich muß Ihnen sagen, daß ich sehr erleichtert bin. Ich werde Kressel anrufen. Was auch immer Sie mir zu sagen haben, er sollte es auch wissen. So muß es sein.«

»Ganz Ihrer Meinung, Sir. Bis bald.«

Er ging in die Nische zurück und begann, die unappetitlichen Brote zu essen. Er hatte sein Bier zur Hälfte ausgetrunken, als aus den Tiefen seiner feuchten Jacke das hysterische Piepen von Blackstones Tel-electronic ertönte. Er holte das Gerät heraus und drückte den Knopf. Ohne an irgend etwas anderes als die Nummer 555-6868 zu denken, sprang er auf und ging schnell zum Telefon zurück. Mit zitternder Hand schob er die Münze ein und wählte.

Die aufgezeichnete Stimme traf ihn wie ein Peitschenschlag übers Gesicht.

»Charger Drei-Null ist storniert.«

Dann herrschte Schweigen. Wie Blackstone ihm das versprochen hatte, war da nur der einzige Satz – nur einmal ausgesprochen. Es gab niemanden, mit dem er sprechen konnte, niemand, den er umstimmen konnte. Nichts.

Aber da mußte doch jemand sein! Man durfte ihn doch, man *konnte* ihn nicht einfach so abschneiden! Wenn Blackstone seinen Auftrag zurückgab, hatte er doch ein Recht darauf, zu erfahren, *weshalb*! Er hatte ein Recht darauf zu wissen, daß Pat in *Sicherheit* war! Es dauerte ein paar Minuten, und er mußte einige Drohungen ausstoßen, ehe er an Blackstone selbst herankam.

»Ich brauche nicht mit Ihnen zu sprechen!« Die schläfrige Stimme klang verärgert. »Das habe ich Ihnen doch klargemacht!... Aber es macht mir nichts aus, denn wenn ich diesen Anruf orten kann, dann kann ich denen sagen, sobald Sie aufgelegt haben, wo sie Sie finden können!«

»Drohen Sie mir nicht! Sie haben viel zu viel Geld von mir genommen, um mich zu bedrohen... Warum ist mein Auftrag gestrichen? Ich habe ein Recht, das zu erfahren.«

»Weil Sie stinken! Wie Müll stinken Sie!«

»Das reicht mir nicht! Das *sagt* mir nichts!«

»Dann will ich es Ihnen erklären. Weil ein Haftbefehl gegen Sie ergangen ist. Vom Gericht unterzeichnet und...«

»*Wofür* denn, verdammt noch mal? Schutzhaft? *Vorbeugehaft*?!«

»Wegen Mord, Matlock! Wegen Verschwörung, Rauschgift zu verteilen! Wegen Unterstützung bekannter Rauschgift*verteiler*!... Ich sagte ja, Sie *riechen*! Und ich verabscheue das Geschäft, in dem Sie tätig sind!«

Matlock war wie benommen. Mord? Verschwörung! Wovon redete Blackstone denn?

»Ich weiß nicht, was man Ihnen gesagt hat. Aber es ist nicht wahr. Nichts davon ist wahr! Ich habe mein Leben riskiert, *mein Leben, hören Sie*! Wenn ich das, was ich habe...«

»Sie können gut reden«, unterbrach ihn Blackstone, »aber Sie sind unvorsichtig! Und ein schmutziger Bastard sind Sie auch! In einem Feld außerhalb von Carlyle liegt ein Mann, dem man die Kehle durchschnitten hat. Die Boys von der Regierung brauchten keine zehn Minuten, um den Fahrer dieses Ford Stationwagons ausfindig zu machen!«

»Ich habe diesen Mann nicht *getötet*! Das schwöre ich bei allem, was mir heilig ist. *Ich habe ihn nicht getötet*!«

»Nein, natürlich nicht! Und den Mann, dem Sie am Osthang den Kopf abgeschossen haben, haben Sie nicht einmal *gesehen*, nicht wahr? Nur, daß es dort einen Parkwächter und ein paar andere Leute gibt, die Sie an Ort und Stelle gesehen haben!... Ich habe etwas vergessen.

Dumm sind Sie auch. Sie haben den Parkzettel sogar unter dem Scheibenwischer stecken lassen!«

»Jetzt warten Sie einmal! *Einen Augenblick!* Das ist alles *verrückt!* Der Mann am Osthang wollte sich dort mit mir treffen! Er hat versucht, *mich zu ermorden*!«

»Das können Sie Ihrem Anwalt erzählen. Wir haben die ganze Geschichte – mit allen Einzelheiten – von den Boys vom Justizministerium bekommen! Das habe ich verlangt. Ich habe einen verdammt guten Ruf... Aber eines muß man ihnen lassen. Wenn Sie sich verkaufen, dann für *viel Geld!* Über sechzigtausend Dollar in einem *Scheck*konto. Wie gesagt, Sie *riechen*, Matlock!«

Er war so schockiert, daß er nicht einmal die Stimme erheben konnte. Als er antwortete, war er außer Atem, so daß man ihn kaum hören konnte.

»Hören Sie mir zu. Sie *müssen* mir zuhören. Alles, was Sie da gesagt haben... Es gibt für alles eine Erklärung. Nur nicht für den Mann in dem Feld. Das verstehe ich nicht. Aber es ist mir gleichgültig, ob Sie mir glauben oder nicht. Es ist nicht wichtig. Ich habe genügend Entlastungsmaterial in der Hand... *Wichtig* ist jetzt nur, daß Sie *dieses Mädchen* im Auge behalten! Sie dürfen meinen Auftrag nicht streichen! Sie müssen sie *bewachen*!«

»Sie verstehen offenbar nicht. Der Auftrag ist gestrichen! Charger Drei-Null ist *storniert*!«

»Und das Mädchen?«

»Wir sind keine Unmenschen«, sagte Blackstone bitter. »Sie ist in völliger Sicherheit. Sie befindet sich im Schutz der Polizei von Carlyle.«

In der Bar wurde es jetzt laut. Der Barkeeper wollte schließen, und seine Gäste waren damit nicht einverstanden. Ungehaltene Flüche hallten über die Theke, während kühlere oder vielleicht auch noch betrunkenere Köpfe langsam auf die Türe zuwankten.

Matlock stand wie paralysiert am Telefon. Der Lärm in der Bar erreichte seinen Höhepunkt, aber er hörte nichts; er sah die Gestalten alle nur wie durch einen Nebel. Ihm war übel, und er klammerte sich förmlich an dem Öltuchpäckchen mit Lucas Herrons Notizbuch fest, das er sich unter den Gürtel geschoben hatte. Er glaubte, er würde sich gleich übergeben müssen, so wie er sich neben der Leiche an dem Berghang übergeben hatte.

Aber – dafür war jetzt keine Zeit. Pat wurde von Nimrods Privatarmee festgehalten. Er mußte *jetzt* handeln. Wenn er handelte, würde das Uhrwerk ablaufen, und er würde es nicht wieder aufziehen können.

Die schreckliche Wahrheit, die ihn dabei quälte, war, daß er nicht wußte, wo er anfangen mußte.

»Was ist denn, Mister? War etwas mit den Sandwiches?«

»Was?«

»Sie sehen aus, als wollten Sie jeden Augenblick kotzen.«

»Oh?... Nein.« Matlock erkannte zum ersten Mal, daß fast alle das Lokal verlassen hatten.

Das Notizbuch! Das Notizbuch würde sein Lösegeld sein. Er würde keine qualvolle Entscheidung treffen – nicht für diese Plastikmenschen! Nicht für dieses Pack, das andere nur *manipulierte*! Nimrod konnte das Buch haben! Die Anklageschrift!

Aber was dann? Würde Nimrod sie leben lassen? Ihn leben lassen?... Wie hatte Lucas Herron geschrieben: »Der neue Nimrod ist ein Ungeheuer... Ohne jede Rücksicht. Er befiehlt Exekutionen...«

Die Motive, die Nimrod zum Mord veranlaßt hatten, waren wesentlich geringer gewesen, als das Wissen eines Dritten um Lucas Herrons Tagebuch.

»Hören Sie, Mister. Es tut mir leid, aber ich muß jetzt schließen.«

»Würden Sie mir bitte ein Taxi rufen?«

»Ein Taxi? Es ist jetzt nach drei. Selbst wenn es eines gäbe, würde es niemals um drei Uhr morgens *hierher* kommen.«

»Haben Sie einen Wagen?«

»Augenblick mal, Mister. Ich muß hier saubermachen und die Kasse abschließen. Heute war ziemlicher Betrieb. Ich brauche mindestens zwanzig Minuten für die Kasse.«

Matlock holte seine Geldscheine heraus. Der kleinste war ein Hunderter. »Ich muß einen Wagen haben – sofort. Wieviel wollen Sie? Ich bring' den Wagen in einer Stunde zurück – vielleicht sogar noch früher.«

Der Barkeeper sah Matlocks Geld an. Das war ein Anblick, den er in dieser Höhe nicht gewöhnt war. »Es ist eine ziemlich alte Kiste. Sie kommen vielleicht nicht damit zurecht.«

»Ich kann *jeden Wagen* fahren! Hier! Da ist ein Hunderter! Wenn ich einen Unfall baue, können Sie die ganze Rolle haben. Hier! Nehmen Sie schon, um Himmels willen!«

»Sicher. Sicher, Mister.« Der Barkeeper griff unter seine Schürze und holte die Wagenschlüssel heraus. »Der viereckige ist der Zündschlüssel. Er steht hinten. Zweiundsechziger Chevy. Gehen Sie zur Hintertüre hinaus.«

»Danke.« Matlock ging auf die Türe zu, die der Barkeeper ihm wies.

»Hey, Mister!«

»Was?«

»Wie hießen Sie doch gleich?... Irgendwas mit ›Rock‹? Ich hab's vergessen. Ich meine, Herrgott nochmal, ich geb' Ihnen den Wagen und kenn' nicht einmal Ihren Namen!«

Matlock überlegte einen Augenblick lang. »Rod. Nimrod. Nimrod heiße ich.«

»Das ist kein Name, Mister.« Der breitschultrige Mann

bewegte sich auf Matlock zu. »Ein Blinker zum Forellenfischen heißt so. Also wie heißen Sie? Schließlich geb' ich Ihnen meinen Wagen, da werd' ich doch wohl Ihr'n Namen wissen dürfen.«

Matlock hielt das Geld immer noch in der Hand. Er zog drei weitere Hunderter herunter und warf sie auf den Boden. Das schien ihm jetzt richtig. Er hatte Kramer vierhundert Dollar für seinen Stationwagon gegeben. Irgendwo hatte er das Bedürfnis nach Symmetrie. Oder zumindest nach bedeutungsloser Logik.

»Das sind vierhundert Dollar. Für einen '62er Chevy kriegen Sie nirgends vierhundert. Ich bring' ihn zurück!« Er rannte auf die Tür zu. Die letzten Worte, die er hörte, kamen von dem dankbaren, aber verwirrten Geschäftsführer von Bills Bar & Grill.

»Nimrod. So'n Witzbold!«

Der Wagen war eine alte Kiste, wie sein Besitzer auch gesagt hatte. Aber er fuhr noch, und das war alles, worauf es jetzt ankam. Sealfont würde ihm helfen, die Fakten zu analysieren und die Alternativen herauszuarbeiten. Zwei Meinungen waren besser als eine; er hatte Angst davor, die ganze Verantwortung auf sich zu nehmen – er war dazu nicht imstande. Und Sealfont würde die richtigen Leute kennen, mit denen er Verbindung aufnehmen konnte. Sam Kressel, der Verbindungsmann, würde zuhören und Einwände erheben und Angst haben. Aber das hatte nichts zu besagen; man würde ihn wegschicken. Pats Sicherheit stand an erster Stelle. Sealfont würde das begreifen.

Vielleicht war jetzt auch die Zeit, um zu drohen – so wie Herron am Ende gedroht hatte. Nimrod hatte Pat; er hatte Herrons Anklageschrift. Das Leben eines Menschen gegen den Schutz von Hunderten, vielleicht Tausenden. Selbst Nimrod mußte ihre Verhandlungsposition erkennen. Es gab keinen Zweifel; die Vorteile standen auf seiner Seite.

Als er sich dem Bahnhof näherte, wurde ihm klar, daß seine Art zu denken auch aus ihm einen Manipulator machte. Pat war auf *Größe X* reduziert worden und Herrons Tagebuch auf *Größe Y*. Er würde die Gleichung vorgeben, und dann würden die mathematischen Beobachter ihre Entscheidungen auf der Grundlage der Ihnen dargebotenen *Daten* treffen. Das war die eiskalte Logik des Überlebens; gefühlsmäßige Faktoren wurden einfach abgetan, bewußt für nichts erklärt.

Angst konnte einem dabei werden!

Er bog am Bahnhof nach rechts und fuhr den College Parkway hinauf. Sealfonts Villa stand ganz am Ende. Er fuhr so schnell der '62er Chevy es erlaubte – das war bergauf nicht viel mehr als dreißig Meilen die Stunde. Die Straßen waren verlassen, vom Regen saubergewaschen. Die Ladenfassaden, die Häuser und schließlich auch der Campus waren finster und stumm.

Er erinnerte sich daran, daß Kressels Haus nur einen halben Block vom College Parkway entfernt auf der High Street lag. Der Umweg würde höchstens dreißig Sekunden in Anspruch nehmen. Das war die Mühe wert. Wenn Kressel nicht schon zu Sealfont gefahren war, würde er ihn mitnehmen, und dann konnten sie schon im Wagen miteinander sprechen. Matlock *mußte* reden, *mußte* anfangen. Er konnte die Isoliertheit nicht länger ertragen.

Er bog an der Ecke der High Street nach links. Kressels Haus war ein großer, grauer Bau im Kolonialstil mit einer breiten Rasenfläche, die ihn von der Straße trennte und die von Rhododendron gesäumt war. Im Erdgeschoß brannte Licht. Wenn er Glück hatte, war Kressel noch zu Hause. In der Einfahrt standen zwei Wagen; Matlock verlangsamte seine Fahrt.

Hinten an der Einfahrt fiel ihm ein stumpfer Reflex auf.

Kressels Küchenlicht brannte; im Lichtschein konnte man die Motorhaube eines dritten Wagens sehen. Die Kressels besaßen nur zwei.

Er sah den Wagen, der vor dem Haus stand, noch einmal an. Es war ein Streifenwagen von Carlyle. Die Polizei von Carlyle war in Kressels Haus!

Nimrods Privatarmee war bei *Kressel*!

Oder war Nimrods Privatarmee bei *Nimrod*?

Er zog den Wagen nach links, ganz knapp an dem Streifenwagen vorbei und jagte die Straße hinunter zur nächsten Ecke. Dann bog er nach links und trat das Gaspedal bis zum Boden durch. Er war verwirrt, verängstigt, verstört. Wenn Sealfont Kressel angerufen hatte – was er offensichtlich getan hatte – und Kressel mit Nimrod zusammenarbeitete oder Nimrod *war*, dann würden ihn weitere Streifenwagen, weitere Soldaten der Privatarmee erwarten.

Seine Gedanken wanderten zu der Polizeistation von Carlyle zurück – das war vor einem Jahrhundert, dabei war nur eine Woche vergangen – zu der Nacht, in der Loring ermordet worden war. Kressel hatte ihn damals beunruhigt. Und selbst davor – als er mit Loring und Greenberg zusammengewesen war – war Kressels Feindseligkeit, mit der er den beiden Männern aus Washington begegnet war, über die Grenzen der Vernunft hinausgegangen.

Du großer Gott! Jetzt war alles so klar! Seine Instinkte waren richtig gewesen. Die Instinkte, die ihm als *Gejagten* ebenso wie als *Jäger* gedient hatten, waren richtig gewesen! Man hatte ihn *zu* gründlich beobachtet, hatte jeden Schritt, den er tat, vorhergesehen. Kressel, der *Verbindungsmann*, war tatsächlich Kressel der Spurensucher, der Mörder.

Nichts war jemals so, wie es schien – nur das, was man hinter dem äußeren Schein fühlte. Man mußte seinen Gefühlen vertrauen.

Irgendwie mußte er an Sealfont herankommen. Mußte Sealfont warnen, daß Kressel der Judas war. Jetzt mußten sie *beide* sich schützen, irgend einen Stützpunkt finden, von dem aus sie zurückschlagen konnten.

Wenn ihnen das nicht gelang, war das Mädchen, das er liebte, verloren.

Er durfte keine Sekunde mehr vergeuden. Sealfont hatte ohne Zweifel Kressel gesagt, daß er, Matlock, Lucas Herrons Tagebücher hatte, und das war alles, was Kressel wissen mußte. Alles, was Nimrod wissen mußte.

Nimrod mußte sowohl das korsische Papier als *auch* das Tagebuch in seinen Besitz bringen, jetzt, da er wußte, wo sie sich befanden. Er würde seiner Privatarmee sagen, daß dies ihr Augenblick des Triumphes oder der Katastrophe war. Sie würden bei Sealfonts Haus auf ihn warten; Sealfonts Villa war die Falle, hinter der sie auf ihn lauerten.

Matlock bog an der nächsten Ecke nach Westen. In seiner Hosentasche waren seine Schlüssel, darunter auch der zu Pats Wohnung. Nach seinem besten Wissen war niemand bekannt, daß er einen solchen Schlüssel besaß, jedenfalls würde niemand von ihm erwarten, daß er dorthin fuhr. Er mußte es riskieren; durfte jetzt nicht zu einem öffentlichen Telefon gehen, durfte nicht riskieren, daß man ihn unter einer Straßenlampe sah. Die Streifenwagen würden überall nach ihm suchen.

Er hörte hinter sich das Aufbrüllen eines Motors und spürte einen stechenden Schmerz im Magen. Ein Wagen folgte ihm – rückte näher. Und der '62er Chevrolet war ihm nicht gewachsen.

Sein rechtes Bein schmerzte von dem Druck, den er auf das Gaspedal ausübte. Seine Hände umkrampften das Steuerrad, als er verzweifelt in eine Seitenstraße einbog, und seine Armmuskeln schmerzten. Die nächste Biegung.

Er riß das Steuer nach links, jagte vom Bürgersteig zurück mitten auf die Straße. Der Wagen hinter ihm fuhr gleichmäßiges Tempo, war nie weiter als zehn Fuß entfernt. Seine Scheinwerfer blendeten ihn im Rückspiegel.

Sein Verfolger würde die Lücke zwischen ihnen *nicht* schließen! Jetzt nicht. Nicht in diesem Augenblick. Er hätte das schon vor hundert, vor zweihundert Metern tun können. Er wartete. Wartete auf etwas. Aber auf was?

Es gab so *viel*, das er nicht begreifen konnte! So viel, das er falsch eingeschätzt, falsch interpretiert hatte. Man hatte ihn immer wieder übertölpelt. Er war eben das, was sie sagten – ein Amateur! Er war von Anfang an überfordert gewesen. Und jetzt, ganz zuletzt, endete sein Angriff in einem Hinterhalt. Sie würden ihn töten, ihm das korsische Papier abnehmen und das Tagebuch mit der Anklageschrift. Sie würden das Mädchen töten, das er liebte, das unschuldige Kind, dessen Leben er so brutal weggeworfen hatte. Sealfont würde ebenfalls erledigt sein – er wußte jetzt zuviel! Gott weiß wie viele andere würden vernichtet werden.

So sei es.

Wenn es so sein mußte, wenn man ihm wirklich alle Hoffnung genommen hatte, würde er es zumindest mit einer großen Geste beenden. Er griff nach der Automatik, die in seinem Gürtel steckte.

Die Straßen, über die sie jetzt fuhren – der Verfolger und der Verfolgte – führten durch die Außenbezirke des Campus, wo hauptsächlich die Wissenschaftsgebäude und eine Anzahl großer Parkplätze waren. Es gab hier kaum Häuser.

Er riß den Chevrolet so weit nach rechts wie ihm das möglich war, schob den rechten Arm über die Brust, den Lauf der Pistole durchs Wagenfenster, richtete ihn auf den ihn verfolgenden Wagen. Er feuerte zweimal. Der

Wagen hinter ihm beschleunigte; er spürte ein paarmal hintereinander den Aufprall, Metall gegen Metall, als der Wagen gegen das Heck des Chevrolet schepperte. Wieder drückte er ab. Statt eines lauten Knalls hörte und spürte er nur das Klicken des Abzugs gegen eine nicht geladene Kammer.

Selbst seine letzte Geste war vergebens.

Wieder prallte der Verfolger gegen ihn. Er verlor die Kontrolle; das Steuer drehte leer, riß seinen Arm mit. Dann glitt der Chevrolet von der Straße. Verzweifelt tastete er nach dem Türgriff, versuchte, den Wagen anzuhalten, bereit, hinauszuspringen, wenn es nötig sein sollte.

Dann erstarrten ihm alle Gedanken; alle Überlebensinstinkte waren wie gelähmt. In jenen Sekundenbruchteilen hörte die Zeit auf, sich zu bewegen. Denn jetzt bewegte sich der Wagen hinter ihm parallel zu ihm, und er sah das Gesicht seines Verfolgers.

Gesicht und Augen waren bandagiert. Er trug eine Brille, aber beides konnte das Gesicht des schwarzen Revolutionärs nicht verbergen. Julian Dunois.

Das war das letzte, woran er sich erinnerte, ehe der Chevrolet nach rechts kippte und von der Straße abkam.

Schwärze.

32.

Schmerz weckte ihn. Seine ganze linke Körperhälfte schien aus nichts anderem als Schmerz zu bestehen. Er drehte den Kopf herum und spürte das Kissen unter sich.

Der Raum war schwach erleuchtet; das spärliche Licht kam von einer Tischlampe auf der anderen Seite. Er drehte den Kopf wieder herum und versuchte, sich auf die rechte Schulter zu stützen. Er schob den Ellbogen in die Matratze, und sein bewegungsloser linker Arm folgte der Körperdrehung wie ein totes Gewicht.

Er hielt plötzlich inne.

Auf der anderen Zimmerseite, am Fußende des Bettes saß ein Mann in einem Sessel. Zuerst konnte Matlock seine Gesichtszüge nicht ausmachen. Das Licht war schwach. Der Schmerz und die Erschöpfung beeinträchtigten sein Sehvermögen.

Dann wurde das Bild des Mannes schärfer. Er war schwarz, und seine dunklen Augen starrten Matlock unter dem perfekt geschnittenen Halbkreis eines Afro-Haarschnittes an. Es war Adam Williams, der Vorkämpfer der Schwarzen Linken an der Carlyle Universität.

Als Williams sprach, klang seine Stimme weich. Sofern Matlock ihn nicht mißverstand, war in der Stimme des Schwarzen – wieder – Mitgefühl.

»Ich werde Bruder Julian sagen, daß Sie wach sind.« Williams stand auf und ging zur Tür. »Sie haben sich die linke Schulter zerschlagen. Versuchen Sie nicht, das Bett zu verlassen. Hier gibt es keine Fenster. Der Korridor ist bewacht. Entspannen Sie sich. Sie brauchen Ruhe.«

»Ich habe keine Zeit zu ruhen, Sie *verdammter Narr*!« Matlock versuchte, sich weiter aufzurichten, aber der Schmerz war zu groß. Er hatte sich noch nicht daran gewöhnt.

»Sie haben keine Wahl.« Williams öffnete die Tür, ging schnell hinaus und schloß sie fest hinter sich.

Matlock fiel ins Kissen zurück... Bruder Julian... Jetzt erinnerte er sich. Julian Dunois' bandagiertes Gesicht, das ihn durch das Fenster des dahinjagenden Wagens beobachtete, scheinbar nur wenige Zoll von ihm entfernt. Dann hatte er Dunois' Worte aufgenommen, die Befehle, die er dem Fahrer zurief. Er hatte sie in seinem karibischen Dialekt gerufen.

»Mach' schon, Mon! Noch einmal! Schieb ihn weg, Mon!«

Dann war alles finster geworden. Die Finsternis war erfüllt gewesen von Lärm, dem Krachen von Metall, und er hatte gespürt, wie sein Körper sich verbog, sich drehte, ins schwarze Nichts stürzte.

O Gott! Wie weit lag das zurück? Er versuchte, die linke Hand zu heben, um auf die Uhr zu sehen, aber der Arm bewegte sich kaum; der Schmerz war scharf und hielt lange an. Er griff mit der rechten Hand hinüber, um das elastische Uhrenarmband vom Handgelenk zu ziehen, aber es war nicht da. Seine Uhr war verschwunden.

Er mühte sich ab, um sich aufzusetzen, und schaffte es schließlich, auf dem Bettrand zu hocken, so daß seine Füße den Boden berührten. Er drückte sie gegen das Holz und war dankbar, daß er aufsitzen konnte... Er mußte die einzelnen Stücke zusammenfügen, mußte rekonstruieren, was geschehen war, wohin ihn sein Weg führte.

Er war zu Pat unterwegs gewesen. Er hatte eine abgelegene Telefonzelle gesucht von der aus er Adrian Sealfont anrufen konnte. Um ihn zu warnen, daß Kressel der Feind war, daß Kressel Nimrod war. Und er hatte sich dafür entschieden, daß Herrons Tagebuch das Lösegeld für Pat sein sollte. Dann hatte die Jagd begonnen, nur daß es keine Jagd war. Der Wagen hinter ihm, befehligt von Julian Dunois, hatte ein wildes Spiel des Schreckens gespielt. Er hatte mit ihm gespielt, so wie eine tödliche Bergkatze vielleicht mit einer verwundeten Ziege spielt. Schließlich hatte er angegriffen – Stahl gegen Stahl – und ihn in die Finsternis getrieben.

Matlock wußte, daß er entkommen mußte. Aber *von wo* und *zu wem*?

Die Tür des fensterlosen Raumes öffnete sich. Dunois

trat ein, gefolgt von Williams.

»Guten Morgen«, sagte der Anwalt. »Ich sehe, Sie haben es geschafft, sich aufzusetzen. Das ist gut. Ein gutes Zeichen für Ihren böse mitgenommenen Körper.«

»Welche Zeit ist es? Wo bin ich?«

»Es ist beinahe halb fünf. Sie sind in einem Raum in der Lumumba Hall. Sehen Sie? Ich halte nichts vor Ihnen zurück... Jetzt müssen Sie sich erkenntlich zeigen. Sie dürfen nichts vor mir zurückhalten.«

»Hören Sie mir zu!« Matlock zwang sich, mit gleichmäßiger Stimme zu sprechen. »Ich habe keine Auseinandersetzung mit Ihnen, mit *keinem* von Ihnen! Ich muß...«

»Oh, da bin ich anderer Ansicht«, lächelte Dunois. »Schauen Sie sich mein *Gesicht* an. Es ist nur meinem ungeheuren Glück zuzuschreiben, daß ich nicht von Ihnen geblendet wurde. Sie haben versucht, mir die Gläser meiner Brille in die Augen zu drücken. Können Sie sich vorstellen, wie meine Arbeit leiden würde, wenn ich blind wäre?«

»Verdammt noch mal! Sie haben mich mit Acid vollgepumpt!«

»Sie haben mich dazu provoziert! Sie waren aktiv mit Dingen beschäftigt, die unseren Brüdern feindlich sind! Dinge, die zu tun Sie kein *Recht* hatten... Aber das ist eine Debatte, die nur im Kreise herum führt. Sie bringt uns nicht weiter... Wir sind Ihnen für das, was Sie uns gebracht haben, dankbar. Das übersteigt unsere optimistischsten Hoffnungen.«

»Sie haben das Notizbuch...«

»*Und* das korsische Dokument. Wir wußten, daß es eine Einladung gab. Das Tagebuch war nur ein Gerücht. Ein Gerücht, das man für Fiktion hielt, bis heute nacht – heute morgen. Sie können stolz sein. Sie haben etwas vollbracht, was Dutzenden von Leuten mit mehr Erfahrung nicht geglückt ist. Sie haben den Schatz gefunden.

Den *wahren* Schatz.«

»Ich muß ihn zurückhaben!«

»Das haben *Sie* gedacht!« sagte Williams, der an der Wand lehnte und die beiden beobachtete.

»Wenn ich es nicht zurückbekomme, wird ein Mädchen *sterben*! Machen Sie mit mir, was Sie wollen, aber lassen sie es mich *benutzen*, um sie zurückzubekommen. Herrgott! Bitte, bitte!«

»Das ist für Sie ein sehr tiefes Gefühl, nicht wahr? Ich sehe Tränen in Ihren Augen...«

»*O Herrgott!* Sie sind ein *gebildeter Mann*! Sie dürfen das nicht *tun!*... *Hören Sie!* Holen Sie sich an Informationen heraus, was Sie wollen! Dann geben Sie es mir und lassen mich gehen!... Ich schwöre Ihnen, daß ich zurückkomme. Geben Sie ihr eine Chance. Geben Sie ihr bloß eine *Chance*!«

Dunois ging langsam zu dem Stuhl an der Wand, dem Stuhl, in dem Adam Williams gesessen hatte als Matlock erwachte. Er zog ihn vor, näher an das Bett heran, und setzte sich, schlug ein Bein über das andere.

»Sie fühlen sich hilflos, nicht wahr? Vielleicht... selbst ohne jede Hoffnung.«

»Ich habe sehr viel durchgemacht!«

»Ganz bestimmt haben Sie das. Und Sie appellieren an meine Vernunft... Als *gebildeter Mann*. Sie begreifen, daß es in meiner Macht liegt, Ihnen zu helfen, und deshalb bin ich Ihnen überlegen. Wenn es nicht so wäre, würden Sie diese Bitte nicht aussprechen.«

»O Herrgott! Hören Sie auf damit!«

»Jetzt wissen Sie, wie es ist. Sie sind hilflos. Ohne Hoffnung. Sie fragen sich, ob Ihre Bitte auf taube Ohren stößt... Glauben Sie wirklich auch nur einen Augenblick lang, daß das Leben von Miß Ballantyne für mich von Bedeutung ist? Glauben Sie ehrlich, daß sie für mich irgendeine Priorität besitzt? Eine *höhere* Priorität als das Leben *unserer* Kinder, *unserer* Geliebten für Sie besitzt!«

Matlock wußte, daß er Dunois antworten mußte. Der Neger würde nichts anbieten, wenn er ihm auswich. Das war ein neues Spiel – und er mußte es spielen, wenn auch nur kurz.

»Ich verdiene das nicht, und das wissen Sie. Ich verabscheue die Leute, die nicht bereit sind, etwas für sie zu tun. Sie kennen mich – das haben Sie mir erklärt. Also müssen Sie das auch wissen.«

»Ah, aber ich weiß es nicht! Sie sind derjenige, der die Wahl getroffen hat, die Entscheidung für den überlegenen *Mon* zu arbeiten! Den *Washington*-Mon! Jahrzehntelang, zwei Jahrhunderte lang, haben *meine* Leute den überlegenen *Washington*-Mon angefleht! ›Hilf uns‹ schreien sie. ›Laß uns nicht ohne Hoffnung!‹ rufen sie. Aber niemand hört auf sie. Und jetzt erwarten Sie, daß ich auf Sie höre?«

»Ja, das tue ich! Weil ich nicht Ihr Feind bin. Mag sein, daß ich nicht alles das bin, was Sie von mir erwarten, aber ich bin nicht Ihr Feind. Wenn Sie mich – und Männer wie mich – in Gegenstände des Hasses verwandeln, sind Sie *erledigt*. Sie sind in der Minderzahl, vergessen Sie das nicht, Dunois. Wir werden nicht jedesmal die Barrikaden stürmen, wenn Sie ›foul‹ schreien, aber wir hören Sie. Wir sind bereit zu helfen, wir wollen helfen.«

Dunois musterte Matlock kalt. »Beweisen Sie es.«

Matlock erwiderte den Blick des Negers. »Sie können mich ja als Ihren Köder benutzen, als Ihre Geisel. Töten Sie mich, wenn es sein muß. Aber holen Sie das Mädchen heraus.«

»Wir können das nicht ohne ihre Billigung tun – Sie als Geisel benützen, Sie töten – das ist tapfer, aber kaum ein Beweis.«

Matlock ließ nicht zu, daß Dunois den Blick von ihm löste. Er sprach mit leiser Stimme: »Ich werde Ihnen eine

Erklärung geben. Schriftlich, verbal – auf Band, frei und ohne Gewalt oder Zwang. Ich werde nichts zurückhalten. Wie man mich benutzt hat, was ich getan habe. Alles. Dann haben Sie Ihre Leute aus Washington ebenso wie Nimrod.«

Dunois verschränkte die Arme und sprach ähnlich leise wie Matlock. »Es ist Ihnen doch klar, daß Sie damit Ihr berufliches Leben beenden würden; dies Leben, das Sie so lieben. Keine Universitätsverwaltung, die des Namens wert ist, würde Sie für eine Position in Betracht ziehen. Man würde Ihnen nie wieder vertrauen. Keine Partei würde das. Ein Ausgestoßener wären Sie dann.«

»Sie haben Beweise verlangt. Das ist alles, was ich Ihnen bieten kann.«

Dunois saß reglos auf dem Sessel. Williams hatte sich an der Wand aufgerichtet und stand jetzt gerade da. Ein paar Augenblicke lang sprach niemand. Schließlich lächelte Dunois. Seine von Gazebinden umgebenen Augen blickten mitfühlend.

»Sie sind ein guter Mann. Ungeschickt vielleicht, aber hartnäckig. Sie sollen die Hilfe bekommen, die Sie brauchen. Wir werden Sie nicht ohne Hoffnung lassen. Bist du einverstanden, Adam?«

»Einverstanden.«

Dunois erhob sich aus dem Sessel und ging auf Matlock zu.

»Sie haben den abgedroschenen Spruch gehört, daß die Politik seltsame Bettgenossen schafft. Umgekehrt führen praktische Ziele häufig zu seltsamen politischen Bündnissen. Die Geschichte bestätigt das... Wir wollen diesen Nimrod ebensosehr wie Sie ihn wollen. Ebenso wie die Mafiosi, mit denen er Frieden machen möchte. Sie und ihresgleichen sind es, die unsere Kinder berauben. Ein Exempel muß statuiert werden. Ein Exempel, das den an-

deren Nimrods und den anderen Mafiosi Schrecken ein-
flößt... Sie sollen Hilfe haben, aber wir stellen eine Bedingung.«

»Und die wäre?«

»Was mit Nimrod und den anderen geschieht, muß
uns überlassen bleiben. Wir haben kein Vertrauen zu Ihren Richtern und Ihren Gerichten. Ihre Gerichte sind kor-
rupt. Ihre Gesetze nicht viel mehr, als finanzielle Manipulationen... Süchtige aus den Slums werden ins
Gefängnis geworfen. Reiche Gangster gehen in Revision... Nein, was mit ihm geschieht, muß uns überlassen
sein.«

»Das ist mir gleichgültig. Sie können tun, was Sie wollen.«

»Daß Ihnen das gleichgültig ist, genügt nicht. Wir verlangen mehr. Wir brauchen eine Garantie.«

»Wie kann ich eine Garantie geben?«

»Durch Ihr Schweigen. Indem Sie unsere Anwesenheit
nicht bestätigen. Wir werden das korsische Papier an uns
nehmen und irgendwie die Konferenz finden und uns
Zugang zu ihr verschaffen. Wir werden dem Tagebuch
entnehmen, was wir brauchen – das geschieht übrigens in
diesem Augenblick... Aber am wesentlichsten ist Ihr
Schweigen. Wir werden Ihnen jetzt helfen – aus besten
Kräften natürlich – aber Sie dürfen nie erwähnen, daß wir
uns eingeschaltet haben. Gleichgültig, was geschehen
mag, Sie dürfen nie – weder direkt noch indirekt – unsere
Teilnahme erwähnen. Sollten Sie das tun, nehmen wir Ihr
Leben und das Leben des Mädchens. Haben Sie das verstanden?«

»Ja.«

»Dann sind wir uns einig?«

»Ja.«

»Danke«, sagte Dunois und lächelte.

33

Als Julian Dunois ihm die Alternativen darlegte, die sie hatten, und begann, eine Strategie zu formulieren, wurde Matlock immer klarer, weshalb Dunois' Leute ihn so konzentriert gesucht hatten – und weshalb Dunois bereit war, Hilfe anzubieten. Er, Matlock, verfügte über die grundlegenden Informationen, die sie brauchten. Wer waren seine Kontaktpersonen? Innerhalb und außerhalb der Universität? Wer und wo waren die Leute aus Washington? Auf welche Weise hielt er Verbindung mit ihnen?

Mit anderen Worten – wen mußte Julian Dunois auf seinem Marsch zu Nimrod meiden?

»Ich muß sagen, daß Sie ungewöhnlich schlecht auf unvorhergesehene Zwischenfälle vorbereitet waren«, sagte Dunois. »Sehr oberflächlich.«

»Das ist mir auch in den Sinn gekommen. Aber ich glaube, mich trifft nur ein Teil der Schuld.«

»Das kann man wohl sagen!« Dunois lachte, und Williams fiel in sein Lachen ein. Die drei Männer blieben in dem fensterlosen Raum. Man hatte einen Kartentisch und ein paar große Schreibblocks hereingebracht. Dunois hatte angefangen, alles aufzuschreiben, was Matlock lieferte. Er ließ sich immer wieder die richtige Schreibweise der Namen und die Genauigkeit von Adressen bestätigen – ein Profi bei der Arbeit; erneut empfand Matlock das Gefühl der Unzulänglichkeit, das ihn auch erfaßt hatte, als er mit Greenberg sprach.

Dunois heftete ein paar Seiten zusammen und begann mit einem frischen Block. »Was machen Sie?« fragte Matlock.

»Das wird jetzt auf einem Kopiergerät vervielfältigt. Die Information wird in mein Büro in New York geschickt werden… Ebenso wie eine Fotokopie jeder einzelnen Seite in Professor Herrons Notizbuch.«

»Sie überlassen wohl nichts dem Zufall, wie?«

»Mit einem Wort – nein.«

»Das war alles, was ich Ihnen geben konnte. Was tun wir jetzt? *Was tue ich?* Ich habe Angst, das brauche ich Ihnen nicht zu sagen. Ich wage nicht an das zu denken, was ihr zustoßen könnte.«

»*Nichts* wird ihr zustoßen. Glauben Sie mir, wenn ich Ihnen das sage. Im Augenblick ist Ihre Miß Ballantyne so sicher, als wäre sie in den Armen ihrer Mutter. Oder den Ihren. Sie ist der Köder, nicht Sie. Der Köder wird frisch und unversehrt gehalten werden. Weil Sie haben, was sie wollen. Ohne das kann die Gegenseite nicht überleben.«

»Dann wollen wir doch unser Angebot machen. Je eher, desto besser.«

»Keine Sorge. Es wird gemacht werden. Aber wir müssen sorgfältig überlegen – alle Nuancen dabei bedenken – wie wir es tun. Bis jetzt verfügen wir über zwei Alternativen, darüber haben wir uns geeinigt. Die erste ist Kressel selbst. Die direkte Konfrontation. Die zweite wäre, die Polizei zu benutzen, um Ihre Botschaft an Nimrod zu übermitteln.«

»Warum sollten wir das tun? Die Polizei benutzen?«

»Ich zähle nur Alternativen auf... Warum die Polizei? Ich weiß nicht genau. Nur, daß in den Tagebüchern von Professor Herron eindeutig steht, daß Nimrod in der Vergangenheit einige Male ausgetauscht worden ist. Der gegenwärtige Nimrod ist der dritte seit diese Position geschaffen wurde, das ist doch richtig?«

»Ja. Der erste war ein Mann namens Orton im Büro des Gouverneurs. Der zweite, Angelo Latona, ein Bauunternehmer. Der dritte ist offensichtlich Kressel. Worauf wollen Sie hinaus?«

»Ich stelle nur Spekulationen an. Wer auch immer die Position Nimrods übernimmt, verfügt über autoritäre Macht. Es kommt also auf die Position an, nicht den

Mann. Der Mann kann aus seinem Amt machen, was in seiner Macht steht.«

»Aber das Amt«, unterbrach Williams, »wird gegeben und wieder genommen. Nimrod hat nicht das letzte Wort.«

»Genau. Demzufolge könnte es zu Matlocks Vorteil sein, es durchsickern zu lassen, daß *er* es ist, der die Waffe besitzt. Daß Kressel – Nimrod – mit großer Vorsicht vorgehen muß. Um aller willen.«

»Würde das nicht bedeuten, daß noch mehr Leute hinter mir her wären?«

»Schon möglich. Umgekehrt könnte es bedeuten, daß eine ganze Legion verängstigter Verbrecher Sie schützt. Bis die Drohung beseitigt ist, die Sie darstellen. Solange diese Drohung nicht weggenommen ist, wird keiner vorschnell handeln. Keiner wird wollen, daß Nimrod übereilt handelt.«

Matlock zündete sich eine Zigarette an. »Sie haben also vor, Nimrod teilweise von seiner eigenen Organisation zu trennen.«

Dunois schnalzte mit den Fingern beider Hände, es klang wie Kastagnetten, wie Applaus, dann lächelte er.

»Sie lernen schnell. Das ist die erste Lektion des Revolutionärs. Eines der Hauptziele der Infiltration. Teilen. Teilen!«

Die Tür öffnete sich. Ein aufgeregter Neger kam herein. Ohne ein Wort zu sagen, reichte er Dunois einen Zettel. Dunois las und schloß die Augen ein paar Augenblicke lang. Das war seine Art, Bestürzung zu zeigen. Er dankte dem schwarzen Boten ruhig und entließ ihn höflich. Dann sah er Matlock an, reichte den Zettel aber Williams.

»Die von uns entwickelte Strategie mag vielleicht in historischem Sinne Priorität haben, aber ich fürchte, für uns hat sie ihren Sinn verloren. Kressel und seine Frau sind tot. Doktor Sealfont ist gewaltsam und unter Bewachung aus seinem Haus entfernt worden. Man hat ihn in einem Streifenwagen weggebracht.«

»Was? Kressel! Das glaube ich nicht! Das ist nicht wahr!«

»Ich fürchte, doch. Unsere Männer berichten, daß die beiden Leichen vor weniger als fünfzehn Minuten hinausgetragen wurden. Man spricht von Mord und Selbstmord. Natürlich. Es würde perfekt passen.«

»O Gott! O Gott, o Gott! Es ist meine Schuld! Ich habe sie dazu gezwungen! Sealfont! Wohin hat man ihn gebracht?«

»Das wissen wir nicht. Die Brüder, die Wache hielten, wagten nicht, dem Streifenwagen zu folgen.«

Er hatte keine Worte. Da waren sie wieder, die Lähmung und die Angst. Er taumelte blindlings ins Bett, sank darauf nieder, setzte sich dann wieder auf und starrte ins Leere. Das Gefühl der Hilflosigkeit, der Niederlage war jetzt überwältigend. Er hatte so viel Schmerz verursacht, so viel Tod.

»Das ist eine schwere Komplikation«, sagte Dunois, die Ellbogen auf den Kartentisch gestützt. »Nimrod hat Ihre einzigen Kontaktpersonen entfernt. Indem er das tat, hat er eine wesentliche Frage beantwortet, und uns daran gehindert, einen ungeheuren Fehler zu machen – damit meine ich natürlich Kressel. Nichtsdestoweniger hat Nimrod, um es von einer anderen Seite zu sehen, unsere Alternativen verringert. Sie haben jetzt keine Wahl. Sie müssen durch seine Privatarmee, die Polizei von Carlyle, an ihn herantreten.«

Matlock starrte Julian Dunois benommen an. »Ist das alles, was Sie *tun* können? Dasitzen und ruhig einen nächsten Schritt entscheiden?... Kressel ist *tot*, seine Frau ist *tot*... Adrian Sealfont ist inzwischen vermutlich ebenfalls getötet. Diese Leute waren meine *Freunde*!«

»Sie haben mein Mitgefühl, aber ich will ehrlich sein:

Ich bedaure den Verlust der drei Individuen nicht. Offengestanden, Sealfont ist das einzige *wirkliche* Opfer – wir hätten mit ihm arbeiten können, er war ein brillanter Mann – aber dieser Verlust bricht mir nicht das Herz. Wir verlieren jeden Monat Tausende in den Slums. Ich bin viel eher bereit, für sie zu weinen... Aber um wieder zu unserer Angelegenheit zurückzukehren. Sie haben wirklich keine Wahl. Sie müssen Ihren Kontakt über die Polizei herstellen.«

»Aber in dem Punkt haben Sie unrecht.« Matlock fühlte sich plötzlich stärker. »Ich *habe* eine Wahl... Greenberg hat West Virginia heute am frühen Morgen verlassen. Er wird inzwischen in Washington sein. Ich habe eine Nummer in New York, über die ich mit ihm in Verbindung treten kann. Ich hole Greenberg.« Er hatte genug getan, genug Leid verursacht. Er durfte Pats Leben nicht aufs Spiel setzen. Nicht länger. Er war nicht dazu imstande.

Dunois lehnte sich in seinem Sessel zurück und nahm die Arme vom Tisch. Er starrte Matlock an. »Ich sagte vor einer kleinen Weile, daß Sie ein guter Schüler wären. Ich will mich jetzt korrigieren. Sie sind schnell, aber offensichtlich oberflächlich... Sie werden *nicht* an Greenberg herantreten. Er war nicht Teil unserer Verabredung, und Sie werden sich an diese Verabredung halten. Sie werden im Sinne unserer Vereinbarung handeln, oder die Folgen erleiden, die ich Ihnen dargelegt habe.«

»Verdammt noch mal, drohen Sie mir nicht! Ich bin die Drohungen leid!« Matlock stand auf. Dunois griff in die Innentasche seiner Jacke und holte eine Pistole heraus. Matlock sah, daß es die schwarze Automatik war, die er dem Toten am Osthang abgenommen hatte. Auch Dunois erhob sich.

»In dem ärztlichen Bericht wird man ohne Zweifel konstatieren, daß Ihr Tod in der Morgendämmerung erfolgt ist.«

»Um Gottes willen! Das Mädchen wird von Mördern festgehalten!«

»Ebenso wie Sie«, sagte Dunois leise. »Können Sie das nicht *begreifen*? Unsere Motive sind unterschiedlich, aber Sie sollten da keinen Fehler machen. Wir sind *Mörder*. Das *müssen* wir sein.«

»Sie würden nicht so weit gehen!«

»O doch, das würden wir. Das wäre nicht das erste Mal. Wir sind auch schon viel, viel weiter gegangen. Wir würden Ihre belanglose Leiche vor die Polizeistation legen, mit einem Zettel, den wir an ihr blutbeflecktes Hemd stecken. Wir würden *verlangen*, daß das Mädchen stirbt, ehe irgendwelche Verhandlungen stattfinden. Die würden bereitwillig zustimmen, weil keiner von uns beiden das Risiko eingehen darf, daß sie überlebt. Sobald auch sie tot ist, können die Riesen ihre Schlacht alleine austragen.«

»Sie sind ein Ungeheuer.«

»Ich bin, was ich sein muß.«

Ein paar Augenblicke lang sagte niemand ein Wort. Matlock schloß die Augen, und seine Stimme war nur noch ein Flüstern. »Was soll ich tun?«

»So ist es viel besser.« Dunois setzte sich und blickte zu dem nervösen Adam Williams auf. Ganz kurz verspürte Matlock eine Art Verwandtschaft zu dem Radikalen. Auch er hatte Angst, war unsicher. Ebenso wie Matlock war er schlecht darauf vorbereitet, mit der Welt des Julian Dunois oder der des Nimrod zurechtzukommen. Der Mann aus Haiti schien Matlocks Gedanken zu lesen.

»Sie müssen Vertrauen zu sich selbst haben. Denken Sie daran, Sie haben viel mehr erreicht, als jeder andere. Mit viel weniger Unterstützung. Und Sie sind ungewöhnlich mutig.«

»Ich fühle mich nicht sehr mutig.«

»Das tut ein tapferer Mann nur selten. Ist das nicht bemerkenswert? Kommen Sie, setzen Sie sich.« Matlock gehorchte. »Wissen Sie, Sie und ich, wir unterscheiden uns gar nicht so sehr. Zu einer anderen Zeit könnten wir vielleicht sogar Verbündete sein. Nur, daß ich, wie schon viele meiner Brüder festgestellt haben, Heilige suche.«

»Die gibt es nicht«, sagte Matlock.

»Mag sein. Und dann... aber darüber sprechen wir ein anderes Mal. Im Augenblick müssen wir Pläne machen. Nimrod wird Sie erwarten. Wir dürfen ihn nicht enttäuschen. Doch dürfen wir nicht versäumen, uns an allen Flanken zu schützen.« Er schob seinen Stuhl näher an den Tisch heran, und ein leichtes Lächeln spielte um seine Lippen. Seine Augen leuchteten.

Die Strategie des schwarzen Revolutionärs war eine komplizierte Folge von Schritten, die alle darauf abgestimmt waren, Matlock und das Mädchen zu schützen. Matlock mußte das widerstrebend einräumen.

»Mein Motiv ist ein doppeltes«, erklärte Dunois. »Der zweite Teil ist offengestanden für mich der wichtigere. Nimrod wird nicht selbst in Erscheinung treten, es sei denn, er hat keine andere Wahl. Und ich will Nimrod. Ich bin nicht mit einem Ersatz zufrieden.«

Das Wesen des Planes lag in Herrons Notizbuch, den letzten Eintragungen darin.

Nimrods Identität.

»Herron erklärt ausdrücklich, daß er nicht *bereit* sei, den Namen niederzuschreiben, den die Boten angedeutet haben. Nicht, daß er es nicht konnte. Er war offensichtlich der Ansicht, daß er nicht das Recht hatte, den Mann hineinzuziehen, falls die Information unrichtig sein sollte. Eine solche Schuld wollte er nicht auf sich laden. Genau wie Sie selbst, Matlock; Sie haben sich auch geweigert, Herron auf der Grundlage eines hysterischen Telefongespräches ans Messer zu liefern. Er wußte, daß er jeden

Augenblick sterben konnte; sein Körper würde nicht mehr viel ertragen... Er mußte ganz sicher sein.« Dunois kritzelte jetzt sinnlose geometrische Figuren auf ein leeres Blatt.

»Und dann wurde er ermordet«, sagte Matlock. »Ein Mord, der wie Selbstmord aussah.«

»Ja. Das wird in dem Notizbuch ganz eindeutig bestätigt. Sobald Herron sich selbst Gewißheit verschafft hatte, wer Nimrod war, hätte er Himmel und Erde in Bewegung gesetzt, um das in seine Aufzeichnungen aufzunehmen. Unser Feind kann nicht wissen, daß er es nicht getan hat. Das ist unser Damoklesschwert.«

Matlocks erste Verteidigungslinie mußte also sein, dem Leiter der Polizei von Carlyle klarzumachen, daß er, Matlock, die Identität Nimrods kannte. Er würde nur mit Nimrod ein Abkommen treffen. Dieses Abkommen war das geringere von zwei Übeln. Er war ein gejagter Mann. Es gab einen Haftbefehl, von dem die Polizei von Carlyle ohne Zweifel wußte. Möglicherweise würde er von der geringeren Anklage freigesprochen werden, aber der Mordanklage konnte er nicht entgehen. Vielleicht sogar der Anklage wegen zwei Morden. Denn getötet hatte er, die Beweislast war überwältigend, und er besaß kein Alibi. Er kannte die Männer nicht, die er getötet hatte. Es gab keine Zeugen, die bestätigen konnten, daß er in Notwehr gehandelt hatte; die beiden Männer waren auf eine Art und Weise getötet worden, daß es einfach erforderlich war, den Mörder aus der Gesellschaft herauszureißen, ihn zu entfernen. Er konnte bestenfalls darauf hoffen, eine Anzahl von Jahren hinter Gitter zu wandern.

Dann würde er seine Bedingungen für eine Übereinkunft mit Nimrod darlegen. Lucas Herrons Tagebuch gegen sein Leben – und das Leben des Mädchens. Das Tagebuch war sicherlich eine Summe Geldes wert, die für sie beide ausreichen würde, um irgendwo anders neu zu beginnen.

Nimrod war dazu imstande. Nimrod *mußte* es tun.

»Der Schlüssel für diese... wir wollen sie Phase eins nennen... ist das Maß an Überzeugung, das Sie zeigen.« Dunois sprach langsam und bedacht. »Vergessen Sie nicht, Sie befinden sich in Panik. Sie haben getötet, das Leben anderer Menschen genommen. Sie sind kein gewalttätiger Mann, aber man hat Sie gezwungen, Sie dazu gebracht, schreckliche Verbrechen zu begehen.«

»Das ist auch die Wahrheit. Vielleicht in höherem Maße, als Sie verstehen.«

»Gut. Das ist das Gefühl, das Sie vermitteln müssen. Und alles, was ein in Panik getriebener Mann will, ist, vom Schauplatz seiner Panik wegzukommen. Nimrod muß das glauben. Das garantiert Ihre unmittelbare Sicherheit.«

Dann würde Matlock einen zweiten Anruf tätigen – um Nimrods Zustimmung entgegenzunehmen. Nimrod sollte an diesem Punkt den Ort wählen. Matlock würde noch einmal anrufen, um zu erfahren, wo das Zusammentreffen sein sollte. Aber das Treffen mußte vor zehn Uhr früh stattfinden.

»Bis dahin treten bei Ihnen, dem Flüchtling, der die Freiheit vor Augen hat, plötzlich Zweifel auf«, sagte Dunois. »In Ihrer wachsenden Hysterie brauchen Sie eine Garantie.«

»Und die wäre?«

»Ein Dritter, ein geheimnisvoller Dritter...«

Matlock sollte die Kontaktperson im Polizeirevier von Carlyle informieren, daß er eine vollständige Aussage über Nimrods Aktivitäten zu Papier gebracht hatte. Herrons Tagebuch, die Identität, alles. Diese Aussage sei in einem Umschlag versiegelt einem Freund übergeben worden. Sie würde um zehn Uhr früh an das Justizministerium geschickt werden, sofern Matlock keine gegenteiligen

Anweisungen erteilte.

»Auch Phase zwei hängt wieder davon ab, wie überzeugend Sie wirken, aber diesmal geht es um Überzeugung einer anderen Art. Beobachten Sie einmal ein Tier in einem Käfig, dessen Türe plötzlich geöffnet wird. Es ist argwöhnisch, vorsichtig; es nähert sich dem Fluchtweg mit großer Vorsicht. Ebenso muß auch unser Flüchtling handeln. Das erwartet man. Sie waren während der vergangenen Woche sehr findig. Nach allen Gesetzen der Logik sollten Sie bereits tot sein, aber Sie haben überlebt. Sie müssen Ihre Schlauheit weiterhin zum Tragen bringen.«

»Ich verstehe.«

Diese letzte Phase wurde von Julian Dunois geschaffen, um zu garantieren, daß das Mädchen übergeben wurde und Matlock in Sicherheit war. Es würde durch einen dritten und letzten Anruf bei Nimrods Kontaktperson bewerkstelligt werden. Ziel des Anrufes war es, den genauen Ort und den exakten Zeitpunkt des Zusammentreffens sicherzustellen.

Sobald ihm beides mitgeteilt wurde, sollte Matlock ohne Zögern akzeptieren.

Zunächst.

Und dann, Augenblicke später – scheinbar ohne einen anderen Grund, als Angst und Argwohn – sollte er Nimrods Wahl ablehnen.

Nicht den Zeitpunkt – den Ort.

Er sollte zögern, stottern, sich so unvernünftig benehmen, wie ihm das nur möglich war. Dann sollte er plötzlich einen zweiten Ort *seiner* Wahl hervorstoßen. So, als wäre er ihm plötzlich in den Sinn gekommen, ohne daß er vorher darüber nachgedacht hatte. Anschließend sollte er noch einmal das nicht existierende Schriftstück erwähnen, das ein geheimnisvoller Freund um zehn Uhr früh nach Washington schicken würde. Danach sollte er den

Hörer auflegen, ohne weiter zuzuhören.

»Der wichtigste Faktor in der dritten Phase ist Ihre erkennbare Panik. Nimrod muß sehen, daß Ihre Reaktionen jetzt völlig primitiv sind. Der Höhepunkt rückt nahe. Sie schlagen zu, zucken zurück, bauen Barrikaden auf, um seinem Netz auszuweichen, sollte es ein solches Netz geben. In Ihrer Hysterie sind Sie für ihn ebenso gefährlich, wie eine verwundete Kobra für den Tiger tödlich ist. Denn jetzt gibt es kein rationales Handeln mehr, jetzt geht es nur noch ums Überleben. Er muß sich selbst mit Ihnen treffen, muß das Mädchen mitbringen. Er wird natürlich mit seiner Palastwache eintreffen. Seine Absichten werden sich nicht ändern. Er wird das Tagebuch an sich nehmen, vielleicht komplizierte Pläne über Ihren Schutz besprechen, und wenn er dann erfährt, daß es keine schriftliche Aussage gibt, keinen Freund, der sie abschicken soll, wird er versuchen, Sie beide zu töten... Aber keine seiner Absichten wird durchgeführt werden. Denn wir werden auf ihn warten.«

»Wie? Wie werden Sie auf ihn warten?«

»Mit meiner eigenen Palastwache... Wir werden jetzt – Sie und ich – über jenen zweiten Treffpunkt, den Sie in Ihrer Hysterie verlangen, eine Entscheidung treffen. Er sollte in einer Gegend liegen, die Sie gut kennen, vielleicht häufig aufsuchen. Nicht sehr weit entfernt, weil davon ausgegangen wird, daß Sie keinen Wagen haben. Abgeschlossen, weil das Gesetz Sie jagt. Und doch unzugänglich, denn Sie müssen sich schnell bewegen, höchstwahrscheinlich auf Nebenstraßen.«

»Damit beschreiben Sie Herrons Nest. Herrons Haus.«

»Mag sein, aber das können wir nicht benutzen. Das kommt aus psychologischen Gründen nicht in Frage. Das wäre ein Bruch im Verhaltensmuster unseres Flüchtlings. Herrons Nest ist die Wurzel seiner Angst. Er würde nicht dorthin zurückgehen... Irgendwo anders.«

Williams wollte etwas sagen. Er war immer noch unsicher, hatte noch Angst davor, in Dunois Welt einzutreten. »Ich denke, vielleicht…«

»Was, Bruder Williams? Was denkst du?«

»Professor Matlock speist oft in einem Restaurant, das The Cheshire Cat heißt.«

Matlocks Kopf fuhr zu dem schwarzen Radikalen herum. »Sie auch? Sie haben mich verfolgen lassen?«

»Ziemlich oft. Wir betreten solche Lokale nicht. Wir würden dort auffallen.«

»Weiter, Bruder«, schaltete sich Dunois ein.

»Das Cheshire Cat liegt etwa vier Meilen außerhalb von Carlyle. Es liegt etwas abseits vom Highway, auf dem man normalerweise dorthin fährt, etwa eine halbe Meile, aber man kommt auch über einige Nebenstraßen hin. Dahinter und neben dem Restaurant sind Terrassen und Gärten, in denen im Sommer Tische aufgestellt werden. Dahinter ist Wald.«

»Ist jemand im Gelände?«

»Ein einzelner Nachtwächter, glaube ich. Es öffnet erst um eins. Ich kann mir nicht vorstellen, daß vor halb zehn oder zehn Reinigungstrupps oder Küchenhelfer hinkommen.«

»Ausgezeichnet.« Dunois sah auf seine Armbanduhr. »Es ist jetzt zehn Minuten nach fünf. Sagen wir, wir sehen fünfzehn Minuten zwischen den Phasen eins, zwei und drei vor, und zusätzliche zwanzig Minuten Fahrzeit zwischen den einzelnen Stationen. Das wäre dann etwa Viertel nach sechs. Sagen wir halb sieben, falls irgend etwas Unvorhergesehenes eintrifft. Wir legen den Treffpunkt für sieben fest. Hinter dem Cheshire Cat. Nimm das Notizbuch, Bruder. Ich sage den Männern Bescheid.«

Williams stand auf und ging zur Tür. Dort drehte er sich um und meinte zu Dunois gewandt: »Du willst es dir nicht anders überlegen? Ich darf nicht mitkommen?«

Dunois machte sich nicht einmal die Mühe aufzublikken. Er erwiderte nur kurz: »Laß mich in Ruhe. Ich habe viel nachzudenken.«

Williams ging schnell aus dem Zimmer.

Matlock beobachtete Dunois. Er kritzelte immer noch seine sinnlosen Figuren auf den Block, nur daß er jetzt kräftig auf den Bleistift drückte und tiefe Furchen in das Papier riß. Matlock sah das Diagramm, das dabei entstand. Eine Serie ausgezackter Linien, die alle auf dasselbe Ziel zustrebten.

Blitze.

»Hören Sie«, sagte er. »Es ist noch nicht zu spät. Rufen Sie die Behörden. Bitte, um Himmels willen, Sie können doch das Leben dieser jungen Leute nicht aufs Spiel setzen.«

Dunois' Augen, die von Gaze umgeben waren, bohrten sich hinter seinen Brillengläsern in Matlock. Seine Stimme klang verächtlich. »Glauben Sie auch nur einen Augenblick lang, ich würde zulassen, daß diese Kinder sich in ein Gewässer begeben, von dem nicht einmal *ich* weiß, daß ich überleben kann? Wir sind nicht Ihre Vereinigten Stabschefs, Matlock. Wir haben größeren Respekt und größere Liebe für unsere jungen Leute.«

Matlock erinnerte sich an Adam Williams' Protest. »Das hat Williams also gemeint? Daß er mitkommen möchte.«

»Kommen Sie.«

Dunois führte Matlock aus dem kleinen fensterlosen Raum zu einer Treppe. Ein paar Studenten waren zu sehen. Der Rest von Lumumba Hall schlief. Sie gingen zwei Treppen hinunter zu einer Tür, von der Matlock sich erinnerte, daß sie in den Keller führte, in den alten Refektoriumsraum mit der hohen Decke, in dem er den afrikanischen Stammesritus miterlebt hatte. Sie gingen die Treppe hinunter und begaben sich, wie Matlock vermutet hatte, nach hinten zu der dicken Eichentür. Dunois hatte kein Wort mehr gesagt, seit er Matlock aufgefordert hatte, ihm zu folgen.

In dem Saal waren acht Neger, jeder über sechs Fuß groß. Sie waren alle gleich gekleidet: dunkle, enganliegende Khaki-Kombination mit offenen Hemden und schwarze, weiche Lederstiefel, die bis zu den Knöcheln reichten und dicke Gummisohlen hatten. Einige saßen da und spielten Karten, andere lasen, wieder andere unterhielten sich leise. Matlock stellte fest, daß einige von ihnen die Hemdsärmel hochgekrempelt hatten. Die Arme, die er sah, waren muskulös und straff. Die Adern lagen dicht unter der Haut. Alle nickten Dunois und seinem Gast formlos zu. Zwei oder drei lächelten Matlock zu, wie um ihn zu beruhigen. Dunois sagte mit leiser Stimme:

»Die Palastwache.«

»Mein Gott!«

»Das Elite-Korps. Jeder Mann wird drei Jahre lang ausgebildet. Es gibt keine Waffe, die er nicht abfeuern oder zerlegen und wieder zusammenbauen kann, kein Fahrzeug, das er nicht reparieren kann... Und keine Philosophie, über die er nicht diskutieren könnte. Jeder ist mit den brutalsten Formen des Kampfes vertraut, sei es nun militärische Auseinandersetzung oder Guerillakrieg. Jeder hat geschworen, wenn nötig, sein Leben zu geben.«

»Die Terrorbrigade, nicht wahr? Das ist nicht neu, wissen Sie.«

»Nein, nicht bei der Beschreibung. Das ist richtig. Vergessen Sie nicht, ich bin mit solchen Hunden an meinen Absätzen aufgewachsen. Duvaliers Ton Ton Macoute waren ein Rudel Hyänen; ich habe ihre Arbeit erlebt. Diese Männer sind keine solchen Tiere.«

»Ich dachte nicht an Duvalier.«

»Andererseits gebe ich zu, daß ich in Papa Docs Schuld

stehe. Das Konzept der Ton Tons hat mich interessiert. Nur daß ich erkannte, daß man ihm eine andere Struktur geben mußte. Solche Einheiten entstehen jetzt im ganzen Lande.«

»Die sind schon einmal entstanden«, sagte Matlock.

»Damals nannte man sie auch ›Elite‹. Man nannte sie auch ›Einheiten‹ – ›SS-Einheiten‹.«

Dunois sah Matlock an und Matlock spürte den Schmerz in seinen Augen. »Solche Parallelen zu ziehen tut weh. Es ist auch nicht gerechtfertigt. Wir tun, was wir tun müssen.«

»Ein Volk, ein Reich, ein Führer«, sagte Matlock mit leiser Stimme.

34.

Alles ging ganz schnell. Zwei aus Dunois' Elitegarde wurden ihm zugeteilt, die übrigen begaben sich zu dem Rendezvous mit Nimrod, bereiteten sich darauf vor, einer anderen Elitegarde gegenüberzutreten – den wenigen Auserwählten aus Nimrods Privatarmee, die ihn ohne Zweifel begleiten würden. Matlock wurde von den zwei hünenhaften Negern über den Campus begleitet, nachdem Späher berichtet hatten, daß die Luft rein sei. Er wurde zu einer Telefonzelle im Keller eines Schlafsaals gebracht und tätigte dort seinen ersten Anruf.

Er stellte fest, daß seine Furcht, seine tiefgreifende Furcht, die Eindrücke verstärkte, die Dunois vermitteln wollte. Es war nicht schwer für ihn, seine panikerfüllten Gefühle zur Schau zu stellen und um Asyl zu bitten, weil er wahrhaft von Panik erfüllt war. Während er hysterisch in die Sprechmuschel redete, war er nicht sicher, was Wirklichkeit und was Fantasie war. Er wollte frei sein. Er wollte, daß Pat lebte und mit ihm frei war. Wenn Nimrod all das zuwege bringen konnte, warum dann nicht in guter Absicht mit Nimrod verhandeln?

Für ihn war es ein Alptraum. Einen Augenblick lang hatte er Angst, er könnte die Wahrheit hinausschreien und sich der Gnade Nimrods ausliefern.

Aber der Anblick von Dunois eigenen Ton Ton Macoute verlieh ihm Halt, und er beendete den ersten Telefonanruf ohne zu zerbrechen. Der Polizei-›Chef‹ von Carlyle würde die Information übermitteln, eine Antwort entgegennehmen und Matlocks nächsten Anruf abwarten.

Die Neger erfuhren von ihren Spähern, daß die zweite öffentliche Telefonzelle nicht klar war. Sie stand an einer Straßenecke. Man hatte in der unmittelbaren Umgebung einen Streifenwagen entdeckt. Dunois wußte, daß man selbst öffentliche Telefonzellen anpeilen konnte, auch wenn es länger dauerte, und so hatte er für jeden der Anrufe auch Alternativ-Telefone vorgesehen. Der letzte Anruf sollte am Highway stattfinden. Matlock wurde in aller Eile zur nächsten Zelle gebracht. Sie stand am Hintereingang der Studentenunion.

Der zweite Anruf lief glatter, obwohl nicht klar war, ob dies ein Vorteil war. Matlock sprach voll Nachdruck von dem erfundenen Schriftstück, das um zehn Uhr morgens abgesandt werden sollte. Seine Stärke zeigte Wirkung, und er war dafür dankbar. Diesmal empfand der Polizei-›Chef‹ Angst und gab sich keine Mühe, sie zu verbergen. Begann Nimrods Privatarmee ihre Zweifel zu haben? Die Truppen stellten sich vielleicht vor, wie feindliche Kugeln sie zerfetzten. Deshalb mußten die Generale vorsichtiger sein, der Gefahr bewußt.

Man drängte ihn zu dem wartenden Wagen. Es war ein alter Buick, zerbeult, angerostet, unauffällig. Doch das Innere strafte die Fassade Lügen. Es war so präzise gearbeitet wie ein Tank. Unter dem Armaturenbrett war ein

Hochleistungsradio montiert, die Fenster waren mindestens einen halben Zoll dick und, wie Matlock erkannte, aus kugelsicherem Glas gefertigt. An den Seiten waren kurzläufige Karabiner befestigt und ringsum im Wagen waren mit Gummilappen bedeckte Löcher zu erkennen, in die man diese Läufe schieben konnte. Das Motorengeräusch beeindruckte Matlock sofort. Er hatte noch nie einen so kraftvollen Motor gehört.

Sie rollten in mäßiger Geschwindigkeit hinter einem Wagen her, der ihnen offensichtlich den Weg wies; Matlock erkannte, daß ein weiterer Wagen ihre Nachhut bildete. Dunois hatte es ernst gemeint, als er sagte, sie sollten sich von allen Seiten Schutz sichern. Dunois war tatsächlich ein Profi.

Als freilich James Matlock darüber nachdachte, worin er Profi war, wurde er unruhig. Er mußte wieder an den Satz, *ein Volk, ein Reich, ein Führer* denken.

Worin lag da der Unterschied zu Nimrod und all dem, was er vertrat?

Die Worte hallten in ihm wider:

›...*Ich verlasse dieses gottverdammte Land, Mister*...‹

War es so weit gekommen?

Und: ›...*Sie glauben, das sei alles etwas anderes?... Das ist ein Amerika im Kleinen!... Das ist Firmenpolitik, Mann!*‹

Das Land war krank. Was konnte es heilen?

»Hier sind wir. Phase drei.« Der schwarze Revolutionär, der das Kommando führte, tippte ihn leicht auf den Arm und lächelte dabei aufmunternd. Matlock stieg aus dem Wagen. Sie befanden sich jetzt auf dem Highway, südlich von Carlyle. Der Wagen vor Ihnen hatte etwa hundert Meter weiter vorne angehalten und parkte mit abgeschalteten Scheinwerfern neben der Straße. Der Wagen hinter ihnen tat es ihm gleich.

Vor ihm standen zwei Telefonzellen auf einem Sockel aus Beton. Der zweite Neger ging zu der rechten Zelle und drückte die Türe auf – worauf die Innenbeleuchtung aufflammte – und schob schnell die Glasscheibe unter dem Beleuchtungskörper zur Seite, so daß die Birne freigelegt wurde. Die schraubte er schnell heraus, so daß es in der Zelle wieder finster wurde. Matlock fiel auf – es beeindruckte ihn wirklich – daß der hünenhafte Neger auf diese Weise Dunkelheit geschaffen hatte. Es wäre einfacher und schneller gewesen, das Glas einfach zu zerschlagen.

Das Ziel des dritten und letzten Anrufes war es, so wie Dunois ihn instruiert hatte, Nimrods Treffpunkt abzulehnen. Ihn auf eine Art und Weise abzulehnen, daß Nimrod keine andere Wahl hatte, als den von Matlock vorgeschlagenen anderen Ort zu akzeptieren: das Cheshire Cat.

Die Stimme des Polizeibeamten am anderen Ende der Leitung klang vorsichtig und präzise.

»Unser gemeinsamer Freund versteht Ihre Besorgnis, Matlock. Er würde ebenso empfinden wie Sie. Er wird mit dem Mädchen zum Südeingang des Sportplatzes kommen, links von der hinteren Tribüne. Ein kleines Stadion unweit der Turnhalle und der Schlafsäle. Es sind Nachtwächter auf dem Gelände; Ihnen kann nichts passieren...«

»All right. All right, schon gut.« Matlock gab sich große Mühe, auf leise Art verstört zu klingen und damit die Basis für seine Weigerung vorzubereiten. »Es sind Leute dort; wenn jemand von Ihnen etwas versuchte, werde ich schreien. Das *werde* ich auch!«

»Natürlich. Aber Sie brauchen das nicht. Niemand will, daß jemand verletzt wird. Es ist eine ganz einfache Transaktion; das hat unser Freund mir auch aufgetragen, Ihnen zu sagen. Er bewundert Sie.«

»Aber wie kann ich sicher sein, daß er Pat bringt? Ich muß sicher sein!«

»Die *Transaktion*, Matlock.«

Die Stimme klang ölig, eine Spur von Verzweiflung war zu hören. Dunois' ›Kobra‹ war unvorhersehbar. »Darum geht doch das Ganze. Unser Freund will das haben, was Sie gefunden haben, erinnern Sie sich?«

»Ich erinnere mich...« Matlocks Gedanken überschlugen sich. Er begriff, daß er seine Hysterie bewahren mußte, seine Unvorhersehbarkeit. Aber er mußte den Ort vertauschen. Ihn wechseln, ohne sich verdächtig zu machen. Wenn Nimrod argwöhnisch wurde, hatte Dunois Pat zum Tode verurteilt. »Und Sie sagen unserem *Freund*, daß er nicht vergessen soll, daß es eine Aussage gibt, in einem Umschlag an Leute in Washington adressiert!«

»Um Himmels willen, das weiß er, ich meine... er ist besorgt, verstehen Sie, was ich meine? Also, wir treffen uns an dem Sportplatz, ja? In einer Stunde, okay?«

Das war der Augenblick. Vielleicht gab es keinen mehr.

»Nein! Warten Sie... Ich gehe nicht auf den Campus! Die Leute aus Washington, sie beobachten das ganze Terrain. Sie sind überall. Die werden mich wegschaffen!«

»Nein, das werden sie nicht...«

»Woher zum Teufel wissen Sie das denn?«

»Da ist niemand. Glauben Sie mir, es ist alles okay. Beruhigen Sie sich doch bitte.«

»Für Sie ist das leicht, nicht für mich. Nein, ich will Ihnen sagen, wo...«

Er redete schnell, zusammenhanglos, so als dächte er verzweifelt nach, während er redete. Zuerst erwähnte er Herrons Haus, aber ehe die Stimme zustimmen oder ablehnen konnte, verwarf er es selbst wieder. Dann kam er auf den Ladehof, fand aber sofort unvernünftige Gründe, nicht dorthinzugehen.

»Jetzt seien Sie doch nicht so aufgeregt«, sagte die Stimme. »Es ist eine ganz einfache Transaktion...«

»Dieses Restaurant! Außerhalb der Stadt. Das Cheshire Cat! Hinter dem Restaurant ist ein Garten...«

Die Stimme war konfus, versuchte mit ihm Schritt zu halten. Matlock wußte, daß seine Taktik Erfolg hatte. Er wies noch einmal auf das Tagebuch und seine belastende schriftliche Aussage hin und warf den Hörer dann auf die Gabel.

Er stand erschöpft in der Zelle. Der Schweiß tropfte ihm vom Gesicht, obwohl die frühe Morgenluft eher kühl war.

»Sehr schön haben Sie das gemacht«, sagte der Neger, der das Kommando führte. »Ihr Gegner hat vermutlich eine Stelle im Collegegelände ausgewählt. Sehr intelligent von ihm. Gut gemacht, Sir.«

Matlock sah den uniformierten Neger an und war für das empfangene Lob irgendwie dankbar und staunte ein wenig über seine eigene Geschicklichkeit. »Ich weiß nicht, ob ich es noch einmal zustande brächte.«

»Natürlich könnten Sie das«, antwortete der Neger und führte Matlock zum Wagen zurück. »Extremer Streß schaltet eine Art Gedächtnisspeicher ein, so etwas Ähnliches wie einen Computer. Man tastet, wägt, lehnt ab und akzeptiert – alles im Bruchteil von Sekunden. Bis die Panik eintritt, natürlich. Man hat hinsichtlich der verschiedenen Schwellenwerte interessante Studien durchgeführt.«

»Wirklich?« sagte Matlock, als sie den Wagen erreichten. Der Neger winkte ihm zu, einzusteigen. Der Wagen rollte an, und dann jagten sie, flankiert von den beiden anderen Fahrzeugen, den Highway hinunter.

»Wir fahren auf Nebenstraßen zu dem Restaurant«, sagte der Mann am Steuer. »Wir nähern uns aus dem Südwesten und setzen Sie etwa hundert Meter von einem schmalen Weg ab, den die Angestellten benutzen, um zum Hintereingang zu kommen. Wir zeigen es Ihnen. Gehen Sie direkt auf den Teil des Gartens zu, wo die Laube steht; dahinter ist ein Goldfischteich, der von Steinplatten umgeben ist. Kennen Sie die Stelle?«

»Ja. Ich wundere mich nur, daß *Sie* sie kennen.«

Der Fahrer lächelte. »Ich bin kein Hellseher. Während Sie in der Telefonzelle waren, habe ich über Radio mit unseren Leuten gesprochen. Alles ist bereit. Wir sind vorbereitet. Denken Sie daran, die Laube und der Goldfisch... Hier. Hier ist das Notizbuch und der Umschlag.« Der Fahrer griff in eine Tasche in der Wagentüre und holte das in Öltuch gehüllte Paket heraus. Der Umschlag war mit einem dicken Gummiband daran befestigt.

»Wir sind in knapp zehn Minuten dort«, sagte der Mann, der das Kommando hatte, und rutschte etwas zur Seite, um bequemer zu sitzen. Matlock sah ihn an. An seinem Bein war eine lederne Scheide angeschnallt – genauer gesagt, an das enganliegende Khakituch genäht. Es war ihm vorher nicht aufgefallen, und er wußte auch warum. Das Messer mit dem Beingriff, das in der Scheide steckte, war erst kürzlich hineingeschoben worden. Die Scheide enthielt eine wenigstens zehn Zoll lange Klinge.

Dunois' Elitekorps war jetzt wirklich vorbereitet.

35.

Er stand neben der hohen weißen Laube. Die Sonne war im Osten aufgegangen. Über dem Wald hinter ihm lag noch dichter Nebel, in dem sich das frühe Morgenlicht stumpf spiegelte. Vor ihm bildeten die Bäume mit den jungen Blättern Korridore für die alten Ziegelwege, die alle zu diesem ruhigen, mit Steinplatten belegten Zufluchtsort führten. Es gab eine Anzahl marmorner Bänke, die im Kreise standen und auf denen der Morgentau glitzerte. Aus der Mitte des Hofes war das leise Glucksen des Goldfischteichs zu hören, und am Himmel zwitscherten Vögel, begrüßten die Sonne, begannen ihr Tagewerk.

Matlocks Erinnerung wanderte zu Herrons Nest zurück, zu der drohenden grünen Wand, die den alten Mann von der Welt draußen abschloß. Es gab Ähnlichkeiten, dachte er. Vielleicht geziemte es sich, daß alles an einem solchen Ort enden sollte.

Er zündete sich eine Zigarette an, drückte sie aber nach zwei Zügen wieder aus. Er hielt das Notizbuch vor der Brust umklammert, als wäre es ein undurchdringliches Schild, und jedesmal, wenn er ein Geräusch hörte, fuhr sein Kopf herum.

Wo wohl Dunois' Leute sein mochten? Wo hatte die Elitetruppe ihr Versteck gefunden? Beobachteten sie ihn? Lachten sie lautlos über seine nervösen Bewegungen – seine so offenkundige Angst? Oder waren sie ausgeschwärmt, nach Guerillaart? Kauerten am Boden oder hockten in den Ästen der Bäume, bereit zum Sprung, vorbereitet zum Töten?

Wen würden sie töten? In welcher Zahl und mit welcher Bewachung würden Nimrods Streitkräfte auftreten? Würde Nimrod kommen? Würde Nimrod das Mädchen, das er liebte, sicher zu ihm zurückbringen? Wenn Nimrod das tat, wenn er endlich Pat wiedersah, würden sie beide dann von dem Massaker erfaßt werden, das ohne Zweifel folgen würde?

Wer *war* Nimrod?

Sein Atem stockte. Seine Arm- und Beinmuskeln verkrampften sich, starr vor Angst. Er schloß die Augen, preßte sie zu – um zu lauschen oder zu beten, das wußte er nie, nur, daß in seinem Glauben kein Platz für die Existenz Gottes war. Und so lauschte er mit geschlossenen Augen, bis er sicher war.

Ein Automobil und dann noch eines waren vom Highway abgebogen und in die Nebenstraße gerollt, die zur Einfahrt des Cheshire Cat führte. Beide Fahrzeuge fuhren mit hoher Geschwindigkeit. Ihre Reifen kreischten, als sie in den Parkplatz des Restaurants bogen.

Dann herrschte wieder Stille. Selbst die Vögel waren verstummt; von nirgendwo war ein Laut zu hören.

Matlock trat unter die Laube zurück und drückte sich gegen ihr Lattengerüst. Er strengte sich an, etwas zu hören – irgend etwas. Schweigen. Und doch nicht Schweigen! Da war ein Geräusch, das fast völlig in der Stille unterging, so wie das Rascheln eines Blattes.

Es war ein Scharren, ein zögerndes, stockendes Scharren auf einem der Wege vor ihm, einem der Wege, den die Bäume verbargen, einem der alten Backsteinwege, die zu dem mit Platten belegten Hof führten.

Zuerst war es kaum hörbar. Dann wurde es etwas deutlicher, weniger zögernd, weniger unsicher.

Jetzt hörte er auch das leise, gequälte Stöhnen. Es drang in sein Bewußtsein ein.

»Jamie... Jamie? Bitte, Jamie...«

Dann brach die Stimme ab, ging in ein Schluchzen über. Er verspürte eine Wut, wie er sie im ganzen Leben noch nicht empfunden hatte. Er warf das in Öltuch gehüllte Päckchen zu Boden, die Augen von Tränen und Wut geblendet. Er schoß aus dem Schutz der Laube hervor und schrie, brüllte, so laut, daß seine Stimme die Vögel erschreckte, die kreischend aus den Bäumen aufflogen, ihrem lautlosen Zufluchtsort.

»Pat! Pat! Wo bist du? Pat, mein Gott, wo? *Wo!*«

Das Schluchzen – halb Erleichterung, halb Schmerz – wurde lauter.

»Hier... Hier, Jamie! Ich kann nichts sehen.«

Er orientierte sich und rannte den mittleren Weg hinunter. Auf halbem Weg zu dem Gebäude, am Stamm eines Baumes, zu Boden gesunken, sah er sie. Sie kniete, den bandagierten Kopf am Boden. Sie war gestürzt. Hinten am Hals war sie mit Blut besudelt, die Nähte an ihrem Kopf waren aufgerissen.

Er rannte zu ihr und hob vorsichtig ihren Kopf.

Unter den Bandagen, die ihre Stirn bedeckten, klebte drei Zoll breites Heftpflaster, brutal gegen die Augenlider gedrückt und straff zu den Schläfen gespannt – ebenso unbeweglich und sicher, wie eine Stahlplatte, die ihr Gesicht bedeckte. Wenn er versuchte, das Pflaster zu lösen, so war das eine Tortur aus der tiefsten Hölle.

Er hielt sie an sich gedrückt und wiederholte immer wieder ihren Namen.

»Jetzt wird alles gut... Alles wird gut...«

Er hob sie sachte auf und drückte ihr Gesicht gegen das seine. Immer wieder wiederholte er diese beruhigenden Worte, die ihm inmitten seiner Wut zuflogen.

Plötzlich, ohne Warnung, ohne jegliche Warnung, schrie das geblendete Mädchen auf, spannte den gequälten Körper wie eine Feder.

»Gib es ihnen doch um Gottes willen! Was auch immer es ist, *gib es ihnen*!«

Er stolperte den mit Backsteinen belegten Weg entlang zurück zu dem Kreis aus Steinplatten.

»Das werde ich, ganz bestimmt werde ich das, meine Liebste...«

»Bitte, Jamie! Laß nicht zu, daß sie mich noch einmal berühren! *Nie wieder!*«

»Nein, meine Liebste, nie mehr, nie mehr...«

Er legte das Mädchen vorsichtig auf den Boden, auf die weiche Erde neben den Steinen.

»Nimm mir das Pflaster ab! Bitte, nimm es ab.«

»Das geht jetzt nicht, Liebste. Das würde zu weh tun. In ein paar...«

»Es ist mir *gleich*! Ich kann es nicht mehr ertragen!«

Was konnte er tun? Was erwartete man von ihm, daß er *tat*? O Gott! O Gott, du Schweinehund! *Sag du es mir, sag es mir doch!*

Er blickte zu der Laube hinüber. Ihm war jetzt alles

gleichgültig.

»*Nimrod!... Nimrod! Kommen Sie zu mir, Nimrod! Bringen Sie doch Ihre verdammte Armee! Kommen Sie und holen Sie es sich, Nimrod! Ich habe es hier!*«

In dem Schweigen, das sich nun anschloß, hörte er die Schritte.

Präzise, sichere, betonte Schritte.

Auf dem mittleren Weg tauchte Nimrod auf.

Adrian Sealfont stand am Rande der Steinplatten.

»Es tut mir leid, James.«

Matlock ließ den Kopf des Mädchens zu Boden sinken. Sein Verstand war außerstande zu funktionieren. Der Schock, den er empfand, war so umfassend, daß ihm keine Worte kamen, er war einfach nicht imstande, die schreckliche, unglaubliche Tatsache, die sich ihm darbot, aufzunehmen. Er erhob sich langsam.

»Geben Sie es mir, James. Sie haben unsere Zusage. Wir werden uns um Sie kümmern.«

»Nein... Nein. Nein, ich... *ich glaube Ihnen nicht*! Das ist nicht so. Das kann nicht so... sein...«

»Ich fürchte doch.« Sealfont schnippte mit den Fingern seiner rechten Hand. Das war ein Signal.

»Nein... Nein! Nein! Nein!« Matlock bemerkte, daß er schrie. Auch das Mädchen schrie. Er wandte sich zu Sealfont. »Die haben gesagt, man hätte Sie weggebracht! Ich dachte, Sie seien tot! Ich habe mir selbst die Schuld für Ihren Tod gegeben!«

»Man hat mich nicht weggeschafft, man hat mich eskortiert. Geben Sie mir jetzt das Tagebuch.« Sealfont schnippte verärgert erneut mit den Fingern. »Und das korsische Papier. Ich hoffe doch, daß Sie beides mitgebracht haben.«

Ein kaum hörbares Geräusch war zu vernehmen, ein halb ersticktes Hüsteln, ein Aufatmen, ein Ruf, der nicht zu Ende geführt wurde. Sealfont sah sich schnell um und sprach mit scharfer Stimme zu seinen unsichtbaren Streitkräften.

»Kommt heraus!«

»Warum?«

»Weil wir *mußten. Ich* mußte. Es gab keine Alternative.«

»Keine Alternative?« Matlock konnte nicht glauben, daß er richtig gehört hatte. »Keine Alternative *wofür*?«

»Den Zusammenbruch! Wir waren finanziell erschöpft. Unsere letzten Reserven waren angespannt; es gab niemanden mehr, an den wir uns wenden konnten. Die moralische Korruption war vollständig: die Bitten um höhere Erziehung begannen die Nation zu langweilen und ihr keinen Gewinn mehr zu bringen. Es gab keine andere Lösung als selbst die Führung zu ergreifen... diejenigen in unsere Gewalt zu bekommen, die versuchten, uns zu korrumpieren. Das taten wir und überlebten!«

In seiner ganzen Bestürzung begann sich das Rätsel für Matlock zu lösen. Das Räderwerk in der mächtigen Safetüre begann sich zu drehen, und die riesige Türe schob sich auf... Carlyles außergewöhnliche finanzielle Ausstattung... Aber das ging viel weiter als Carlyle; Sealfont hatte es gerade ausgesprochen. Die *Bitten* waren *langweilig* geworden! Es war ein feines Gespinst, aber es war da!

Überall!

Man fuhr fort, in allen Universitäten Sammlungen zu veranstalten, aber die Rufe der Panik waren verstummt; die Gefahr des finanziellen Zusammenbruchs, die früher in Dutzenden von Universitäten und Colleges Gegenstand zahlreicher Veranstaltungen und Kampagnen gewesen waren.

Normalerweise konnte man daraus schließen – wenn man sich die Mühe gab, darüber nachzudenken – daß die Krise abgewendet war. Daß alles wieder normal war.

Aber so war es nicht. Die Norm war zum Monstrum geworden.

»O mein Gott«, sagte Matlock leise in schrecklicher Bestürzung.

»Der hat uns nicht geholfen, das kann ich Ihnen versichern«, erwiderte Sealfont. »Was wir geleistet haben, ist einzig und allein den Menschen zuzuschreiben. Schauen Sie uns doch an. *Unabhängig!* Unsere Stärke wächst systematisch. Binnen fünf Jahren wird jede größere Universität im Nordosten Teil einer sich selbst erhaltenden Föderation sein!«

»Sie sind krank... Ein *Krebsgeschwür*!«

»Wir *überleben!* Eigentlich war es nie so schwierig, diese Wahl zu treffen. Niemand würde den Zustand ändern. Am allerwenigsten wir selbst... Wir trafen einfach vor zehn Jahren die Entscheidung, die wichtigsten Spieler auszuwechseln.«

»Aber ausgerechnet *Sie*...«

»Ja. Das war eine gute Wahl, nicht wahr?« Sealfont drehte sich wieder zu dem Restaurant um, blickte hinüber zu dem schlafenden Hügel mit den alten Backsteinwegen. Dann schrie er: »Ich hab' euch gesagt, ihr sollt herauskommen! Ihr braucht euch keine Sorgen zu machen. Unserem Freund ist es gleichgültig, wer ihr seid. Er wird uns bald verlassen... Oder nicht, James?«

»Sie sind *wahnsinnig*. Sie sind...«

»Keinen Augenblick! Es gibt niemanden, der vernünftiger ist. Oder praktischer... Die Geschichte wiederholt sich, das sollten gerade Sie wissen. Das Gewebe wird zerrissen, die Gesellschaft teilt sich in sich heftig bekämpfende Lager. Lassen Sie sich nicht von der Ruhe täuschen; Sie brauchen nur an der Oberfläche zu kratzen – dann fließt reichlich Blut.«

»*Sie* bringen es zum Bluten!« schrie Matlock. Jetzt gab es kein Zurück mehr, das Unheil nahm seinen Anfang.

»Im Gegenteil! Sie selbstgerechter, aufgeblasener *Esel*!« Sealfonts Augen starrten ihn in kalter Wut an und seine Stimme klang schneidend. »Wer hat Ihnen denn das

Recht gegeben, hier zu urteilen? Wo waren Sie denn, als Männer wie ich – in *jeder Institution* – uns mit der sehr *realen* Aussicht konfrontiert sahen, unsere Türen schließen zu müssen! Sie waren in Sicherheit, wir haben Sie *geschützt*... und niemand hat auf unsere Appelle reagiert. Es war kein Platz für unsere Bedürfnisse...«

»Sie haben es nicht versucht! Nicht intensiv genug...«

»Lügner! *Narr*!« Sealfont brüllte jetzt. Er war ein Besessener, dachte Matlock. Oder ein Gequälter. »Was *blieb* uns denn? Zuwendungen? Fast nichts! Es gibt andere, günstigere *Steuervorteile*!... Stiftungen? Kleingeistige Tyrannen – kleinere Zuweisungen! Die Regierung? *Blind! Widerlich!* Ihre Prioritäten kann man kaufen! Wir hatten keine Mittel; wir konnten keine Stimmen kaufen! Für uns war das System zusammengebrochen! Es war am Ende... Und niemand wußte das besser als ich. Jahrelang... Ich habe gebettelt, gefleht, diesen unwissenden Männern und ihren aufgeblasenen *Ausschüssen* flehend die Hand hingehalten... Es war hoffnungslos; wir waren im Begriff, uns selbst umzubringen. Doch hörte niemand auf uns. Und immer... *immer* hinter all den Ausreden und Verzögerungen – der verschleierte Hinweis auf unsere allgemeine gottgegebene Gebrechlichkeit. Schließlich... wir waren *Lehrer*. Keine *Macher*...«

Sealfonts Stimme klang plötzlich ganz leise, hart. Und völlig überzeugend, als er schloß: »Nun, junger Mann, *jetzt* sind wir *Macher*. Das System ist verdammt, und das mit Recht. Die Führer lernen nie. Seht auf die Kinder. Sie haben es gesehen. Sie haben begriffen... Wir haben sie zu unseren Gefolgsleuten gemacht. Unser Bündnis ist kein Zufall.«

Matlock konnte nichts anderes tun, als Sealfont anstarren. Sealfont hatte es ausgesprochen: Seht auf die Kinder... Sehet und erblicket. *Sehet und hütet euch.* Die Führer lernen nie... O Gott! War es so? Standen die Dinge wirklich so? Die Nimrods und die Dunois'. Die ›Föderationen‹

die ›Elitegarden‹. Vollzog es sich alles von neuem?

»Also James. Wo ist der Brief, von dem Sie gesprochen haben? Wer hat ihn?«

»Brief? Was?«

»Der Brief, der heute morgen zur Post gebracht werden soll. Wir werden ihn doch jetzt aufhalten, oder?«

»Ich verstehe nicht.« Matlock gab sich Mühe, *verzweifelte Mühe*, wieder Kontakt zu seinen Sinnen herzustellen.

»Wer hat den Brief!«

»Den Brief?« Während Matlock die Worte aussprach, wußte er, daß es die Falschen waren, aber er konnte nicht anders. Er konnte nicht innehalten, um nachzudenken, weil er unfähig war zu denken.

»Der Brief!... Es *gibt* keinen *Brief oder*?! Es gibt... keine ›belastende Aussage‹, mit der Maschine geschrieben und bereit, um zehn Uhr heute früh abgeschickt zu werden! Sie haben gelogen!«

»Ich habe gelogen... gelogen.« Seine Reserven waren aufgebraucht. Da war jetzt nichts mehr übrig.

Sealfont lachte leise. Das war nicht das Lachen, das Matlock an ihm kannte. In ihm schwang jetzt eine Grausamkeit mit, die er nie zuvor gehört hatte.

»War das nicht schlau von Ihnen? Aber am Ende sind Sie schwach. Das wußte ich von Anfang an. Sie waren die perfekte Wahl der Regierung, weil sie keine festen Beziehungen haben. Die nannten es Mobilität. Ich wußte, daß es nur gleichgültige Flexibilität war. Sie reden, aber das ist alles, was Sie tun. Das ist bedeutungslos... Sie sind ein typischer Vertreter, wissen Sie.« Sealfont sprach über die Schulter zu den Wegen. »All right, ihr *alle*! Doktor Matlock wird imstande sein, irgendwelche Namen oder Identitäten preiszugeben. Kommt aus euren Löchern, ihr Hasen!«

»AAAhhh...«

Der gutturale Schrei war kurz, unterbrach die Stille.

Sealfont fuhr herum.

Dann ein weiteres Stöhnen, das unverkennbare Geräusch einer menschlichen Luftröhre, die den letzten Hauch ausstößt.

Und noch eines, diesmal verbunden mit dem Anfang eines Schreis.

»Wer ist das? Wer ist dort oben?« Sealfont rannte zu dem Weg, von dem der letzte Laut gekommen war.

Aber ein schrecklicher Schrei ließ ihn erstarren – ein abgerissener Schrei, der von einem anderen Teil des Hofes kam. Er rannte zurück; Panik begann ihn zu erfassen.

»Wer ist dort oben? Wo seid ihr alle? *Kommt herunter!*«

Das Schweigen kehrte zurück. Sealfont starrte Matlock an.

»Was haben Sie getan? Was haben Sie getan, Sie unwichtiger kleiner Mann? Wen haben Sie mitgebracht? *Wer ist dort oben?* Antworten Sie mir!«

Selbst wenn er dazu imstande gewesen wäre, war es doch nicht nötig, daß Matlock antwortete. Am anderen Ende des Gartens tauchte jetzt Julian Dunois auf und schlenderte heran.

»Guten Morgen, Nimrod.«

Sealfont traten die Augen hervor. »Wer *sind* Sie? Wo sind meine Männer?!«

»Ich heiße Jacques Devereaux, Heysou Daumier, Julian Dunois – Sie können es sich heraussuchen. Sie waren uns nicht gewachsen. Sie hatten zehn Mann, ich acht. Keine Chance. Ihre Männer sind tot. Wie ihre Leichen beseitigt werden, ist nicht Ihre Sache.«

»Wer *sind* Sie?«

»Ihr Feind.«

Sealfont riß mit der linken Hand das Jackett auf und fuhr mit der rechten darunter. Dunois stieß eine Warnung aus. Matlock ertappte sich dabei, wie er auf den Mann zutaumelte, den er ein Jahrzehnt lang verehrt hatte. Wie er sich mit nur einem Gedanken auf ihn warf, einem Ziel, und wenn es das letzte in seinem Leben sein sollte.

Ihn zu töten.

Das Gesicht war jetzt ganz dicht bei dem seinen. Das Lincoln ähnliche Gesicht, jetzt von Furcht und Panik verzerrt. Seine rechte Hand fuhr darauf herunter wie die Klaue eines erschreckten Tieres. Er bohrte sie in das Fleisch und spürte, wie das Blut aus dem verzerrten Mund spritzte.

Er hörte die Explosion und spürte einen scharfen zukkenden Schmerz an seiner linken Schulter. Aber er konnte noch nicht aufhören.

»Weg da, Matlock! Weg da, um Gottes willen!«

Er spürte, wie er weggerissen wurde. Wie mächtige, schwarze, muskulöse Arme ihn wegrissen. Man warf ihn zu Boden, und die mächtigen Arme hielten ihn fest. Die ganze Zeit hörte er die Schreie, die schrecklichen Schmerzensschreie, und seinen Namen, der immer wieder wiederholt wurde.

»Jamie... Jamie... Jamie...«

Er bäumte sich auf, setzte jeden Funken Kraft ein, zu der seine Wut fähig war. Die muskulösen schwarzen Arme wurden überrascht; seine Beine stießen gegen die Rippen über ihm.

Ein paar kurze Sekunden lang war er frei.

Er warf sich nach vorne auf die harte Fläche und trommelte mit Armen und Knien gegen den Stein. Was auch immer ihm zugestoßen war, was auch immer jener stechende Schmerz bedeutete, der sich jetzt durch seine ganze linke Körperhälfte ausbreitete, er mußte zu dem Mädchen, das auf dem Boden lag. Das Mädchen, das für ihn so viel Schreckliches durchgemacht hatte.

»Pat!«

Der Schmerz war mehr, als er ertragen konnte. Wieder stürzte er, aber er hatte ihre Hand erreicht. Sie hielten einander bei der Hand, und jeder versuchte verzweifelt, dem anderen Kraft zu verleihen. Beide wußten, daß sie vielleicht in diesem Augenblick sterben würden.

Dann wurde Matlocks Hand plötzlich schlaff.

Dunkelheit umfing ihn.

Er schlug die Augen auf und sah den hünenhaften Neger vor sich knien. Man hatte ihn in sitzende Stellung aufgerichtet, gestützt auf eine Marmorbank. Man hatte ihm das Hemd ausgezogen; seine linke Schulter tobte.

»Der Schmerz ist sicher viel schlimmer als die Wunde selbst«, sagte der Neger. »Ihre linke obere Körperhälfte ist in dem Wagen ziemlich zugerichtet worden, und die Kugel ist in die Knorpel unter Ihrer linken Schulter eingedrungen. Das muß sehr weh tun.«

»Wir haben Ihnen eine Spritze gegeben. Das sollte helfen.« Das war Julian Dunois, der rechts von ihm stand. »Miß Ballantyne ist zu einem Arzt gebracht worden. Er wird ihr das Pflaster abnehmen. Er ist schwarz und hilfsbereit, aber nicht in dem Maße, daß er einen Mann mit einer Kugelwunde behandeln würde. Wir haben unseren eigenen Arzt in Torrington über Funk verständigt. Er sollte in zwanzig Minuten hier sein.«

»Warum haben Sie nicht auch auf ihn gewartet, um Pat zu helfen?«

»Offengestanden, weil wir reden müssen. Kurz nur, aber vertraulich. Zum zweiten auch, weil diese Pflaster so schnell wie möglich entfernt werden mußten.«

»Wo ist Sealfont?«

»Er ist verschwunden. Das ist alles, was Sie wissen, und alles, was Sie je erfahren werden. Es ist wichtig, daß Sie das verstehen. Denn sehen Sie, wenn es sein muß, werden wir unsere Drohung gegen Sie und Miß Ballantyne wahrmachen. Das wollen wir nicht... Sie und ich, wir sind keine Feinde.«

»Sie haben unrecht. Das sind wir.«

»Am Ende vielleicht. Das scheint unvermeidbar. Aber

jetzt haben wir einander in einem Augenblick großer Not gegenseitig geholfen. Das erkennen wir an. Wir vertrauen darauf, daß Sie das auch tun.«

»Ja.«

»Vielleicht haben wir sogar voneinander gelernt.«

Matlock sah dem schwarzen Revolutionär in die Augen. »Ich verstehe die Dinge besser. Ich weiß nicht, was Sie von mir gelernt haben könnten.«

Der Revolutionär lachte leise. »Daß ein Individuum durch das, was er tut – seinen Mut, wenn Sie wollen – über das Schandmal der Etiketten hinauswächst.«

»Das verstehe ich nicht.«

»Denken Sie darüber nach. Es wird schon kommen.«

»Was geschieht jetzt? Mit Pat? Mit mir? Man wird mich sofort verhaften, wenn man mich sieht.«

»Das bezweifle ich ernsthaft. Greenberg wird binnen einer Stunde ein Dokument lesen, das meine Organisation vorbereitet hat. Ich, um es genau zu sagen. Ich vermute, daß sein Inhalt Teil einer Akte werden wird, die man in den Archiven begraben wird. Es ist sehr peinlich. Moralisch, juristisch, und ganz sicher auch politisch. Man hat zu viele schlimme Fehler gemacht... Wir werden heute morgen als Ihre Beauftragten tätig werden. Vielleicht wäre es gut, wenn Sie einen Teil Ihres Geldes dazu benutzten, um mit Miß Ballantyne auf eine lange Erholungsreise zu gehen... Ich glaube, man würde dem sofort zustimmen. Ich bin sogar sicher, daß man das tun würde.«

»Und Sealfont? Was geschieht mit ihm. Werden Sie ihn töten?«

»Verdient Nimrod es, daß er stirbt? Machen Sie sich nicht die Mühe, darauf zu antworten; wir diskutieren nicht über das Thema. Es möge genügen, wenn ich sage, daß er am Leben bleiben wird, bis gewisse Fragen beantwortet sind.«

»Haben Sie eine Vorstellung, was geschehen wird,

wenn man feststellt, daß er verschwunden ist?«

»Es wird Explosionen geben, häßliche Gerüchte. Über viele Dinge. Wenn Götzenbilder zerschlagen werden, geraten die Gläubigen in Panik. So sei es denn. Carlyle wird damit leben müssen... Ruhen Sie sich jetzt aus. Der Arzt wird bald hier sein.« Dunois wandte seine Aufmerksamkeit einem uniformierten Neger zu, der neben ihn getreten war und leise etwas sagte. Der kniende Neger, der seine Wunde verbunden hatte, stand auf. Matlock beobachtete die hochgewachsene, schlanke Gestalt von Julian Dunois, der leise und selbstbewußt seine Instruktionen erteilte, und fühlte den Schmerz der Dankbarkeit. Daß Dunois plötzlich ein anderes Bild annahm, machte es noch schlimmer.

Es war die Gestalt des Todes.

»Dunois?«

»Ja?«

»Seien Sie vorsichtig.«

EPILOG

Die blaugrünen Wellen der Karibik spiegelten die heiße Nachmittagssonne in zahllosen anschwellenden, blendenden Reflexen. Der Sand fühlte sich warm und weich unter den Füßen an. Dieses isolierte Inselstück befand sich im Frieden mit sich und der Welt, die es nicht kannte.

Matlock ging ans Wasser hinunter und ließ sich die Knöchel von den Wellen umspülen. Ebenso wie der Sand am Strand war auch das Wasser warm.

Er hatte eine Zeitung bei sich, die Greenberg ihm geschickt hatte. Ein Stück von einer Zeitung, genauer gesagt.

MASSAKER IN CARLYLE, CONN.

23 Menschen getötet, Neger und Weiße, die Stadt erschüttert, Universitätspräsident verschwunden.

CARLYLE, 10. Mai – Am Rande dieser kleinen Universitätsstadt fand gestern in einem Villenviertel ein bizarrer Massenmord statt. Dreiundzwanzig Männer wurden getötet; die Bundesbehörden nehmen an, daß es sich bei dem Massaker um einen Kampf...

Dann folgte eine kurze Liste von Identitäten und Stellen aus Polizeiakten.

Julian Dunois befand sich darunter.

Das Schemen des Todes war nicht falsch gewesen; Dunois war nicht entkommen. Die Gewalt, die er ausgelöst hatte, mußte auch die Gewalt sein, die sein Leben nahm.

Der Rest des Artikels enthielt komplizierte Spekulatio-

nen über die Bedeutung und die Motive der seltsam zu-
sammengewürfelten Opfer des Massakers. Dann ließ der
unbekannte Journalist sich über die möglichen Bezüge
zum Verschwinden von Adrian Sealfont aus.

Nur Spekulationen. Kein Hinweis auf Nimrod, keiner
auf ihn selbst; kein Wort von umfangreichen Recherchen
der Bundesbehörden. Nicht die Wahrheit; nichts, was mit
der Wahrheit zu tun hatte.

Matlock hörte, wie sich die Türe seiner Strandhütte öffnete und drehte sich um. Pat stand auf der kleinen Veranda, fünfzig Meter von ihm entfernt. Sie winkte ihm zu
und kam die Stufen herunter.

Sie trug Shorts und eine leichte Seidenbluse; sie war
barfuß und lächelte. Man hatte ihr die Verbände von Beinen und Armen abgenommen. Die Sonne der Karibik hatte ihre Haut bronzebraun getönt. Sie trug ein breites oran-
gerotes Kopfband, das sie so geschickt drapiert hatte, daß
es die Wunden über ihrer Stirn verdeckte.

Sie wollte ihn nicht heiraten. Sie hatte gesagt, daß sie
nicht aus Mitleid oder aus Schuldgefühl heiraten wollte –
ob nun eingebildet oder echt. Aber Matlock wußte, daß
sie heiraten würden. Wenn nicht, dann würde keiner von
ihnen je heiraten. Dafür hatte Julian Dunois gesorgt.

»Hast du Zigaretten mitgebracht?«

»Nein. Keine Zigaretten«, antwortete sie. »Streichhölzer.«

»Das klingt aber mysteriös.«

»Dieses Wort – mysteriös – habe ich Jason gegenüber
verwendet. Erinnerst du dich?«

»Ja. Du warst richtig wütend.«

»Das war ich. Gehen wir zum Anlegesteg.«

»Warum hast du Streichhölzer gebracht?« Er griff nach
ihrer Hand und klemmte sich die Zeitung unter den Arm.

»Ein Scheiterhaufen. Archäologen messen Scheiterhaufen große Bedeutung bei.«

»Was?«

»Du trägst diese verdammte Zeitung schon den ganzen Tag herum. Ich will sie verbrennen.« Sie lächelte ihn an.

»Wenn du sie verbrennst, ändert das nichts an ihrem Inhalt.«

Pat ging darauf nicht ein. »Warum glaubst du wohl, daß Jason sie dir geschickt hat? Ich dachte, wir wollten ein paar Wochen untertauchen. Keine Zeitungen, kein Radio, kein Kontakt mit irgend etwas außer warmem Wasser und weißem Sand. Er hat die Regeln aufgestellt und sie gebrochen.«

»Er hat die Regeln *empfohlen* und gewußt, daß es schwierig sein würde, nach ihnen zu leben.«

»Dann hätte er sie von jemand anderem brechen lassen sollen. Er ist kein so guter Freund, wie ich dachte.«

»Vielleicht sogar ein noch besserer.«

»Das ist sophistisch.« Sie drückte seine Hand. Eine einzelne Welle, die sich zu weit vorgewagt hatte, spülte um ihre Füße. Eine lautlose Möwe schoß aus dem Himmel herunter ins Wasser, schlug die Schwingen, und ihr Hals zitterte. Dann stieg der Vogel kreischend wieder auf, ohne eine Beute im Schnabel zu haben.

»Greenberg weiß, daß ich eine sehr unangenehme Entscheidung treffen muß.«

»Die hast du getroffen. Das weiß er auch.«

Matlock sah sie an. Natürlich wußte das Greenberg; sie wußte es auch, dachte er. »Es wird noch sehr viel Schmerz geben; vielleicht mehr, als gerechtfertigt ist.«

»Das werden sie dir sagen. Sie sagen dir, du sollst es sie auf ihre Art tun lassen. Lautlos und effizient, ohne irgend jemand auf die Zehen zu treten. Für alle.«

»Vielleicht ist es so am besten; vielleicht haben sie recht.«

»Du glaubst das keine Sekunde lang.«

»Nein, das glaube ich nicht.«

Sie gingen eine Weile schweigend dahin. Der Hafendamm lag jetzt vor ihnen, mit Felsen, die vor Jahrzehnten, vielleicht vor Jahrhunderten aufgehäuft waren, um eine Strömung zu bändigen, die schon lange vergessen war. Jetzt wirkte die Mole wie von der Natur geschaffen.

So wie Nimrod ein Naturphänomen geworden war, eine logische Ausdehnung des Erwarteten; unerwünscht, aber nichtsdestoweniger erwartet. Etwas gegen das man einen unsichtbaren Kampf führte.

Mini-Amerika... unter der Oberfläche.

Firmenpolitik, Mann.

Überall.

Der Jäger, die Erbauer. Die Mörder und ihr Opfer schlossen ein Bündnis.

Sehen Sie die Kinder. Die begreifen... Wir haben sie in unseren Dienst genommen.

Die Führer lernen nie.

Ein Mikrokosmos des Unvermeidbaren? Unabwendbar, weil die Bedürfnisse echt waren? Seit Jahren echt gewesen waren?

Und doch würden die Führer nichts lernen.

»Jason hat einmal gesagt, daß die Wahrheit weder gut noch böse ist. Nur Wahrheit. Deshalb hat er mir das hier geschickt.« Matlock setzte sich auf einen großen flachen Felsbrocken; Pat stand neben ihm. Die Flut kam jetzt herein, und die Gischthauben der kleinen Wellen spritzten nach oben. Pat nahm ihm die Zeitung weg.

»Dies ist also die Wahrheit.« Eine Feststellung.

»Ihre Wahrheit. Ihr Urteil. Man braucht nur offenkundige Etiketten aufzukleben und das Spiel fortzusetzen. Die Braven und die Bösen. Der Sheriff und sein Aufgebot werden den Paß noch rechtzeitig erreichen. Genau rechtzeitig. Diesmal.«

»Und was ist deine Wahrheit?«

»Ich werde zurückkehren und die Geschichte erzählen. Ganz.«

»Sie werden anderer Ansicht sein. Sie werden dir Gründe nennen, warum du das nicht tun solltest. Hunderte von Gründen.«

»Sie werden mich nicht überzeugen.«

»Dann werden sie gegen dich sein. Sie haben gedroht; sie werden keine Einmischung dulden. Das will Jason dir mitteilen.«

»Er will, daß ich darüber nachdenke.«

Pat hielt die Zeitung vor sich und riß jetzt ein hölzernes Streichholz an der trockenen Fläche eines Felsbrockens an.

Das Papier brannte zögernd, an einigen Stellen hatte die Gischt es durchnäßt. Aber es brannte.

»Ein sehr eindrucksvolles Grabfeuer ist das nicht«, sagte Matlock.

»Es wird reichen, bis wir zurückkehren.«

Robert Ludlum
Meister des politischen Erfolges

Geboren wurde Robert Ludlum 1927 in New York. Als Vierzehnjähriger riß er von zu Hause aus, um Soldat zu werden. Erst drei Jahre später konnte sein Wunschtraum erfüllt werden: Er wurde als Marinesoldat in die Armee aufgenommen.

Nach Ende des Zweiten Weltkrieges kehrte er aus dem Südpazifik nach Hause zurück. An der Universität lernte er seine Frau, eine angehende junge Schauspielerin, kennen. Kurz vor seinem erfolgreichen Studienabschluß heirateten sie. In den nächsten Jahren standen sie in New Yorker Theatern gemeinsam auf der Bühne.

1956 wurde Robert Ludlum erfolgreicher Theaterproduzent. Wenig später entdeckte ihn das amerikanische Fernsehen. Trotz seiner Erfolge sowohl als Schauspieler als auch als Produzent entschloß er sich mit 40 Jahren, die Schauspielerei aufzugeben. Er löste alle Engagements und zog sich 18 Monate zurück, um sein erstes Buch zu schreiben.

1971 erschien *Das Scarlatti Erbe*. Sofort nach Erscheinen als »Buch des Monats« prämiert, erreichte Ludlums Erstlingswerk innerhalb kurzer Zeit die erste Stelle der amerikanischen Bestsellerlisten. Internationale Anerkennung seines schriftstellerischen Talentes folgte. Die Weltauflage seiner Bücher beträgt mittlerweile über 250 Millionen Exemplare.Ludlums Thriller werden in zahllosen Ländern verlegt und sind in mehr als 30 Sprachen erhältlich.

Was ist das Geheimnis seines Erfolges?

Ist es das in schillernden Variationen verwendete Thema der internationalen Spionage? Ist es Ludlums charakteristischer, durch spektakuläre Handlungen gekennzeichneter Stil? Oder ist es seine Disziplin als Schriftsteller, die ihn jeden Morgen schon um halb fünf Uhr früh an den Schreibtisch treibt? Er meint selbst, daß es wohl von jedem ein bißchen sei.

Jeder abgeschlossene Roman wird zuerst von seiner Frau gelesen. Ludlum vertraut ihrem Instinkt als Schauspielerin. »Das Theater ist das beste Training für einen Schriftsteller. Man lernt, die Aufmerksamkeit des Publikums zu wecken, die Menge zu fesseln und zu begeistern, andernfalls muß man am nächsten Tag den Laden dichtmachen«, erklärt Robert Ludlum.

Verzeichnis lieferbarer Titel
(Stand Juli 1993)

Die Aquitaine-Verschwörung
(01/6941)
Der Borowski-Betrug
(01/8517)
Die Borowski-Herrschaft
(01/7705)
Das Borowski-Ultimatum
(01/8431)
Der Gandolfo-Anschlag
(01/6180)
Das Genessee-Komplott
(01/7876)
Der Holcroft-Vertrag
(01/6744)
Der Ikarus-Plan
(01/8082)
Das Jesus-Papier
(01/6044)
Das Kastler-Manuskript
(01/5898)
Der Matarésé-Bund
(01/6265)
Die Matlock-Affäre
(01/5723)

Das Omaha-Komplott
(01/8792)
Das Ostermann-Wochenende
(01/5803)
Das Parsifal-Mosaik
(01/6577)
Der Rheinmann-Tausch
(01/5948)
Das Scarlatti-Erbe
(01/6136)

2 bzw. 3 Romane in einem Band:
Das Jesus-Papier/
Das Kastler-Manuskript (23/41)
Das Parsifal-Mosaik/
Der Holcroft-Vertrag (23/68)
Der Rheinmann-Tausch/
Das Scarlatti-Erbe (23/23)

Die Bandnummern der Heyne-Taschenbücher sind jeweils in Klammern angegeben.

Robert Ludlum

»Ludlum packt in seine Romane mehr an Spannung als ein halbes Dutzend anderer Autoren zusammen.«

THE NEW YORK TIMES

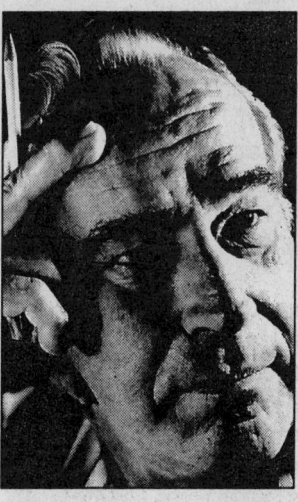

Die Matlock-Affäre 01/5723

Das Osterman-Wochenende
01/5803

Das Kastler-Manuskript
01/5898

Der Rheinmann-Tausch
01/5948

Das Jesus-Papier 01/6044

Das Scarlatti-Erbe 01/6136

Der Gandolfo-Anschlag
01/6180

Der Matarese-Bund 01/6265

Das Parsifal-Mosaik 01/6577

Der Holcroft-Vertrag 01/6744

Die Aquitaine-Verschwörung
01/6941

Die Borowski-Herrschaft
01/7705

Das Genessee-Komplott
01/7876

Der Ikarus-Plan 01/8082

Das Borowski-Ultimatum
01/8431

Der Borowski-Betrug 01/8517

Wilhelm Heyne Verlag
München

John Grisham

Der neue Roman vom Autor des Weltbestsellers »Die Firma«.
Ein schonungsloser Blick hinter die Kulissen der Justiz, ver-
packt in eine hochexplosive Story.
»Ein äußerst packender Thriller« NEWSWEEK

01/8615

Wilhelm Heyne Verlag
München